AU REVOIR LÀ-HAUT

Pierre Lemaitre est l'auteur de *Travail soigné*, prix du premier roman du festival de Cognac, *Robe de marié*, prix du Meilleur polar francophone, *Cadres noirs*, prix du Polar européen du *Point, Alex*, Dagger international et Prix des lecteurs du Livre de Poche, *Sacrifices*, Dagger international, et *Rosy & John*. *Au revoir là-haut* a reçu le prix France-Télévisions et le prix Goncourt 2013. Ses romans sont traduits en trente langues et plusieurs sont en cours d'adaptation.

PIERRE LEMAITRE

Au revoir là-haut

ROMAN

ALBIN MICHEL

© Éditions Albin Michel, 2013.
ISBN : 978-2-253-19461-3 1re publication LGF

À Pascaline

Pour mon fils Victor, avec mon affection

« Je te donne rendez-vous au ciel
où j'espère que Dieu nous réunira.
Au revoir là-haut, ma chère épouse… »

Derniers mots écrits par Jean Blanchard,
le 4 décembre 1914.

NOVEMBRE 1918

1

Ceux qui pensaient que cette guerre finirait bientôt étaient tous morts depuis longtemps. De la guerre,
justement. Aussi, en octobre, Albert reçut-il avec pas
mal de scepticisme les rumeurs annonçant un armistice. Il ne leur prêta pas plus de crédit qu'à la pro-
pagande du début qui soutenait, par exemple, que
les balles boches étaient tellement molles qu'elles
s'écrasaient comme des poires blettes sur les uniformes, faisant hurler de rire les régiments français.
En quatre ans, Albert en avait vu un paquet, des
types morts de rire en recevant une balle allemande.

Il s'en rendait bien compte, son refus de croire à
l'approche d'un armistice tenait surtout de la magie :
plus on espère la paix, moins on donne de crédit
aux nouvelles qui l'annoncent, manière de conjurer
le mauvais sort. Sauf que, jour après jour, ces informations arrivèrent par vagues de plus en plus serrées
et que, de partout, on se mit à répéter que la guerre
allait vraiment prendre fin. On lut même des discours, c'était à peine croyable, sur la nécessité de
démobiliser les soldats les plus vieux qui se traînaient
sur le front depuis des années. Quand l'armistice

devint enfin une perspective raisonnable, l'espoir d'en sortir vivant commença à tarauder les plus pessimistes. En conséquence de quoi, question offensive, plus personne ne fut très chaud. On disait que la 163ᵉ DI allait tenter de passer en force de l'autre côté de la Meuse. Quelques-uns parlaient encore d'en découdre avec l'ennemi, mais globalement, vu d'en bas, du côté d'Albert et de ses camarades, depuis la victoire des Alliés dans les Flandres, la libération de Lille, la déroute autrichienne et la capitulation des Turcs, on se sentait beaucoup moins frénétique que les officiers. La réussite de l'offensive italienne, les Anglais à Tournai, les Américains à Châtillon… on voyait qu'on tenait le bon bout. Le gros de l'unité se mit à jouer la montre et on discerna une ligne de partage très nette entre ceux qui, comme Albert, auraient volontiers attendu la fin de la guerre, assis là tranquillement avec le barda, à fumer et à écrire des lettres, et ceux qui grillaient de profiter des derniers jours pour s'étriper encore un peu avec les Boches.

Cette ligne de démarcation correspondait exactement à celle qui séparait les officiers de tous les autres hommes. Rien de nouveau, se disait Albert. Les chefs veulent gagner le plus de terrain possible, histoire de se présenter en position de force à la table des négociations. Pour un peu, ils vous soutiendraient que conquérir trente mètres peut réellement changer l'issue du conflit et que mourir aujourd'hui est encore plus utile que mourir la veille.

C'est à cette catégorie qu'appartenait le lieutenant d'Aulnay-Pradelle. Tout le monde, en parlant de lui, laissait tomber le prénom, la particule, le « Aulnay », le tiret et disait simplement « Pradelle », on savait que ça le foutait en pétard. On jouait sur du velours parce qu'il mettait un point d'honneur à ne jamais le montrer. Réflexe de classe. Albert ne l'aimait pas. Peut-être parce qu'il était beau. Un type grand, mince, élégant, avec beaucoup de cheveux ondulés d'un brun profond, un nez droit, des lèvres fines admirablement dessinées. Et des yeux d'un bleu foncé. Pour Albert, une vraie gueule d'empeigne. Avec ça, l'air toujours en colère. Un gars du genre impatient, qui n'avait pas de vitesse de croisière : il accélérait ou il freinait ; entre les deux, rien. Il avançait avec une épaule en avant comme s'il voulait pousser les meubles, il arrivait sur vous à toute vitesse et il s'asseyait brusquement, c'était son rythme ordinaire. C'était même curieux, ce mélange : avec son allure aristocratique, il semblait à la fois terriblement civilisé et foncièrement brutal. Un peu à l'image de cette guerre. C'est peut-être pour cela qu'il s'y trouvait aussi bien. Avec ça, une de ces carrures, l'aviron, sans doute, le tennis.

Ce qu'Albert n'aimait pas non plus, c'étaient ses poils. Des poils noirs, partout, jusque sur les phalanges, avec des touffes qui sortaient du col juste en dessous de la pomme d'Adam. En temps de paix, il devait sûrement se raser plusieurs fois par jour pour ne pas avoir l'air louche. Il y avait certainement des femmes à qui ça faisait de l'effet, tous ces poils, ce côté mâle, farouche, viril, vaguement espagnol. Rien que Cécile… Enfin, même sans parler de Cécile, Albert ne pouvait pas le blairer, le lieutenant

Pradelle. Et surtout, il s'en méfiait. Parce qu'il aimait charger. Monter à l'assaut, attaquer, conquérir lui plaisaient vraiment.

Depuis quelque temps, justement, il était moins fringant qu'à l'accoutumée. Visiblement, la perspective d'un armistice lui mettait le moral à zéro, le coupait dans son élan patriotique. L'idée de la fin de la guerre, le lieutenant Pradelle, ça le tuait.

Il montrait des impatiences inquiétantes. Le manque d'entrain de la troupe l'embêtait beaucoup. Quand il arpentait les boyaux et s'adressait aux hommes, il avait beau mettre dans ses propos tout l'enthousiasme dont il était capable, évoquer l'écrasement de l'ennemi auquel une dernière giclée donnerait le coup de grâce, il n'obtenait guère que des bougonnements assez flous, les types opinaient prudemment du bonnet en piquant du nez sur leurs godillots. Ce n'était pas seulement la crainte de mourir, c'était l'idée de mourir maintenant. Mourir le dernier, se disait Albert, c'est comme mourir le premier, rien de plus con.

Or c'est exactement ce qui allait se passer.

Alors que jusqu'ici, dans l'attente de l'armistice, on vivait des jours assez tranquilles, brusquement tout s'était emballé. Un ordre était tombé d'en haut, exigeant qu'on aille surveiller de plus près ce que faisaient les Boches. Il n'était pourtant pas nécessaire d'être général pour se rendre compte qu'ils faisaient comme les Français, qu'ils attendaient la fin. Ça n'empêche, il fallait y aller voir. À partir de là, plus personne ne parvint à reconstituer exactement l'enchaînement des événements.

Pour remplir cette mission de reconnaissance, le lieutenant Pradelle choisit Louis Thérieux et Gaston Grisonnier, difficile de dire pourquoi, un jeune et un vieux, peut-être l'alliance de la vigueur et de l'expérience. En tout cas, des qualités inutiles parce que tous deux survécurent moins d'une demi-heure à leur désignation. Normalement, ils n'avaient pas à s'avancer très loin. Ils devaient longer une ligne nord-est, sur quoi, deux cents mètres, donner quelques coups de cisaille, ramper ensuite jusqu'à la seconde rangée de barbelés, jeter un œil et s'en revenir en disant que tout allait bien, vu qu'on était certain qu'il n'y avait rien à voir. Les deux soldats n'étaient d'ailleurs pas inquiets d'approcher ainsi de l'ennemi. Vu le statu quo des derniers jours, même s'ils les apercevaient, les Boches les laisseraient regarder et s'en retourner, ça serait comme une sorte de distraction. Sauf qu'au moment où ils avançaient, courbés le plus bas possible, les deux observateurs se firent tirer comme des lapins. Il y eut le bruit des balles, trois, puis un grand silence ; pour l'ennemi, l'affaire était réglée. On essaya aussitôt de les voir, mais comme ils étaient partis côté nord, on ne repérait pas l'endroit où ils étaient tombés.

Autour d'Albert, tout le monde en eut le souffle coupé. Puis il y eut des cris. Salauds. Les Boches sont bien toujours pareils, quelle sale engeance ! Des barbares, etc. En plus, un jeune et un vieux ! Ça ne changeait rien, mais dans l'esprit de tous, les Boches ne s'étaient pas contentés de tuer deux soldats français, avec eux, ils avaient abattu deux emblèmes. Bref, une vraie fureur.

Dans les minutes qui suivirent, avec une promptitude dont on les savait à peine capables, depuis l'arrière, les artilleurs balancèrent des giclées de 75 sur les lignes allemandes, à se demander comment ils avaient été informés.

Après, l'engrenage.

Les Allemands répliquèrent. Côté français, il ne fallut pas longtemps pour rassembler tout le monde. On allait leur régler leur compte, à ces cons-là. C'était le 2 novembre 1918. On ne le savait pas encore, on était à moins de dix jours de la fin de la guerre.

Et attaquer le jour des Morts, en plus. On a beau ne pas trop s'attacher aux symboles...

Et nous voilà de nouveau harnachés, pensa Albert, prêts à escalader les échafauds (c'est comme ça qu'on appelait les échelles utilisées pour sortir de la tranchée, vous parlez d'une perspective) et à foncer la tête la première vers les lignes ennemies. Tous les gars, en file indienne, tendus comme des arcs, peinaient à avaler leur salive. Albert était en troisième position, derrière Berry et le jeune Péricourt qui se retourna, comme pour vérifier que tout le monde était bien là. Leurs regards se croisèrent, Péricourt lui sourit, un sourire d'enfant qui s'apprête à faire une bonne blague. Albert tenta de sourire à son tour mais il n'y parvint pas. Péricourt revint à sa position. On attendait l'ordre d'attaquer, la fébrilité était presque palpable. Les soldats français, scandalisés par la conduite des Boches, étaient maintenant concentrés sur leur fureur. Au-dessus d'eux, les obus striaient le ciel dans les deux sens et secouaient la terre jusque dans les boyaux.

Albert regarda par-dessus l'épaule de Berry. Le lieutenant Pradelle, monté sur un petit avant-poste, scrutait les lignes ennemies à la jumelle. Albert reprit sa position dans la file. S'il n'y avait pas eu autant de bruit, il aurait pu réfléchir à ce qui le tracassait, mais les sifflements suraigus se succédaient, interrompus par des explosions qui vous faisaient trembler de la tête aux pieds. Allez vous concentrer, dans ces conditions-là.

Pour le moment, les gars sont dans l'attente de l'ordre d'attaquer. L'occasion n'est donc pas mauvaise pour observer Albert.

Albert Maillard. C'était un garçon mince, de tempérament légèrement lymphatique, discret. Il parlait peu, il s'entendait bien avec les chiffres. Avant la guerre, il était caissier dans une filiale de la Banque de l'Union parisienne. Le travail ne lui plaisait pas beaucoup, il y était resté à cause de sa mère. Mme Maillard n'avait qu'un fils et elle adorait les chefs. Alors bien sûr, Albert chef d'une banque, vous parlez, elle avait été immédiatement enthousiaste, convaincue qu'« avec son intelligence », il ne tarderait pas à se hisser au sommet. Ce goût exacerbé pour l'autorité lui venait de son père, adjoint au sous-chef de bureau au ministère des Postes, qui concevait la hiérarchie de son administration comme une métaphore de l'univers. Mme Maillard aimait tous les chefs, sans exception. Elle n'était pas regardante sur leur qualité ni sur leur provenance. Elle avait des photos de Clemenceau, de Maurras, de Poincaré, de Jaurès, de Joffre, de Briand… Depuis qu'elle avait perdu son mari qui commandait une escouade de surveillants en uniforme au musée du Louvre, les grands hommes lui procuraient des sensations inouïes. Albert n'était pas chaud pour la banque, mais il l'avait laissée dire, avec sa mère c'est encore ce qui marchait le mieux. Il avait quand même commencé à tirer ses plans. Il voulait partir, il avait des envies de Tonkin, assez vagues, il est vrai. En tout cas, quitter son emploi de comptable, faire autre chose. Mais Albert n'était pas un type rapide, tout lui demandait du temps. Et très vite, il y avait eu Cécile, la passion tout de suite, les yeux de Cécile, la bouche de Cécile, le sourire de Cécile, et puis forcément, après, les seins de Cécile, le cul de Cécile, comment voulez-vous penser à autre chose.

Pour nous, aujourd'hui, Albert Maillard ne semble pas très grand, un mètre soixante-treize, mais pour son époque, c'était bien. Les filles l'avaient regardé autrefois. Cécile surtout. Enfin… Albert avait beaucoup regardé Cécile et, au bout d'un moment, à force d'être fixée comme ça, presque tout le temps, bien sûr, elle s'était aperçue qu'il existait et elle l'avait regardé à son tour. Il avait un visage attendrissant. Une balle lui avait éraflé la tempe droite pendant la Somme. Il avait eu très peur, mais en avait été quitte pour une cicatrice en forme de parenthèse qui lui tirait légèrement l'œil de côté et qui lui donnait un genre. À sa permission suivante, Cécile, rêveuse et charmée, l'avait caressée du bout de l'index, ce qui n'avait pas arrangé son moral. Enfant, Albert avait un petit visage pâle, presque rond, avec des paupières lourdes qui lui donnaient un air de Pierrot triste. Mme Maillard se privait de manger pour lui donner de la viande rouge, persuadée qu'il était blanc parce qu'il manquait de sang. Albert avait eu beau lui expliquer mille fois que ça n'avait rien à voir, sa mère n'était pas du genre à changer d'avis comme ça, elle trouvait toujours des exemples, des raisons, elle avait horreur d'avoir tort, même dans ses lettres elle revenait sur des choses qui remontaient à des années, c'était vraiment pénible. À se demander si ce n'était pas pour ça qu'Albert s'était engagé dès le début de la guerre. Quand elle l'avait appris, Mme Maillard avait poussé les hauts cris, mais c'était une femme tellement démonstrative qu'il était impossible de démêler chez elle ce qui relevait de la frayeur et du théâtre. Elle avait hurlé, s'était arraché les cheveux, et s'était vite ressaisie. Comme elle avait une conception assez classique de la guerre, elle avait été rapidement convaincue qu'Albert, « avec son intelligence », ne tarderait pas à briller, à monter en grade, elle le voyait partir à l'assaut, en première ligne. Dans son esprit, il effectuait une action héroïque, il devenait aussitôt officier, capitaine, commandant, ou davantage, général, ce sont des choses qu'on voit à la guerre. Albert avait laissé dire en préparant sa valise.

Avec Cécile, ce fut très différent. La guerre ne l'effrayait pas. D'abord, c'était un « devoir patriotique » (Albert fut surpris, il ne l'avait jamais entendue prononcer ces mots-là), ensuite, il n'y avait pas vraiment de raison d'avoir peur, c'était quasiment une formalité. Tout le monde le disait.

Albert, lui, avait un petit doute, mais Cécile était un peu comme Mme Maillard finalement, elle avait des idées assez fixes. À l'écouter, la guerre ne ferait pas long feu. Albert n'était pas loin de la croire ; quoi qu'elle dise, Cécile, avec ces mains, avec cette bouche, avec tout ça, à Albert, elle pouvait lui dire n'importe quoi. On ne peut pas comprendre si on ne la connaît pas, pensait Albert. Pour nous, cette Cécile, ce serait une jolie fille, rien de plus. Pour lui, c'était tout autre chose. Chaque pore de sa peau, à Cécile, était constitué d'une molécule spéciale, son haleine avait un parfum spécial. Elle avait les yeux bleus, bon, à vous, ça ne vous dit rien, mais pour Albert, ces yeux-là, c'était un gouffre, un précipice. Tenez, prenez sa bouche et mettez-vous un instant à sa place, à notre Albert. De cette bouche, il avait reçu des baisers si chauds et tendres, qui lui soulevaient le ventre, à exploser, il avait senti sa salive couler en lui, il l'avait bue avec tant de passion, elle avait été capable de tels prodiges que Cécile n'était pas seulement Cécile. C'était… Alors, du coup, elle pouvait soutenir que la guerre, on n'en ferait qu'une bouchée, Albert avait tellement rêvé d'être une bouchée pour Cécile…

Aujourd'hui, évidemment, il jugeait les choses assez différemment. Il savait que la guerre n'était rien d'autre qu'une immense loterie à balles réelles dans laquelle survivre quatre ans tenait fondamentalement du miracle.

Et finir enterré vivant à quelques encablures de la fin de la guerre, franchement, ce serait vraiment la cerise.

Pourtant, c'est exactement ce qui va arriver.

Enterré vivant, le petit Albert.

La faute à « pas de chance », dirait sa mère.

Le lieutenant Pradelle s'est retourné vers sa troupe, son regard s'est planté dans celui des premiers hommes qui, à sa droite et à sa gauche, le fixent comme s'il était le Messie. Il a hoché la tête et pris sa respiration.

Quelques minutes plus tard, légèrement voûté, Albert court dans un décor de fin du monde, noyé sous les obus et les balles sifflantes, en serrant son arme de toutes ses forces, le pas lourd, la tête rentrée dans les épaules. La terre est épaisse sous les godillots parce qu'il a beaucoup plu ces jours-ci. À ses côtés, des types hurlent comme des fous, pour s'enivrer, pour se donner du courage. D'autres, au contraire, avancent comme lui, concentrés, le ventre noué, la gorge sèche. Tous se ruent vers l'ennemi, armés d'une colère définitive, d'un désir de vengeance. En fait, c'est peut-être un effet pervers de l'annonce d'un armistice. Ils en ont subi tant et tant que voir cette guerre se terminer comme ça, avec autant de copains morts et autant d'ennemis vivants, on a presque envie d'un massacre, d'en finir une fois pour toutes. On saignerait n'importe qui.

Même Albert, terrorisé par l'idée de mourir, étriperait le premier venu. Or, il y a eu pas mal d'obstacles ; en courant, il a dû dériver sur la droite. Au début, il a suivi la ligne fixée par le lieutenant, mais avec les balles sifflantes, les obus, on zigzague, forcément. D'autant que Péricourt qui avançait juste devant lui vient de se faire faucher par une balle et s'est écroulé quasiment dans ses pattes, Albert n'a eu que le temps de sauter par-dessus. Il perd l'équilibre, court plusieurs mètres sur son élan et tombe sur le corps du vieux Grisonnier, dont la mort, inattendue, a donné le signal de départ à cette ultime hécatombe.

Malgré les balles qui sifflent tout autour de lui, en le voyant allongé là, Albert s'arrête tout net.

C'est sa capote qu'il reconnaît parce qu'il portait toujours ce truc à la boutonnière, rouge, ma « légion d'horreur », disait-il. Ce n'était pas un esprit fin, Grisonnier. Pas délicat, mais brave type, tout le monde l'aimait bien. C'est lui, pas de doute. Sa grosse tête s'est comme incrustée dans la boue et le reste du corps a l'air d'être tombé tout en désordre. Juste à côté, il reconnaît le plus jeune, Louis Thérieux. Lui aussi est en partie recouvert de boue, recroquevillé, un peu dans la position du fœtus. C'est touchant, mourir à cet âge-là, dans une attitude pareille…

Albert ne sait pas ce qui lui prend, une intuition, il attrape l'épaule du vieux et le pousse. Le mort bascule lourdement et se couche sur le ventre. Il lui faut quelques secondes pour réaliser, à Albert. Puis la vérité lui saute au visage : quand on avance vers l'ennemi, on ne meurt pas de deux balles dans le dos.

Il enjambe le cadavre et fait quelques pas, toujours baissé, on ne sait pas pourquoi, les balles vous attrapent aussi bien debout que courbé, mais c'est un réflexe d'offrir le moins de prise possible, comme si on faisait tout le temps la guerre dans la crainte du ciel. Le voici devant le corps du petit Louis. Il a serré ses poings près de sa bouche, comme ça, c'est fou ce qu'il a l'air jeune, quoi, vingt-deux ans.

Albert ne voit pas son visage tout maculé de boue. Il ne voit que son dos. Une balle. Avec les deux balles du vieux, ça fait trois. Le compte y est.

Lorsqu'il se relève, Albert est encore tout hébété de cette découverte. De ce que ça veut dire. À quelques jours de l'armistice, les gars n'étant plus très pressés d'aller chatouiller les Boches, la seule manière de les pousser à l'assaut, c'était de les foutre en pétard : où était donc Pradelle lorsque les deux gars se sont fait tirer dans le dos ?

Bon Dieu...

Stupéfié par ce constat, Albert se retourne et découvre alors, à quelques mètres, le lieutenant Pradelle qui se rue sur lui en courant aussi vite que lui permet son harnachement.

Son mouvement est déterminé, sa tête parfaitement droite. Ce qu'Albert voit, surtout, c'est son regard clair et direct, au lieutenant. Totalement résolu. Tout s'éclaire d'un coup, toute l'histoire.

C'est à cet instant qu'Albert comprend qu'il va mourir.

Il tente quelques pas, mais plus rien ne marche, ni son cerveau, ni ses jambes, rien. Tout va trop vite. Je vous l'ai dit, ça n'est pas un rapide, Albert. En trois enjambées, Pradelle est sur lui. Juste à côté, un large trou béant, un trou d'obus. Albert reçoit l'épaule du lieutenant en pleine poitrine, il en a le souffle coupé. Il perd pied, tente de se rattraper et tombe en arrière, dans le trou, les bras en croix.

Et à mesure qu'il s'enfonce dans le vase, comme au ralenti, il voit s'éloigner le visage de Pradelle et ce regard dans lequel il comprend maintenant tout ce qu'il y a de défi, de certitude et de provocation.

Arrivé au fond de la fosse, Albert roule sur lui-même, à peine freiné par son barda. Il s'empêtre les jambes dans son fusil, réussit à se relever et se colle aussitôt à la paroi pentue, comme s'il s'adossait précipitamment à une porte dans la crainte d'être entendu ou surpris. Planté sur ses talons (la terre argileuse glisse comme un savon), il tâche de reprendre sa respiration. Ses pensées, brèves et désordonnées, retournent sans cesse au regard glacé du lieutenant Pradelle. Au-dessus de lui, la bataille semble s'être démultipliée, le ciel est constellé de guirlandes. La voûte laiteuse s'illumine de halos bleus ou orangés. Les obus, dans les deux sens, tombent comme à Gravelotte dans un fracas dense et ininterrompu, un tonnerre de sifflements et d'explosions. Albert lève les yeux. Là-haut, campée en surplomb au bord du trou comme l'ange de la mort, se découpe la haute silhouette du lieutenant Pradelle.

Albert a l'impression d'avoir chuté longtemps. En fait, il y a quoi, entre eux, deux mètres, tout au plus. Moins, sans doute. Mais c'est toute la différence. Le lieutenant Pradelle est en haut, les jambes écartées, les mains solidement plantées sur son ceinturon. Derrière lui, les lueurs intermittentes du combat. Il regarde tranquillement au fond du puits. Immobile. Il fixe Albert, un vague sourire sur les lèvres. Il ne fera pas un geste pour le sortir de là. Albert en suffoque, son sang ne fait qu'un tour, il attrape son fusil, glisse, se rattrape de justesse, épaule, mais

26

lorsque son arme est enfin dressée vers le bord, plus personne. Pradelle a disparu.

Albert est seul.

Il lâche son fusil et tente de retrouver un second souffle. Il ne devrait pas attendre et tout de suite escalader la pente de l'entonnoir, courir après Pradelle, lui tirer dans le dos, lui sauter à la gorge. Ou rejoindre les autres, leur parler, crier, faire quelque chose, il ne sait pas vraiment quoi. Mais il se sent très fatigué. L'épuisement vient de le gagner. Parce que tout ça est tellement bête. C'est comme s'il avait posé sa valise, comme s'il était arrivé. Il voudrait remonter là-haut qu'il ne le pourrait pas. Il était à deux doigts d'en finir avec cette guerre et le voilà au fond du trou. Il s'effondre plus qu'il ne s'assoit et se prend la tête dans les mains. Il tente d'analyser correctement la situation, mais son moral vient de fondre d'un seul coup. Comme un sorbet. Un de ceux que Cécile adore, au citron, qui lui font grincer les dents avec une mimique de petit chat, qui donne à Albert l'envie de la serrer contre lui. Justement, Cécile, sa dernière lettre remonte à quand ? C'est ça aussi qui l'a épuisé. Il n'en a parlé avec personne : les lettres de Cécile sont devenues moins longues. Comme c'est bientôt fini, la guerre, elle lui écrit comme si c'était complètement fini, que ça n'était plus la peine de s'étendre. Pour certains qui ont des familles entières, ça n'est pas pareil, il y a toujours des lettres qui arrivent, mais pour lui, qui n'a que Cécile... Il y a bien sa mère aussi, mais elle est plus fatigante qu'autre chose. Ses lettres ressemblent à sa conversation, si elle pouvait tout décider à sa place… C'est tout ça qui l'a usé, rongé, Albert, en plus de tous les copains qui sont morts et auxquels il voudrait ne pas trop penser. Il en a déjà vécu, des moments de découragement, mais là, ça tombe mal. Justement à l'instant où il aurait besoin de toute son énergie. Il ne saurait pas dire pourquoi, quelque chose en lui a soudainement lâché. Il le sent dans son ventre. Ça ressemble à une immense fatigue et c'est lourd comme de la pierre. Un refus obstiné, quelque chose d'infiniment passif et serein. Comme une fin de quelque chose. Lorsqu'il s'est engagé, quand il essayait d'imaginer la guerre, comme beaucoup, il pensait secrètement qu'en cas de difficulté il n'aurait qu'à faire le mort. Il s'effondrerait ou même, dans un souci de vraisemblance, il pousserait un hurlement en faisant mine de recevoir une balle en plein cœur. Il lui suffirait ensuite de rester allongé et d'attendre que les choses se calment. La nuit venue, il ramperait jusqu'au corps d'un autre camarade, vraiment mort celui-là, dont il volerait les papiers. Après quoi, il reprendrait sa marche reptilienne, des heures et des heures, s'arrêtant et retenant sa respiration lorsque des voix se feraient entendre dans la nuit. Avec mille précautions, il avancerait jusqu'à trouver enfin une route qu'il suivrait vers le nord (ou vers le sud, selon les versions). En marchant, il apprendrait par cœur tous les éléments de sa nouvelle identité. Puis il tomberait sur une unité égarée dont le caporal-chef, un grand type avec… Bref, comme on voit, pour un caissier de banque, Albert a un esprit assez romanesque. Sans doute les fantasmes de Mme Maillard l'ont-ils influencé. Au début du conflit, cette vision sentimentale, il la partageait avec bien d'autres. Il voyait des troupes sanglées dans de beaux uniformes rouge et bleu avancer en rangs serrés vers une armée adverse saisie de panique. Les soldats pointaient devant eux leurs baïonnettes étincelantes tandis que les fumées éparses de quelques obus confirmaient la déroute de l'ennemi. Au fond, Albert s'est engagé dans une guerre stendhalienne et il s'est retrouvé dans une tuerie prosaïque et barbare qui a provoqué mille morts par jour pendant cinquante mois. Pour en avoir une idée, il suffirait de s'élever un peu, de regarder le décor autour de son trou : un sol dont la végétation a totalement disparu, criblé de milliers de trous d'obus, parsemé de centaines de corps en décomposition dont l'odeur pestilentielle vous monte au cœur toute la journée. À la première accalmie, des rats gros comme des lièvres cavalent avec sauvagerie d'un cadavre à l'autre pour disputer aux mouches les restes que les vers ont déjà entamés. Il sait tout ça, Albert, parce qu'il a été brancardier dans l'Aisne et que, lorsqu'il ne trouvait plus de blessés gémissants ou hurlants, il ramassait toutes sortes de corps, à tous les stades de la putréfaction. Il en connaît un rayon, dans ce domaine. C'était un travail ingrat pour lui qui a toujours eu le cœur pointu.

Et comble de malchance pour quelqu'un qui, dans quelques instants, va être enseveli vivant, il souffre d'un petit fond de claustrophobie.

Tout gamin, à l'idée que sa mère risquait de fermer la porte de sa chambre en partant, il sentait monter des écœurements. Il ne disait rien, restait couché, il ne voulait pas peiner sa mère qui expliquait toujours qu'elle avait déjà bien des malheurs. Mais la nuit, le noir, ça l'impressionnait. Et même plus tard, il n'y a pas si longtemps, avec Cécile, quand ils jouaient dans les draps. Lorsqu'il se retrouvait entièrement recouvert, il perdait sa respiration, la panique le gagnait. D'autant que parfois Cécile le serrait entre ses jambes pour le retenir. Pour voir, disait-elle en riant. Bref, mourir étouffé est la mort qui lui ferait le plus peur. Heureusement, il n'y pense pas sinon, à côté de ce qui l'attend, être prisonnier des cuisses soyeuses de Cécile, même avec la tête sous les draps, c'est paradisiaque. S'il pensait à ça, ça lui donnerait envie de mourir, à Albert.

Ce qui ne tomberait d'ailleurs pas mal car c'est ce qui va se passer. Mais pas tout de suite. Tout à l'heure, quand l'obus décisif va s'écraser à quelques mètres de son abri et soulever une gerbe de terre haute comme un mur qui va s'effondrer et le recouvrir tout entier, il ne lui restera pas longtemps à vivre, ce sera toutefois suffisant pour se rendre vraiment compte de ce qui lui arrive. Albert sera pris d'un désir sauvage de survivre comme doivent le ressentir les rats de laboratoire quand on les saisit par les pattes arrière, ou les porcs qu'on va égorger, les vaches qu'on va abattre, une sorte de résistance primitive… Il va falloir attendre un peu pour cela. Attendre que ses poumons blanchissent à la recherche de l'air, que son corps s'épuise dans une tentative désespérée pour se dégager, que sa tête menace d'exploser, que son esprit soit gagné par la folie, que… n'anticipons pas.

Albert se retourne, regarde une dernière fois vers le haut, ce n'est pas si loin que ça, finalement. Simplement, c'est trop loin pour lui. Il tâche de rassembler ses forces, de ne penser à rien d'autre que ça, remonter, sortir de ce trou. Il reprend son barda, son fusil, s'agrippe et, malgré la fatigue, commence à escalader la pente. Pas facile. Ses pieds glissent, glissent sur l'argile boueuse, ne trouvent pas de prise, il a beau enfoncer ses doigts dans la terre, cogner de toutes ses forces de la pointe du pied pour tenter de se ménager des appuis, rien n'y fait, il retombe. Il se déleste alors de son fusil, de son sac. S'il fallait se déshabiller tout entier, il n'hésiterait pas. Il se vautre contre la paroi et recommence à ramper sur le ventre, ses gestes sont ceux d'un écureuil dans une cage, il gratte dans le vide et retombe toujours au même endroit. Il ahane, il geint puis il hurle. La panique le gagne. Il sent monter les larmes, tape du poing contre le mur de glaise. Le bord n'est pas si loin, merde quoi, en tendant le bras il pourrait presque le toucher, mais ses semelles patinent, chaque centimètre conquis est aussitôt reperdu. Il faut sortir de ce putain de trou ! se hurle-t-il. Et il va y arriver. Mourir oui, un jour, mais pas maintenant, non, ce serait trop bête. Il va sortir de là et le lieutenant Pradelle, il ira le chercher jusque chez les Boches s'il le faut, il le trouvera et il le tuera. Ça lui donne du courage, l'idée de buter cet enculé.

Il s'arrête un instant sur ce triste constat : les Boches, depuis plus de quatre ans qu'ils essayent, n'ont pas réussi à le tuer et c'est un officier français qui va le faire.

Merde.

Albert s'agenouille et ouvre son sac. Il sort tout, pose son quart entre ses jambes ; il va étendre sa capote contre la paroi glissante, planter dans la terre tout ce qu'il a sous la main pour servir de crampon, il se tourne et c'est exactement à ce moment-là que l'obus se fait entendre quelques dizaines de mètres au-dessus de lui. Soudain inquiet, Albert lève la tête. Depuis quatre ans, il a appris à distinguer les obus de soixante-quinze des quatre-vingt-quinze, les cent cinq des cent vingt... Sur celui-là, il hésite. Ce doit être à cause de la profondeur du trou, ou de la distance, il s'annonce par un bruit étrange, comme nouveau, à la fois plus sourd et plus feutré que les autres, un ronflement amorti, qui se termine en une vrille surpuissante. Le cerveau d'Albert a juste le temps de s'interroger. La détonation est incommensurable. Prise d'une convulsion foudroyante, la terre s'ébranle et pousse un grondement massif et lugubre avant de se soulever. Un volcan. Déséquilibré par la secousse, surpris aussi, Albert regarde en l'air parce que tout s'est obscurci d'un coup. Et là, à la place du ciel, une dizaine de mètres au-dessus de lui, il voit se dérouler, presque au ralenti, une immense vague de terre brune dont la crête mouvante et sinueuse ploie lentement dans sa direction et s'apprête à descendre vers lui pour l'enlacer. Une pluie claire, presque paresseuse, de cailloux, de mottes de terre, de débris de toutes sortes annonce son arrivée imminente. Albert se recroqueville et bloque sa respiration. Ce n'est pas du tout ce qu'il faudrait faire, au contraire, il faut se mettre en extension, tous les morts ensevelis vous le diront. Il y a ensuite deux ou trois secondes suspendues pendant lesquelles Albert fixe le rideau de terre qui flotte dans le ciel et semble hésiter sur le moment et le lieu de sa chute.

Dans un instant, cette nappe va s'écraser sur lui et le recouvrir.

En temps normal, Albert ressemble assez, pour faire image, à un portrait du Tintoret. Il a toujours eu des traits douloureux, avec une bouche très dessinée, un menton en galoche et de larges cernes que soulignent des sourcils arqués et d'un noir profond. Mais à cet instant, comme il a le regard tourné vers le ciel et qu'il voit la mort approcher, il ressemble plutôt à un saint Sébastien. Ses traits se sont brusquement tirés, tout son visage est plissé par la douleur, par la peur, dans une sorte de supplique d'autant plus inutile que de son vivant Albert n'a jamais cru à rien et ça n'est pas avec la poisse qui lui arrive qu'il va se mettre à croire en quelque chose. Même s'il en avait le temps.

Dans un formidable craquement, la nappe s'abat sur lui. On aurait pu s'attendre à un choc qui l'aurait tué tout net, Albert serait mort et voilà tout. Ce qui se passe est pire. Les cailloux et les pierres continuent de lui tomber dessus en grêle puis la terre arrive, d'abord couvrante et de plus en plus lourde. Le corps d'Albert est collé au sol.

Progressivement, à mesure que la terre s'entasse au-dessus de lui, il est immobilisé, compressé, comprimé.

La lumière s'éteint.

Tout s'arrête.

Un nouvel ordre du monde s'installe, un monde où il n'y aura plus de Cécile.

La première chose qui le frappe, juste avant la panique, c'est la cessation du bruit de la guerre. Comme si tout s'était tu brusquement, que Dieu avait sifflé la fin de la partie. Bien sûr, s'il y prêtait un peu attention, il comprendrait que rien ne s'est arrêté, que le son lui arrive seulement filtré, amorti par le volume de terre qui l'enserre et le recouvre, quasiment inaudible. Mais pour le moment, Albert a bien d'autres soucis que de guetter les bruits pour savoir si la guerre continue parce que pour lui, ce qui compte, c'est qu'elle est en train de se terminer.

Dès que le fracas s'est estompé, Albert est saisi. Je suis sous la terre, se dit-il ; ce n'est toutefois qu'une idée assez abstraite. C'est quand il se dit, je suis enterré vivant, que la chose prend un aspect terriblement concret.

Et lorsqu'il mesure l'étendue de la catastrophe, le genre de mort qui l'attend, quand il comprend qu'il va mourir étouffé, asphyxié, Albert devient fou, instantanément, totalement fou. Dans sa tête, tout se brouille, il hurle, et, dans ce cri inutile, il gaspille le peu d'oxygène qui lui reste. Je suis enterré, se répète-t-il en boucle, et son esprit s'engouffre dans cette effroyable évidence au point qu'il n'a même pas encore pensé à rouvrir les yeux. Tout ce qu'il fait, c'est tenter de remuer en tous sens. Tout ce qui lui reste de force, tout ce qui monte en lui de panique, se transforme en effort musculaire. Il dépense, à se débattre, une énergie incroyable. Tout ça en vain.

Et soudain, il s'arrête.

Parce qu'il vient de comprendre qu'il bouge les mains. Très peu, mais il les bouge. Il retient sa respiration. En tombant, la terre argileuse et gorgée d'eau a ménagé comme une sorte de coquille au niveau des bras, des épaules, de la nuque. Le monde dans lequel il est comme pétrifié lui a concédé quelques centimètres ici et là. En fait, il n'y a pas beaucoup de terre au-dessus de lui. Albert le sait. Quoi, quarante centimètres peut-être. Mais il est allongé dessous et cette couche est suffisante pour le paralyser, empêcher tout mouvement et le condamner.

Tout autour de lui, la terre tremble. Au-dessus, au loin, la guerre se poursuit, les obus continuent d'ébranler la terre, de la secouer.

Albert ouvre les yeux, timidement d'abord. C'est la nuit, ce n'est pas le noir complet. Des rais infinitésimaux de jour, blanchâtres, filtrent légèrement. Une lueur extrêmement pâle, à peine de la vie.

Il se contraint à respirer par petites saccades. Il écarte les coudes de quelques centimètres, parvient à étendre un peu les pieds, ça tasse la terre à l'autre bout. Avec mille précautions, luttant sans cesse contre la panique qui le gagne, il tente de dégager son visage pour respirer. Un bloc de terre cède aussitôt, comme une bulle qui éclate. Son réflexe est instantané, tous ses muscles se tendent, son corps se recroqueville. Mais rien d'autre ne se passe. Combien de temps reste-t-il ainsi, dans cet équilibre instable où l'air se raréfie lentement, à imaginer quelle mort s'approche, ce que ça va faire que d'être privé d'oxygène et de le comprendre, d'avoir les vaisseaux qui explosent un à un comme des baudruches, d'écarquiller les yeux à n'en plus pouvoir comme s'ils cherchaient à voir l'air qui manque ? Millimètre par millimètre, tandis qu'il s'efforce de respirer le moins possible, et de ne pas penser, de ne pas se voir tel qu'il est, il avance la main, palpe devant lui. Il sent alors quelque chose sous ses doigts, la lueur blanchâtre, bien qu'un peu plus dense, ne permet pas de distinguer ce qui l'entoure. Ses doigts touchent quelque chose de souple, pas de la terre, pas de l'argile, c'est presque soyeux, avec du grain.

Il met du temps à comprendre de quoi il s'agit.

À mesure qu'il accommode, il discerne ce qu'il a en face de lui : deux gigantesques babines d'où s'écoule un liquide visqueux, d'immenses dents jaunes, de grands yeux bleuâtres qui se dissolvent...

Une tête de cheval, énorme, repoussante, une monstruosité.

Albert ne peut réprimer un violent mouvement de recul. Son crâne cogne contre la coquille, de la terre s'écroule de nouveau, lui inonde le cou, il monte les épaules pour se protéger, cesse de bouger, de respirer. Laisse passer les secondes.

L'obus, en trouant le sol, a déterré un de ces innombrables canassons morts qui pourrissent sur le champ de bataille et vient d'en livrer une tête à Albert. Les voici face à face, le jeune homme et le cheval mort, presque à s'embrasser. L'effondrement a permis à Albert de dégager ses mains, mais le poids de la terre est lourd, très lourd, ça comprime sa cage thoracique. Il reprend doucement une respiration saccadée, ses poumons n'en peuvent déjà plus. Des larmes commencent à monter qu'il parvient à réprimer. Il se dit que pleurer, c'est accepter de mourir.

Il ferait mieux de se laisser aller, parce que ça ne va plus être long maintenant.

Ce n'est pas vrai qu'au moment de mourir toute notre vie se déroule en un instant fulgurant. Mais des images, ça oui. Et de vieilles encore. Son père, dont le visage est si net, si précis, qu'il jurerait qu'il est là, sous la terre avec lui. C'est sans doute parce qu'ils vont s'y retrouver. Il le voit jeune, au même âge que lui. Trente ans et des poussières, évidemment, ce sont les poussières qui comptent. Il porte son uniforme du musée, il a ciré sa moustache, il ne sourit pas, comme sur la photographie du buffet. Albert manque d'air. Ses poumons lui font mal, des mouvements convulsifs le saisissent. Il voudrait réfléchir. Rien n'y fait, le désarroi prend le dessus, la terrible frayeur de la mort lui remonte des entrailles. Les larmes coulent malgré lui. Mme Maillard le fixe d'un regard réprobateur, décidément Albert ne saura jamais s'y prendre, tomber dans un trou, je vous demande un peu, mourir juste avant la fin de la guerre, passe encore, c'est idiot, mais bon, on peut comprendre, tandis que mourir enterré, autant dire dans la position d'un homme déjà mort ! C'est tout lui, ça, Albert, jamais comme les autres, toujours un peu moins bien. De toute façon, s'il n'était pas mort à la guerre, que serait-il devenu, ce garçon ? Mme Maillard lui sourit enfin. Avec Albert mort, il y a au moins un héros dans la famille, ce n'est pas si mal.

Le visage d'Albert est presque bleu, ses tempes battent à une cadence inimaginable, on dirait que toutes les veines vont éclater. Il appelle Cécile, il voudrait se retrouver entre ses jambes, serré à n'en plus pouvoir, mais les traits de Cécile ne remontent pas jusqu'à lui, comme si elle était trop loin pour lui parvenir et c'est ça qui lui fait le plus mal, de ne pas la voir à cet instant, qu'elle ne l'accompagne pas. Il n'y a que son nom, Cécile, parce que le monde dans lequel il s'enfonce n'a plus de corps, que des mots. Il voudrait la supplier de venir avec lui, il a épouvantablement peur de mourir. Or c'est inutile, il va mourir seul, sans elle.

Alors au revoir, au revoir là-haut, ma Cécile, dans longtemps.

Puis le nom de Cécile s'efface à son tour pour laisser la place au visage du lieutenant Pradelle, avec son insupportable sourire.

Albert gesticule en tous sens. Ses poumons se remplissent de moins en moins, ça siffle quand il force. Il se met à tousser, il serre le ventre. Plus d'air.

Il agrippe la tête de cheval, parvient à saisir les grasses babines dont la chair se dérobe sous ses doigts, il attrape les grandes dents jaunes et, dans un effort surhumain, écarte la bouche qui exhale un souffle putride qu'Albert respire à pleins poumons. Il gagne ainsi quelques secondes de survie, son estomac se révulse, il vomit, son corps tout entier est de nouveau secoué de tremblements, mais tente de se retourner sur lui-même à la recherche d'une once d'oxygène, c'est sans espoir.

La terre est si lourde, presque plus de lumière, juste encore les soubresauts de la terre fracassée par les obus qui là-haut continuent de pleuvoir, après quoi plus rien n'entre en lui. Rien. Seulement un râle.

Puis une grande paix l'envahit. Il ferme les yeux.

Il est pris d'un malaise, son cœur s'effondre, sa raison s'éteint, il sombre.

Albert Maillard, soldat, vient de mourir.

2

Le lieutenant d'Aulnay-Pradelle, homme décidé, sauvage et primitif, courait sur le champ de bataille en direction des lignes ennemies avec une détermination de taureau. C'était impressionnant, cette manière de n'avoir peur de rien. En réalité, il n'y avait pas beaucoup de courage là-dedans, moins qu'on pourrait croire. Ce n'était pas qu'il fût spécialement héroïque, mais il avait acquis très vite la conviction qu'il ne mourrait pas ici. Il en était certain, cette guerre n'était pas destinée à le tuer, mais à lui offrir des opportunités.

Dans cette soudaine attaque de la cote 113, sa détermination féroce tenait, bien sûr, à ce qu'il haïssait les Allemands au-delà de toute limite, de manière quasiment métaphysique, mais aussi au fait qu'on s'acheminait vers l'issue et qu'il lui restait très peu de temps pour profiter des chances qu'un conflit comme celui-ci, exemplaire, pouvait prodiguer à un homme comme lui.

Albert et les autres soldats l'avaient pressenti : ce type avait tout du hobereau, versant lessivé. Au cours des trois générations précédentes, les Aulnay-Pradelle avaient été littéralement nettoyés par une suite de déroutes boursières et de déconfitures. De l'ancienne gloire de ses ancêtres, il n'avait conservé que la Sallevière, la demeure de la famille, en ruine, le prestige de son nom, un ou deux ascendants très éloignés, quelques relations incertaines et une avidité à retrouver une place dans le monde qui frisait la fureur. Il vivait la précarité de sa situation comme une injustice et regagner son rang dans l'échelle de l'aristocratie était son ambition fondamentale, une véritable obsession à laquelle il était prêt à tout sacrifier. Son père s'était tiré une balle dans le cœur dans un hôtel de province après avoir claqué tout ce qui restait. La légende soutenait sans fondement que sa mère, morte un an plus tard, avait succombé au chagrin. Sans frère ni sœur, le lieutenant se trouvait être le dernier Aulnay-Pradelle et ce contexte « fin de race » lui procurait un vif sentiment d'urgence. Après lui, rien. L'interminable déchéance de son père l'avait convaincu très tôt que la refondation de la famille reposait sur ses seules épaules et il était certain de disposer de la volonté et du talent nécessaires pour y parvenir.

Ajoutez à cela qu'il était assez beau. Il fallait aimer les beautés sans imagination, bien sûr, mais, tout de même, les femmes le désiraient, les hommes le jalousaient, ce sont des signes qui ne trompent pas. N'importe qui vous dirait qu'à un physique pareil et à un nom pareil, il ne manquait que la fortune. Et c'était exactement son avis et même son unique projet.

On comprend mieux pourquoi il s'était donné un mal de chien pour organiser cette charge que le général Morieux désirait si ardemment. Pour l'état-major, c'était une verrue, cette cote 113, un point minuscule sur la carte qui vous narguait, jour après jour, le genre de truc qu'on prend en grippe, c'est plus fort que vous.

Le lieutenant Pradelle n'était pas sujet à ce genre de fixation mais lui aussi la désirait, cette cote 113, parce qu'il était en bas de la pile du commandement, qu'on arrivait à la fin et que, dans quelques semaines, il serait trop tard pour se distinguer. Déjà, lieutenant en trois ans, ce n'était pas mal. Là-dessus, un coup d'éclat et l'affaire serait entendue : capitaine à la démobilisation.

Pradelle était assez content de lui. Pour motiver ses hommes à se lancer dans la conquête de cette cote 113, les persuader que les Boches venaient de trucider, de sang-froid, deux de leurs camarades, c'était la certitude de déclencher chez eux une belle colère vengeresse. Un vrai coup de génie.

Après avoir lancé l'attaque, il avait confié à un adjudant le soin de conduire la première charge. Lui était resté légèrement en retrait, une bricole à régler avant de rejoindre le gros de l'unité. Après quoi il pourrait remonter vers les lignes ennemies, dépasser tout le monde de sa grande foulée sportive et aérienne et arriver dans les premiers pour dézinguer du Boche autant qu'il plairait à Dieu de lui en offrir.

Dès son premier coup de sifflet, quand les hommes avaient commencé à charger, il s'était placé à bonne distance sur la droite, afin d'empêcher les soldats de dériver dans la mauvaise direction. Son sang n'avait fait qu'un tour lorsqu'il avait vu ce type, comment s'appelle-t-il déjà, un gars avec un visage triste et de ces yeux, on dirait toujours qu'il va se mettre à pleurer, Maillard, c'est ça, s'arrêter là-bas, sur la droite, à se demander comment, sorti du boyau, il avait pu arriver jusque-là, ce con.

Pradelle l'avait vu s'immobiliser, revenir sur ses pas, s'agenouiller, intrigué, et repousser le corps du vieux Grisonnier.

Or ce corps-là, Pradelle l'avait à l'œil depuis le début de l'attaque parce qu'il devait absolument s'en occuper et, le plus vite possible, le faire disparaître, c'était même pour cette raison qu'il était resté en serre-file sur la gauche. Pour être tranquille.

Et voilà ce con de soldat qui s'arrête en pleine course et regarde les deux cadavres, le vieux et le jeune.

Pradelle a aussitôt foncé, un taureau, je vous dis. Albert Maillard s'était déjà relevé. Il avait l'air secoué par sa découverte. Quand il a vu Pradelle fondre sur lui, il a compris ce qui allait lui arriver et il a tenté de s'enfuir, mais sa peur était moins efficace que la colère de son lieutenant. Le temps de réaliser, Pradelle était sur lui, un coup d'épaule dans le buffet et le soldat a chuté dans un trou d'obus et roulé jusqu'au fond. Bon, ça n'est que deux mètres, tout au plus, pour en ressortir, ce ne sera pas facile, va falloir de l'énergie, d'ici là Pradelle aura réglé le problème.

Et après, il n'y aura plus rien à dire vu qu'il n'y aura plus de problème.

Pradelle reste au bord du vase et regarde le soldat tout au fond, il hésite sur la solution à adopter puis se sent tranquillisé parce qu'il sait disposer du temps nécessaire. Il reviendra plus tard. Il se détourne, recule de quelques mètres.

Le vieux Grisonnier est allongé, l'air têtu. L'avantage de la situation nouvelle, c'était que Maillard, en le retournant, l'a rapproché du corps du jeune, Louis Thérieux, ça facilite la tâche. Pradelle jette un œil alentour pour vérifier que personne ne l'observe, l'occasion d'un constat : quel carnage ! C'est là qu'on se rend compte que cette attaque aura quand même coûté sacrément cher en effectifs. Mais c'est la guerre et il n'est pas ici pour philosopher. Le lieutenant Pradelle dégoupille sa grenade offensive et la cale posément entre les deux cadavres. Le temps de s'éloigner d'une trentaine de mètres et de se mettre à l'abri, les mains sur les oreilles, il perçoit la détonation qui pulvérise le corps des deux soldats morts.

Deux morts de moins dans la Grande Guerre.

Et deux disparus de plus.

Maintenant, il doit aller s'occuper de ce con de soldat, là-bas, dans son trou. Pradelle sort sa seconde grenade. Il s'y connaît, il y a deux mois, il a regroupé une quinzaine de Boches qui venaient de se rendre, il les a mis en rond, les prisonniers s'interrogeaient du regard, personne ne comprenait. D'un geste, il a balancé une grenade au milieu du cercle, deux secondes avant l'explosion. Un travail d'expert. Quatre années d'expérience du lancer franc. Une précision, je ne vous dis pas. Le temps que les types se rendent compte de ce qui leur arrivait dans les pattes, ils étaient direct en partance pour le Walhalla. Vont pouvoir tripoter les Walkyries, ces enfoirés.

C'est sa dernière grenade. Après, il n'aura plus rien à balancer dans les tranchées boches. C'est dommage, mais tant pis.

À l'instant même, un obus explose, une immense gerbe de terre s'élève et s'effondre. Pradelle se soulève pour mieux voir. Le trou est entièrement recouvert !

Pile-poil. Le type est en dessous. Quel con !

L'avantage pour Pradelle, c'est qu'il a économisé une grenade défensive.

De nouveau impatient, il se remet à courir en direction des premières lignes. Allez, il est urgent d'aller s'expliquer avec les Boches. On va leur offrir un beau cadeau d'adieu.

3

Péricourt s'était fait faucher en pleine course. La balle lui avait fracassé la jambe. Il avait poussé un hurlement de bête, s'était effondré dans la boue, la douleur était insupportable. Il s'était tortillé et retourné dans tous les sens en continuant de crier et, comme il n'arrivait pas à voir sa jambe qu'il serrait à deux mains au niveau de la cuisse, il s'était demandé si un éclat d'obus ne la lui avait pas sectionnée. Il fit un effort désespéré pour se soulever un peu, il y parvint et, malgré les terribles élancements, il fut soulagé : sa jambe était bien là, entière. Il apercevait le pied tout au bout, c'était en dessous du genou que c'était écrabouillé. Ça pissait le sang ; il pouvait remuer un peu le bout du pied, il souffrait comme un damné, mais ça bougeait. Malgré le boucan, les balles qui sifflaient, les shrapnells, il pensa « j'ai ma jambe ». Il en fut rassuré parce qu'il n'aimait pas l'idée de devenir unijambiste.

On disait parfois le « petit Péricourt » pour jouer avec le paradoxe, parce que, pour un garçon né en 1895, il était extrêmement grand, un mètre quatre-vingt-trois, vous pensez, c'était quelque chose.

D'autant qu'avec une taille pareille, on a vite l'air maigre. Il était déjà comme ça à quinze ans. À l'institution, ses camarades l'appelaient « le géant », et ce n'était pas toujours bienveillant, il n'était pas très aimé.

Édouard Péricourt, le genre de type qui a de la chance.

Dans les écoles qu'il fréquentait, tous étaient comme lui, des gosses de riches à qui rien ne pouvait arriver, qui entraient dans l'existence bardés de certitudes et d'une confiance en soi sédimentée par toutes les générations d'ascendants fortunés qui les avaient précédés. Chez Édouard, ça passait moins bien que chez les autres parce qu'en plus de tout ça, il était chanceux. Or on peut tout pardonner à quelqu'un, la richesse, le talent, mais pas la chance, non, ça, c'est trop injuste.

En fait, sa veine était avant tout un excellent sens de l'autoconservation. Quand le danger était trop grand, que la tournure des événements devenait menaçante, quelque chose le prévenait, il avait des antennes, et il faisait le nécessaire pour rester dans la course sans y laisser trop de plumes. Évidemment, voir comme ça Édouard Péricourt allongé dans la gadoue le 2 novembre 1918 avec une jambe en bouillie, on peut se demander si la chance ne vient pas de tourner, et dans le mauvais sens. En fait, non, pas tout à fait, parce qu'il va garder sa jambe. Il boitera le restant de ses jours, mais sur deux jambes.

Il retira rapidement son ceinturon et il en fit un garrot qu'il serra très fort pour arrêter l'hémorragie. Puis, épuisé par cet effort, il se relâcha et s'allongea.

La douleur se calma un peu. Il allait devoir rester là un moment et il n'aimait pas cette position. Il risquait d'être atomisé par un obus, ou pire encore… C'était une idée qui courait fréquemment à cette époque : la nuit, les Allemands sortaient de leurs tranchées pour venir achever les blessés à l'arme blanche.

Pour relâcher ses muscles, Édouard poussa sa nuque dans la boue. Il ressentit un peu de fraîcheur. Ce qu'il y avait derrière lui, maintenant, il le voyait tout à l'envers. Comme s'il était à la campagne, allongé sous les arbres. Avec une fille. C'est une chose qu'il n'avait jamais connue, avec une fille. Celles qu'il avait croisées, c'étaient surtout celles des boxons du côté des Beaux-Arts.

Il n'eut pas le loisir de remonter plus loin dans ses souvenirs, parce qu'il aperçut soudain la haute dégaine du lieutenant Pradelle. Quelques instants plus tôt, le temps de tomber, de se rouler par terre de douleur et de faire son garrot, Édouard avait laissé tout le monde en train de courir vers les lignes boches et voilà le lieutenant Pradelle à dix mètres derrière lui, debout, immobile, comme si la guerre s'était arrêtée.

Édouard le voit de loin, à l'envers et de profil. Les mains posées sur le ceinturon, il regarde à ses pieds. On dirait un entomologiste penché sur une fourmilière. Imperturbable au milieu du fracas. Olympien. Puis, comme si l'affaire était terminée ou qu'elle ne le concernait plus, peut-être a-t-il achevé son observation, il disparaît. Qu'un officier s'arrête en pleine charge pour regarder à ses pieds, c'est tellement étonnant qu'un instant Édouard ne sent plus la douleur. Il y a là quelque chose d'anormal. Déjà, qu'Édouard se fasse écraser une jambe, c'est surprenant ; il a traversé la guerre sans une éraflure, se retrouver cloué au sol avec une jambe en capilotade, il y a quelque chose qui ne va pas, mais, à la limite, dans la mesure où il est soldat et qu'on est dans un conflit passablement meurtrier, être blessé, c'est quand même dans l'ordre des choses. En revanche, un officier qui s'arrête sous les bombes pour observer ses pieds…

Péricourt relâche ses muscles, retombe sur le dos, tâche de respirer, les mains serrées autour de son genou, juste au-dessus du garrot improvisé. Quelques minutes plus tard, c'est plus fort que lui, il se cambre, regarde de nouveau l'endroit où le lieutenant Pradelle se tenait debout il y a quelques instants… Rien. L'officier a disparu. La ligne d'attaque s'est encore avancée, les explosions se sont éloignées de plusieurs dizaines de mètres. Édouard pourrait en rester là, se concentrer sur sa blessure. Par exemple, il pourrait réfléchir pour savoir s'il vaut mieux attendre les secours ou tenter de se traîner vers l'arrière, au lieu de quoi il demeure cambré, comme une carpe sortie de l'eau, les reins creusés, le regard rivé à cet endroit.

Enfin, il se décide. Et là, c'est très dur. Il se soulève sur ses coudes pour ramper à reculons. Sa jambe droite ne répond plus, tout à la force des avant-bras, avec juste l'appui de la jambe gauche ; l'autre traîne dans la gadoue, comme un membre mort. Chaque mètre est un effort. Et il ne sait pas pourquoi il agit ainsi. Il serait incapable de le dire. Sauf que ce

Pradelle est un homme vraiment inquiétant, personne ne peut l'encadrer. Il confirme l'adage selon lequel le véritable danger pour le militaire, ce n'est pas l'ennemi, mais la hiérarchie. Si Édouard n'est pas suffisamment politisé pour se dire que c'est le propre du système, son esprit va quand même dans cette direction-là.

Il est brusquement arrêté dans son élan. Il vient de ramper sur sept ou huit mètres, guère plus, quand une explosion terrible, un obus d'un calibre insoupçonné, le cloue au sol. Peut-être que couché par terre, ça amplifie les détonations. Il se raidit, tendu comme une perche, rigide, même sa jambe droite ne résiste pas à ce mouvement. On dirait un épileptique saisi dans sa transe. Son regard reste fixé sur l'endroit où se trouvait Pradelle quelques minutes auparavant lorsqu'une immense gerbe de terre se soulève, comme une vague colérique et rageuse, et s'élève dans les airs. Édouard a l'impression qu'elle va l'ensevelir tellement il la sent proche, enveloppante, et elle retombe avec un bruit terrible, feutré comme le soupir d'un ogre. Les explosions et les balles sifflantes, les fusées éclairantes qui s'épanouissent dans le ciel, ce n'est presque plus rien à côté de ce mur de terre qui s'écroule près de lui. Tétanisé, il ferme les yeux, le sol vibre sous lui. Il se tasse, cesse de respirer. Lorsqu'il reprend ses esprits, constater qu'il est encore vivant lui donne le sentiment d'être un miraculé.

La terre est entièrement retombée. Aussitôt, comme un gros rat de tranchée, avec une énergie qu'il serait incapable d'expliquer, il rampe de nouveau, toujours sur le dos, il se hisse là où son cœur l'appelle, puis il comprend : il est arrivé là où la vague s'est effondrée et, à cet endroit, une petite pointe d'acier perce le sol sur la terre presque poudreuse. Quelques centimètres. C'est l'extrémité d'une baïonnette. Le message est clair. Là-dessous, il y a un soldat enterré.

Le coup de l'ensevelissement est un grand classique, un de ceux dont il a entendu parler, mais auquel il n'a jamais été confronté personnellement. Dans les unités où il a combattu, il y avait souvent des sapeurs avec des pelles et des pioches pour tenter de déterrer les types qui se retrouvaient dans cette mauvaise position. On arrivait toujours trop tard, on les ressortait le visage cyanosé, les yeux comme explosés. L'ombre de Pradelle repasse un instant dans l'esprit d'Édouard, il ne veut pas s'y arrêter.

Agir, vite.

Il se retourne sur le ventre et aussitôt sa blessure à la jambe le fait hurler parce que, ouverte de nouveau, bouillonnante, la plaie s'écrase maintenant contre le sol. Son cri rauque ne s'est pas encore achevé qu'il gratte fébrilement, les doigts recourbés en forme de griffes. Instrument dérisoire si le gars qui est là-dessous commence déjà à manquer d'air… Il ne faut pas longtemps pour qu'Édouard s'en rende compte. À quelle profondeur est-il ? Si seulement il y avait quelque chose pour racler. Péricourt se tourne vers la droite. Son regard tombe sur des cadavres, à part ça, rien d'autre qui traîne, pas un outil, rien de rien. Une seule solution, parvenir à retirer cette baïonnette et s'en servir pour creuser, mais ça va prendre des heures. Il a l'impression que le type appelle. Bien sûr, même s'il n'est pas enterré profondément, avec le boucan qu'il y a ici, aucune chance de l'entendre même s'il hurlait, c'est un effet de son imagination, à Édouard, son cerveau bouillonne, il sent combien c'est urgent. Les ensevelis, il faut les sortir tout de suite ou on les retire morts. Tandis qu'il gratte avec ses ongles de chaque côté de l'extrémité de la baïonnette qui émerge, il se demande s'il le connaît ; des noms de gars de son unité, des visages défilent dans sa tête. C'est incongru dans la circonstance : il voudrait sauver ce camarade et que ce soit quelqu'un avec qui il a parlé, quelqu'un qu'il aime bien. Ça l'aide à travailler vite, ce genre de pensée. Il se tourne sans cesse à droite et à gauche, cherchant du regard une aide quelconque, mais rien, il en a mal aux doigts. Il a réussi à dégager la terre sur une dizaine de centimètres de chaque côté, mais quand il essaye d'ébranler la baïonnette, ça ne bouge pas d'un millimètre, c'est comme une dent saine, c'est décourageant. Depuis combien de temps s'acharne-t-il, deux minutes, trois ? Le type est peut-être déjà mort. À cause de la position, Édouard commence à ressentir une douleur dans les épaules. Il ne va pas tenir longtemps comme ça, une sorte de doute le gagne, un épuisement, ses gestes se fatiguent, il perd sa respiration, ses biceps se durcissent, une crampe lui vient, il tape du poing par terre. Et, soudain, il en est certain : ça a bougé ! Ses larmes se mettent aussitôt à couler, il pleure vraiment, il a pris le bout de fer à deux mains et il pousse et il tire de toutes ses forces et sans s'arrêter, il essuie d'un revers de bras les larmes qui lui noient le visage, c'est devenu facile soudainement, il cesse de remuer, recommence à gratter et plonge la main pour tenter de la retirer. Il pousse un cri de victoire lorsque la baïonnette cède. Il la sort et la contemple un court instant comme s'il n'y croyait pas, qu'il en voyait une pour la première fois, mais il la replante d'un geste rageur, il hurle, il rugit et poignarde le sol. Il dessine un large cercle avec le tranchant émoussé et, en mettant la lame à plat, il la passe sous la terre pour la soulever et la chasser ensuite à la main. Combien de temps ça lui prend ? La douleur à la jambe est de plus en plus vive. Enfin, c'est là, il voit quelque chose, il tâte, un tissu, un bouton, il gratte comme un fou, un vrai chien de chasse, il palpe de nouveau, c'est une vareuse, il y met les deux mains, les deux bras, la terre s'est comme effondrée dans un trou, il sent des choses, il ne sait pas ce que c'est. Puis il rencontre le poli d'un casque, il en suit le contour et, au bout des doigts, c'est le gars. « Hé ! » Il pleure toujours, Édouard, et il crie en même temps, tandis que ses bras, mus par une force qu'il ne maîtrise pas, font le ménage, furieusement, balayent la terre. La tête du soldat apparaît enfin, à moins de trente centimètres, comme s'il dormait ; il le reconnaît, il s'appelle comment déjà ? Il est mort. Et cette idée est tellement douloureuse qu'Édouard s'arrête et regarde ce camarade, juste au-dessous de lui, et, un court moment, il se sent aussi mort que lui, c'est sa propre mort qu'il contemple et ça lui fait un mal immense, immense...

En pleurant, il continue de dégager le reste du corps, ça va vite, voici les épaules, le torse, jusqu'à la ceinture. Devant le visage du soldat, il y a une tête de cheval mort ! C'est curieux qu'ils se soient trouvés ainsi enterrés ensemble, se dit Édouard, face à face. À travers ses larmes, il voit le dessin que ça ferait, c'est plus fort que lui. Ça irait plus vite s'il pouvait se mettre debout, prendre une position différente, mais, même comme ça, il y arrive, il dit à voix haute des choses très bêtes, il dit : « T'en fais pas » en pleurant comme un veau, comme si l'autre pouvait l'entendre, il a envie de le serrer contre lui et il dit des choses dont il aurait honte si quelqu'un les entendait, parce qu'au fond il pleure sur sa propre mort. Il pleure sur sa peur rétrospective, il peut se l'avouer maintenant, depuis deux ans, combien il crève de trouille d'être un jour le soldat mort d'un autre soldat qui serait seulement blessé. C'est la fin de la guerre, ces larmes qu'il déverse sur son camarade, ce sont celles de sa jeunesse, de sa vie. La chance qu'il a eue, lui. Estropié, une jambe à tirer le reste de son existence. La belle affaire. Il est vivant. À grands gestes larges, il achève de dégager le corps.

Le nom lui revient : Maillard. Le prénom, il ne l'a jamais su, on disait seulement Maillard.

Et un doute. Il approche son visage de celui d'Albert, il voudrait faire taire le monde entier qui explose partout autour de lui pour écouter parce qu'il se demande, quand même, est-ce qu'il est mort ? Bien qu'il soit allongé près de lui et que ça n'ait rien de pratique dans cette position, il le gifle comme il peut, et la tête de Maillard suit le mouvement sans broncher ; ça ne veut rien dire, et c'est une très mauvaise idée qu'il a là, Édouard, de s'imaginer que le soldat n'est peut-être pas tout à fait mort, une idée qui va lui faire plus de mal encore, mais voilà, c'est ainsi, maintenant qu'il y a ce doute, cette question, il faut absolument qu'il vérifie et c'est terrible pour nous, de voir ça. On a envie de lui crier, laisse, tu as fait de ton mieux, on a envie de lui prendre les mains, tout doucement, de les serrer dans les nôtres pour qu'il cesse de bouger comme ça, de s'énerver, on a envie de lui dire ces choses qu'on dit aux enfants qui ont des crises de nerfs, de l'étreindre jusqu'à ce que ses larmes se tarissent. De le bercer, en somme. Seulement, il n'y a personne autour d'Édouard, ni vous ni moi, pour lui montrer le bon chemin et, dans son esprit, est remontée de loin cette idée que Maillard n'est peut-être pas vraiment mort. Édouard a vu ça une fois, ou on le lui a raconté, une légende du front, une de ces histoires dont personne n'a été le témoin, un soldat qu'on croyait mort et qu'on a ranimé, c'était le cœur, il a redémarré.

Le temps de penser ça, malgré la douleur, c'est incroyable, Édouard se hisse sur sa jambe valide. En se soulevant, il voit sa jambe droite traîner derrière lui, mais il le perçoit dans un brouillard où se mêlent la peur, l'épuisement, la souffrance, le désespoir.

Il prend son élan, un court instant.

Pendant une seconde, il est debout, sur une seule jambe, comme un héron, son équilibre ne tient à rien, il jette un regard sous lui puis, après une respiration rapide, mais profonde, il se laisse brutalement choir sur la poitrine d'Albert, de tout son poids.

Le craquement est sinistre, des côtes écrasées, brisées. Édouard entend un râle. Sous lui, la terre se retourne et il glisse plus bas, comme s'il tombait de sa chaise, mais ce n'est pas la terre qui s'est soulevée, c'est Albert qui s'est tourné, qui vomit tripes et boyaux, qui se met à tousser. Édouard n'en croit pas ses yeux, ses larmes remontent, c'est vrai qu'il a de la chance, cet Édouard, vous avouerez. Albert continue de vomir, Édouard lui tape gaiement dans le dos, il pleure et il rit en même temps. Le voilà assis là, sur ce champ de bataille dévasté, à côté de la tête d'un cheval crevé, une jambe repliée à l'envers, sanguinolente, tout près de défaillir d'épuisement, avec ce type qui revient de chez les morts en dégueulant...

Pour une fin de guerre, c'est quelque chose. Une belle image. Mais ça n'est pas la dernière. Tandis qu'Albert Maillard reprend vaguement conscience, s'époumone en roulant sur le côté, Édouard droit comme un « I » insulte le ciel, comme s'il fumait un bâton de dynamite.

C'est alors qu'arrive à sa rencontre un éclat d'obus gros comme une assiette à soupe. Assez épais et à une vitesse vertigineuse.

La réponse des dieux, sans doute.

4

Les deux hommes remontèrent à la surface de manière assez différente.

Albert, revenu d'entre les morts en vomissant tripes et boyaux, reprit vaguement conscience dans un ciel strié de projectiles, signe qu'il était bien de retour dans la vraie vie. Il ne pouvait pas encore s'en rendre compte, mais la charge déclenchée et conduite par le lieutenant Pradelle touchait déjà presque à sa fin. Cette cote 113, finalement, avait été gagnée assez facilement. Après une résistance énergique, mais brève, l'ennemi s'était rendu, on avait fait des prisonniers. Tout, du début à la fin, n'avait été qu'une formalité à trente-huit morts, vingt-sept blessés et deux disparus (on ne comptait pas les Boches dans le calcul), autant dire un excellent rendement.

Lorsque les brancardiers l'avaient ramassé sur le champ de bataille, Albert tenait la tête d'Édouard Péricourt sur ses genoux, chantonnait et le berçait dans un état que les sauveteurs qualifièrent d'« halluciné ». Il avait toutes les côtes fêlées, cassées ou fracturées, mais les poumons étaient intacts. Il souffrait le martyre, ce qui était, somme toute, bon signe, signe qu'il était vivant. Il n'était toutefois pas d'une grande fraîcheur et, même s'il l'avait désiré, il aurait été contraint de remettre à plus tard sa réflexion sur les questions que posait sa situation.

Par exemple, par quel miracle, par la grâce de quelle volonté supérieure, par quel hasard inconcevable, son cœur avait-il cessé de battre quelques minuscules secondes seulement avant que le soldat Péricourt se lance dans une opération de réanimation d'une technicité toute personnelle. Tout ce qu'il pouvait constater était que la machine avait redémarré avec soubresauts, spasmes et cahots, mais que l'essentiel avait été préservé.

Les médecins, après l'avoir étroitement bandé, avaient décrété que leur science s'arrêtait là et l'avaient relégué dans une vaste salle commune où cohabitaient tant bien que mal des soldats à l'agonie, quelques grands blessés, nombre d'estropiés de toutes sortes, et où les plus valides, malgré leurs attelles, jouaient aux cartes en visant à travers leurs pansements.

Grâce à la conquête de la cote 113, l'hôpital de l'avant, qui s'était légèrement assoupi ces dernières semaines dans l'attente de l'armistice, avait repris de l'activité, mais, comme cette attaque n'avait pas été trop dévastatrice, on y adopta un rythme normal qu'on n'avait pas connu depuis presque quatre ans. Un temps où les sœurs infirmières pouvaient se consacrer un peu aux blessés mourant de soif. Où les médecins n'étaient pas obligés de renoncer à soigner des soldats longtemps avant qu'ils soient vraiment morts. Où les chirurgiens qui n'avaient pas dormi depuis soixante-douze heures ne se tordaient plus sous les crampes qui leur venaient à force de scier fémurs, tibias et humérus.

Dès son arrivée, Édouard avait subi deux interventions de fortune. Sa jambe droite était fracturée en plusieurs endroits, ligaments, tendons foutus, il boiterait toute sa vie. L'opération la plus conséquente consista à explorer les plaies au visage afin d'en ôter les corps étrangers (autant que le matériel d'un hôpital de l'avant pouvait le permettre). On avait procédé aux vaccinations, fait le nécessaire pour rétablir les voies aériennes, juguler les risques de gangrène gazeuse, les blessures avaient été largement incisées pour éviter qu'elles s'infectent ; le reste, c'est-à-dire l'essentiel, devait être confié à un hôpital de l'arrière mieux équipé avant d'envisager, si le blessé ne mourait pas, de l'envoyer ensuite vers un établissement spécialisé.

Un ordre avait été donné de transférer Édouard de toute urgence et, dans l'attente, on autorisa Albert, dont l'histoire autant de fois racontée que déformée fit rapidement le tour de l'hôpital, à rester au chevet de son camarade. Par bonheur, il avait été possible de placer le blessé dans une chambre individuelle, dans un secteur privilégié du bâtiment situé à l'extrémité sud et d'où l'on ne percevait pas en permanence les gémissements des moribonds.

Albert assista presque impuissant à la remontée d'Édouard par paliers successifs, activité épuisante, désordonnée, à laquelle il ne comprit pas grand-chose. Il surprenait parfois chez le jeune homme des expressions, des mimiques qu'il pensait interpréter avec justesse, mais si fugitives qu'elles avaient disparu avant qu'Albert trouve un mot capable de les désigner. Je l'ai dit, Albert n'avait jamais été très vif, le petit incident dont il venait d'être victime n'avait rien arrangé.

Édouard souffrait terriblement de ses blessures, il hurlait et s'agitait si furieusement qu'il fallut l'attacher sur son lit. Albert comprit alors que la chambre à l'extrémité du bâtiment n'avait pas été donnée au blessé pour son confort, mais pour éviter aux autres de supporter ses plaintes à longueur de journée. Quatre années de guerre n'avaient pas suffi, sa naïveté était encore quasiment sans fond.

Albert se tordit les mains des heures entières en entendant hurler son camarade dont les cris, des gémissements aux sanglots et aux rugissements, couvrirent, en quelques heures, toute la gamme de ce qu'un homme peut exprimer lorsqu'il se trouve placé en continu à la limite de la douleur et de la folie.

Alors qu'il était incapable de défendre son bout de gras devant un sous-chef de service de sa banque, Albert se mua en fervent avocat, il plaida que l'éclat d'obus que son camarade avait reçu n'avait rien à voir avec une poussière dans l'œil, etc. À son niveau, il s'en sortit très bien, il pensa avoir été efficace. En réalité, il n'avait été que pathétique, ce qui fut toutefois suffisant. Comme on avait fait à peu près tout ce qu'on pouvait dans l'attente du transfert, le jeune chirurgien accepta d'administrer de la morphine à Édouard pour calmer ses douleurs, à condition qu'on s'en tienne à la dose minimum et qu'on la diminue régulièrement. Il était impensable qu'Édouard reste là plus longtemps, son état nécessitait des soins aussi spécialisés que rapides. Son transfert était des plus urgents.

Grâce à la morphine, la lente remontée d'Édouard fut moins mouvementée. Ses premières sensations conscientes furent assez confuses, le froid, le chaud, quelques échos difficiles à distinguer, des voix qu'il ne reconnaissait pas, le plus éprouvant étant ces élancements qui irriguaient tout le haut du corps à partir de la poitrine et qui épousaient les battements de son cœur, une suite ininterrompue de vagues qui deviendraient un calvaire à mesure que les effets de la morphine diminueraient. Sa tête était une caisse de résonance, chaque vague s'achevait par un cognement grave et sourd ressemblant au bruit que produisent, contre le quai, les bouées des bateaux lorsqu'ils arrivent au port.

Il sentit sa jambe aussi. La droite, écrabouillée par une balle scélérate et qu'il avait contribué à amocher davantage en allant sauver Albert Maillard. Mais cette douleur se brouilla également sous l'effet des drogues. Il perçut très confusément qu'il avait toujours sa jambe, ce qui était vrai. En capilotade, certes, mais encore à même de rendre (au moins partiellement) les services qu'on est en droit d'attendre d'une jambe de retour de la Première Guerre mondiale. Sa conscience des événements resta longtemps obscurcie, noyée sous les images. Édouard vivait dans un rêve chaotique et ininterrompu où se succédait, sans ordre ni priorité, un condensé de tout ce qu'il avait jusqu'alors vu, connu, entendu, senti.

Son cerveau mélangeait la réalité et des dessins, des tableaux, comme si la vie n'était rien d'autre qu'une œuvre supplémentaire et multiforme dans son musée imaginaire. Les beautés évanescentes de Botticelli, la frayeur soudaine du garçon mordu par un lézard du Caravage suivaient le visage d'une marchande de quatre-saisons de la rue des Martyrs dont la gravité l'avait toujours bouleversé ou, allez savoir pourquoi, le faux col de son père, celui qui avait une teinte légèrement rosée.

Au sein de ce camaïeu de banalités quotidiennes, de personnages de Bosch, de nus et de guerriers furieux, fit irruption de façon récurrente *L'Origine du monde*. Il n'avait pourtant vu ce tableau qu'une seule fois, en cachette, chez un ami de la famille. Je vous parle de ça, c'était longtemps avant la guerre, il devait avoir onze ou douze ans. Il était encore à l'institution Sainte-Clotilde, à cette époque. Sainte Clotilde, fille de Chilpéric et Carétène, une sacrée salope celle-là, Édouard l'avait dessinée dans toutes les positions, enfournée par son oncle Godégisil, en levrette par Clovis, et, aux environs de 493, suçant le roi des Burgondes avec Remi, l'évêque de Reims, par-derrière. C'est ce qui lui avait valu son troisième renvoi, définitif celui-là. Tout le monde convenait que c'était sacrément fouillé, c'était même à se demander, à son âge, où il avait pris les modèles, il y avait de ces détails… Son père, qui considérait l'art comme une dépravation de syphilitique, serrait les lèvres. En fait, dès avant Sainte-Clotilde, ça ne se passait déjà pas très bien pour Édouard. Surtout avec son père. Édouard s'était toujours exprimé dans le dessin. Dans toutes les écoles, tous ses professeurs avaient eu droit, un jour ou l'autre, à leur caricature d'un mètre de haut sur le tableau noir. Autant dire que c'était signé, du Péricourt tout craché. Au fil des années, son inspiration, concentrée sur la vie des institutions où son père, par ses relations, parvenait à le faire admettre, s'était peu à peu développée autour de nouvelles thématiques, ce qu'on pourrait appeler sa « période sainte », culminant dans la scène où Mlle Juste, professeur de musique, en Judith, brandissait d'un air gourmand la tête découpée d'un Holopherne ressemblant à s'y méprendre à M. Lapurce, professeur de mathématiques. On savait qu'ils fricotaient ensemble, ces deux-là. Jusqu'à leur séparation, symbolisée par cette admirable séquence de décapitation, on avait eu droit, grâce à Édouard qui en tenait la chronique, à pas mal d'épisodes sca-breux, sur les tableaux, sur les murs, sur des feuilles que les enseignants eux-mêmes, lorsqu'ils les saisis-saient, se repassaient les uns aux autres avant de les remettre au directeur. Personne ne pouvait apercevoir dans la cour le fade professeur de mathématiques sans le projeter aussitôt en satyre égrillard doté d'une stupéfiante virilité. Édouard avait alors huit ans. Cette scène biblique lui valut une convocation en haut lieu. L'entretien n'arrangea pas ses affaires. Lorsque le principal, brandissant à bout de bras le dessin, évoqua Judith d'un ton outré, Édouard fit remarquer que certes la jeune femme tenait le décapité par les cheveux, mais que, cette tête étant posée sur un plateau, il aurait été plus judicieux de voir Salomé plutôt que Judith et donc saint Jean-Baptiste plutôt qu'Holopherne. Édouard avait aussi ce côté pédant, des réflexes de chien savant qui agaçaient pas mal.

Indiscutablement, sa grande période d'inspiration, celle qu'on pourrait qualifier d'« efflorescente », commença à l'époque de la masturbation où ses sujets débordèrent d'imagination et d'inventivité. Ses fresques mirent alors en scène l'ensemble du personnel – jusqu'aux domestiques qui accédaient là à une dignité très blessante pour les cadres de l'institution – dans de vastes compositions où l'abondance des personnages autorisait les configurations sexuelles les plus originales. On riait, quoique en découvrant cet imaginaire érotique chacun s'interrogeait un peu sur sa propre vie, forcément, et les plus avisés y discernaient un penchant inquiétant pour les relations, on cherchait le mot, suspectes.

Édouard dessinait tout le temps. On le disait vicieux parce qu'il adorait choquer, il n'en ratait pas une, mais le coup de la sodomie de sainte Clotilde par l'évêque de Reims avait vraiment vexé l'institution. Et ses parents. Outrés. Son père, comme d'habitude, avait payé ce qu'il fallait pour éviter le scandale. Rien n'avait fait plier l'institution. Côté sodomie, elle était restée intraitable. Tout le monde contre Édouard. Sauf quelques copains, notamment ceux que les dessins émoustillaient, et sa sœur,

Madeleine. Elle, ça l'avait fait rigoler, pas tant que l'évêque défonce Clotilde, ça encore, c'était de l'histoire ancienne, mais d'imaginer la tête du directeur, le père Hubert, ça oui... Elle y était allée, elle aussi, à Sainte-Clotilde, côté filles, elle connaissait ça par cœur. Madeleine riait beaucoup du culot d'Édouard, de ses perpétuelles insolences, elle adorait lui ébouriffer les cheveux ; mais il fallait qu'il s'y prête parce que, bien que plus jeune qu'elle, il était si grand... Il se penchait et elle plongeait ses mains dans sa chevelure dense, elle frottait le cuir chevelu avec tant d'énergie qu'il finissait par demander grâce en riant. Il n'aurait pas fallu que leur père les trouve à faire ça.

Pour en revenir à Édouard, dans son éducation, tout s'était bien terminé parce que ses parents étaient très riches, mais rien ne s'était convenablement passé. M. Péricourt gagnait déjà un argent fou avant la guerre, le genre de types que les crises enrichissent, à croire qu'elles sont faites pour eux. Maman, on ne parlait jamais de sa fortune, tâche inutile, autant demander depuis quand il y a du sel dans la mer. Mais comme maman était morte jeune, maladie de cœur, papa était resté seul aux commandes. Accaparé par ses affaires, il avait délégué l'éducation de ses enfants à des institutions, des professeurs, des précepteurs. Du personnel. Édouard disposait d'une intelligence que tout le monde reconnaissait supérieure à la moyenne, un incroyable talent pour le dessin, inné, même ses maîtres des Beaux-Arts en étaient restés pantois, et une chance insolente. Qu'est-ce qu'il aurait pu espérer de plus ? C'est peut-être pour toutes ces raisons qu'il avait toujours été si provocateur. Savoir qu'on ne risque rien, que tout s'arrangera, ça désinhibe. On peut dire tout ce qu'on veut, comme on veut. En plus, ça rassure : plus on se met en danger, plus on mesure ses protections. De fait, M. Péricourt sauva son fils de toutes les situations, mais il le fit pour lui-même, parce qu'il refusait que son nom soit éclaboussé. Et ça n'était pas facile parce que Édouard, c'était le défi permanent, il adorait les scandales. Son père ayant fini par se désintéresser de son sort et de son avenir, Édouard en avait profité pour entrer aux Beaux-Arts. Une sœur aimante et protectrice, un père puissamment conservateur qui le reniait chaque minute, un talent incontestable, Édouard avait à peu près tout ce qu'il faut pour réussir. Bon, on l'a compris, ça ne va pas se passer tout à fait comme ça, mais au moment où la guerre se termine, c'est objectivement la situation. À part sa jambe. Sacrément amochée.

De tout ça, bien sûr, tandis qu'il le veille et renouvelle ses linges, Albert ne sait rien. La seule chose dont il est certain, c'est que, quelle qu'elle ait été, l'orbite d'Édouard Péricourt a brusquement changé de trajectoire le 2 novembre 1918.

Et que sa jambe droite va rapidement devenir le cadet de ses soucis.

Albert passa donc tout son temps auprès de son camarade et servit d'auxiliaire volontaire aux infirmières. À elles, les soins destinés à contrarier les risques d'infection, la nourriture à la sonde (on lui intubait un mélange de lait, d'œufs délayés, ou de jus de viande), à Albert, tout le reste. Quand il ne lui essuyait pas le front avec un chiffon humide ou qu'il ne le faisait pas boire avec des précautions de joaillier, il changeait ses alèses. Il serrait alors les lèvres, se détournait, se pinçait le nez, regardait ailleurs, se persuadant que de la minutie de cette corvée dépendait peut-être l'avenir de son camarade.

Son attention fut donc entièrement absorbée par ces deux tâches : chercher, vainement, une méthode lui permettant de respirer sans soulever aucune côte et tenir compagnie à son camarade en guettant l'arrivée de l'ambulance.

Ce faisant, il ne cessait de voir Édouard Péricourt à demi allongé sur lui lorsqu'il était remonté d'entre les morts. Mais, en toile de fond, ce qui le hantait, c'était l'image du lieutenant Pradelle, cette charogne. Il consacra un nombre incalculable d'heures à imaginer ce qu'il lui ferait quand il le trouverait sur sa route. Il revoyait Pradelle lui foncer dessus sur le champ de bataille et ressentait presque physiquement la manière dont le trou d'obus l'avait, en quelque sorte, aspiré. Il lui était néanmoins difficile de se concentrer longtemps, de réfléchir, comme si son esprit n'était pas encore parvenu à retrouver sa vitesse de croisière.

Toutefois, peu après son retour à la vie, des mots lui vinrent : on avait essayé de le tuer.

L'expression sonnait bizarrement, mais elle ne semblait pas déraisonnable ; somme toute, une guerre mondiale, ça n'était jamais qu'une tentative de meurtre généralisée à un continent. Sauf que cette tentative-là lui avait été personnellement destinée. En regardant Édouard Péricourt, Albert revivait parfois l'instant où l'air s'était raréfié, et sa colère bouillonnait. Deux jours plus tard, il était prêt, lui aussi, à devenir un assassin. Après quatre années de guerre, il était temps.

Lorsqu'il était seul, il pensait à Cécile. Elle s'était comme éloignée, elle lui manquait terriblement. La densité des événements avait propulsé Albert dans une autre vie, mais, comme aucune autre vie n'était possible si Cécile ne l'habitait pas, il se berçait de son souvenir, regardait sa photo, détaillait ses innombrables perfections, sourcils, nez, lèvres, jusqu'au menton, comment ça pouvait exister, cette chose inouïe que la bouche de Cécile. On allait la lui voler. Un jour, quelqu'un viendrait la lui prendre. Ou bien elle partirait. Se rendrait compte de ce que c'est, au fond, qu'Albert, pas grand-chose, tandis qu'elle, ses épaules, rien que ça… Et ça le tuait d'y penser, il vivait des heures effroyablement tristes. Tout ça pour ça, se disait-il. Il sortait alors une feuille de papier et tentait de lui écrire une lettre. Fallait-il tout lui raconter, à elle qui n'attendait qu'une seule chose, justement, qu'on n'en parle plus, qu'on en finisse enfin avec la guerre ?

Quand il ne pensait pas à ce qu'il allait écrire à Cécile, ou à sa mère (à Cécile d'abord, à sa mère ensuite, s'il avait le temps), quand il ne s'appliquait pas à son rôle d'infirmier, Albert ressassait.

Par exemple, cette tête de cheval, auprès de laquelle il s'était retrouvé enseveli, lui revenait souvent à l'esprit. Curieusement, au fil du temps, elle perdit de son caractère monstrueux. Même le relent d'air putride qui en était sorti et qu'il avait inhalé pour essayer de survivre ne lui semblait plus aussi ignoble et écœurant. Par contre, autant l'image de Pradelle, debout au bord du cratère, lui apparaissait avec une exactitude photographique, autant la tête de cheval dont il aurait pourtant voulu conserver le détail fondait, perdait sa couleur et ses traits. Malgré ses efforts de concentration, cette image s'évanouissait et cela provoquait, chez Albert, un sentiment de manque qui, obscurément, l'inquiétait. La guerre se finissait. Ce n'était pas l'heure des bilans, mais l'heure terrible du présent où l'on constate l'étendue des dégâts. À la manière de ces hommes qui étaient restés courbés pendant quatre ans sous la mitraille et qui, au sens propre du terme, ne s'en relèveraient plus et marcheraient ainsi leur existence entière avec ce poids invisible sur les épaules, Albert sentait que quelque chose, il en était certain, ne reviendrait jamais : la sérénité. Depuis plusieurs mois, depuis la première blessure dans la Somme, depuis les interminables nuits où, brancardier, il allait, noué par la crainte d'une balle perdue, chercher les blessés sur le champ de bataille et plus encore depuis qu'il était revenu d'entre les morts, il savait qu'une peur indéfinissable, vibrante, presque palpable, était peu à peu venue l'habiter. À quoi s'ajoutaient les effets dévastateurs de son ensevelissement. Quelque chose de lui était encore sous la terre, son corps était remonté à la surface, mais une partie de son cerveau, prisonnière et terrifiée, était demeurée en dessous, emmurée. Cette expérience était marquée dans sa chair, dans ses gestes, dans ses regards. Angoissé dès qu'il quittait la chambre, il guettait le moindre pas, passait prudemment la tête par une porte avant de l'ouvrir en grand, marchait près des murs, imaginait souvent une présence derrière lui, scrutait les traits de ses interlocuteurs et se tenait toujours à portée d'une issue au cas où. En toutes circonstances, son regard, en alerte, ne cessait d'aller et venir. Au chevet d'Édouard, il avait besoin de regarder par la fenêtre parce que l'atmosphère de la pièce l'oppressait. Il restait sur le qui-vive, tout était l'objet de sa méfiance. Il le savait, c'était parti pour la vie entière. Il devrait maintenant vivre avec cette inquiétude animale, à la manière d'un homme qui se surprend à être jaloux et qui comprend qu'il devra dorénavant composer avec cette maladie nouvelle. Cette découverte l'attrista immensément.

La morphine avait produit son effet. Même si les doses allaient diminuer régulièrement, pour le moment, Édouard avait droit à une ampoule toutes les cinq ou six heures, il ne se tordait plus de douleur et sa chambre ne résonnait plus en permanence de geignements lancinants, ponctués de hurlements à vous glacer le sang. Quand il ne somnolait pas, il semblait flotter, mais devait rester attaché de crainte qu'il ne tente de gratter ses plaies ouvertes.

De leur vivant, Albert et Édouard ne s'étaient jamais fréquentés, ils s'étaient vus, croisés, salués, peut-être un sourire de loin, ici ou là, rien de plus. Édouard Péricourt, un camarade comme tant d'autres, proche et terriblement anonyme. Aujourd'hui, pour Albert, une énigme, un mystère.

Le lendemain de leur arrivée, il s'aperçut que les affaires d'Édouard avaient été posées au pied de l'armoire en bois dont une porte béait et grinçait au moindre courant d'air. N'importe qui pouvait entrer, voler – qui sait ? Albert se décida à les mettre à l'abri. En se saisissant du sac en toile qui devait contenir les effets personnels, Albert dut convenir en son âme et conscience qu'il n'avait pas voulu le faire plus tôt parce qu'il aurait été incapable de résister à la tentation de fouiller. Il ne l'avait pas fait par respect pour Édouard, c'était une raison. Mais, il y en avait une autre. Ça lui rappelait sa mère. Mme Maillard était de ces mères qui fouillent. Toute son enfance, Albert avait déployé des trésors d'ingéniosité pour lui cacher des secrets d'ailleurs insignifiants, que Mme Maillard finissait toujours par découvrir et par brandir devant elle en déversant sur lui des torrents de reproches. Qu'il s'agisse de la photo d'un cycliste découpée dans *L'Illustration*, de trois vers qu'il avait recopiés d'une anthologie ou de quatre billes et d'un calot gagnés à Soubise à la récréation, Mme Maillard considérait chaque secret comme une trahison. Les jours de grande inspiration, en agitant une carte postale de l'arbre des Roches, au Tonkin, qu'un voisin avait donnée à Albert, elle pouvait se lancer dans un monologue enflammé invoquant tour à tour l'ingratitude des enfants, l'égoïsme particulier du sien et son ardent désir de rejoindre bientôt son pauvre mari pour être enfin soulagée, vous devinez la suite.

Ces pénibles souvenirs s'évanouirent quand Albert tomba, presque aussitôt après avoir ouvert le sac en toile d'Édouard, sur un carnet à la couverture rigide fermé par un élastique, qui avait visiblement bourlingué et qui ne comportait que des dessins au crayon bleu. Albert s'assit là, bêtement, en tailleur, face à l'armoire qui grinçait, immédiatement hypnotisé par ces scènes, pour certaines rapidement crayonnées, pour d'autres travaillées, avec des ombres profondes faites de hachures serrées comme une mauvaise pluie. Tous ces dessins, une centaine, avaient été réalisés ici, sur le front, dans les tranchées, et montraient toutes sortes de moments quotidiens, des soldats écrivant leur courrier, allumant leur pipe, riant à une blague, prêts pour l'assaut, mangeant, buvant, des choses comme ça. Un trait lancé à la va-vite devenait le profil harassé d'un jeune soldat, trois lignes et c'était un visage exténué aux yeux hagards, ça vous arrachait le ventre. Presque rien, à la volée, comme en passant, le moindre coup de crayon saisissait l'essentiel, la peur et la misère, l'attente, le découragement, l'épuisement, ce carnet, on aurait dit le manifeste de la fatalité.

En le feuilletant, Albert en eut le cœur serré. Parce que, dans tout cela, jamais un mort. Jamais un blessé. Pas un seul cadavre. Que des vivants. C'était plus terrible encore parce que toutes ces images hurlaient la même chose : ces hommes vont mourir.

Il rangea les affaires d'Édouard, passablement remué.

5

Sur le recours à la morphine, le jeune médecin resta inébranlable, on ne pouvait pas continuer comme ça, on s'habitue à ce genre de drogue et ça provoque des dégâts, on ne peut pas tout le temps, voyez, non, il va falloir arrêter. Dès le lendemain de l'opération, il avait diminué les doses.

Édouard, qui remontait lentement à la surface, à mesure qu'il redevenait conscient, recommençait à souffrir le martyre et Albert s'inquiéta de ce transport pour Paris qui n'arrivait toujours pas.

Le jeune médecin, interrogé, leva les bras en signe d'impuissance, puis il baissa la voix :

— Trente-six heures ici... Il devrait déjà être transféré, je ne comprends pas. Remarquez, il y a sans cesse des problèmes d'encombrement. Mais ça n'est pas vraiment bon qu'il reste là, vous savez...

Il avait un visage extrêmement préoccupé. Dès ce moment, Albert, affolé, se fixa un seul et unique objectif : obtenir dans les meilleurs délais le transfert de son camarade.

Il ne cessa de se démener, alla interroger les sœurs qui, bien que l'hôpital soit maintenant plus calme, continuaient à courir dans les couloirs comme des souris de grenier. Ces démarches n'aboutirent à rien, c'était un hôpital militaire, autant dire un lieu où il est à peu près impossible d'apprendre quoi que ce soit, à commencer par l'identité des personnes qui commandent vraiment.

Il revenait toutes les heures au chevet d'Édouard et attendait que le jeune homme se rendorme. Le reste du temps, il le passait dans les bureaux, dans les allées qui desservaient les principaux bâtiments. Il se rendit même à la mairie.

Au retour d'une de ces démarches, deux soldats faisaient le pied de grue dans le couloir. Leur uniforme propre, leur visage rasé, le halo de confiance en soi qui les entourait, tout dénotait des soldats en poste au QG. Le premier lui remit un document cacheté, tandis que le second, peut-être pour prendre une contenance, posait la main sur son pistolet. Albert pensa que ses réflexes de méfiance n'étaient pas si infondés que ça.

— On est entrés, dit le premier soldat avec l'air de s'excuser.

Il désigna la chambre du pouce.

— Mais après, on a préféré attendre dehors. L'odeur…

Albert pénétra dans la pièce et lâcha aussitôt la lettre qu'il commençait à décacheter pour se précipiter vers Édouard. Pour la première fois depuis son arrivée, le jeune homme avait les yeux presque ouverts, deux oreillers lui avaient été tassés dans le dos, une sœur de passage sans doute, ses mains attachées disparaissaient sous les draps, il dodelinait de la tête et poussait des grognements rauques qui finissaient en gargouillis. Décrit comme ça, on n'aurait pas dit une amélioration franche et positive, mais Albert n'avait eu jusqu'à présent devant lui qu'un corps hurlant et saisi de spasmes violents ou somnolant dans un état assez proche du coma. Ce qu'il voyait là était beaucoup mieux.

Difficile de savoir quel courant secret était passé entre les deux hommes pendant ces journées où Albert avait dormi sur une chaise, mais dès qu'Albert posa la main sur le bord de son lit, Édouard, tirant brusquement sur ses liens, parvint à lui attraper le poignet et le serra avec une force de damné. Tout ce qu'il y avait dans ce geste, personne ne serait à même de le dire. Il condensait toutes les peurs et tous les soulagements, toutes les demandes et toutes les questions d'un jeune homme de vingt-trois ans blessé à la guerre, incertain de son état et souffrant tellement qu'il lui était impossible de situer le siège de la douleur.

— Eh ben, te voilà réveillé, mon grand, dit Albert en tentant de mettre dans ces mots le plus d'enthousiasme possible.

Une voix derrière lui le fit sursauter :

— Va falloir y aller…

Albert se retourna.

Le soldat lui tendait la lettre qu'il avait ramassée par terre.

Il resta près de quatre heures à attendre, assis sur une chaise. Un temps suffisant pour remuer toutes les raisons pour lesquelles un obscur soldat comme lui pouvait être convoqué chez le général Morieux. De la décoration pour fait d'armes à l'état d'Édouard, passons cet inventaire, chacun imagine.

Le résultat de ces heures de cogitations s'effondra en une seconde, lorsqu'il vit, au bout du couloir, apparaître la longue silhouette du lieutenant Pradelle. L'officier le fixa dans les yeux et avança dans sa direction en roulant des épaules. Albert sentit une boule descendre de sa gorge à son estomac, une nausée s'empara de lui qu'il retint à grand-peine. À la vitesse près, c'était le même mouvement qui l'avait précipité dans son trou d'obus. Le lieutenant cessa de le regarder lorsqu'il fut à sa hauteur et qu'il se tourna, tout d'un bloc, pour frapper à la porte du bureau de l'ordonnance du général, derrière laquelle il disparut aussitôt.

Albert, pour digérer ça, il lui aurait fallu du temps, il n'en eut pas. La porte s'ouvrit de nouveau, son nom fut aboyé, il s'avança en chancelant dans le Saint des Saints qui sentait le cognac et le cigare, peut-être qu'on fêtait la victoire prochaine.

Le général Morieux semblait extrêmement âgé et ressemblait à n'importe lequel de ces vieillards qui avaient envoyé à la mort les générations entières de leurs fils et de leurs petits-fils. Fusionnez les portraits de Joffre et de Pétain avec ceux de Nivelle, de Gallieni et de Ludendorff, vous avez Morieux, des bacchantes de phoque sous des yeux chassieux noyés dans un teint rougeâtre, des rides profondes et un sens inné de son importance.

Albert est tétanisé. Difficile de savoir s'il est concentré, le général, ou en proie à la somnolence.

Un côté Koutouzov. Assis derrière son bureau, il est plongé dans des papiers. Devant, face à Albert, dos au général, le lieutenant Pradelle, dont pas un trait ne bouge, le regarde lentement de la tête aux pieds de manière insistante. Les jambes écartées, les mains derrière lui, comme pour l'inspection, il semble se balancer légèrement. Albert comprend le message et rectifie sa position. Il se tient raide, se cambre, il en a mal aux reins. Le silence est lourd. Le phoque lève enfin la tête. Albert se sent tenu de se cambrer davantage. S'il continue, il va se retourner, comme les acrobates de cirque. Normalement, le général devrait le soulager de cette position inconfortable, mais non, il fixe Albert, se racle la gorge, baisse les yeux vers un document.

— Soldat Maillard, articule-t-il.

Albert devrait répondre, « À vos ordres, mon général », ou quelque chose d'approchant, mais aussi lentement qu'aille le général, il ira toujours trop vite pour Albert. Le général le regarde.

— J'ai là un rapport…, reprend-il. Lors de l'attaque de votre unité le 2 novembre, vous avez délibérément tenté de vous soustraire à votre devoir.

Ça, Albert ne l'a pas prévu. Il en a imaginé des choses, mais ça, non. Le général lit :

— Vous vous êtes « réfugié dans un trou d'obus afin de vous dérober à vos obligations »… Trente-huit de vos courageux camarades ont laissé leur vie dans cette attaque. Pour la patrie. Vous êtes un misérable, soldat Maillard. Et je vais même vous dire le fond de ma pensée : vous êtes un salaud !

Albert a le cœur tellement lourd qu'il en pleure-rait. Depuis des semaines et des semaines qu'il espère en finir avec cette guerre, ça va donc se terminer ainsi...

Le général Morieux le fixe toujours. Il trouve ça lamentable cette lâcheté, vraiment. Navré devant l'incarnation de l'indignité que représente ce soldat minable, il conclut :

— Mais la désertion n'est pas de mon ressort. Moi, je fais la guerre, vous comprenez ? Vous rele-vez du tribunal militaire, du conseil de guerre, soldat Maillard.

Albert a relâché la position. Le long de son pan-talon, ses mains se mettent à trembler. C'est la mort. Ces histoires de désertion ou de types qui se blessent eux-mêmes pour échapper au front sont présentes dans tous les esprits, rien de nouveau. On a beaucoup entendu parler du conseil de guerre, surtout en 17, quand Pétain est revenu mettre un peu d'ordre dans le boxon. On en a passé on ne sait combien par les armes ; sur la question de la désertion, le tribunal n'a jamais transigé. Il n'y a pas eu beaucoup de fusillés, mais tous sont bel et bien morts. Et très vite. La vitesse d'exécution fait partie de l'exécution. À Albert, il reste trois jours à vivre. Au mieux.

Il doit expliquer, c'est un malentendu. Mais le visage de Pradelle, qui le fixe, ne laisse place à aucun malentendu.

C'est la seconde fois qu'il l'envoie à la mort. On peut survivre à un ensevelissement vivant, avec beau-coup de chance, mais au conseil de guerre...

La sueur ruisselle entre ses omoplates, sur son front, lui brouille la vue. Ses tremblements gagnent en amplitude et il se met à pisser là, debout, très lentement. Le général et le lieutenant regardent la tache s'élargir au niveau de la braguette, descendre vers les pieds.

Dire quelque chose. Albert cherche, ne trouve rien. Le général a repris l'offensive, c'est une chose qu'il connaît, ça, l'offensive, en tant que général.

— Le lieutenant d'Aulnay-Pradelle est formel, il vous a parfaitement vu vous jeter dans le vase. N'est-ce pas, Pradelle ?

— Parfaitement vu, mon général. Tout à fait.

— Alors, soldat Maillard ?

Ce n'est pas faute de chercher les mots si Albert ne peut en articuler un seul. Il bredouille :

— C'est pas ça...

Le général fronce les sourcils.

— Comment, c'est pas ça ? Vous avez participé à l'attaque jusqu'au bout ?

— Euh non...

Il devrait dire « Non, mon général », mais impossible de penser à tout, dans cette situation.

— Vous n'avez pas participé à l'attaque, hurle le général en tapant du poing sur la table, parce que vous étiez dans un trou d'obus ! C'est ça ou c'est pas ça ?

La suite va être difficile à négocier. D'autant que le général tape à nouveau du poing.

— Oui ou non, soldat Maillard ?

La lampe, l'encrier, le sous-main, tout se soulève à l'unisson. Le regard de Pradelle reste planté sur les pieds d'Albert où la tache de pisse s'élargit sur le tapis élimé du bureau.

— Oui, mais…

— Bien sûr que oui ! Le lieutenant Pradelle vous a parfaitement vu, n'est-ce pas, Pradelle ?

— Parfaitement vu, oui, mon général.

— Mais votre lâcheté n'a pas été récompensée, soldat Maillard…

Le général lève un index vengeur.

— Vous avez même failli en mourir, de votre lâcheté ! Vous ne perdez rien pour attendre !

Dans la vie, il y a toujours quelques instants de vérité. Rares, c'est sûr. Dans celle d'Albert Maillard, soldat, la seconde qui vient en fait partie. Cela tient en trois mots qui condensent toute sa foi :

— C'est pas juste.

Une grande phrase, une tentative d'explication, le général Morieux l'aurait balayée d'un revers de main agacé, mais ça… Il baisse la tête. Semble réfléchir. Pradelle regarde maintenant la larme qui perle au bout du nez d'Albert et que celui-ci ne peut pas essuyer, tout figé qu'il est dans sa position. La goutte pend lamentablement, se balance, s'allonge, ne se décide pas à tomber. Albert renifle bruyamment. La goutte frémit, mais ne cède pas. Ça fait juste sortir le général de sa torpeur.

— Pourtant, vos états de service ne sont pas mauvais… Comprends pas ! conclut-il en levant les épaules d'un air impuissant.

Quelque chose vient de se passer, mais quoi ?

— Camp de Mailly, lit le général. La Marne… Mouais…

Il est penché sur ses papiers, Albert ne voit que ses cheveux blancs, clairsemés, qui laissent deviner le rose de son crâne.

— Blessé dans la Somme…, mouais… Ah, l'Aisne aussi ! Brancardier, mouais, ah…

Il remue la tête comme un perroquet mouillé.

La goutte au nez d'Albert se décide enfin à tomber, s'écrase au sol et déclenche une révélation dans son esprit : c'est du flan.

Le général est en train de le lui faire à l'estomac.

Les neurones d'Albert arpentent le terrain, l'histoire, l'actualité, la situation. Quand le général lève les yeux vers lui, il sait, il a compris, la réponse de l'autorité n'est pas une surprise :

— Je vais prendre en compte vos états de service, Maillard.

Albert renifle. Pradelle encaisse. Il a tenté le coup auprès du général, on ne sait jamais. Si ça passait, il se débarrassait d'Albert, témoin gênant. Mais mauvaise pioche, en ce moment on ne fusille pas. Il est beau joueur, Pradelle. Il baisse la tête et ronge son frein.

— En 17, mon vieux, vous étiez bon ! reprend le général. Mais là…

Il lève les épaules d'un air affligé. On sent que, dans son esprit, tout fout le camp. Pour un militaire, une guerre qui se termine, c'est pire que tout. Il a dû chercher, se creuser la tête, le général Morieux, mais il lui a fallu se rendre à l'évidence, malgré ce magnifique cas de désertion, à quelques jours de l'armistice, impossible de justifier un peloton d'exécution. Plus d'actualité. Personne n'admettrait. Contre-productif, même.

La vie d'Albert tient à peu de chose : il ne sera pas fusillé parce que, ce mois-ci, ce n'est pas à la mode.

— Merci, mon général, articule-t-il.

Morieux accueille ces mots avec fatalisme. Remercier un général, en d'autres temps, c'est presque l'insulter, mais là…

L'affaire est réglée. Morieux balaye l'air d'une main lasse, déprimée, quelle défaite ! Vous pouvez disposer.

Qu'est-ce qui lui prend alors, à Albert ? Allez savoir. Il vient de passer à deux doigts du peloton, on dirait que ça ne lui suffit pas.

— J'ai une requête à formuler, mon général, dit-il.

— Ah bon, quoi, quoi ?

Curieusement, ça lui plaît, au général, le coup de la requête. On le sollicite, c'est qu'il sert encore à quelque chose. Il lève un sourcil interrogatif et encourageant. Il attend. À côté d'Albert, on dirait que Pradelle se tend et se durcit. Comme s'il avait changé d'alliage.

— Je voudrais solliciter une enquête, mon général, reprend Albert.

— Ah, par exemple, une enquête ! Et sur quoi, bordel ?

Parce que, autant il aime les requêtes, le général, autant il déteste les enquêtes. C'est un militaire.

— Concernant deux soldats, mon général.

— Qu'est-ce qu'ils ont, ces soldats ?

— Ils sont morts, mon général. Et il serait bon de savoir comment.

Morieux fronce les sourcils. Il n'aime pas les morts suspectes. À la guerre, on veut des morts franches, héroïques et définitives, c'est pour cette raison que les blessés, on les supporte, mais qu'au fond, on ne les aime pas.

— Attendez, attendez…, chevrote Morieux. D'abord, c'est qui, ces gars-là ?

— Les soldats Gaston Grisonnier et Louis Thérieux, mon général. On voudrait savoir comment ils sont morts.

Le « on » est sacrément culotté, ça lui est venu naturellement. Finalement, il a des ressources.

Morieux interroge Pradelle du regard.

— Ce sont les deux disparus de la cote 113, mon général, répond le lieutenant.

Albert est sidéré.

Il les a vus sur le champ de bataille, morts, certes, mais entiers, il a même poussé le vieux, il revoit très bien l'impact des deux balles.

— C'est pas possible…

— Bon Dieu, puisqu'on vous dit qu'ils sont portés disparus ! Hein, Pradelle ?

— Disparus, mon général. Absolument.

— Et puis, éructe le vieux, vous n'allez pas nous faire chier avec les disparus, hein !

Ce n'est pas une question, c'est un ordre. Il est furieux.

— Qu'est-ce que c'est que cette connerie ? bougonne-t-il pour lui-même.

Mais il a besoin d'un peu de soutien.

— Hein, Pradelle ? demande-t-il brusquement.

Il le prend à témoin.

— Absolument, mon général. On ne va pas nous emmerder avec les disparus.

— Ah ! fait le général en regardant Albert.

Pradelle aussi le regarde. Est-ce que ce n'est pas l'ombre d'un sourire qu'on discerne chez cet enfoiré ?

Albert renonce. Tout ce qu'il désire maintenant, c'est la fin de la guerre et rentrer vite à Paris. Entier, si possible. Cette pensée le ramène à Édouard. Le temps de saluer la baderne (il ne claque même pas les talons, c'est tout juste s'il ne met pas un index négligent à sa tempe comme un ouvrier qui vient d'achever sa besogne et rentre chez lui), d'éviter le regard du lieutenant, il court déjà dans les couloirs, saisi d'une intuition comme seuls peuvent en avoir des parents. Il est tout essoufflé quand il ouvre la porte à la volée.

Édouard n'a pas changé de position, mais il se réveille dès qu'il entend Albert s'approcher. Du bout des doigts, il désigne la fenêtre, à côté du lit. C'est vrai que ça pue de manière vertigineuse, dans cette chambre. Albert entrebâille la fenêtre. Édouard le suit des yeux. Le jeune blessé insiste, « plus grand », il fait signe des doigts, « non, moins », « un peu plus », Albert s'exécute, écarte davantage le vantail et, quand il comprend, c'est trop tard. À force de chercher sa langue, de s'écouter proférer des borborygmes, Édouard a voulu savoir ; il se voit maintenant dans la vitre.

L'éclat d'obus lui a emporté toute la mâchoire inférieure ; en dessous du nez, tout est vide, on voit la gorge, la voûte, le palais et seulement les dents du haut, et en dessous, un magma de chairs écarlates avec au fond quelque chose, ça doit être la glotte, plus de langue, l'œsophage fait un trou rouge humide…

Édouard Péricourt a vingt-trois ans.

Il s'évanouit.

6

Le lendemain, vers quatre heures du matin, alors qu'Albert venait de le détacher pour changer son alèse, Édouard voulut se jeter par la fenêtre. Mais, en descendant de son lit, il perdit l'équilibre à cause de sa jambe droite qui ne le portait plus et il s'écroula par terre. Grâce à un immense effort de volonté, il parvint à se relever, on aurait dit un fantôme. Il claudiqua lourdement jusqu'à la fenêtre, les yeux exorbités, il tendait les mains, hurlait de chagrin et de douleur, Albert le serra dans ses bras en sanglotant lui aussi, en lui caressant la nuque. Vis-à-vis d'Édouard, Albert se sentait des tendresses de mère. Il passait l'essentiel de son temps à lui faire la conversation pour meubler l'attente.

— Le général Morieux, lui racontait-il, c'est un genre de gros con, tu vois ? Un général, quoi. Il était prêt à m'envoyer devant le conseil de guerre ! Et le Pradelle, cet enfoiré…

Albert parlait, parlait, mais le regard d'Édouard était si éteint qu'il était impossible de savoir s'il comprenait ce qu'on lui disait. La diminution des doses de morphine le laissait réveillé de longs moments, privant Albert des occasions d'aller prendre des nou-velles de ce foutu transport qui n'arrivait pas. Lorsque Édouard commençait à geindre, il ne s'arrê-tait plus ; sa voix montait en puissance jusqu'à ce qu'une infirmière vienne pour une autre injection.

En début d'après-midi le jour suivant, alors qu'il arrivait à nouveau bredouille – impossible de savoir si ce transfert était ou non planifié –, Édouard hur-lait à la mort, il souffrait terriblement, sa gorge ouverte était rouge vif et, à certains endroits, on distinguait l'apparition de pus stagnant, l'odeur était de plus en plus irrespirable.

Albert quitta aussitôt la chambre et courut jusqu'au bureau des sœurs infirmières. Personne. Il brailla dans le couloir « Quelqu'un ? » Personne. Il repartait déjà mais il s'arrêta brusquement. Il revint sur ses pas. Non, il n'oserait pas. Si ? Il scruta le couloir, à droite, à gauche, les hurlements de son camarade étaient encore dans ses oreilles, ça l'aida, il entra dans la pièce, il savait où ça se trouvait, depuis le temps. Il attrapa la clé dans le tiroir de droite, ouvrit l'armoire vitrée. Une seringue, de l'al-cool, des ampoules de morphine. S'il était pris, c'était cuit pour lui, vol de matériel militaire, la trogne du général Morieux se rapprochait à vue d'œil, suivie de l'ombre malfaisante du lieutenant Pradelle… Qui s'occuperait d'Édouard ? se demandait-il avec angoisse. Mais personne ne survint, Albert sortit en nage du bureau, serrant son butin contre son ventre. Il ne savait pas s'il faisait bien, mais ces douleurs deve-naient insupportables.

La première injection fut toute une aventure. Il avait souvent assisté les sœurs, mais quand il faut le faire soi-même… Les alèses, l'odeur pestilentielle et maintenant les piqûres… Empêcher un gars de se jeter par la fenêtre, ce n'est déjà pas si facile, pensa-t-il tandis qu'il préparait la seringue ; le torcher, le respirer, le piquer, dans quoi il s'enfonçait ?

Il avait glissé une chaise sous la poignée de la porte pour éviter toute entrée intempestive. Ça ne se passa pas trop mal. Albert avait bien estimé la dose ; elle devrait faire la jonction avec la prochaine administrée par la sœur.

— Au petit poil, tu vas voir, tout va aller beaucoup mieux.

C'est vrai que ça s'arrangea. Édouard se détendit, s'endormit. Même pendant son sommeil, Albert continua de lui parler. Et de réfléchir à la question de ce transfert fantôme. Il arriva à la conclusion qu'il fallait remonter à la source : se rendre au bureau des personnels.

— Quand tu es tranquille, expliqua-t-il, ça m'embête, tu sais. Mais comme je ne suis pas sûr que tu vas être raisonnable…

À regret, il attacha Édouard à son lit et sortit.

Dès qu'il quittait la chambre, il surveillait ses arrières et rasait les murs, mais en courant, pour être absent le moins longtemps possible.

— Ça, c'est la meilleure de l'année ! dit le type.

Il s'appelait Grosjean. Le bureau des personnels était une petite pièce dotée d'une minuscule fenêtre et dont les étagères croulaient sous les dossiers à sangle. Derrière l'une des deux tables noyées sous les papiers, les listes, les rapports, le caporal Grosjean avait l'air accablé.

Il ouvrit un large registre, suivit les colonnes d'un index marron de nicotine en bougonnant :

— C'est qu'on en a eu des blessés ici, tu peux pas savoir...

— Si.

— Si, quoi ?

— Si, je peux savoir.

Grosjean leva la tête de son registre et le regarda fixement. Albert mesura son erreur, comment se rattraper, mais Grosjean avait déjà replongé, absorbé dans sa recherche.

— Merde, je le connais ce nom-là...

— Forcément, dit Albert.

— Bah oui, forcément, mais où qu'il est, sacré b... ?

Soudain, il hurla :

— Là !

Il venait de remporter une victoire, on le voyait tout de suite.

— Péricourt, Édouard ! Je le savais ! Là ! Ah, je le savais !

Il renversa le registre vers Albert, son gros index soulignant le bas d'une page. Il tenait à prouver à quel point il avait raison.

— Et alors ? demanda Albert.

— Eh bien, ton pote, il est enregistré.

Il appuya sur ce mot, « enregistré ». Dans sa bouche, il prenait valeur de verdict.

— C'est ce que je te disais ! Je m'en souvenais, je ne suis pas encore gâteux, merde, à la fin !

— Et alors ?

Le type en ferma les yeux de bonheur. Il les rouvrit.

— Il est enregistré ici (il tapait de l'index sur le registre) et après, on rédige le bon de transfert.

— Et il va où, ce bon de transfert ?

— À l'unité logistique. C'est eux qui décident, pour les véhicules...

Albert allait devoir retourner au bureau de la logistique. Il s'y était rendu deux fois déjà, et pas de bulletin, pas de bon, pas de papier au nom d'Édouard, c'était à devenir dingue. Il regarda l'heure. La suite serait pour plus tard, il fallait retourner voir Édouard, lui donner à boire, il doit boire beaucoup, avait recommandé le toubib. Il fit demi-tour, se ravisa. Merde, se dit-il. Et si...

— C'est toi qui apportes les bons à la logistique ?

— Oui, affirma Grosjean. Ou quelqu'un vient le chercher, ça dépend des fois.

— Et celui au nom de Péricourt, tu te souviens qui l'a emporté ?

Mais il connaissait déjà la réponse.

— Affirmatif. Un lieutenant, je ne connais pas son nom.

— Un type grand, mince...

— Exact.

— ... avec des yeux bleus ?

— C'est ça !

— L'enculé...

— Ça, je peux pas te dire...

— Et c'est long d'établir un autre bon ?

— C'est un duplicata, que ça s'appelle.

— D'accord, un duplicata, c'est long à établir ?

Grosjean était vraiment dans son élément. Il tira son encrier, attrapa un porte-plume, le dressa vers le ciel.

— C'est comme si c'était fait.

La chambre empestait la chair pourrie. Édouard devait vraiment être transféré très vite. La stratégie de Pradelle était en train de réussir. Le nettoyage par le vide. Pour Albert, le conseil de guerre n'était pas passé loin, mais, pour Édouard, le cimetière se rapprochait dangereusement. Encore quelques heures et il aurait pourri sur pied. Le lieutenant Pradelle n'avait pas envie qu'il y ait trop de témoins de son héroïsme.

Albert déposa lui-même le duplicata au service logistique.

Pas avant demain, lui dit-on.

Ce délai lui sembla interminable.

Le jeune médecin venait de quitter l'hôpital. On ne savait pas encore qui le remplacerait. Il y avait bien des chirurgiens, d'autres toubibs qu'Albert ne connaissait pas, l'un d'eux passa dans la chambre, il resta peu de temps, comme si ça n'en valait pas la peine.

— On le transfère quand ? demanda-t-il.

— C'est en cours, c'est à cause du bon de transfert. En fait, il est bien porté sur le registre, mais…

Le médecin le coupa très vite :

— Quand ? C'est que du train où vont les choses…

— On m'a dit demain…

Il leva les yeux au plafond, sceptique. Le genre de toubib qui en a vu pas mal. Il hocha la tête, il comprenait. Bon, c'est pas le tout, il se retourna et tapota l'épaule d'Albert.

— Et aérez la pièce, dit-il en sortant, ça empeste ici !

Le lendemain, dès l'aurore, Albert fit le siège du bureau logistique. Sa principale crainte : trouver le lieutenant Pradelle sur sa route. Il avait réussi à empêcher le transfert d'Édouard, il était capable de tout. Ne pas se montrer, pour Albert, était la seule chose qui comptait. Et qu'Édouard parte aussi vite que possible.

— Aujourd'hui ? demanda-t-il.

Le gars l'avait à la bonne. Il trouvait formidable qu'on s'occupe comme ça d'un camarade. On en voyait tellement qui s'en foutaient, qui ne pensaient qu'à leur gueule. Hein ? Non, pas aujourd'hui, il regrettait. Mais demain.

— Tu sais à quelle heure ?

Le gars consulta longuement ses différents états.

— Moi, répondit-il sans lever les yeux, vu les lieux de ramassage – excuse, vieux, c'est comme ça qu'on dit, nous autres –, l'ambulance devrait être ici en début d'après-midi.

— Sûr et certain ?

Albert voulait s'y accrocher, d'accord, à demain, mais il s'en adressait des reproches, d'être aussi lent, de ne pas avoir compris plus tôt. D'avoir tant traîné. Édouard aurait déjà été transféré, s'il était tombé sur un camarade moins con.

Demain.

Édouard ne dormait plus. Assis dans son lit, calé par les oreillers qu'Albert avait glanés dans toutes les autres chambres, il se balançait des heures entières en poussant des gémissements lancinants.

— T'as mal, hein ? demandait Albert.

Mais Édouard ne répondait jamais. Forcément.

La fenêtre était entrouverte en permanence. Albert dormait toujours devant, sur la chaise, avec une autre chaise pour reposer ses pieds. Il fumait pas mal pour rester éveillé et surveiller Édouard, mais aussi pour couvrir l'odeur.

— T'as plus d'odorat, toi, t'es un veinard...

Merde, comment il ferait s'il voulait rire ? Un type qui n'a plus de mâchoire ne doit pas avoir souvent envie de se marrer, mais quand même, la question turlupinait Albert.

— Le toubib..., risqua-t-il.

Il était peut-être deux heures, trois heures du matin. Le transfert était pour le lendemain.

— Il dit que là-bas, on vous pose des prothèses...

Il n'avait pas trop d'idée de ce que ça pouvait donner, une prothèse de mâchoire inférieure, pas certain que ce soit le bon moment pour parler de ça.

Mais cette proposition sembla réveiller Édouard. Il dodelina de la tête, poussa des cris qui étaient des bruits humides, sortes de gargouillements. Il fit signe,

Albert ne s'était jamais aperçu qu'il était gaucher. En repensant au carnet de croquis, il se demanda naïvement comment il avait pu réaliser de pareils dessins de la main gauche.

Voilà ce qu'il aurait dû lui proposer plus tôt, de dessiner.

— Tu veux ton carnet ?

Édouard le regarda, oui, il voulait ce carnet, mais ce n'était pas pour dessiner.

C'est drôle, cette scène en pleine nuit. Le regard d'Édouard, si plein, si expressif, dans ce visage évidé, boursouflé, à vif, d'une intensité folle. À faire peur. Albert est très impressionné.

Tenant le carnet en équilibre sur le lit, Édouard trace de grands caractères maladroits, il est si faible, on dirait qu'il ne sait plus écrire, le crayon semble animé de sa volonté propre. Albert regarde les lettres dont les extrémités sortent de la page. Il tombe de sommeil et c'est très long. Édouard écrit une lettre ou deux, effort incommensurable, Albert tente de deviner le mot, il y met toute l'énergie dont il est capable, encore une lettre, puis une autre et, quand on a un mot, on est loin d'avoir le message, il faut déduire le sens, ça prend un temps fou et Édouard, vite épuisé, s'effondre. Mais moins d'une heure plus tard, il se redresse, reprend le carnet, comme si une urgence le secouait malgré lui. Albert s'ébroue, il quitte aussitôt sa chaise, allume une cigarette, histoire de se réveiller, et recommence le jeu des devinettes. Caractère après caractère, mot après mot.

Et vers quatre heures du matin, Albert en est là :

— Donc, tu ne veux pas rentrer à Paris ? Mais où vas-tu aller ?

On reprend. Édouard devient fiévreux, il s'énerve sur son carnet. Les lettres jaillissent sur le papier, si grandes qu'elles en sont méconnaissables.

— Calme-toi, dit Albert, t'inquiète pas, on va y arriver.

Mais il n'en est pas du tout certain, parce que ça semble sacrément compliqué. Il s'accroche. Aux premières lueurs de l'aube, il a la confirmation qu'Édouard ne veut plus rentrer chez lui. C'est ça ? Édouard écrit « oui » sur le carnet.

— Mais c'est normal ! explique Albert. Au début, on n'a pas envie d'être vu dans cet état. On a tous un peu honte, c'est toujours comme ça. Tiens, rien que moi, sans parler de moi, eh bien, quand j'ai reçu cette balle dans la Somme, j'ai pensé un moment que ma Cécile allait se détourner, je te jure ! Mais tes parents t'aiment, ils ne vont pas arrêter de t'aimer parce que tu as été blessé à la guerre, faut pas t'inquiéter !

Au lieu de le tranquilliser, ce petit discours radoteur achève d'énerver Édouard, ses éclats de gorge montent en cascade bouillonnante, il remue tant et si bien qu'Albert doit le menacer de le rattacher. Édouard prend sur lui, mais il reste excité, fâché même. Il arrache violemment le carnet des mains d'Albert, comme la nappe de la table pendant une dispute. Il reprend ses tentatives de calligraphie, Albert allume une autre cigarette et, pendant ce temps, il réfléchit à la demande.

Si Édouard ne veut pas que ses proches le voient dans cet état, c'est peut-être qu'il y a une Cécile là-dessous. Y renoncer, c'est insurmontable, Albert le comprend bien. Il avance l'argument, prudemment.

Édouard, concentré sur son papier, le balaye d'un mouvement de tête. Pas de Cécile.

Mais il y a sa sœur. Il faut un temps fou pour saisir l'histoire de la sœur. Impossible de lire le prénom. On laisse tomber, ce n'est pas si important, au fond.

Mais il n'est pas question de la sœur non plus.

D'ailleurs, peu importe, quel que soit le motif d'Édouard, il faut tenter de le raisonner.

— Je te comprends, reprend Albert. Mais tu verras, avec la prothèse, ce sera très différent...

Édouard s'énerve, ses douleurs remontent à la surface, il abandonne la tentative de communication pour se remettre à hurler comme un fou. Albert résiste le temps qu'il peut, lui-même est à bout de forces. Il cède et lui administre une nouvelle injection de morphine. Édouard se met à somnoler, il en aura ingurgité beaucoup en quelques jours. S'il en réchappe, c'est qu'il est en acier.

Dans la matinée, au moment d'être changé et nourri (Albert fait comme on le lui a montré, avec le tube en caoutchouc dans l'œsophage et le petit entonnoir, on verse très lentement pour que l'estomac ne se rebelle pas), Édouard s'énerve de nouveau, il veut se lever, il ne tient pas en place, Albert ne sait plus à quel saint se vouer. Le jeune homme a saisi le carnet, esquisse de nouveau quelques caractères aussi illisibles que la veille, puis tape avec le crayon sur la page. Albert tente de déchiffrer, il n'y parvient pas. Il fronce les sourcils, c'est quoi, un « E » ? un « B » ? Et brusquement, il n'en peut plus. Il explose :

— Écoute, j'y peux rien, mon grand ! Tu ne veux pas rentrer chez toi, je ne comprends pas pourquoi mais, de toute manière, c'est pas de mon ressort. C'est vraiment désolant sauf que moi, je ne peux rien y faire, voilà !

Alors Édouard lui attrape le bras et le presse incroyablement fort.

— Hé, tu me fais mal ! crie Albert.

Édouard a enfoncé ses ongles. C'est affreusement douloureux. Mais la pression se relâche, bientôt les deux mains d'Édouard se coulent autour des épaules d'Albert, il le serre contre lui et pleure à gros sanglots, en poussant des cris. Albert a déjà entendu de ces cris-là. Des petits singes, un jour, dans un cirque, qui faisaient du vélo en costume marin et gémissaient à vous arracher les larmes. C'est déchirant un chagrin si profond. Ce qui arrive à Édouard est tellement définitif, prothèse ou pas, tellement irréversible…

Albert dit des choses simples, pleure pas mon grand. Il n'y a plus que ça à faire, dire des choses bêtes. Le chagrin d'Édouard est incontrôlable, irrépressible.

— Tu ne veux plus rentrer chez toi, je le vois bien, dit Albert.

Il sent la tête d'Édouard qui bascule, qui se niche dans son cou, non, il ne veut plus rentrer. Il répète non, non, il ne veut pas.

En le tenant contre lui, Albert se dit que pendant toute la guerre, comme tout le monde, Édouard n'a pensé qu'à survivre, et à présent que la guerre est terminée et qu'il est vivant, voilà qu'il ne pense plus qu'à disparaître. Si même les survivants n'ont plus d'autre ambition que de mourir, quel gâchis...

En fait, Albert le comprend maintenant : Édouard n'aura plus la force de se tuer. C'est fini. S'il avait pu se jeter par la fenêtre le premier jour, tout aurait été réglé, le chagrin et les larmes, le temps, l'interminable temps à venir, tout se serait achevé là, dans la cour de l'hôpital militaire, mais cette chance est passée, il n'aura plus jamais le courage ; le voici condamné à vivre.

Et c'est sa faute à Albert, tout est sa faute, depuis le début. Tout. Il est accablé et lui aussi, pour un peu, se mettrait à pleurer. Quelle solitude. Dans la vie d'Édouard, Albert occupe maintenant toute la place. Il est le seul, l'unique recours. Le jeune homme lui a délégué son existence, la lui a remise parce qu'il ne peut plus ni la porter seul, ni s'en débarrasser.

Albert est atterré, bouleversé.

— Bon, bredouille-t-il, je vais voir...

Il dit cela sans y penser mais Édouard relève aussitôt la tête comme s'il venait de recevoir une décharge électrique. C'est un visage quasiment vide, sans nez, sans bouche, sans joues, seulement un regard d'une ardeur folle qui vous transperce de part en part. Albert est pris au piège.

— Je vais voir, répète-t-il bêtement. Je vais me débrouiller.

Édouard lui serre les mains et ferme les yeux. Puis il pose lentement sa nuque sur les oreillers. Calmé, mais souffrant, il grogne, ça fait encore de grosses bulles sanguinolentes en haut de la trachée.

Je vais me débrouiller.

Le « mot de trop » est une constante dans la vie d'Albert. Combien de fois, emporté par son enthousiasme, s'est-il engagé dans des actions calamiteuses ? Ce n'est pas difficile : autant de fois qu'il a regretté de n'avoir pas pris le temps de réfléchir. D'ordinaire, Albert est victime de sa générosité, de la magie d'un instant, et ses promesses intempestives n'ont jamais concerné que des choses mineures. Aujourd'hui, c'est tout autre chose, cela concerne la vie d'un homme.

Albert caresse les mains d'Édouard, le regarde, tente de le bercer.

C'est terrible, il ne parvient pas à se souvenir du visage de celui qu'il appelait simplement Péricourt, ce garçon toujours rieur, toujours blaguant, qui dessinait tout le temps ; il ne revoit que son profil et son dos, juste avant l'attaque de la cote 113, mais le visage, rien. Péricourt s'est pourtant retourné vers lui à cet instant-là, ça ne revient pas, le souvenir est entièrement dévoré par la vision d'aujourd'hui, ce trou béant, sanglant, ça le désespère.

Son regard tombe alors sur le drap où gît le carnet. Le mot qu'il ne parvenait pas à lire tout à l'heure, il le comprend maintenant parfaitement.

« Père. »

Le mot le plonge dans un gouffre. Son père à lui n'est plus depuis longtemps qu'un portrait jaunissant au-dessus du buffet, mais s'il s'en tient seulement à la rancune qu'il lui voue pour être mort si tôt, il devine qu'avec un père vivant, ce doit être encore plus compliqué. Il voudrait savoir, comprendre, c'est trop tard : il a promis à Édouard qu'il allait « se débrouiller ». Albert ne sait plus ce qu'il voulait dire par là. Tandis qu'il veille son camarade qui commence à s'endormir, il réfléchit.

Édouard veut disparaître, soit, mais comment fait-on disparaître un soldat vivant ? Albert n'est pas lieutenant, lui, il n'en sait rien. Il n'a pas la moindre idée de la manière de s'y prendre. Faut-il lui inventer une nouvelle identité ?

Albert n'est pas un rapide mais il a été comptable, il est logique. Si Édouard veut disparaître, se dit-il, il faut lui donner l'identité d'un soldat mort. Faire un échange.

Et de solution, il n'y en a qu'une seule.

Le service des personnels. Le bureau du caporal Grosjean.

Albert tente d'imaginer les conséquences d'un acte pareil. Lui qui a échappé de justesse au tribunal militaire s'apprête – en supposant qu'il y arrive... – à trafiquer des écritures, à sacrifier des vivants et à ressusciter des morts.

Cette fois, c'est le peloton. Ne pas réfléchir.

Édouard, terrassé par l'épuisement, vient enfin de s'endormir. Albert jette un œil à l'horloge murale, se lève, ouvre la porte de l'armoire.

Il plonge la main dans le sac d'Édouard et en retire son livret militaire.

Il va être midi, dans quatre minutes, trois, deux… Albert se lance, remonte le couloir en longeant le mur, frappe à la porte du bureau et l'ouvre sans attendre. Au-dessus de la table surchargée de Grosjean : midi moins une.

— Salut, dit Albert.

Il a tenté la jovialité. Mais, à presque midi, la stratégie enjouée a peu de chances de réussir face à un estomac vide. Grosjean grommelle. Qu'est-ce qu'il veut, cette fois, et à cette heure en plus ? Dire merci. Ça l'assoit, le Grosjean. Il avait levé une fesse de sa chaise, prêt à refermer son registre, mais « merci », c'est vraiment le genre de truc qu'il n'a pas entendu depuis le début de la guerre. Il ne sait pas comment réagir.

— Bah, y a pas de quoi…

Albert monte au créneau, en remet une louche :

— Ton idée du duplicata… Vraiment, merci, mon pote va être transféré cet après-midi.

Grosjean retrouve ses esprits, se lève, s'essuie les mains sur son pantalon taché d'encre. Il a beau être flatté par ces remerciements, il est quand même midi. Albert passe à l'attaque :

— Je cherche deux autres copains…

— Ah…

Grosjean enfile sa veste.

— Je ne sais pas ce qu'ils sont devenus. Ici, on me dit qu'ils sont portés disparus. Là, on me dit qu'ils sont blessés, transférés…

— J'en sais pas plus, moi !

Grosjean se dirige vers la porte en passant devant Albert.

— C'est dans les registres…, suggère timidement Albert.

Grosjean ouvre la porte en grand.

— Tu repasses après la bouffe, dit-il, et on regarde ensemble.

Albert écarquille les yeux avec l'air du type qui vient d'avoir une sacrément bonne idée.

— Si tu veux, je peux chercher pendant que tu vas manger !

— Ah non, j'ai des ordres, je peux pas !

Il pousse Albert, ferme la porte à clé et s'immobilise. Albert est de trop. Il dit merci, à tout à l'heure, et emprunte le couloir. Le transfert d'Édouard doit intervenir dans une heure ou deux, Albert se tord les mains, merde, merde, merde, se répète-t-il en boucle, son impuissance l'anéantit.

Quelques mètres plus loin, de regret, il se retourne. Grosjean est toujours dans le couloir et le regarde s'éloigner.

Albert s'avance vers la cour, l'idée commence à germer. Il revoit Grosjean devant la porte de son bureau, à attendre… attendre quoi ? Le temps de trouver la réponse, Albert a déjà fait demi-tour et marche d'un pas qu'il espère ferme, il va falloir aller très vite. Il arrive à la porte, mais voilà un soldat, là-bas, Albert est tétanisé, c'est le lieutenant Pradelle qui passe, sans tourner la tête, heureusement, et qui disparaît. Albert reprend ses esprits, on entend d'autres bruits de pas, nombreux, des rires, des cris, des voix qui se dirigent vers le réfectoire. Albert s'arrête devant le bureau de Grosjean, passe la main au-dessus du chambranle, trouve la clé, la saisit, l'enfonce dans la serrure, fait un tour, ouvre, entre, la referme aussitôt. Il est dos à la porte, comme dans un trou d'obus. Face à lui, des registres. Des tonnes de registres. Du sol au plafond.

À la banque, il avait souvent eu affaire à ce genre d'archives, avec les étiquettes gommées et les inscriptions manuscrites à l'encre bleue qui se délavent avec le temps. Mais il lui fallut tout de même près de vingt-cinq minutes pour trouver les registres dont il avait besoin. Il était inquiet, plus fort que lui, il regardait sans cesse cette porte, comme si elle risquait de s'ouvrir à n'importe quel moment. Il n'avait pas la moindre idée de ce qu'il dirait.

Il était midi trente quand il parvint à réunir les trois registres complémentaires. Sur chacun, les écritures se succédaient, différentes, administratives, déjà vieilles, c'est fou comme ça meurt vite un nom de famille. Encore près de vingt minutes pour trouver, et là, c'était dans son caractère, il commença à hésiter. Comme si le choix avait de l'importance... Prends le premier, se dit-il. Il regarda l'horloge et la porte avec l'impression que l'une et l'autre avaient changé de taille, qu'elles occupaient toute la place dans la pièce. Il pensa à Édouard qui était seul, attaché...

Midi quarante-deux.

Il avait sous les yeux le registre des morts à l'hôpital dont la famille n'avait pas encore été informée. La liste s'arrêtait au 30 octobre.

Boulivet, Victor. Né le 12 février 1891. Tué le 24 octobre 1918. Personnes à prévenir, les parents : Dijon.

À cet instant, ce ne furent pas tant les scrupules qui l'assaillirent que les précautions à prendre. Albert comprit qu'avec son camarade, il avait maintenant charge d'âme et ne pouvait pas faire n'importe quoi, comme pour lui. Il devait faire les choses convenablement, efficacement. Or, s'il donnait à Édouard l'identité d'un soldat mort, ce soldat, lui, redeviendrait vivant. Ses parents allaient donc l'attendre. Demander des nouvelles. On enquêterait, il ne serait pas difficile de remonter le fil. Albert secoua la tête en imaginant les conséquences, pour Édouard comme pour lui, s'ils étaient confondus pour faux et usage de faux (et sans doute bien d'autres chefs d'inculpation dont il n'avait même pas idée).

Albert se mit à trembler. Il avait déjà facilement ce genre de réaction avant la guerre, quand il prenait peur, on aurait dit qu'il frissonnait. Il regarda l'heure, le temps passait vite, il se tordait les mains au-dessus du registre. Tournait les pages.

Dubois, Alfred. Né le 24 septembre 1890. Mort le 25 octobre 1918 – marié, deux enfants, la famille vit à Saint-Pourçain.

Mon Dieu, comment faire ? Au fond, il n'avait rien promis à Édouard, il avait dit « Je vais voir », ce n'est pas un engagement ferme, ce genre de phrase. C'est… Albert chercha le mot en continuant néanmoins de tourner les pages.

Évrard, Louis. Né le 13 juin 1892. Mort le 30 octobre 1918. Personnes à prévenir, les parents : Toulouse.

Voilà, il ne réfléchissait pas assez, il ne prévoyait pas, il se lançait comme un fou, plein de bonnes intentions, et ensuite... Sa mère avait raison...

Goujou, Constant. Né le 11 janvier 1891. Mort le 26 octobre 1918 – marié. Domicile : Mornant.

Albert leva les yeux. Même l'horloge était contre lui, elle avait accéléré son rythme, pas possible autrement, il était déjà une heure, deux grosses gouttes de sueur tombèrent sur le registre, il chercha un buvard, regarda la porte, pas de buvard, il tourna la page. La porte va s'ouvrir, que va-t-il dire ?

Et soudain, voilà.

Eugène Larivière. Né le 1er novembre 1893. Mort le 30 octobre 1918, la veille de son anniversaire. Eugène avait vingt-cinq ans, ou presque. À prévenir : Assistance publique.

Pour Albert, c'est un miracle. Pas de parents, juste l'administration, autant dire personne.

Albert a vu, tout à l'heure, les boîtes contenant les livrets militaires, il lui faut quelques minutes pour mettre la main sur celui de Larivière, ce n'est pas si mal classé. Il est treize heures cinq. Grosjean est large et lourd, avec du ventre, le genre qui doit bouffer pas mal. Ne pas s'affoler, il ne devrait pas sortir du réfectoire avant treize heures trente. Quand même, faire vite.

Attachée sur le livret, il trouve la demi-plaque d'identité de Larivière, l'autre moitié est restée sur le corps. Ou elle a été clouée sur la croix. Peu importe. La photo d'Eugène Larivière montre un jeune homme ordinaire, tout à fait le genre de visage qu'on ne reconnaîtrait plus si on lui arrachait la mâchoire inférieure. Albert glisse le livret dans sa poche. Il en saisit deux autres, au hasard, qu'il met dans l'autre poche. Perdre un livret, c'est un accident, en égarer plusieurs, c'est le bordel, c'est plus militaire, ça passera mieux. Le temps d'ouvrir le second registre, l'encrier, de prendre le porte-plume, de respirer à fond pour s'arrêter de trembler, il écrit « Édouard Péricourt » (il regarde sa date de naissance et l'ajoute ainsi que son numéro de matricule) et il inscrit : « Tué le 2 novembre 1918 ». Il dépose le livret d'Édouard dans la boîte aux morts. Sur le dessus. Avec la demi-plaque sur laquelle figurent son identité et son matricule. Dans une semaine ou deux, sa famille sera prévenue qu'un fils, un frère, est mort au champ d'honneur. L'imprimé est passe-partout. Il n'y a plus qu'à ajouter le nom du mort, c'est facile, pratique. Même dans les guerres mal organisées, l'administration arrive toujours à suivre, tôt ou tard.

Treize heures quinze.

Le reste sera plus rapide. Il a vu Grosjean travailler et sait où se trouvent les carnets à souches. Il vérifie : sur le carnet en cours, le duplicata concernant le transfert d'Édouard est le dernier rédigé. Albert prend, tout en dessous de la pile, un carnet vierge. Personne ne vérifie les numéros. Avant qu'on s'aperçoive qu'il manque un bon dans un carnet du dessous, la guerre sera terminée, on aura même eu le temps d'en entamer une seconde. En un tourne-main, il établit un duplicata de bon de transfert au nom d'Eugène Larivière. Quand il donne le dernier coup de tampon, il se rend compte qu'il est en nage.

Il range rapidement tous les registres, jette un œil à l'ensemble de la pièce pour voir s'il ne laisse rien derrière lui, puis colle son oreille à la porte. Aucun bruit, sauf très loin. Il sort, verrouille, repose la clé sur le chambranle et repart en rasant le mur.

Édouard Péricourt vient de mourir pour la France.

Et Eugène Larivière, ressuscité des morts, a désormais une longue vie devant lui pour s'en souvenir.

Édouard respirait mal, il se tournait dans tous les sens et aurait roulé d'un bord à l'autre du lit sans les liens aux chevilles et aux poignets. Albert lui tenait les épaules, les mains, lui parlait sans cesse. Il lui racontait. Tu t'appelles Eugène, j'espère que ça te plaît, parce qu'il n'y avait que ça en magasin. Mais pour qu'il se marre, lui… Ça continuait de l'intriguer, Albert, de savoir comment il ferait plus tard quand il aurait envie de rigoler.

Et enfin, il arriva.

Albert le comprit tout de suite, un fourgon qui fumait tout noir et qui se gara dans la cour. Pas le temps d'attacher Édouard, Albert fila à la porte, dégringola l'escalier quatre à quatre et appela l'infirmier qui, un papier à la main, cherchait autour de lui où s'adresser.

— C'est pour le transfert ? demanda Albert.

Le gars sembla soulagé. Le collègue chauffeur venait de les rejoindre. Ils montèrent lourdement en portant une civière dont le tissu était roulé autour des montants en bois et suivirent Albert dans le couloir.

— Je vous préviens, dit Albert, ça cocotte là-dedans.

Le brancardier, le gros, leva les épaules, on a l'habitude. Il ouvrit la porte.

— Effectivement…, dit-il.

C'est vrai que, même pour Albert, dès qu'il s'éloignait, au retour, l'odeur de putréfaction le prenait à la gorge.

Ils disposèrent la civière au sol. Le gros, celui qui commandait, posa son papier sur le chevet et fit le tour du lit. Ça ne traîna pas. L'un attrapa les pieds, l'autre la tête, et « à trois »…

« Un », on prit son élan.

« Deux », on souleva Édouard.

« Trois », au moment où les deux infirmiers hissèrent le blessé pour le coucher dans la civière, Albert saisit le duplicata posé sur le chevet et le remplaça par celui de Larivière.

— Vous avez de la morphine à lui donner ?

— On a ce qu'il faut, t'inquiète, dit le petit.

— Tiens, ajouta Albert, c'est son livret militaire. Je te le donne à part, tu vois, c'est pour si on venait à perdre ses affaires, tu comprends.

— T'inquiète, répéta l'autre en saisissant le livret.

On arriva en bas de l'escalier, on sortit dans la cour. Édouard dodelinait de la tête, les yeux dans le vide. Albert monta dans le fourgon et se pencha sur lui.

— Allez, Eugène, du courage, ça va aller, tu vas voir.

Albert avait envie de pleurer. Derrière lui, le brancardier dit :

— Faut qu'on y aille, mon pote !

— Oui, oui, répondit Albert.

Il saisit les mains d'Édouard. C'est ça dont il se souviendrait toujours, ses yeux à cet instant, mouillés, fixes, qui le regardaient, lui.

Albert l'embrassa sur le front.

— À bientôt, hein ?

Il descendit du fourgon et, avant que la porte se referme, il lança :

— Je viendrai te voir !

Albert chercha son mouchoir, leva la tête. Encadré dans une fenêtre ouverte, au deuxième étage, le lieutenant Pradelle observait la scène en sortant tranquillement son étui à cigarettes.

Pendant ce temps, le camion démarra.

Quand il quitta la cour de l'hôpital, il souffla une fumée noire qui resta dans l'air comme un brouillard d'usine et dans lequel s'évanouit l'arrière du fourgon. Albert se tourna vers le bâtiment. Pradelle avait disparu. La fenêtre du second étage était refermée.

Un coup de vent survint qui balaya la fumée. La cour était vide. Albert se sentit vide, lui aussi, désespéré. Il renifla, tâta ses poches pour prendre son mouchoir.

— Merde, dit-il.

Il avait oublié de rendre à Édouard son carnet de dessins.

Les jours suivants, un nouveau souci naquit dans l'esprit d'Albert qui ne le laissa pas en repos. S'il était mort, lui, est-ce qu'il voudrait que Cécile reçoive une lettre officielle, autant dire un formulaire, comme ça, tout sec, annonçant qu'il était mort et voilà tout ? Sa mère, n'en parlons pas. Quel que soit le papier, en pareil cas, elle le baignerait de larmes généreuses avant de l'accrocher dans le salon.

Cette question de savoir s'il fallait ou non prévenir la famille le taraudait depuis qu'il avait retrouvé, au fond de son sac, le livret militaire volé lorsqu'il était allé chercher une nouvelle identité pour Édouard.

C'était un livret au nom d'Évrard, Louis. Né le 13 juin 1892.

Albert ne se souvenait plus à quelle date était mort ce soldat, dans les derniers jours de la guerre forcément, mais quand ? Il se rappelait toutefois que les parents à prévenir habitaient Toulouse. Il devait parler avec un accent, ce gars-là. Dans quelques semaines, quelques mois, comme personne ne retrouverait sa trace, que son livret militaire ferait défaut, il passerait pour disparu et c'en serait terminé d'Évrard, Louis, comme s'il n'avait jamais existé. Quand ses parents mourraient à leur tour, qui resterait-il pour se souvenir d'Évrard, Louis ? Tous ces morts, ces disparus, n'étaient-ils pas déjà en si grand nombre qu'il soit nécessaire qu'Albert en fabrique de nouveau ? Et tous ces pauvres parents condamnés à pleurer dans le vide…

Alors prenez d'un côté Eugène Larivière, d'un autre Louis Évrard, mettez Édouard Péricourt au milieu, donnez le tout à un soldat comme Albert Maillard et vous le plongerez dans la tristesse la plus complète.

Il ne savait rien de la famille d'Édouard Péricourt. L'adresse, sur les documents, était située dans un quartier chic, c'était tout. Mais face à la mort d'un fils, chic ou pas, ça ne changeait pas grand-chose. La lettre d'un camarade était souvent la première que recevait la famille parce que l'administration, autant elle est pressée quand il s'agit de vous envoyer à la mort, autant pour prévenir en cas de décès…

Albert aurait bien rédigé cette lettre, il pensait qu'il saurait trouver les mots, mais il ne se détachait pas de l'idée que c'était un mensonge.

Dire à des gens qui vont avoir toute cette peine que leur fils est mort alors qu'il est vivant. Quoi faire ? D'un côté un mensonge, de l'autre un remords. Un pareil dilemme pouvait l'occuper pendant des semaines.

C'est en feuilletant le carnet qu'il se décida enfin. Il l'avait posé à son chevet et le regardait très souvent. Ces dessins étaient devenus une part de sa vie, mais ce carnet ne lui appartenait pas. Il fallait le rendre. Il en déchira le plus soigneusement qu'il pût les dernières pages qui, quelques jours plus tôt, avaient servi aux deux hommes de carnet de conversation.

Il savait qu'il ne rédigeait pas très bien. Un matin, pourtant, il se lança.

Madame, Monsieur,
Je suis Albert Maillard, un camarade de votre fils Édouard, et j'ai l'immense peine de vous annoncer qu'il est mort au combat le 2 novembre dernier.

L'administration va vous prévenir officiellement, mais je peux vous dire qu'il est mort en héros, alors qu'il chargeait l'ennemi pour défendre la patrie.

Édouard m'avait laissé un carnet de dessins à votre intention, pour le cas où il lui arriverait quelque chose. Le voici.

Soyez tranquilles qu'il repose en paix dans un petit cimetière qu'il partage avec d'autres camarades et je vous assure que tous les soins ont été apportés pour qu'il soit bien là où il est.

Je me...

7

Eugène, mon cher camarade...

On ne savait pas s'il y avait encore la censure, le courrier ouvert, lu, surveillé. Dans le doute, Albert prenait des précautions et l'appelait par son nouveau prénom. Auquel, d'ailleurs, Édouard s'était accoutumé. C'était même curieux, ce retour de l'histoire. S'il n'avait pas trop envie de penser à ces choses-là, les souvenirs remontaient malgré lui.

Il avait connu deux garçons nommés Eugène. Le premier en petite classe, un maigre avec des taches de rousseur, on ne l'entendait jamais, mais ce n'était pas celui-là qui avait vraiment compté, c'était l'autre. Ils s'étaient rencontrés au cours de dessin où Édouard se rendait en cachette de ses parents, il passait beaucoup de temps avec lui. De toute manière, Édouard devait tout faire en cachette. Heureusement qu'il y avait Madeleine, sa sœur aînée, elle arrangeait toujours tout, du moins tout ce qui était arrangeable. Eugène et Édouard, parce qu'ils étaient amants, avaient ensemble préparé l'entrée aux Beaux-Arts. Eugène n'était pas assez doué, il n'avait pas été reçu.

Ensuite, ils s'étaient perdus de vue, Édouard avait appris sa mort en 1916.

Eugène, mon cher camarade,
Crois bien que j'apprécie beaucoup les nouvelles que tu me donnes, mais vois-tu, depuis quatre mois, rien que des dessins, jamais un mot, pas une phrase... C'est sans doute que tu n'aimes pas écrire, je peux le comprendre. Mais...

Dessiner était plus simple parce que les mots ne venaient pas. Ça n'aurait tenu qu'à lui, il n'aurait même pas écrit du tout, mais ce garçon, Albert, était plein de bonne volonté, il avait fait ce qu'il avait pu. Édouard ne lui reprochait rien... Encore que... un peu quand même. Somme toute, c'est en lui sauvant la vie qu'il était arrivé là où il était. Il y était allé de son plein gré, mais comment dire, il ne parvenait pas à exprimer ce qu'il ressentait, cette injustice... Ce n'était la faute de personne et c'était celle de tout le monde. Mais il faut bien mettre un nom sur les choses et, s'il n'y avait pas eu ce soldat Maillard pour se faire enterrer vivant, il serait chez lui, entier. Quand cette idée l'envahissait, il pleurait, impossible de se retenir, de toute façon on pleurait pas mal ici, cet établissement, c'était le rendez-vous des larmes.

Lorsque les douleurs, l'angoisse, le chagrin se taisaient un moment, ils cédaient la place à une rumination dans laquelle la figure d'Albert Maillard s'effaçait devant celle du lieutenant Pradelle. Édouard n'avait rien compris de cette histoire d'entrevue avec un général, de conseil de guerre évité de justesse...

Cette séquence remontait à la veille de son transfert, lorsqu'il était abruti par les analgésiques, ce qui subsistait demeurait flou, parsemé de trous. Ce qui était très net, en revanche, c'était le profil du lieutenant Pradelle, immobile au milieu de la mitraille, regardant à ses pieds, s'éloignant, puis ce mur de terre qui s'effondrait... Même s'il ne comprenait pas pourquoi, il ne faisait aucun doute pour Édouard que Pradelle était pour quelque chose dans ce qui était arrivé. N'importe qui se serait mis à bouillir instantanément. Mais autant il avait su rassembler son courage sur le champ de bataille pour aller chercher un camarade, autant, à présent, il était vidé de toute son énergie. Il regardait ses pensées comme des images plates, lointaines, qui n'auraient eu qu'un rapport indirect avec lui, sans place ni pour la colère, ni pour l'espoir.

Édouard était terriblement déprimé.

... et je t'assure que ça n'est pas toujours facile de comprendre ta vie. Je ne sais pas seulement si tu manges à ta faim, si les médecins causent un peu avec toi et si, comme je l'espère, il est enfin question d'une greffe, comme je me suis laissé dire, et d'ailleurs je t'en avais parlé.

Cette histoire de greffe... On n'en était plus là. Albert était très loin du compte, son approche de la situation était purement théorique. Toutes ces semaines d'hôpital n'avaient servi qu'à endiguer les infections et à procéder au « replâtrage », c'était le mot du chirurgien, le professeur Maudret, chef de service à l'hôpital Rollin, avenue Trudaine, un grand gaillard, un rouquin d'une énergie folle. Six fois, il avait opéré Édouard.

— On peut dire que nous sommes des intimes, vous et moi !

Chaque fois il avait expliqué, dans le détail, les raisons de l'intervention, ses limites, l'avait « resituée dans la stratégie d'ensemble ». Il n'était pas médecin militaire pour rien, c'était un homme doté d'une foi inébranlable, fruit des centaines d'amputations et de résections conduites dans les postes de première urgence, jour et nuit, parfois même dans des fossés.

Il n'y a pas si longtemps qu'on avait enfin permis à Édouard de se regarder dans une glace. Évidemment, pour les infirmières et les médecins qui avaient récupéré un blessé dont le visage n'était qu'une immense plaie de chairs sanglantes où ne subsistaient plus que la luette, l'entrée d'une trachée et, à l'avant, une rangée de dents miraculeusement indemnes, pour tous ceux-là, le spectacle qu'offrait maintenant Édouard était très réconfortant. Ils tenaient des propos très optimistes, mais leur satisfaction était balayée par le désespoir infini qui s'emparait des hommes quand, pour la première fois, ils se trouvaient confrontés à ce qu'ils étaient devenus.

D'où le discours sur l'avenir. Essentiel pour le moral des victimes. Plusieurs semaines avant de replacer Édouard face à un miroir, Maudret avait entonné son couplet :

— Dites-vous bien ceci : ce que vous êtes aujourd'hui n'a rien à voir avec ce que vous serez demain.

Il appuyait sur le « rien », c'était un énorme rien.

Il dépensait d'autant plus d'énergie qu'il sentait le peu d'effet de son discours sur Édouard. Certes, la guerre avait été meurtrière au-delà de l'imaginable, mais si on regardait le bon côté des choses, elle avait aussi permis de grandes avancées en matière de chirurgie maxillo-faciale.

— D'immenses avancées, même !

On avait montré à Édouard des appareils dentaires de mécanothérapie, des têtes en plâtre équipées de tiges en acier, toutes sortes de dispositifs d'aspect moyenâgeux qui étaient le dernier cri de la science orthopédique. Des appâts, en fait, car Maudret, en fin tacticien, avait procédé à une sorte d'encerclement de la personne d'Édouard, pour mieux le conduire à ce qui constituait le point d'orgue de ses propositions thérapeutiques :

— La greffe Dufourmentel !

On vous prélevait des lanières de peau sur le crâne qu'on vous sanglait ensuite sur le bas du visage.

Maudret lui montra quelques clichés de blessés réparés. Voilà, pensa Édouard, vous donnez à un médecin militaire un type dont la trombine a été totalement écrabouillée par d'autres militaires, et il vous restitue un gnome tout à fait présentable.

La réponse d'Édouard fut très sobre.

« Non », écrivit-il simplement en grandes lettres sur son cahier de conversation.

Alors, à son corps défendant – curieusement il n'aimait pas trop cela –, Maudret évoqua les prothèses. Vulcanite, métal léger, aluminium, on disposait de tout ce qu'il fallait pour lui poser une nouvelle mâchoire. Et pour les joues… Édouard n'attendit pas la suite pour attraper son grand cahier et écrire à nouveau :

« Non. »

— Quoi, non… ? demanda le chirurgien. Non à quoi ?

« Non à tout. Je reste comme ça. »

Maudret ferma les yeux d'un air entendu, montrant qu'il comprenait ; les premiers mois, on rencontrait fréquemment ce type d'attitude, le refus, un effet de la dépression post-traumatique. Un comportement qui s'arrangeait avec le temps. Même défiguré, tôt ou tard, on redevient raisonnable, c'est la vie.

Mais quatre mois plus tard, après mille insistances et à un moment où tous les autres, sans exception, avaient accepté de s'en remettre aux chirurgiens pour limiter les dégâts, le soldat Larivière, lui, continuait de s'arc-bouter sur son refus : je reste comme ça.

Disant cela, il avait les yeux fixes, vitreux, butés.

On rappela les psychiatres.

Bon, en même temps, avec tes dessins, je crois quand même que je comprends l'essentiel. La chambre que tu occupes maintenant me semble plus grande et plus spacieuse que la précédente, non ? Ce sont des arbres qu'on aperçoit dans la cour ? Bien sûr, je ne vais pas prétendre que tu es bien heureux d'être là-bas, mais c'est, vois-tu, que je ne sais pas quoi faire pour toi d'où je suis. Je me sens terriblement impuissant.

Merci pour le croquis de la petite sœur Marie-Camille.

Jusqu'à présent, tu t'arrangeais pour me la montrer de dos ou de profil et je comprends pourquoi tu voulais la garder pour toi, vieux chenapan, parce qu'elle est bien aimable. Je t'avouerais même que si je n'avais déjà ma Cécile...

En fait, il n'y avait aucune sœur dans cet établissement, que des civiles, des femmes très bienveillantes, avec beaucoup de compassion. Mais il fallait trouver des choses à raconter à Albert qui lui écrivait jusqu'à deux fois par semaine. Les premiers dessins d'Édouard étaient très maladroits, sa main tremblait beaucoup et il voyait mal. Sans compter qu'opération après opération, il souffrait toujours beaucoup. Sur un profil à peine esquissé, Albert avait cru discerner une « jeune sœur ». Allons-y pour une sœur, s'était dit Édouard, quelle importance. Il l'appela Marie-Camille. À travers ses lettres, il s'était forgé une certaine image d'Albert et il avait tenté de donner à cette religieuse imaginaire le genre de visage qu'un type comme lui devait aimer.

Bien qu'ils soient déjà liés par une histoire commune dans laquelle chacun avait joué sa vie, les deux hommes ne se connaissaient pas et leur relation était compliquée par un mélange obscur de mauvaise conscience, de solidarité, de ressentiment, d'éloignement et de fraternité. Édouard nourrissait vis-à-vis d'Albert une rancune vague, mais considérablement atténuée par le fait que son camarade lui avait trouvé une identité de rechange lui évitant de rentrer chez lui. Il n'avait pas la moindre idée de ce qu'il allait devenir maintenant qu'il n'était plus Édouard Péricourt, mais il préférait n'importe quelle vie à celle dans laquelle il aurait fallu affronter, dans cet état, le regard de son père.

À propos de Cécile, elle m'a écrit une lettre. Pour elle aussi, cette fin de guerre est trop longue. On se promet du bon temps pour mon retour, mais, au ton qu'elle emploie, je sens comme elle est fatiguée de tout ça. Au début, elle allait voir ma mère plus souvent que maintenant. Je ne peux guère lui en vouloir d'y aller moins, je t'ai parlé de ma mère, c'est la vraie bouteille à l'encre, cette femme-là.

Merci mille fois pour la tête de cheval. Je t'ai beaucoup embêté... Là, je la trouve vraiment très bien, très expressive, les yeux globuleux comme tu as fait, la bouche entrouverte. Tu sais, c'est idiot, mais je me demande souvent comment on l'appelait cette bête. Comme si j'avais besoin de lui donner un nom.

Combien en avait-il dessiné, des têtes de cheval, pour Albert ? Toujours trop étroite, tournée de ce côté, non, finalement de l'autre côté, avec les yeux plus... comment dire, non, ce n'était jamais vraiment ça. Un autre qu'Édouard aurait tout envoyé promener, mais il sentait l'importance pour son camarade de retrouver, pour la conserver, la tête de ce bourrin qui lui avait peut-être sauvé la vie. Cette demande masquait un autre enjeu trouble et profond qui le concernait lui, Édouard, sur lequel il ne parvenait pas à mettre de mots. Il s'était attelé à la tâche, exécutant des dizaines de croquis, essayant de suivre les indications maladroites qu'Albert, avec force excuses et remerciements, lui donnait lettre après lettre. Il s'apprêtait à renoncer lorsqu'il s'était remémoré une tête de cheval esquissée par Vinci, une sanguine croyait-il se souvenir, pour une statue équestre et dont il s'était servi pour modèle. Albert, en la recevant, avait sauté de joie.

Lorsqu'il lut ces mots, Édouard comprit enfin ce qui s'était joué.

Maintenant qu'il avait donné à son camarade sa tête de cheval, il posa son crayon et décida de ne plus le reprendre.

Il ne dessinerait jamais plus.

Ici, le temps n'en finit pas. Te rends-tu compte que l'armistice a été signé en novembre dernier, que nous voilà en février et toujours pas démobilisés ? Il y a des semaines que nous ne servons plus à rien… On nous a dit toutes sortes de choses pour expliquer cette situation, mais va savoir ce qui est vrai et ce qui ne l'est pas. Ici, c'est comme au front, les rumeurs circulent plus vite que les nouvelles. Il paraît que les Parisiens vont bientôt se rendre en excursion avec Le Petit Journal *sur les champs de bataille du côté de Reims, ça n'empêche, on pourrit encore sur pied dans des conditions qui vont, comme nous, de mal en pis. Parfois, je te jure, on se demande si on n'était pas mieux sous la mitraille, au moins, on avait l'impression de servir à quelque chose, à gagner la guerre. J'ai honte de me plaindre à toi de mes petits bobos, mon pauvre Eugène, tu dois te dire que je ne connais pas mon bonheur et que je suis là à me lamenter. Tu aurais bien raison, ce qu'on peut être égoïste tout de même.*

À voir comme ma lettre est toute bousculée (je ne sais jamais tenir mon fil, c'était pareil à l'école), je me demande si je ne ferais pas mieux de me mettre au dessin...

Édouard écrivit au docteur Maudret qu'il refusait toute intervention esthétique de quelque ordre que ce soit et demanda à être rendu à la vie civile dans les meilleurs délais.

— Avec cette tête-là ?

Furieux, le médecin. Il avait la lettre d'Édouard dans la main droite, de l'autre il lui tenait fermement l'épaule face au miroir.

Édouard regarda longuement ce magma boursouflé dans lequel il retrouvait, perdus, comme voilés, les caractères du visage qu'il avait connu. Les chairs, repliées, composaient de gros coussins d'un blanc laiteux. Au milieu de la face, le trou, en partie résorbé par ce travail d'étirement et de retournement des tissus, était une sorte de cratère plus lointain qu'auparavant, mais toujours aussi rougeoyant. On aurait dit un contorsionniste de cirque capable d'avaler entièrement ses joues et sa mâchoire inférieure, et incapable de faire le chemin inverse.

« Oui, confirma Édouard, avec cette tête-là. »

8

C'est un brouhaha permanent. Des milliers de soldats passent ici, repassent, séjournent, arrivent et s'entassent dans un chaos indescriptible. Le Centre de démobilisation est plein comme un œuf, on doit libérer les hommes par vagues de plusieurs centaines, mais personne ne sait comment s'y prendre, les ordres vont et viennent, l'organisation ne cesse de changer. Les soldats mécontents, harassés, se saisissent de la moindre information, aussitôt c'est comme une houle, ça soulève un cri, presque une menace. Des gradés dépassés traversent la foule à grands pas, répondant à la cantonade, sur un ton excédé : « J'en sais pas plus que vous, qu'est-ce que vous voulez que je vous dise ! » À cet instant, des coups de sifflet retentissent, tout le monde tourne la tête, le rouleau d'exaspération se déplace, c'est un type qui gueule, là-bas, au fond, on entend juste : « Des papiers ? Mais merde, quels papiers ? » et une autre voix : « Hein, comment ça, livret militaire ? » Par réflexe, chacun tape sur sa poche de poitrine ou sur l'arrière de son pantalon, on s'interroge du regard, « Ça fait quatre heures qu'on est là, merde à la fin ! », « Te plains pas, moi ça fait trois jours ! ». Un autre demande : « C'est où que tu m'as dit, pour les brodequins ? » Mais il paraît qu'il n'y a plus que des grandes tailles. « On fait quoi, alors ? » Un type survolté. Pourtant, il n'est que première classe et il parle à un capitaine comme s'il s'adressait à un employé. Il est sacrément en pétard, il répète : « Hein ? On fait quoi ? » L'officier s'absorbe dans sa liste, coche des noms. Le première classe, rageur, tourne les talons en grommelant des choses à peine compréhensibles, sauf un mot « fumiers… ». Le capitaine fait comme s'il n'avait rien entendu, il est rouge, sa main tremble, mais il y a tellement de monde que même ça est emporté dans la foule et disparaît comme de l'écume, déjà deux types se balancent des coups de poing dans l'épaule en se disputant. « C'est ma vareuse, que je te dis », hurle le premier, « Bah merde, dit l'autre, manquerait plus que ça ! », mais il lâche aussitôt et s'en va, il a essayé, il recommencera ; des vols, il y en a pas mal, tous les jours, il faudrait ouvrir un bureau spécial pour ça, un bureau par catégorie de réclamation, c'est impossible, vous imaginez ? C'est ce que se disent les gars qui font la queue pour la soupe. Tiède. Depuis le début. On ne comprend pas, le café est chaud, la soupe est froide. Depuis le début. Pour le reste du temps, quand on ne fait pas la queue, soit on tente de se renseigner (« Mais le train pour Mâcon, quand même, il est bien marqué ! » dit un type. « Bah oui, il est marqué, sauf qu'il est pas là, qu'est-ce que tu veux que je te dise à la fin ! »).

Hier, un train est enfin parti pour Paris, quarante-sept wagons, de quoi transporter mille cinq cents hommes, on en a entassé plus de deux mille, fallait voir, serrés comme des sardines, mais heureux. Il y a eu des vitres cassées, des gradés sont arrivés qui ont parlé de « déprédations », les gars ont dû descendre, le train a pris encore une heure de retard sur les dix qu'il avait déjà, finalement il s'est ébranlé, ça gueulait de partout, ceux qui partaient, ceux qui restaient. Et, quand il n'y a plus eu que des panaches de fumée sur la campagne toute plate, on s'est avancé dans les rangs, on a cherché un regard qu'on connaissait pour glaner un renseignement, reposer les mêmes questions, quelle unité est démobilisée, dans quel ordre se font les choses, bon Dieu, est-ce qu'il n'y a pas quelqu'un qui commande ? Si, mais commander quoi ? Personne n'y comprend rien. On attend. La moitié des soldats ont dormi par terre, dans leur capote, on avait davantage de place dans la tranchée. Bon, ça n'est pas comparable, ici s'il n'y a pas les rats, on a quand même les poux parce que ce sont des bêtes qu'on transporte sur soi. « On ne peut même pas écrire à la famille quand c'est qu'on sera à la maison », râle un soldat, un vieux, buriné, le regard éteint, il se plaint, on sent le fatalisme. On pensait qu'un train supplémentaire allait arriver, et il est arrivé, mais, au lieu d'emporter les trois cent vingt gars qui attendaient, il en a ramené deux cents de plus, des nouveaux, on ne sait plus où les mettre.

L'aumônier essaye de traverser les files de soldats qui s'étirent, il est bousculé, sa tasse de café se vide à moitié par terre, un petit gars lui fait un clin d'œil : « Dites donc, il est pas gentil avec vous, le bon Dieu ! », il se marre. L'aumônier serre les mâchoires et tâche de dégoter une place sur un banc, il paraît qu'ils vont en rapporter d'autres, des bancs, mais quand, ça, personne ne sait. En attendant, ceux qui sont là sont pris d'assaut. L'aumônier trouve une place parce que les gars se serrent, ce serait un officier, il irait se faire voir, mais un curé...

La foule, ça n'était pas bon pour l'anxiété d'Albert. Il était crispé vingt-quatre heures sur vingt-quatre. On ne pouvait pas seulement se poser quelque part sans être bousculé par les uns ou par les autres. Et le chahut, les cris le perturbaient terriblement, lui rentraient dans la tête, il n'arrêtait pas de sursauter et passait la moitié de son temps à se retourner. Parfois, comme si des écoutilles se fermaient, le bruit de la foule cessait soudainement autour de lui, remplacé par des échos sourds, étouffés, comme des explosions d'obus entendues de dessous la terre.

C'était encore plus fréquent depuis qu'il avait aperçu le capitaine Pradelle, là-bas au fond de la halle. Campé sur ses jambes écartées, sa position favorite, les mains dans le dos, il observait ce spectacle lamentable avec la sévérité d'un homme que la médiocrité des autres navre, mais n'atteint pas. En repensant à lui, Albert leva les yeux, fixa la foule des soldats autour de lui, saisi d'une angoisse. Il ne voulait pas en parler à Édouard, du capitaine Pradelle, mais il avait l'impression qu'il était partout, comme un mauvais esprit, qu'il planait toujours quelque part, à proximité, prêt à fondre sur lui.

Tu aurais raison, ce qu'on peut être égoïste tout de même. À voir comme ma lettre est décousue...

— Albert !

C'est que, vois-tu, nos têtes, à tous, sont aussi bien embrouillées. Quand on a...

— Albert, merde quoi !

Le caporal-chef, furieux, le saisit par l'épaule, le secoua en lui désignant la pancarte. Albert replia précipitamment ses feuilles éparses et courut en rassemblant ses affaires tant bien que mal, serrant ses papiers contre lui à travers la foule des soldats qui faisaient le pied de grue, en file indienne.

— Tu ressembles pas trop à la photo...

Le gendarme avait la quarantaine satisfaite (ventre rond, presque gras, à se demander comment il était parvenu à se nourrir ainsi pendant quatre ans) et suspicieuse. Le genre d'homme qui a le sens du devoir. C'est un truc saisonnier, le sens du devoir. Par exemple, depuis l'armistice, c'était une denrée plus fréquente qu'avant. Par ailleurs, Albert était une proie facile. Plus très bagarreur. Envie de rentrer. Envie de dormir.

— Albert Maillard..., reprit le gendarme en détaillant le livret militaire.

Pour un peu, il l'aurait regardé par transparence. Clairement, il doutait, observant le visage d'Albert et se confortant dans son diagnostic : « Ne ressemble pas à la photo. » En même temps, la photo remontait à quatre ans, fanée, usée… Justement, se dit Albert, pour un type fané et usé comme moi, ça ne tombe pas si mal. Mais le préposé, lui, ne le considérait pas de cet œil-là. Il y avait tant de tricheurs, d'arnaqueurs et d'escrocs par les temps actuels. Il hochait la tête, regardait tour à tour le document et le visage d'Albert.

— C'est une photo d'avant, risqua Albert.

Autant le visage du soldat apparaissait douteux au fonctionnaire, autant « avant » lui sembla un concept clair. Pour tout le monde, « avant » était une idée absolument cristalline. N'empêche.

— Bah oui, reprit-il, « Albert Maillard », je veux bien, moi, mais des Maillard, j'en ai deux maintenant.

— Des « Albert » Maillard, vous en avez deux ?

— Non. Des « A. Maillard », et « A », ça peut être pour Albert.

Le gendarme était assez fier de cette déduction qui soulignait sa subtilité.

— Oui, dit Albert, pour Alfred aussi. Ou pour André. Pour Alcide.

Le gendarme le regarda par en dessous et plissa les yeux comme un gros chat.

— Et pourquoi que ça serait pas pour Albert ?

Évidemment. À cette solide hypothèse, Albert n'avait rien à opposer.

— Et il est où, l'autre Maillard ? demanda-t-il.

— Bah, c'est le problème : il est parti avant-hier.

— Vous l'avez laissé partir sans avoir son prénom ?

Le gendarme ferma les yeux, il était pénible d'avoir à expliquer des choses aussi simples.

— On avait son prénom, on l'a plus, les dossiers sont remontés hier à Paris. Pour ceux qui sont partis, j'ai juste ce registre et ici (il pointa un doigt péremptoire sur la colonne des patronymes), c'est « A. Maillard ».

— Si on ne retrouve pas les papiers, je continue la guerre tout seul ?

— Ça serait que de moi, reprit le gendarme, je te laisserais passer. Mais c'est que je me fais engueuler, moi, tu comprends… Si j'enregistre un type qu'est pas le bon, qui c'est qui prend, c'est mézigue ! T'imagines pas le nombre de resquilleurs qu'on voit ! En ce moment, c'est fou ce que vous pouvez paumer vos papiers ! Si on comptait tous ceux qui ont perdu leur carnet de pécule pour toucher deux fois l'indemnité…

— Et c'est si grave que ça ? demanda Albert.

Le gendarme fronça les sourcils, comme s'il comprenait subitement qu'il avait devant lui un bolchevik.

— Depuis la photo, j'ai été blessé dans la Somme, expliqua Albert pour calmer le jeu. C'est peut-être à cause de ça, pour la photo…

Le gendarme, ravi d'avoir à exercer sa sagacité, détailla tour à tour la photo et le visage, passant de l'une à l'autre de plus en plus vite, à la fin de quoi il décréta : « C'est possible. » On sentait pourtant que le compte n'y était pas. Derrière, les autres soldats commençaient à s'impatienter. On perçut des éclats encore timides, mais ça n'allait pas tarder à chahuter…

— Un problème ?

Cette voix cloua Albert sur place tant elle dégageait d'ondes négatives, comme une bouffée de venin. Dans son champ visuel, il ne distingua d'abord qu'un ceinturon. Il sentit qu'il se mettait à trembler. Ne pisse pas dans ton froc.

— Bah, c'est que…, dit le gendarme en tendant le livret militaire.

Albert leva enfin la tête et reçut, comme un coup de poignard, le regard clair et corrosif du capitaine d'Aulnay-Pradelle. Toujours aussi brun, avec tous ces poils et d'une présence folle. Pradelle saisit le livret sans cesser de fixer Albert.

— Des « A. Maillard », j'en ai deux, continua le gendarme. Et moi, la photo me fait hésiter…

Pradelle ne regardait toujours pas le document. Albert baissa les yeux vers ses chaussures. C'était plus fort que lui, il ne pouvait pas soutenir ce regard-là. Encore cinq minutes et une goutte allait perler à l'extrémité de son pif.

— Celui-là, je le connais…, lâcha Pradelle. Je le connais parfaitement.

— Ah bon, fit le gendarme.

— C'est bien Albert Maillard…

Le débit de Pradelle était terriblement lent, comme s'il mettait tout son poids sur chaque phonème.

— … aucun doute là-dessus.

L'arrivée du capitaine avait calmé tout le monde, instantanément. Les soldats s'étaient tus comme s'ils avaient été surpris par une éclipse. Il dégageait un truc, ce Pradelle, qui vous glaçait, quelque chose de Javert. Il devait y avoir des gardiens avec cette tête-là, dans les Enfers.

J'ai hésité avant de t'en parler, mais je me décide quand même : j'ai eu des nouvelles d'A.P. Je te le donne en mille : il a été promu capitaine ! Comme quoi, à la guerre, il vaut mieux être une crapule qu'un soldat. Et il est ici, il commande un service au Centre de démobilisation. L'effet que ça m'a fait de le retrouver... Tu n'imagines pas mes rêves depuis que je l'ai croisé de nouveau.

— N'est-ce pas qu'on se connaît, soldat Albert Maillard ?

Albert releva enfin les yeux.

— Oui, mon lieut..., mon capitaine. On se connaît...

Le gendarme ne dit plus rien, regarda ses tampons et ses registres d'un air absorbé. L'atmosphère était saturée de vibrations malsaines.

— Je connais notamment votre héroïsme, soldat Albert Maillard, articula Pradelle avec un demi-sourire condescendant.

Il le détailla des pieds à la tête, remonta au visage. Il prenait tout son temps. Albert avait l'impression que le sol se dérobait lentement sous ses pieds, comme s'il était debout sur des sables mouvants, et c'est ce qui le fit réagir, un réflexe de panique :

— C'est l'avantage... de la guerre, balbutia-t-il.

Il y eut un grand silence autour d'eux. Pradelle pencha la tête sur une question silencieuse.

— Chacun... y montre sa vraie nature, compléta difficilement Albert.

Un demi-sourire s'esquissa sur les lèvres de Pradelle. En certaines circonstances, elles n'étaient plus qu'un fil horizontal qui s'étirait simplement, comme une mécanique. Albert comprit son malaise : le capitaine Pradelle ne cillait pas, jamais, ce qui rendait son regard fixe, mordant. Ça n'a pas de larmes, ces animaux-là, pensa-t-il. Il avala sa salive et baissa les yeux.

Dans mes rêves, parfois je le tue, je l'embroche à la baïonnette. Parfois nous sommes ensemble, toi et moi, et il passe un sale quart d'heure, je te prie de le croire. Parfois, aussi, je me retrouve devant le conseil de guerre, je finis face au peloton, normalement je devrais refuser le bandeau sur les yeux, être courageux, quoi. Au contraire, je dis d'accord, parce que le seul tireur, c'est lui, et il me sourit en visant, l'air vraiment content de lui... Quand je suis réveillé, je rêve encore que je le tue. Mais c'est surtout à toi que je pense, mon pauvre camarade, quand le nom de ce salaud me revient à l'esprit. Je ne devrais pas te dire ces choses, je sais bien...

Le gendarme se racla la gorge.

— Bon bah... si vous le connaissez, mon capitaine...

Le brouhaha reprit, d'abord timidement, puis plus fort.

Albert leva enfin les yeux, Pradelle avait disparu, le gendarme était déjà penché sur son registre.

Depuis le matin, tout le monde s'était hurlé dessus, dans un vacarme continuel. Le Centre de démobilisation n'avait cessé de résonner de cris et de vociférations et, subitement, en fin de journée, le découragement sembla saisir ce grand corps à l'agonie. Les guichets fermèrent, les officiers allèrent dîner, les sous-officiers, épuisés, soufflaient par habitude sur leur café pourtant tiède, assis sur des sacs. Les tables de l'administration étaient débarrassées. Jusqu'au lendemain.

Les trains qui n'étaient pas là n'arriveraient plus.

Ce ne serait pas encore pour aujourd'hui.

Demain peut-être.

En même temps, attendre, c'est ce qu'on fait depuis la fin de la guerre. Ici, c'est un peu comme dans les tranchées finalement. On a un ennemi qu'on ne voit jamais, mais qui pèse sur nous de tout son poids. On est dépendant de lui. L'ennemi, la guerre, l'administration, l'armée, tout ça, c'est un peu pareil, des trucs auxquels personne ne comprend rien et que personne ne sait arrêter.

Bientôt, ce fut la nuit. Ceux qui avaient déjà mangé commençaient à digérer en rêvassant, on s'allumait des cigarettes. Fatigué de la journée, de s'être débattu comme un diable, et pour pas grand-chose, on se sentait patient et généreux ; maintenant que tout était calmé, on partageait les couvertures, on donnait du pain quand il en restait. On retirait ses chaussures et, peut-être à cause de la lumière, les visages semblaient plus creusés, tout le monde avait vieilli, la lassitude, tous ces mois harassants et ces démarches interminables, on se disait qu'on n'en finirait jamais avec cette guerre. Certains entamaient une partie de cartes, on allait jouer les godillots trop petits qu'on n'avait pas pu échanger, on rigolait, on disait des blagues. On en avait gros sur le cœur.

... voilà comment ça finit, une guerre, mon pauvre Eugène, un immense dortoir de types épuisés qu'on n'est même pas foutu de renvoyer chez eux proprement. Personne pour vous dire un mot ou seulement vous serrer la main. Les journaux nous avaient promis des arcs de triomphe, on nous entasse dans des salles ouvertes aux quatre vents. L'« affectueux merci de la France reconnaissante » (j'ai lu ça dans Le Matin, *je te jure, mot pour mot) s'est transformé en tracasseries permanentes, on nous mégote 52 francs de pécule, on nous pleure les vêtements, la soupe et le café. On nous traite de voleurs.*

— Chez moi, quand on va arriver, dit l'un en rallumant sa cigarette, ça va être une sacrée fête...

Personne ne répondit. Le doute flottait dans tous les esprits.

— T'es d'où ? demanda-t-on.

— De Saint-Viguier-de-Soulage.

— Ah...

Ça ne disait rien à personne, mais ça sonnait joliment.

Je vais te laisser pour aujourd'hui. Je pense à toi, mon cher camarade, et j'ai hâte de te voir, c'est la première chose que je ferai en rentrant à Paris, juste après avoir été retrouver ma Cécile, tu le comprends bien. Soigne-toi, écris-moi quand même si tu peux, sinon, les dessins, c'est très bien aussi, je les garde tous, qui sait ? Quand tu seras un grand artiste, je veux dire : connu, peut-être que ça me rendra riche.

Je t'adresse une bonne poignée de main.

Ton Albert

Après une longue nuit passée dans la résignation, au matin, on s'étira. Le jour était à peine levé, des sous-officiers placardaient déjà des feuilles à grands coups de marteau. On se précipita. Des trains étaient confirmés pour le vendredi, dans deux jours. Deux trains vers Paris. Chacun cherchait son nom, celui des camarades. Albert patientait, recevant des coups de coude dans les côtes, se faisant marcher sur les pieds. Il parvint à forcer le passage, suivit de l'index une liste, une deuxième, se déplaça en crabe, troisième liste, et le voilà enfin, Albert Maillard, c'est moi, le train de nuit.

Vendredi, départ 22 heures.

Le temps de faire tamponner son bulletin de transport, d'aller à la gare avec tous les gars, il faudrait partir une bonne heure plus tôt. Il voulut écrire à Cécile, mais se reprit vite, ça ne servait à rien. On avait assez de fausses nouvelles comme ça.

Comme bien d'autres soldats, il ressentit un soulagement. Même si l'information risquait d'être démentie, même fausse, elle faisait du bien.

Albert avait confié ses affaires à un Parisien qui faisait son courrier, afin de profiter de l'éclaircie. La pluie s'était arrêtée dans la nuit, le temps serait-il en train de virer au beau, on se demandait, chacun y allait de son pronostic en regardant les nuages. Et le matin, comme ça, même si on avait pas mal de sujets de préoccupation, chacun sentait comme c'est bon, quand même, d'être vivant. Le long des barrières qu'on avait tirées pour délimiter le camp, des dizaines de soldats étaient déjà alignés, comme tous les jours, pour discuter le bout de gras avec des villageois venus voir comment ça se passait, des mômes qui espéraient toucher un fusil, et des visiteurs, on ne sait d'où ils sortaient ni comment ils étaient venus. Des gens, quoi. C'était marrant d'être parqué comme ça et de parler avec le vrai monde à travers les barrières. Il restait du tabac à Albert, une chose dont il ne se séparait pas. Par chance, comme il y avait pas mal de soldats très fatigués qui traînaient longtemps dans leur paletot avant de se décider à se lever, on trouvait des boissons chaudes plus facilement que dans la journée. Il avança vers les barrières et resta là un long moment à fumer sa cigarette et à siroter son café. Au-dessus de lui, des nuages blancs passaient à toute vitesse. Il marcha jusqu'à l'entrée du camp, échangea quelques mots avec des gars, ici et là. Mais il évita les informations, décidé à attendre sereinement qu'on l'appelle, plus envie de courir, on finirait bien par le renvoyer chez lui. Cécile, dans sa dernière lettre, lui avait donné un numéro de téléphone où il pourrait laisser un message quand il connaîtrait son jour de retour. Depuis qu'elle le lui avait envoyé, ce numéro lui brûlait les doigts, il aurait voulu le composer tout de suite, parler à Cécile, lui dire comme il lui languissait de rentrer, d'être enfin avec elle, et tant d'autres choses, mais c'était juste un endroit où laisser une commission, chez M. Mauléon qui tenait la quincaillerie à l'angle de la rue des Amandiers. Déjà, il faudrait trouver un téléphone pour appeler. Il aurait plus vite fait de rentrer à la maison directement sans s'arrêter.

Pas mal de monde à la barrière. Albert s'offrit une seconde cigarette, il flânait. Des gens de la ville étaient là, qui parlaient aux soldats. Ils avaient des mines tristes. Des femmes cherchant un fils, un mari, tendaient des photos à bout de bras, tu parles, une aiguille dans une meule de foin. Les pères, quand il y en avait, restaient derrière. C'étaient toujours les femmes qui se démenaient, qui interrogeaient, qui continuaient leur lutte silencieuse, se levaient tous les matins avec un reste d'espoir à épuiser. Les hommes, eux, n'y croyaient plus depuis longtemps. Les soldats sollicités répondaient vaguement, hochaient la tête, toutes les photos se ressemblaient.

Une poigne se posa sur son épaule. Albert se retourna et, aussitôt, ce fut la nausée, le cœur en alerte maximum.

— Ah ! Soldat Maillard, je vous cherchais !

Pradelle passa une main sous son bras et le força à marcher.

— Suivez-moi !

Albert n'était plus sous les ordres de Pradelle, mais il le suivit précipitamment, l'effet de l'autorité, serrant son sac contre lui.

Ils longèrent les barrières.

La jeune fille était plus petite qu'eux. Vingt-sept, vingt-huit ans peut-être, pas très jolie, pensa Albert, mais assez charmante. En fait, on ne savait pas trop. Sa veste devait être en hermine, Albert n'en était pas certain ; une fois, Cécile lui avait montré de ces manteaux-là, à la vitrine de magasins inabordables, ça lui avait fait de la peine de ne pas pouvoir entrer dans la boutique pour lui en acheter un. La jeune femme portait un manchon assorti et une toque, en forme de cloche, évasée vers l'avant. Le genre qui avait les moyens de faire simple sans faire pauvre. Elle avait un visage ouvert, de grands yeux foncés qui s'achevaient en un faisceau de minuscules ridules, des cils très noirs, longs et une bouche petite. Non, pas très jolie, mais elle s'arrangeait bien. Et puis, on comprenait tout de suite que c'était une femme de caractère.

Elle était émue. Elle tenait dans ses mains gantées une feuille de papier qu'elle déplia pour la tendre à Albert.

Pour se donner une contenance, il la saisit et fit mine de la lire, ça n'était pas la peine, il savait parfaitement de quoi il retournait. Un formulaire. Son regard attrapa des mots : « mort pour la France », « PAR SUITE : de blessures reçues sur le champ de bataille… », « Inhumé à proximité ».

— Mademoiselle s'intéresse à l'un de vos camarades, tué au combat, dit froidement le capitaine.

La jeune femme lui tendit une seconde feuille qu'il manqua de lâcher, il la rattrapa de justesse, elle poussa un petit « oh ! ».

C'était son écriture à lui.

Madame, Monsieur,

Je suis Albert Maillard, un camarade de votre fils Édouard, et j'ai l'immense peine de vous annoncer qu'il est mort...

Il rendit les documents à la jeune fille qui lui offrit une main froide, douce et ferme.

— Je m'appelle Madeleine Péricourt. Je suis la sœur d'Édouard...

Albert fit oui de la tête. Édouard et elle se ressemblaient. Les yeux. Personne ne savait comment poursuivre.

— Je suis désolé, dit Albert.

— Mademoiselle, expliqua Pradelle, est venue me trouver sur la recommandation du général Morieux... (il se tourna vers elle), qui est un grand ami de votre père, n'est-ce pas ?

Madeleine confirma d'un signe de tête, mais en regardant toujours Albert à qui le nom de Morieux provoqua un précipité dans l'estomac ; il se demanda anxieusement comment ça finirait, instinctivement il serra les fesses, se concentra sur sa vessie. Pradelle, Morieux... Le sac n'allait pas tarder à se refermer.

— En fait, poursuivit le capitaine, Mlle Péricourt aimerait se recueillir sur la tombe de son pauvre frère. Mais elle ne sait pas où il est enterré...

Le capitaine d'Aulnay-Pradelle posa lourdement sa main sur l'épaule du soldat Maillard pour le contraindre à le regarder. Ça semblait un geste de camaraderie, Madeleine devait le trouver drôlement humain, le capitaine, cette saloperie qui fixait Albert avec un sourire aussi discret que menaçant. Albert connecta mentalement le nom de Morieux à celui de Péricourt, puis à « un ami de votre père »... Il n'était pas difficile de voir que le capitaine soignait ses relations et qu'il avait plus d'avantages à rendre service à la demoiselle qu'à livrer la vérité qu'il connaissait parfaitement. Il tenait Albert enfermé dans son mensonge sur la mort d'Édouard Péricourt et il suffisait d'observer son comportement pour deviner qu'il garderait le poing bien serré tant qu'il y trouverait du bénéfice.

Mlle Péricourt, elle, ne regardait pas Albert, elle le scrutait avec un espoir démesuré, elle fronça les sourcils comme pour l'aider à parler. Lui agita la tête sans un mot.

— C'est loin d'ici ? demanda-t-elle

Très jolie voix. Et comme Albert ne répondait rien :

— La demoiselle, articula patiemment le capitaine Pradelle, vous demande si c'est loin d'ici, le cimetière où vous avez enterré son frère, Édouard.

Madeleine interrogea l'officier du regard. Il est idiot, votre soldat ? Il comprend ce qu'on lui dit ? Elle chiffonna un peu la lettre. Son regard faisait des allers-retours du capitaine à Albert puis d'Albert au capitaine.

— Assez loin..., risqua Albert.

Madeleine montra son soulagement. Assez loin voulait dire pas trop loin. Et en tout cas : je me souviens de l'endroit. Elle respirait. Quelqu'un savait. On devinait qu'elle avait pas mal couru pour en arriver là.

Elle ne se permit pas de sourire, évidemment, l'occasion ne s'y prêtait pas, mais elle était calme.

— Vous pouvez m'expliquer comment y aller ?

— Ça…, répondit Albert précipitamment, c'est pas facile… Vous savez, c'est de la campagne, pour trouver des repères…

— Vous pourriez nous y conduire, alors ?

— Maintenant ? demanda Albert avec inquiétude. C'est que…

— Oh non ! Pas tout de suite !

La réponse de Madeleine Péricourt avait fusé, elle le regretta aussitôt, se mordit la lèvre, chercha de l'appui chez le capitaine Pradelle.

Et là il se passa une drôle de chose : tout le monde comprit de quoi il retournait exactement.

Une petite parole prononcée trop vite et c'était fini. Et ça changeait bougrement la donne.

Pradelle fut le plus rapide, comme toujours :

— Mlle Péricourt veut se recueillir sur la tombe de son frère, vous voyez…

Il insista sur chaque syllabe, comme si chacune contenait un sens précis, autonome.

Se recueillir. Ben voyons. Et pourquoi pas tout de suite ?

Pourquoi attendre ?

Parce que, pour faire ce qu'elle voulait, il fallait un peu de temps et surtout beaucoup de discrétion.

Voilà des mois et des mois que les familles réclamaient les dépouilles des soldats enterrés au front. Rendez-nous nos enfants. Mais rien à faire. C'est qu'il y en avait partout. Tout le nord et tout l'est du pays étaient constellés de tombes de fortune creusées rapidement parce que les morts ne pouvaient pas attendre, pourrissaient vite, sans compter les rats. Dès l'armistice, les familles s'étaient mises à hurler, mais l'État s'était arc-bouté sur son refus. En même temps, quand il y pensait, Albert trouvait que c'était logique. Si le gouvernement autorisait les exhumations privées des soldats, on verrait, en quelques jours, des centaines de milliers de familles armées de pelles et de pioches retourner la moitié du pays, vous imaginez le chantier, et transporter comme ça des milliers de corps en putréfaction, faire transiter des jours entiers les cercueils dans des gares, les charger dans des trains qui mettaient déjà une semaine pour relier Paris à Orléans, ce n'était pas possible. Et donc, c'était non, depuis le début. Sauf que, pour les familles, c'était difficile à admettre. La guerre était finie, on ne comprenait pas, on insistait. De son côté, le gouvernement n'arrivait même pas à démobiliser les soldats, on ne voyait pas comment il s'y serait pris pour organiser l'exhumation et le transport de deux cent, trois cent ou même quatre cent mille cadavres, on en perdait le nombre... C'était un casse-tête complet.

Alors, on se réfugia dans la tristesse, des parents traversaient le pays pour venir se recueillir sur des tombes plantées au milieu de nulle part, n'arrivaient pas à partir.

C'était le cas pour les plus résignés.

Parce qu'il y avait les autres, les familles rebelles, les exigeantes, les têtues qui ne voulaient pas s'en laisser conter par un gouvernement d'incompétents. Celles-là s'y prenaient autrement. Et c'était le cas de la famille d'Édouard. Mlle Péricourt n'était pas venue se recueillir sur la tombe de son frère.

Elle était venue le chercher.

Elle était venue pour le déterrer et pour l'emporter.

On en avait entendu, de ces histoires. Il y avait tout un trafic, des gens qui se spécialisaient, il suffisait d'un camion, d'une pelle, d'une pioche et d'avoir le cœur bien accroché. On trouvait l'endroit, de nuit, on faisait vite.

— Et c'est possible quand, reprit le capitaine Pradelle, que mademoiselle aille se recueillir sur la tombe de son frère, soldat Maillard ?

— Demain, si vous voulez…, proposa Albert d'une voix blanche.

— Oui, répondit la jeune fille, demain, c'est parfait. Je serai en automobile. Il faut combien de temps pour y aller, selon vous ?

— Difficile de se rendre compte. Une heure ou deux… Peut-être plus… Quelle heure vous irait ? demanda Albert.

Madeleine hésita. Et, comme ni le capitaine ni Albert ne réagissaient, elle se lança :

— Je passe vous chercher vers dix-huit heures, qu'en dites-vous ?

Ce qu'il en disait ?

— Vous voulez vous recueillir de nuit ? demanda-t-il.

Ça avait été plus fort que lui. Pas pu s'en empêcher. C'était lâche.

Il le regretta aussitôt, car Madeleine baissa les yeux. Elle n'était nullement gênée par sa question, non, elle calculait. Elle était jeune, mais elle avait les pieds sur terre. Et comme elle était riche, ça se voyait tout de suite, l'hermine, le petit chapeau, les jolies dents, elle considérait concrètement la situation et se demandait quel prix il faudrait proposer pour obtenir la collaboration de ce soldat.

Albert en fut écœuré pour lui-même, laisser croire qu'il accepterait de l'argent pour ça... Avant qu'elle ouvre la bouche, il dit :

— D'accord, à demain.

Il se retourna et prit le chemin du camp.

9

Et je t'assure, je suis bien désolé de revenir encore une fois sur ça... Il faudrait quand même que tu sois vraiment sûr. Parfois, on prend des décisions, sur le coup de la colère, de la déception ou du chagrin, il arrive que nos émotions nous dépassent, enfin, tu vois ce que je veux dire. Je ne sais pas comment on pourrait faire maintenant, mais, encore, ça, on trouverait... Ce qu'on fait dans un sens, on doit pouvoir le refaire dans l'autre. Je ne veux pas t'influencer, mais je te le demande : pense à tes parents. Je suis certain, s'ils te retrouvaient comme tu es, qu'ils t'aimeraient tout autant qu'avant, si ce n'est plus. Ton père doit être un homme bien brave et bien dévoué, imagine la joie que ce serait pour lui de te savoir vivant. Je ne veux pas t'influencer. De toutes les manières, ça sera comme tu l'entends, ce sont toutefois des choses qu'il faut peser finement, à mon avis. Tu m'as dessiné ta sœur, Madeleine, c'est une agréable jeune fille, pense un peu à la peine qu'elle a eue d'apprendre ta mort et quel miracle ce serait pour elle, aujourd'hui...

Il ne servait à rien d'écrire ça. On ne savait même pas quand les lettres arrivaient, elles pouvaient mettre deux semaines ou bien quatre. Et les dés étaient jetés. Albert n'écrivait ces choses que pour lui. Il ne regrettait pas d'avoir aidé Édouard à changer d'identité, mais s'il n'allait pas jusqu'au bout, il ne parvenait pas à imaginer concrètement les conséquences qu'il devinait assez sombres. Il se coucha par terre, roulé dans sa vareuse.

Il se tourna et se retourna une grande partie de la nuit, nerveux, inquiet.

Dans ses rêves, on déterrait un corps et Madeleine Péricourt voyait tout de suite que ce n'était pas celui de son frère, il était trop grand ou trop petit, parfois il avait un visage qu'on reconnaissait immédiatement, celui d'un très vieux soldat, parfois même on déterrait un homme avec une tête de cheval mort. La jeune fille lui prenait le bras et demandait : « Qu'est-ce que vous avez fait de mon frère ? » Le capitaine d'Aulnay-Pradelle en rajoutait, évidemment, ses yeux étaient d'un bleu tellement vif qu'ils éclairaient le visage d'Albert comme une torche. Sa voix était celle du général Morieux. « C'est vrai, ça ! tonnait-il. Qu'est-ce que vous en avez fait, de ce frère, soldat Maillard ? »

C'est sur un cauchemar comme celui-ci qu'il se réveilla aux premières heures de l'aube.

Alors que tout le camp ou presque dormait encore, Albert remua ses pensées qui, avec l'obscurité de la grande salle, la lourde respiration des camarades et la pluie qui battait sur le toit, devinrent, de minute en minute, de plus en plus noires, cafardeuses, menaçantes. Ce qu'il avait fait jusqu'à présent, il ne le regrettait pas, mais il était incapable d'aller plus loin. La vision de cette jeune fille froissant dans ses petites mains cette lettre tissée de mensonges lui revenait sans cesse à l'esprit. Était-ce bien humain, ce qu'il faisait là ? Mais était-il encore possible de tout annuler ? Il y avait autant de raisons de faire que de défaire. Car enfin, se disait-il, je ne vais pas aller maintenant déterrer des cadavres pour couvrir un mensonge commis par bonté d'âme ! Ou par faiblesse, c'est la même chose. Mais si je ne vais pas le déterrer, si je dévoile toute l'affaire, me voilà accusé. Il ne savait pas ce qu'il risquait, seulement que c'était grave, tout prenait des proportions effrayantes.

Lorsque le jour se leva enfin, il n'avait toujours rien décidé, remettant sans cesse à plus tard le moment de trancher ce terrible dilemme.

C'est un coup de pied dans les côtes qui le réveilla. Frappé de stupeur, il s'assit précipitamment. Toute la salle bruissait déjà de cris, de trépidations, Albert regardait autour de lui, totalement perdu, incapable de reprendre ses esprits, lorsqu'il vit soudain descendre du ciel et se planter à quelques centimètres de son visage celui, sévère et pénétrant, du capitaine Pradelle.

L'officier le fixa longuement, puis il poussa un soupir de découragement et lui colla une gifle. Albert, instinctivement, se protégea. Pradelle sourit. Sourire large, qui ne disait rien qui vaille.

— Alors, soldat Maillard, on en apprend de belles ! Votre camarade Édouard Péricourt est mort ?

Vous savez que ça a été un choc ! Parce que la dernière fois que je l'ai vu...

Il fronça les sourcils, comme s'il puisait loin dans ses souvenirs.

— ... ma foi, c'était à l'hôpital militaire où il venait d'être rapatrié. Eh bien, à ce moment-là, il était tout ce qu'il y a de plus vivant. Bon, il n'avait pas sa mine des grands jours... Pour être franc, je lui ai trouvé les traits un peu tirés. Il a voulu arrêter un obus avec les dents, c'est imprudent, il m'aurait demandé conseil... Mais de là à imaginer qu'il allait mourir, non, je vous assure, soldat Maillard, ça ne m'est pas venu à l'esprit. Cependant pas de doute, il est bel et bien mort, vous avez même rédigé une lettre personnelle à la famille pour l'informer, et quel style, soldat Maillard, c'est beau comme l'antique !

Quand il prononçait le nom de Maillard, il gardait cette manière déplaisante d'appuyer sur la dernière syllabe, ce qui lui donnait une tonalité dérisoire et surtout méprisante, Maillard semblait le synonyme de « merde de chien » ou quelque chose d'approchant.

Il se mit à parler bas, à chuchoter presque, comme un homme furieux qui tâche de se contenir :

— Je ne sais pas ce qu'est devenu le soldat Péricourt et je ne veux pas le savoir, mais le général Morieux me charge d'aider sa famille, alors, forcément, je me demande...

La phrase ressemblait vaguement à une question. Jusqu'à présent, Albert n'avait pas eu le droit à la parole et, visiblement, le capitaine Pradelle n'avait pas l'intention de la lui laisser.

— Il n'y a que deux solutions, soldat Maillard. On dit la vérité ou on solde l'affaire. Si on dit la vérité, vous êtes dans de sales draps : usurpation d'identité, je ne sais pas comment vous vous y êtes pris, mais vous êtes bon pour la taule, je vous garantis quinze ans minimum. D'un autre côté, vous allez remettre le couvert avec votre histoire de commission d'enquête sur la cote 113… Bref, pour vous comme pour moi, c'est la plus mauvaise solution. Reste l'autre : on nous réclame un soldat mort, on donne un soldat mort, terminé, je vous écoute.

Albert en était encore à digérer les premières phrases.

— Je ne sais pas…, dit-il.

Dans ce genre de situation, Mme Maillard explosait : « Voilà, ça, c'est du Albert tout craché ! Quand il faut prendre une décision, montrer qu'on est un homme, plus personne ! Je ne sais pas… Il faut voir… Peut-être que oui… Je vais demander… Allons, Albert ! Décide-toi ! Si tu crois que dans la vie, etc., etc. »

Le capitaine Pradelle avait des côtés de Mme Maillard. Mais il tranchait plus vite qu'elle :

— Je vais vous dire ce que vous allez faire. Vous allez vous remuer le cul et, ce soir, vous allez remettre à Mlle Péricourt un beau cadavre estampillé « Édouard Péricourt », vous me suivez ? C'est une journée de boulot et vous repartez tranquille. Mais réfléchissez vite. Et si vous préférez la taule, je suis votre homme…

Albert se renseigna auprès de camarades, on lui indiqua plusieurs cimetières de campagne. Il vérifia ainsi ce qu'il savait : le plus grand de tous se trouvait à Pierreval, à six kilomètres d'ici. C'est là qu'il y aurait le plus de choix. Il y alla à pied.

C'était en bordure d'un bois avec des dizaines de tombes dans tous les coins. Au début, on avait essayé de les aligner, mais ensuite, la guerre avait dû alimenter le cimetière de tellement de corps qu'on les avait placés dans l'ordre où ils arrivaient, à la va-comme-je-te-pousse. Des tombes dans tous les sens, certaines avec des croix, d'autres pas, ou des croix écroulées. Ici, un nom. Là, « un soldat », gravé au couteau sur une plaque de bois. Il y en avait des dizaines avec juste « un soldat ». Et d'autres avec des bouteilles renversées plantées dans la terre dans lesquelles on avait glissé un papier avec le nom du soldat, pour plus tard, pour le cas où quelqu'un voudrait savoir qui était là-dessous.

Dans le cimetière de Pierreval, Albert aurait pu rester des heures à marcher entre les tombes de fortune avant d'en choisir une, sa sempiternelle hésitation, mais la raison avait fini par l'emporter. On verra bien, s'était-il dit, il commence à être tard et il y a du chemin pour revenir au Centre de démobilisation, faut que je me décide. Il tourna la tête, en vit une dont la croix n'indiquait rien et dit : « Celle-là. »

Il avait retiré quelques petites pointes d'une planche arrachée à la barrière, il chercha une pierre, cloua la demi-plaque d'identité d'Édouard Péricourt, repéra l'endroit, recula de quelques pas pour regarder l'effet d'ensemble, comme un photographe un jour de mariage.

Puis il s'en retourna, torturé de peur, de mauvaise conscience, parce que, même pour un bon motif, le mensonge n'était pas dans sa nature. Il pensait à cette jeune fille, à Édouard, et aussi à ce soldat inconnu que le hasard venait de désigner pour incarner Édouard et que, maintenant, plus personne ne retrouverait jamais, un soldat jusqu'alors non identifié, disparu pour de bon.

À mesure qu'il s'éloignait du cimetière et se rapprochait du Centre, les risques à court terme lui apparaissaient et se succédaient dans son esprit à la manière de ces dominos dont le premier fait chuter tous les autres. Tout cela irait très bien, se disait Albert, s'il s'agissait seulement de se recueillir. La sœur a besoin de la tombe de son frère, je lui donne une tombe, celle de son frère ou d'un autre, peu importe, c'est le cœur qui compte. Mais maintenant qu'on va creuser, l'affaire devient plus compliquée. Quand on va chercher au fond d'un trou, allez savoir ce qu'on découvre. Pas d'identité, passe encore, un soldat mort, c'est un soldat mort. Quand on le déterre, qu'est-ce qu'on trouve ? Un objet personnel ? Un signe distinctif ? Ou même, plus simplement, un corps trop grand ou trop petit ?

Sauf que le choix était fait, il avait dit « Celle-ci », et l'affaire était scellée. Bonne ou mauvaise. Albert ne comptait plus sur la chance depuis pas mal de temps.

Il arriva au Centre exténué. Pour attraper son train vers Paris, et pas question de le manquer (s'il y avait un train…), il devait être de retour à vingt et une heures, au plus tard. Ici régnait déjà une certaine effervescence, des centaines de types excités comme des puces, leur bagage rassemblé depuis des heures, criaient, chantaient, hurlaient, se tapaient dans le dos. Les gradés, inquiets, se demandaient ce qu'ils feraient si le convoi annoncé n'arrivait pas, comme c'était le cas une fois sur trois…

Albert quitta le baraquement. Sur le seuil, il regarda le ciel. La nuit serait-elle assez noire ?

Il était fringant, le capitaine Pradelle. Un vrai coq. Uniforme frais repassé, bottes cirées, ne manquaient que les médailles astiquées. Quelques pas et il était déjà à dix mètres. Albert n'avait pas bougé.

— Eh ben, vous venez, mon vieux ?

Dix-huit heures passées. Derrière le fourgon, une limousine tournait au ralenti, on distinguait le bruit ouaté des soupapes, on voyait la fumée sortir du pot d'échappement, presque tendre. Avec le prix d'un seul pneu de cette voiture, Albert aurait pu vivre un an. Il se sentit aussi pauvre que triste.

Une fois au camion, le capitaine ne s'arrêta pas, il fila jusqu'à la voiture dont on entendit la porte claquer doucement. La jeune fille n'apparut pas.

Le chauffeur, tout en barbe et qui puait la sueur, était assis au volant d'un beau fourgon tout neuf, un Berliet CBA à trente mille francs. Son petit négoce rapportait bien. On voyait tout de suite qu'il avait

l'habitude et n'avait confiance qu'en son propre jugement. Par la vitre baissée, il dévisagea Albert, le
jaugea des pieds à la tête, puis ouvrit la portière,
sauta de son camion et le prit à part. Il lui tenait le
bras très fort serré, une poigne terrible.

— Si tu viens, tu rentres dans l'affaire, tu comprends ça ?

Albert fit oui de la tête. Il se tourna du côté de
la limousine, le pot d'échappement continuait
d'exhaler sa vapeur blanche et caressante, mon Dieu,
après toutes ces années de misère, comme ce souffle
délicat était cruel.

— Dis-moi…, susurra le chauffeur, tu leur prends
combien, toi ?

Albert sentit qu'avec ce genre d'homme, l'acte
désintéressé allait très mal passer. Il fit un rapide
calcul :

— Trois cents francs.

— Quelle cloche !

Mais il y avait du contentement dans l'expression
du chauffeur, celle d'avoir mieux tiré son épingle
du jeu. En esprit petit, il éprouvait autant de satisfaction à réussir lui-même qu'à voir échouer les
autres. Il tourna le torse en direction de la limousine.

— Tu vois pas ? Ça porte de la fourrure, ça pète
dans la soie ! Tu pouvais pousser à quatre cents,
facile. Cinq cents, même !

On sentait qu'il était prêt à annoncer ce que lui-
même avait négocié. La prudence l'emporta, le chauffeur lui relâcha le bras.

— Allez, viens, faut pas traîner.

Albert se tourna vers la voiture, la jeune fille n'était toujours pas sortie, je ne sais pas, moi, pour saluer, pour remercier, rien de tout cela, il était un employé, un subalterne.

Il monta, on se mit en route. La limousine démarra à son tour, assez loin derrière, se réservant ainsi la possibilité de dépasser le camion et de disparaître, ni vu ni connu, dans le cas où la gendarmerie se montrerait et poserait des questions.

La nuit tomba complètement.

Les lumières jaunes du camion éclairaient la route, mais à l'intérieur, on ne voyait pas ses pieds. Albert posa sa main devant lui, sur le tableau de bord, et scruta le paysage à travers la vitre. Il disait « à droite », ou « par ici », il craignait de se perdre et, plus ils approchaient du cimetière, plus il avait peur. Il prit alors sa décision. Si ça tourne mal, je m'enfuis à pied par la forêt. Le chauffeur n'ira pas courir après moi. Il démarrera et rentrera à Paris où d'autres transports doivent l'attendre.

Le capitaine Pradelle, lui, était de taille à le pour-suivre, il avait déjà montré de très bons réflexes, cet enfoiré. Que faire ? se demandait Albert. Il avait envie de pisser, il se retenait de toutes ses forces.

Le camion monta la dernière côte.

Le cimetière commençait quasiment en bordure de chemin. Le chauffeur fit quelques manœuvres pour se garer dans la descente. Au moment de repar-tir, même pas de coups de manivelle, il lui suffirait de lâcher les freins dans la pente pour le démarrer.

En s'arrêtant, le moteur provoqua un drôle de silence, comme un manteau qui vous tomberait dessus. Le capitaine apparut aussitôt à la portière. Le chauffeur allait assurer le guet à l'entrée du cimetière. Pendant ce temps, on creuserait, on déterrerait, on récupérerait le cercueil dans le camion, on chargerait, et l'affaire serait réglée.

La limousine de Mlle Péricourt ressemblait à un fauve tapi dans l'ombre, prêt à bondir. La jeune fille ouvrit la portière et apparut. Toute petite. Albert la trouva encore plus jeune que la veille. Le capitaine esquissa un geste pour la retenir, il n'eut pas le temps de prononcer un mot, elle s'avança résolument. Sa présence était tellement saugrenue dans ce lieu et à une heure pareille que les trois hommes en restèrent muets. D'un bref mouvement de tête, elle donna le signal du départ.

On se mit en marche.

Le chauffeur portait deux pelles, Albert trimbalait une grande bâche repliée pour mettre la terre, c'était plus rapide ensuite pour reboucher.

La nuit était à demi claire, on distinguait les buttes des dizaines de tombes à droite et à gauche, c'était comme avancer dans un champ retourné par des taupes géantes. Le capitaine marchait à grands pas. Avec les morts, il avait toujours été un type très conquérant. Derrière lui, entre Albert et le chauffeur, trottait la jeune fille. Madeleine. Albert aimait ce prénom. Celui de sa grand-mère.

— C'est où ?

On marche depuis longtemps, une allée, puis l'autre... C'est le capitaine qui demande. Il s'est retourné, nerveux. Il chuchote, mais sa voix trahit son exaspération. Il veut en finir avec cette histoire. Albert cherche, lève le bras, se trompe, tâche de se repérer. On le voit penser, non, c'est pas là.

— Par là, dit-il enfin.

— T'es sûr ? demande le chauffeur qui commence à douter.

— Oui, dit Albert, c'est par ici.

On continue de parler tout bas comme pendant une cérémonie.

— Grouillez-vous un peu, mon vieux ! s'agace le capitaine.

Enfin, ils y sont.

Sur la croix, une petite plaque, Édouard Péricourt.

Les hommes s'effacent, Mlle Péricourt s'avance. Elle pleure avec discrétion. Le chauffeur a déjà lâché ses pelles et part faire le guet. Dans la nuit, on se devine à peine. Juste la forme fragile de cette jeune fille. Derrière elle, on baisse respectueusement la tête, mais le capitaine regarde partout alentour, inquiet. Cette situation n'est pas confortable. Albert prend l'initiative. Il tend la main et la pose gentiment sur l'épaule de Madeleine Péricourt, elle se retourne, le regarde, elle comprend, recule. L'officier donne une pelle à Albert, prend la seconde, la jeune fille s'écarte. On creuse.

C'est un sol lourd, les pelletées ne vont pas vite. Près du front, où on n'avait guère le temps, les corps n'étaient jamais enterrés profondément, parfois même si peu que, dès le lendemain, les rats les avaient repérés. On ne devrait pas avoir à creuser bien loin avant de trouver quelque chose. Albert, au sommet

de l'inquiétude, s'arrête souvent pour écouter, il discerne la présence de Mlle Péricourt, près d'un arbre
quasiment mort, toute droite, tendue elle aussi. Elle
fume une cigarette, nerveusement. Ça frappe Albert,
une femme comme elle qui fume des cigarettes. Pradelle jette un œil à son tour puis, allez mon vieux,
on va pas s'éterniser. On se remet au travail.

Ce qui est long, c'est de creuser sans buter contre
le corps qui se trouve en dessous. Les pelletées de
terre s'accumulent en tas sur la bâche. Qu'est-ce
qu'ils vont en faire, de ce corps, les Péricourt ?
se demande Albert. L'enterrer dans leur jardin ? De
nuit, comme maintenant ?

Il s'arrête.

— À la bonne heure ! siffle le capitaine en se
penchant.

Il a dit ça très bas, il ne veut pas être entendu
par la jeune fille. Quelque chose du corps est apparu,
difficile de deviner ce que c'est. Les dernières pelletées sont délicates, il faut prendre par en dessous
pour ne rien abîmer.

Albert est à la manœuvre. Pradelle est impatient.

— Grouillez-vous, souffle-t-il tout bas. Il ne risque
plus rien, allez !

La pelle accroche un morceau de la vareuse qui
a servi de linceul et, aussitôt, l'odeur remonte, une
horreur. L'officier se détourne immédiatement.

Albert, lui aussi, fait un pas en arrière et, pourtant,
il en a respiré pendant toute la guerre, des corps en
décomposition, surtout quand il a été brancardier.
Sans compter l'hospitalisation avec Édouard ! De
repenser soudain à lui… Albert lève la tête et regarde

la jeune fille qui, bien qu'assez éloignée, tient un mouchoir devant son nez. Faut-il qu'elle aime son frère ! se dit-il. Pradelle le pousse brutalement et quitte le trou.

D'une enjambée, il est auprès de la demoiselle, la prend par les épaules, la tourne dos à la tombe. Albert est seul au fond, dans l'odeur du cadavre. La jeune fille résiste, elle fait non de la tête, elle veut s'approcher. Albert hésite sur la conduite à tenir, tétanisé, ça lui rappelle tant de choses, la haute silhouette de Pradelle qui le surplombe. De se retrouver comme ça dans une fosse, même aussi peu profonde, de vraies sueurs d'angoisse le saisissent malgré le froid qui est descendu, parce que, avec lui dans le trou et le capitaine au-dessus campé sur ses jambes, toute l'histoire lui remonte à la gorge, il a l'impression qu'on va le recouvrir, l'ensevelir, il se met à trembler, mais il repense à son camarade, à son Édouard, et il se force à se baisser, à reprendre son ouvrage.

Ça vous crève le cœur, ces choses-là. Il gratte avec précaution du bout de la pelle. La terre, argileuse, n'est pas propice à la décomposition et le corps a été très proprement roulé dans sa vareuse, tout ça a ralenti la putréfaction. Le tissu reste collé aux mottes de terre glaise, le flanc apparaît, les côtes, un peu jaunes avec des morceaux de chair putride, noirâtre, ça grouille de vers parce qu'il y a encore pas mal à manger.

Un cri, là-haut. Albert relève la tête. La jeune fille sanglote. Le capitaine la console, mais, par-dessus son épaule, il adresse à Albert un signe d'agacement, faites vite, vous attendez quoi ?

Albert lâche sa pelle, sort du trou et se met à courir. Il a le cœur en compote, ça le retourne, tout ça, ce pauvre soldat mort, ce chauffeur qui fait commerce de la peine des autres, ce capitaine qui, on le voit bien, fourrerait n'importe quel corps dans un cercueil pourvu qu'on aille vite… Et le vrai Édouard, tout défiguré, puant lui aussi comme un cadavre, attaché dans sa chambre d'hôpital. C'est décourageant, quand on y pense, de s'être battu pour un résultat pareil.

Le chauffeur, en le voyant arriver, pousse un soupir de soulagement. En un clin d'œil, il a soulevé la bâche du camion, attrapé une tringle en fer, accroché la poignée de la bière qui se trouve tout au fond et tiré vers lui de toutes ses forces. Le chauffeur devant, Albert derrière, on se met en route vers la tombe.

Ça lui coupe la respiration, à Albert, parce que le type marche assez vite, forcément, avec l'habitude, tandis que lui, il trotte comme il peut et manque plusieurs fois de tout lâcher et de tomber dessous. Finalement on arrive. Ça pue atrocement par ici.

C'est un beau cercueil en chêne avec des poignées dorées et une croix en fer forgé plaquée sur le couvercle. C'est bizarre, un cimetière, c'est pourtant le lieu pour un cercueil, mais celui-là fait très luxueux dans le décor. À la guerre, ce n'est pas le genre qu'on voit couramment, c'est plus pour les bourgeois qui meurent dans leur lit que pour des jeunes gens qui se font trouer la paillasse de façon anonyme.

Albert n'achève pas sa belle réflexion philosophique. Autour de lui, on est très pressé d'en finir.

On retire le couvercle, on le pose à côté.

D'une enjambée, le chauffeur descend dans le fossé où repose la dépouille, il se baisse, relève à mains nues les extrémités de la vareuse puis, des yeux, cherche de l'aide. Ça tombe sur Albert évidemment, qui d'autre ? Albert avance d'un pas, descend à son tour dans le trou, son angoisse aussitôt lui monte à la tête ; on lit dans toute sa personne qu'il est terrorisé parce que le chauffeur demande :

— Ça va aller ?

On se baisse ensemble, on prend l'odeur de pourriture en pleine poire, on saisit le tissu et han ! une fois, deux fois, et d'un geste, on dépose le corps là-haut, sur le bord de la tombe. Ça fait un floc lugubre. Ce n'est pas lourd, ce qu'on a soulevé là. Ce qui reste, c'est à peine le poids d'un enfant.

Le chauffeur remonte aussitôt, Albert trop heureux de lui emboîter le pas. À deux, on reprend les coins de la vareuse et on balance le tout dans le cercueil, cette fois le floc est plus mat ; à peine le temps de réaliser, le chauffeur a posé le couvercle. Il reste peut-être quelques os dans la fosse, qui auraient glissé dans la manœuvre, mais bon. De toute manière, pensent visiblement le chauffeur et le capitaine, pour ce qu'ils vont en faire, de ce cadavre, c'est bien suffisant. Albert cherche du regard Mlle Péricourt, elle est déjà à sa voiture, c'est difficile ce qu'elle vient de vivre là, comment lui en vouloir ? Son frère réduit à des grappes d'asticots.

On ne clouera pas ici, trop de bruit, plus tard, sur la route. Pour l'heure, le chauffeur met seulement deux larges sangles en tissu autour du cercueil pour serrer le couvercle et éviter que l'odeur se répande trop dans le camion. On refait rapidement le chemin dans l'autre sens, Albert tout seul à l'arrière, les deux autres devant. Entre-temps, le capitaine a allumé une cigarette, il fume sereinement. Albert est épuisé, ce sont les reins surtout qui ont pris.

Pour monter le cercueil à l'arrière du camion, le chauffeur prend devant avec le capitaine, Albert toujours derrière, décidément, c'est sa place, on soulève, et han ! de nouveau, après quoi on pousse la caisse au fond, ça racle sur le plancher en tôle, ça résonne, mais c'est fini, on ne va pas traîner. Derrière eux, la limousine ronronne.

La jeune fille revient vers lui, évanescente.

— Merci, monsieur, dit-elle.

Albert veut dire quelque chose. Pas le temps, elle lui a saisi le bras, le poignet, la main, elle l'ouvre, y glisse des billets, la referme dans les siennes, ce que ça lui fait, à Albert, ce simple geste...

Déjà, elle repart vers sa voiture.

Le chauffeur attache le cercueil sur les ridelles avec des cordes, pour qu'il ne se balade pas dans tous les sens, et le capitaine Pradelle fait signe à Albert. Il désigne le cimetière. Il faut reboucher rapidement, si on laisse la fosse ouverte, c'est les gendarmes, une enquête, comme si on avait besoin de ça.

Albert saisit une pelle, court dans l'allée. Mais il est pris d'un doute et se retourne.

Il est seul.

À une trentaine de mètres, là-bas, du côté de la route, il entend le moteur de la limousine qui s'éloigne, puis le bruit du camion qui démarre dans la descente.

NOVEMBRE 1919

10

Henri d'Aulnay-Pradelle, installé dans un vaste fauteuil de cuir, avait passé négligemment sa jambe droite par-dessus l'accoudoir et tendait à bout de bras, en le tournant lentement dans la lumière, un immense verre de fine hors d'âge. Il écoutait les propos des uns et des autres avec un détachement étudié, afin de montrer qu'il était un « type à la coule ». Il adorait les expressions de ce genre, un peu familières. Si cela n'avait tenu qu'à lui, il serait même allé jusqu'à la vulgarité et aurait éprouvé une vraie délectation à proférer tranquillement des grossièretés devant des assemblées qui n'auraient pas eu les moyens de se sentir outrées.

Pour cela, il lui manquait cinq millions de francs.

Dans cinq millions, il pourrait se vautrer en toute impunité.

Pradelle venait au Jockey Club trois fois par semaine. Non que le lieu lui plût particulièrement – il trouvait le niveau assez décevant, comparé à ses attentes –, mais il constituait un symbole de son ascension sociale qu'il ne se lassait pas d'admirer. Les glaces, les tentures, les tapis, les dorures, la dignité étudiée du personnel et l'ahurissant montant de la cotisation annuelle lui procuraient une satisfaction que décuplaient encore les innombrables occasions de rencontres qui s'y offraient. Il y était entré quatre mois plus tôt, de justesse, les caciques du Jockey se méfiaient de lui. Mais, s'il avait fallu retoquer tous les nouveaux riches, étant donné l'hécatombe des dernières années, le club serait devenu le hall des pas perdus. Et puis Pradelle disposait de quelques appuis difficiles à contourner, à commencer par son beau-père à qui on ne pouvait rien refuser et son amitié avec Ferdinand, le petit-fils du général Morieux, jeunesse déclassée et passablement décadente, mais qui condensait tout un ensemble de relations. Rejeter un maillon revenait à se priver de toute la chaîne, impossible, la pénurie d'hommes vous contraint à de ces choses parfois... Au moins Aulnay-Pradelle, lui, avait un nom. Une mentalité de corsaire, mais des quartiers de noblesse. Donc, finalement, il avait été accepté. Au demeurant, M. de La Rochefoucauld, le président en exercice, considérait qu'il ne faisait pas si mal que cela dans le paysage, ce grand jeune homme qui traversait les salles au pas de charge, un perpétuel coup de vent. Avec une arrogance qui justifiait l'adage selon lequel un vainqueur, c'est toujours quelque chose de laid. Assez vulgaire donc, mais c'était un héros. C'est comme les jolies femmes, les héros, dans une bonne société, on a toujours besoin d'en avoir quelques-uns. Et, à une époque où il était difficile de trouver des hommes de son âge à qui il ne manquait pas au moins une main ou une jambe, quand ce n'était pas les deux, celui-ci était assez décoratif.

Jusqu'à présent, Aulnay-Pradelle n'avait eu qu'à se louer de cette Grande Guerre. Sitôt libéré, il s'était lancé dans la récupération et la revente des stocks militaires. Des centaines de véhicules français ou américains, de moteurs, de remorques, des milliers de tonnes de bois, de toile, de bâches, d'outils, de ferraille, de pièces détachées, dont l'État n'avait plus l'usage et dont il avait besoin de se débarrasser. Pradelle achetait des lots entiers qu'il revendait aux compagnies de chemins de fer, aux sociétés de transport, aux entreprises agricoles. Le bénéfice était d'autant plus confortable que le gardiennage de ces zones de stockage était extrêmement poreux aux arrosages, pourboires et autres bakchichs, et que, sur place, vous enleviez facilement trois camions pour un et cinq tonnes pour deux.

La protection du général Morieux et son propre statut de héros national avaient ouvert à Aulnay-Pradelle bien des portes, et son rôle à l'Union nationale des combattants – qui avait montré son utilité en aidant le gouvernement à briser les dernières grèves ouvrières – lui avait ménagé de nombreux appuis supplémentaires. Grâce à quoi il avait déjà remporté d'importants marchés de liquidation de stocks, achetant des lots entiers pour quelques dizaines de milliers de francs qu'il empruntait et qui, après revente, devenaient des centaines de milliers de francs de bénéfice.

— Salut, vieux !

Léon Jardin-Beaulieu. Un homme de valeur, mais qui était né petit, dix centimètres de moins que tout le monde, c'était à la fois peu et beaucoup, pour lui c'était terrible, il courait après la reconnaissance.

— Salut, Henri, répondit-il en roulant légèrement des épaules, il pensait que ça le grandissait.

Pour Jardin-Beaulieu, avoir le droit d'appeler Aulnay-Pradelle par son prénom était une volupté pour laquelle il aurait vendu père et mère, ce que d'ailleurs il avait fait. Il affecte le ton des autres pour se croire comme les autres, pensa Henri en lui tendant une main molle, presque négligente, et il demanda d'une voix basse, tendue :

— Alors ?

— Toujours rien, répondit Jardin-Beaulieu. Rien ne filtre.

Pradelle leva un sourcil agacé, il excellait dans les messages sans paroles à destination du petit personnel.

— Je sais, s'excusa Jardin-Beaulieu, je sais…

Pradelle était terriblement impatient.

Quelques mois plus tôt, l'État s'était résolu à confier à des entreprises privées le soin d'exhumer les dépouilles des soldats enterrés au front. Le projet était de les regrouper en de vastes nécropoles militaires, l'arrêté ministériel préconisant « la constitution du plus petit nombre possible des plus grands cimetières possibles ». C'est qu'il y en avait un peu partout, de ces cadavres de soldats. Dans des cimetières improvisés à quelques kilomètres, voire à quelques centaines de mètres de la ligne de front. Sur des terres qu'il fallait maintenant rendre à l'agriculture. Il y avait déjà des années, quasiment depuis le début de la guerre, que les familles réclamaient de pouvoir se recueillir sur la tombe de leurs enfants. Ce regroupement des sépultures n'excluait pas de restituer un jour à celles qui le souhaitaient le corps de leurs soldats, mais le gouvernement espérait qu'une fois constituées, ces immenses nécropoles où les héros reposeraient « auprès de leurs camarades morts au combat » calmeraient les ardeurs familiales. Et éviteraient de grever à nouveau les finances de l'État par des transports individuels, sans compter les questions sanitaires, un vrai casse-tête qui coûterait les yeux de la tête alors que les caisses resteraient vides tant que l'Allemagne n'aurait pas payé ses dettes.

Cette vaste entreprise morale et patriotique de regroupement des cadavres entraînait toute une chaîne d'opérations lucratives à souhait, des centaines de milliers de cercueils à fabriquer puisque la plupart des soldats avaient été enterrés à même le sol, parfois simplement roulés dans leur vareuse. Des centaines de milliers d'exhumations à coups de pelle (le texte prévoyait explicitement qu'il fallait user de la plus grande précaution), autant de transports en camion des dépouilles mises en bière jusqu'aux gares de départ et autant de réinhumations dans les nécropoles de destination...

Si Pradelle remportait une part de ce marché, pour quelques centimes par corps, ses Chinois allaient déterrer des milliers de cadavres, ses véhicules transporter des milliers de dépouilles en putréfaction, ses Sénégalais inhumer le tout dans des tombes bien alignées avec une belle croix vendue au prix fort, de quoi reconstruire de fond en comble, en moins de trois ans, la propriété familiale de la Sallevière, qui pourtant était un sacré gouffre.

À quatre-vingts francs le cadavre et avec un prix de revient réel aux alentours de vingt-cinq, Pradelle espérait un bénéfice net de deux millions et demi.

Et si le ministère passait, en plus, quelques commandes de gré à gré, en retirant les pots-de-vin, on frôlerait les cinq millions.

Le marché du siècle. Pour le commerce, la guerre présente beaucoup d'avantages, même après.

Bien informé par Jardin-Beaulieu, dont le père était député, Pradelle avait su anticiper. Dès la démobilisation, il avait créé la société Pradelle et Cie. Jardin-Beaulieu et le petit-fils Morieux avaient apporté chacun cinquante mille francs et leurs précieuses relations, Pradelle quatre cent mille à lui seul. Pour être le patron. Et pour prendre quatre-vingts pour cent des bénéfices.

La Commission d'adjudication des marchés publics se réunissait ce jour-là, elle était en conclave depuis quatorze heures. Grâce à ses interventions et à cent cinquante mille francs de dessous-de-table, Pradelle l'avait bétonnée : trois membres, dont deux à sa botte, devaient trancher sur les différentes propositions, décider en toute impartialité que la société Pradelle et Cie présentait le meilleur devis, que son spécimen de cercueil, déposé au magasin du Service des sépultures, était le plus conforme à la fois à la dignité des Français morts pour la patrie et aux finances de l'État. Moyennant quoi, Pradelle devait se voir attribuer plusieurs lots, une dizaine si tout allait bien. Peut-être davantage.

— Et au ministère ?

Un large sourire s'épanouit sur le visage étroit de Jardin-Beaulieu, il avait la réponse :

— L'affaire est dans le sac !

— Oui, ça, je sais, cracha Pradelle, excédé. La question, c'est quand ?

Son souci n'était pas seulement lié aux délibérations de la Commission d'adjudication. Le Service de l'état civil, des successions et des sépultures militaires dépendant du ministère des Pensions était autorisé, en cas d'urgence ou s'il l'estimait nécessaire, à attribuer des marchés de gré à gré. Sans passer par un appel à concurrence. Une vraie situation de monopole s'ouvrirait dans ce cas pour Pradelle et Cie qui pourrait facturer à peu près ce qu'il voudrait, jusqu'à cent trente francs par cadavre...

Pradelle affectait le détachement que les esprits supérieurs adoptent dans les circonstances les plus tendues, mais il était, en fait, d'une nervosité folle. À sa question, Jardin-Beaulieu n'avait hélas pas encore de réponse. Son sourire s'effondra.

— On ne sait pas...

Il était livide. Pradelle détourna le regard, c'était le congédier. Jardin-Beaulieu battit en retraite, fit mine de reconnaître un membre du Jockey et se précipita piteusement à l'autre bout du vaste salon. Pradelle le vit s'éloigner, il portait des talonnettes. S'il n'avait pas été miné par le complexe de sa petite taille, qui lui faisait perdre tout sang-froid, il aurait été intelligent, dommage. Ce n'était pas pour cette

171

qualité que Pradelle l'avait recruté dans son projet. Jardin-Beaulieu avait deux mérites inestimables : un père député et une fiancée sans le sou (sinon, qui aurait voulu d'un pareil nabot !), mais ravissante, une fille très brune avec une jolie bouche que Jardin-Beaulieu devait épouser dans quelques mois. À la première présentation, Pradelle avait pressenti que cette fille souffrait en silence de cette alliance avantageuse qui discréditait sa beauté. Le genre de femme qui aurait besoin de revanches et, à la voir se déplacer dans le salon des Jardin-Beaulieu – Pradelle avait un œil infaillible pour cela, comme pour les chevaux, disait-il –, il aurait parié qu'en s'y prenant bien, elle n'attendrait même pas la cérémonie.

Pradelle retourna à l'observation de son verre de fine, considérant pour la énième fois la stratégie à adopter.

Pour fabriquer autant de cercueils, il faudrait sous-traiter avec pas mal d'entreprises spécialisées, ce qui était rigoureusement interdit par le contrat avec l'État. Mais si tout se passait normalement, personne n'irait y voir de plus près. Parce que tout le monde avait intérêt à fermer les yeux. Ce qui comptait – l'opinion était unanime –, c'était que le pays dispose, dans un délai décent, de jolis cimetières peu nombreux, mais très grands, permettant à tout un chacun de classer enfin cette guerre parmi les mauvais souvenirs.

Et Pradelle gagnerait en sus le droit de brandir son verre de fine et de roter en plein salon du Jockey sans que personne y trouve à redire.

Tout à ses pensées, il n'avait pas vu entrer son beau-père. C'est à la qualité du silence qu'il sentit qu'il avait commis une gaffe, un silence soudain et ouaté, frémissant, comme à l'entrée de l'évêque dans la cathédrale. Lorsqu'il le comprit, c'était trop tard. Rester dans cette position nonchalante en présence du vieux représentait un manque de déférence qui ne lui serait pas pardonné. En changer trop précipitamment, c'était admettre sa subordination devant tout le monde. Le choix entre deux mauvaises solutions. À la provocation, Pradelle préféra la vexation qui lui sembla la moins coûteuse. Il se déplaça vers l'arrière, aussi négligemment que possible, en balayant sur son épaule une poussière invisible. Son pied droit glissa jusqu'au sol, il se redressa dans son fauteuil pour faire bonne figure et inscrivit mentalement cette circonstance sur sa liste des revanches à prendre.

M. Péricourt avait pénétré dans la salle du Jockey d'un pas lent et débonnaire. Il fit semblant de n'avoir rien remarqué du manège de son gendre et rangea cette occasion au rang des dettes à se faire rembourser. Il passa entre les tables en tendant ici et là une main molle de monarque bienveillant, lâchant le nom des présents avec une noblesse de doge, bonjour cher ami, Ballanger, ah, Frappier vous êtes là, bonsoir Godard, risquant des traits d'humour à sa mesure, mais… c'est Palamède de Chavigne si je ne m'abuse ! et lorsqu'il arriva à la hauteur d'Henri, il se contenta de baisser les paupières d'un air entendu, un sphinx, et de poursuivre sa traversée du salon jusqu'à la cheminée vers laquelle il tendit ses deux mains largement écartées avec une satisfaction exagérée.

Quand il se retourna, il vit son gendre de dos. La position était délibérément stratégique. Ce devait être très agaçant de se sentir ainsi observé par-derrière. À les voir manœuvrer l'un par rapport à l'autre, on devinait que la partie d'échecs à laquelle se livraient les deux hommes venait tout juste de commencer et annonçait bien des rebondissements.

Entre eux, l'aversion avait été spontanée et tranquille, presque sereine. La promesse d'une haine au long cours. Chez Pradelle, Péricourt avait immédiatement flairé la crapule, mais il n'avait pas résisté à l'engouement de Madeleine. Personne n'avait les mots pour le dire, mais il suffisait de les regarder ensemble une seconde pour comprendre qu'Henri la faisait très bien jouir et qu'elle n'allait pas s'en tenir là, que cet homme, elle le voulait, qu'elle le voulait terriblement.

M. Péricourt aimait sa fille, à sa manière, bien sûr, qui n'avait jamais été très démonstrative et il aurait été heureux de la savoir heureuse si elle n'avait pas eu l'idée imbécile de s'enticher d'un Henri d'Aulnay-Pradelle. Richissime, Madeleine Péricourt avait été la proie de bien des convoitises et, bien qu'elle ne fût qu'agréable, elle avait été très courtisée. Elle n'était pas bête, la tête près du bonnet, comme feu sa mère, femme de caractère, pas le genre à s'emporter, à céder à la tentation. Avant-guerre, elle les avait démasqués de loin, les petits ambitieux qui la trouvaient banale vue de face, mais très jolie vue de dot. Elle avait une manière aussi efficace que

174

discrète de les éconduire. Avoir été demandée en mariage plusieurs fois lui avait donné beaucoup d'assurance, beaucoup trop, car elle avait vingt-cinq ans lorsque la guerre s'était déclarée, trente quand elle s'était achevée sur la mort de son jeune frère, deuil terrible, et, entre-temps, elle avait commencé à vieillir. Ceci peut-être expliquait cela. Elle avait rencontré Henri d'Aulnay-Pradelle en mars et l'avait épousé en juillet.

Les hommes ne voyaient pas ce qu'il pouvait avoir de si magique, cet Henri, pour justifier pareil empressement, il n'était pas mal, convenons-en, mais enfin... Ça, c'étaient les hommes. Parce que les femmes, elles, saisissaient très bien. Elles regardaient cette allure, ces cheveux ondulés, ces yeux clairs, ces épaules larges, cette peau, mon Dieu, et comprenaient que Madeleine Péricourt avait eu envie d'y goûter et qu'elle en était revenue enchantée.

M. Péricourt n'avait pas insisté, bataille perdue d'avance. Il s'était contenté, prudent, d'imposer des limites. Chez les bourgeois, cela s'appelle un contrat de mariage. Madeleine n'y avait rien trouvé à redire. Le beau gendre, en revanche, avait fait la gueule en découvrant le projet établi par le notaire de la famille. Les deux hommes s'étaient regardés sans un mot, mesure sage. Madeleine restait seule détentrice de ses avoirs et devenait copropriétaire de tout ce qui serait acquis après le mariage. Elle comprenait la réserve soupçonneuse de son père à l'égard d'Henri, dont ce contrat constituait la preuve tangible. Avec une pareille fortune, la prudence devient une seconde nature. À son mari elle expliquait en souriant que ça ne changeait rien. Pradelle, lui, savait que ça changeait tout.

D'abord, il se sentit floué, bien mal récompensé de ses efforts. Dans l'existence de nombre de ses amis, le mariage avait tout réglé. C'était parfois difficile à obtenir, il fallait manœuvrer finement, mais quand on y arrivait, c'était le magot, après, on pouvait tout se permettre. Or, pour lui, le mariage n'avait rien changé. Côté standing, ça, rien à dire, il en profitait, c'était royal. Henri était un pauvre au train de vie démesuré (sur sa cassette personnelle, il avait rapidement distrait près de cent mille francs, aussitôt investis dans la réfection de la propriété familiale, mais il y avait tant à faire, tout s'écroulait, c'était un abîme).

Henri n'avait pas trouvé la fortune. Pour autant, le coup était loin d'être raté. D'abord, parce que ce mariage mettait un point final à cette vieille histoire de la cote 113 qui l'avait un peu chagriné. Qu'elle resurgisse (comme cela se voyait parfois pour des affaires anciennes qu'on croyait oubliées), ce n'était plus un risque car maintenant, il était riche, même par délégation, lié à une famille aussi puissante que prestigieuse. Épouser Madeleine Péricourt l'avait rendu à peu près invulnérable.

Ensuite, il avait accédé à un bénéfice colossal : le carnet d'adresses de la famille. (Il était le gendre de Marcel Péricourt, intime de M. Deschanel, ami de M. Poincaré, de M. Daudet et de tant d'autres.) Et il était très satisfait des premiers retours sur investissement. Dans quelques mois il pourrait regarder son futur beau-père bien en face : il baisait sa fille, il vampirisait ses relations et, dans trois ans, si tout se passait comme il l'espérait, au Jockey, il se vautrerait encore davantage quand le vieux entrerait dans le fumoir.

M. Péricourt se tenait informé de la manière dont son gendre s'enrichissait. Pas de doute, ce garçon se révélait rapide et efficace ; à la tête de trois sociétés, il avait déjà réalisé près d'un million de bénéfice net en quelques mois. Sur ce plan, c'était un homme bien proportionné à son époque, mais M. Péricourt se méfiait instinctivement de cette réussite. Trop verticale, sujette à caution.

Plusieurs hommes s'étaient regroupés autour du notable, ses clients : il n'y a pas de fortune qui n'ait sa cour.

Henri regardait son beau-père dans ses œuvres. Il prenait des leçons, admiratif. Pas de doute, le vieux crabe savait y faire. Quel aplomb. Il distribuait avec une générosité sélective les remarques, les autorisations, les recommandations. Son entourage avait appris à interpréter ses conseils comme des ordres, ses réserves comme des interdictions. Le genre d'homme avec qui il était impossible de se fâcher quand il vous refusait quelque chose parce que ce qui vous restait, il pouvait aussi vous le retirer.

À cet instant, Labourdin entra enfin dans le fumoir, suant, son large mouchoir à la main. Henri réprima un soupir de soulagement, vida son verre de fine d'une traite, se leva et, le saisissant à l'épaule, l'entraîna dans le salon adjacent. Labourdin trottait à côté de Pradelle en tricotant de ses grosses jambes courtes, comme s'il n'avait pas déjà suffisamment transpiré…

Labourdin était un imbécile grandi par sa bêtise. Elle se manifestait sous la forme d'une ténacité exceptionnelle, incontestable vertu en politique, encore que la sienne ne fût due qu'à son incapacité à changer d'avis et à un manque total d'imagination. Cette stupidité était réputée pratique. Médiocre en tout, presque toujours ridicule, Labourdin était le genre d'homme qu'on pouvait placer n'importe où, qui se montrait dévoué, une bête de somme, on pouvait tout lui demander. Sauf d'être intelligent, immense bénéfice. Il portait tout sur son visage, sa bonhomie, son goût pour la nourriture, sa lâcheté, son insignifiance et surtout, surtout sa concupiscence. Incapable de résister à l'envie de dire une cochonnerie, il braquait sur toutes les femmes de lourds regards de convoitise, notamment sur les bonniches à qui il pelotait le cul dès qu'elles se retournaient, et il allait auparavant au bordel jusqu'à trois fois par semaine. Je dis « auparavant » parce que, sa réputation s'étant progressivement étendue au-delà de l'arrondissement dont il était le maire, beaucoup de quémandeuses se pressaient à sa permanence dont il avait doublé les jours, et il s'en trouvait toujours une ou deux disposées à lui éviter le déplacement jusqu'au bobinard en échange d'une autorisation, d'un passe-droit, d'une signature, d'un coup de tampon. Il était heureux, Labourdin, ça se voyait tout de suite. Ventre plein, couilles pleines, toujours prêt à en découdre avec la prochaine table, avec les prochaines fesses. Il devait son élection à une petite poignée d'hommes influents sur lesquels M. Péricourt régnait en maître.

— Vous allez être nommé à la Commission d'adjudication, lui avait un jour annoncé Pradelle. .

Labourdin adorait faire partie de commissions, de comités, de délégations, il y voyait une preuve de son importance. Et, imposée par son gendre, il n'avait pas douté que cette nouvelle nomination venait de M. Péricourt lui-même. Il avait enregistré scrupuleusement, en les notant en grands caractères, les instructions précises qu'il devait suivre. Après avoir donné tous ses ordres, Pradelle avait désigné la feuille de papier.

— Maintenant, vous allez me foutre ça en l'air…, avait-il dit. Vous ne voulez pas non plus qu'on mette ça en vitrine au Bon Marché !

Pour Labourdin, cela avait été le début d'un cauchemar. Terrorisé à l'idée de faillir à sa mission, il avait passé ses nuits à se remémorer les instructions une à une, mais plus il répétait, plus il mélangeait, cette nomination était devenue son martyre, cette commission, sa bête noire.

Ce jour-là, il avait dépensé au cours de cette réunion plus d'énergie qu'il n'en disposait, il avait dû réfléchir, dire des choses, il en était sorti épuisé. Épuisé mais heureux, parce qu'il revenait avec la satisfaction du devoir accompli. Dans le taxi, il avait ruminé quelques phrases selon lui « bien senties », parmi lesquelles sa favorite était : « Mon cher ami, sans vouloir me vanter, je crois pouvoir dire… »

— Compiègne, combien ? le coupa aussitôt Pradelle.

La porte du salon était à peine fermée que ce grand jeune homme au regard fixe le transperçait, sans le laisser parler. Labourdin avait tout imaginé sauf cela, c'est-à-dire qu'il n'avait pensé à rien du tout, comme à son habitude.

— Eh bien, euh…

— Combien ? tonna Pradelle.

Labourdin ne savait plus. Compiègne… Il lâcha son mouchoir, fouilla précipitamment dans ses poches, trouva ses papiers pliés en quatre, sur lesquels il avait noté les résultats des délibérations.

— Compiègne…, bégaya-t-il. Alors, Compiègne, voyons…

Rien n'allait jamais assez vite pour Pradelle, qui lui arracha la feuille des mains et s'éloigna de quelques pas, le regard tendu vers les chiffres. Dix-huit mille cercueils pour Compiègne, cinq mille pour la chefferie de Laon, plus de six mille pour la place de Colmar, huit mille pour la chefferie de Nancy et Lunéville… Restaient à venir des lots pour Verdun, Amiens, Épinal, Reims… Les résultats dépassaient ses espérances. Pradelle ne put réprimer un sourire de satisfaction qui n'échappa pas à Labourdin.

— Nous nous réunissons de nouveau demain matin, ajouta le maire d'arrondissement. Et samedi !

Il estima alors que l'instant de sa phrase était enfin venu :

— Voyez-vous, mon cher ami…

Mais la porte s'ouvrit à la volée, on appela « Henri ! », il y avait du bruit à côté, de l'effervescence.

Pradelle s'avança.

Au pied de la cheminée, à l'autre extrémité du salon, tout un groupe s'agitait, on continuait d'accourir d'un peu partout, de la salle de billard, du fumoir…

Pradelle entendit des exclamations, fit encore quelques pas, les sourcils froncés, plus curieux qu'inquiet.

Son beau-père était assis par terre, le dos contre l'appui de la cheminée, les jambes allongées devant lui, les yeux fermés, le visage cireux et sa main droite crispée sur son gilet, à la hauteur de la poitrine, comme s'il avait voulu s'arracher un organe ou le retenir. Des sels ! cria une voix, de l'air ! dit une autre, le maître d'hôtel se précipita, demandant qu'on s'écarte.

De la bibliothèque, le docteur arriva à grands pas, qu'est-ce qui se passe, son calme impressionna, on fit place, le cou tendu pour mieux voir ; tout en prenant le pouls, Blanche disait :

— Eh bien, Péricourt, qu'est-ce qui nous arrive ?

Et, se tournant discrètement vers Pradelle :

— Appelez une voiture tout de suite, mon vieux, c'est sérieux.

Pradelle sortit rapidement.

Bon Dieu, quelle journée !

Le jour où il devenait millionnaire, son beau-père allait passer l'arme à gauche.

Une chance pareille, c'était à peine croyable.

11

Le cerveau d'Albert était totalement vide, impossible d'articuler deux idées, d'imaginer comment les choses allaient se passer ; il tentait de mettre de l'ordre dans ses impressions mais rien ne s'ordonnait. En marchant à grands pas, il ne faisait que caresser machinalement la lame du couteau enfoncé dans sa poche. Le temps pouvait passer, les stations de métro défiler puis les rues, pas la moindre idée constructive. Il ne croyait pas lui-même à ce qu'il faisait, mais il le faisait tout de même. Il était prêt à tout.

Cette histoire de morphine… Depuis le début, c'était la bouteille à l'encre. Édouard ne pouvait plus s'en passer. Jusqu'à présent Albert était parvenu à pourvoir à ses besoins. Cette fois, il avait eu beau racler les fonds de tiroir, il n'y avait plus assez d'argent. Aussi, quand son camarade, au terme d'interminables jours de souffrance, l'avait supplié de l'achever tant les douleurs étaient insupportables, Albert, épuisé lui aussi, avait-il cessé de réfléchir : il avait attrapé un couteau de cuisine, le premier qui lui était tombé sous la main, il était descendu, comme un automate, il avait pris le métro jusqu'à la Bastille et avait plongé dans le quartier grec, du côté de la rue Sedaine. Il devait trouver de la morphine pour Édouard, il était prêt à tuer s'il le fallait.

La première pensée lui vint enfin lorsqu'il découvrit le Grec, un homme d'une trentaine d'années, pachydermique, qui marchait les pieds très écartés, soufflant à chaque pas, transpirant malgré la température de novembre. Albert regarda, affolé, son énorme ventre, ses gros seins lourds qui ballottaient sous son pull en laine, son cou de bovin, ses bajoues tombantes, il pensa que son couteau ne servirait à rien, il aurait fallu une lame d'au moins quinze centimètres. Ou vingt. La situation n'était déjà pas brillante, maintenant, être mal équipé lui mettait le moral à zéro. « C'est toujours comme ça, disait sa mère, incapable de t'organiser ! Ce que tu peux être imprévoyant, mon pauvre garçon... » Et elle levait les yeux au plafond pour prendre Dieu à témoin. Devant son nouveau mari (c'était manière de dire, ils n'étaient pas mariés, mais Mme Maillard ramenait tout à la normale), elle se plaignait davantage de son fils. Le beau-père, lui – chef de rayon à la Samaritaine –, se contentait de détailler ses lacets, mais le dépit était le même. Face à eux, et même s'il en avait trouvé la force, Albert aurait eu bien du mal à se défendre parce qu'il leur donnait chaque jour un peu plus raison.

Tout avait l'air de se liguer contre lui, c'était vraiment une époque difficile.

Le rendez-vous était fixé près de la pissotière à l'angle de la rue Saint-Sabin. Albert n'avait pas la moindre idée de la manière dont ça se passait. Il avait contacté le Grec en téléphonant dans un café, de la part de quelqu'un qui connaissait quelqu'un ; le Grec n'avait posé aucune question, vu qu'il ne parlait pas vingt mots de français. Antonapoulos. Tout le monde disait Poulos. Même lui.

— Poulos, dit-il d'ailleurs en arrivant.

Pour un homme de cette corpulence exceptionnelle, il se déplaçait étonnamment vite, à petits pas serrés, rapides comme tout. Le couteau trop court, la vélocité du type… Le plan d'Albert était vraiment vaseux. Après avoir jeté un œil alentour, le Grec le saisit par le bras et l'entraîna dans la pissotière. L'eau n'y avait pas coulé depuis longtemps, l'atmosphère était irrespirable, ce qui n'avait pas l'air de gêner Poulos le moins du monde. Cet endroit fétide, c'était un peu comme sa salle d'attente. Pour Albert, qui redoutait tous les espaces confinés, la torture était double.

— Argent ? demanda le Grec.

Il voulait voir les billets et désigna du regard la poche d'Albert sans savoir qu'elle contenait un couteau dont la taille, à présent que les deux hommes se serraient l'un contre l'autre dans la pissotière, s'avérait encore plus dérisoire. Albert se tourna légèrement de côté pour montrer l'autre poche, laissa ostensiblement dépasser plusieurs billets de vingt francs. Poulos répondit par un signe d'acquiescement.

— Cinq, dit-il.

C'est ce qui était convenu au téléphone. Le Grec se retourna pour partir.

— Attends ! s'écria Albert en le rattrapant par la manche

Poulos s'arrêta, le regarda, inquiet.

— Il m'en faut davantage…, chuchota Albert.

Il articula exagérément en joignant le geste à la parole (quand il s'adressait à des étrangers, il leur parlait fréquemment comme s'ils étaient sourds). Poulos fronça ses gros sourcils.

— Douze, dit Albert.

Et il exhiba toute la liasse de billets, mais qu'il ne pouvait pas dépenser parce que c'était tout ce dont il disposait pour tenir encore près de trois semaines. Le regard de Poulos s'alluma. Il pointa le doigt vers Albert, approuva de la tête.

— Douze. Reste !

Il sortit.

— Non ! l'arrêta Albert.

L'odeur pestilentielle de la pissotière et la perspective de quitter ce réduit exigu où il sentait, minute après minute, monter l'angoisse l'aidèrent à adopter un ton convaincant. Son seul stratagème consistait à trouver le moyen d'accompagner le Grec.

Poulos fit non de la tête.

— D'accord, dit Albert en passant résolument devant lui.

Le Grec le rattrapa par la manche, hésita une seconde. Albert faisait pitié. C'était sa force parfois. Il n'avait pas besoin de forcer le trait pour avoir l'air minable. Après huit mois de vie civile, il portait toujours ses vêtements de démobilisé. À sa libération, il avait eu le choix entre un vêtement ou 52 francs. Il avait opté pour le vêtement parce qu'il avait froid.

En réalité, l'État refourguait aux anciens poilus de vieilles vareuses militaires reteintes à la hâte. Le soir même, sous la pluie, la teinture avait commencé de dégouliner. Des traînées d'un triste ! Albert était revenu, disant que, finalement, il préférait les 52 francs, mais c'était trop tard, il fallait réfléchir avant.

Il avait aussi conservé ses brodequins, déjà à la moitié de leur existence, et deux couvertures militaires. Tout cela avait laissé des traces sur lui, et pas seulement des traces de teinture ; il avait ce visage découragé, fatigué, qu'on voyait à beaucoup de démobilisés, quelque chose de défait et résigné.

Le Grec considéra cette mine tirée et se décida.

— Allez, vite ! chuchota-t-il.

À partir de cet instant, Albert rentrait dans l'inconnu, il n'avait pas la moindre idée de la manière dont il devait s'y prendre.

Les deux hommes remontèrent la rue Sedaine jusqu'au passage Salarnier. Arrivé là, Poulos montra le trottoir, disant à nouveau :

— Reste !

Albert examina les alentours, déserts. À dix-neuf heures passées, les seules lumières étaient celles d'un café, à une centaine de mètres.

— Ici !

Un ordre sans appel.

D'ailleurs, le Grec n'attendit pas la réponse et s'éloigna.

À plusieurs reprises, il se retourna pour vérifier que son client restait sagement à sa place. Albert le regarda filer, impuissant, mais lorsque le Grec tourna brusquement sur sa droite, il se mit à courir, remontant à son tour le passage aussi vite qu'il le pouvait, sans quitter des yeux l'endroit où Poulos avait disparu, un immeuble délabré d'où émanaient de fortes odeurs de cuisine. Albert poussa la porte, avança dans un couloir. Là, quelques marches conduisaient à un entresol, il descendit. Une fenêtre aux carreaux sales laissait filtrer un peu de la lumière du réverbère de la rue. Il aperçut le Grec accroupi, qui fouillait du bras gauche un emplacement ménagé dans le mur. Il avait posé près de lui la petite porte en bois qui servait à en masquer l'entrée. Albert ne s'arrêta pas une seconde dans sa course, il traversa la cave, saisit la porte, nettement plus lourde qu'il pensait, et l'assena des deux mains sur la tête du Grec. Le coup sonna comme un gong, Poulos s'effondra. Albert ne comprit qu'à ce moment-là ce qu'il venait de faire, si terrifié qu'il voulut s'enfuir…

Il se reprit. Le Grec était-il mort ?

Albert se pencha, écouta. Poulos respirait lourdement. Difficile de savoir s'il était grièvement atteint, mais un filet de sang s'écoulait de son crâne. Albert était dans un état de stupeur proche de l'évanouissement, il serrait les poings en se répétant : « Allez, allez… » Il se baissa, plongea le bras dans le réduit et en sortit un carton à chaussures. Un vrai miracle : entièrement rempli d'ampoules de 20 et 30 mg. Pour les doses, depuis le temps, Albert avait l'œil.

Il referma le carton, se leva et vit soudain le bras de Poulos dessiner un large arc de cercle… Lui au moins savait s'équiper, c'était un vrai couteau à cran d'arrêt avec une vraie lame, très affilée. Elle atteignit la main gauche d'Albert, tellement vite qu'il ne sentit qu'un intense filet de chaleur. Il tournoya sur lui-même, la jambe en l'air et son talon atteignit le Grec à la tempe. Son crâne rebondit contre le mur en produisant un bruit de gong. Albert, sans lâcher son carton à chaussures, écrasa de plusieurs coups de godillot la main de Poulos qui tenait encore le couteau, puis il posa le carton, reprit la porte en bois à deux mains et se mit à lui marteler la tête. Il s'arrêta. Il était très essoufflé par l'effort, par la peur. Il saignait abondamment, sa coupure à la main était très profonde, sa vareuse largement tachée. La vue du sang le terrifiait toujours. La douleur lui parvint à ce moment-là, le rappelant aux mesures d'urgence. Il fouilla dans la cave, trouva un morceau de tissu poussiéreux qu'il enroula serré autour de sa main gauche. Craintif, comme s'il devait s'approcher d'un animal sauvage endormi, il alla se pencher sur le corps du Grec. Il entendit sa lourde respiration, régulière, pas de doute, il avait la tête dure. Après quoi, Albert quitta l'immeuble en tremblant, son carton sous le bras.

Avec une blessure pareille, il fallait renoncer à prendre le métro ou le tramway. Il parvint à dissimuler son bandage de fortune, les taches de sang sur sa vareuse, et à attraper un taxi à la Bastille.

Le chauffeur était à peu près du même âge que lui. Tout en conduisant, il observa longuement, avec défiance, ce client blanc comme un linge qui se tenait sur le bout de son siège et se balançait en serrant son bras contre son ventre. Son inquiétude redoubla lorsque Albert ouvrit d'autorité la fenêtre parce que ce lieu fermé lui causait une inquiétude difficilement maîtrisable. Le chauffeur pensa même que son client allait vomir, là, dans sa voiture.

— Vous êtes pas malade, au moins ?

— Non, non, répondit Albert en mobilisant toute la tonicité qui lui restait.

— Parce que, si vous êtes malade, je vous descends là, moi !

— Non, non, protesta Albert, je suis seulement fatigué.

Malgré cela, dans l'esprit du chauffeur, le doute montait.

— Vous êtes sûr que vous avez de l'argent ?

Albert sortit un billet de vingt francs de sa poche et le lui montra. Le chauffeur fut rassuré, mais un court moment seulement. Il avait l'habitude, il avait l'expérience, et c'était son taxi. Il était néanmoins de nature commerçante, pas à une bassesse près :

— Excuses, hein ! Je dis ça parce que les gens comme vous, bien souvent…

— C'est qui, les gens comme moi ? demanda Albert.

— Bah, je veux dire, les gars qui sont démobilisés, quoi, vous voyez…

— Parce que vous n'êtes pas démobilisé, vous ?

— Ah bah non, moi j'ai fait la guerre ici, je suis asthmatique et j'ai une jambe plus courte que l'autre.

— Il y a pas mal de gars qui y seraient allés quand même. Certains sont même revenus avec une jambe nettement plus courte que l'autre.

Le chauffeur le prit très mal, c'était tout le temps comme ça, les démobilisés la ramenaient sans arrêt avec leur guerre, toujours à donner des leçons à tout le monde, on commençait à en avoir marre des héros ! Les vrais héros étaient morts ! Ceux-là, oui, pardon, des héros, des vrais ! Et puis, d'ailleurs, quand un type vous racontait trop de choses vécues dans les tranchées, valait mieux se méfier, la plupart avaient passé toute la guerre dans un bureau.

— Parce que nous, on n'a pas fait aussi notre devoir, peut-être ? demanda-t-il.

Qu'est-ce qu'ils en savaient, les démobilisés, de la vie qu'on avait eue, avec toutes ces privations ? Albert en avait entendu, de ces phrases-là, il les connaissait par cœur, avec le prix du charbon et celui du pain, c'était le genre d'informations qu'il retenait le plus facilement. Il le constatait depuis sa démobilisation : pour vivre tranquille, mieux valait remiser dans le tiroir ses galons de vainqueur.

Le taxi le déposa enfin à l'angle de la rue Simart, demanda douze francs et attendit, pour partir, qu'Albert donne le pourboire.

Il y avait une foule de Russes à habiter dans ce coin, mais le médecin était français, le docteur Martineau.

Albert l'avait connu en juin, lors des premières crises. On ne savait pas comment Édouard avait pu se procurer de la morphine pendant son séjour dans les établissements de santé, mais il s'était terriblement habitué. Albert essayait de le raisonner : tu es sur la pente savonneuse, mon petit père, on ne va pas pouvoir continuer comme ça, il faut te soigner.

Édouard ne voulait rien entendre, il se montrait aussi têtu que pour cette histoire de greffe qu'il avait refusée. Albert ne comprenait pas. Je connais un cul-de-jatte, disait-il, celui qui vend les billets de loterie rue du Faubourg-Saint-Martin, il a été hospitalisé à la caserne Février à Châlons, il m'a parlé des greffes qu'ils font maintenant, bon, si les gars n'en sont pas devenus jolis jolis, ça vous a quand même figure humaine, mais Édouard n'écoutait même pas, c'était des non, des non et encore des non, il continuait à aligner des réussites sur la table de la cuisine et à fumer ses cigarettes par une narine. Il exhalait en permanence une odeur épouvantable, forcément, toute cette gorge à ciel ouvert… Il buvait avec un entonnoir. Albert lui avait dégoté un appareil masticateur d'occasion (le type était mort après une greffe qui n'avait pas pris, un vrai coup de pot !), ça simplifiait un peu la vie, mais malgré cela, tout était compliqué.

Édouard était sorti de l'hôpital Rollin début juin, quelques jours plus tard il avait commencé à manifester des signes inquiétants d'anxiété, des frissons qui le remuaient de la tête aux pieds, il transpirait énormément, vomissait le peu qu'il mangeait… Albert se sentait impuissant. Les premières attaques dues au manque de morphine avaient été si violentes qu'il avait fallu l'attacher dans son lit – comme en novembre dernier, à l'hôpital, c'était bien la peine que la guerre soit terminée – et calfeutrer la porte pour que les propriétaires ne viennent pas le tuer afin d'apaiser ses souffrances (et les leurs).

Édouard était effrayant à voir, un squelette habité par un démon.

Le docteur Martineau, qui demeurait tout près, avait alors accepté de venir lui faire une piqûre, un homme froid, distant, qui disait avoir pratiqué cent treize amputations dans les fossés en 1916. Édouard avait alors retrouvé un peu de tranquillité. C'est par lui qu'Albert avait contacté Basile, devenu son fournisseur ; il devait faire des casses de pharmacies, d'hôpitaux, de cliniques, il était spécialisé dans les médicaments, il pouvait vous trouver tout ce que vous vouliez. Peu de temps après, coup de chance pour Albert, Basile lui avait proposé un lot d'ampoules dont il voulait se débarrasser, une sorte de promotion, de déstockage, en quelque sorte.

Albert notait scrupuleusement le nombre d'injections et les quantités sur un papier avec les jours, les heures, les doses pour aider Édouard à maîtriser sa consommation et il lui faisait la morale à sa manière, ce qui n'avait pas beaucoup d'effet. Mais, du moins, à ce moment-là, Édouard allait mieux. Il pleurait moins, même s'il ne dessinait plus malgré tous les carnets et les crayons qu'Albert lui avait apportés. On aurait dit qu'il passait tout son temps allongé sur le divan de récupération à bayer aux corneilles. Après quoi, à la fin de septembre, le stock s'était trouvé épuisé et Édouard aucunement sevré. En juin, il était à 60 mg par jour et à 90, trois mois plus tard. Albert n'en voyait pas le bout. Édouard vivait toujours reclus, s'exprimait peu. Albert, lui, ne cessait de courir après l'argent de la morphine que pour courir après celui du loyer, des repas, du charbon ; les vêtements, c'était hors de question, beaucoup trop cher. L'argent fondait à une vitesse vertigineuse. Albert avait placé tout ce qu'il pouvait au mont-de-piété, il avait même baisé Mme Monestier, la grosse patronne de L'Horlogerie mécanique pour qui il faisait des enveloppes, en échange elle avait arrondi son salaire (c'était ce que se disait Albert ; dans cette histoire, il jouait volontiers les martyrs. En fait, il n'avait pas été si mécontent que cela de l'occasion, près de six mois sans femme… Mme Monestier avait des seins énormes, il ne savait jamais quoi en faire, mais elle était gentille et pas avare pour faire cocu son mari, un sale con de l'arrière qui disait que tous ceux qui n'avaient pas la croix de guerre étaient des planqués).

Le plus gros du budget, évidemment, c'était encore la morphine. Les cours flambaient parce que tout flambait. Il en allait de cette drogue comme du reste, son prix était indexé sur le coût de la vie. Albert regrettait que le gouvernement qui, pour freiner l'inflation, avait mis en place un « costume national » à cent dix francs n'eût pas instauré, dans le même temps, une « ampoule nationale » de morphine à cinq francs. Il aurait pu instaurer aussi un « pain national » ou un « charbon national », des « chaussures nationales », un « loyer national » et même un « travail national », Albert se demanda si ça n'était pas avec ce genre d'idées qu'on devenait bolchevik.

La banque ne l'avait pas repris. L'époque était déjà lointaine où les députés déclaraient, la main sur le cœur, que le pays avait « une dette d'honneur et de reconnaissance vis-à-vis de ses chers poilus ».

Albert avait reçu une lettre expliquant que l'économie du pays ne permettait pas de le rembaucher, que, pour cela, il aurait fallu congédier des gens qui, pendant « cinquante-deux mois de cette rude guerre, avaient rendu de signalés services à notre maison… », etc.

Pour Albert, trouver de l'argent était devenu un travail à plein temps.

La situation s'était singulièrement compliquée quand Basile avait été arrêté dans une sale affaire avec des drogues plein les poches et du sang de pharmacien jusqu'aux coudes.

Sans fournisseur du jour au lendemain, Albert avait fréquenté des bars louches, demandé des adresses ici et là. Finalement, dénicher de la morphine ne s'était pas révélé si difficile que cela ; vu le coût de la vie qui ne cessait d'augmenter, Paris était devenu le carrefour de tous les trafics, on trouvait de tout ; Albert avait trouvé le Grec.

Le docteur Martineau désinfecta la plaie, la referma. Albert eut un mal de chien et serra les dents.

— C'était un bon couteau, lâcha le toubib sans autre commentaire.

Il lui avait ouvert la porte sans discuter ni poser de questions. Il habitait un troisième étage, dans un appartement quasiment vide aux rideaux perpétuellement tirés, avec partout des caisses de livres éventrées, des tableaux retournés contre les murs, juste un fauteuil dans un coin, le corridor d'entrée servait de salle d'attente avec deux malheureuses chaises qui se faisaient face. Ce médecin aurait pu être notaire s'il n'y avait eu cette petite pièce, au fond, avec un lit d'hôpital et ses instruments de chirurgie. Il demanda à Albert moins cher que la course en taxi.

En sortant, Albert pensa à Cécile, il ne sut pas pourquoi.

Il décida de terminer le chemin à pied. Il lui fallait du mouvement. Cécile, la vie d'avant, les espoirs d'avant… Il se trouvait bête de céder à cette nostalgie un peu sotte, mais, à marcher ainsi dans les rues, son carton à chaussures sous le bras, la main gauche enturbannée, à ruminer toutes ces choses devenues si rapidement des souvenirs, il avait l'impression d'être un apatride. Et depuis ce soir, un voyou, peut-être même un assassin. Il n'avait pas la moindre idée de la manière dont cette spirale pourrait s'arrêter. À moins d'un miracle. Et encore. Parce que, des miracles, il en était survenu un ou deux depuis sa démobilisation, ils avaient tous viré au cauchemar. Tenez, Cécile, puisque Albert pensait à elle… Le plus difficile, avec elle, était venu d'un miracle dont le messager était son nouveau beau-père. Il aurait dû se méfier. Après le refus de la banque de le reprendre, il avait cherché, cherché, essayé toutes sortes de choses, il avait même participé à la campagne de dératisation. À vingt-cinq centimes le rat crevé, sa mère lui avait dit qu'il n'était pas près de faire fortune. D'ailleurs, tout ce qu'il avait réussi, c'est à se faire mordre, rien d'étonnant, il avait toujours été maladroit. Tout ça pour dire que, trois mois après son retour, il était encore pauvre comme Job, tu parles d'un cadeau pour sa Cécile, Mme Maillard la comprenait. C'est vrai, quel avenir il représentait pour elle qui était si jolie, si délicate ; à la place de Cécile, on voyait bien que Mme Maillard aurait fait pareil. Et donc, après trois mois de bricolage, de petits travaux en attendant la prime de démobilisation dont on parlait tout le temps, mais que le gouvernement était incapable de payer, le miracle : son beau-père lui avait trouvé un emploi de liftier à la Samaritaine.

La direction aurait préféré un vétéran avec davantage de médailles à exhiber, « rapport à la clientèle », mais bon, on prend ce qu'on trouve, on prit Albert.

Il conduisait un bel ascenseur à claire-voie et annonçait les étages. Il ne l'aurait jamais dit à personne (il se contenta de l'écrire à son camarade Édouard), ce travail ne lui plaisait pas trop. Il ne savait pas au juste pourquoi. Il le comprit un après-midi de juin où les portes s'ouvrirent sur Cécile accompagnée d'un jeune type aux épaules carrées. Ils ne s'étaient pas revus après la lettre qu'elle lui avait écrite et à laquelle il avait simplement répondu : « D'accord. »

La première seconde fut sa première erreur, Albert fit mine de ne pas l'avoir reconnue et s'absorba dans la commande de l'ascenseur. Cécile et son ami allaient tout en haut, un parcours interminable avec arrêt à chaque étage. La voix d'Albert s'enrouait à l'annonce de chaque rayon, un calvaire ; il respirait, malgré lui, le nouveau parfum de Cécile, élégant, chic, qui sentait l'argent. Le jeune homme aussi sentait l'argent.

Il était jeune, plus jeune qu'elle, Albert trouva cela choquant.

L'humiliant, pour lui, ce n'était pas tant la rencontre avec elle que d'être surpris en uniforme de fantaisie. Comme un soldat d'opérette. Avec des épaulettes à pompons.

Cécile baissa les yeux. Elle avait vraiment honte pour lui, ça se voyait, elle se frottait les mains l'une contre l'autre et regardait ses pieds. Le jeune type aux épaules carrées, lui, détaillait l'ascenseur avec admiration, visiblement ébloui par cette merveille de la technologie moderne.

Pour Albert, jamais minutes ne semblèrent aussi longues à l'exception de celles où il avait été enterré vivant dans son trou d'obus, il trouva d'ailleurs une obscure ressemblance entre les deux événements.

Elle sortit avec son ami au rayon lingerie, ils n'avaient pas même échangé un regard. Albert abandonna son ascenseur au rez-de-chaussée, quitta son uniforme et partit sans même réclamer son compte. Une semaine de travail pour rien.

Quelques jours plus tard, l'avoir vu ravalé à cette fonction domestique l'ayant peut-être attendrie, Cécile lui rendit sa bague de fiançailles. Par la poste. Il voulut la renvoyer, il ne demandait pas l'aumône, il avait donc l'air si pauvre que cela, même dans son grand uniforme de laquais ? Mais les temps étaient vraiment difficiles, à un franc cinquante le Caporal, il fallait économiser, le charbon avait atteint des prix fous. Il alla placer la bague au mont-de-piété. Depuis l'armistice, on disait Crédit municipal, ça sonnait plus républicain.

Il en aurait eu des choses à récupérer là-bas, s'il n'avait pas fait une croix dessus.

Après cet épisode, Albert n'avait pas trouvé mieux qu'un emploi d'homme-sandwich, il portait des panneaux de réclame dans les rues, un devant, un derrière, ça pesait un âne mort, ces trucs-là. Avec des affiches vantant les prix de la Samaritaine ou la qualité des bicyclettes De Dion-Bouton. Sa hantise était de recroiser Cécile. Revêtu d'un uniforme de carnaval, déjà, ç'avait été dur, mais tout enveloppé d'affiches pour le Campari, ça lui semblait insurmontable.

Un truc à se jeter à la Seine.

12

M. Péricourt rouvrit les yeux lorsqu'il fut certain d'être seul. Toute cette agitation… Tout ce monde excité du Jockey Club, comme si ce n'était pas déjà assez humiliant de s'évanouir en public…

Et puis ensuite Madeleine, le gendre, la gouvernante qui se tordait les mains au pied du lit, le téléphone dans le hall qui n'arrêtait pas de sonner, et le docteur Blanche avec ses gouttes, ses pilules, sa voix de curé, ses recommandations à n'en plus finir. D'autant qu'il ne trouvait rien, il disait le cœur, la fatigue, les soucis, l'air de Paris, il disait n'importe quoi, il avait bien sa place à la Faculté, celui-là.

La famille Péricourt possédait un vaste hôtel particulier dont les fenêtres donnaient sur le parc Monceau. M. Péricourt en avait cédé la plus grande partie à sa fille, qui, après son mariage, avait redécoré à son goût le deuxième étage qu'elle habitait avec son mari. M. Péricourt, lui, vivait tout en haut, un ensemble de six pièces dont il n'occupait réellement que l'immense chambre – qui lui servait aussi de bibliothèque et de bureau –, ainsi qu'une salle de bains, petite, mais suffisante pour un homme seul.

Pour lui, la maison aurait pu se résumer à cet appartement. Depuis la mort de sa femme, il ne mettait quasiment plus les pieds dans les autres pièces, hormis dans la monumentale salle à manger du rez-de-chaussée. Pour les réceptions, il n'y aurait eu que lui, tout se serait passé chez Voisin et on n'en aurait plus parlé. Son lit était placé dans une alcôve fermée par une tenture de velours d'un vert profond, il n'y avait jamais reçu de femme, pour ça, il se rendait ailleurs, ici, c'était son endroit à lui.

Lorsqu'on l'avait ramené, Madeleine était restée un long moment assise près de lui, patiente. Quand, enfin, elle lui avait pris la main, il n'avait pas supporté.

— Ça fait veillée mortuaire, avait-il dit.

Une autre que Madeleine aurait protesté, elle sourit. Les occasions pour eux de se voir seuls aussi longtemps étaient assez rares. Elle n'est vraiment pas jolie, se dit Péricourt. Il est vieux, pensa sa fille.

— Je te laisse, dit-elle en se levant.

Elle désigna le cordon, il approuva du regard, oui, d'accord, ne t'inquiète pas, elle vérifia le verre, la bouteille d'eau, le mouchoir, les pilules.

— Éteins s'il te plaît, demanda-t-il.

Mais il regretta vite le départ de sa fille.

Alors qu'il allait beaucoup mieux – le malaise du Jockey n'était déjà plus qu'un souvenir –, il reconnut cette onde qui l'avait terrassé sans prévenir. Elle le prit au niveau du ventre et lui envahit la poitrine jusqu'aux épaules, jusqu'à la tête. Son cœur battait à se rompre, on aurait dit qu'il manquait de place, Péricourt chercha le cordon, mais renonça, quelque chose lui disait qu'il n'allait pas mourir, que son heure n'était pas venue.

La pièce baignait dans la pénombre, il regarda les rayonnages de la bibliothèque, les tableaux, les motifs du tapis comme s'il les voyait pour la première fois. Il se sentit d'autant plus vieux que tout, autour de lui, jusqu'au moindre détail, lui paraissait soudain nouveau. L'oppression était telle, l'étau qui lui nouait la gorge se serra d'un coup avec tant de violence, que des larmes lui montèrent aux yeux. Il se mit à pleurer. Des larmes simples, abondantes, un chagrin comme il ne se souvenait pas d'en avoir connu, si, enfant peut-être, et qui lui procurait un étrange soulagement. Il s'abandonna, laissa les pleurs ruisseler sans honte, c'était doux comme une consolation. Il s'essuya le visage avec le coin du drap, reprit sa respiration, rien n'y fit, les larmes continuaient à couler, la peine à l'envahir. C'est la sénilité, pensa-t-il sans y croire réellement. Il se redressa contre ses oreillers, prit le mouchoir sur la table de nuit et se moucha en passant la tête sous les draps, il ne voulait pas qu'on l'entende, qu'on s'inquiète, qu'on vienne. Qu'on le voie pleurer ? Non, ce n'était pas cela. Il n'aurait pas aimé, bien sûr, c'est dégradant un homme de son âge qui pleure comme un veau, mais, surtout, il voulait être seul.

L'étau se desserra légèrement, sa respiration restait contrainte. Peu à peu, les larmes se calmèrent, laissant la place à un grand vide ; il était exténué, mais le sommeil ne venait pas. Il avait toujours bien dormi, toute sa vie, y compris dans les circonstances les plus difficiles, à la mort de sa femme par exemple, il ne mangeait plus, mais il dormait profondément, il était ainsi. Pourtant, il l'avait aimée, son épouse, une femme admirable, toutes les qualités. Et morte si jeune, quelle injustice ! Non, vraiment, ne pas trouver le sommeil était inhabituel et même inquiétant pour un homme comme lui. Ce n'est pas le cœur, se dit M. Péricourt, Blanche est un imbécile. C'est l'angoisse. Quelque chose planait au-dessus de lui, de lourd, menaçant. Il repensa à son travail, aux rendez-vous de l'après-midi, il chercha. Toute la journée, il avait été mal fichu, le matin déjà, barbouillé. Ce n'était tout de même pas cette discussion avec l'agent de change, pas de quoi se mettre en colère, rien d'extraordinaire, c'était le métier, et des agents de change, il en avait mangé des dizaines en trente ans d'affaires. Chaque dernier vendredi du mois se tenait la réunion de bilan, les banquiers, les intermédiaires, tout le monde au garde-à-vous devant M. Péricourt.

Au garde-à-vous.

Cette expression l'anéantit.

Ses pleurs reprirent d'un coup lorsqu'il comprit pourquoi il souffrait à ce point. Il mordit les draps à pleines dents et poussa un long beuglement étouffé, rageur, désespéré, c'était une peine effrayante qu'il vivait là, démesurée, dont il ne se savait pas capable. D'autant plus violente que… qu'il ne… Les mots lui manquaient, sa pensée semblait comme liquéfiée, anéantie par un malheur incommensurable.

Il pleurait la mort de son fils.

Édouard était mort. Édouard venait de mourir à cet instant précis. Son petit garçon, son fils. Il était mort.

À son anniversaire de naissance, il n'y avait pas même songé, l'image était passée comme le vent, et tout s'était accumulé pour exploser ce jour-là.

Sa mort remontait à un an exactement.

L'immensité de sa peine était décuplée par le fait qu'au fond, c'était la première fois qu'Édouard existait pour lui. Il comprenait soudain combien, obscurément, à contrecœur, il avait aimé ce fils ; il le comprenait le jour où il prenait conscience de cette réalité intolérable qu'il ne le reverrait jamais plus.

Non, ce n'est pas encore ça, lui disaient les larmes et l'étau dans la poitrine et l'épée dans la gorge.

Pire, il était coupable d'avoir ressenti l'annonce de sa mort comme une délivrance.

Ce fut une nuit entière sans dormir, à revoir Édouard enfant, à sourire de souvenirs enfouis si profondément qu'il les découvrait comme s'ils étaient neufs. Il n'y avait aucun ordre à tout cela, il aurait été incapable de dire si Édouard, déguisé en angelot (mais il s'était ajouté des oreilles de Lucifer, il ne prenait rien au sérieux, il devait avoir huit ans), était très antérieur à cette entrevue avec le directeur du collège, à cause de ses dessins, mon Dieu, ses dessins, quelle honte. Quel talent.

M. Péricourt n'avait rien gardé, pas un jouet d'enfant, pas un croquis, pas une huile, pas une aquarelle, rien. Madeleine peut-être ? Non, jamais il n'oserait le lui demander.

Et ainsi la nuit passa, les souvenirs, les regrets, Édouard partout, petit, jeune, grand, et ce rire, quel rire, cette joie de vivre, s'il n'y avait eu cette manière de se conduire, ce goût perpétuel pour la provocation… Avec lui, M. Péricourt n'était pas à la fête, lui qui avait toujours eu horreur des débordements. Il tenait ça de sa femme. En épousant sa fortune (elle était née de Margis, les filatures), il avait hérité de sa culture dans laquelle certaines choses étaient considérées comme des calamités. Les artistes, par exemple. Mais, à la limite, même le côté artiste de son fils, M. Péricourt, à l'époque, s'y serait accoutumé, somme toute, il y avait bien des gens qui arrivaient à quelque chose dans la vie en peignant des toiles pour les mairies ou pour le gouvernement. Non, ce que M. Péricourt n'avait jamais pardonné à son fils, ce n'était pas ce qu'il faisait, mais ce qu'il était : Édouard avait une voix trop haut perchée, il était trop mince, trop soucieux de sa mise, il avait des gestes trop… Ce n'était pas difficile à voir, il était *vraiment* efféminé. Même en son for intérieur, M. Péricourt n'avait jamais osé se dire les mots. Il avait honte de son fils jusque devant ses amis, parce que ces mots abjects, il les lisait sur leurs lèvres. Il n'était pas un mauvais homme, mais un homme terriblement blessé, humilié. Ce fils était un outrage vivant à des espoirs qu'il estimait légitimes. Il ne l'avait jamais confessé à personne : la naissance de sa fille avait été une grande déception. Il estimait normal qu'un homme désire un fils. Entre un père et un fils, pensait-il, existe une alliance étroite et secrète, parce que le second est le continuateur du premier, le père fonde et transmet, le fils reçoit et fait fructifier, c'est la vie, depuis la nuit des temps.

Madeleine était une enfant très agréable, il l'aima vite, mais il resta impatient.

Et ce fils n'arrivait pas. Il y eut des fausses couches, des incidents pénibles, le temps passait, M. Péricourt en était même devenu irritable. Puis Édouard se présenta. Enfin. Il regarda cette naissance comme un pur produit de sa volonté. D'ailleurs, sa femme était morte peu après, il y vit un nouveau signe. Les premières années, comme il s'était investi dans l'éducation de ce fils ! Quels espoirs il avait nourris et comme cette présence l'avait porté ! Puis la déception était venue. Édouard avait déjà huit ou dix ans lorsqu'il fallut se rendre à l'évidence. C'était un échec. M. Péricourt n'était pas trop vieux pour refaire sa vie, mais il s'y refusa par amour-propre. Il refusait de condescendre à l'échec. Il se mura dans l'amertume, dans la rancune.

Alors, maintenant que ce fils était mort (d'ailleurs, il ne savait pas de quelle manière, il n'avait jamais demandé), montaient les reproches qu'il s'adressait, tous ces mots durs, définitifs, ces portes fermées, ces visages fermés, ces mains fermées, M. Péricourt avait tout fermé devant ce fils, il ne lui avait laissé que la guerre pour mourir.

Même à l'annonce de sa mort, il n'avait pas eu un mot. Il revit la scène. Madeleine effondrée. Il lui tenait l'épaule, montrait l'exemple. De la dignité, Madeleine, de la dignité, il ne pouvait pas lui dire, il ne le savait pas lui-même, que cette disparition répondait à la question qu'il se posait sans cesse : comment un homme tel que moi pourrait-il supporter un fils comme celui-là ? Et maintenant, c'était fini, la parenthèse Édouard venait de se fermer, il y avait une justice. L'équilibre du monde retrouvait son aplomb. Il avait vécu la mort de son épouse comme une injustice, elle était trop jeune pour mourir, mais cette idée ne lui était pas venue à propos de son fils qui pourtant avait disparu plus jeune encore.

Les pleurs revinrent.

Je pleure des larmes sèches, se dit-il, je suis un homme sec. Il aurait voulu disparaître, lui aussi. Pour la première fois de sa vie, il préférait quelqu'un d'autre à lui-même.

Le matin, n'ayant pas fermé l'œil, il était épuisé. Son visage trahissait son chagrin, mais, comme il n'en montrait jamais, Madeleine ne comprit pas et elle eut peur. Elle se pencha au-dessus de lui. Il l'embrassa sur le front. Ce qu'il ressentait était incommunicable.

— Je vais me lever, dit-il.

Madeleine s'apprêtait à protester. Mais devant ce visage abattu, déterminé, elle n'ouvrit pas la bouche et se retira.

Une heure plus tard, M. Péricourt sortit de son appartement, rasé, habillé, il n'avait rien avalé, Madeleine vit qu'il n'avait pas pris ses médicaments, il était faible, les épaules basses, le teint crayeux. Il était en manteau. À la stupéfaction des domestiques, il s'assit sur une chaise dans le hall, là où l'on posait parfois les vêtements des visiteurs quand ils ne restaient pas longtemps, et leva la main vers Madeleine.

— Fais venir la voiture, nous sortons.

Tout ce qu'il y avait dans si peu de mots… Madeleine donna les ordres, fila à sa chambre, revint habillée. Elle portait, sous un manteau gris, une blouse en astarté noir drapée autour de la taille et un chapeau cloche noir également. En voyant apparaître sa fille, M. Péricourt pensa, elle m'aime, il voulait dire, elle me comprend.

— Allons…, dit-il.

Arrivé sur le trottoir, il informa le chauffeur qu'il n'aurait pas besoin de lui. Ce n'était pas fréquent qu'il conduise lui-même, il n'aimait pas beaucoup cela, sauf quand il préférait être seul.

Il ne s'était rendu qu'une fois au cimetière. À la mort de sa femme.

Même après que Madeleine fut allée chercher le corps de son frère pour le ramener dans le tombeau familial, M. Péricourt ne s'était pas déplacé. C'était elle qui avait tenu à « faire revenir » son frère. Lui s'en serait passé. Son fils était mort pour la patrie, enterré avec les patriotes, c'était dans l'ordre des choses. Mais Madeleine voulait. Il avait expliqué avec fermeté que, « dans sa position », laisser sa fille faire une chose aussi totalement prohibée était absolument impensable, et, quand il recourait à autant d'adverbes, ce n'était pas bon signe. Madeleine n'avait pas été impressionnée pour autant, elle avait répondu que tant pis, elle s'en occuperait elle-même, en cas d'incident il n'aurait qu'à dire qu'il n'était pas au courant, elle confirmerait, elle prenait tout sur elle. Deux jours plus tard, elle avait trouvé, dans une enveloppe, l'argent dont elle avait besoin et un mot de discrète recommandation pour le général Morieux.

On avait distribué, de nuit, des billets de banque à tout le monde, aux gardiens, au croque-mort, au chauffeur, un ouvrier avait ouvert le tombeau de famille, à deux, ils avaient descendu le cercueil et refermé la porte. Madeleine s'était recueillie un instant puis quelqu'un lui avait serré le coude avec insistance parce que la nuit, comme ça, ce n'était pas le moment, maintenant que son frère était là, elle pourrait venir autant qu'elle le voudrait, mais, pour l'heure, il valait mieux ne pas attirer l'attention.

M. Péricourt n'avait rien su de tout cela, il n'avait jamais posé aucune question. Dans la voiture qui les conduisait au cimetière, à côté de sa fille silencieuse, il songea à tout ce qu'il avait ruminé une partie de la nuit. Lui qui n'avait rien voulu savoir, aujourd'hui, se serait montré avide, il aurait voulu connaître jusqu'au moindre détail… Dès qu'il pensait à son fils, l'envie de pleurer le saisissait. Heureusement, la dignité reprenait vite le dessus.

Pour inhumer Édouard dans le tombeau de famille, il avait bien fallu le déterrer, se disait M. Péricourt. Sa poitrine se serrait à cette pensée. Il tenta d'imaginer Édouard allongé, mort, mais c'était toujours une mort civile, en costume avec une cravate, des chaussures cirées et des cierges tout autour. C'était idiot. Il remuait la tête, mécontent de lui. Il revenait à la réalité. À quoi ressemblait un corps après tant de mois ? Comment avait-on fait ? Des images montaient, des lieux communs, d'où émergeait une question que la nuit n'avait pas suffi à épuiser et qu'il s'étonnait de ne s'être jamais posée : pourquoi n'avait-il jamais été surpris que son fils soit mort avant lui ? Ce n'était pourtant pas dans l'ordre des choses. M. Péricourt avait cinquante-sept ans. Il était riche. Respecté. Il n'avait combattu dans aucune guerre. Tout lui avait réussi, même son mariage. Et il était vivant. Il avait honte de lui.

Curieusement, c'est cet instant précis, dans la voiture, que choisit Madeleine. Elle regardait par la vitre les rues qui défilaient et posa simplement sa main sur la sienne, comme si elle comprenait. Elle me comprend, se dit M. Péricourt. Cela lui fit du bien.

Et il y avait ce gendre. Madeleine était allée chercher son frère dans la campagne où il était mort (comment était-il mort au juste ? il n'en savait rien non plus...), elle en était revenue avec ce Pradelle qu'elle avait épousé l'été suivant. Aujourd'hui, pour M. Péricourt, chose qui ne l'avait nullement frappé au moment des faits, il y avait une étrange équivalence. À la disparition de son fils, il rattachait l'arrivée de cet homme qu'il avait dû accepter comme son gendre. C'était inexplicable, comme s'il l'avait tenu pour responsable de la mort de son fils, c'était idiot, mais plus fort que lui : l'un était apparu au moment où l'autre avait disparu, la relation de cause à effet s'établissait de manière mécanique, c'est-à-dire, pour lui, de manière naturelle.

Madeleine avait tenté d'expliquer à son père comment s'était déroulée sa rencontre avec le capitaine d'Aulnay-Pradelle, combien il s'était montré prévenant, délicat, M. Péricourt n'avait pas écouté, sourd, aveugle à tout. Pourquoi sa fille avait-elle épousé cet homme-là plutôt qu'un autre ? Le mystère, pour lui, restait entier. Il n'avait rien compris à la vie de son fils, rien compris à sa mort, et au fond, rien compris non plus à la vie de sa fille, ni à son mariage. Humainement, il ne comprenait rien à rien. Le gardien du cimetière avait perdu le bras droit. En le croisant, M. Péricourt pensa : Moi, je suis un invalide du cœur.

Le cimetière bruissait déjà de monde. Les vendeurs en plein air, constata M. Péricourt en homme d'affaires avisé, s'en donnaient à cœur joie. Les chrysanthèmes, les gerbes et les bouquets se vendaient par centaines, un bon commerce saisonnier. D'autant que, cette année-là, le gouvernement avait voulu que toutes les commémorations se tiennent le jour des Morts, le 2 novembre, à la même heure et partout en France. Le pays tout entier allait se recueillir d'un seul mouvement unanime. Depuis sa limousine, M. Péricourt avait vu des préparatifs, on tendait des rubans, on installait des barrières, quelques fanfares, en civil, répétaient, mais en silence, on avait lavé les trottoirs, évacué fiacres et voitures. M. Péricourt avait regardé cela sans émotion, son chagrin était purement individuel.

Il laissa la voiture devant l'entrée. Le père et la fille, bras dessus, bras dessous, s'acheminèrent doucement vers le caveau de famille. Il faisait beau, un soleil froid, jaune et clair mettait en valeur les fleurs qui déjà inondaient les tombes de part et d'autre du sentier. M. Péricourt et Madeleine étaient venus les mains vides. Ni l'un ni l'autre n'avait pensé à acheter des fleurs, à l'entrée pourtant, le choix ne manquait pas.

Le tombeau familial était une petite maisonnette en pierre portant une croix au fronton et une porte en fer cloutée au-dessus de laquelle on lisait « Famille Péricourt ». De chaque côté étaient gravés les noms des occupants, cela ne commençait qu'aux parents de M. Péricourt, fortune récente, moins d'un siècle.

M. Péricourt garda les mains dans les poches de sa redingote, ne retira pas son chapeau. Il n'y songea pas. Toutes ses pensées étaient avec son fils, tournaient autour de lui. Les larmes revinrent, il ne savait pas qu'il lui en restait, des images aussi d'Édouard garçon puis jeune homme et tout ce qu'il avait haï lui manqua de nouveau terriblement, son rire, ses cris. La nuit précédente, il avait vu resurgir des scènes longtemps oubliées, des choses qui remontaient à l'enfance d'Édouard, à l'époque où il n'avait encore que des doutes sur la véritable nature de son fils et où il pouvait se laisser aller à une satisfaction mesurée et maîtrisée devant ses dessins, il est vrai, d'une rare maturité. Il en avait revu quelques-uns. Édouard avait été un enfant de son temps, son imaginaire était peuplé d'images exotiques, de locomotives, d'aéroplanes. M. Péricourt avait été frappé, un jour, par le croquis d'une automobile de course saisie en pleine vitesse, d'un réalisme invraisemblable, lui-même n'avait jamais vu une automobile sous cet aspect. Qu'est-ce qui, dans cette esquisse, pourtant figée, donnait à ce point l'impression d'un bolide si rapide qu'il semblait presque s'envoler ? Mystère. Édouard avait neuf ans. Il y avait toujours beaucoup de mouvement dans ses dessins. Même les fleurs évoquaient la brise. Il se souvint d'une aquarelle, des fleurs encore, lesquelles, il n'y connaissait rien, des pétales très délicats, c'est tout ce qu'il pouvait dire. Et présentées dans un cadrage très particulier. M. Péricourt, bien qu'ignorant dans cet art, avait compris qu'il y avait là quelque chose d'original. Où étaient-ils d'ailleurs, ces dessins ? se demandait-il. Madeleine en avait-elle conservé ? Mais il n'avait pas envie de les revoir, il préférait les garder en lui, il ne voulait plus que ces images sortent de lui. De ce qui avait été exhumé de sa mémoire revenait notamment un visage. Édouard en avait dessiné des quantités et de toutes sortes, avec une prédilection pour certains traits, qu'on retrouvait fréquemment, M. Péricourt se demanda si c'était cela qu'on appelle « avoir un style ». C'était un visage très pur de jeune homme, aux lèvres charnues, au nez un peu long et fort, avec une fossette profonde qui coupait le menton, mais surtout un étrange regard, légèrement strabique et qui ne souriait pas. Tout ce qu'il aurait eu à dire, à présent qu'il avait trouvé les mots… Mais le dire à qui ?

Madeleine fit mine d'être intriguée par une tombe, un peu plus loin, elle s'éloigna de quelques pas, le laissa seul. Il sortit son mouchoir et s'essuya les yeux. Il lut le nom de son épouse, Léopoldine Péricourt, née de Margis.

Celui d'Édouard n'y était pas.

Cette découverte le sidéra.

Bien sûr, puisque son fils n'était pas censé se trouver là, pas question de graver son nom, bon, une évidence, mais pour M. Péricourt, c'était comme si le destin lui refusait l'ultime reconnaissance d'une mort officielle. Il y avait bien eu un papier, ce formulaire disant qu'il était mort pour la France, mais qu'est-ce que c'était que ce tombeau où on n'avait même pas le droit de lire son nom ? Il retourna cela dans tous les sens, tenta de se persuader que l'essentiel n'était pas là, mais ce qu'il ressentait était indépassable.

Lire le nom de son fils mort, lire « Édouard Péricourt », allez savoir pourquoi, revêtit soudain à ses yeux une importance capitale.

Il hocha la tête de droite et de gauche.

Madeleine l'avait rejoint, elle lui serra le bras et tous deux rentrèrent.

Il passa le samedi à prendre de nombreux appels de gens dont le sort dépendait de sa santé. Alors monsieur, vous allez mieux ? lui demanda-t-on, ou bien : Vous nous avez fait une de ces frousses, mon vieux ! Il répondit sèchement. Pour tout le monde, c'était le signe que tout était rentré dans l'ordre.

M. Péricourt consacra son dimanche à se reposer, à boire des tisanes, à avaler quelques-uns des médicaments prescrits par le docteur Blanche. Il rangea aussi divers documents et trouva, sur le plateau d'argent, près du courrier, un paquet fait d'un papier féminin que Madeleine avait déposé à son intention, contenant un carnet et une lettre manuscrite déjà ouverte, déjà ancienne.

Il la reconnut immédiatement, but son thé, la prit, la lut et la relut. Il s'arrêta longuement sur le passage où le camarade d'Édouard évoquait sa mort :

[...] survenue alors que notre unité attaquait une position boche d'une importance capitale pour la Victoire. Votre fils, qui était souvent en première ligne, a été atteint par une balle en plein cœur et il est mort sur le coup. Je peux vous assurer qu'il n'a pas souffert. Votre fils, qui évoquait toujours la défense de la Patrie comme un devoir supérieur, a eu la satisfaction de mourir en héros.

M. Péricourt était un homme d'affaires, dirigeant de banques, de comptoirs coloniaux, de sociétés industrielles, il était donc profondément sceptique. Il ne croyait pas un mot de cette légende toute faite, arrangée pour la circonstance et qui ressemblait à un chromo spécialement destiné à la consolation des familles. Le camarade d'Édouard avait une belle écriture, mais il avait écrit au crayon papier et la lettre vieillissait, le texte était promis à l'effacement, comme un mensonge mal ficelé et auquel personne n'aurait donné foi. Il la replia, la remit sous enveloppe et la rangea dans un tiroir de son bureau.

Après quoi, il ouvrit le carnet, un objet fatigué, l'élastique qui retenait les couvertures en carton était distendu, on aurait dit qu'il avait parcouru trois fois le tour du globe, comme le carnet de bord d'un explorateur. M. Péricourt comprit immédiatement qu'il s'agissait des dessins de son fils. Des soldats au front. Il sut qu'il ne pourrait pas le feuilleter tout entier, que pour affronter cette réalité et sa culpabilité écrasante, il lui faudrait du temps. Il s'arrêta sur l'image d'un soldat tout équipé, casqué, assis, les jambes écartées, allongées devant lui, les épaules basses, la tête légèrement penchée, dans une position harassée. S'il ne portait pas de moustaches, ce pourrait être Édouard, se dit-il. Avait-il beaucoup vieilli pendant ces années de guerre où il ne l'avait pas vu ? Avait-il lui aussi laissé pousser sa moustache, comme tant de soldats ? Combien de fois lui ai-je écrit ? se demanda-t-il. Tous ces dessins au crayon bleu, c'est donc qu'il n'avait que cela pour dessiner ? Madeleine avait dû lui envoyer des colis, non ? En se souvenant de cela, il se dégoûta, il se souvenait d'avoir dit : « Pensez à envoyer un colis à mon fils… » à l'une de ses secrétaires, celle qui avait un fils au front, disparu en 1914, en été, M. Péricourt revoyait cette femme de retour à son bureau, transfigurée. Pendant toute la guerre, elle avait envoyé des colis à Édouard comme à son propre fils, elle disait simplement, j'ai préparé un colis, M. Péricourt remerciait, il prenait une feuille, il écrivait : « Bien à toi, mon cher Édouard », puis il hésitait sur la manière de signer, « Papa » aurait été déplacé, « M. Péricourt », ridicule. Il mettait ses initiales.

Il regarda à nouveau ce soldat épuisé, effondré. Il ne saurait jamais réellement ce que son fils avait vécu, devrait se contenter des histoires des autres, celles de son gendre, par exemple, des histoires héroïques là encore, aussi mensongères que la lettre du camarade d'Édouard, il n'aurait plus que cela, des mensonges, d'Édouard, il ne saurait plus jamais rien. Tout était mort. Il referma le carnet et le mit dans la poche intérieure de sa veste.

Madeleine ne l'aurait jamais montré, mais elle avait été surprise par la réaction de son père. Cette visite soudaine au cimetière, ces larmes, si inattendues… Le ravin qui séparait Édouard de son père lui était toujours apparu comme une donnée géologique, établie dès l'origine des temps, comme si les deux hommes avaient été deux continents placés sur des plaques différentes, qui ne pouvaient se rencontrer sans déclencher des raz de marée. Elle avait tout vécu, assisté à tout. À mesure qu'Édouard poussait et grandissait, ce qui n'avait été que doute puis suspicion de la part de son père, elle l'avait vu devenir rejet, animosité, refus, colère, désaveu. Édouard s'était animé du mouvement inverse, ce qui n'avait été d'abord que demande d'affection, besoin de protection, s'était peu à peu transformé en provocations, en explosions.

En déclaration de guerre.

Parce que, somme toute, cette guerre dans laquelle Édouard avait trouvé la mort, elle s'était déclarée très tôt, au sein même de la famille, entre ce père rigide comme un Allemand et ce fils séducteur, superficiel, agité et charmant. Elle avait commencé par de discrets mouvements de troupes – Édouard avait huit ou neuf ans – qui trahissaient l'inquiétude des deux camps. Le père s'était d'abord montré préoccupé puis tracassé. Deux ans plus tard, son fils grandissant, il n'y avait plus eu l'ombre d'un doute.

Il était alors devenu froid, distant, méprisant. Édouard s'était fait agitateur, séditieux.

Puis l'écart n'avait cessé de se creuser, jusqu'au silence, un silence que Madeleine ne datait pas spécialement, où les deux êtres, finalement, avaient cessé de se parler, refusant de se battre et de s'affronter, préférant l'animosité insonore, l'affectation d'indifférence. Elle devait remonter loin pour tâcher de se souvenir de ce moment de bascule dans ce conflit resté à l'état de guerre civile larvée, succession d'escarmouches, mais ce moment-là, elle ne le retrouvait pas. Sans doute y avait-il eu un événement déclencheur, elle ne l'avait pas repéré. Un jour, Édouard pouvait avoir douze ou treize ans, elle s'était aperçue que le père et le fils ne communiquaient plus que par son intermédiaire.

Elle avait vécu son adolescence dans le rôle du diplomate qui, placé entre des ennemis irréductibles, doit se prêter à tous les compromis, recueillir les doléances des uns et des autres, apaiser les animosités, désamorcer les incessantes velléités de pugilat. À tant s'occuper de ces deux hommes, elle ne s'était pas rendu compte qu'elle devenait laide. Pas laide vraiment, banale, mais à un âge où être banale, c'est être moins jolie que beaucoup d'autres. Trop souvent entourée de jeunes filles ravissantes – les hommes riches épousent de jolies femmes qui font de beaux enfants –, Madeleine, un jour, trancha clairement par son physique médiocre. Elle avait seize ans, dix-sept. Son père l'embrassait sur le front, la voyait, mais ne la regardait pas. Il n'y avait pas de femme dans cette maison pour lui dire, à elle, ce qu'il fallait faire, comment s'arranger, elle devait deviner, observer les autres, les copier, toujours en un peu moins bien. Déjà qu'elle n'avait pas beaucoup de goût pour ces choses. Elle voyait que sa jeunesse, ce qui aurait pu être sa beauté, du moins son caractère, fondait, s'effilochait, parce que personne ne s'en occupait. Elle avait de l'argent, ça, on n'en manquait pas chez les Péricourt, ça tenait même lieu de tout, alors elle paya des maquilleuses, des manucures, des esthéticiennes, des couturières, plus qu'il n'en eût fallu. Madeleine n'était pas un laideron, elle était une jeune fille sans amour. L'homme dont elle attendait un regard de désir, qui seul pouvait lui fournir un peu de l'assurance nécessaire pour devenir une jeune femme heureuse, était un homme occupé, occupé comme on le dit d'un territoire, occupé par l'ennemi, les affaires, les adversaires à combattre, les cours de la Bourse, les influences politiques, accessoirement ce fils à ignorer (tâche qui lui prenait beaucoup de temps), toutes ces choses qui lui faisaient dire « Ah Madeleine, tu étais là, je ne t'avais pas vue, file au salon, ma chérie, j'ai du travail ! », alors qu'elle avait changé de coiffure ou qu'elle portait une nouvelle robe.

À côté de ce père aimant, mais sans gestes, il y avait Édouard, Édouard le ruisselant, dix ans, douze ans, quinze ans, débordant, Édouard l'apocalyptique, le déguisé, l'acteur, le dingue, l'exorbitant, la braise, la créativité, c'était des dessins sur les murs d'un mètre de hauteur qui faisaient hurler les domestiques, les bonnes rougissantes éclataient de rire et se mordaient le poing en passant dans le couloir tant le visage de M. Péricourt en diable turgescent, les deux mains agrippées à son membre, semblait incroyablement juste et réaliste. Madeleine s'essuyait les yeux, appelait aussitôt les peintres. M. Péricourt rentrait, s'étonnait de la présence des ouvriers, Madeleine expliquait, un accident ménager, rien de grave, papa, elle avait seize ans, il disait, merci, ma chérie, tellement soulagé que quelqu'un prenne en charge la maison, le quotidien, on ne peut pas être partout. Parce qu'il avait tout essayé, mais tout avait échoué, les bonnes d'enfants, les gouvernantes, les intendants, les filles au pair, tout le monde partait, quelle vie ! Cet enfant, Édouard, avait quelque chose de démoniaque, il n'est pas normal, je vous assure. « Normal », le grand mot auquel M. Péricourt s'était accroché parce qu'il avait du sens pour désigner une filiation qui n'en avait pas.

L'hostilité de M. Péricourt vis-à-vis d'Édouard était devenue si viscérale – et pour des raisons que Madeleine concevait très bien : Édouard avait quand même l'air d'une fille, combien de fois elle l'avait entraîné à rire « normalement », des séances de travail qui finissaient dans les larmes –, l'hostilité, donc, de M. Péricourt était devenue telle que Madeleine s'était finalement félicitée que ces deux continents ne se soient jamais rencontrés, c'était mieux ainsi.

Lorsqu'on informa la famille de la mort d'Édouard, elle admit le silencieux soulagement de M. Péricourt, d'abord parce que son père était tout ce qui maintenant lui restait (comme on voit, elle avait un petit côté princesse Marie), ensuite parce que la guerre était finie ; même quand elle se termine mal, au moins, elle est finie. Elle pesa longuement l'envie de rapatrier le corps d'Édouard. Il lui manquait beaucoup, le savoir si loin, comme dans un pays étranger, lui soulevait le cœur. Ce n'était pas possible, le gouvernement s'y opposait. Elle mûrit cela puis (elle agit cette fois-ci encore comme son père), quand elle fut décidée, plus rien ne put l'arrêter. Elle prit ses renseignements, effectua les discrètes démarches qui s'imposaient, trouva les gens, organisa le voyage et elle alla, contre, puis sans l'assentiment de son père, chercher le corps de son frère là où il était mort, elle l'enterra là où un jour elle-même serait enterrée. Après quoi elle épousa le beau capitaine d'Aulnay-Pradelle, rencontré à cette occasion. Chacun fait sa fin comme il peut.

Mais, quand elle mettait bout à bout le malaise de son père au Jockey Club, puis sa prostration si peu conforme à ses habitudes, cette décision soudaine et surprenante de se rendre au cimetière où il n'allait jamais, et enfin ses larmes, Madeleine en était gênée pour lui. Elle souffrait. Cette guerre terminée, les ennemis auraient pu se réconcilier, sauf que l'un des deux était mort. Même la paix devenait vaine. La maison, en ce mois de novembre 1919, était bien triste.

En fin de matinée, Madeleine monta, frappa à la porte du bureau de son père et le trouva planté, pensif, devant la fenêtre. Des passants portaient des chrysanthèmes, on entendit à plusieurs reprises des échos de musiques militaires. Voyant son père ainsi plongé dans ses pensées, Madeleine proposa, pour

220

lui changer les idées, de déjeuner avec lui, il accepta bien qu'il n'eût visiblement pas faim, il ne toucha d'ailleurs à rien, renvoyant les plats, vidant un demi-verre d'eau, soucieux.

— Dis-moi...

Madeleine s'essuya la bouche et l'interrogea du regard.

— Ce camarade de ton frère, là...

— Albert Maillard.

— Oui, peut-être..., fit Péricourt, affectant la distraction. Il a été... ?

Madeleine approuva en souriant, hochant la tête comme pour l'encourager.

— Remercié, oui, bien sûr.

M. Péricourt se tut. C'était pour lui une perpétuelle source d'agacement que cette manière de comprendre avant lui ce qu'il ressentait, ce qu'il voulait exprimer, ça lui donnait des envies de devenir à son tour un prince Nicolas Bolkonsky.

— Non, reprit-il, je voulais dire, nous pourrions peut-être...

— L'inviter, dit Madeleine, oui, bien sûr, c'est une très bonne idée.

Ils se turent un long moment.

— Évidemment, ce n'est pas la peine de...

Madeleine leva un sourcil, presque amusée, attendant cette fois la fin qui ne vint pas. Devant des conseils d'administration, M. Péricourt pouvait, d'un mouvement de cils, couper la parole à n'importe qui. Devant sa fille, il n'arrivait pas seulement à terminer ses phrases.

— Mais bien sûr, papa, reprit-elle en souriant, pas la peine de le crier sur les toits.

— Ça ne regarde personne, confirma M. Péricourt.

Quand il s'agissait de « personne », il voulait dire « ton mari ». Madeleine le comprenait, ça ne l'atteignait pas.

Il se leva, posa sa serviette, sourit vaguement à sa fille et s'apprêta à quitter la pièce.

— Oh, et puis…, dit-il en s'arrêtant un instant, comme s'il se souvenait soudain d'un détail, appelle Labourdin, veux-tu ? Qu'il vienne me voir.

Quand il disait les choses de cette manière, il y avait urgence.

Deux heures plus tard, M. Péricourt recevait Labourdin dans le grand salon, écrasant, impérial. À l'entrée du maire d'arrondissement, il n'alla pas à sa rencontre, ne lui serra pas la main. Ils restèrent debout. Labourdin était resplendissant. Comme toujours il s'était précipité, déjà prêt à rendre service, à se montrer utile, offert, offrant, ah, ce qu'il aurait aimé être une fille de joie.

— Cher ami…

C'est toujours de cette manière que ça commençait. Labourdin en frétillait déjà. On avait besoin de lui, il allait aider. M. Péricourt savait que son gendre utilisait certaines de ses relations et que Labourdin avait été récemment propulsé à la Commission d'adjudication qui gérait cette histoire de cimetières militaires, il n'avait pas suivi cela de près, il s'était contenté d'enregistrer les informations, mais il connaissait l'essentiel. De toute manière, le jour où il aurait besoin de tout savoir, Labourdin dirait tout. Il y était d'ailleurs tout prêt, le maire, convaincu d'être invité pour aborder ce sujet.

— Votre projet de monument commémoratif, demanda Péricourt, c'en est où ?

Labourdin, surpris, claqua des lèvres, ouvrant un œil de perdrix.

— Mon cher président…

Il donnait du « président » à tout le monde parce que, à présent, tout le monde était président de quelque chose, c'était comme « *dottore* » en Italie, et Labourdin aimait les solutions simples et pratiques.

— Mon cher président, pour tout vous dire…

Il était embarrassé.

— C'est ça, l'encouragea Péricourt, dites-moi tout, c'est encore le mieux.

— Eh bien…

Labourdin n'avait pas suffisamment d'imagination pour mentir, même mal. Alors, il lança :

— Nous en sommes… nulle part !

Une bonne chose de faite.

Près d'un an déjà que le projet lui brûlait les doigts. Parce qu'un soldat inconnu à l'Arc de triomphe l'an prochain, tout le monde trouvait ça très bien mais insuffisant ; les habitants de l'arrondissement et les associations d'anciens combattants voulaient leur monument bien à eux. Tout le monde l'exigeait, on avait voté au Conseil.

— On a même nommé des gens !

C'était dire à quel point Labourdin avait pris la chose au sérieux.

— Mais les obstacles, mon cher président, les obstacles ! Vous n'imaginez pas !

Il en était essoufflé, tellement il y avait de difficultés. Techniques d'abord. Il fallait organiser la souscription, ouvrir un concours et donc réunir un jury, trouver un emplacement, mais il n'y avait plus de place nulle part, sans compter qu'on avait évalué le projet.

— C'est que ça coûte bonbon, ces machins-là !

On discutait sans fin et il y avait toujours quelque chose qui retardait, certains voulaient un monument plus imposant que celui de l'arrondissement d'à côté, on parlait d'une plaque commémorative, d'une fresque, chacun y allait de son commentaire, arguait de son expérience… Dépassé par les querelles et les débats sans fin, Labourdin avait tapé du poing sur la table puis il avait remis son chapeau et il était allé se consoler au boxon.

— Parce que c'est surtout l'argent, voyez-vous… Les caisses sont vides, vous ne l'ignorez pas. Donc tout repose sur la souscription populaire. Mais combien va-t-on récupérer ? Supposons qu'on ne rassemble que de quoi payer la moitié du monument, comment trouvera-t-on le reste ? C'est qu'on sera engagés, nous !

Il laissa filer une seconde lourde de sens pour permettre à M. Péricourt de mesurer cette conséquence tragique.

— On ne pourra pas leur dire, « Reprenez vos sous, l'affaire est close », vous comprenez ? D'un autre côté, si on ne ramasse pas assez et qu'on érige quelque chose de ridicule, face aux électeurs, là, c'est pire que tout, comprenez-vous ?

M. Péricourt comprenait parfaitement.

— Je vous jure, conclut Labourdin, terrassé par l'ampleur de la tâche, ça paraît simple, mais en réalité, c'est in-fer-nal.

Il avait tout expliqué. Il remonta son pantalon par-devant, l'air de dire : je boirais bien quelque chose maintenant. Péricourt mesura à quel point il méprisait cet homme qui avait pourtant – cela arrivait – des réflexes étonnants. Par exemple, cette question :

— Mais vous, président... pourquoi me demandez-vous ça ?

Les imbéciles sont parfois surprenants. L'interrogation n'était pas bête parce que M. Péricourt n'habitait pas son arrondissement. Alors, pourquoi venait-il se mêler de cette histoire de monument commémoratif ? Cette intuition était très juste, lucide, et, de la part de Labourdin, la preuve qu'il s'agissait d'un accident de la pensée. Déjà, avec quelqu'un d'intelligent, surtout avec quelqu'un d'intelligent, M. Péricourt ne se serait jamais laissé aller à la sincérité, d'ailleurs, il en aurait été incapable, alors, devant un pareil crétin... Et puis, même s'il l'avait voulu, c'était une trop longue histoire.

— Je veux faire un geste, lâcha-t-il sèchement. Votre monument, je vais le payer. Intégralement.

Labourdin ouvrit la bouche, cligna des yeux, bien, bien, bien...

— Trouvez un endroit, continua Péricourt, faites raser s'il le faut. Que ce soit joli, n'est-ce pas ? Ça coûtera ce que ça coûtera. Lancez un concours, réunissez un jury pour la forme, mais c'est moi qui décide parce que je paie tout. Quant à la publicité de cette affaire…

M. Péricourt avait, derrière lui, une carrière de banquier, la moitié de sa fortune lui venait de la Bourse, l'autre moitié de l'exploitation de diverses industries. Il lui aurait été facile, par exemple, de se lancer dans la politique ; elle avait séduit nombre de ses confrères qui n'y avaient rien gagné. Sa réussite à lui reposait sur son savoir-faire, il répugnait à ce qu'elle dépende de circonstances aussi incertaines, parfois aussi idiotes, que des élections. D'ailleurs, il n'avait pas la fibre politique. Pour cela, il faut avant tout de l'ego ; non, son truc, à lui, c'était l'argent. Et l'argent aime l'ombre. M. Péricourt tenait la discrétion pour une vertu.

— Quant à la publicité, évidemment, je n'en veux pas. Fondez une société de bienfaisance, une association, ce que vous voulez, je la doterai de ce qu'il faudra. Je vous donne un an. Le 11 Novembre prochain, je veux qu'on l'inaugure. Avec, gravés dessus, les noms de tous les morts nés dans l'arrondissement. Vous comprenez ? Tous.

Beaucoup d'informations en une seule fois : Labourdin mit du temps à saisir. Lorsqu'il parvint à mettre tout cela bout à bout, qu'il comprit ce qui lui restait à faire et à quel point le président était pressé de se voir obéi, M. Péricourt tendait déjà la main vers lui. Troublé, Labourdin se méprit, tendit la main à son tour, dans le vide parce que M. Péricourt se contenta de lui tapoter l'épaule et de regagner son appartement.

Plongé dans ses pensées, M. Péricourt se posta devant la fenêtre, regarda la rue sans la voir. Édouard n'avait pas son nom sur le tombeau de la famille, soit.

Alors il allait faire édifier un monument. Sur mesure.

Il y aurait son nom, avec tous ses camarades autour de lui.

Il voyait ça dans un joli square.

Au cœur de l'arrondissement où il était né.

13

Sous une pluie battante, son carton à chaussures sous le bras, la main gauche bandée, Albert poussa la barrière qui ouvrait sur la petite cour où s'entassaient des jambages pleins, des roues, des capotes de fiacre crevées, des chaises cassées, des choses inutiles, on se demandait comment elles étaient arrivées là et à quoi elles pourraient servir. La boue envahissait tout et Albert ne chercha même pas à recourir aux pavés disposés en damier parce que les crues récentes les avaient repoussés si loin les uns des autres qu'il aurait fallu faire des bonds de cirque pour ne pas se mouiller les pieds. Il n'avait plus de caoutchoucs depuis que les derniers avaient rendu l'âme et, de toute façon, avec son carton rempli d'ampoules de verre, pour exécuter des pas de danseuse... Il traversa la cour sur la pointe des pieds et gagna le petit bâtiment dont l'étage avait été aménagé pour être loué deux cents francs, une misère comparée aux loyers ordinaires à Paris.

Leur installation ici avait suivi de peu le retour d'Édouard à la vie civile, en juin.

Ce jour-là, Albert était allé le chercher à l'hôpital. Malgré ses faibles moyens, il s'était fendu d'un taxi. On avait beau, depuis la fin du conflit, voir beaucoup de mutilés et de toutes sortes – la guerre avait eu, dans ce domaine aussi, une imagination insoupçonnée –, l'apparition de ce Golem claudiquant sur sa jambe raide, avec son trou au milieu du visage, effraya le chauffeur, un Russe. Albert lui-même, qui avait pourtant rendu visite chaque semaine à son camarade à l'hôpital, en resta époustouflé. Dehors, ça ne produisait pas du tout le même effet qu'à l'intérieur. Comme si on baladait un animal de zoo en pleine rue. On fit tout le chemin sans dire un mot.

Édouard n'avait nulle part où aller. Albert occupait alors une petite chambre, un sixième étage sous les toits traversé de courants d'air, avec les cabinets et un robinet d'eau froide dans le couloir, il se lavait dans une cuvette et se rendait aux bains publics dès qu'il le pouvait. Édouard entra dans la pièce, ne parut pas la voir, s'assit sur une chaise près de la fenêtre et regarda la rue, le ciel ; il alluma une cigarette par la narine droite. Albert comprit instantanément qu'il ne bougerait plus de là et que cette charge allait rapidement devenir une vraie source de vie quotidienne.

La cohabitation fut immédiatement difficile. La carcasse d'Édouard, immense, étique – il n'y avait que le chat gris qu'on voyait passer sur les toits pour être plus maigre –, occupait à elle seule toute la place. La pièce était déjà petite pour un ; pour deux, c'était quasiment une promiscuité de tranchée. Très mauvaise pour le moral. Édouard dormait par terre sur une couverture, fumait à longueur de journée, sa jambe raide allongée devant lui, le regard tourné vers la fenêtre. Avant de partir, Albert lui préparait de quoi manger, les ingrédients, la pipette, le caout-chouc, l'entonnoir, Édouard y touchait ou n'y tou-chait pas. Toute la journée, il restait à la même place, une statue de sel. On aurait dit qu'il laissait filer l'existence comme le sang d'une blessure. Le voisi-nage du malheur est si éprouvant qu'Albert inventa vite divers prétextes pour sortir. En réalité, il allait simplement dîner au bouillon Duval, mais faire la conversation, tout seul, à quelqu'un d'aussi lugubre lui abîmait salement le moral.

Il prit peur.

Il interrogea Édouard sur son avenir, où pensait-il trouver refuge ? Mais la discussion, maintes fois commencée, s'achevait dès qu'Albert voyait l'abatte-ment de son camarade, ses yeux mouillés, qui étaient la seule chose vivante dans ce tableau désespérant, un regard éperdu qui exprimait une totale impuis-sance.

Albert admit alors qu'il avait maintenant la charge pleine et entière d'Édouard et pour un sacré bout de temps, jusqu'à ce qu'il aille mieux, qu'il reprenne goût à la vie, qu'il fasse de nouveau des projets. Albert estima la durée de cette convalescence en mois, se refusant à imaginer que le mois ne soit pas la bonne unité.

Il rapporta du papier et des couleurs, Édouard esquissa un geste de remerciement, mais n'ouvrit jamais le paquet. Il n'avait rien d'un pique-assiette ni d'un profiteur, c'était une enveloppe vide, sans désir, sans envie, on aurait dit sans idée ; si Albert l'avait attaché sous un pont, comme un animal domestique dont on ne veut plus, et qu'il s'était enfui à toutes jambes, Édouard ne lui en aurait même pas tenu rigueur.

Albert connaissait le mot « neurasthénie », il se renseigna, posa des questions ici et là, recueillit encore « mélancolie », « dépression », « lypémanie », tout cela ne lui fut pas d'une grande utilité, l'essentiel était sous ses yeux : Édouard attendait la mort et, quel que soit le temps qu'elle mettrait pour venir, c'était la seule issue possible, moins qu'un changement, la simple transition d'un état à un autre, acceptée avec une patience résignée, comme ces vieillards silencieux et impotents qu'on finit par ne plus voir et qui ne surprennent plus que le jour où ils meurent.

Albert lui parlait sans cesse, c'est-à-dire qu'il parlait seul, comme un vieux dans sa cambuse.

— Remarque, j'ai de la chance, disait-il à Édouard en lui préparant son mélange d'œuf et de bouillon de viande. Rapport à la conversation, j'aurais pu tomber sur un mauvais coucheur, avec l'esprit de contradiction.

Il tentait toutes sortes de choses pour dérider son camarade, parce qu'il espérait améliorer son état, et pour percer ce qui, depuis le premier jour, restait pour lui un mystère : comment ferait Édouard le jour où il voudrait se marrer ? Dans le meilleur des cas, il produisait des roulements de gorge assez aigus, sortes de roucoulements qui vous mettaient mal à l'aise et vous donnaient envie d'aider, comme on prononce un mot pour dépanner un bègue bloqué sur une syllabe, c'était assez crispant. Par bonheur, Édouard en produisait peu, ça semblait le fatiguer plus qu'autre chose. Mais cette question du rire, Albert ne parvenait pas à la dépasser. D'ailleurs, depuis son ensevelissement, ce n'était pas la seule pensée frisant l'obsession. Outre la tension, l'inquiétude permanente et la crainte de tout ce qui pouvait survenir, il avait des hantises qu'il tournait et retournait sans cesse, jusqu'à l'épuisement, comme naguère l'idée fixe de recomposer la tête de ce cheval crevé. Il avait fait encadrer le dessin d'Édouard, malgré la dépense. C'était le seul élément décoratif de la chambre. Pour encourager son ami à se remettre au travail ou tout bonnement à occuper ses journées, il se plantait parfois devant, les mains dans les poches, et l'admirait ostensiblement en disant que vraiment, vraiment, il en avait du talent, le Édouard, et que s'il avait voulu... Ce qui ne servait à rien, Édouard allumait une autre cigarette, narine droite ou gauche, et s'absorbait dans le spectacle des toits en zinc et des cheminées qui composaient l'essentiel du paysage. Il n'avait de goût à rien, il n'avait fait aucun projet pendant tous ces mois d'hôpital où la plus grande part de son énergie était passée à s'opposer aux injonctions des médecins, des chirurgiens, pas seulement parce qu'il refusait son nouvel état, mais parce qu'il n'arrivait pas à imaginer le jour d'après, l'avenir. Le temps s'était arrêté avec l'éclat d'obus, brusquement. Édouard était pire qu'une horloge en panne qui, au moins, donne l'heure juste deux fois par jour. Il avait vingt-quatre ans et, un an après sa blessure, il n'était pas parvenu à redevenir quelque chose qui ressemblât à ce qu'il avait été. À restaurer quoi que ce soit.

Il était longtemps resté interdit, tendu dans une attitude de résistance aveugle, comme d'autres soldats, à ce qu'on disait, demeuraient figés dans la position dans laquelle on les avait retrouvés, pliés, recroquevillés, tordus, c'est fou ce que cette guerre avait pu inventer. Son refus s'était incarné dans la figure du professeur Maudret, un sale con à son avis, qui s'intéressait moins aux patients qu'à la médecine et aux progrès de la chirurgie ; c'était sans doute à la fois vrai et faux, mais Édouard n'était pas dans la nuance, il avait la tête trouée par le milieu et pas le genre d'humeur à peser le pour et le contre. Il s'accrochait à la morphine, il employait toute son énergie à tenter de s'en faire prescrire, s'abaissant à des stratagèmes indignes de lui, des supplications, des tricheries, des réclamations, des simulations, des chapardages, il pensait peut-être que la morphine parviendrait à le tuer, je t'en fiche, il en fallait toujours plus et, à force de l'entendre tout refuser, les greffes, les prothèses, les appareils, le professeur Maudret avait fini par le foutre dehors ; on se décarcasse pour ces types, on leur propose les dernières nouveautés de la chirurgie et ils préfèrent rester comme ils sont, ils nous regardent comme si c'était nous qui leur avions balancé un obus. Les confrères psychiatres (le soldat Larivière en avait vu plusieurs, mais il ne leur répondait jamais, fermé, buté), les psychiatres, donc, avaient des théories sur le refus entêté de ce genre de blessé ; le professeur Maudret, indifférent aux explications, haussait les épaules, il voulait consacrer son temps et sa science à des gars pour qui ça valait la peine de tant travailler. Il signa son bon de sortie sans même lui jeter un regard.

Édouard quitta l'hôpital avec des prescriptions, une dose infinitésimale de morphine et des tas de papiers au nom d'Eugène Larivière. Quelques heures plus tard, il s'assit sur une chaise devant la fenêtre, dans le minuscule appartement de son camarade, et le poids du monde lui tomba sur les épaules, comme s'il venait d'entrer dans sa cellule après une condamnation à perpétuité.

Même s'il ne parvenait pas à aligner des idées, Édouard entendait Albert parler de la vie quotidienne, tentait de se concentrer, oui, bien sûr, il fallait penser à l'argent, c'est vrai, qu'allait-il devenir maintenant, quoi faire de sa grande carcasse, impossible de dépasser le simple constat, son esprit fichait le camp comme par les trous d'une passoire ; quand il revenait à lui, c'était déjà le soir, Albert rentrait du travail, ou c'était le milieu de la journée et le corps réclamait sa piqûre. Il faisait des efforts, tout de même, il essayait vraiment d'imaginer ce qui allait se passer, il serrait les poings, ça ne servait à rien, sa pensée, fluide, filait par le moindre interstice, s'enfuyait aussitôt, laissant le champ libre à des ruminations interminables. Son passé coulait comme un fleuve, sans ordre ni priorité. Ce qui revenait souvent, c'était sa mère. Il lui restait peu de choses d'elle, et le peu qui remontait, il s'y accrochait avec obstination ; de vagues réminiscences, concentrées dans des sensations, un parfum musqué qu'il tentait de retrouver, sa coiffeuse rose avec son pouf à pompons et ses crèmes, ses brosses, le velouté d'un satin qu'il avait agrippé un soir qu'elle se penchait sur lui ou le médaillon en or qu'elle ouvrait pour lui, en s'inclinant, comme pour un secret. En revanche, rien ne lui revenait de sa voix, rien de ses mots, ni de son regard. Sa mère avait fondu dans son souvenir, subissant le même sort que tous les êtres vivants qu'il avait connus. Cette découverte le terrassa. Depuis qu'il n'avait plus de visage, tous les autres visages s'étaient effacés. Ceux de sa mère, de son père, ceux de ses camarades, de ses amants, de ses professeurs, celui de Madeleine… Elle revenait beaucoup, elle aussi. Sans son visage, ce qui restait, c'était son rire. Il n'en connaissait pas de plus étincelant, Édouard avait fait des folies pour entendre ce rire et ce n'était pas très difficile, un dessin, deux grimaces, la caricature d'un domestique – eux-mêmes riaient parce que Édouard n'avait pas de méchanceté, cela se voyait –, mais surtout les déguisements, pour lesquels il avait un goût immodéré et un incomparable talent, cela tourna bientôt au travestissement. Au spectacle du maquillage, le rire de Madeleine se fit emprunté, pas pour elle, non, mais, « à cause de papa, disait-elle, s'il voyait cela ». Elle tâchait de veiller à tout, au moindre détail. Parfois la situation finissait par lui échapper, c'étaient alors des dîners glacés, pesants, parce que Édouard était descendu en faisant mine d'avoir oublié d'essuyer le rimmel de ses cils. Dès qu'il s'en apercevait, M. Péricourt se levait, posait sa serviette et demandait à son fils de sortir de table, hein, quoi, s'écriait Édouard, l'air faussement offusqué, qu'est-ce que j'ai encore fait, mais, là, personne ne riait.

Tous ces visages, jusqu'au sien propre, avaient disparu, il n'en restait aucun. Dans un monde sans visage, à quoi s'accrocher, contre qui se battre ? Ce n'était plus, pour lui, qu'un univers de silhouettes décapitées où, par un effet de compensation, les proportions des corps étaient décuplées comme celles, massives, de son père. Les sensations de sa petite enfance émergeaient comme des bulles, tantôt le délicieux frisson de crainte mêlée d'admiration à son contact, tantôt cette manière qu'il avait de dire en souriant : « N'est-ce pas, fils ? » en le prenant à témoin dans des discussions d'adultes et pour des choses qu'il ne comprenait pas. On aurait dit que son imagination s'était appauvrie, ravalée à des images toutes faites. Ainsi, parfois, son père lui apparaissait précédé d'une ombre vaste et dense tel l'ogre dans les albums. Et le dos de son père ! Ce large et terrible dos qui lui avait semblé gigantesque jusqu'à ce qu'il soit aussi grand que lui, qu'il finisse par le dépasser, ce dos qui, à lui seul, savait si bien exprimer l'indifférence, le dédain, le dégoût.

Édouard avait autrefois haï son père, c'était terminé : les deux hommes s'étaient rejoints dans un mépris devenu réciproque. La vie d'Édouard s'effondrait parce qu'elle n'avait même plus la haine pour se soutenir. Cette guerre-là aussi, il l'avait perdue.

Ainsi les jours filaient à ressasser des images, des peines, Albert partait et rentrait. Quand il fallait discuter (Albert voulait toujours discuter), Édouard émergeait de son rêve, il était déjà vingt heures, il n'avait même pas allumé la lumière. Albert s'activait comme une fourmi, parlait avec beaucoup d'entrain, ce qui ressortait surtout, c'est qu'il y avait des difficultés d'argent. Albert prenait d'assaut tous les jours les baraques Vilgrain que le gouvernement avait mises en place pour les plus démunis, et disait que tout fondait à une vitesse folle. Il n'évoquait jamais ce que coûtait la morphine, sa manière à lui de se montrer délicat. Il parlait de l'argent en général, mais d'un ton presque joyeux, comme s'il s'agissait d'un embarras provisoire dont on s'amuserait plus tard, comme, au front, pour se rassurer, on faisait parfois de la guerre une simple variante du service militaire, une corvée pénible qui finalement laisserait de bons souvenirs.

Pour Albert, la question économique allait heureusement être réglée, une affaire de délai, rien d'autre, la pension d'invalidité d'Édouard allait soulager la charge financière, permettre de subvenir aux besoins de son camarade. Un soldat qui avait sacrifié sa vie pour la patrie et serait à tout jamais incapable de reprendre une activité normale, un de ceux qui avaient gagné la guerre, qui avaient mis l'Allemagne à genoux…, c'était un sujet sur quoi Albert ne tarissait pas, il additionnait la prime de démobilisation, le pécule, la prime d'invalidité, la rente de mutilé…

Édouard fit non de la tête.

— Comment ça, non ? demanda Albert.

Voilà, pensa-t-il, Édouard n'avait pas mené les démarches, il n'avait pas rempli ni envoyé les papiers.

— Je vais le faire, mon grand, dit Albert, t'inquiète pas.

Édouard fit de nouveau non de la tête. Et comme Albert ne comprenait toujours pas, il approcha l'ardoise de conversation et écrivit à la craie : « Eugène Larivière ».

Albert fronça les sourcils. Alors Édouard se leva, exhuma de son havresac un imprimé froissé intitulé « Constitution d'un dossier de gratifiable ou de pensionnable », avec la liste des documents à fournir pour passer en commission. Albert s'arrêta sur les pièces soulignées en rouge par Édouard lui-même : Certificat d'origine de blessure ou de maladie – Relevé des premiers registres médicaux d'incorporation et d'infirmerie – Fiches d'évacuation – Billets de première hospitalisation...

Ce fut un sacré choc.

C'était pourtant évident. Aucun Eugène Larivière n'était répertorié comme blessé à la cote 113 et hospitalisé. On devait bien trouver un Édouard Péricourt, évacué et mort ensuite de ses blessures, puis un Eugène Larivière transféré à Paris, mais la moindre investigation administrative allait montrer que cette histoire ne tenait pas debout, que le blessé hospitalisé, Édouard Péricourt, n'était pas le même que celui, Eugène Larivière, qui était sorti de l'hôpital deux jours plus tard pour être transféré à l'hôpital Rollin de l'avenue Trudaine. Il serait impossible de fournir les documents exigés.

Édouard avait changé d'identité, il ne pouvait plus rien prouver, il ne toucherait rien.

Si l'enquête remontait plus loin, jusqu'aux registres, jusqu'au subterfuge, aux faux en écriture, c'était même la prison à la place de la pension.

La guerre avait formé l'âme d'Albert au malheur, mais cette fois, anéanti, il ressentit cette situation comme une injustice. Pire, comme un désaveu. Qu'est-ce que j'ai fait ? se dit-il, affolé. La colère qui bouillonnait en lui depuis sa libération explosa d'un coup, il donna un violent coup de tête dans la cloison, le cadre avec le dessin du cheval tomba, le verre se fendit par le milieu, Albert se retrouva assis par terre, assommé, et porta une bosse au front pendant près de deux semaines.

Édouard avait encore les yeux mouillés. Or il ne fallait pas trop pleurer devant Albert, parce qu'en ce temps-là, sa situation personnelle lui tirait déjà facilement les larmes… Édouard le comprit, il se contenta de lui poser la main sur l'épaule. Il était terriblement désolé.

Très vite, on dut trouver un endroit pour deux personnes, dont un paranoïaque et un handicapé. Albert disposait d'un budget dérisoire. Les journaux continuaient de clamer partout que l'Allemagne allait rembourser intégralement tout ce qu'elle avait cassé pendant la guerre, à peu près la moitié du pays. En attendant, le coût de la vie ne cessait d'augmenter, les pensions n'étaient pas encore payées, les primes pas versées, les transports chaotiques, les approvisionnements imprévisibles, et donc on trafiquait, beaucoup de gens vivaient d'expédients, échangeant les bonnes affaires, chacun connaissait quelqu'un connaissant quelqu'un d'autre, on se repassait les tuyaux et les adresses, c'est ainsi qu'Albert arriva au 9 de l'impasse Pers, devant une maison bourgeoise où s'entassaient déjà trois locataires. Il y avait, dans la cour, un petit bâtiment qui avait servi d'entrepôt, maintenant de débarras, et dont l'étage était inoccupé. Précaire, mais grand, avec un poêle à charbon qui irriguait d'autant mieux que le plafond n'était pas très haut, il y avait l'eau juste en dessous, deux larges fenêtres et un paravent représentant des bergères, des moutons et des quenouilles, déchiré par le milieu et rafistolé au gros fil.

Albert et Édouard déménagèrent en remplissant une charrette à bras, les camions coûtaient cher. On était début septembre.

Leur nouvelle propriétaire, Mme Belmont, avait perdu son mari en 1916 et son frère un an plus tard. Elle était encore jeune, peut-être jolie, mais tellement éprouvée qu'on ne savait plus. Elle vivait avec sa fille, Louise, et se déclara rassurée de voir arriver « deux hommes jeunes » parce que, toute seule dans cette grande maison, dans cette impasse, ça n'était pas sur les trois locataires actuels qu'elle pouvait compter en cas de problème, tous des vieux. Elle survivait modestement en percevant des loyers, en faisant des ménages ici et là. Le reste du temps, elle se tenait immobile derrière sa fenêtre, regardant le bric-à-brac accumulé autrefois par son mari, désormais inutile et qui rouillait dans la cour. Albert la voyait dès qu'il se penchait à la fenêtre.

Sa fille, Louise, était très débrouillarde. Onze ans, des yeux de chat, des taches de rousseur à ne savoir qu'en faire. Et surprenante. Parfois vive comme de l'eau de roche, l'instant d'après contemplative, figée comme une gravure. Elle parlait peu, Albert n'avait pas entendu trois fois le son de sa voix, et elle ne souriait jamais. Malgré cela, vraiment jolie, si elle continuait de pousser de cette manière, elle allait déclencher de sacrées bagarres. Albert n'avait jamais compris comment elle était parvenue à conquérir Édouard. Ordinairement, il ne voulait voir personne, mais cette môme, rien ne pouvait l'arrêter. Dès les premiers jours, elle était restée là, en bas de l'escalier, à guetter. Les enfants sont curieux, surtout les filles, tout le monde sait ça. Sa mère avait dû lui parler du nouveau locataire.

— Pas beau à voir, paraît-il. Au point de ne jamais sortir, m'a dit son camarade qui s'occupe de lui.

Alors, forcément, ce genre de propos, rien de mieux pour démanger la curiosité d'une fillette de onze ans. Elle se lassera…, avait pensé Albert. Mais pas du tout. Aussi, à force de la trouver en haut de l'escalier, assise sur une marche près de la porte, de la voir attendre et jeter, à la moindre occasion, un œil à l'intérieur, l'avait-il ouverte bien en grand, la porte. La petite était restée sur le seuil, la bouche entrouverte sur un joli « O » tout rond, les yeux écarquillés, pas un son n'était sorti. Il faut dire que la trombine d'Édouard était vraiment spectaculaire avec ce trou béant, ces dents du haut qui semblaient deux fois plus grandes qu'en réalité, ça ne ressemblait à rien de connu, Albert le lui avait d'ailleurs dit sans ambages, « Mon vieux, tu es vraiment à faire peur, personne n'a jamais vu une tête pareille, tu pourrais au moins avoir des attentions pour les autres ». Il disait ça pour le décider à la greffe, je t'en fous. Pour preuve, Albert désigna la porte par laquelle la petite fille s'était enfuie, terrorisée, dès qu'elle l'avait vu. Édouard, impavide, se contenta d'aspirer une nouvelle bouffée de cigarette par une narine en se bouchant l'autre, il faisait ressortir la fumée par la même voie parce que, par la gorge, ça, vraiment non, Édouard, disait Albert, je ne peux pas supporter, ça me fait peur pour tout te dire, comme un cratère en éruption, je te jure, regarde-toi dans la glace, tu verras, etc. Albert n'avait recueilli son camarade qu'à la mi-juin, ils se comportaient déjà comme un vieux couple. Le quotidien était très difficile, l'argent manquait toujours, mais, comme cela arrive, ces difficultés avaient encore rapproché les deux hommes, un effet de soudure. Albert était extrêmement sensible au drame de son ami et il ne se défaisait pas de l'idée que s'il n'était pas venu le sauver... à quelques jours de la fin de la guerre, en plus. Édouard, lui, qui sentait combien Albert était seul à porter leur vie à tous deux, tâcha d'alléger cette charge, il se mit au ménage, un vrai couple, je vous dis.

La petite Louise réapparut quelques jours après sa première fuite. Albert pensa que le spectacle d'Édouard exerçait sur elle une sorte de fascination. Elle resta un instant plantée sur le seuil de la grande pièce. Sans prévenir, elle s'avança vers Édouard et tendit l'index vers son visage. Édouard s'était agenouillé – décidément, Albert en aura vu de drôles avec lui – et il laissa la petite suivre du doigt le bord de cet immense gouffre. Elle était pensive, appliquée, on aurait dit qu'elle faisait un devoir, comme lorsqu'elle passait minutieusement un crayon sur les contours de la carte de France pour en apprendre la forme.

C'est de ce moment que datait leur relation à tous les deux. Dès qu'elle revenait de l'école, elle montait chez Édouard. Elle glanait pour lui, ici et là, des quotidiens vieux de l'avant-veille ou de la semaine précédente. C'était la seule occupation connue d'Édouard, lire les journaux, découper des articles. Albert avait jeté un œil sur le dossier où il conservait ses coupures, des choses sur les morts de la guerre, les commémorations, les listes de disparus, c'était assez triste. Édouard ne lisait pas les quotidiens de Paris, seulement ceux de province. Louise parvenait toujours à lui en trouver, on ne sait comment. Chaque jour ou presque, Édouard avait son lot de numéros périmés de *L'Ouest-Éclair*, du *Journal de Rouen* ou de *L'Est républicain*. Elle faisait ses devoirs sur la table de la cuisine pendant qu'il fumait son Caporal et découpait ses articles. La mère de Louise restait sans réaction.

Un soir, vers la mi-septembre, Albert était rentré épuisé de sa tournée d'homme-sandwich ; il avait arpenté tout l'après-midi les Grands Boulevards entre la Bastille et la République en portant de la réclame (d'un côté pour les pilules Pink : *Que peu de temps suffit pour changer toutes choses*, de l'autre pour le corset Juvénil : *Deux cents dépôts en France !*). En entrant, il avait trouvé Édouard allongé sur l'ottomane hors d'âge récupérée quelques semaines auparavant et qu'il avait rapportée en profitant de la charrette d'un copain connu autrefois dans la Somme, un type qui usait ses dernières forces à tirer sa charge avec le bras qui lui restait, son seul moyen de survie.

Édouard fumait d'une narine et portait une sorte de masque, bleu nuit, qui commençait au-dessous du nez et qui couvrait tout le bas du visage, jusqu'au cou, comme une barbe, celle d'un acteur de la tragédie grecque. Le bleu, profond mais lumineux, était parsemé de minuscules points dorés, comme si on avait jeté des paillettes dessus avant le séchage.

Albert marqua la surprise. Édouard fit un geste théâtral de la main, l'air de demander : « Alors, comment me trouves-tu ? » C'était très curieux. Pour la première fois depuis qu'il le connaissait, il voyait à Édouard une expression proprement humaine. En fait, on ne pouvait pas dire autrement, c'était très joli.

Il entendit alors un petit bruit feutré sur sa gauche, tourna la tête et n'eut que le temps de voir disparaître Louise qui se faufilait vers l'escalier. Il ne l'avait encore jamais entendue rire.

Les masques étaient restés, comme Louise.

Quelques jours plus tard, Édouard en portait un tout blanc sur lequel était dessinée une grande bouche souriante. Avec, au-dessus, ses yeux rieurs et pétillants, il ressemblait à un acteur de théâtre italien, une sorte de Sganarelle ou de Pagliaccio. Désormais, quand il avait terminé la lecture de ses journaux, Édouard en faisait de la pâte à papier pour fabriquer des masques, blancs comme de la craie, que Louise et lui peignaient ou décoraient ensuite. Ce qui n'était qu'un jeu devint rapidement une occupation à part entière. Louise était la grande prêtresse, rapportant, au gré de ses trouvailles, du strass, des perles, des tissus, du feutre de couleur, des plumes d'autruche, de la fausse peau de serpent. En plus des journaux, ce devait être un vrai travail que de courir partout pour ramener toute cette pacotille, Albert, lui, n'aurait même pas su où aller.

Édouard et Louise passaient leur temps à ça, à fabriquer des masques. Édouard ne les portait jamais deux fois, le nouveau chassait l'ancien qui était alors accroché avec ses congénères, sur les murs de l'appartement, comme des trophées de chasse ou la présentation de déguisements dans un magasin de travestis.

Il était près de vingt et une heures lorsque Albert arriva au bas de l'escalier, son carton sous le bras.

Sa main gauche entaillée par le Grec lui faisait un mal de chien malgré le bandage du docteur Martineau et il se sentait d'humeur mélangée. Cette provision, acquise de haute lutte, lui offrait un peu de repos ; la recherche de la morphine était tellement prenante et tellement angoissante pour un homme comme lui, déjà si poreux aux émotions de toutes sortes, si impressionnable… En même temps, il ne s'empêchait pas de penser qu'il rapportait là de quoi tuer vingt fois son camarade, de le tuer cent fois.

Il fit trois pas, souleva la bâche poussiéreuse qui recouvrait les restes démantelés d'un triporteur, repoussa le fatras qui encombrait encore la benne et y déposa son précieux carton.

En chemin, il avait procédé à un rapide calcul. Si Édouard s'en tenait aux doses actuelles, déjà passablement élevées, on était tranquille pour presque six mois.

14

Henri d'Aulnay-Pradelle fit machinalement le rapprochement entre, là-bas, loin devant lui, la cigogne qui surmontait le bouchon du radiateur et la lourde corpulence de Dupré, assis à ses côtés. Non qu'ils aient un quelconque trait de ressemblance, au contraire, ils étaient aux antipodes, c'est même pour cela qu'Henri les comparait, pour les opposer. S'il n'y avait eu les ailes immenses dont la pointe effilée touchait le sol, ou ce cou élancé d'une élégance folle qui s'achevait sur un bec volontaire, la cigogne en plein vol aurait pu ressembler à un canard sauvage, mais elle était plus massive… plus… (Henri chercha le mot) plus « ultime », Dieu seul pouvait comprendre ce qu'il entendait par là. Et ces stries sur les ailes, se disait-il, admiratif… Comme un drapé… Et jusqu'aux pattes arrière, légèrement recourbées… On aurait juré qu'elle fendait l'air devant la voiture, sans même l'effleurer, qu'elle ouvrait la route, en éclaireur. Pradelle n'en finissait pas de s'en émerveiller, de sa cigogne.

Comparé à elle, Dupré était vraiment un massif, un corpulent. Pas un éclaireur. Un fantassin. Avec ce trait particulier à la piétaille qu'elle nomme elle-même la fidélité, la loyauté, le devoir, toutes ces conneries.

Pour Henri, le monde se partageait en deux catégories : les bêtes de somme, condamnées à travailler dur, aveuglément, jusqu'au bout, à vivre au jour le jour, et les créatures d'élite à qui tout était dû. À cause de leur « coefficient personnel ». Henri adorait cette expression qu'il avait lue un jour dans un rapport militaire, et il l'avait adoptée.

Dupré, le sergent-chef Dupré, illustrait à merveille la première catégorie : travailleur, insignifiant, entêté et sans génie, aux ordres.

La cigogne choisie par Hispano-Suiza pour la H-6-B (moteur 6 cylindres, 135 chevaux, 137 km/heure !) représentait la célèbre escadrille commandée par Georges Guynemer, un être d'exception. Du même calibre qu'Henri, hormis que Guynemer était mort tandis qu'Henri était toujours vivant, ce qui lui assurait, sur le héros de l'aviation, une incontestable supériorité.

D'un côté, Dupré, son pantalon trop court, son dossier sur les genoux, qui, depuis le départ de Paris, admirait en silence le tableau de bord en ronce de noyer, la seule entorse d'Henri à sa décision de concentrer l'essentiel de ses gains à la restauration de la Sallevière. De l'autre côté, Henri d'Aulnay-Pradelle soi-même, gendre de Marcel Péricourt, héros de la Grande Guerre, millionnaire à trente ans, promis au sommet de la réussite, qui roulait à plus de cent dix kilomètres à l'heure sur les routes de l'Orléanais et qui avait déjà écrasé un chien et deux poules. Bêtes de somme elles aussi, on en revenait toujours là. Ceux qui survolent et ceux qui succombent.

Dupré avait servi sous les ordres du capitaine Pradelle et celui-ci, à sa démobilisation, l'avait embauché pour une bouchée de pain, salaire provisoire devenu définitif dès le lendemain. D'origine paysanne, voué à la soumission devant les phénomènes naturels, il avait accueilli cette subordination civile comme la continuation logique d'un état des choses.

Ils arrivèrent en fin de matinée.

Henri gara son imposante limousine sous le regard admiratif d'une trentaine d'ouvriers. Au beau milieu de la cour. Histoire de montrer qui était le patron. Le patron, c'est celui qui commande, on l'appelle aussi le client. Ou le roi, c'est pareil.

La scierie-menuiserie Lavallée avait végété pendant trois générations jusqu'à l'arrivée providentielle de la guerre qui lui avait permis de fournir à l'armée française des centaines de kilomètres de traverses, d'appuis et de piliers de soutènement pour construire, consolider et réparer tranchées et boyaux, on était passé de treize ouvriers à plus de quarante. Gaston Lavallée avait, lui aussi, une très belle voiture, mais il ne la sortait que dans les grandes occasions, on n'était pas à Paris.

Henri et Lavallée se saluèrent dans la cour ; Henri ne présenta pas Dupré. Plus tard, il se contenterait de dire « Vous réglerez ça avec Dupré », Lavallée se retournerait et ferait un petit signe de tête au régisseur qui marchait derrière eux, ça vaudrait présentation.

Avant la visite, Lavallée voulut offrir une légère collation, il désigna le perron de la maison, située à droite des immenses ateliers, Henri amorça un refus de la main, puis il aperçut la jeune femme, là-bas, avec son tablier, qui attendait les visiteurs en lissant sa coiffure. Lavallée ajouta que sa fille, Émilienne, avait préparé un en-cas. Henri finalement accepta :

— Mais vite fait, alors.

C'est de ces ateliers qu'était sorti le magnifique spécimen de cercueil destiné au Service des sépultures, une superbe bière en chêne de première qualité, valant ses soixante francs. Maintenant qu'il avait rempli sa fonction attractive vis-à-vis de la Commission d'adjudication, on pouvait passer aux choses sérieuses, aux cercueils qui seraient effectivement livrés.

Pradelle et Lavallée étaient dans l'atelier principal, suivis de Dupré et d'un contremaître qui avait endossé son bleu du dimanche pour l'occasion. On passa devant une série de cercueils alignés côte à côte, raides comme des soldats morts et dont la qualité était visiblement dégressive.

— Nos héros…, commença doctement Lavallée en posant la main sur un cercueil en châtaignier, un modèle du milieu de travée.

— Me faites pas chier avec ça, le coupa Pradelle. Qu'est-ce que vous avez à moins de trente francs ?

Finalement, vue de près, la fille du patron était plutôt moche (elle avait eu beau se lisser les cheveux, elle faisait désespérément province), le vin blanc était trop doux et tiède, et ce qui avait été servi avec, immangeable, Lavallée avait organisé la venue de Pradelle comme la visite d'un roi nègre, les ouvriers ne cessaient de se jeter des coups d'œil et des coups de coude, tout ça lui portait sur le système, à Henri, il avait envie qu'on s'active, sans compter qu'il voulait être à Paris pour dîner, un ami avait promis de lui présenter Léonie Flanchet, une actrice du Vaudeville qu'il avait croisée la semaine précédente, une fille du tonnerre, tout le monde le disait, et il avait hâte de s'en assurer par lui-même.

— Mais, euh, trente francs, ce n'est pas ce qui était convenu...

— Ce qui était convenu et ce qu'on va faire, dit Pradelle, ce sont deux choses différentes. Alors, on reprend la discussion au début, mais vite parce que je n'ai pas que ça à foutre.

— Mais, monsieur Pradelle...

— D'Aulnay-Pradelle.

— Oui, si vous voulez...

Henri le regardait fixement.

— Eh bien, monsieur d'Aulnay-Pradelle, reprit Lavallée, apaisant, presque pédagogue, nous avons des cercueils dans ces prix-là, évidemment...

— Alors, c'est ce que je vais prendre.

— ... mais ça n'est pas possible.

Pradelle mima une extrême stupéfaction.

— À cause du transport, cher monsieur ! déclara le menuisier d'un ton docte. Il s'agirait d'aller au cimetière d'à côté, tout irait pour le mieux, mais vos cercueils sont destinés à voyager. Ils vont partir d'ici pour Compiègne, pour Laon. Ensuite, ils vont être déposés, montés, retransportés sur les lieux des exhumations, re-re-transportés vers les cimetières militaires, c'est que ça en fait du chemin, tout ça...

— Je ne vois pas la difficulté.

— Ce qu'on vend pour ce prix-là, trente francs, c'est du peuplier. Faible résistance ! Ils vont se fausser, se casser, s'effondrer même, parce qu'ils ne sont pas conçus pour la manutention. Au minimum, il faut du hêtre. Quarante francs. Et encore ! Je dis ça, c'est à cause de la quantité, sinon, c'est du quarante-cinq francs...

Henri tourna la tête vers la gauche.

— Ça, c'est quoi ?

On s'avança. Lavallée se mit à rire à gorge déployée, un rire faux, trop sonore.

— C'est du bouleau !

— Ça vaut combien ?

— Trente-six...

— Et ça ?

Henri désignait un cercueil de fin de gamme, juste avant les modèles en bois rebuté.

— C'est du pin !

— Combien ?

— Euh... trente-trois...

Parfait. Henri posa sa main sur le cercueil, le tapota comme un cheval de course, quasiment admiratif, mais on ne savait ce qu'il admirait, la qualité de la menuiserie, la modicité du prix ou son propre génie.

Lavallée crut devoir faire preuve de professionna-
lisme :

— Si vous me permettez, ce modèle n'est pas
vraiment adapté aux besoins. Voyez-vous…

— Les besoins ? coupa Henri. Quels besoins ?

— Le transport, cher monsieur ! Encore une fois,
le transport, tout est là !

— Vous les expédiez à plat. Au départ, pas de
problème !

— Oui, au départ…

— À l'arrivée, vous les montez, pas de problème !

— Non, bien sûr. Le difficile, voyez-vous, je me
permets d'insister, c'est à partir du moment où on
commence à les manipuler : on les descend du
camion, on les pose, on les déplace, on procède à
la mise en bière…

— J'ai entendu, mais à partir de là, ce n'est plus
votre problème. Vous livrez, c'est tout. N'est-ce pas,
Dupré ?

Henri avait raison de se tourner vers son régisseur
parce que ce serait son problème à lui. Il n'attendit
d'ailleurs pas la réponse. Lavallée aurait voulu argumenter, évoquer la réputation de sa maison, souligner… Henri le coupa dans son élan :

— Vous avez dit trente-trois francs ?

Le menuisier sortit en hâte son calepin.

— Vu la quantité que je commande, on va dire
trente francs, hein ?

Lavallée cherchait son crayon, le temps de le trouver, il venait de perdre encore trois francs par cercueil.

— Non, non, non ! cria-t-il. C'est trente-trois en comptant avec la quantité !

On sentit que cette fois, et sur ce point précis, Lavallée resterait inébranlable. On le vit à sa cambrure.

— Trente francs, non, c'est hors de question !

On aurait dit qu'il venait soudainement de grandir de dix centimètres, face rougie, crayon tremblant, intraitable, le genre à se faire tuer sur place pour trois francs.

Henri opina longuement de la tête, je vois, je vois, je vois…

— Bien, dit-il enfin, conciliant. Eh bien, trente-trois francs.

On n'en revenait pas, de cette reddition soudaine. Lavallée inscrivit le chiffre sur son carnet, cette victoire inattendue le laissait frémissant, épuisé, rempli de crainte.

— Dites-moi, Dupré…, reprit Henri d'un air soucieux.

Lavallée, Dupré, le contremaître, tout le monde se raidit de nouveau.

— Pour Compiègne et Laon, c'est du un mètre soixante-dix, non ?

Les adjudications variaient sur les tailles, allant de cercueils d'un mètre quatre-vingt-dix (assez peu) à d'autres d'un mètre quatre-vingts (quelques centaines), puis descendant, pour la plus grande part des marchés, à un mètre soixante-dix, la taille moyenne. Quelques lots concernaient enfin des cercueils encore plus petits, un mètre soixante et même un mètre cinquante.

Dupré approuva. Un mètre soixante-dix, c'est bien ça.

— On a dit trente-trois francs pour un mètre soixante-dix, reprit Pradelle à l'intention de Lavallée. Et pour un mètre cinquante ?

Surpris par cette nouvelle approche, personne ne se figura ce que cela voulait dire concrètement, des cercueils moins longs que prévu. Le menuisier n'avait pas envisagé cette hypothèse, il fallait calculer, il rouvrit son carnet, se lança dans une règle de trois qui prit un temps fou. On attendait. Henri se tenait toujours devant le cercueil en pin, il avait cessé de lui flatter la croupe, le couvait simplement du regard comme s'il se promettait une bonne partie de plaisir avec une fille nouvellement arrivée.

Lavallée leva enfin les yeux, l'idée faisait son chemin dans son esprit.

— Trente francs…, déclara-t-il d'une voix blanche.

— Han han, fit Pradelle, la bouche entrouverte, pensif.

Chacun commençait à imaginer les conséquences pratiques : placer un soldat mort d'un mètre soixante dans un cercueil d'un mètre cinquante. Dans l'esprit du contremaître, il fallait plier la tête du mort, le menton contre la poitrine. Dupré pensait plutôt qu'on placerait le cadavre sur le flanc, les jambes légèrement repliées. Gaston Lavallée, lui, ne voyait rien du tout, il avait perdu deux neveux dans la Somme le même jour, la famille avait réclamé les restes, il avait fabriqué lui-même les cercueils, chêne massif, avec une grande croix et des poignées dorées, et il se refusait à imaginer de quelle manière on ferait entrer des corps trop grands dans des bières trop petites.

Pradelle prit alors l'air du type qui demande un renseignement sans conséquence, à toutes fins utiles, juste pour savoir :

— Dites-moi, Lavallée, des cercueils d'un mètre trente, ça irait chercher dans les combien ?

Une heure plus tard, on avait signé l'accord de principe. Deux cents cercueils seraient acheminés chaque jour en gare d'Orléans. Le prix unitaire était descendu à vingt-huit francs. Pradelle était très satisfait de la négociation. Il venait de rembourser son Hispano-Suiza.

15

Le chauffeur vint une nouvelle fois informer Madame que la voiture de Madame attendait Madame et que, si Madame voulait bien se donner la peine, alors Madeleine fit un petit signe, merci, Ernest, j'arrive, et dit, d'une voix qui exhalait le regret :

— Je vais devoir te quitter, Yvonne, je suis désolée...

Yvonne de Jardin-Beaulieu agita la main, d'accord, d'accord, d'accord, mais ne fit pas un geste pour se lever, c'était trop bon, impossible de partir.

— Quel mari tu as, ma chérie ! reprit-elle avec admiration. Quelle chance !

Madeleine Péricourt sourit calmement, regarda humblement ses ongles en pensant « salope » et répondit simplement :

— Allons, tu ne manques pas de soupirants...

— Oh, moi..., répondit la jeune femme, faussement résignée.

Son frère, Léon, était trop petit pour un homme, mais Yvonne, elle, était assez jolie. Quand on aime les morues, bien sûr, ajoutait Madeleine mentalement.

Une grande bouche, vulgaire, impatiente, qui faisait tout de suite imaginer des cochonneries, les hommes ne s'y trompaient pas, à vingt-cinq ans, Yvonne avait déjà épongé la moitié du Rotary. Madeleine exagérait : la moitié du Rotary, c'était un peu excessif. À sa décharge, on pouvait comprendre qu'elle soit aussi sévère : il n'y avait que quinze jours qu'Yvonne couchait avec Henri et cette manière de se ruer aussi vite chez son épouse pour profiter du spectacle était très indécente. Bien plus que de se faire sauter par son mari, ce qui, en soi, n'avait rien de difficile. Les autres maîtresses d'Henri se montraient plus patientes. Pour savourer leur victoire, elles attendaient au moins que l'occasion se présente, simulaient une rencontre fortuite. Après quoi, toutes pareilles, elles se répandaient, souriantes, minaudant : « Ah, quel mari tu as, ma chère, comme je t'envie ! » L'une d'elles, le mois dernier, s'était même risquée à lancer : « Prends-en bien soin, ma chérie, c'est qu'on te le volerait !… »

Il y avait des semaines que Madeleine ne voyait quasiment plus Henri, beaucoup de voyages, de rendez-vous, à peine le temps de sauter les amies de sa femme, cette commande du gouvernement l'accaparait totalement.

Quand il rentrait, c'était tard, elle se couchait sur lui.

Le matin, il se levait tôt. Juste avant, elle se recouchait sur lui.

Le reste du temps, il se couchait sur les autres, partait en déplacement, il appelait, laissait des messages, des mensonges. Tout le monde le savait infidèle (les bruits avaient commencé à courir dès la fin mai, quand on l'avait aperçu en compagnie de Lucienne d'Haurecourt).

M. Péricourt souffrait de cette situation. « Tu seras malheureuse », avait-il prévenu, lorsque sa fille avait parlé de l'épouser, mais ça ne servait à rien, elle avait posé sa main sur celle de son père et voilà tout. Il avait dit d'accord, comment faire autrement ?

— Allez, gloussa Yvonne, cette fois, je te laisse.

Elle avait fait sa commission, il suffisait de voir le sourire figé sur le visage de Madeleine, le message était passé, Yvonne exultait.

— C'est gentil d'être venue, dit Madeleine en se levant.

Yvonne agita la main, c'est rien, c'est rien, elles échangèrent un baiser, pommette contre pommette, lèvres dans le vide, je file, à bientôt. Sans conteste, celle-ci était la plus salope de toutes.

Cette visite inattendue l'avait beaucoup retardée. Madeleine consulta la grande horloge. Finalement, c'était mieux ainsi, à dix-neuf heures trente, elle avait plus de chances de le trouver chez lui.

Il était plus de vingt heures lorsque la voiture la déposa à l'entrée de l'impasse Pers. Du parc Monceau à la rue Marcadet, il n'y avait pas un arrondissement d'écart, mais un monde, on passait des beaux quartiers à la plèbe, du luxe à l'expédient. Devant l'hôtel particulier des Péricourt stationnaient ordinairement une Packard Twin Six et une Cadillac 51 à moteur V8. Là, Madeleine découvrit, à travers les montants de bois vermoulus de la barrière, un spectacle de charrettes à bras effondrées et de pneus hors d'âge. Elle n'en fut pas effrayée. Elle tenait de la limousine par sa mère et de la charrette par son père dont les aïeux avaient été modestes. Même si la pauvreté, des deux côtés, remontait à la première dynastie, Madeleine avait cela dans son histoire, le manque, la gêne, c'est comme le puritanisme ou la féodalité, ça ne se perd jamais tout à fait, les traces suivent les générations. Le chauffeur, lui – on appelait tous les chauffeurs Ernest chez les Péricourt, depuis le premier Ernest –, Ernest donc, voyant Madame s'éloigner, regarda la cour avec un air de dégoût, chez lui, on n'était chauffeur que depuis deux générations.

Madeleine longea la barrière, sonna à la porte de la maison, patienta un long moment, vit enfin apparaître une femme sans âge et demanda à parler à M. Albert Maillard. La femme attendit de comprendre la demande et de l'assortir à la jeune personne, luxueuse, ouatée, maquillée, qu'elle avait devant elle et dont le parfum poudré lui parvenait comme un souvenir très ancien. Madeleine dut répéter : M. Maillard. Sans un mot, la femme désigna la cour, là-bas, sur sa gauche. Madeleine fit un signe de tête et, sous le double regard de la propriétaire et d'Ernest, poussa la barrière vermoulue d'une main ferme ; sans hésiter elle marcha à grands pas dans la boue jusqu'à l'entrée du petit hangar où elle disparut, mais où elle s'arrêta net car au-dessus d'elle, l'escalier tremblait sous les pas de quelqu'un qui descendait, elle leva les yeux et reconnut le soldat Maillard, un seau à charbon vide à la main, qui lui aussi stoppa net entre deux marches, disant :

« Hein ? Quoi ? » Il avait l'air perdu, comme dans le cimetière, le jour où on avait exhumé le corps de ce pauvre Édouard.

Albert se figea, la bouche entrouverte.

— Bonjour monsieur Maillard, dit Madeleine.

Elle observa un court instant cette tête lunaire, ce physique fébrile. Une amie avait autrefois possédé un petit chien qui ne cessait de trembler, ce n'était pas une maladie, il était comme ça de nature, il tremblait des pieds à la tête vingt-quatre heures sur vingt-quatre, un jour il était mort d'un arrêt du cœur. Albert lui fit tout de suite penser à ce chien. Elle lui parla d'une voix très douce, comme si elle craignait que, confronté à pareille surprise, il ne fonde en larmes ou coure se réfugier à la cave. Lui resta muet, dansant d'un pied sur l'autre, avalant sa salive. Il se retourna vers le haut de l'escalier d'un air inquiet, apeuré même… Madeleine avait remarqué ce trait chez ce garçon, cette crainte permanente qu'arrive quelque chose dans son dos, cette perpétuelle appréhension ; dans le cimetière, l'an dernier, il semblait déjà égaré, désemparé. Avec cette expression de douceur, de naïveté des hommes qui ont un monde à eux.

Albert, lui, aurait donné dix ans de sa vie pour ne pas se trouver dans cette position, en étau entre Madeleine Péricourt, campée en bas de l'escalier, et son frère censément mort qui, à l'étage du dessus, fumait par les narines sous un masque vert à plumes bleues, à la manière d'une perruche. Décidément, il était vraiment fait pour être homme-sandwich. Il balançait son seau de charbon comme un torchon de cuisine lorsqu'il prit conscience qu'il n'avait pas salué la jeune femme ; il lui tendit une main noire, s'excusa aussitôt, la mit dans son dos, descendit les dernières marches.

— Vous aviez laissé votre adresse sur votre lettre, dit Madeleine d'une voix douce. J'y suis allée. Votre maman m'a adressée ici.

Elle désigna le décor, le hangar, la cour, l'escalier, comme si elle évoquait un appartement bourgeois, en souriant. Albert acquiesça, incapable de prononcer la moindre syllabe. Elle aurait pu arriver au moment où il ouvrait le carton à chaussures et le surprendre en train d'y prélever des ampoules de morphine. Pire, il imaginait ce qui se serait passé si d'aventure Édouard était descendu chercher le charbon lui-même… C'est à ce genre de détails qu'on voit que le destin est une connerie.

— Oui…, risqua Albert sans savoir à quelle question il répondait.

Il voulait dire non, non, je ne peux pas vous inviter à monter, à boire quelque chose, c'est impossible. Madeleine Péricourt ne le trouva pas impoli, elle attribua son attitude à la surprise, à l'embarras.

— En fait, commença-t-elle, mon père aimerait faire votre connaissance.

— Pourquoi moi ?

C'était venu comme un cri du cœur, d'une voix tendue. Madeleine leva les épaules en signe d'évidence.

— Parce que vous avez assisté aux derniers instants de mon frère.

Elle avait dit cela en souriant gentiment, comme elle aurait évoqué la demande d'une personne d'âge à qui il faut passer quelques caprices.

— Oui, bien sûr…

Maintenant qu'il reprenait ses esprits, Albert n'avait qu'une envie, qu'elle parte avant qu'Édouard s'inquiète et descende. Ou que, de là-haut, il entende sa voix, qu'il comprenne qui était là, à quelques mètres de lui.

— D'accord…, ajouta-t-il.

— Demain, voulez-vous ?

— Ah non, demain, c'est impossible !

Madeleine Péricourt s'étonna de la vivacité de cette réponse.

— Je veux dire, reprit Albert pour s'excuser, un autre jour, si vous voulez, parce que demain…

Il aurait été incapable d'expliquer pour quelle raison le lendemain n'était pas le bon jour pour cette invitation, il avait seulement besoin de se ressaisir. Un instant il imagina ce qu'avait pu être la conversation entre sa mère et Madeleine Péricourt, il en blêmit. Il avait honte.

— Alors, quel jour seriez-vous disponible ? demanda la jeune femme.

Albert se retourna une nouvelle fois vers le haut de l'escalier. Madeleine pensa qu'il y avait une femme là-haut et que sa présence le gênait, elle ne voulut pas le compromettre.

— Alors samedi ? proposa-t-elle. Pour dîner.

Elle avait pris un ton enjoué, gourmand presque, comme si l'idée venait seulement de lui traverser l'esprit et qu'on allait passer un sacré bon moment.

— Eh bien…

— Parfait, conclut-elle. Disons dix-neuf heures, cela vous convient ?

— Eh bien...

Elle lui sourit.

— Mon père va être très heureux.

La petite cérémonie mondaine était terminée, il y eut un court instant d'hésitation, comme de recueillement, et cela les renvoya à leur première rencontre ; ils se souvinrent que tous deux, sans se connaître, avaient en commun quelque chose de terrible, d'interdit : ce secret, l'exhumation d'un soldat mort, son transport en contrebande... Où l'avait-il placé d'ailleurs, ce cadavre ? se demanda Albert, il se mordit les lèvres.

— Nous sommes boulevard de Courcelles, dit Madeleine en remettant son gant. À l'angle de la rue de Prony, c'est très facile à trouver.

Albert fit un signe de tête, dix-neuf heures, d'accord, rue de Prony, facile à trouver. Samedi. Silence.

— Eh bien, je vous laisse, monsieur Maillard. Je vous remercie beaucoup.

Elle fit demi-tour puis se retourna vers lui et le fixa dans les yeux. L'air grave lui allait bien, mais lui donnait plus que son âge.

— Mon père n'a jamais su le détail de... vous comprenez... Je préférerais...

— Bien sûr, s'empressa Albert.

Elle sourit, reconnaissante.

Il craignit qu'elle lui fourre de nouveau des billets de banque dans la main. Pour son silence. Humilié par cette pensée, il se détourna et remonta l'escalier.

Ce n'est que sur le palier qu'il se souvint qu'il n'avait pas pris le charbon, ni l'ampoule de morphine.

Il redescendit, accablé. Il n'arrivait pas à aligner ses idées, à mesurer ce que cela voulait dire qu'être invité dans la famille d'Édouard.

La poitrine serrée d'appréhension, comme il commençait à remplir son seau avec la longue pelle, il entendit, dans la rue, le bruit feutré de la limousine qui repartait.

16

Édouard ferma les yeux, poussa un long soupir de soulagement, ses muscles se relâchèrent lentement. Il retint de justesse la seringue qui allait lui échapper et la posa près de lui, ses mains tremblaient encore, mais déjà sa poitrine oppressée commençait à se libérer de l'étau. Après les injections, il restait un long temps étendu, vidé, le sommeil venait rarement. C'était un état flottant, sa fébrilité refluait lentement, comme un bateau qui s'éloigne. Il n'avait jamais été curieux des choses de la mer, les paquebots ne le faisaient pas rêver, mais les ampoules du bonheur devaient porter cela en elles, les images qu'elles lui procuraient avaient souvent une tonalité maritime qu'il ne s'expliquait pas. Elles étaient peut-être comme les lampes à huile ou les flacons d'élixir, à vous aspirer dans leur monde. Autant la seringue et l'aiguille n'étaient pour lui que des instruments chirurgicaux, un mal nécessaire, autant les ampoules, elles, étaient vivantes. Il les regardait en transparence, le bras tendu vers la lumière, c'est fou ce qu'on pouvait voir là-dedans, les boules de cristal n'avaient pas de vertus supérieures, ni d'imagination plus fertile. Il y puisait beaucoup, repos, calme, consolation. Une grande partie de ses journées se passait dans cet état incertain, vaporeux, où le temps n'avait plus d'épaisseur. Seul, il aurait bien enchaîné les injections pour rester ainsi, flottant, comme s'il faisait la planche sur une mer d'huile (toujours les images maritimes, elles devaient venir de loin, du liquide prénatal certainement), mais Albert était un homme très avisé, il ne lui laissait chaque jour que la dose strictement nécessaire et il notait tout, puis le soir, à son retour, il récitait le calendrier, les quantités, tournant les pages à la façon d'un maître d'école, Édouard le laissait faire. Comme Louise pour les masques. Somme toute, on s'occupait de lui.

Édouard pensait peu à sa famille, mais à Madeleine plus qu'aux autres. Il conservait beaucoup de souvenirs d'elle, les éclats de rire étouffés, les sourires aux portes, ses phalanges repliées frottant son crâne, leur complicité. Il ressentait de la peine pour elle. En apprenant sa mort, elle avait dû avoir du chagrin, comme toutes les femmes qui avaient perdu quelqu'un. Après quoi, le temps, ce grand médecin… Un deuil, on s'y fait à la longue.

Rien de comparable avec la tête d'Édouard dans la glace.

Pour lui, la mort était là, en permanence, à raviver ses plaies.

Et à part Madeleine, qui restait-il ? Quelques camarades, et parmi eux, combien d'encore vivants ? Même lui, Édouard le chanceux, était mort dans cette guerre, alors, vous parlez, les autres… Il y avait aussi son père, mais rien à en dire de celui-là, il devait vaquer à ses affaires, cassant et lugubre, l'annonce de la mort de son fils n'avait pas dû arrêter sa marche très longtemps, il était simplement monté en voiture, disant à Ernest : « À la Bourse ! » parce qu'il y avait des décisions à prendre, ou : « Au Jockey ! » parce qu'on préparait les élections.

Édouard ne sortait jamais, passait tout son temps dans l'appartement, dans cette misère. Enfin non, pas vraiment, la misère devait être pire, non, ce qui était démoralisant, c'était cette médiocrité, cette pénurie, de vivre sans moyens. On s'habitue à tout, disait-on, eh bien non, justement, Édouard ne s'habituait pas. Quand il avait suffisamment d'énergie, il se plantait devant le miroir, regardait sa tête, non, rien ne s'atténuait, jamais il ne parviendrait à trouver un semblant d'humain dans cette gorge à ciel ouvert, privée de mâchoire, de langue. Ces dents énormes. Les chairs s'étaient raffermies, les plaies cautérisées, mais la violence de cette béance restait intacte, c'est à cela que devaient servir les greffes, non pas à diminuer votre laideur, mais à vous conduire à la résignation. Pour la misère, c'était pareil. Il était né dans un milieu luxueux, on ne comptait pas parce que l'argent ne comptait pas. Il n'avait jamais été un garçon dépensier et pourtant, dans les institutions, parmi ses camarades, il en avait vu des adolescents dispendieux, des flambeurs… Mais même sans être dépensier, le monde autour de lui avait toujours été vaste, facile, aisé, les chambres grandes, les sièges profonds, les repas généreux, les vêtements chers, alors maintenant cette pièce au parquet mal jointé, ces fenêtres grises, le charbon chiche, le vin médiocre… Dans cette vie, tout était moche. Leur économie entière reposait sur Albert, on ne pouvait rien lui reprocher, il se coupait en quatre pour rapporter des ampoules, on ne savait pas comment il s'y prenait, il devait en passer des sous là-dedans, c'était vraiment un bon camarade. Ça vous fendait le cœur, parfois, ce dévouement, et avec ça jamais une plainte, ni une critique, toujours faisant mine d'être gai, mais au fond, inquiet, bien sûr. Il était impossible d'imaginer ce qu'ils allaient devenir tous les deux. Toutefois, si ça continuait comme ça, l'avenir n'avait rien de reluisant.

Édouard était un poids mort, mais il ne craignait pas l'avenir. Sa vie s'était effondrée d'un coup, sur un coup de dés, la chute avait tout emporté, même la peur. La seule chose réellement accablante, c'était la tristesse.

Quoique, depuis quelque temps, il y ait du mieux.

La petite Louise l'égayait avec ses histoires de masques, une industrieuse, elle aussi, comme Albert, une fourmi qui lui rapportait des journaux de province. Son mieux-être, qu'il se gardait de montrer, trop fragile, tenait justement aux journaux, aux idées que ça lui avait données. Il avait senti, au fil des jours, une excitation remonter d'une profondeur folle, et plus il y pensait, plus il retrouvait les états d'euphorie de sa jeunesse quand il préparait un sale coup, une caricature, un déguisement, une provocation. À présent, rien ne pouvait plus avoir le caractère jubilatoire, explosif de son adolescence, mais il le ressentait dans le fond de son ventre, « quelque chose » revenait. Il osait à peine prononcer le mot dans sa tête : de la joie. Une joie furtive, prudente, discontinue. Quand il parvenait à aligner ses idées, à peu près dans le bon ordre, il lui arrivait, c'était incroyable, d'oublier l'Édouard de maintenant, de redevenir celui d'avant la guerre...

Il se leva enfin, reprit sa respiration et son équilibre. Après avoir désinfecté la grande aiguille, il rangea soigneusement sa seringue dans la petite boîte en fer-blanc qu'il referma et remit sur l'étagère. Il attrapa une chaise, la déplaça, les yeux en l'air pour trouver l'emplacement, monta dessus avec un peu de difficulté, à cause de sa jambe raide, puis, bras tendu, il poussa délicatement la trappe aménagée dans le plafond pour accéder sous le toit à un espace où il aurait été impossible de tenir debout, il y avait là cinq générations de toiles d'araignées et de poussière de charbon accumulées. Il en retira avec précaution un sac dans lequel il enveloppait son trésor, un cahier à dessin de grand format que Louise avait troqué, avait-elle dit, mais contre quoi, mystère.

Il alla s'installer dans son ottomane, tailla un crayon en prenant garde que les épluchures tombent toutes bien dans le papier qu'il serrait lui aussi dans le sac, un secret est un secret. Il commença, comme toujours, par feuilleter les premières planches, il trouvait de la satisfaction à mesurer le travail accompli, de l'encouragement. Douze planches déjà, des soldats, quelques femmes, un enfant, surtout des soldats, des blessés, des triomphants, des mourants, à genoux ou couchés, ici un bras tendu, il était très fier de ce bras tendu, très réussi, s'il avait pu sourire...

Il se mit au travail.

Une femme cette fois, debout, un sein dénudé. Fallait-il dénuder le sein ? Non. Il reprit son esquisse. Il couvrit le sein. Il retailla le crayon, il aurait fallu une pointe fine, un autre papier avec moins de grain, il était obligé de dessiner sur ses genoux parce que la table n'était pas à la bonne hauteur, il aurait fallu un plan incliné, toutes ces contrariétés étaient autant de bonnes nouvelles parce qu'elles voulaient dire qu'il avait envie de travailler. Il releva la tête, éloigna la feuille pour prendre du recul. C'était bien parti, la femme était debout, le drapé pas mal réussi, c'est le plus difficile le drapé, toute la signification se concentre là, le drapé et le regard, voilà le secret. Dans ces instants-là, Édouard était presque de retour.

S'il ne s'était pas trompé, il allait faire fortune. Avant la fin de l'année. C'est Albert qui allait être surpris.

Et il ne serait pas le seul.

17

— Une malheureuse cérémonie aux Invalides, tu parles !

— En présence du maréchal Foch, tout de même…

Cette fois, Henri se retourna, furieux, offusqué.

— Foch ? Et alors ?

Il était en caleçon et nouait sa cravate. Madeleine se mit à rire. Pareille indignation quand on est en caleçon… Quoiqu'il ait de belles jambes musclées. Il revint vers le miroir pour achever son nœud, sous le caleçon se profilaient deux fesses rondes et puissantes. Madeleine se demanda s'il était en retard. Et elle décida que cela n'avait aucune importance, le temps, elle l'avait, elle en avait même pour deux, comme pour la patience ou l'obstination, elle était largement dotée. Et puis, il se consacrait suffisamment à ses maîtresses… Elle arriva derrière lui, il ne la sentit pas venir, juste sa main, là, froide encore, dans son caleçon, parfaitement ciblée, flatteuse, langoureuse, insistante, et sa tête collée contre son dos, Madeleine disant, d'un ton enamouré, délicieusement crapuleux :

— Chéri, tu exagères ! Le maréchal Foch, quand même…

Henri acheva son nœud de cravate pour se donner le temps de la réflexion. En fait, c'était tout réfléchi, ça tombait mal. Déjà, hier soir… Et maintenant, ce matin, vraiment… Il disposait des réserves nécessaires, là n'était pas la question, mais à certaines périodes, comme en ce moment, on aurait dit que ça lui prenait comme des fringales, il fallait la sauter à tout bout de champ. Il y gagnait la paix. En échange du devoir, il avait les autres plaisirs, ailleurs. Le calcul n'était pas mauvais. Simplement, c'était pénible. Il n'avait jamais réussi à se faire à son odeur intime, ce sont des choses qui ne se discutent pas, des choses qu'elle aurait pu comprendre, mais elle se comportait en impératrice parfois, et lui en employé de maison qui tient à garder sa place. Bon, ça n'était pas désagréable à proprement parler, et pour le temps qu'il y consacrait, non, mais… il aimait décider lui-même et avec Madeleine, c'était l'inverse, toujours elle qui prenait les initiatives. Madeleine répéta « le maréchal Foch… », elle savait qu'Henri n'avait pas très envie, elle continua tout de même, sa main se réchauffa, elle le sentit se déployer comme un gros serpent paresseux, mais puissant, il ne refusait jamais ; il ne refusa pas, ce fut foudroyant, il se retourna, la souleva, la coucha sur l'angle du lit, ne retira ni sa cravate, ni ses chaussures. Elle l'agrippa, le força à rester quelques secondes de plus. Il resta puis se releva et ce fut tout.

— Ah, par contre, pour le 14 Juillet, là, les grandes pompes !

Il était revenu au miroir, bon, le nœud était à refaire maintenant. Il poursuivait :

— Le 14 Juillet révolutionnaire pour fêter la victoire de la Grande Guerre ! Non, on aura tout vu... Et pour l'anniversaire de l'armistice, une veillée aux Invalides ! Quasiment à huis clos !

Il était très content de cette formule. Il chercha l'expression exacte, fit tourner les mots comme une gorgée de vin dont on teste le goût. Une commémoration à huis clos ! Très bien. Il voulut l'essayer, se retourna, ton courroucé :

— Pour la Grande Guerre, une commémoration à huis clos !

Pas mal. Madeleine s'était enfin relevée, elle avait revêtu un déshabillé. Elle ferait sa toilette après son départ, rien ne pressait. En attendant, elle rangerait les vêtements.

Elle enfila ses mules. Henri était lancé :

— Maintenant, les célébrations sont aux mains des bolcheviks, tu avoueras !

— Arrête, Henri, dit Madeleine distraitement en ouvrant l'armoire, tu me fatigues.

— Et les mutilés qui se prêtent au jeu ! Je dis, moi, qu'il n'y a qu'une date pour rendre hommage aux héros, c'est le 11 novembre ! Et je vais même aller plus loin...

Madeleine l'interrompit, agacée :

— Henri, arrête avec ça ! Que ce soit le 14 Juillet, le 1er Novembre, Noël ou la saint-glinglin, tu t'en moques complètement !

Il se tourna vers elle, la toisa. Toujours en caleçon. Mais ça ne la fit pas rire, cette fois. Elle le regardait fixement.

— Je comprends, reprit-elle, que tu aies besoin de répéter tes scènes avant de les servir à ton public, dans tes associations d'anciens combattants, tes clubs et je ne sais où… Mais je ne suis pas ta répétitrice ! Alors, tes colères et tes foudres, tu les sers à ceux que ça intéresse. Et à moi, tu me fiches la paix !

Elle se remit à sa tâche, ses mains ne tremblaient pas, ni sa voix. Elle disait souvent les choses de cette manière, sèchement, puis elle n'y pensait plus. Comme son père, ils faisaient vraiment la paire, ces deux-là. Henri ne se formalisa pas, il enfila son pantalon, elle n'avait pas tort sur le fond, le 1er Novembre ou le 11 novembre… Pour le 14 Juillet, c'était différent. Il professait ouvertement une haine toute particulière pour cet anniversaire national, les Lumières, la Révolution, toutes ces choses, non qu'il eût des idées bien pesées sur la question, mais parce que c'était, selon lui, un comportement digne et naturel de la part d'un aristocrate.

Et parce qu'il vivait dans la maison Péricourt, des nouveaux riches. Le vieux avait épousé une de Margis, rien d'autre qu'une descendante de négociants en pelotes et une particule achetée à l'encan qui ne se transmettait que par les hommes heureusement, tandis qu'un Péricourt resterait à jamais un Péricourt. Il leur faudrait encore cinq siècles pour valoir un Aulnay-Pradelle, et encore ! Dans cinq siècles, il y aurait beau temps que leur fortune aurait disparu tandis que les Aulnay-Pradelle, dont Henri aurait refondé la dynastie, continueraient de recevoir dans le grand salon de leur propriété de la Sallevière. Et justement à ce propos, il fallait se dépêcher, déjà neuf heures. Il serait sur place en fin de journée et le lendemain, ce serait la matinée entière à donner des ordres aux contremaîtres, à vérifier le travail, il fallait toujours être derrière ces gens-là, contester les devis, faire baisser les prix, on venait d'achever la toiture, sept cents mètres carrés d'ardoises, une fortune, on attaquait l'aile ouest, dévastée, tout à remonter, courir chercher les pierres au diable vauvert dans un pays qui n'avait plus de trains ni de péniches, il allait falloir en exhumer des héros, pour payer tout ça !

Lorsqu'il vint l'embrasser, à l'instant de partir (il collait un baiser sur son front, il n'aimait pas trop les baisers sur la bouche avec elle), Madeleine reprit son nœud de cravate, pour la forme, pour le geste. Elle se recula, l'admira. Elles avaient raison, toutes ces salopes, il était vraiment beau son mari, il ferait de beaux enfants.

18

Cette invitation chez les Péricourt ne cessait de hanter Albert. Déjà qu'il n'avait jamais été vraiment tranquille avec cette histoire de changement d'identité, il en rêvait, la police le retrouvait, on l'arrêtait, on le jetait en prison. Ce qui lui faisait triste quand on l'enfermait, c'est qu'il n'y avait plus personne pour s'occuper d'Édouard. Et en même temps, il en était soulagé. De même qu'Édouard, à certains moments, nourrissait vis-à-vis de lui une sourde rancune, Albert en voulait à Édouard d'assujettir sa vie. Depuis que son camarade avait exigé de quitter l'hôpital et une fois passé les mauvaises nouvelles sur l'impossibilité de toucher une quelconque pension, Albert avait eu au moins le sentiment que les choses avaient pris un cours normal, durable, impression brutalement démentie par la survenue de Mlle Péricourt et la perspective de cette invitation qui l'obsédait jour et nuit. Car enfin, il allait dîner en face du père d'Édouard, jouer la comédie de la mort du fils, soutenir le regard de sa sœur qui avait l'air gentil quand elle ne vous glissait pas des billets dans la main, comme à un livreur.

Albert n'en finissait pas de mesurer les conséquences de cette invitation. S'il avouait aux Péricourt
qu'Édouard était vivant (et comment faire autrement ?), alors quoi, il faudrait le ramener de force
dans sa famille où il ne voulait plus mettre les pieds ?
Ce serait le trahir. Et d'ailleurs, pourquoi Édouard
ne voulait-il pas y retourner, merde ! Une famille
comme celle-là, Albert s'en serait bien contenté, lui.
Il n'avait jamais eu de sœur, celle-ci lui aurait assez
convenu. Il se persuada qu'il avait eu tort, l'an passé,
à l'hôpital, d'avoir écouté Édouard ; il avait vécu un
mouvement de désespoir, Albert n'aurait pas dû
céder… mais c'était fait.

D'un autre côté, s'il avouait la vérité, que dirait-
on à propos de ce soldat anonyme qui, maintenant,
dormait on ne sait où, dans le caveau de famille des
Péricourt sans doute, un intrus qu'on ne tolérerait
pas plus longtemps. Et on en ferait quoi ?

On saisirait la justice, tout cela retomberait encore
sur Albert ! Ou même, on l'obligerait à déterrer une
nouvelle fois ce pauvre soldat inconnu pour en débarrasser les Péricourt, et qu'en ferait-il, lui, de ces
restes ? On remonterait aux faux en écriture sur les
registres militaires !

Et puis, se rendre dans la famille Péricourt, rencontrer son père et sa sœur, d'autres membres de
la famille peut-être, sans rien en dire à son compagnon, c'était déloyal. Si Édouard l'apprenait, comment réagirait-il ?

Mais lui en parler, n'était-ce pas aussi une trahison ? Ainsi, Édouard resterait là, à se morfondre,
seul, en sachant que son camarade était en train de

passer la soirée avec des gens qu'il avait reniés ! Car enfin, c'était bien cela, ne plus vouloir les revoir, c'était les renier, non ?

Il écrirait une lettre, prétexterait un empêchement. Mais on lui proposerait une autre date. Il inventerait une impossibilité. Mais on enverrait quelqu'un le chercher et on trouverait Édouard…

Il n'en sortait pas. Tout se mêlait, Albert faisait des cauchemars incessants. En pleine nuit, Édouard, qui ne dormait quasiment jamais, se soulevait sur un coude, s'inquiétait, prenait à pleine main l'épaule de son camarade pour le réveiller, lui tendait le carnet de discussion d'un air interrogateur, Albert faisait signe que ce n'était rien, mais les mauvais rêves revenaient et revenaient encore, ça n'en finissait pas et lui, contrairement à Édouard, avait besoin de son lot de sommeil.

Il se décida enfin, au terme de réflexions innombrables et contradictoires. Il irait chez les Péricourt (sinon ils le relanceraient jusqu'ici) et il cacherait la vérité, solution la moins risquée. Il leur donnerait ce qu'ils réclamaient et leur raconterait comment était mort leur Édouard, voilà ce qu'il allait faire. Et ne plus jamais les revoir.

Or, il ne se souvenait plus réellement de ce qu'il avait écrit dans sa lettre ! Il cherchait. Qu'avait-il pu inventer ? Une mort héroïque, une balle en plein cœur, comme dans les romans, dans quelles circonstances ? Sans compter que Mlle Péricourt était arrivée jusqu'à lui par cet enfoiré de Pradelle. Que lui avait-il raconté, celui-là ? Il avait dû se montrer à son avantage. Et si la version d'Albert était contredite par celle entendue de Pradelle, qui croirait-on ? N'allait-il pas passer pour un imposteur ?

Plus il se posait de questions, plus son esprit et sa mémoire se brouillaient, les cauchemars revenaient, empilés dans ses nuits comme des assiettes dans un placard, secouées par des fantômes.

Il y avait aussi le délicat problème des vêtements. Il ne pouvait décemment pas aller chez les Péricourt comme il était, son meilleur habit vous sentait le pouilleux à trente pas.

Pour le cas où il se serait décidé finalement à se rendre boulevard de Courcelles, il s'enquit d'un costume décent. Le seul qu'il trouva fut celui d'un collègue, homme-sandwich en bas des Champs-Élysées, légèrement plus petit que lui. Il devait maintenir le pantalon le plus bas possible à la taille, faute de quoi il avait l'air d'un clown. Il faillit prendre une chemise à Édouard qui en avait deux, il y renonça. Et si la famille la reconnaissait ? Il en emprunta une au même collègue, évidemment trop petite, les boutonnières bâillaient un peu. Restait le délicat problème des chaussures. Il n'en trouva pas à sa taille. Il faudrait faire avec les siennes, des godillots éculés qu'il tenta de cirer jusqu'à l'épuisement, mais qui n'en retrouvèrent jamais un semblant de jeunesse ou de décence. Il creusa la question en tous sens et se lança finalement dans l'achat d'une paire de chaussures neuves, autorisé par le fait que son budget de morphine venait d'être allégé et lui redonnait un peu d'oxygène. C'étaient de belles chaussures. Trente-deux francs chez Bata. En sortant de la boutique, serrant son paquet contre lui, il s'avoua qu'en fait, depuis sa démobilisation, il avait envie de s'offrir des chaussures neuves, c'est sur cela qu'il avait toujours jugé l'élégance, de jolies chaussures. Un costume ou un pardessus vieillis, passe encore, mais un homme se jugeait à ses chaussures, dans ce domaine, pas de milieu. Celles-ci étaient en cuir brun clair, les porter était la seule joie dans cet événement.

Édouard et Louise relevèrent la tête lorsque Albert sortit de derrière le paravent. Ils venaient de terminer un nouveau masque, couleur ivoire, avec une jolie bouche rosée fermée sur une moue un peu condescendante ; deux feuilles d'automne décolorées, pâles, plaquées sur le haut des joues, dessinaient comme des larmes. L'ensemble pourtant n'avait rien de triste, on aurait dit quelqu'un de concentré sur soi, hors du monde.

Le vrai spectacle toutefois n'était pas ce masque, mais la touche d'Albert sortant du paravent. Un garçon boucher partant pour la noce.

Édouard comprit que son camarade avait un rendez-vous galant, il en fut attendri.

La question amoureuse était un sujet de plaisanterie entre eux, forcément, deux jeunes hommes… Mais un sujet douloureux parce qu'ils étaient tous deux de jeunes hommes sans femme. Baiser Mme Monestier une fois de temps à autre, en catimini, cela avait fini par faire à Albert plus de mal que de bien parce qu'il sentait d'autant plus combien l'amour lui manquait. Il cessa de la baiser, elle insista un peu, puis elle n'insista plus. Il voyait souvent de jolies jeunes filles ici et là, dans les magasins, dans l'autobus, nombre d'entre elles étaient sans fiancé parce que beaucoup d'hommes étaient morts, elles attendaient, guettaient, espéraient, mais un loqueteux comme Albert, tu parles d'un vainqueur, qui n'arrêtait pas de se retourner, inquiet comme une chatte, avec ses souliers hors d'âge et sa pelisse dégoulinante de teinture, ne représentait pas un parti bien attrayant.

Et même s'il en trouvait une de jeune fille pas trop dégoûtée par sa mise de nécessiteux, quel avenir lui offrir ? Pouvait-il lui dire : « Venez donc habiter avec moi, je loge avec un soldat mutilé qui n'a plus de mâchoire, qui ne sort pas de la maison, qui se pique à la morphine et porte des masques de carnaval, mais ne craignez rien, nous avons trois francs par jour pour vivre et un paravent déchiré pour protéger votre intimité » ?

Sans compter qu'Albert était un timide, si les choses ne venaient pas à lui…

Du coup, il était retourné voir Mme Monestier, mais elle avait son amour-propre, cette femme-là, ce n'est pas parce qu'on a épousé un cocu qu'on doit abdiquer toute fierté. C'était un orgueil à géométrie variable parce que, en réalité, si elle n'avait plus besoin d'Albert, c'est qu'elle se faisait sauter par le nouveau commis, un type qui ressemblait étrangement, pour autant qu'Albert pût s'en souvenir, au jeune homme qui accompagnait Cécile dans l'ascenseur de la Samaritaine, le jour où il avait abandonné plusieurs jours de salaire, ce serait à refaire…

Un soir, il parla de tout cela à Édouard. Il pensait lui faire plaisir en lui disant que lui aussi, finalement, devait renoncer à des relations normales avec les femmes, mais la situation était fausse : Albert pouvait revivre, Édouard, non. Albert pouvait encore rencontrer une jeune femme, tiens, une jeune veuve, il y en avait des tas, à condition qu'elle ne soit pas trop regardante, il faudrait chercher, ouvrir l'œil, mais laquelle aurait voulu d'un Édouard, s'il avait aimé les femmes ? Cette conversation leur fit du mal à tous les deux.

Alors, voir soudain Albert en grande tenue !

Louise émit un sifflement admiratif, s'avança et attendit qu'Albert se baisse pour replacer son nœud de cravate. On le plaisanta, Édouard se tapait sur les cuisses et dressait son pouce en l'air avec un enthousiasme démonstratif et des roulements aigus de fond de gorge. Louise n'était pas la dernière non plus, elle riait derrière sa main, disant : « Albert, vous êtes vraiment bien comme ça… », des paroles de femme quasiment, pourtant, quel âge avait-elle, cette petite ? La surabondance de félicitations le blessa un peu, même une moquerie sans méchanceté fait du mal, surtout dans la circonstance.

Il préféra partir. D'ailleurs, se dit-il, il devait encore réfléchir, à la fin de quoi, sans aucun souci pour la valeur des arguments, il choisirait en quelques secondes d'aller chez les Péricourt ou de ne pas y aller.

Il prit le métro et termina le trajet à pied. Plus il avançait, plus son malaise lui creusait le ventre. Quittant son arrondissement rempli de Russes et de Polonais, il découvrait de grands immeubles majestueux, un boulevard large comme trois rues. Et face au parc Monceau, il tomba dessus, en effet, on ne pouvait pas le manquer, l'immense hôtel particulier de

M. Péricourt devant lequel une belle automobile était garée ; un chauffeur avec une casquette et un uniforme impeccable l'astiquait avec soin, comme un cheval de course. Albert en eut un coup au cœur tant il fut impressionné. Il fit semblant d'être pressé, dépassa l'hôtel, dessina un grand cercle par les rues avoisinantes et revint par le jardin, trouva un banc qui, de biais, laissait voir la façade de la propriété et s'assit. Il était totalement accablé. Il avait même du mal à imaginer qu'Édouard était né là, qu'il avait été élevé dans cette maison. Un autre monde. Et lui, Albert, y venait aujourd'hui, porteur du plus gros mensonge qui se puisse imaginer. Il était un malfaiteur.

Sur le boulevard, des femmes faussement affairées sortaient des fiacres, des domestiques rentraient à leur suite, chargés de paquets. Des voitures de livraison s'arrêtaient devant les portes de service, les chauffeurs discutaient avec des laquais raides, investis de leur fonction, on sentait qu'ils représentaient leur maître, surveillant les cageots de légumes, les corbeilles de pain avec un regard sévère, tandis qu'un peu plus loin, sur le trottoir, le long des grilles du jardin, deux jeunes femmes élégantes, longues comme des allumettes, bras dessus, bras dessous, passaient dans la rue en riant. À l'angle du boulevard, deux hommes se saluaient, un journal sous le bras, le haut-de-forme à la main, cher ami, à bientôt, ils avaient l'air de juges au tribunal. L'un d'eux fit un pas de côté pour laisser place à un garçonnet en costume marin courant et poussant un cerceau, la nurse se précipita en criant à voix basse, s'excusa auprès des messieurs ; une voiture de fleuriste arrivait et déchargeait des bouquets, de quoi faire un mariage, il n'y avait pas de mariage, c'était seulement la livraison hebdomadaire, il y a tellement de pièces, quand on a des invités, il faut prévoir, je vous assure, ça coûte une fortune, mais on dit ça en riant, c'est amusant d'acheter autant de fleurs, nous, on adore recevoir. Albert regardait tout ce monde comme il avait vu, une fois, à travers les vitres d'un aquarium, des poissons exotiques qui avaient à peine l'air d'être des poissons.

Et il y avait près de deux heures à tuer.

Il hésita entre rester assis sur son banc ou reprendre le métro, mais où aller ? Avant, il aimait beaucoup les Grands Boulevards. Depuis qu'il les arpentait avec sa réclame des deux côtés, ce n'était plus pareil. Il déambula dans le parc. Bien qu'en avance, il laissa passer l'heure.

Lorsqu'il s'en rendit compte, son taux d'angoisse se mit à grimper, dix-neuf heures quinze, il était en nage, marchait à grands pas en s'éloignant, puis tournant, virant, les yeux au sol, dix-neuf heures vingt, il ne tranchait toujours pas. Vers dix-neuf heures trente, il repassa devant l'hôtel, trottoir d'en face, décida de rentrer chez lui, mais on allait venir le chercher, envoyer le chauffeur qui serait moins délicat que sa patronne, les mille et une raisons qu'il retournait sans cesse se carambolèrent de nouveau dans sa tête, il ne sut jamais comment cela se fit, il monta les six marches du perron, sonna, essuya furtivement chaque chaussure derrière le mollet opposé, la porte s'ouvrit. Le cœur affolé dans la poitrine, le voici dans le hall haut comme une cathédrale, des miroirs partout, tout est beau même la bonne, une brune aux cheveux courts, rayonnante, mon Dieu, ces lèvres, ces yeux, tout est beau chez les riches, se dit Albert, même les pauvres.

De chaque côté de l'immense vestibule dallé de grands carreaux noirs et blancs en damier, deux réverbères à cinq globes encadraient l'accès à un escalier monumental en pierre de Saint-Rémy. Les deux rampes de marbre blanc montaient en volutes symétriques vers le palier supérieur. Un imposant lustre Art déco diffusait une lumière jaune qu'on aurait dite tombée du ciel. La jolie domestique toisa Albert, lui demanda son nom. Albert Maillard. Il regarda autour de lui, sans regret. Il aurait pu faire tous les efforts possibles, sans un complet sur mesure, des chaussures hors de prix, un haut-de-forme de marque, un smoking ou une queue-de-pie, n'importe quoi lui aurait donné cet air de plouc qu'il avait. Cet immense décalage, l'angoisse des jours passés, l'énervement de cette longue attente... Albert se mit à rire, simplement. On voyait qu'il riait pour lui-même, de lui-même, la main devant la bouche, c'était si spontané, si vrai, que la jolie bonne se mit à rire elle aussi, ces dents, mon Dieu, ce rire, même sa langue rose et pointue était une merveille. Avait-il vu ses yeux en entrant ou était-ce maintenant seulement qu'il les découvrait ? Noirs, brillants. Tous deux ne savaient pas de quoi ils riaient. Elle se détourna en rougissant, toujours riant, mais elle avait son service à assurer, elle ouvrit la porte de gauche, le grand salon d'attente, avec le piano à queue, les hauts vases de Chine, la bibliothèque en merisier remplie de livres anciens, les fauteuils en cuir, elle lui indiqua la pièce, il pouvait s'installer où il voulait, elle arriva juste à dire « Désolée », à cause de ce rire qu'elle ne parvenait pas à endiguer, il leva les mains, non, non, riez, au contraire.

Maintenant le voilà seul dans cette pièce, la porte est refermée, on va prévenir que M. Maillard est ici, son fou rire est calmé, ce silence, cette majesté, ce luxe vous en imposent quand même. Il tâte les feuilles des plantes vertes, il pense à la petite bonne, s'il osait… Il tente de lire les titres des livres, glisse l'index sur une marqueterie, hésite à appuyer sur une touche du grand piano. Il pourrait l'attendre à la fin de son service, sait-on jamais, a-t-elle un ami déjà ? Il essaye un fauteuil, s'y enfonce, se relève, essaye le canapé, un beau cuir velouté, il regarde et déplace distraitement les journaux anglais posés sur la table basse, comment s'y prendre, avec la jolie petite bonne ? Lui glisser un mot à l'oreille à l'instant de sortir ? Ou mieux, faire mine d'avoir oublié quelque chose, sonner de nouveau, lui mettre un billet dans la main avec… quoi ? Son adresse ? Et puis de toute manière, oublier quoi, il n'a même pas de parapluie. Toujours debout, il feuillette quelques pages de numéros de *Harper's Bazaar*, de la *Gazette des Beaux-Arts*, de *L'Officiel de la mode*. Il s'assoit sur le canapé, ou bien l'attendre à la sortie de son service, ce serait le mieux, réussir à la faire rire comme tout à l'heure. À l'angle de la table basse, un gros album couvert d'une jolie peau claire, veloutée et soyeuse comme tout. S'il fallait l'inviter à dîner, qu'est-ce que cela coûterait, et d'abord où aller, encore un dilemme, il saisit l'album, l'ouvre, le bouillon Duval, ça va bien pour lui, mais y inviter une jeune personne, impossible, surtout une comme elle qui sert dans les grandes maisons, même aux cuisines, ce doit être des couverts en argent, soudain son ventre se creuse, ses mains sont aussitôt moites, glissantes, il avale sa salive pour ne pas vomir, un goût de bile lui remplit la bouche. Devant lui, une photo de mariage, Madeleine Péricourt et le capitaine d'Aulnay-Pradelle, côte à côte.

C'est lui, pas de doute, Albert ne peut pas se tromper.

Tout de même, il faut vérifier. Il feuillette avec avidité. Pradelle est sur presque toutes les photos, des clichés grands comme des pages de magazine, il y a beaucoup de monde, des fleurs et des fleurs, Pradelle sourit avec modestie, comme un gagnant à la loterie qui ne veut pas qu'on en fasse un plat, mais qui se laisse admirer, Mlle Péricourt à son bras, radieuse, une robe comme personne n'en porte jamais dans la vie réelle, qu'on achète pour une journée, et des smokings, des queues-de-pie, des toilettes inouïes, décolletées dans le dos, des broches, des colliers, des gants beurre-frais, les mariés serrant des mains, c'est bien lui, Pradelle, des buffets ruisselants, ici, aux côtés de la jeune mariée, son père sans doute, M. Péricourt, même souriant, il n'a pas l'air commode, cet homme-là, et partout des souliers vernis, des chemises à plastron, tout au fond, au vestiaire, les huit-reflets alignés sur les tringles en cuivre, et devant, des pyramides de coupes de champagne, des serveurs en costume et gants blancs, des valses, un orchestre, les mariés à nouveau sous la haie d'honneur... Albert tourne fébrilement les pages.

Un article du *Gaulois* :

Un mariage magnifique

On attendait beaucoup de cet événement si parisien et l'on avait raison puisque, ce jour-là, la grâce épousait le courage. Précisons, pour nos rares lecteurs qui l'ignoreraient encore, qu'il s'agissait rien moins que du mariage de Mlle Madeleine Péricourt, fille de Marcel Péricourt, l'industriel bien connu, et d'Henri d'Aulnay-Pradelle, patriote et héros.

La cérémonie proprement dite, en l'église d'Auteuil, avait été voulue simple et intime et seules quelques dizaines d'invités, famille et proches, auront eu la chance d'entendre l'admirable discours de Mgr Coindet. Mais c'est à la lisière du bois de Boulogne, autour de l'ancien pavillon de chasse d'Armenonville qui associe l'élégance de son architecture Belle Époque à la modernité de ses équipements, que se tint la fête. De toute la journée, pas un instant où ne furent envahis par la société la plus éminente et la plus brillante terrasse, jardins et salons. Plus de six cents convives, dit-on, ont pu admirer la ravissante jeune épousée dont la robe (tulle et satin duchesse) avait été voulue et offerte par Jeanne Lanvin, grande amie de la famille. Rappelons que l'heureux élu, l'élégant Henri d'Aulnay-Pradelle dont le nom est des plus anciens, n'est autre que le « capitaine Pradelle », le vainqueur (parmi tant *d'admirables faits d'armes) de la cote 113 arrachée aux Boches à la veille de l'armistice, quatre fois décoré pour d'innombrables actes de bravoure.*

Le président de la République, M. Raymond Poincaré, ami intime de M. Péricourt, a fait lui-même une discrète apparition, laissant à d'autres prestigieux invités parmi lesquels MM. Millerand et Daudet ainsi que quelques grands artistes, Jean Dagnan-Bouveret ou Georges Rochegrosse pour ne citer qu'eux, le loisir de profiter de cette fête exceptionnelle qui, n'en doutons pas, restera dans les annales.

Albert referma l'album.

La haine qu'il nourrissait pour ce Pradelle était devenue haine contre soi, il se détestait d'en avoir encore peur. Rien que ce nom, Pradelle, lui donnait des palpitations. Une telle panique, jusqu'à quand ? Presque un an qu'il ne l'avait pas évoqué, mais il avait toujours pensé à lui. Impossible de l'oublier. Il suffisait de regarder autour de soi pour voir la marque de cet homme partout dans la vie d'Albert. Et pas seulement dans sa vie. Le visage d'Édouard, tous ses gestes, du matin au soir, tout, absolument tout, venait de cet instant inaugural : un homme court dans un décor de fin du monde, le regard droit, farouche, un homme pour qui la mort des autres ne compte pour rien, leur vie non plus d'ailleurs, qui percute de toutes ses forces un Albert désemparé, et ensuite ce sauvetage miraculeux dont on sait la conséquence, et maintenant ce visage crevé par le milieu. Comme si, pour les malheurs, une guerre ne suffisait pas.

Albert regarde devant lui sans rien voir. Voilà donc la fin de l'histoire. Ce mariage.

Il pense à son existence bien qu'il ne soit pas très philosophe. Et à Édouard, dont la sœur, en toute ignorance, a épousé leur assassin à tous deux.

Il revoit des images du cimetière, de nuit. Ou d'autres, la veille, lorsque est apparue la jeune femme avec ce manchon en hermine, le brillant capitaine Pradelle à ses côtés, en sauveur. Et puis en route vers la tombe, Albert assis à côté de ce chauffeur qui sent la transpiration, qui passe, d'un coup de langue, son mégot d'un coin à l'autre de sa bouche, tandis que Mlle Péricourt et le lieutenant Pradelle sont tous les deux dans la limousine ; il aurait dû se douter. « Mais Albert ne voit jamais rien, il tombe toujours de l'armoire. À se demander s'il va grandir un jour, ce garçon, même une guerre ne lui a rien appris, c'est à désespérer ! »

Le cœur, à la découverte de ce mariage, lui battait tout à l'heure à une cadence vertigineuse, mais maintenant il le sent fondre dans sa poitrine, prêt à s'arrêter.

Ce goût de bile au fond de la gorge… Une nouvelle nausée l'assaille qu'il réprime en se levant et en quittant brutalement la pièce.

Il vient de réaliser. Le capitaine Pradelle est ici.

Avec Mlle Péricourt.

C'est un piège qu'il lui a tendu. Un repas en famille.

Albert va devoir dîner en face de lui, supporter son regard acéré comme chez le général Morieux quand il était question de l'envoyer devant le peloton, c'est insurmontable. Cette guerre n'en finira donc jamais ?

Il faut partir, immédiatement, rendre les armes, sinon, il va mourir, se faire tuer une nouvelle fois. S'enfuir.

Albert bondit sur ses pieds, traverse la pièce en courant, il est à la porte, elle s'ouvre.

Devant lui Madeleine Péricourt, souriante.

— Vous êtes ici ! dit-elle.

C'est comme si elle l'admirait, on ne sait pas de quoi, d'avoir trouvé le chemin peut-être, d'avoir trouvé le courage.

Elle ne peut s'empêcher de le regarder de la tête aux pieds, Albert baisse les yeux à son tour. Il le voit bien maintenant, ces souliers neufs, brillants, avec ce costume trop court, élimé, c'est pire que tout. Il en était si fier, il les a tant désirés... Ces souliers neufs hurlent sa pauvreté.

Tout son ridicule est concentré là, il les déteste, il se déteste.

— Allez, venez, dit Madeleine.

Elle le prend par le bras, comme une camarade.

— Mon père va descendre, il a hâte de vous rencontrer, vous savez...

19

— Bonjour monsieur.

M. Péricourt était plus petit qu'Albert l'avait préjugé. On imagine souvent que les puissants sont grands, on est surpris de les trouver normaux. D'ailleurs, normaux, ils ne le sont pas, Albert le voyait bien, M. Péricourt avait une manière de vous transpercer du regard, de conserver sa main dans la vôtre une fraction de seconde supplémentaire, et même de sourire… Rien d'habituel dans tout cela, il devait être en acier, une assurance hors du commun, c'est parmi ces êtres-là que se recrutaient les responsables du monde, par eux que venaient les guerres. Albert prit peur, il ne voyait pas comment il parviendrait à mentir à un homme pareil. Il regardait aussi la porte du salon, s'attendant chaque seconde à voir surgir le capitaine Pradelle…

Très courtois, M. Péricourt tendit la main vers un fauteuil, les voilà installés. Comme s'il suffisait d'un battement de cils, le personnel arriva aussitôt, on roula un bar jusqu'à eux, des choses à manger. Parmi les domestiques, il y avait la jolie petite bonne, Albert essaya de ne pas la regarder, M. Péricourt le fixait avec curiosité.

Albert ne savait toujours pas pourquoi Édouard ne voulait plus revenir ici, il devait avoir des raisons impératives ; en découvrant M. Péricourt, il comprit confusément qu'on puisse avoir besoin de se soustraire à la présence d'un homme pareil. C'était un être dur, dont il n'y avait rien à espérer, fabriqué dans un alliage très spécial, comme les grenades, les obus et les bombes, à vous tuer d'un seul éclat, sans même s'en apercevoir. Les jambes d'Albert parlèrent à sa place, elles voulurent se lever.

— Qu'est-ce que vous prendrez, monsieur Maillard ? demanda alors Madeleine en lui souriant largement.

Il resta cloué. Prendre quoi ? Il ne savait pas. Dans les grandes occasions et quand il en avait les moyens, il buvait du calvados, un alcool vulgaire qu'on ne demande pas chez des gens riches. Par quoi le remplacer dans la circonstance, il n'avait pas la moindre idée.

— Que diriez-vous d'une coupe de champagne ? proposa Madeleine pour l'aider.

— Ma foi…, risqua Albert qui détestait les bulles.

Un signe, un long silence, puis le majordome avec le seau à glace, on observa la cérémonie du bouchon, artistement retenu. M. Péricourt, impatient, fit un geste, allez, allez, servez, on ne va pas y passer la nuit.

— Vous avez donc bien connu mon fils… ? demanda-t-il enfin en se penchant vers Albert.

Albert comprit à cet instant que la soirée, ce serait ça, rien d'autre. M. Péricourt l'interrogeant, sous les yeux de sa fille, sur la mort de son fils. Pradelle ne ferait pas partie du spectacle. Une affaire de famille. Il en fut soulagé. Il regarda la table, sa coupe de champagne qui pétillait. Par quoi commencer ? Que dire ? Il y avait pourtant réfléchi, mais il ne trouvait pas le premier mot.

M. Péricourt s'interrogea et crut nécessaire d'ajouter :

— Mon fils... Édouard...

Il se demanda alors si ce garçon l'avait réellement connu. Avait-il lui-même écrit la lettre, on ne savait pas comment les choses se passaient là-bas, on désignait peut-être au hasard celui qui écrirait les lettres aux familles des camarades, chacun son jour de corvée, répétant chaque fois les mêmes choses, ou à peu près. Or la réponse fusa, sincère :

— Oh oui, monsieur, je peux dire que votre fils, je l'ai bien fréquenté !

Ce que voulait savoir M. Péricourt sur la mort de son fils n'eut bientôt plus grande importance. Ce que disait cet ancien conscrit était plus important parce qu'il parlait d'un Édouard vivant. Édouard dans la boue, à la soupe, à la distribution de cigarettes, les soirées aux cartes, Édouard assis, plus loin, qui dessinait dans l'ombre, penché sur son carnet... Albert décrivait l'Édouard qu'il avait imaginé plus que celui qu'il avait côtoyé dans les tranchées, mais qu'il ne fréquentait pas.

Pour M. Péricourt, ce n'était pas aussi douloureux qu'il l'avait pensé, presque bon même, ces images. Il fut contraint de sourire, il y avait longtemps que Madeleine ne l'avait pas vu ainsi sourire, avec sincérité.

— Si je peux me permettre, dit Albert, il aimait vraiment la rigolade...

Enhardi, il raconta. Et le jour où, et le jour que, et je me souviens aussi... Ce n'était pas difficile, tout ce qu'il se rappelait des uns et des autres, de ses camarades, il l'attribuait à Édouard à condition que ce fût à son avantage.

M. Péricourt, lui, redécouvrait son fils, on lui racontait des choses très étonnantes (Il a vraiment dit cela ? Comme je vous le dis, monsieur !), rien ne le surprenait parce qu'il s'était fait à l'idée qu'au fond, il n'avait jamais connu son fils, on pouvait tout lui raconter. Des histoires bêtes, de cantine, de savon à barbe, des blagues de potache, du comique troupier, mais Albert, qui avait enfin trouvé une voie, s'y était engouffré avec détermination, avec plaisir même. Il provoqua des instants de rire avec ces anecdotes sur Édouard, M. Péricourt s'essuya les yeux. Enhardi par le champagne, Albert parla, sans se rendre compte que son récit glissait, glissait sans cesse, qu'il passait des plaisanteries de corps de garde aux pieds gelés, des parties de cartes aux rats gros comme des lapins et à la puanteur des cadavres que les ambulanciers ne pouvaient pas aller ramasser, on en plaisantait. C'était la première fois qu'Albert racontait sa guerre.

— Tiens, votre Édouard, un jour, il dit comme ça...

Albert risquait de déborder, trop chaleureux, trop véridique, d'en faire plus que nécessaire, de gâcher le portrait de ce camarade composite qu'il appelait Édouard, mais il eut la chance d'avoir M. Péricourt exactement en face de lui, et cet homme-là, même quand il souriait, quand il riait, avait encore l'allure d'un fauve avec ses yeux gris, de quoi calmer votre enthousiasme.

— Et comment a-t-il été tué ?

La question sonna comme le bruit de la lame de l'échafaud. Albert resta la lèvre suspendue, Madeleine était tournée vers lui, banale et gracieuse.

— Une balle, monsieur, à l'attaque de la cote 113...

Il s'arrêta brusquement, sentant que cette précision, « la cote 113 », à elle seule suffisait. Elle eut pour chacun une résonance singulière. Madeleine se remémora les explications que le lieutenant Pradelle lui avait données lorsqu'ils s'étaient connus, au Centre de démobilisation, elle tenait alors à la main la lettre qui annonçait la mort d'Édouard. M. Péricourt ne put s'empêcher de penser, une fois de plus, que c'était cette cote 113 qui avait coûté la mort à son fils et valu la croix de guerre à son futur gendre. Pour Albert, ce fut le cortège des images, le trou d'obus, le lieutenant qui fondait sur lui à toute vitesse...

— Une balle, monsieur, reprit-il avec toute la conviction dont il était capable. Nous courions à l'assaut de la cote 113, votre fils était des plus vaillants, savez-vous ? Et...

M. Péricourt se pencha insensiblement vers lui. Albert s'arrêta. Madeleine se pencha elle aussi, intriguée, serviable, comme pour l'aider à trouver un mot difficile. C'est qu'Albert, jusqu'ici, n'avait pas réellement regardé et, soudain, il venait, avec une incroyable exactitude, de retrouver, intact, le regard d'Édouard dans celui de son père.

Il résista un instant puis il fondit en larmes.

Il pleura dans ses mains en balbutiant des excuses, c'était une douleur intense, même pour le départ de Cécile il n'avait pas ressenti une telle détresse. Se rencontraient dans cette peine toute la fin de la guerre et tout le poids de sa solitude.

Madeleine lui tendit son mouchoir, il continua de s'excuser et de pleurer, on fit silence, chacun dans son chagrin.

Enfin, Albert se moucha bruyamment.

— Je suis désolé…

La soirée qui commençait à peine venait de se terminer avec cet instant de vérité. Qu'espérer de plus d'une simple rencontre, d'un dîner ? Quoi qu'on fasse maintenant, l'essentiel était dit, par Albert, au nom de tous. Cette rupture faisait un peu de mal à M. Péricourt parce que la question qui lui brûlait les lèvres, il ne l'avait pas posée, et il savait qu'il ne la poserait plus : Édouard parlait-il de sa famille ? Peu importe, il connaissait la réponse.

Fatigué, mais digne, il se leva :

— Venez, mon garçon, dit-il en lui tendant la main pour le relever du canapé. Vous allez manger, ça va vous faire du bien.

M. Péricourt regardait Albert dévorer. Son visage lunaire, ses yeux naïfs… Comment avait-on gagné la guerre avec des hommes pareils ? De toutes ces histoires sur Édouard, lesquelles étaient vraies ? C'était à lui de choisir. L'important était que le récit de M. Maillard traduisait moins la vie d'Édouard lui-même que l'ambiance dans laquelle il avait vécu pendant toute cette guerre. Des jeunes gens risquant leur peau chaque jour et plaisantant le soir, les pieds gelés.

Albert mangeait lentement, et avec voracité. Il avait gagné sa pitance. Impossible de mettre un nom sur ce qu'on lui servait, il aurait voulu avoir le menu sous les yeux pour suivre le ballet des plats ; voilà ce qu'on devait appeler une mousse de crustacés, et ceci une gelée, un chaud-froid, et ça, ce devait être un soufflé, il faisait attention à ne pas se donner en spectacle, à ne pas avoir l'air aussi pauvre qu'il l'était. À la place d'Édouard, lui, même avec une gueule crevée par le milieu, il serait revenu ici se rassasier de ces crèmes, de ce décor, de ce luxe, sans hésiter une seconde. Sans compter la petite bonne aux yeux noirs. Ce qui le gênait et l'empêchait d'apprécier réellement tout ce qu'il y avait à manger, c'était que la porte par où entrait le personnel de service était située derrière lui, et chaque fois qu'elle s'ouvrait, il se raidissait, se retournait, ces gestes le faisaient encore davantage ressembler à un homme affamé qui surveille jalousement l'arrivée des plats.

M. Péricourt ne saurait jamais quelle était la part de vrai dans ce qu'il avait entendu, y compris dans le peu qui concernait la mort de son fils. Maintenant, ça n'avait plus vraiment d'importance. C'est par ce genre de renoncement, se disait-il, que s'entament les deuils. Pendant le repas, il tenta de se souvenir de quelle manière s'était déroulé celui de son épouse, mais c'était loin.

Arriva le moment où Albert, après avoir cessé de parler, cessa de manger ; il y eut des silences, on entendait distinctement les couverts, dans la grande salle, cliqueter comme des grelots. C'était l'instant difficile où chacun se reprochait d'avoir mal profité de la circonstance. M. Péricourt était perdu dans ses pensées. Madeleine se mit à la corvée :

— À propos, monsieur Maillard, si ce n'est pas indiscret... dans quelle branche travaillez-vous ?

Albert avala sa bouchée de poularde, saisit son verre de bordeaux, émit un petit murmure appréciateur, histoire de gagner du temps.

— La publicité, répondit-il enfin. Je suis dans la publicité.

— C'est passionnant, dit Madeleine. Et... que faites-vous exactement ?

Albert reposa son verre, s'éclaircit la voix :

— Je ne suis pas dans la publicité à proprement parler. Je travaille dans une entreprise qui fait de la publicité. Moi, je suis comptable, voyez-vous.

C'était moins bien, il le vit sur les visages, moins moderne, moins excitant, et ça privait d'un bon sujet de conversation.

— Mais je suis les affaires de très près, ajouta Albert qui sentait le désappointement de son auditoire. C'est un secteur... très... C'est très intéressant.

Voilà tout ce qu'il trouva à dire. Il renonça prudemment aux desserts, au café, aux alcools. M. Péricourt le fixait, la tête légèrement penchée, tandis que Madeleine maintenait, avec un naturel qui prouvait une très grande expérience de ces situations, une conversation totalement insipide, sans aucun temps mort.

Lorsque Albert fut dans le hall, on demanda son manteau, la jeune bonne allait arriver.

— Merci infiniment, monsieur Maillard, dit Madeleine, d'avoir bien voulu venir jusqu'à nous.

Cependant, ce ne fut pas la jolie bonne qui apparut, mais une moche, jeune aussi mais moche, qui respirait sa campagne. L'autre, la jolie, devait avoir fini son service.

M. Péricourt se souvint alors des chaussures qu'il avait aperçues tout à l'heure. Il baissa les yeux vers le sol, tandis que son hôte enfilait sa vareuse reteinte. Madeleine, elle, ne les regarda pas, elle les avait vues tout de suite, neuves, brillantes, bon marché. M. Péricourt était pensif.

— Dites-moi, monsieur Maillard, vous êtes comptable, avez-vous dit...

— Oui.

Voilà ce qu'il aurait dû mieux observer chez ce garçon : quand il disait la vérité, cela se voyait sur son visage... Trop tard et tant pis.

— Eh bien, reprit-il, il se trouve que nous avons besoin d'un comptable. Le crédit est en plein essor, vous le savez, le pays doit investir. À l'heure actuelle, il y a beaucoup d'opportunités.

Pour Albert, c'était dommage que ce langage n'eût pas été celui du directeur de la Banque de l'Union parisienne qui l'avait foutu à la porte quelques mois plus tôt.

— Je ne connais pas vos émoluments, poursuivit M. Péricourt, et ce n'est pas important. Sachez que si vous acceptez un poste chez nous, les meilleures conditions vous seront proposées, je m'y engage personnellement.

Albert serra les lèvres. Il était bombardé par les informations et asphyxié par la proposition. M. Péricourt le fixait avec bienveillance. À côté de lui, Madeleine souriait gentiment, comme une mère de famille regardant son bébé jouer dans le sable.

— C'est que…, balbutia Albert.

— Nous avons besoin de jeunes gens dynamiques et compétents.

Ces qualificatifs achevèrent d'effrayer Albert. M. Péricourt lui parlait comme s'il avait fait les Hautes Études commerciales de Paris. Outre qu'il y avait visiblement erreur sur la personne, il sentait que sortir vivant de l'hôtel Péricourt relevait déjà du miracle. S'approcher de nouveau de la famille Péricourt, même pour un travail, avec l'ombre du capitaine Pradelle sillonnant les couloirs…

— Merci beaucoup, monsieur, dit Albert, mais j'ai une très bonne place.

M. Péricourt leva les mains, je comprends, pas de problème. Lorsque la porte fut refermée, il resta un instant immobile, pensif.

— Bonsoir ma chérie, dit-il enfin.

— Bonsoir papa.

Il posa un baiser sur le front de sa fille. Tous les hommes faisaient comme ça avec elle.

20

Édouard vit immédiatement qu'Albert était déçu. Il rentrait morose de sa sortie ; avec sa bonne amie, les choses n'avaient pas tourné comme prévu, malgré les belles chaussures neuves. Ou à cause d'elles, pensa Édouard, qui savait ce que c'est que la véritable élégance et qui n'avait pas donné cher des chances d'Albert en découvrant ce qu'il portait aux pieds.

En arrivant, Albert avait détourné les yeux, comme un timide, c'était inhabituel. Ordinairement, au contraire, il le fixait intensément – ça va ? C'était un regard presque excessif, qui disait qu'il ne craignait pas de regarder son camarade en face lorsqu'il ne portait pas de masque, comme ce soir-là. Au lieu de quoi, Albert rangea ses chaussures dans leur boîte, comme un trésor qu'on cache, mais sans joie, le trésor était décevant, il s'en voulait d'avoir cédé à cette envie, quelle dépense, avec tout ce qu'ils avaient à payer, tout ça pour faire le beau chez les Péricourt. Même la petite bonne s'était marrée. Il ne bougeait pas, Édouard ne voyait que son dos, immobile, accablé.

C'est ce qui le décida à se lancer. Il s'était pourtant promis de ne parler de rien tant que le projet ne serait pas entièrement bouclé et il en était loin. De plus, il n'était pas encore tout à fait content de ce qu'il avait produit et Albert n'avait pas un moral suffisant pour aborder les choses sérieuses… autant de raisons d'en rester à sa décision initiale de se livrer le plus tard possible.

S'il se résolut malgré tout à lâcher le morceau, ce fut à cause de la tristesse de son camarade. En réalité, cet argument ne faisait que masquer sa raison véritable : il avait hâte ; depuis l'après-midi où il avait achevé le dessin de l'enfant de profil, il grillait d'impatience.

Alors tant pis pour les bonnes résolutions.

— Au moins, j'ai bien dîné, dit Albert sans se relever.

Il se moucha, il ne voulait pas se retourner, se donner en spectacle.

Édouard vécut là un moment intense, un moment de victoire. Pas sur Albert, non, mais, pour la première fois depuis la faillite de sa vie, la victoire de se sentir fort, d'imaginer que l'avenir allait dépendre de lui.

Albert eut beau se lever en baissant les yeux, je vais au charbon, Édouard l'aurait serré contre lui, il l'aurait embrassé s'il avait eu des lèvres.

Albert mettait toujours ses gros chaussons en tissu écossais pour descendre, je reviens, ajouta-t-il, comme si la précision était nécessaire ; c'est ainsi dans les vieux couples, on se dit des choses par habitude sans se rendre compte de la portée qu'elles auraient si on les écoutait vraiment.

Dès qu'Albert est dans l'escalier, Édouard saute sur la chaise, soulève la trappe, sort le sac, replace la chaise, l'époussette rapidement, s'installe dans l'ottomane, se penche, sort, de dessous le divan, son nouveau masque, l'enfile et attend, son cahier de dessins sur les genoux.

Il est prêt trop tôt et le temps lui semble long, à guetter le bruit des pas d'Albert dans l'escalier, très lourds à cause du seau rempli de charbon, c'est le grand modèle, ça pèse sacrément, ce truc-là. Albert pousse enfin la porte. Quand il lève les yeux, il est saisi, stupéfié, il lâche le seau qui choit avec un gros bruit métallique. Il tâche de se retenir, tend le bras, ne trouve rien, il a la bouche grande ouverte pour ne pas défaillir, ses jambes n'en peuvent plus, il tombe enfin à genoux sur le parquet, bouleversé.

Le masque que porte Édouard, presque grandeur nature, c'est sa tête de cheval.

Il l'a sculptée dans du papier mâché durci. Tout y est, la couleur brune avec les marbrures sombres, la texture du pelage noirci faite d'une peluche marron très douce au toucher, les joues décharnées et tombantes, le long chanfrein anguleux menant aux naseaux ouverts comme des fosses... Avec les deux grosses lèvres duveteuses et entrouvertes, la ressemblance est hallucinante.

Lorsque Édouard ferme les yeux, c'est le cheval lui-même qui ferme les yeux, c'est lui. Albert n'avait jamais fait le rapprochement entre Édouard et le cheval.

Il est ému aux larmes, comme s'il retrouvait un ami d'enfance, un frère.

— Ça alors !

Il rit et pleure en même temps, ça alors, répète-
t-il, il ne se relève pas, reste à genoux, regarde son
cheval, ça alors... C'est idiot, lui-même s'en rend
compte, il a envie de l'embrasser en plein sur sa
grosse bouche veloutée. Il se contente de s'approcher, de tendre l'index, de toucher ses lèvres.
Édouard reconnaît le même geste que celui de
Louise, naguère, l'émotion le submerge. Tout ce qu'il
y aurait à dire. Les deux hommes restent silencieux,
chacun dans son univers, Albert caresse la tête du
cheval, Édouard reçoit la caresse.

— Je ne saurai jamais comment il s'appelait...,
dit Albert.

Même les grandes joies vous laissent un peu de
regret, il y a un fond de manque dans tout ce qu'on
vit.

Puis, comme s'il venait seulement d'apparaître sur
les genoux d'Édouard, Albert découvre le carnet à
dessin.

— Oh, tu t'y es remis ?

Un cri du cœur.

— Qu'est-ce que ça me fait plaisir, tu peux pas
savoir... !

Il en rit tout seul, comme s'il jouissait de voir
enfin ses efforts récompensés. Il désigne le masque.

— Ça aussi, hein ! T'imagines ! Quelle soirée !

Avec un air gourmand, il montre le cahier.

— Et... je peux voir ?

Il s'assoit à côté d'Édouard qui l'ouvre lentement,
une vraie cérémonie.

Dès les premières planches, Albert est déçu. Impossible de le cacher. Il balbutie, ah oui... très bien... très bien..., pour occuper le temps parce que, en fait, il ne sait pas quoi dire qui ne sonnerait pas faux. Car enfin, qu'est-ce que c'est ? Sur la grande feuille, il y a un soldat et c'est très laid. Albert referme le cahier et désigne la couverture.

— Dis-moi, fait-il d'un air épaté, tu as trouvé ça où ?

La diversion vaut ce qu'elle vaut. C'est Louise. Forcément. Trouver des cahiers, pour elle, doit être un jeu d'enfant.

Ensuite, il faut regarder de nouveau les dessins, que dire ? Albert, cette fois, opine de la tête...

Il s'est arrêté sur la seconde planche, le crayon très fin d'une statue en pierre posée sur une stèle. On la voit de face sur le côté gauche de la page et de profil sur le côté droit. Elle représente un poilu debout, tout équipé, avec son casque, son fusil en bandoulière, il avance, il est en train de partir, la tête haute, le regard vers le lointain, sa main traîne un peu, à l'extrémité de ses doigts encore tendus, celle d'une femme. Elle est derrière lui, en tablier ou en blouse, et porte un enfant dans ses bras, elle pleure, ils sont jeunes tous les deux, il y a le titre au-dessus du dessin : *Départ pour le combat*.

— Qu'est-ce que c'est bien dessiné !

Voilà tout ce qu'il trouve à dire.

Édouard ne s'en offusque pas, il se recule, retire son masque et le pose par terre devant eux. Ainsi, le cheval semble sortir la tête du plancher et tendre à Albert sa grosse bouche velue et ourlée.

Édouard rappelle l'attention d'Albert en tournant doucement la page suivante : *À l'attaque !*, ça s'appelle. Cette fois, ce sont trois soldats, ils répondent parfaitement à l'injonction du titre. Ils avancent groupés, l'un tient haut son fusil prolongé par une baïonnette, le deuxième, près de lui, le bras tendu, s'apprête à lancer une grenade, le troisième, légèrement en retrait, vient d'être atteint d'une balle ou d'un éclat d'obus, il est cambré, ses genoux cèdent sous lui, il va tomber à la renverse…

Albert tourne les pages : *Debout les morts !* Puis un *Poilu mourant en défendant le drapeau* et *Camarades de combat*…

— Ce sont des statues…

C'est une question, d'un ton hésitant. C'est qu'Albert s'attendait à tout, mais pas à ça.

Édouard approuve, les yeux sur ses planches, oui, des statues. L'air content. Bien, bien, bien, semble dire Albert, rien d'autre, le reste est bloqué dans sa poitrine.

Il se souvient parfaitement du carnet de croquis d'Édouard trouvé dans ses affaires, rempli de scènes saisies à la hâte, au crayon bleu, il l'avait envoyé à la famille avec la lettre annonçant son décès. C'étaient les mêmes situations qu'aujourd'hui somme toute, des soldats à la guerre, mais il y avait, dans ceux d'autrefois, une telle vérité, tant d'authenticité…

En art, Albert n'y connaît rien, il y a seulement ce qui le touche et ce qui ne le touche pas. Ce qu'il voit là est très bien rendu, très travaillé, avec beaucoup de soin, mais… il cherche le mot, c'est… figé. Et enfin, il trouve : ça n'a rien de vrai ! Voilà. Lui qui a connu tout cela, qui a été un de ces soldats, il sait que ces images-là sont celles que se sont forgées ceux qui n'y sont pas allés. C'est généreux, c'est sûr, destiné à émouvoir, mais c'est un peu trop démonstratif. Lui est un homme pudique. Et ici, le trait est sans cesse outré, on dirait que c'est dessiné avec des adjectifs. Il avance, tourne les pages, voici une *France pleurant ses héros*, une jeune fille éplorée tient dans ses bras un soldat mort, puis un *Orphelin méditant sur le sacrifice*, un jeune garçon est assis, la joue posée dans sa paume, à côté de lui, ce doit être le rêve qu'il fait, ou ses pensées, il y a un soldat en train de crever, allongé, qui tend la main vers le bas, vers l'enfant... C'est simple, même pour celui qui n'y connaît rien, c'est d'une laideur totale, il faut le voir pour le croire. Voilà un *Coq foulant un casque boche*, mon Dieu, il est dressé sur ses ergots, le bec pointé vers le ciel, avec des plumes et des plumes...

Albert n'aime pas du tout. Au point qu'il en a la voix coupée. Il risque un œil vers Édouard qui, lui, couve ses dessins d'un regard protecteur, comme on fait pour ses enfants dont on est fier, même quand ils sont moches, on ne s'en rend pas compte. La tristesse d'Albert, même s'il ne le comprend pas à cet instant précis, c'est de constater que le pauvre Édouard a tout perdu dans cette guerre, jusqu'à son talent.

— Et..., commence-t-il.

Car enfin, il faut bien dire quelque chose.

— Et pourquoi des statues ?

Édouard va fouiller à la fin du cahier, il en tire des coupures de presse, il en exhibe une, il a entouré des lignes, au crayon gras : « ... ici comme partout, les villes, les villages, les écoles, les gares même, tout le monde veut son monument aux morts... »

La coupure provient de *L'Est républicain*. Il y en a d'autres, Albert a déjà ouvert ce dossier, il n'en avait pas saisi la logique, les listes de morts d'un même village, d'une même corporation, une célébration ici, une prise d'armes, une souscription ailleurs, tout revenait à cette idée de monument commémoratif.

— D'accord ! répond-il, quoiqu'il ne comprenne pas réellement de quoi il s'agit.

Édouard pointe alors du doigt un calcul qu'il a fait dans un coin de page :

« 30 000 monuments × 10 000 francs = 300 millions de francs. »

Cette fois, Albert saisit mieux parce que c'est beaucoup d'argent. C'est même une fortune.

Il ne parvient pas à imaginer ce qu'on peut acheter avec une somme pareille. Son imagination bute sur le chiffre, comme une abeille sur la vitre.

Édouard prend des mains d'Albert le cahier et lui montre la dernière page.

LE SOUVENIR PATRIOTIQUE

Stèles, monuments et statues
à la gloire de nos Héros
et de la France Victorieuse

CATALOGUE

— Tu veux vendre des monuments aux morts ?

Oui. C'est ça. Édouard est content de sa trouvaille, il se tape sur les cuisses avec ce bruit de gorge, ce roucoulement, on ne sait pas d'où ça sort ni comment, ça ne ressemble à rien, c'est seulement désagréable à entendre.

Albert comprend mal qu'on puisse avoir envie de fabriquer des monuments, en revanche, le chiffre de trois cents millions de francs commence à se frayer un chemin dans son imagination : cela veut dire « maison », comme celle de M. Péricourt par exemple, « limousine », et même « palace »... Il rougit, il vient de penser « femmes », la petite bonne au sourire ravageur est passée furtivement devant ses yeux, c'est instinctif, quand on a de l'argent, on veut toujours des femmes pour aller avec.

Il lit les quelques lignes qui suivent, c'est de la réclame écrite en petites majuscules, tracées avec tellement de soin qu'on dirait de l'imprimerie : « ... ET VOUS RESSENTEZ DOULOUREUSEMENT LE BESOIN DE PERPÉTUER LE SOUVENIR DES ENFANTS DE VOTRE VILLE, DE VOTRE VILLAGE, QUI ONT FAIT DE LEUR POITRINE UN REMPART VIVANT CONTRE L'ENVAHISSEUR. »

— Tout ça est bien beau, dit Albert, je trouve même que c'est une sacrément bonne idée...

Il comprend mieux pourquoi les dessins l'ont tant déçu, ils ne sont pas faits pour représenter une sensibilité, mais pour exprimer un sentiment collectif, pour plaire à un vaste public qui a besoin d'émotion, qui veut de l'héroïsme.

Plus loin : « ... À ÉRIGER UN MONUMENT QUI SOIT DIGNE DE VOTRE COMMUNE ET DES HÉROS QUE VOUS

VOULEZ DONNER EN EXEMPLE AUX GÉNÉRATIONS À VENIR. LES MODÈLES PRÉSENTÉS PEUVENT ÊTRE LIVRÉS, SELON LES RESSOURCES DONT VOUS DISPOSEZ, EN MARBRE, EN GRANIT, EN BRONZE, EN PIERRE ET GRANIT SILICATÉ OU EN GALVANO-BRONZE... »

— C'est quand même compliqué ton affaire..., reprend Albert. D'abord, parce qu'il ne suffit pas de dessiner des monuments pour en vendre. Et ensuite, quand on les a vendus, il faut les fabriquer ! Il faut de l'argent, du personnel, une usine, des matières premières...

Il est ébahi en prenant conscience de ce que ça représente, de créer un atelier de fonderie.

— ... après, les monuments, il faut les transporter, les monter sur place... Il faut beaucoup d'argent !

On en revient toujours là. L'argent. Même les plus industrieux ne peuvent se contenter de leur énergie. Albert sourit gentiment, tapote le genou de son camarade.

— Bon, écoute, on va y réfléchir. Moi, je trouve que c'est une très bonne idée de vouloir te remettre au travail. Ce n'est peut-être pas de ce côté-là qu'il faut te tourner ; les monuments, c'est compliqué ! Mais on s'en fiche, l'important, c'est que tu aies retrouvé du goût aux choses, pas ?

Non. Édouard serre le poing et brosse l'air, comme s'il astiquait des souliers. Le message est clair : non, faire vite !

— Bah, faire vite, faire vite..., dit Albert, t'en as de drôles, toi !

Sur une autre page du grand cahier, Édouard écrit un chiffre à la va-vite : « 300 » monuments ! Il raye

LES IMAGES
DU FILM

«Et nous voilà de nouveau harnachés, pensa Albert, prêts à escalader les échafauds (c'est comme ça qu'on appelait les échelles utilisées pour sortir de la tranchée, vous parlez d'une perspective) et à foncer la tête la première vers les lignes ennemies.»

«Il agrippe la tête de cheval, parvient à saisir les grasses babines dont la chair se dérobe sous ses doigts, il attrape les grandes dents jaunes et, dans un effort surhumain, écarte la bouche qui exhale un souffle putride qu'Albert respire à pleins poumons.»

«Une poigne se posa sur son épaule. Albert se retourna et, aussitôt, ce fut la nausée, le cœur en alerte maximum. – Ah ! Soldat Maillard, je vous cherchais ! »

«– Je m'appelle Madeleine Péricourt. Je suis la sœur d'Édouard... Albert fit oui de la tête. Édouard et elle se ressemblaient. Les yeux. »

« " Alors, comment me trouves-tu ? " C'était très curieux. Pour la premièr[e] fois depuis qu'il le connaissait, il voyait à Édouard une expression propremen[t] humaine. En fait, on ne pouvait pas dire autrement, c'était très joli. »

« Désormais, quand il avait terminé la lecture de ses journaux, Édouard en faisai[t] de la pâte à papier pour fabriquer des masques, blancs comme de la craie, qu[e] Louise et lui peignaient ou décoraient ensuite. Ce qui n'était qu'un jeu devin[t] rapidement une occupation à part entière. »

« Le cœur affolé dans la poitrine, le voici dans le hall haut comme une cathédrale, des miroirs partout, tout est beau même la bonne. »

« Entre eux, l'aversion avait été spontanée et tranquille, presque sereine. La promesse d'une haine au long cours. Chez Pradelle, Péricourt avait immédiatement flairé la crapule, mais il n'avait pas résisté à l'engouement de Madeleine. »

« Édouard vécut là un moment intense, un moment de victoire. Pas sur Albert, non, mais, pour la première fois depuis la faillite de sa vie, la victoire de se sentir fort, d'imaginer que l'avenir allait dépendre de lui. »

« Mais qu'avait-il donc fait au bon Dieu pour être sans cesse dans l'obligation de cavaler devant une bête fauve menaçant de le dévorer ? C'est pour cela qu'il avait dit à Édouard que le masque de lion (en fait, un animal mythologique, mais Édouard ne le reprenait pas sur ces détails-là) était très beau, certes, magnifique même, mais lui donnait des cauchemars et qu'il apprécierait de le voir remisé une bonne fois pour toutes. Édouard s'était exécuté. »

« Il ne pouvait s'empêcher de ressentir une certaine admiration pour la qualité de cette arnaque. Ce catalogue confinait au chef-d'œuvre. S'il n'avait été aussi tendu vers un résultat dont sa vie dépendait, il en aurait souri. »

« Lorsque *Le Petit Journal* parut le matin, vers six heures et demie, ce n'était encore qu'un entrefilet prudent, quoique en première page. Le titre n'évoquait qu'une hypothèse, mais très prometteuse : De faux monuments aux morts... Allons-nous vers un scandale national ? »

« Albert ne le voyait plus très souvent, ce reste de visage, cette horreur, parce que Édouard passait sans cesse d'un masque à l'autre. Il arrivait même qu'il s'endorme sous les traits d'un guerrier indien, d'un oiseau mythologique, d'une bête féroce et joyeuse. »

Photographies Jérôme Prébois.

LE STORYBOARD
DU FILM

Le storyboard est un document utilisé au cinéma en amont du tournage pour planifier l'ensemble des plans qui constitueront le film, au niveau technique (cadrage, mouvements de caméra, effets spéciaux) et au niveau artistique (décors réels et virtuels). Chaque vignette représente un plan. Les vignettes suivent l'ordre du montage final. Nous vous proposons de découvrir le storyboard d'une séquence de l'adaptation cinématographique de *Au Revoir Là-Haut*. Il s'agit d'une scène de guerre dans les tranchées. Les flèches bleues représentent les mouvements de caméra.

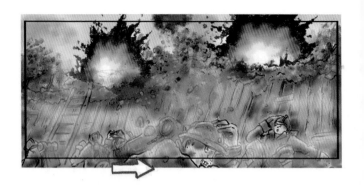

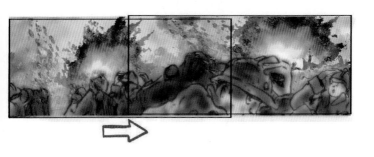

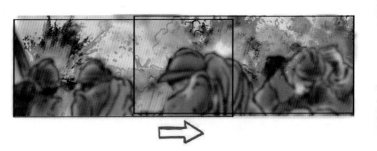

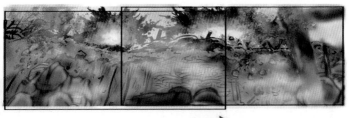

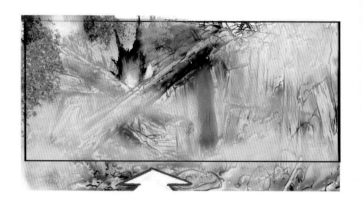

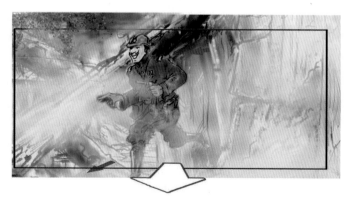

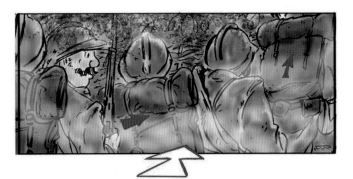

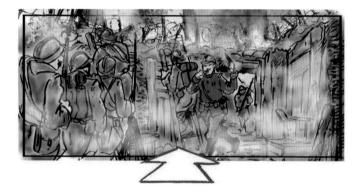

Storyboard : Philippe Burel.

300 et écrit « 400 » ! Quel enthousiasme ! Il ajoute :
« 400 × 7 000 francs = 3 millions ! »

Il est devenu complètement dingue, pas de doute.
Il ne lui suffit pas de vouloir monter un projet impossible, il faudrait encore le faire tout de suite,
d'urgence. Bon, trois millions, sur le principe, Albert
n'a évidemment rien contre. Serait plutôt pour,
même. Mais, manifestement, Édouard n'a plus les
pieds sur terre. Il a fait trois dessins et, dans sa tête,
on est déjà passé au stade industriel ! Albert prend
sa respiration, comme il prendrait de l'élan. Et tâche
de parler calmement :

— Écoute, mon grand, je crois que ce n'est pas
raisonnable. Vouloir fabriquer quatre cents monuments, je ne sais pas si tu imagines vraiment ce que
c'est…

Han ! Han ! Han ! Quand Édouard fait ce bruit-
là, c'est que c'est important, il l'a fait une ou deux
fois depuis qu'ils se connaissent, c'est impératif, sans
colère, mais il veut être entendu. Il saisit son crayon :

« On ne les fabrique pas ! écrit-il. Nous, on les
vend ! »

— Bah oui ! explose Albert, mais enfin, merde !
Quand on les aura vendus, il faudra bien les fabriquer
quand même !

Édouard approche son visage très près de celui
d'Albert ; il lui tient la tête entre les mains, comme
s'il voulait l'embrasser sur la bouche. Il fait non, ses
yeux rient, il reprend son crayon.

« On les vend seulement !… »

Les choses les plus attendues arrivent souvent par
surprise. C'est ce qui va se passer pour Albert.

Édouard, fou de joie, répond soudain à la question lancinante que son camarade se pose depuis le premier jour. Il se met à rire ! Oui, à rire, pour la première fois.

Et c'est un rire presque normal, un rire de gorge, assez féminin, haut perché, un vrai rire avec des trémolos, des vibratos.

Albert en a le souffle coupé, la bouche entrouverte.

Il baisse les yeux sur la feuille de papier, vers les derniers mots d'Édouard :

« On les vend seulement ! On ne les fabrique pas ! On touche l'argent, c'est tout. »

— Enfin…, demande Albert.

Il est très énervé parce que Édouard ne répond pas à sa question.

— Et après ? insiste-t-il. Qu'est-ce qu'on fait ?

« Après ? »

Le rire d'Édouard explose pour la deuxième fois. Beaucoup plus fort.

« On se barre avec la caisse ! »

21

Pas encore sept heures du matin et un froid de loup. Il ne gelait plus depuis la fin de janvier – par bonheur : il aurait fallu y aller à la pioche, rigoureusement interdit par le règlement –, mais soufflait un vent glacé, humide, incessant, c'était bien la peine d'en avoir terminé avec la guerre pour avoir des hivers pareils.

Henri ne voulait pas faire le pied de grue, il préférait rester dans la voiture. Ce n'était d'ailleurs pas vraiment mieux, dans cette automobile, vous étiez chauffé en haut ou en bas, jamais les deux. Et puis, de toute manière, Henri, en ce moment, tout l'agaçait, rien n'allait droit. Avec l'énergie qu'il mettait dans ses affaires, il aurait dû avoir droit à la paix, non ? Je t'en fiche, il fallait toujours qu'il y ait un obstacle, un impondérable, il devait être partout à la fois. C'est simple, il faisait tout lui-même. S'il n'était pas derrière Dupré en permanence…

Ce n'était pas tout à fait juste, évidemment, Henri en convenait, Dupré se démenait, il était travailleur et déployait beaucoup d'ardeur. Il faudrait calculer ce qu'il rapporte, ce gars-là, ça me calmerait, pensait

Henri, mais voilà, il était en colère contre le monde entier.

C'était aussi l'effet de la fatigue, il avait fallu partir en pleine nuit et cette petite juive lui pompait une énergie… Pourtant, Dieu sait qu'il n'aimait pas les juifs – chez les Aulnay-Pradelle, on était antidreyfusard depuis le Moyen Âge –, mais leurs filles, vraiment, quelles divines salopes quand elles s'y mettaient !

Il resserra nerveusement son manteau et regarda Dupré frapper à la porte de la préfecture.

Le concierge achevait de se rhabiller. Dupré expliquait, désignait la voiture, le concierge se penchait, plaçait sa main en visière comme s'il y avait du soleil. Il était au courant. Pour aller du cimetière militaire à la préfecture, une information ne mettait pas tout à fait une heure. Les lumières des bureaux s'allumèrent une à une, la porte s'ouvrit de nouveau, Pradelle sortit enfin de l'Hispano, passa rapidement le porche, dépassa le concierge qui allait lui indiquer le chemin, brandit un bras péremptoire, je sais, je connais, c'est comme chez moi, ici.

Le préfet, lui, ne l'entendait pas de cette oreille. Gaston Plerzec. Quarante ans qu'il répondait à tout le monde que non, il n'était pas breton. Il n'avait pas dormi de la nuit. Dans ses pensées, au fil des heures, les cadavres de soldats s'étaient mélangés aux Chinois, les cercueils avançaient tout seuls, certains arboraient même un sourire sardonique. Il choisit une pose avantageuse qui lui semblait refléter l'importance de sa fonction : devant la cheminée, un bras sur le chambranle, l'autre dans la poche de sa veste d'intérieur, le menton haut, très important, le menton, quand on est préfet.

Pradelle s'en tamponnait, du préfet, du menton, de la cheminée, il entra sans remarquer la pose, sans même saluer, s'effondra dans le fauteuil réservé aux visiteurs et, d'emblée :

— Bon, c'est quoi, cette connerie ?

Plerzec fut fauché par la remarque.

Les deux hommes s'étaient rencontrés deux fois, pour la réunion technique au début du programme gouvernemental, puis lors de l'inauguration du chantier, discours du maire, recueillement... Henri avait piétiné sur place, comme s'il n'avait que ça à faire ! Le préfet savait – mais qui ne le savait pas ? – que M. d'Aulnay-Pradelle était le gendre de Marcel Péricourt, camarade de promotion et ami du ministre de l'Intérieur. Le président de la République lui-même était venu au mariage de sa fille. Plerzec n'osait imaginer l'entrelacs d'amitiés et de relations enveloppant toute cette histoire. Voilà ce qui l'avait empêché de dormir, la somme de gens importants qu'il devait y avoir derrière les emmerdements et la force de poussée qu'ils représentaient, sa carrière ressemblait à un fétu de paille menacé par une étincelle. Les cercueils provenant de toute la région avaient commencé à converger vers la future nécropole de Dampierre seulement quelques semaines plus tôt, mais, à voir la manière dont les inhumations étaient conduites sur le terrain, le préfet Plerzec s'était aussitôt inquiété. À l'apparition des premiers problèmes, il avait voulu se protéger, réflexe instinctif ; quelque chose maintenant lui susurrait qu'il avait peut-être cédé à un mouvement de panique.

On roula en silence.

Pradelle, de son côté, se demandait s'il n'avait pas été un peu trop gourmand. Font chier.

Le préfet toussa, la voiture passa sur un nid-de-poule, il se cogna la tête, personne ne prononça une parole de compassion. À l'arrière, Dupré, qui lui aussi s'était cogné maintes fois, savait maintenant comment se tenir, les genoux écartés, une main ici, l'autre là. Il conduisait sacrément vite, le patron.

Le maire, prévenu par téléphone par le concierge de la préfecture, les attendait, un registre sous le bras, devant la grille du futur cimetière militaire de Dampierre. Ce ne serait pas une très grande nécropole, neuf cents tombes. On ne comprenait jamais comment le ministère décidait des emplacements.

De loin, Pradelle regarda le maire, le genre notaire à la retraite, ou instituteur, c'étaient les pires. Ils prenaient très au sérieux leur fonction, leurs prérogatives, des gens sourcilleux. Pradelle pencha pour notaire, les instituteurs étaient plus maigres.

Il se gara, descendit de voiture, le préfet à ses côtés, on se serra la main sans un mot, l'heure était grave.

On poussa la grille provisoire. Devant eux s'étendait un immense champ aplani, caillouteux et dénudé, sur lequel on avait tracé au cordeau des lignes, parfaitement droites, perpendiculaires. Militaires. Seules les allées les plus éloignées étaient terminées, le cimetière se couvrait lentement de tombes et de croix comme un drap qu'on remonte. Près de l'entrée, des guérites provisoires servaient à l'administration, des dizaines de croix blanches étaient entassées sur des palettes. Plus loin, sous un hangar, recouverts par des bâches des surplus, des cercueils s'empilaient, une centaine peut-être. Normalement, les arrivages de bières se faisaient au rythme des inhumations, et s'il y avait tant de cercueils d'avance, c'est qu'on était en retard. Pradelle jeta un œil derrière lui à Dupré qui confirma qu'en effet, on n'était pas en avance. Raison de plus, se dit Henri, pour accélérer les choses, il allongea la foulée.

Le jour n'allait pas tarder à se lever. Il n'y avait pas un arbre à des kilomètres alentour. Le cimetière rappelait un champ de bataille. Le groupe marcha sous la direction du maire qui marmonnait : « E 13, voyons E 13… » Il connaissait parfaitement l'emplacement de cette fichue tombe E 13, il y avait passé près d'une heure la veille, mais y aller directement, sans chercher, lui semblait faire injure à son esprit scrupuleux.

On s'arrêta enfin devant une tombe fraîchement éventrée. Un cercueil apparut sous une fine couche de terre, le bas bien dégagé et légèrement surélevé pour permettre de lire l'inscription : « Ernest Blachet – Brigadier 133e RI – Mort pour la France le 4 septembre 1917 ».

— Et alors ? demanda Pradelle.

Le préfet désigna le registre que le maire tenait ouvert devant lui, comme un grimoire ou une bible, et lut avec solennité :

— « Emplacement E13 : Simon Perlatte – 2ᵉ classe – VIᵉ armée – Mort pour la France le 16 juin 1917. »

Il referma vivement le registre en le faisant claquer. Pradelle fronça les sourcils. Il avait envie de répéter sa question : Et alors ? Mais il laissait l'information faire son chemin. Le préfet reprit donc la parole, dans le partage des pouvoirs entre la ville et le département, lui revenait le soin de porter l'estocade :

— Vos équipes ont mélangé les cercueils et les emplacements.

Pradelle se tourna vers lui, interrogatif.

— Le travail est fait par vos Chinois, ajouta le préfet. Or ils ne cherchent pas la bonne place… Ils mettent les cercueils dans le premier trou venu.

Cette fois, c'est vers Dupré qu'Henri se tourna.

— Pourquoi ils font ça, ces cons de Chinois ?

C'est le préfet qui répondit :

— Ils ne savent pas lire, monsieur d'Aulnay-Pradelle… Pour ce travail, vous employez des gens qui ne savent pas lire.

Un instant, Henri fut déstabilisé. Puis la réponse fusa :

— Qu'est-ce que ça peut foutre, bordel de merde ! Quand ils viennent se recueillir, les parents, ils creusent la tombe pour vérifier que c'est bien leur mort à eux ?

Tout le monde fut sidéré. Sauf Dupré qui connaissait son homme : il l'avait vu en colmater, des brèches, depuis quatre mois qu'on avait commencé, et des plus larges ! C'était un boulot où il y avait tout un tas de cas particuliers ; pour avoir l'œil à tout, il aurait fallu embaucher, or embaucher, le patron s'y refusait ; ça ira comme ça, disait-il, ils sont déjà nombreux, et puis vous êtes là, Dupré, non ? Je peux me reposer sur vous, ou pas ? Alors, à présent, un cadavre à la place d'un autre n'était pas de nature à l'impressionner.

Le maire et le préfet, en revanche, furent outrés.

— Attendez, attendez, attendez !...

C'était le maire.

— Nous avons des responsabilités, monsieur. Il s'agit d'une tâche sacrée !

Tout de suite les grands mots. On voyait à qui on avait affaire.

— Oui, bien sûr, reprit Pradelle sur un ton plus conciliant. Une tâche sacrée, évidemment. Mais bon, vous savez ce que c'est...

— Oui, monsieur ! Justement, je sais ce que c'est, imaginez-vous ! Une injure à nos morts, voilà ce que c'est ! Et donc, je vais faire arrêter les travaux.

Le préfet fut content d'avoir prévenu le ministère par télégramme. Il était couvert. Ouf.

Pradelle réfléchit un long moment.

— Bon, lâcha-t-il enfin.

Le maire soupira, il n'avait pas imaginé victoire aussi facile.

— Je vais faire ouvrir toutes les tombes, reprit-il d'une voix forte, péremptoire. Pour vérifier.

— D'accord, dit Pradelle.

Le préfet Plerzec laissa le maire à la manœuvre parce que Aulnay-Pradelle en homme arrangeant, ça le rendait perplexe. Lors des deux premières rencontres, il l'avait trouvé expéditif, hautain, pas du tout le genre accommodant comme ce jour-là.

— Bon, répéta Pradelle en resserrant son manteau.

Il faisait visiblement contre mauvaise fortune bon cœur, comprenait la position du maire.

— C'est entendu, faites rouvrir les tombes.

Il se recula, prêt à partir, puis parut vouloir régler un ultime détail :

— Bien sûr, vous nous prévenez dès qu'on peut reprendre le travail, hein ? Et vous, Dupré, vous me transférez les Chinois à Chazières-Malmont, on a du retard là-bas. Finalement, cette histoire tombe plutôt pas mal.

— Hé, attendez ! hurla le maire. Ce sont vos personnels qui doivent rouvrir les tombes !

— Ah non, répondit Pradelle. Mes Chinois, eux, ils inhument. C'est pour ça qu'ils sont payés. Moi, je veux bien qu'ils exhument, remarquez : je facture le gouvernement à l'unité. Mais alors je vais devoir facturer trois fois. Une fois pour enterrer, une seconde fois pour déterrer et, quand vous aurez refait le tri des bons emplacements pour les bons cercueils, une troisième fois pour qu'ils enterrent à nouveau.

— Ça non ! cria le préfet.

C'est lui qui signait les procès-verbaux, qui rendait compte des dépenses, qui tenait le budget attribué par l'État et qui, en cas de dépassement, se faisait taper sur les doigts. Déjà qu'il avait été muté ici à la suite d'une erreur administrative – une histoire avec la maîtresse d'un ministre qui l'avait pris de haut, l'affaire s'était envenimée, moralité : muté à

Dampierre une semaine plus tard –, alors cette fois, non merci, aucune envie de finir sa carrière aux colonies, il était asthmatique.

— On ne pourra pas facturer trois fois, hors de question !

— Débrouillez-vous tous les deux, dit Pradelle. Moi, il faut que je sache quoi faire de mes Chinois ! Ils travaillent ou ils s'en vont !

Le maire était décomposé.

— Enfin, messieurs !

Il fit un large mouvement du bras pour désigner l'étendue du cimetière sur lequel le jour se levait. C'était sinistre, cette immensité sans herbe, sans arbres, sans limites, sous ce ciel laiteux, avec ce froid, ces buttes de terre que la pluie tasserait, ces pelles ici et là, ces brouettes... Ce spectacle était d'une grande tristesse.

Le maire avait rouvert son registre.

— Enfin, messieurs..., répéta-t-il, nous avons déjà inhumé cent quinze soldats...

Il leva la tête, assommé par le constat.

— Et dans tout cela, nous ne savons absolument pas qui est qui !

Le préfet se demanda si le maire n'allait pas se mettre à pleurer, comme si on avait besoin de ça.

— Ces jeunes gens sont morts pour la France, ajouta le maire, nous leur devons le respect !

— Ah bon ? demanda Henri. Vous leur devez le respect ?

— Absolument, et...

— Alors, expliquez-moi pourquoi, depuis bientôt deux mois, dans le cimetière de votre commune, vous laissez des illettrés les enterrer n'importe comment ?

— Ce n'est tout de même pas moi qui les enterre dans le désordre ! Ce sont vos Ch... vos personnels !

— Mais vous avez bien délégation de l'autorité militaire pour tenir ces registres, non ?

— Un employé de la mairie vient deux fois par jour ! Mais il ne peut pas y passer ses journées entières !

Il tourna vers le préfet un regard de naufragé.

Silence.

Tout le monde lâchait tout le monde. Le maire, le préfet, l'autorité militaire, l'officier d'état civil, le ministère des Pensions, c'est qu'il y en avait, des intermédiaires, dans cette histoire...

On comprit que, lorsqu'il faudrait remonter aux responsables, chacun aurait son lot. Sauf les Chinois. Parce qu'ils ne savaient pas lire.

— Écoutez, proposa Pradelle, dorénavant, on va faire attention, n'est-ce pas, Dupré ?

Dupré hocha la tête. Le maire était effondré. Il allait devoir fermer les yeux, laisser sciemment sur les tombes des noms qui ne correspondraient pas aux soldats ensevelis et porter seul ce secret. Ce cimetière deviendrait son cauchemar. Pradelle regarda tour à tour le maire et le préfet.

— Je propose, dit-il sur le ton de la confidence, qu'on n'ébruite pas ces petits incidents...

Le préfet avala sa salive. Son télégramme venait sans doute d'arriver au ministère, comme une demande de mutation pour les colonies.

Pradelle tendit le bras et le passa autour de l'épaule du maire, déboussolé.

— Ce qui est important pour les familles, ajouta-t-il, c'est d'avoir un endroit à elles, n'est-ce pas ? De toute manière, leur fils est bien ici, non ? C'est ça qui compte avant tout, croyez-moi !

L'affaire était réglée, Pradelle remonta en voiture, claqua rageusement la portière, il ne se mit pas en colère comme si souvent. Il démarra même assez calmement.

Dupré et lui restèrent un long moment à regarder le paysage défiler, sans un mot.

On s'en tirait cette fois encore, mais le doute les saisissait, chacun à son niveau, les incidents se multipliaient, ici et là.

Pradelle lâcha enfin :

— On va resserrer les boulons, hein, Dupré ? Je compte sur vous, n'est-ce pas ?

22

Non. Avec le mouvement de l'index, comme un essuie-glace d'automobile, mais plus rapide. Un « non » très ferme, définitif. Édouard ferma les yeux, la réponse d'Albert était si prévisible. C'était un timide, un craintif. Même lorsqu'il n'y avait aucun risque, la moindre décision lui demandait plusieurs jours, alors, pensez, vendre des monuments aux morts et se tailler avec la caisse !

Selon Édouard, toute la question était de savoir si Albert finirait par accepter dans un délai raisonnable parce que les très bonnes idées sont des denrées périssables. Les journaux qu'il lisait avidement ne cessaient de le faire pressentir : quand le marché serait saturé d'offres de monuments, très bientôt, quand tous les artistes, toutes les fonderies se rueraient sur cette demande, ce serait trop tard.

C'était maintenant ou jamais.

Et pour Albert, c'était jamais. Geste de l'index. Non.

Édouard avait néanmoins poursuivi son travail avec obstination.

Son catalogue d'œuvres commémoratives se construisait, planche après planche. Il venait de pondre une « Victoire » très réussie qui s'inspirait de celle de Samothrace, mais avec un casque de poilu ; ce modèle allait faire des ravages. Et comme il était seul jusqu'à l'arrivée de Louise en fin d'après-midi, il avait le temps de réfléchir, de tenter de répondre à toutes les questions qui se posaient, de polir son projet qui, il devait l'avouer, n'était pas simple. Bien moins qu'il ne l'avait pensé, il tâchait de résoudre les difficultés une à une, il s'en présentait sans cesse de nouvelles. Malgré les obstacles, il y croyait dur comme fer. Selon lui, ça ne pouvait pas rater.

La vraie grande nouvelle : il travaillait avec un enthousiasme inattendu, presque violent.

Il se projetait avec délectation dans cette perspective, il en était enveloppé, habité, son existence entière en dépendait. En renouant avec ces plaisirs d'agitateur et sa nature provocatrice, il redevenait lui-même.

Albert s'en réjouissait. Cet Édouard-là, il ne l'avait jamais connu, sauf de loin, dans les tranchées ; le voir revenir à la vie constituait une vraie récompense pour lui. Quant à son entreprise, il la jugeait si irréalisable qu'il ne s'en inquiétait quasiment pas. À ses yeux, c'était foncièrement infaisable.

Entre les deux hommes avait débuté une épreuve de force dans laquelle l'un poussait et l'autre résistait.

Comme souvent, la victoire n'était pas promise à la vigueur, mais à l'inertie. Il suffisait à Albert de dire non suffisamment longtemps pour obtenir gain de cause. Le plus cruel, pour lui, n'était pas de refuser d'entrer dans cette histoire de fou, c'était de décevoir Édouard, de tuer dans l'œuf sa belle énergie retrouvée, de le renvoyer à la vacuité de leur existence, à un avenir sans projet.

Il aurait fallu lui proposer autre chose... Quoi ?

Aussi, chaque soir, admirait-il avec une gentillesse polie, quoique sans effusion, les nouveaux dessins qu'Édouard lui montrait, ses nouvelles stèles, ses nouvelles sculptures.

« Comprends bien l'idée, écrivait Édouard sur le cahier de conversation. On peut fabriquer son monument soi-même ! On prend un drapeau et un poilu, on a un monument. On enlève le drapeau, on le remplace par une "Victoire", on en a un autre ! On devient créatif sans se donner de peine et sans aucun talent, ça va plaire, forcément ! »

Ah, pour ça, songeait Albert, on pouvait reprocher pas mal de choses à Édouard, mais il possédait du génie pour trouver des idées. Surtout pour les catastrophes : le changement d'identité, l'impossibilité de toucher la prime du gouvernement, le refus de rentrer chez lui où il y avait tout le confort, la rébellion contre la greffe, l'accoutumance à la morphine, maintenant son escroquerie aux monuments aux morts... Les idées d'Édouard étaient de véritables pelles à emmerdements.

— Est-ce que tu te rends vraiment compte de ce que tu me proposes ? demanda Albert.

Il se planta devant son camarade.

— De commettre... un sacrilège ! Voler l'argent des monuments aux morts, c'est comme profaner un cimetière, c'est un... un outrage patriotique ! Parce que, même si le gouvernement y met un peu de sa poche, l'essentiel de l'argent, pour ce genre de monuments, il vient d'où ? Des familles des victimes ! Des veuves, des parents, des orphelins, des camarades de combat ! À côté de toi, Landru va passer pour un communiant. Tu auras tout le pays à tes trousses, tout le monde contre toi ! Et quand on te rattrapera, tu auras droit à un procès de pure forme parce que la guillotine sera montée à ton intention depuis le premier jour ! Alors, je sais que ta tête, tu es fâché avec. Sauf que la mienne me convient encore assez bien !

Il revint à son ouvrage en bougonnant, quel projet imbécile. Mais il se retourna, son torchon à la main. La figure du capitaine Pradelle, qui le hantait depuis qu'il s'était rendu chez M. Péricourt, venait de lui apparaître une nouvelle fois. Il comprit soudain que son cerveau nourrissait depuis longtemps d'intenses projets de vengeance.

Et que l'heure était venue.

Cette évidence lui sauta aux yeux.

— Je vais te dire, moi, ce qui serait moral, c'est de trouer la peau à cet enfoiré de capitaine Pradelle ! Voilà ce qu'on devrait faire ! Parce que cette vie, ce qu'on est aujourd'hui, tout ça, c'est arrivé à cause de lui !

Édouard n'eut pas l'air très convaincu par cette nouvelle approche. Il resta la main suspendue au-dessus de sa feuille, dubitatif.

— Bah oui ! renchérit Albert, on dirait que tu l'as oublié, Pradelle ! Mais lui n'est pas comme nous, il est rentré en héros, avec ses médailles, ses décorations, et il touche sa pension d'officier ! Je suis certain que la guerre lui a procuré bien des avantages...

Pouvait-il raisonnablement aller plus loin ? se demanda-t-il. Poser la question, c'était y répondre. Obtenir la peau de Pradelle lui semblait maintenant une telle évidence...

Il se lança :

— Avec ses médailles et ses mérites, moi, je l'imagine faire un beau mariage... Tu parles, un héros comme celui-là, on va se l'arracher ! À l'heure où nous, on crève à petit feu, lui, il doit se lancer dans les affaires... Tu trouves ça moral, toi ?

Étonnamment, Albert n'obtint pas d'Édouard l'adhésion à laquelle il s'attendait. Son camarade leva les sourcils, se pencha sur sa feuille.

« Tout ça, écrivit-il, c'est d'abord la faute à la guerre. Sans la guerre, pas de Pradelle. »

Albert faillit s'étouffer. Il était déçu, certes, mais surtout terriblement triste. Il fallait bien le reconnaître, ce pauvre Édouard n'avait plus les pieds sur terre...

Les deux hommes reprirent cette conversation à plusieurs occasions, elle les conduisait toujours au même constat. Albert, au nom de la morale, rêvait de vengeance.

« Tu en fais une affaire personnelle », écrivait Édouard.

— Eh bien, oui, ce qui m'arrive, je trouve ça assez personnel. Pas toi ?

Non, pas lui. La vengeance ne satisfaisait pas son idéal de justice. Tenir un homme pour responsable ne lui suffisait pas. Bien qu'on soit maintenant en paix, Édouard avait déclaré la guerre à la guerre et voulait le faire avec ses moyens, autrement dit : avec son style. La morale n'était pas son registre.

On le voit, chacun d'eux voulait poursuivre son roman qui n'était peut-être plus le même. Ils se demandaient s'ils n'allaient pas devoir écrire chacun le sien. Chacun à sa manière. Séparément.

Quand il constatait cela, Albert préférait penser à autre chose. Tiens, à la petite bonne de chez les Péricourt qui lui trottait encore dans la tête, mon Dieu comme elle avait une jolie petite langue, ou à ses souliers neufs qu'il n'oserait plus remettre. Il préparait le jus de légumes et de viande d'Édouard qui, tous les soirs, revenait sur son projet, c'était un gars sacrément entêté. Albert ne cédait rien. Puisque la morale n'avait pas eu gain de cause, il en appela à la raison :

— Pour conduire ton affaire, rends-toi compte, il faudrait créer une société, fournir des papiers, tu y as pensé ? On lancerait ton catalogue dans la nature, on n'irait pas loin, je peux te le dire, on aurait vite fait de nous rattraper. Et entre l'arrestation et l'exécution capitale, tu aurais à peine le temps de respirer !

Édouard ne semblait ébranlé par aucun argument.

— Il faudrait des locaux, tonnait Albert, des bureaux ! Et c'est toi qui vas recevoir la clientèle avec tes masques de nègre ?

Édouard, allongé sur son ottomane, continuait de feuilleter ses planches de monuments, ses sculptures. Des exercices de style. Réussir quelque chose de moche n'est pas donné à tout le monde.

— Et il faudrait aussi un téléphone ! Et du personnel pour répondre, écrire des courriers... Et un compte en banque, si tu veux toucher de l'argent...

Édouard ne pouvait s'empêcher de sourire en silence. Son camarade s'exprimait avec des frayeurs dans la voix, comme s'il s'agissait de démonter la tour Eiffel et de la reconstruire cent mètres plus loin. Épouvanté.

— Pour toi, ajouta Albert, tout est simple. Forcément, quand on ne sort pas de chez soi !...

Il se mordit les lèvres, trop tard.

C'était justice, bien sûr, mais Édouard en fut blessé. Mme Maillard disait souvent : « Il n'a pas un mauvais fond, mon Albert, il n'y a même pas plus gentil. Mais il n'est pas diplomate. C'est pour ça qu'il n'arrive à rien dans la vie. »

La seule chose qui aurait légèrement ébranlé le refus obstiné d'Albert, c'était l'argent. La fortune que promettait Édouard. C'est vrai qu'il allait s'en dépenser des sous. Le pays tout entier était saisi d'une fureur commémorative en faveur des morts, proportionnelle à sa répulsion vis-à-vis des survivants. L'argument financier portait parce que Albert tenait la bourse et voyait combien l'argent était dur à gagner et fondait vite ; il fallait tout compter, les cigarettes, les tickets de métro, la nourriture. Alors, ce que promettait Édouard avec gourmandise, les millions, les voitures, les grands hôtels...

332

Et les femmes...

Albert commençait à devenir nerveux sur ce sujet, on peut se débrouiller tout seul un moment, mais ça n'est pas de l'amour, on se languit, à la fin, de ne rencontrer personne.

Sa peur de se lancer dans une entreprise aussi folle était toutefois plus forte que son désir de femme, pourtant violent. Survivre à la guerre pour finir en prison, quelle femme méritait qu'on coure un tel risque ? Même s'il convenait, en regardant les filles des magazines, que beaucoup d'entre elles, justement, semblaient le mériter, ce risque.

— Réfléchis, dit-il un soir à Édouard, moi qui sursaute quand la porte claque, tu me vois me lancer dans une chose pareille ?

Au début, Édouard se taisait, poursuivait ses dessins, laissant le projet faire son chemin, mais il constatait que le temps n'arrangeait pas ses affaires. Au contraire, plus ils en parlaient, plus Albert trouvait de raisons de s'y opposer.

— Et puis, quand bien même on en vendrait, de tes monuments imaginaires, et que les municipalités payeraient des avances, on gagnerait quoi, deux cents francs un jour, deux cents francs le lendemain, tu parles d'un pactole ! Prendre autant de risques pour récolter trois francs six sous, merci bien ! Pour s'enfuir avec une fortune, il faudrait que tout arrive en même temps, c'est impossible, ça ne marche pas, ton affaire !

Albert avait raison. Les acheteurs finiraient bien, tôt ou tard, par se rendre compte qu'il y avait, derrière tout cela, une société fantôme, on devrait partir avec ce qu'on aurait, c'est-à-dire pas grand-chose. Et à force d'y penser, Édouard avait trouvé une parade. Parfaite à ses yeux.

Le 11 Novembre prochain, à Paris, la France...

Ce soir-là, Albert avait découvert des fruits dans un cageot, sur le trottoir, en revenant des Grands Boulevards ; il éliminait les parties abîmées et préparait un jus avec la pulpe ; le bouillon de viande tous les jours, c'était lassant à la fin, et il n'avait pas beaucoup d'imagination. Édouard, lui, avalait ce qu'on lui donnait, pour ça, il n'était pas difficile.

Albert s'essuya les mains à son tablier, se pencha sur la feuille – sa vue baissait depuis son retour de la guerre, il aurait eu les moyens, il aurait acheté des lunettes –, il dut se rapprocher :

Le 11 Novembre prochain, à Paris, la France érigera le tombeau d'un « soldat inconnu ». Participez, vous aussi, à cette célébration et transformez ce noble geste en une immense communion nationale, par l'érection, le même jour, d'un monument dans votre propre ville !

Toutes les commandes pourraient arriver avant la fin de l'année..., en conclut Édouard.

Albert hocha la tête d'un air navré. Tu es complètement dingue. Et il retourna à son jus de fruits.

Au cours de leurs interminables discussions sur le sujet, Édouard fit valoir à Albert qu'avec le produit de ces ventes, tous deux pourraient partir aux colonies. Investir dans des affaires prometteuses. Se mettre pour toujours à l'abri du besoin. Il lui montra des images découpées dans des revues ou des cartes postales rapportées par Louise, des vues de la Cochinchine, des exploitations forestières avec, devant les billes de bois que soulevaient des indigènes, des colons casqués, conquérants, repus comme des moines, au sourire suffisant. Des voitures européennes avec des femmes dont les foulards blancs volaient au vent traversaient des vallées ensoleillées en Guinée. Et les fleuves du Cameroun, et les jardins du Tonkin où des plantes grasses débordaient de coupes en céramique, et les Messageries fluviales de Saigon où resplendissaient les enseignes des colons français, et le splendide palais du gouverneur, le square du Théâtre photographié au crépuscule avec des hommes en smoking, des femmes en longue robe de soir, leur fume-cigarette, les cocktails frais, on croyait entendre la musique de l'orchestre, là-bas la vie semblait facile, faciles les affaires, les fortunes vite construites, la dolence des climats tropicaux. Albert faisait semblant de n'y prêter qu'un intérêt touristique, mais il restait un peu plus longtemps que nécessaire sur les photographies du marché de Conakry où de grandes jeunes femmes noires, les seins nus, sculpturales, déambulaient avec une nonchalance d'une sensualité folle, il s'essuyait de nouveau les mains à son tablier et retournait à sa cuisine.

Il s'arrêta soudain.

— Et puis, pour imprimer ton catalogue, et pour l'envoyer dans des centaines de villes et de villages, qu'est-ce que tu as comme argent, dis-moi ?...

À de nombreuses questions, Édouard avait trouvé la parade, à celle-ci, jamais.

Pour enfoncer le clou, Albert alla chercher son porte-monnaie, étala ses sous sur la toile cirée et les compta.

— Moi, je peux t'avancer onze francs soixante-treize. Toi, tu as combien ?

C'était lâche, cruel, inutile, blessant, Édouard ne possédait rien. Albert ne profita pas de l'avantage, il rangea sa monnaie et retourna au frichti. Ils ne s'adressèrent plus la parole de la soirée.

Arriva le jour où Édouard fut à bout d'arguments sans avoir convaincu son camarade.

C'était non. Albert n'y reviendrait pas.

Le temps avait passé, le catalogue, presque achevé, ne demandait plus que quelques ajustements pour être imprimé et envoyé dans la nature. Mais tout le reste était à faire, l'organisation, un énorme travail, et pas un sou devant soi...

Ce qui restait à Édouard de tout ça : une série de dessins inutiles. Il s'effondra. Cette fois, pas de larmes, de mauvaise humeur ou de mauvaise tête, il se sentait insulté. Il se faisait recaler par un petit comptable au nom du sacro-saint réalisme. L'éternelle lutte entre les artistes et les bourgeois se répétait là ; c'était, sur des critères à peine différents, la guerre qu'il avait perdue face à son père. Un artiste est un rêveur, donc un inutile. Édouard croyait entendre ces phrases derrière celles d'Albert. Devant l'un comme devant l'autre, il se sentait rabaissé au rang d'assisté, un être futile qui se consacre à des activités vaines. Il s'était montré patient, pédagogue, convaincant mais il avait échoué ; ce qui le séparait d'Albert, ce n'était pas un désaccord, c'était une culture ; il le trouvait petit, mesquin, sans envergure, sans ambition, sans folie.

Albert Maillard n'était qu'une variante de Marcel Péricourt. C'était le même, moins l'argent. Ces deux hommes remplis de certitudes balayaient ce qu'Édouard avait de plus vivant, ils le tuaient.

Édouard hurla, Albert résista. Ils se disputèrent.

Édouard tapa du poing sur la table en fusillant Albert du regard et en poussant des rugissements rauques et menaçants.

Albert beugla qu'il avait fait la guerre, qu'il ne ferait pas la prison.

Édouard renversa l'ottomane qui ne survécut pas à l'agression. Albert se précipita, il y tenait à ce meuble, la seule chose un peu chic dans ce décor ! Édouard poussait des cris rageurs, d'une puissance inouïe, avec des torrents de salive qui giclaient de sa gorge ouverte, tout cela montait du ventre, comme d'un volcan en éruption.

Albert ramassa les morceaux d'ottomane en disant qu'Édouard pouvait bien casser toute la maison, que ça ne changerait rien, qu'aucun d'eux n'était fait pour ce genre d'affaires.

Édouard continua de hurler en boitant à grands pas dans la pièce, explosa une vitre avec son coude, menaça de jeter au sol le peu de vaisselle dont ils disposaient, Albert lui sauta dessus, le saisit à la taille, ils tombèrent et roulèrent au sol.

Ils avaient commencé à se haïr.

Albert, hors de lui, frappa violemment à la tempe Édouard qui, d'une ruade dans la poitrine, l'éjecta contre le mur où il faillit s'assommer. Ils furent debout face à face au même instant, Édouard gifla Albert qui lui répondit par un coup de poing. En pleine figure.

Or Édouard était face à lui.

Le poing fermé d'Albert s'enfonça dans la béance de son visage.

Quasiment jusqu'au poignet.

Et s'y figea.

Albert, épouvanté, regarda son poing englouti dans le visage de son camarade. Comme s'il avait traversé sa tête de part en part. Et, au-dessus de son poignet, le regard stupéfait d'Édouard.

Les deux hommes restèrent ainsi quelques secondes, paralysés.

Ils entendirent un cri, tous deux se tournèrent vers la porte. Louise, la main sur la bouche, les regardait, en larmes ; elle sortit en courant.

Ils s'étaient dégagés l'un de l'autre, ne sachant quoi dire. Ils s'ébrouèrent maladroitement. Il y eut un long moment de gêne coupable.

Ils comprirent que c'en était fini de tout.

Leur histoire commune ne pourrait jamais dépasser ce poing logé dans ce visage, comme s'il venait de le crever. Ce geste, cette sensation, cette monstrueuse intimité, tout était exorbitant, vertigineux.

Ils n'avaient pas la même colère l'un et l'autre.

Ou elle ne s'exprimait pas de la même manière.

Édouard fit son bagage le lendemain matin. C'était son havresac. Il ne prit que ses vêtements, n'emporta rien d'autre. Albert partit à son travail sans avoir trouvé un mot à dire. Sa dernière image d'Édouard fut son dos, alors qu'il rangeait son sac, très lentement, comme quelqu'un qui ne se décide pas à s'en aller.

Toute la journée, sa réclame sur le dos, Albert arpenta le boulevard en roulant des pensées tristes.

Le soir, juste un mot : « Merci pour tout. »

L'appartement lui sembla vide, comme sa vie au départ de Cécile. Il savait qu'on se remet de tout, mais depuis qu'il avait gagné la guerre, il avait l'impression de la perdre un peu plus chaque jour.

23

Labourdin posa ses mains à plat sur le bureau, avec le même air satisfait qu'à table, à l'arrivée de l'omelette norvégienne. Mlle Raymond n'avait rien d'une crème glacée. Pour autant, la ressemblance avec la meringue dorée n'était pas totalement dénuée de sens. C'était une fausse blonde tournant au roux, avec un teint très pâle et une tête un peu pointue. Quand elle entrait et voyait son patron dans cette position, Mlle Raymond adoptait une moue dégoûtée et fataliste. Parce que, dès qu'elle était devant lui, il glissait la main droite sous sa jupe, geste d'une incroyable rapidité chez un homme de sa corpulence et d'une habileté qu'on ne lui connaissait dans aucun autre domaine. Elle effectuait alors un rapide mouvement de hanches, mais Labourdin, dans ce registre, était doté d'une intuition qui frisait la divination. Quelle que soit l'esquive, il parvenait toujours à ses fins. Elle en avait pris son parti, se tortillait rapidement, déposait le parapheur et se contentait, en sortant, de pousser un soupir de lassitude. Les obstacles dérisoires, pathétiques, qu'elle tentait d'opposer à cette pratique (des robes ou des jupes de plus en plus serrées), décuplaient le plaisir de Labourdin. Si elle se montrait une secrétaire assez médiocre en sténographie et en orthographe, sa patience rachetait largement ses défauts.

Labourdin ouvrit le dossier, fit claquer sa langue : M. Péricourt allait être content.

C'était un beau règlement mettant « au concours entre des artistes de nationalité française le projet d'édification d'un monument aux morts de la guerre 1914-1918 ».

Dans ce long document, Labourdin n'avait rédigé lui-même qu'une seule phrase. La deuxième de l'article 1. Il avait tenu à le faire lui-même, sans l'aide de personne. Chaque mot, parfaitement pesé, était de sa main, ainsi que chaque majuscule. Il en était si fier qu'il exigea que cette phrase soit écrite en caractères gras : « **Ce Monument devra exprimer le Souvenir douloureux et glorieux de nos Morts Victorieux.** » Parfaitement cadencée. Nouveau claquement de langue. Il s'admira encore puis parcourut rapidement le reste du texte.

On avait trouvé un bel emplacement, autrefois occupé par le garage municipal : quarante mètres de façade, trente de profondeur, la possibilité d'aménager un jardin tout autour. Le règlement précisait que les dimensions du monument devraient « être en harmonie avec l'emplacement choisi ». Pour inscrire tous ces noms, il fallait de la place. L'opération était quasiment bouclée : un jury de quatorze personnes comprenant élus, artistes locaux, militaires, représentants des anciens combattants, des familles, etc., tout cela trié sur le volet parmi les gens qui devaient quelque chose à Labourdin ou attendaient de lui une faveur (il présidait le comité, avec voix décisionnaire). Cette initiative hautement artistique et patriotique apparaîtrait en tête des réalisations dans le compte rendu de son mandat. Réélection quasiment assurée. Le calendrier était arrêté, le concours allait être lancé, les travaux d'aplanissement débutaient. L'annonce serait publiée dans les principaux journaux de Paris et de province, une belle affaire, vraiment, et bien menée…

Ne manquait rien.

Juste un blanc à l'article 4 : « La somme à dépenser pour le monument est de… »

Cela plongea M. Péricourt dans une intense réflexion. Il voulait quelque chose de beau, mais pas de grandiose, et, selon les informations qu'on lui avait transmises, pour un monument de ce genre, les prix allaient de soixante à cent vingt mille francs, certains artistes réputés vous demandaient même des cent cinquante, cent quatre-vingt mille francs, avec un éventail pareil, où fixer la barre ? Il ne s'agissait pas d'une affaire d'argent, mais de juste mesure. Réfléchir. Son regard se porta vers son fils. Un mois plus tôt, Madeleine avait déposé sur sa cheminée une photographie d'Édouard encadrée à son intention. Elle en possédait d'autres, elle avait choisi celle-ci, qui lui avait semblé « moyenne », ni trop sage, ni trop provocante. Acceptable. Ce qui se passait dans la vie de son père la bouleversait, et comme elle s'inquiétait des proportions que cela prenait, elle agissait avec doigté, par petites touches, un jour le carnet de croquis, un autre une photographie.

M. Péricourt avait attendu deux jours avant de rapprocher la photographie, de la poser sur le coin de son bureau. Il ne voulut pas demander à Madeleine de quand elle datait, ni à quel endroit elle avait été prise, un père était censé savoir ces choses-là. Selon lui, Édouard avait quatorze ans, ça devait remonter à 1909. Il posait devant une balustrade en bois. On ne voyait pas l'arrière-plan, le cliché semblait pris à la terrasse d'un chalet, on l'envoyait au ski chaque hiver. M. Péricourt ne se souvenait pas précisément de l'endroit, sauf que c'était toujours la même station, dans les Alpes du Nord, peut-être, ou du Sud. Dans les Alpes, en tout cas. Son fils posait en pull-over et clignait des yeux à cause du soleil, tout sourire, comme si quelqu'un grimaçait derrière l'opérateur. Cela amusa à son tour M. Péricourt, c'était un bel enfant, espiègle. De sourire ainsi ce jour-là, tant d'années après, lui rappela que son fils et lui n'avaient jamais ri ensemble. Cela lui brisa le cœur. Il eut alors l'idée de retourner le cadre.

En bas, Madeleine avait écrit : « 1906, les Buttes-Chaumont. »

M. Péricourt dévissa son stylo et inscrivit : deux cent mille francs.

24

Comme personne ne savait à quoi pouvait ressembler Joseph Merlin, les quatre hommes chargés de l'accueillir imaginèrent d'abord de faire passer, à l'arrivée du train, une annonce par le chef de gare, puis de tenir une pancarte à son nom… Mais aucune de ces solutions ne leur sembla compatible avec la dignité et la retenue qui conviennent à l'accueil d'un envoyé du ministère.

Ils choisirent donc de rester groupés sur le quai, près de la sortie, et de guetter, parce que, en réalité, il n'y avait pas tant de monde que cela qui descendait à Chazières-Malmont, une trentaine de personnes en général, un fonctionnaire parisien, ça se verrait tout de suite.

Or ça ne se vit pas.

D'abord, il n'y avait pas trente personnes à descendre du train mais moins de dix et, parmi elles, aucun envoyé ministériel. Lorsque le dernier voyageur passa la porte et que la gare fut vide, ils se regardèrent ; l'adjudant Tournier claqua les talons, Paul Chabord, l'officier d'état civil à la mairie de Chazières-Malmont, se moucha bruyamment, Roland

Schneider, de l'Union nationale des combattants, qui représentait les familles des disparus, prit une longue respiration censée exprimer à quel point il prenait sur lui pour ne pas exploser. Et tout le monde sortit.

Dupré, lui, se contenta d'enregistrer l'information ; il avait perdu plus de temps à préparer cette visite qui finalement n'aurait pas lieu qu'à organiser le travail des six autres chantiers de l'entreprise vers lesquels il devait courir en permanence, de quoi vous décourager. Une fois dehors, tous quatre se dirigèrent vers la voiture.

Leur état d'esprit était assez partagé. En constatant l'absence de l'envoyé du ministère, ils ressentaient tous de la déception... et du soulagement. On ne craignait rien, bien sûr, on avait préparé la visite avec soin, mais une inspection est toujours une inspection, ces choses-là tournent comme le vent, on connaissait des exemples.

Depuis l'histoire du cimetière de Dampierre, avec les Chinois, Henri d'Aulnay-Pradelle était sur les dents. Pas à prendre avec des pincettes. Dupré l'avait sur le dos en permanence avec des consignes sans cesse contradictoires. Il fallait aller plus vite, employer moins de personnel, toujours contourner les règles à condition que ça ne se voie pas. Depuis son embauche, il promettait à Dupré une augmentation de salaire qui n'arrivait jamais. Mais : « Je compte sur vous, Dupré, hein ? »

— Quand même, se plaignit Paul Chabord, le ministère aurait pu se fendre d'un télégramme !

Il hocha la tête : pour qui les prenait-on, des hommes qui se dévouaient pour la République, on prévient au moins, etc.

Ils sortirent de la gare. Alors qu'ils s'apprêtaient à monter en voiture, une voix caverneuse et enrouée les fit se retourner :

— Vous êtes du cimetière ?

C'était un homme assez vieux avec une tête très petite et un grand corps qui avait l'air vide, comme une carcasse de volaille après le repas. Des membres trop longs, un visage rougeaud, un front étroit, des cheveux courts plantés très bas, presque à se confondre avec les sourcils. Et un regard douloureux. Ajoutez à cela qu'il était habillé comme l'as de pique, une redingote épuisée à la mode d'avant-guerre, ouverte, malgré le froid, sur un veston de velours marron taché d'encre et auquel il manquait un bouton sur deux. Un pantalon gris sans forme et surtout, surtout, une paire de godasses colossales, exorbitantes, des grolles quasiment bibliques.

Les quatre hommes en restèrent muets.

Lucien Dupré fut le premier à réagir. Il s'avança d'un pas, tendit la main, demanda :

— Monsieur Merlin ?

L'envoyé du ministère produisit un petit bruit de langue contre ses gencives, comme on fait pour retirer un morceau d'aliment, tsitt. On mit pas mal de temps à comprendre qu'il s'agissait, en fait, d'un mouvement de son dentier, une habitude assez agaçante ; il le fit pendant tout le trajet en voiture, on avait envie de lui trouver un cure-dents. Ses vêtements usagés, ses énormes chaussures sales, toute sa physionomie le laissaient présager, on en eut confirmation dès le départ de la gare : cet homme-là, en plus, ne sentait pas bon.

Sur la route, Roland Schneider trouva opportun de se lancer dans un vaste commentaire stratégico-géographico-militaire sur la région traversée. Joseph Merlin, qui ne semblait même pas l'entendre, l'interrompit au beau milieu d'une phrase pour demander :

— À midi… on peut avoir du poulet ?

Il avait une voix assez désagréable, nasillarde.

En 1916, au début de la bataille de Verdun – dix mois de combats, trois cent mille morts –, les terrains de Chazières-Malmont, pas loin des lignes de front, encore accessibles par la route et assez proches de l'hôpital, grand pourvoyeur de cadavres, s'étaient révélés, pendant un moment, un lieu pratique pour enterrer les soldats. La fluctuation des positions militaires et les aléas stratégiques bousculèrent à plusieurs reprises certaines parties de ce vaste quadrilatère dans lequel se trouvaient à présent ensevelis plus de deux mille corps, personne n'en connaissait réellement le nombre, on parlait même de cinq mille, ce n'était pas impossible, cette guerre avait fait exploser tous les records. Ces cimetières provisoires avaient donné lieu à l'établissement de registres, de plans, de relevés, mais quand vous tombent dessus quinze ou vingt millions d'obus en dix mois – certains jours, un obus toutes les trois secondes – et qu'il faut enterrer deux cents fois plus d'hommes que prévu dans des conditions dantesques, les registres, les plans et les documents deviennent d'une valeur assez relative.

L'État avait décidé de créer une immense nécropole à Darmeville, que devaient alimenter les cimetières des alentours, et notamment celui de Chazières-Malmont. Comme on ne savait pas combien il y avait de corps à exhumer, à transporter et à inhumer de nouveau dans la nécropole, il était difficile d'établir un forfait. Le gouvernement payait à l'unité.

C'était un marché de gré à gré, sans mise en concurrence, que Pradelle avait remporté. Il avait calculé que si l'on trouvait deux mille corps, il pouvait refaire, à la Sallevière, la moitié de la charpente des écuries.

Avec trois mille cinq cents, la charpente entière.

Au-delà de quatre mille, il ajoutait la réfection du colombier.

Dupré avait amené à Chazières-Malmont une vingtaine de Sénégalais et, pour complaire aux autorités, le capitaine Pradelle (Dupré continuait de l'appeler ainsi, l'habitude) avait accepté d'embaucher sur place une poignée d'ouvriers de complément.

Le chantier avait démarré par l'exhumation des corps réclamés par les proches et qu'on était certain de pouvoir retrouver.

Des familles entières avaient débarqué à Chazières-Malmont, un défilé incessant de larmes et de gémissements, d'enfants hagards, de vieux parents tassés marchant en équilibre sur les planches alignées afin de ne pas patauger dans la boue ; comme un fait exprès, à cette période de l'année, il avait plu tout le temps. L'avantage, c'est que, sous une pluie battante, les exhumations avaient été rapides, personne n'insistait vraiment. Par décence, on avait chargé de ce travail des ouvriers français, des Sénégalais pour déterrer des soldats, allez savoir pourquoi, ça avait choqué certaines familles : considérait-on l'exhumation de leurs fils comme une tâche subalterne qu'on la confie ainsi à des nègres ? En arrivant dans le cimetière, lorsqu'ils apercevaient, au loin, ces grands Noirs trempés de pluie en train de pelleter ou de transporter des caisses, les enfants ne les quittaient plus du regard.

Ce défilé des familles prit un temps fou.

Le capitaine Pradelle demandait tous les jours au téléphone :

— Bon, Dupré, c'est bientôt fini ces conneries ? On commence quand ?

Le plus gros du travail avait ensuite débuté avec l'exhumation des corps de tous les autres soldats destinés à la nécropole militaire de Darmeville.

La tâche n'était pas simple. Il y avait les corps dûment répertoriés, qui ne posaient pas de problème parce que la croix qui portait leur nom était encore en place, et aussi une quantité d'autres à identifier.

Nombre de soldats avaient été enterrés avec leur demi-plaque d'identification, mais pas tous, loin de là ; parfois, c'était une véritable enquête qu'il fallait mener à partir des objets découverts sur eux ou dans leurs poches ; on devait mettre les corps de côté, les lister en attendant le résultat des recherches, on trouvait de tout et parfois si peu de chose lorsque la terre avait été par trop retournée... On inscrivait alors « soldat non identifié ».

Le chantier était bien avancé. On avait déjà exhumé pas loin de quatre cents cadavres. Les cercueils arrivaient par camions entiers, une équipe de quatre hommes était chargée de les assembler, de les clouer, une autre les apportait près des fosses et les évacuait ensuite vers les fourgons qui les transportaient jusqu'à la nécropole de Darmeville où des hommes de Pradelle et Cie, là encore, procédaient aux inhumations. Deux d'entre eux s'occupaient des répertoires, des inscriptions, des relevés.

Joseph Merlin, l'envoyé du ministère, pénétra dans le cimetière comme un saint à la tête d'une procession. Ses immenses godasses éclaboussaient tout en passant dans les flaques. On remarqua à cet instant seulement qu'il portait une vieille sacoche de cuir. Elle avait beau être bourrée de documents, elle semblait se balancer à l'extrémité de son long bras comme une feuille de papier.

Il s'arrêta. Derrière lui, la procession se figea, inquiète. Il regarda longuement le décor.

Il régnait en permanence sur le cimetière une odeur âcre de putréfaction vous arrivant parfois en pleine figure, comme un nuage déplacé par le vent, qui se mêlait à la fumée des cercueils sortis de terre abîmés ou hors d'usage et que le règlement exigeait de brûler sur place. Le ciel était bas, d'un gris sale, on voyait, ici et là, des hommes transportant des bières ou penchés sur des fosses ; deux camions laissaient leur moteur tourner tandis qu'on hissait dessus des cercueils à bout de bras. Merlin fit bouger son dentier, tsitt, tsitt, plissa ses grosses lèvres.

Voilà à quoi il en était rendu.

Près de quarante ans de fonction publique et, à la veille de la retraite, on l'envoyait faire la tournée des cimetières.

Merlin avait servi successivement au ministère des Colonies, au ministère du Ravitaillement général, au sous-secrétariat d'État au Commerce, à l'Industrie, aux Postes et Télégraphes, au ministère de l'Agriculture et du Ravitaillement, trente-sept années de carrière, trente-sept années à être foutu à la porte de partout, à tout rater, battu à plates coutures dans tous les postes qu'il avait occupés. Merlin n'était pas un homme qui plaisait. Taciturne, un peu pédant, sourcilleux et de mauvaise humeur d'un bout à l'autre de l'année, pour plaisanter avec lui... Cet homme laid et antipathique n'avait cessé d'encourager, par son attitude orgueilleuse et sectaire, les malveillances de ses collègues et les revanches de ses chefs. Il arrivait, on lui donnait une tâche, et on se fatiguait de lui parce que, très vite, on le trouvait ridicule, désagréable, passé de mode, on commençait à rire dans son dos, à lui attribuer des surnoms, à faire des blagues, il avait eu droit à tout. Pourtant, il n'avait jamais démérité. Il pouvait même citer la liste de ses hauts faits administratifs, liste parfaitement à jour, qu'il ressassait en permanence afin de masquer le bilan d'une carrière lugubre, d'une probité sans récompense, entièrement consacrée à se faire mépriser. Parfois, son passage dans certains services avait carrément ressemblé à un bizutage sans fin ; à plusieurs reprises, il avait dû lever haut sa canne et faire des moulinets en tonnant de sa grosse voix, excédé, prêt à en découdre avec la terre entière, il avait fait vraiment peur, surtout aux femmes, vous comprenez, maintenant, elles n'osent plus s'approcher, elles veulent être accompagnées, on ne peut pas conserver un type comme ça, d'autant que, honnêtement, comment dire, il ne sent pas très bon, cet homme-là, c'est assez incommodant. On ne l'avait gardé nulle part. Il n'avait eu, dans sa vie, qu'une courte période de luminosité qui s'étendait de sa rencontre avec Francine, un 14 Juillet, au départ de Francine avec un capitaine d'artillerie, à la Toussaint suivante. Le tout, trente-quatre ans plus tôt. Finir sa carrière en inspectant les cimetières n'avait rien de surprenant.

Un an que Merlin avait atterri au ministère des Pensions, Primes et Allocations de guerre. On se l'était passé d'un service à l'autre, puis un jour, on avait reçu des informations gênantes en provenance des cimetières militaires. Tout ne se déroulait pas normalement. Un préfet avait signalé des anomalies à Dampierre. Il s'était rétracté dès le lendemain, mais il avait attiré l'attention de l'administration. Le ministère devait s'assurer que l'État dépensait à bon escient l'argent du contribuable pour enterrer dignement, et dans les conditions fixées par les textes, les fils de la Patrie qui, etc.

— Et merde ! dit Merlin en regardant ce spectacle de désolation.

Parce que c'était lui qui avait été désigné. On lui avait trouvé le profil parfait pour un emploi dont personne ne voulait. Direction les nécropoles.

L'adjudant Tournier l'entendit.

— Pardon ?

Merlin se retourna, le regarda, tsitt, tsitt. Depuis Francine et son capitaine, il détestait les militaires. Il revint au spectacle du cimetière avec l'air de prendre soudain conscience de l'endroit où il se trouvait, et de ce qu'il était censé y faire. Les autres membres de la délégation restèrent perplexes. Dupré se risqua enfin :

— Je propose qu'on commence par…

Mais Merlin demeurait là, planté comme un arbre devant ce décor affligeant qui faisait un étrange écho à sa tendance habituelle à la persécution.

Il décida alors d'accélérer les choses, de se débarrasser de la corvée.

— Font chier.

Cette fois, tout le monde entendit distinctement, personne ne sachant ce qu'il fallait en conclure.

Les registres d'état civil conformes aux prescriptions de la loi du 29 décembre 1915, l'établissement des fiches évoquées dans la circulaire du 16 février 1916, le respect des ayants droit prévus à l'article 106 de la loi de finances, mouais, disait Merlin, cochant ici, signant là, l'atmosphère n'était pas détendue, mais tout se déroulait normalement. Sauf que ce type puait comme un sconse ; quand on se trouvait dans la baraque réservée à l'état civil en tête à tête avec lui, c'était intenable. Malgré le vent glacé qui s'engouffrait dans la pièce par rafales, on s'était résolu à laisser la fenêtre ouverte.

Merlin avait commencé l'inspection par un tour du côté des fosses. Paul Chabord s'était empressé de tendre au-dessus de sa tête un parapluie, à bout de bras, mais, l'envoyé du ministère se révélant imprévisible dans ses mouvements, ses brusques changements de direction découragèrent la bonne volonté de l'employé qui s'abrita lui-même. Merlin ne s'en aperçut pas ; le crâne dégoulinant de pluie, il regardait les fosses, l'air de ne pas comprendre ce qu'il y avait à inspecter là. Tsitt, tsitt.

Puis on s'en fut du côté des cercueils, on lui détailla les procédures, il chaussa des lunettes aux verres gris et rayés, on aurait dit des peaux de saucisson ; il compara les fiches, les états, les plaques apposées sur les bières puis, bon, ça va comme ça, grommela-t-il, on n'allait pas y passer la journée. Il sortit une grosse montre de son gousset et sans avertir personne se dirigea à grandes enjambées résolues vers la cahute de l'administration.

À midi, il achevait de remplir ses états d'inspection. Le voir travailler permettait de mieux comprendre pourquoi son veston était constellé de taches d'encre.

Et maintenant, tout le monde devait signer.

— Chacun ici fait son devoir ! annonça, martial et satisfait, l'adjudant Tournier.

— C'est ça, répondit Merlin.

Une formalité. On était debout dans la cahute, se repassant le porte-plume, comme le goupillon un jour d'enterrement. Merlin posa son gros index sur le registre.

— Ici, le représentant des familles…

L'Union nationale des combattants rendait suffisamment de services au gouvernement pour avoir

354

un droit de présence à peu près partout. Merlin, d'un œil sombre, regarda Roland Schneider parapher.

— Schneider, dit-il enfin (il prononça « Schnaï-dâ » pour souligner son propos), ça sonne un peu allemand, non ?

L'autre se cabra aussitôt sur ses ergots.

— Peu importe, le coupa Merlin en désignant de nouveau le registre. Ici, l'officier d'état civil...

La remarque avait jeté un froid. La signature s'acheva en silence.

— Monsieur, commença Schneider qui venait de reprendre ses esprits, votre réflexion...

Mais déjà Merlin était debout, le dépassant de deux têtes, se penchant vers lui, le fixant de ses gros yeux gris et demandant :

— Au restaurant, on peut avoir du poulet ?

Le poulet était la seule joie de son existence. Il mangeait assez salement, complétant les taches d'encre par d'autres de graisse, il ne retirait jamais son veston.

Pendant le repas, et à l'exception de Schneider qui cherchait toujours sa réplique, chacun tenta d'engager la conversation. Merlin, le nez dans son assiette, se contenta de quelques grognements et de quelques tsitt, tsitt du dentier qui découragèrent rapidement les bonnes volontés. Cependant, l'inspection étant passée, quoique l'envoyé du ministère fût tout à fait déplaisant, il régna vite une atmosphère de soulagement frisant l'allégresse. Le démarrage du chantier avait été assez difficile, on avait rencontré quelques petits problèmes. Dans ce genre d'opération, rien ne se déroule exactement comme prévu et les textes, même précis, n'envisagent jamais la réalité telle qu'elle vous saute aux yeux quand vous vous mettez au travail. On a beau être consciencieux, il survient des imprévus, on doit trancher, prendre des décisions et ensuite, comme vous avez commencé d'une certaine manière, revenir en arrière…

Ce cimetière, maintenant, on avait hâte qu'il soit vide et qu'on en ait terminé. L'inspection s'achevait sur un constat positif, rassurant. Rétrospectivement, chacun avait quand même eu un peu peur. On but pas mal, c'était aux frais de la princesse. Même Schneider finit par oublier l'insulte, préférant mépriser ce fonctionnaire grossier et reprendre du côtes-du-rhône. Merlin se resservit trois fois du poulet, dévorant comme un affamé. Ses gros doigts étaient couverts de graisse. Lorsqu'il eut terminé, sans égard pour les autres convives, il jeta sur la table la serviette qui ne lui avait servi à rien, se leva et quitta le restaurant. Tout le monde fut pris de court, une vraie bousculade, il fallut en hâte avaler sa dernière bouchée, vider son verre, demander l'addition, vérifier la note, payer, on renversa des chaises, on courut à la porte. Quand ils arrivèrent dehors, Merlin était en train de pisser sur la roue de la voiture.

Avant de se rendre à la gare, il fallut repasser au cimetière ramasser la sacoche de Merlin et ses registres. Son train partant quarante minutes plus tard, pas question de rester plus longtemps dans cet endroit, d'autant que la pluie, qui n'avait cessé qu'à l'heure du repas, venait de se remettre à tomber dru. Dans la voiture, il n'adressa pas un seul mot à quiconque, pas la moindre phrase de remerciement pour l'accueil, l'invitation, un vrai jean-foutre.

Une fois au cimetière, Merlin marcha vite. Ses grosses chaussures faisaient dangereusement ployer les planches qui surplombaient les flaques d'eau. Un chien roux efflanqué le croisa en trottinant. Merlin, sans prévenir, sans même ralentir sa foulée, prit appui sur sa jambe gauche et lui balança son énorme pied droit dans les flancs ; le chien hurla, fit un mètre en l'air et tomba à la renverse. Avant qu'il ait eu le temps de se relever, Merlin avait sauté dans la flaque, de l'eau jusqu'aux chevilles, et, pour l'immobiliser, lui avait posé sa grosse godasse sur la poitrine. L'animal, craignant d'être noyé, se mit à aboyer de plus belle, se tortillant dans l'eau pour tenter de mordre ; tout le monde était sidéré.

Merlin se pencha, agrippa la mâchoire inférieure du chien dans sa main droite, le museau dans la gauche, le chien couina, se débattit de plus belle. Merlin, qui le tenait déjà solidement, lui allongea alors un nouveau coup de pied dans le ventre, lui écarta la gueule comme s'il s'agissait d'un crocodile et la relâcha brusquement, le chien roula dans l'eau, se redressa et s'enfuit ventre à terre.

La flaque était profonde, les chaussures de Merlin disparaissaient, cela le laissait indifférent. Il se tourna vers la brochette de délégués ahuris, alignés en équilibre instable sur la passerelle en bois. Il brandit alors, devant lui, un os d'une vingtaine de centimètres.

— Ça, je m'y connais, c'est pas un os de poulet !

Si Joseph Merlin se révélait un fonctionnaire assez sale, antipathique, un raté de la fonction publique, il était aussi un homme appliqué, scrupuleux et, pour tout dire, honnête.

Il n'en avait rien laissé voir, mais ces cimetières lui brisaient le cœur. C'était le troisième qu'il inspectait depuis qu'on l'avait nommé à ce poste dont personne ne voulait. Pour lui, qui n'avait vu la guerre qu'à travers les restrictions alimentaires et les notes de service du ministère des Colonies, la première visite avait été foudroyante. Sa misanthropie, pourtant à l'abri des balles depuis longtemps, avait été ébranlée. Non par l'hécatombe proprement dite, cela on s'y fait, de tout temps la terre a été ravagée par des catastrophes et des épidémies, la guerre n'étant que la combinaison des deux. Non, ce qui l'avait transpercé, c'était l'âge des morts. Les catastrophes tuent tout le monde, les épidémies déciment les enfants et les vieillards, il n'y a que les guerres pour massacrer les jeunes gens en si grand nombre. Merlin ne s'attendait pas à être secoué par un tel constat. En fait, une certaine part de lui-même en était restée à l'époque de Francine, cet immense corps vide et mal proportionné abritait encore un morceau d'âme de jeune homme, de l'âge des morts.

Beaucoup moins bête que la plupart de ses collègues, dès sa première visite dans un cimetière militaire, en fonctionnaire minutieux, il avait détecté des anomalies. Il avait vu des tas de choses discutables dans les registres, des incohérences maladroitement masquées, mais, que voulez-vous, quand on considérait l'immensité de la tâche, qu'on voyait ces pauvres Sénégalais trempés, qu'on pensait à cet incroyable carnage, qu'on évaluait le nombre d'hommes qu'il fallait maintenant déterrer, transporter..., pouvait-on se montrer pointilleux, intraitable ? On fermait les yeux et voilà tout. Les circonstances tragiques nécessitent un certain pragmatisme et Merlin estimait juste de passer sous silence diverses irrégularités, qu'on en finisse, bon Dieu, qu'on en finisse avec cette guerre.

Mais là, à Chazières-Malmont, l'inquiétude vous étreignait la poitrine. Quand vous recoupiez deux ou trois indices, ces planches d'anciens cercueils jetées dans les fosses et qui y seraient enterrées au lieu d'être brûlées, le nombre de bières expédiées par rapport au nombre de tombes creusées, les comptes rendus approximatifs de certaines journées... Tout cela vous conduisait à la perplexité. Et votre idée de ce qui était juste ou pas s'en trouvait ébranlée. Alors, quand vous croisiez un clébard sautillant comme une danseuse et tenant dans sa gueule un cubitus de poilu, votre sang ne faisait qu'un tour. Vous aviez envie de comprendre.

Joseph Merlin renonça à son train et passa la journée à faire des vérifications, à exiger des explications. Schneider se mit à transpirer comme en été, Paul Chabord ne cessait de se moucher, seul l'adjudant Tournier continuait à claquer des talons chaque fois que l'envoyé du ministère s'adressait à lui, le geste était entré dans ses gènes, il n'avait plus de sens.

Tout le monde regardait en permanence vers Lucien Dupré qui, lui, voyait s'éloigner ses maigres perspectives d'augmentation.

Pour les relevés, les états, les inventaires, Merlin ne voulut l'aide de personne. Il fit de nombreux déplacements jusqu'au stock de cercueils, aux entrepôts, aux fosses elles-mêmes.

Puis il revint vers les stocks.

On le vit de loin s'approcher, partir, revenir, se gratter la tête, tourner ses regards en tous sens comme s'il cherchait la clé d'un problème d'arithmétique ; ça tapait sur les nerfs, cette attitude menaçante, ce type qui ne disait pas un mot.

Puis enfin, il le dit, ce mot :

— Dupré !

Chacun sentit que l'heure de vérité n'allait pas tarder à sonner. Dupré ferma les yeux. Le capitaine Pradelle lui avait spécifié : « Il regarde le travail, il inspecte, il fait des remarques, on s'en fout, d'accord ? Les stocks, en revanche, vous me les mettez à l'abri... Je compte sur vous, hein, Dupré ? »

C'est ce qu'avait fait Dupré : les stocks avaient migré vers l'entrepôt municipal, deux jours de travail, sauf que l'envoyé du ministère, s'il ne payait pas de mine, savait compter, recompter, recouper les informations, et ça n'avait pas traîné.

— Il me manque des cercueils, dit Merlin. Il m'en manque même beaucoup et j'aimerais bien savoir où vous les avez foutus.

Tout ça à cause de cette andouille de clébard qui venait bouffer là de temps en temps et il avait fallu que ce soit ce jour-là. Jusqu'alors on lui avait jeté des pierres, on aurait dû l'abattre ; être humain, voyez où ça vous mène.

En fin de journée, à l'heure où le chantier, déjà très silencieux, tendu, se vida de son personnel, Merlin, revenu de l'entrepôt municipal, expliqua simplement qu'il avait encore à faire, qu'il dormirait dans la baraque de l'état civil, que ça n'avait pas d'importance. Et il repartit vers les allées de son grand pas de vieillard décidé.

Dupré, avant de courir téléphoner au capitaine Pradelle, se retourna une dernière fois.

Là-bas, au loin, registre à la main, Merlin venait de s'arrêter devant un emplacement au nord du cimetière. Il retira enfin sa veste, referma le registre, le serra dans son veston posé au sol et empoigna une pelle qui, sous le coup de son énorme chaussure boueuse, s'enfonça dans le sol jusqu'à la garde.

25

Où était-il allé ? Avait-il encore des relations qu'il n'avait jamais évoquées et chez qui se réfugier ? Et sans sa morphine, qu'allait-il devenir ? Saurait-il en trouver ? Peut-être s'était-il enfin résolu à rentrer dans sa famille, solution la plus raisonnable… Sauf qu'Édouard n'avait rien de raisonnable. D'ailleurs, comment était-il avant-guerre ? s'interrogeait Albert. Quel genre d'homme était-il ? Et pourquoi, lui, Albert, n'avait-il pas posé davantage de questions à M. Péricourt, pendant ce fameux repas, parce qu'il avait bien le droit lui aussi d'en poser, des questions, de s'enquérir de ce qu'avait été son compagnon d'armes avant qu'il le connaisse ?

Mais, avant tout, où était-il allé ?

Voilà ce qui, du matin au soir, occupait les pensées d'Albert depuis le départ d'Édouard, quatre jours plus tôt. Il remuait des images de leur vie, ressassait comme un vieux.

Édouard ne lui manquait pas à proprement parler. Sa disparition avait même provoqué un brusque soulagement, le faisceau d'obligations auxquelles la présence de son camarade le contraignait s'étant soudainement démêlé, il avait respiré, s'était senti libéré. Seulement, il n'était pas tranquille. Ça n'est quand même pas mon môme ! pensait-il, quoique, si on considérait sa dépendance, son immaturité, ses entêtements, tout poussât à la comparaison. Quelle idée idiote l'avait donc saisi avec cette histoire de monuments aux morts ! Albert y voyait de la morbidité. Passe encore que l'idée lui soit venue, à la limite, on pouvait le comprendre, il avait des envies de revanche, comme tout le monde. Mais qu'il soit resté aussi insensible aux arguments, pourtant rationnels, d'Albert relevait du mystère. Qu'il ne comprenne pas la différence entre un projet et un rêve ! Ce garçon, au fond, n'avait pas les pieds sur terre, quelque chose qu'on devait voir souvent chez les riches, comme si la réalité ne les concernait pas.

Il régnait sur Paris un froid humide et pénétrant. Albert avait réclamé que l'on change ses planches de réclame qui gonflaient et devenaient terriblement lourdes en fin de journée, mais pas moyen d'obtenir quoi que ce soit.

Près du métro, le matin, on prenait ses panneaux en bois, on en changeait à l'heure du casse-croûte. Les employés, pour la plupart des démobilisés n'ayant pas encore retrouvé un emploi normal, étaient une dizaine sur le même arrondissement, plus un inspecteur, un pervers toujours planqué quelque part juste au moment où vous vous posiez pour vous masser les épaules, qui surgissait et menaçait de vous foutre à la porte si vous ne repreniez pas immédiatement votre déambulation.

C'était un mardi, le jour du boulevard Haussmann, entre La Fayette et Saint-Augustin (d'un côté : *Raviba – Pour teindre et raviver les bas*, de l'autre : *Lip… Lip… Lip… Hourra – La montre de la victoire*). La pluie, qui s'était arrêtée dans la nuit, se remit à tomber vers dix heures du matin, Albert venait d'arriver à l'angle de la rue Pasquier. Même une pause pour chercher sa casquette dans sa poche était interdite, il fallait marcher.

— C'est ça, le boulot, marcher, disait l'inspecteur. T'as été fantaboche, non ? Eh ben, là, c'est pareil !

Mais la pluie était drue, froide, tant pis, Albert jeta un œil à droite, à gauche, puis se recula contre le mur d'un immeuble, plia les genoux, les panneaux se posèrent au sol ; il se baissait et s'apprêtait à passer sous les lanières de cuir lorsque l'édifice s'abattit. Il reçut la façade entière en pleine tête.

Le choc fut si violent que sa tête partit en arrière, emmenant le reste du corps. L'arrière de son crâne s'écrasa contre le mur en pierre, les panneaux s'écroulèrent, les courroies se vrillèrent, Albert en fut étranglé. Il se débattit comme un homme qui se noie, le souffle coupé, les panneaux, déjà lourds, lui étaient tombés dessus en accordéon, impossible de remuer ; quand il essaya de se relever, les lanières se serrèrent autour de son cou.

Alors l'idée surgit, stupéfiante : c'était la même scène que dans son trou d'obus. Empêtré, étouffé, immobilisé, asphyxié, il était dit qu'il mourrait ainsi.

Il fut saisi de panique, ses gestes se firent désordonnés, il voulut hurler, n'y parvint pas, tout allait vite, très vite, beaucoup trop ; il sentit qu'on lui agrippait les chevilles, qu'on le tirait de sous les décombres, les lanières accrurent leur étreinte autour de son cou ; il tenta de glisser ses doigts dessous pour trouver de l'air, un coup très violent fut frappé sur l'un des panneaux de bois, le coup résonna dans son crâne et soudain apparut la lumière, les lanières se défirent, Albert aspira l'air avec avidité, trop d'air, il se mit à tousser, faillit vomir. Il chercha à se protéger, mais de quoi ? à se débattre, on aurait dit un chat aveugle et menacé ; il comprit enfin, en ouvrant les yeux : l'immeuble qui venait de s'écrouler prit forme humaine, celle d'un visage furieux penché sur lui, les yeux exorbités.

Antonapoulos criait :

— Salaud !

Sa figure mafflue, ses grosses bajoues tombantes étaient enflammées par la fureur, son regard semblait vouloir transpercer la tête d'Albert de part en part. Le Grec, qui venait de l'assommer, se tortilla, s'élança et s'assit brutalement sur les vestiges des panneaux, son immense cul broyant la planche sous laquelle se trouvait la poitrine d'Albert qu'il attrapa par les cheveux. Bien calé sur sa proie, il se mit alors à lui marteler la tête à coups de poing.

Le premier fit éclater l'arcade sourcilière, le deuxième fendit les lèvres, Albert eut aussitôt le goût du sang dans la bouche, impossible de remuer, étouffé sous le Grec qui continuait de hurler, de scander chaque mot d'un coup au visage. Un, deux, trois, quatre, Albert, en apnée, entendait des cris, il tâcha de se détourner, sa tête explosa sous un choc à la tempe, il s'évanouit.

Des bruits, des voix, ça s'agitait tout autour…

Des passants étaient intervenus, parvenant à repousser le Grec vociférant, à le rouler sur le flanc – ils s'y étaient mis à trois –, et enfin à dégager Albert, à l'étendre sur le trottoir. Quelqu'un parla tout de suite d'appeler la police, le Grec se cabra, il ne voulait pas de la police, ce qu'il voulait, à n'en pas douter, c'était la peau de cet homme inconscient qui gisait dans une mare de sang et qu'il désignait du poing en criant « Salaud ! ». Il y eut des appels au calme, les femmes reculaient en fixant l'homme en sang, allongé, évanoui. Deux hommes, des héros de trottoir, maintenaient le Grec sur le dos comme une tortue empêchée de se retourner. On criait des instructions, personne ne savait qui faisait quoi, on passait déjà aux commentaires. Quelqu'un dit que c'était une histoire de femme, vous croyez ? Tenez-le ! Vous êtes bon, vous, tenez-le, venez m'aider plutôt ! C'est qu'il était puissant, ce con de Grec, quand il tentait de se retourner, un vrai cachalot, mais il était trop volumineux pour devenir réellement dangereux. Quand même, disait l'un, il faudrait bien que la police arrive !

— Police, non police ! hurlait le Grec en gesticulant.

Le mot « police » décupla sa colère et sa hargne. D'un bras, il envoya sur le dos un des bénévoles ; les femmes, toutes ensemble, poussèrent un cri, ravies, elles firent tout de même un pas en arrière. Insensibles à l'issue de la dispute, des voix plus loin questionnaient : Un Turc ? — Mais non, c'est du roumain ! — Ah non ! répliquait un homme très informé, le roumain, c'est comme le français, non, ça, c'est du turc. — Ah ! exultait le premier, du turc, c'est ce que je disais ! Sur quoi la police arriva enfin, deux agents, qu'est-ce qui se passe ici, question idiote puisqu'on voyait clairement qu'il y avait un homme qu'on essayait d'empêcher d'en achever un autre, évanoui à quatre mètres de là. Bien, bien, bien, dit la police, on va voir ça. En fait, on ne vit rien du tout parce que les événements se précipitèrent. Les passants qui, jusqu'alors, avaient retenu le Grec se relâchèrent en voyant arriver les uniformes. Il ne lui en fallut pas davantage pour rouler sur le ventre, s'agenouiller, se relever, là, personne n'aurait pu l'arrêter, c'était comme un train prenant de la vitesse, vous pouviez être broyé, personne ne s'y risqua, surtout pas la police. Le Grec fondit sur Albert dont l'inconscient dut percevoir le retour du danger. Au moment où Antonapoulos arrivait sur lui, Albert – en fait, ce n'était que son corps, il avait encore les yeux fermés et dodelinait de la tête comme un somnambule –, Albert, donc, roula à son tour sur le ventre, se mit debout lui aussi, commença à courir et s'éloigna en zigzaguant sur le trottoir, poursuivi par le Grec.

Tout le monde fut déçu.

On avait une relance de l'action et voilà que les protagonistes disparaissaient. On était frustré d'une arrestation, d'un interrogatoire, car enfin, on avait participé, on avait le droit de connaître le fin mot de l'histoire, non ? Seuls les policiers ne furent pas déçus, ils levèrent un bras désarmé et fataliste, advienne que pourra, espérant que les deux hommes continueraient de courir l'un après l'autre assez long-temps, puisque juste après la rue Pasquier ce n'était plus leur secteur.

La course-poursuite avorta d'ailleurs assez vite. Albert passa sa manche sur son visage pour y voir plus clair, il courait comme quelqu'un qui a la mort aux trousses, infiniment plus rapide que le Grec bien trop lourd, il y eut bientôt entre eux deux rues, puis trois, puis quatre, Albert prit à droite, puis à gauche, et à moins de tourner en rond et de retomber sur Antonapoulos, il en était quitte pour la peur, si on ne comptait ni les deux dents cassées, ni l'arcade ouverte, ni les hématomes, ni la terreur, ni les dou-leurs aux côtes, etc.

Cet homme sanguinolent et titubant n'allait pas tarder à attirer de nouveau la police. Déjà les passants s'écartaient l'air inquiet. Albert, qui comprenait qu'il avait réussi à mettre de la distance entre son agres-seur et lui, se rendant compte de l'effet déplorable qu'il produisait, s'arrêta à la fontaine de la rue Scribe et se passa de l'eau sur le visage. C'est à ce moment-là que les coups commencèrent à lui faire mal. Sur-tout l'arcade ouverte. Il n'y avait pas moyen d'arrêter le sang de couler, même avec la manche serrée sur son front, il en avait partout.

Une jeune femme en chapeau et toilette était assise, seule, pressant son sac à main contre elle. Elle détourna le regard dès qu'Albert entra dans la salle d'attente et ce n'était pas facile de n'être pas vue parce qu'il n'y avait qu'eux et les deux chaises face à face. Elle se tortilla, regarda par la fenêtre par laquelle on ne voyait rien et toussa pour mettre la main devant son visage, plus inquiète d'être remarquée que de regarder cet homme dont l'hémorragie ne s'arrêtait pas – il était déjà couvert de sang des pieds à la tête – et dont la tête disait assez qu'il venait de passer un sale quart d'heure. Il s'en passa un second avant qu'à l'autre bout de l'appartement on entende quelques pas, une voix, et qu'apparaisse enfin le docteur Martineau.

La jeune femme se leva, s'arrêta aussitôt. En voyant l'état d'Albert, le docteur lui fit signe. Albert s'avança, la jeune femme revint à sa chaise, sans un mot, et se rassit, comme punie.

Le médecin ne demanda rien, tâta, pressa ici et là, posa sobrement un diagnostic : « Vous vous êtes bien fait casser la gueule… », tamponna les trous des gencives, recommanda de consulter un dentiste et recousit la plaie à l'arcade.

— Dix francs.

Albert retourna ses poches, se mit à quatre pattes pour récupérer les quelques pièces qui avaient roulé sous le siège, le médecin rafla le tout, il n'y avait pas dix francs, loin de là, il leva les épaules, résigné, et dirigea Albert vers la sortie sans un mot.

La panique saisit Albert aussitôt. Il se retint à la poignée de la porte cochère, le monde se mit à tourner autour de lui, le cœur cognait, envie de vomir et l'impression de fondre sur place ou de s'enfoncer dans la terre, comme dans des sables mouvants. Un vertige effroyable. Il avait les yeux écarquillés, se tenait la poitrine, on aurait dit un homme terrassé par une attaque cardiaque. La concierge arriva aussitôt.

— Vous allez pas vomir sur mon trottoir, au moins ?

Il était incapable de répondre. La concierge regarda son arcade recousue en hochant la tête et leva les yeux au ciel, il n'y a pas plus douillet que les hommes.

La crise ne dura pas. Violente, mais brève. Il avait connu les mêmes, en novembre et décembre 18, au cours des semaines qui avaient suivi son ensevelissement. Même la nuit, il se réveillait sous la terre, mort, asphyxié.

La rue dansa autour de lui quand il se mit à marcher, la réalité lui semblait nouvelle, plus vague que la vraie, plus floue, dansante, vacillante. Il avança en titubant vers le métro, chaque bruit, chaque claquement le faisait sursauter, il se retourna vingt fois, s'attendant chaque instant à voir surgir l'énorme Poulos. Quelle poisse. Dans une ville pareille, on pouvait rester vingt ans sans rencontrer un ancien copain, et lui, il tombait sur le Grec.

Albert commença à avoir terriblement mal aux dents.

Il s'arrêta dans un café boire un calvados, mais à l'instant de commander, il se souvint qu'il avait tout donné au docteur Martineau. Il ressortit, tenta de prendre le métro, l'atmosphère confinée l'étrangla, une bouffée d'angoisse l'étreignit, il remonta à la surface, termina son chemin à pied, rentra, épuisé, passa le reste de la journée à trembler rétrospectivement en mâchonnant sans cesse les détails de ce qui lui était arrivé.

Parfois, il était pris d'une colère noire. Il aurait dû le tuer à leur première rencontre, ce salaud de Grec ! Mais le plus souvent, il contemplait sa vie comme un désastre sans nom, sa petitesse lui portait au cœur, et il sentait qu'il lui serait difficile de ressortir, quelque chose dans sa volonté de se battre s'était cassé.

Il se regarda dans la glace, son visage avait pris des proportions impressionnantes, les hématomes viraient au bleu, il avait une tête de bagnard. Son camarade aussi, naguère, s'était regardé dans le miroir pour y constater sa ruine. Albert envoya la glace au sol, sans colère, ramassa les morceaux et les jeta.

Le lendemain, il ne mangea pas. Tout l'après-midi, il tourna en rond dans le salon comme un cheval de manège. La peur le saisissait de nouveau chaque fois qu'il repensait à cet épisode. Et avec des idées idiotes : le Grec l'avait trouvé, il pouvait enquêter, aller voir son employeur, venir le chercher ici, réclamer son dû, le tuer. Albert courait à la fenêtre, mais de là il ne voyait pas la rue par laquelle Poulos pouvait surgir, seulement la maison de la propriétaire avec, comme toujours, Mme Belmont derrière sa fenêtre, le regard vide, le visage perdu dans ses souvenirs.

L'avenir se teintait de noir. Plus de travail, le Grec aux trousses, il fallait déménager, trouver un autre boulot. Comme si c'était facile.

Puis il se rassurait. Que le Grec vienne le chercher était purement grotesque, c'était un fantasme.

Comment aurait-il fait, d'abord ? Allait-il mobiliser sa famille, toute sa corporation, pour retrouver un carton d'ampoules de morphine dont le contenu était certainement déjà liquidé ? C'était franchement ridicule !

Mais ce que l'esprit d'Albert parvenait à penser, son corps ne le partageait pas. Il continuait à trembler, sa peur était irrationnelle, imperméable à toute raison. Les heures passèrent, la nuit vint, et avec elle, les spectres, l'épouvante. Le grossissement dû à l'obscurité détruisit le peu de lucidité dont il avait été capable, l'affolement reprit le dessus.

Albert, seul, pleura. Il y aurait à écrire une histoire des larmes dans la vie d'Albert. Celles-ci, désespérées, naviguaient de la tristesse à la terreur selon qu'il considérait sa vie ou son avenir. Alternèrent sueurs froides, coups de cafard, palpitations, idées noires, sensations d'étouffement et vertiges ; jamais plus, se disait-il, il ne pourrait sortir de cet appartement, mais jamais il ne pourrait y rester non plus. Les larmes redoublèrent. Fuir. Le mot tonna soudain dans son esprit. Fuir. À cause de la nuit, l'idée prit peu à peu un volume démesuré, écrasant toutes les autres perspectives. Il n'imaginait plus l'avenir ici, pas seulement dans cette pièce, mais aussi dans cette ville, dans ce pays.

Il courut au tiroir, exhuma les photos des colonies, les cartes postales. Reprendre tout de zéro. L'éclair suivant fit apparaître l'image d'Édouard. Albert se précipita sur l'armoire, en sortit le masque à tête de cheval. Il l'enfila avec précaution comme on manipule une antiquité précieuse. Et il se sentit immédiatement à l'abri, protégé. Il voulut se voir, dénicha dans la poubelle un éclat de verre assez grand, c'était impossible. Il chercha alors son reflet sur la vitre de la fenêtre, s'y rencontra en cheval, et ses terreurs se turent, une tiédeur bienveillante le gagna, ses muscles se relâchèrent. En accommodant, son regard tomba, de l'autre côté de la cour, sur la fenêtre de Mme Belmont. Elle n'y était plus. Seule parvenait aux carreaux une lueur venant d'une pièce lointaine de la maison.

Et tout fut soudain clair, évident.

Albert dut respirer profondément avant de retirer le masque de cheval. Il ressentit une impression désagréable de froid. À la manière de ces poêles qui emmagasinent la chaleur et restent tièdes alors que le feu est éteint depuis longtemps, Albert avait stocké un peu de force, suffisamment pour ouvrir la porte, son masque sous le bras, descendre lentement l'escalier, soulever la bâche et constater que le carton d'ampoules avait disparu.

Il traversa la cour, fit quelques mètres sur le trottoir, la nuit était maintenant noire, il serra sous son bras son masque de cheval et sonna.

Mme Belmont mit un long moment avant d'arriver. Elle ne dit pas un mot en reconnaissant Albert, ouvrit la porte. Albert entra, la suivit, un couloir, une pièce dont les volets étaient tirés. Dans un petit lit d'enfant, trop juste pour elle, Louise dormait profondément, elle avait les jambes repliées. Albert se pencha sur elle, dans son sommeil cette enfant était d'une beauté inouïe. Par terre, recouvert d'un drap blanc que la pénombre teintait d'ivoire, Édouard était étendu, les yeux grands ouverts, fixant Albert. À côté de lui, le carton d'ampoules de morphine. Albert, en expert, constata aussitôt que la quantité n'avait pas trop diminué.

Il sourit, pour se libérer, enfila son masque de cheval et lui tendit la main.

Vers minuit, Édouard, assis sous la fenêtre, Albert à ses côtés, tenait studieusement sur ses genoux ses planches de monuments. Il avait vu la tête de son ami. Une sacrée raclée.

Albert dit :

— Bon, explique-moi un peu mieux. Ton histoire de monuments... tu vois ça comment ?

Pendant qu'Édouard écrivait sur un nouveau cahier de conversation, Albert feuilleta les planches de dessins. Ils étudièrent la question. Tout était soluble dans cette affaire. On ne créait pas de société fantôme, juste un compte en banque. Pas de bureaux, une simple boîte postale. L'idée était de proposer une promotion très attractive dans un temps assez limité, de faire le plein des avances versées sur les commandes... et de partir aussitôt avec la caisse.

Ne restait qu'un problème, considérable : pour monter l'affaire, il fallait de l'argent.

Édouard ne comprenait pas précisément pourquoi cette question des fonds indispensables, qui, auparavant, arrêtait Albert au point de le rendre furieux, ne semblait plus maintenant qu'un obstacle mineur. Cela avait évidemment à voir avec son état, ses hématomes, son arcade à peine refermée, ses coquards...

374

Édouard repensa à la sortie d'Albert, quelques jours plus tôt, à sa déception au retour ; il imaginait une histoire de femme, un chagrin d'amour. Albert, se demandait-il, ne prenait-il pas cette décision sur le coup d'une colère passagère ? N'allait-il pas déclarer forfait demain, ou le jour d'après ? Mais Édouard n'avait guère le choix, s'il voulait se lancer dans cette aventure (et Dieu sait qu'il y tenait !), il lui fallait faire comme si la résolution de son camarade était réfléchie. Et croiser les doigts.

Pendant cette conversation, Albert paraissait normal, rationnel, il disait des choses parfaitement sensées, sauf qu'au beau milieu d'une phrase, de brusques frissons le secouaient de la tête aux pieds, et bien que la température ne s'y prêtât pas, il transpirait abondamment, surtout des mains. Il était, à cet instant, deux hommes à la fois, l'un qui tressaillait comme un lapin, l'ancien poilu enterré vivant, l'autre qui pensait, calculait, l'ex-comptable.

Donc l'argent pour mener l'affaire, comment le dénicher ?

Albert regarda longuement la tête du cheval qui le fixait avec calme. C'était un encouragement, ce regard placide et bienveillant posé sur lui.

Il se leva.

— Je pense que je peux trouver…, dit-il.

Il s'avança jusqu'à la table qu'il débarrassa lentement.

Il s'assit avec, devant lui, une feuille de papier, l'encre, le porte-plume, réfléchit un long moment puis, après avoir inscrit, en haut et à gauche, son nom et son adresse, il écrivit :

Monsieur,

Vous avez eu la bonté, lors de votre invitation, de me proposer un poste de comptable dans l'une de vos entreprises.

Si cette offre tient toujours, sachez que je...

MARS 1920

26

Henri d'Aulnay-Pradelle, esprit simple et sans nuances, avait facilement raison parce que sa rusticité décourageait souvent l'intelligence de ses interlocuteurs. Par exemple, il ne pouvait s'empêcher de considérer Léon Jardin-Beaulieu, moins grand que lui, comme moins intelligent. C'était évidemment faux et pourtant, comme Léon nourrissait un complexe à ce sujet qui le privait de ses moyens, Pradelle avait toujours gain de cause. Dans cette suprématie, il y avait cette question de la taille, mais aussi deux autres raisons qui se nommaient Yolande et Denise, respectivement sœur et épouse de Léon, et toutes deux les maîtresses d'Henri. La première depuis plus d'un an, la seconde depuis l'avant-veille de son mariage. Henri aurait trouvé plus piquant encore que ce soit la veille de la cérémonie, ou mieux, le matin même, les événements ne s'y étaient pas prêtés et l'avant-veille représentait déjà un fort beau résultat. Depuis ce jour-là, il disait volontiers à ses intimes : « Dans la famille Jardin-Beaulieu, il ne me manque que la mère. » La plaisanterie avait du succès parce que Mme Jardin-Beaulieu mère était une femme peu propre à éveiller le désir et très vertueuse. Henri, avec sa goujaterie coutumière, ne manquait pas d'ajouter : « Ceci explique cela. »

En somme, entre Ferdinand Morieux, un parfait imbécile, et Léon Jardin-Beaulieu, tétanisé par ses inhibitions, Henri avait choisi deux associés qu'il méprisait. Jusqu'alors, il avait eu les coudées franches pour organiser les choses à sa manière, vive et expéditive comme on sait, et ses « associés » s'étaient contentés de percevoir leurs dividendes. Henri ne les tenait au courant de rien, c'était « son » entreprise. Bien des obstacles avaient été contournés sans avoir à rendre de comptes, il n'allait pas commencer maintenant.

— Seulement, dit Léon Jardin-Beaulieu, cette fois, c'est plus embarrassant.

Henri le toisait de toute sa taille. Quand il discutait avec lui, il s'arrangeait pour être debout, afin de contraindre Léon à lever la tête, comme pour regarder le plafond.

Léon cilla rapidement. Il avait des choses importantes à dire, mais cet homme lui faisait peur. Et il le haïssait. Il avait souffert en apprenant que sa sœur couchait avec lui, mais il en avait souri comme s'il en était le complice, et même l'instigateur. Quand remontèrent les premiers bruits concernant Denise, son épouse, ce fut tout autre chose. L'humiliation lui donna envie de mourir. Il avait épousé une femme belle parce qu'il possédait une fortune, il ne s'était jamais illusionné sur sa fidélité présente ou à venir, mais qu'Aulnay-Pradelle fût précisément le porteur de la mauvaise nouvelle se révéla plus douloureux que tout. Denise, elle, avait toujours considéré Léon avec dédain. Elle lui en voulait d'être parvenu à ses fins parce qu'il en avait les moyens. Dès le début de leur mariage, elle s'était montrée condescendante à son égard, et lui n'avait rien trouvé à opposer à sa décision de faire chambre à part et, chaque soir, d'en fermer la porte. Il ne m'a pas épousée, pensait-elle, il m'a achetée. Elle n'était pas d'une nature cruelle, mais il faut comprendre, c'était une époque où les femmes étaient très méprisées.

Quant à Léon, se voir contraint de fréquenter Henri de si près à cause de leurs affaires l'atteignait dans sa dignité. Comme si ses relations conjugales calamiteuses n'étaient pas déjà suffisantes ! Il vouait à Pradelle une rancune telle que si leurs mirobolants contrats avec l'État avaient tourné au fiasco, il n'aurait pas levé le petit doigt – ce qu'il aurait perdu ne l'aurait pas ruiné –, il aurait même laissé son associé se noyer avec ravissement. Mais ce n'était pas seulement une question d'argent. Il y allait de sa réputation. Et les bruits qu'il entendait ici et là devenaient très inquiétants. Abandonner d'Aulnay-Pradelle, c'était peut-être tomber avec lui, et ça, jamais ! On évoquait tout cela à mots couverts, personne ne savait réellement de quoi il retournait, mais si on parlait de la loi, c'est qu'il s'agissait de délits… De délits ! Léon avait un camarade de promotion qui, obligé de travailler, occupait une fonction à la Préfecture.

— Mon cher, lui avait-il dit d'un ton inquiet, ça ne sent pas très bon, tout cela…

De quoi s'agissait-il exactement ? Léon ne parvenait pas à le savoir ; même ce camarade de la

Préfecture l'ignorait. Ou, pire, ne voulait pas en parler. Léon s'imaginait assigné devant les tribunaux. Un Jardin-Beaulieu devant un juge ! Ça le retournait. D'autant qu'il n'avait rien fait, lui ! Mais allez le prouver...

— Embarrassant, répéta calmement Henri. Qu'est-ce qu'il y a donc de si embarrassant ?

— Eh bien, je ne sais pas, moi... C'est à toi de me le dire !

Henri plissa les lèvres, je ne vois pas de quoi il s'agit.

— On évoque un rapport..., reprit Léon.

— Ah ! s'exclama Henri, c'est de ça que tu parles ? Non, ce n'est rien, c'est arrangé ! Un malentendu.

Léon n'était pas prêt à s'en contenter. Il insista :

— D'après ce que je sais...

— Quoi ? hurla alors Pradelle. Qu'est-ce que tu sais ? Hein ? Qu'est-ce que tu sais ?

Sans prévenir, il était passé de l'apparente bonhomie à la virulence. Léon l'avait observé ces dernières semaines, il s'était fait tout un roman parce qu'il trouvait Pradelle extrêmement fatigué et il ne pouvait s'empêcher de penser que Denise y était pour quelque chose. Mais Henri avait des ennuis, car un amant fatigué reste un amant heureux, tandis que lui était toujours tendu, plus irascible encore qu'avant, tranchant. Ainsi, ce soudain accès de fureur...

— Si le problème est arrangé, risqua Léon, pourquoi te mets-tu en colère ?

— Parce que j'en ai marre, mon petit Léon, de devoir rendre des comptes alors que je dois tout faire moi-même ! Parce que Ferdinand et toi, vous touchez vos dividendes, mais qui passe son temps à organiser, donner des instructions, surveiller, compter ? Toi ? Ha, ha, ha !

Ce rire était très désobligeant. Léon, pensant aux conséquences, fit comme s'il ne le voyait pas et poursuivit :

— Je ne demande pas mieux que de t'aider, c'est toi qui t'y opposes ! Tu réponds toujours que tu n'as besoin de personne !

Henri prit une profonde inspiration. Que répondre ? Ferdinand Morieux était un crétin et Léon, un incapable de qui on ne pouvait rien attendre. Au fond, si ce n'était son nom, ses relations, son argent, toutes choses indépendantes de sa personne, c'était quoi, Léon ? Un cocu, voilà tout. Henri avait laissé sa femme moins de deux heures auparavant… C'était d'ailleurs assez pénible, il fallait toujours lui décoller les bras à deux mains à l'instant de se quitter, c'étaient des simagrées à n'en plus finir… Il commençait à en avoir assez de cette famille, vraiment.

— Tout ça est trop compliqué pour toi, mon petit Léon. Compliqué, mais il n'y a rien de grave, rassure-toi.

Il se voulait sécurisant mais son comportement hurlait l'inverse.

— Quand même, insista Léon, à la Préfecture, on me dit que…

— Quoi encore ? Qu'est-ce qu'on dit à la Préfecture ?

— Qu'il se passe des choses inquiétantes !

Léon était décidé à se battre pour savoir, pour comprendre, parce que cette fois, il ne s'agissait pas de la frivolité de sa femme ou de la chute éventuelle de ses actions dans l'entreprise de Pradelle. Il craignait d'être emporté, à son corps défendant, dans une spirale plus critique car venait se mêler aux affaires la question politique.

Il ajouta :

— Ces cimetières sont un secteur très sensible…

— Ah oui ? Tiens donc, « très sensible » !

— Parfaitement, reprit Léon, névralgique, même ! Aujourd'hui, la moindre maladresse et c'est le scandale ! Avec cette Chambre…

Ah, cette nouvelle Chambre ! Aux élections de novembre dernier, les premières depuis l'armistice, le Bloc national avait remporté une majorité écrasante, composée, presque pour moitié, d'anciens combattants. Si patriotique, si nationaliste, qu'on l'avait surnommée la « Chambre bleu horizon », de la couleur des uniformes français.

Léon avait beau avoir, comme disait Henri, « les naseaux sur le bitume », il touchait juste.

Cette majorité avait permis à Henri de se tailler la part du lion dans le marché gouvernemental et de s'enrichir à une vitesse proche de la lumière, la Sallevière avait été rebâtie pour plus du tiers en quatre mois, certains jours il y avait jusqu'à quarante ouvriers sur place… Mais ces députés étaient aussi la pire des menaces. Un tel rassemblement de héros se montrerait certainement sourcilleux sur toute question touchant leurs « chers morts ». On en prononcerait, des grands mots ! Ah, on avait été incapable de payer correctement le pécule des soldats démobilisés, de leur retrouver des emplois, mais maintenant, on se vautrerait dans la morale !

C'est ce qu'on lui avait laissé entendre, au ministère des Pensions, où Henri avait été demandé. Pas convoqué, « demandé ».

— Mon cher, tout se passe comme vous voulez ?

Il était le gendre de Marcel Péricourt, on prenait des gants. Associé avec un fils de général et un fils de député, on ajoutait des pincettes.

— Ce rapport du préfet, voyons...

On avait fait semblant de chercher dans sa mémoire, puis soudain, comme un éclat de rire :

— Ah oui, le préfet Plerzec ! Non, rien, une babiole ! Que voulez-vous, il y a toujours eu des petits commis de l'État un peu tatillons, c'est une calamité inévitable. Non, d'ailleurs le rapport a été classé ! Imaginez-vous que le préfet s'est presque excusé, si, si, mon cher. C'est de l'histoire ancienne, vraiment.

On avait alors adopté le ton de la confidence. Mieux, du secret partagé :

— Mais il faut tout de même faire un peu attention parce qu'un petit fonctionnaire du ministère inspecte. Un pointilleux, un maniaque.

Impossible d'en savoir plus. « Faire un peu attention. »

Dupré le lui avait décrit, ce Merlin : un fouille-merde. Un type de la vieille école. Sale, paraît-il, ombrageux. Pradelle n'arrivait pas à imaginer à quoi il ressemblait, en tout cas, à rien de ce qu'il connaissait. Un bureaucrate du bas de la pile, sans carrière, sans avenir, les pires, toujours des revanches à prendre. Ils n'ont généralement aucune voix au chapitre, personne ne les entend, on les méprise, même dans leur administration.

— C'est vrai, avait-on poursuivi au ministère. Mais enfin, cela n'empêche… Ils disposent parfois d'une capacité de nuisance…

Le silence qui avait suivi s'était étiré, comme un élastique près de craquer.

— Maintenant, mon cher, le mieux est de faire vite et bien. « Vite » parce que le pays a besoin de passer à autre chose et « bien » parce que cette Chambre est très sourcilleuse sur tout ce qui touche à nos Héros, on peut le comprendre.

Avertissement sans frais.

Henri avait simplement souri, pris un air entendu, mais avait aussitôt rappelé à Paris tous ses contremaîtres, Dupré en tête en sa qualité de chef, et il avait menacé chacun, donné des directives très fermes, lancé des mises en garde, promis des primes, éventuellement. Mais allez vérifier un tel travail, il y avait plus de quinze cimetières de campagne sur lesquels sa société intervenait en amont ! Et en aval, sept grandes nécropoles, et bientôt huit !

Pradelle observa Léon. De le voir du dessus, il repensa soudain au soldat Maillard qu'il avait regardé ainsi quand il était dans son trou d'obus et qu'il avait revu dans la même position, quelques mois plus tard, dans la fosse d'un soldat anonyme déterré pour complaire à Madeleine.

Ces temps-là, qui étaient loin maintenant, lui semblaient toujours marqués par une grâce tombée du ciel : le général Morieux lui avait envoyé Madeleine Péricourt ! Un vrai miracle. Une opportunité inouïe, cette rencontre, le début de toute sa réussite ; savoir saisir sa chance, tout est là.

Henri écrasa Léon du regard. Il ressemblait tout à fait au soldat Maillard en train de sombrer ; il était bien du genre à être enseveli vivant avant d'avoir le temps de dire ouf.

Pour l'heure, il pouvait encore servir. Henri lui posa la main sur l'épaule.

— Léon, aucun problème. Et s'il y en avait, eh bien, ton père n'aurait qu'à intervenir auprès du ministre…

— Mais…, s'égosilla Léon, c'est impossible ! Tu sais bien que mon père est député de l'Action libérale et que le ministre marche avec la Fédération républicaine !

Décidément, pensa Henri, à part me prêter sa femme, cet imbécile ne me sert strictement à rien.

27

Quatre jours qu'il attendait dans un mélange d'angoisse et d'impatience et M. de Housseray, son client, venait enfin de passer !

Quand vous n'avez jamais volé plus de quelques francs ici ou là, monter à la centaine, puis au millier en deux semaines, vous donne vite le vertige. Et c'était la troisième fois en un mois qu'Albert allait estamper son employeur et son client, un mois qu'il ne dormait plus, il avait perdu cinq kilos. M. Péricourt, qui l'avait croisé deux jours plus tôt dans le hall de la banque, lui avait demandé s'il n'était pas malade et proposé un congé alors qu'il venait tout juste d'entrer en fonction. Vis-à-vis de la hiérarchie et des collègues, pour se faire mal voir, il n'y avait pas mieux, comme cadeau. Déjà, être embauché sur la recommandation de M. Péricourt… De toute manière, pas question de prendre un congé, Albert était là pour travailler, c'est-à-dire pour taper dans la caisse. Et il n'y avait pas de temps à perdre.

À la Banque d'escompte et de crédit industriel, pour savoir qui dépouiller, Albert disposait d'un large choix. Il avait opté pour la·plus ancienne et la plus sûre des méthodes bancaires : la tête du client.

M. de Housseray avait une très belle tête de client. Avec son haut-de-forme, ses cartes de visite en relief et sa canne à pommeau en or, il vous exhalait un délicieux parfum de profiteur de guerre. Albert, angoissé comme on devine, avait pensé naïvement rendre les choses plus faciles en choisissant quelqu'un qu'il pourrait détester. C'est à ce genre de réflexion que se repèrent les amateurs. À sa décharge, il avait d'excellentes raisons d'être inquiet. Il escroquait la banque pour financer une arnaque à la souscription ; en clair, il volait de l'argent pour avoir les moyens d'en voler davantage, de quoi donner le vertige à n'importe quel débutant.

Premier vol, cinq jours après son embauche, sept mille francs.

Un jeu d'écritures.

On encaisse quarante mille francs du client, on les crédite sur son compte. Dans la colonne des recettes bancaires, on n'en déclare que trente-trois mille et le soir on prend le tram avec sa serviette en cuir bourrée de billets. L'avantage d'œuvrer au sein d'une banque importante, c'était que personne ne pouvait se rendre compte de quoi que ce soit avant le rapprochement hebdomadaire qui, entre le bilan des portefeuilles d'actions, les calculs d'intérêts, les liquidations, les prêts, les remboursements, les compensations, les dépôts à vue, etc., demandait près de trois jours. Tout tenait sur ce délai. Il suffisait d'attendre la fin de la première journée de contrôle pour débiter une ligne d'un compte qui

venait d'être vérifié afin de créditer le compte ponc-
tionné, qui, lui, ne serait vérifié que le lendemain.
Aux yeux des contrôleurs, les deux comptes apparaissaient sans tache, et on reproduisait l'opération
la semaine suivante en recourant à de nouvelles
lignes, tantôt de fonctionnement, de crédit, tantôt
d'investissement, d'escompte, d'actions, etc. Une
arnaque très classique appelée le « pont des Sou-
pirs », très dépensière sur le plan nerveux, facile à
réaliser, exigeant du savoir-faire mais peu de malice,
idéale pour un garçon comme Albert. En revanche,
elle présentait l'énorme désavantage de vous inscrire
dans une escalade sans fin et de vous obliger, de
semaine en semaine, à une course-poursuite infer-
nale avec les vérificateurs. Il n'y avait pas d'exemple
d'une durée supérieure à quelques mois avant
que son auteur eût été contraint de s'enfuir à l'étranger ou se fût retrouvé en prison, cas, de loin, le
plus fréquent.

Comme beaucoup de voleurs occasionnels, Albert
avait décidé qu'il s'agissait seulement d'un emprunt :
avec le premier argent des monuments aux morts,
il rembourserait la banque avant de s'enfuir. Cette
naïveté lui permit de passer à l'acte, mais s'envola
vite, remplacée par d'autres urgences.

Dès le premier détournement, son sentiment de
culpabilité s'engouffra dans la brèche déjà ouverte
par son anxiété et son hyperémotivité chroniques.
Sa paranoïa tourna franchement à la pantophobie.
Albert vécut cette période dans une fièvre quasiment
convulsive, tremblant à la moindre question, rasant
les murs et transpirant des mains au point qu'il devait

les essuyer en permanence, ce qui rendait son travail de bureau très délicat ; son œil, sans cesse aux aguets, faisait des allers-retours vers la porte et même la position de ses jambes, sous son bureau, trahissait l'homme prêt à s'enfuir.

Ses collègues le trouvaient bizarre ; tout le monde le pensait inoffensif, il avait plutôt l'air malade que dangereux. Les poilus qu'on avait repris présentaient tous des signes pathologiques divers, on s'y était habitué. De plus, Albert ayant des appuis, mieux valait lui faire bonne figure.

Dès le début, Albert avait dit à Édouard que les sept mille francs prévus ne suffiraient jamais. Il y avait le catalogue à imprimer, les enveloppes à acheter, les timbres, du personnel à payer pour écrire les adresses, il fallait aussi acquérir une machine à écrire pour répondre aux courriers demandant des renseignements complémentaires, ouvrir une boîte postale ; sept mille francs, c'est ridicule, avait affirmé Albert, c'est le comptable qui te le dit. Édouard avait fait un geste évasif, sans doute, oui. Albert avait repris les calculs. Vingt mille francs minimum, il était formel. Édouard avait répondu, philosophe, allons-y pour vingt mille francs. On voit que ce n'est pas lui qui va les voler, s'était dit Albert.

Ne lui ayant jamais avoué qu'il était allé, un jour, dîner chez son père et en face de sa sœur, ni que cette pauvre Madeleine avait épousé ce salaud de Pradelle, source de tous leurs maux, impossible de lui avouer qu'il avait accepté de M. Péricourt un emploi de comptable dans la banque dont il était le fondateur et l'actionnaire principal. Bien qu'il ne fût plus homme-sandwich, Albert se sentait tout de même pris en étau entre Péricourt, le père, un bienfaiteur qu'il allait estamper, et Péricourt, le fils, avec qui il partageait le fruit de cette malversation. Auprès d'Édouard, il s'était contenté de prétexter un coup de chance inouï, un ancien collègue rencontré par hasard, une place libre dans une banque, un entretien qui s'était bien passé... Édouard, de son côté, avait accepté ce miracle particulièrement opportun sans se poser de questions. Il était né riche.

En fait, cette place dans la banque, Albert l'aurait volontiers gardée. Lorsque, à son arrivée, il fut placé à sa table, les encriers remplis, les crayons taillés, les pages de comptes immaculées, le perroquet en bois clair sur lequel il avait déposé manteau et chapeau et qu'il pouvait maintenant considérer comme le sien, les manchettes de lustrine toutes neuves, tout cela lui donna une envie de quiétude, de tranquillité. Au fond, ce pourrait être une existence assez agréable. Tout à fait l'idée qu'il s'était faite de la vie à l'arrière. S'il conservait cet emploi, très bien payé, il pourrait même tenter sa chance auprès de la jolie bonne des Péricourt... Oui, une belle petite vie. Au lieu de quoi, ce soir-là, Albert, fébrile jusqu'à la nausée, prit le métro avec cinq mille francs en grosses coupures dans sa sacoche. Par cette température encore assez fraîche, il était le seul voyageur à transpirer.

Albert avait une autre raison d'être impatient de rentrer : le camarade qui tirait sa charrette d'un seul bras avait dû passer à l'imprimerie et rapporter les catalogues.

Dès qu'il fut dans la cour, il aperçut les paquets ficelés… Ils étaient là ! C'était impressionnant. Ainsi, on y était. Jusqu'alors, on préparait ; maintenant, on se lançait.

Albert ferma les yeux, pris d'un vertige, les rouvrit, posa sa sacoche par terre, passa la main sur un des paquets, défit la ficelle.

Le catalogue du Souvenir Patriotique.

On aurait juré un vrai.

Et d'ailleurs, c'était un vrai, imprimé par Rondot Frères, rue des Abbesses, tout ce qu'on pouvait imaginer de plus sérieux. Dix mille exemplaires livrés. Huit mille deux cents francs d'impression. Il allait tirer le catalogue du dessus pour le feuilleter lorsqu'il fut arrêté dans son geste par un hurlement chevalin. Le rire d'Édouard qu'on entendait du bas de l'escalier. Un rire aigu, explosif, criblé de vibratos, un de ces rires qui restent dans l'air après qu'ils se sont éteints. On sentait qu'il s'agissait d'une hilarité insolite, comme celle d'une femme devenue folle. Albert saisit sa sacoche et monta. En ouvrant la porte, il fut accueilli par une exclamation tonitruante, une sorte de « rrââhhhrrr » (assez difficile à transcrire) qui exprimait le soulagement et l'impatience de le voir arriver.

Ce cri n'était d'ailleurs pas moins étonnant que la situation elle-même. Édouard, ce soir-là, portait un masque en forme de tête d'oiseau, avec un très long bec recourbé vers le bas, mais, chose étrange, légèrement entrouvert, il laissait voir deux rangées de dents très blanches qui donnaient l'impression d'un oiseau carnassier et hilare. Peint dans une gamme de rouges qui en soulignaient l'aspect sauvage et agressif, le masque prenait tout le visage d'Édouard jusqu'au front, à l'exception de deux trous pour les yeux, rieurs et mobiles.

Albert, qui se faisait une joie, assez mélangée toutefois, d'exhiber ses nouveaux billets de banque, se fit voler la vedette par Édouard et Louise. Le sol de la pièce était entièrement tapissé de feuilles de catalogue. Édouard était lascivement allongé. Ses grands pieds nus reposaient sur un des paquets ficelés et Louise, agenouillée tout au bout, passait avec délicatesse, sur les ongles de ses orteils, un émail d'un rouge carmin très vif. Toute concentrée, elle ne leva qu'à peine les yeux pour saluer Albert. Édouard, lui, repartit de son rire sonore et joyeux (« rrââhhhrrr »), montrant le plancher avec satisfaction, comme un prestidigitateur à la fin d'un numéro particulièrement réussi.

Albert ne put s'empêcher de sourire ; il posa sa sacoche, retira son manteau, son chapeau. Il n'y avait guère qu'ici, dans leur appartement, qu'il se sentait à l'abri, retrouvait un peu de sérénité… Sauf la nuit. Ses nuits restaient agitées et le resteraient encore longtemps ; il devait dormir avec sa tête de cheval à côté de lui, en cas de panique.

Édouard le regardait, une main à plat sur un petit paquet de catalogues posés près de lui, l'autre poing serré en signe de victoire. Louise, toujours muette, lissait maintenant l'émail sur ses larges orteils avec une petite peau de chamois, concentrée comme si sa vie en dépendait.

Albert alla s'asseoir près d'Édouard et prit un exemplaire.

C'était un catalogue mince, seize pages, imprimé sur un joli papier couleur ivoire, presque deux fois plus haut que large, avec de jolies didones de différentes tailles, des lettres très élégantes.

La couverture indiquait sobrement :

CATALOGUE

des établissements métallurgiques

LE SOUVENIR PATRIOTIQUE

Stèles, monuments et statues
à la gloire de nos Héros
et de la France Victorieuse

Il s'ouvrait sur une page admirablement calligraphiée avec, dans le coin, en haut à gauche :

JULES D'ÉPREMONT ✷✠
SCULPTEUR
MEMBRE DE L'INSTITUT

52, RUE DU LOUVRE
BOÎTE POSTALE 52
PARIS (SEINE)

— C'est qui, ce Jules d'Épremont ? avait demandé Albert lors de la conception du catalogue.

Édouard avait levé les yeux au ciel, aucune idée. En tout cas, il faisait sérieux : croix de guerre, palmes académiques, domicilié rue du Louvre.

— Quand même…, avait plaidé Albert que ce personnage souciait beaucoup. On va s'apercevoir très vite qu'il n'existe pas. « Membre de l'Institut », c'est facile à vérifier !

« C'est pour ça que personne ne vérifiera ! avait écrit Édouard. Un membre de l'Institut, ça ne se discute pas ! »

Albert, sceptique, devait convenir qu'effectivement, en voyant le nom imprimé, on n'avait pas envie de douter.

Il y avait une petite notule, à la fin, qui présentait brièvement sa carrière, le type même du sculpteur académique dont les réalisations rassurent ceux que la proximité avec un artiste pourrait inquiéter.

L'adresse, 52, rue du Louvre, n'était rien d'autre que celle du bureau où avait été ouverte la boîte postale ; le hasard s'en était mêlé, leur attribuant le numéro 52, ce qui achevait de donner à l'ensemble un côté réfléchi, institué, étranger aux contingences.

Une minuscule ligne en bas de la couverture indiquait sobrement :

PRIX COMPRENANT LA LIVRAISON EN GARE SUR LE TERRITOIRE DE LA FRANCE MÉTROPOLITAINE
AUCUNE INSCRIPTION INDIQUÉE AUX DESSINS N'EST COMPRISE.

La première page présentait l'arnaque proprement dite :

Monsieur le Maire,

Plus d'un an a passé depuis la fin de la Grande Guerre et bien des communes de France et des Colonies songent aujourd'hui à glorifier, comme elle le mérite, la mémoire de leurs enfants tombés au champ d'honneur.

Si la plupart ne l'ont pas encore fait, ce n'est pas faute de patriotisme, mais faute de moyens. C'est pourquoi il m'a semblé de mon devoir, en tant qu'Artiste et Ancien Combattant, de me porter volontaire pour cette cause admirable. J'ai donc décidé de mettre mon expérience et mon savoir-faire à la disposition des communes qui souhaitent ériger un monument commémoratif en fondant le Souvenir Patriotique dans ce but.

Je vous propose ici un catalogue de sujets et d'allégories destinés à pérenniser le souvenir de vos chers disparus.

Le 11 novembre prochain sera consacrée, à Paris, la tombe d'un « soldat inconnu » représentant, à lui seul, le sacrifice de tous. À événement exceptionnel, mesure exceptionnelle : afin de vous permettre de joindre votre propre initiative à cette grande célébration nationale, je vous propose une réduction de 32 % sur l'ensemble de mes œuvres spécialement conçues pour l'occasion, ainsi que la gratuité des frais d'acheminement jusqu'à la gare la plus proche de votre commune.

Afin de respecter les délais de fabrication et de transport et soucieux d'une réalisation de qualité irréprochable, je ne pourrai accepter que les commandes qui seront parvenues avant le 14 juillet prochain, pour une livraison au plus tard le 27 octobre 1920, vous laissant ainsi le temps d'ériger le sujet sur le piédestal préalablement construit. Pour le cas, hélas probable, où, au 14 juillet, les demandes dépasseraient nos possibilités de fabrication, seules les premières commandes seront honorées, dans leur ordre d'arrivée.

Je suis certain que votre patriotisme trouvera dans cette proposition, qui ne pourra pas être renouvelée, *l'occasion d'exprimer à vos chers morts que leur héroïsme restera éternellement sous le regard de leurs fils comme le modèle de tous les sacrifices.*

Agréez, Monsieur le Maire, l'expression de ma considération toute distinguée.

JULES D'ÉPREMONT
Sculpteur**
Membre de l'Institut
Ancien élève de l'École nationale des Beaux-Arts

— Mais, cette remise… Pourquoi 32 % ? avait demandé Albert.

Question de comptable.

« Pour donner l'impression d'un prix très étudié ! écrivit Édouard. C'est incitatif ! Et de cette façon, tout l'argent arrive pour le 14 juillet. Le lendemain, on met la clé sous la porte ! »

À la page suivante, une courte notice expliquait, dans un encadré du plus bel effet :

> Tous nos sujets peuvent être fournis
> soit en bronze d'art ciselé et patiné,
> soit en fonte de fer ciselée et bronzée.
> Ces matériaux, d'une grande noblesse,
> donnent aux monuments
> un cachet spécial, de bon goût,
> symbolisant parfaitement l'incomparable
> Poilu de France ou tout autre emblème exaltant
> la vaillance de nos chers morts.
> L'exécution de ces œuvres est garantie
> irréprochable et leur durée illimitée
> sous réserve d'un entretien tous les cinq ou six ans.
> Seul le socle,
> facilement réalisable par un bon maçon,
> restera à la charge des acheteurs.

Suivait le catalogue des œuvres, vues de face, de profil ou en perspective, avec les cotes détaillées, hauteur, largeur, et toutes les combinaisons possibles : *Départ pour le combat, À l'attaque !, Debout les morts !, Poilu mourant en défendant le drapeau, Camarades de combat, France pleurant ses Héros, Coq foulant un casque boche, Victoire !*, etc.

À l'exception de trois modèles bas de gamme pour les très petits budgets (*Croix de guerre*, 930 francs, *Torche funéraire*, 840 francs, et *Buste de poilu*, 1 500 francs), tous les autres prix s'échelonnaient de 6 000 à 33 000 francs.

En fin de catalogue, cette précision :

*Le Souvenir Patriotique ne sera pas en mesure
de répondre par téléphone à toutes les sollicitations,
mais toutes les questions posées par courrier
recevront une réponse dans les meilleurs délais.
Eu égard à l'importance de la remise,
les commandes devront être accompagnées
d'un acompte de 50 % de leur montant
à l'ordre du Souvenir Patriotique.*

Chaque commande, théoriquement, devait rapporter de trois mille à onze mille francs. Théoriquement. Contrairement à Albert, Édouard ne doutait de rien, il se tapait sur les cuisses. La jubilation de l'un était proportionnelle à l'angoisse de l'autre.

Avec sa patte folle, Édouard n'avait pas pu monter les paquets de catalogues jusqu'à l'étage. Quand bien même il en aurait eu l'idée... C'était affaire d'éducation, il avait toujours eu quelqu'un à sa disposition ; sur ce plan, la guerre avait seulement été une parenthèse. Il fit un petit signe de regret, les yeux rigolards, comme s'il ne pouvait pas aider à cause des ongles... Il agitait les mains, l'air de dire : le vernis... Pas sec...

— D'accord, dit Albert, je m'en occupe.

Il n'en était pas si fâché que cela, les tâches manuelles ou ménagères lui permettaient de réfléchir. Il commença une longue série d'allers-retours, empilant consciencieusement les paquets d'imprimés au fond de la pièce.

Deux semaines plus tôt, il avait passé une annonce pour chercher du personnel. Il y avait dix mille adresses à écrire, toutes sur le même modèle :

Hôtel de ville
Ville de…
Nom du département

On rédigeait cela à partir du *Dictionnaire des communes*, en excluant Paris et sa périphérie, trop proches du prétendu siège de l'entreprise. Mieux valait s'adresser à la province profonde, aux villes moyennes. On payait 15 centimes l'adresse. Avec tant de chômage, il n'avait pas été difficile de recruter cinq personnes de belle écriture. Cinq femmes, Albert avait préféré. Elles poseraient moins de questions, s'imaginait-il. Peut-être aussi cherchait-il simplement à croiser des femmes. Elles pensaient travailler pour un artisan imprimeur. Le tout devait être bouclé en une dizaine de jours. La semaine précédente, Albert était allé leur porter les enveloppes vierges, l'encre, les plumes. Dès le lendemain, en sortant de la banque, il commencerait à les ramasser ; il avait ressorti pour l'occasion son havresac de la guerre, il en aurait vu de belles, celui-là.

On consacrerait alors les soirées à mettre sous pli, Louise aiderait. La petite fille, évidemment, ne comprenait rien à ce qui se passait, mais elle se montrait très enthousiaste. Cette affaire lui plaisait beaucoup parce que son ami Édouard était devenu très gai, cela se voyait aux masques, de plus en plus colorés, de plus en plus fous, encore un mois ou deux et on nagerait dans le délire, elle adorait.

Albert avait remarqué qu'elle ressemblait de moins en moins à sa mère, non pas physiquement, il n'était pas très physionomiste, il ne percevait jamais les ressemblances entre les gens, non, mais cette tristesse permanente sur le visage de Mme Belmont, derrière sa fenêtre, ne se retrouvait plus sur celui de Louise. On aurait dit un petit insecte sortant de sa chrysalide, de plus en plus joli. Albert, parfois, la regardait en cachette et lui trouvait une grâce émouvante qui lui donnait envie de pleurer. Mme Maillard disait : « Si on le laissait faire, Albert passerait son temps à pleurer ; j'aurais pu avoir une fille, ç'aurait été pareil. »

Albert irait tout poster au bureau du Louvre pour que le cachet corresponde à l'adresse. Il devrait faire de nombreux voyages, en plusieurs jours.

Ensuite commencerait l'attente.

Albert avait hâte que les premiers règlements arrivent. Il se serait écouté, il aurait raflé les premières centaines de francs et se serait enfui avec. Édouard ne l'entendait pas de cette oreille. Pour lui, pas de départ avant d'avoir atteint le million.

— Un million ? avait hurlé Albert. Tu es complètement fou !

Ils commencèrent à se disputer sur la hauteur du chiffre acceptable comme s'ils ne doutaient pas de la réussite de leur entreprise, ce qui, pourtant, était loin d'être acquis. Pour Édouard, le succès était certain. Inéluctable, avait-il même écrit en grandes lettres. Albert, lui, après avoir recueilli un handicapé en rupture de ban, avoir volé douze mille francs à son employeur et monté une escroquerie qui pourrait lui valoir la peine de mort ou la prison à vie, n'avait d'autre solution que de faire comme s'il croyait au succès. Il préparait son départ, passait ses soirées à consulter les horaires des trains pour Le Havre,

402

Bordeaux, Nantes ou Marseille, selon qu'il projetait de prendre un bateau pour Tunis, Alger, Saigon ou Casablanca.

Édouard travaillait.

Après avoir confectionné le catalogue du Souvenir Patriotique, il se demanda comment réagirait un Jules d'Épremont réel, contraint d'attendre le résultat de sa prospection commerciale.

La réponse lui sauta à l'esprit : il répondrait à des appels d'offres.

Quelques villes importantes disposant des moyens d'éviter les sujets industriels commençaient à organiser des concours d'artistes pour des monuments originaux. Les journaux avaient publié plusieurs annonces relatives à des œuvres évaluées à quatre-vingts, cent et même cent cinquante mille francs ; l'offre la plus juteuse et, pour Édouard, la plus attractive restant celle de l'arrondissement où il était né, qui dotait l'artiste retenu d'un budget de quelque deux cent mille francs. Il avait donc décidé de tuer le temps en préparant le projet que Jules d'Épremont proposerait au jury, un large triptyque intitulé *Gratitude*, comprenant d'un côté une « France menant les troupes au combat », de l'autre de « Vaillants poilus chargeant l'Ennemi », les deux scènes convergeant vers le centre où se déploierait une « Victoire couronnant ses enfants morts pour la Patrie », vaste allégorie dans laquelle une femme drapée couronnait de la main droite un poilu victorieux en posant sur un soldat français mort un regard tragique et inconsolable de *mater dolorosa*.

En peaufinant la vue principale dont il soignait particulièrement la perspective et qui ouvrirait son dossier de candidature, Édouard gloussait.

— Un dindon ! disait en rigolant Albert quand il le voyait travailler. Je te jure, tu glousses comme un dindon.

Édouard riait de plus belle et se penchait avec gourmandise sur son dessin.

28

Le général Morieux paraissait au moins deux cents ans de plus. Un militaire, vous lui retirez la guerre qui lui donnait une raison de vivre et une vitalité de jeune homme, vous obtenez un croûton hors d'âge. Physiquement, il ne restait de lui qu'un ventre surmonté de bacchantes, une masse flaccide et engourdie sommeillant les deux tiers du temps. Le gênant, c'est qu'il ronflait. Il s'effondrait dans le premier fauteuil venu avec un soupir qui ressemblait déjà à un râle, et quelques minutes plus tard sa brioche commençait à se soulever comme un Zeppelin, les moustaches frissonnaient à l'inspiration, les bajoues vibraient à l'expiration, ça pouvait durer des heures. Ce magma prodigieusement inerte avait quelque chose de paléolithique, très impressionnant, d'ailleurs personne n'osait le réveiller. Certains hésitaient même à l'approcher.

Depuis la démobilisation, il avait été nommé à un nombre incalculable de commissions, sous-commissions, comités. Il arrivait toujours le premier, suant, à bout de souffle quand la réunion se tenait en étage, s'affalait dans un fauteuil, recevait les salutations d'un grognement ou d'un hochement de tête malgracieux, puis s'endormait et commençait à vrombir. On le secouait discrètement pour le vote, qu'en pensez-vous mon général, oui, oui, bien sûr, c'est évident, je suis d'accord, le regard noyé de larmes pisseuses, bien sûr, bien sûr, le visage écarlate, la bouche tremblante, l'œil rond et hagard, même pour signer c'était toute une affaire. On avait essayé de s'en débarrasser, mais le ministre y tenait, à son général Morieux. Parfois cette baderne encombrante et improductive retrouvait, par accident, un semblant de clairvoyance. Ce fut le cas, par exemple, lorsqu'il entendit – nous étions au début du mois d'avril, et le général était sujet au rhume des foins qui provoquait chez lui des éternuements titanesques, il parvenait même à éternuer endormi, comme un volcan en demi-sommeil –, lorsqu'il entendit, donc, entre deux roupillons, que son petit-fils, Ferdinand Morieux, allait au-devant de problèmes inquiétants. En dessous de lui, le général Morieux n'avait d'estime pour personne. À ses yeux, ce petit-fils n'ayant pas choisi la glorieuse carrière des armes était un être secondaire et décadent, soit, mais il portait le nom de Morieux et c'était une chose à laquelle le général tenait beaucoup, il était très soucieux de postérité. Son rêve absolu ? Sa photo dans le *Petit Larousse illustré*, espoir qui ne tolérait pas la moindre tache sur le nom de la famille.

— Quoi, quoi, quoi ? demanda-t-il, réveillé en sursaut.

Il fallait répéter pour se faire entendre, parler fort. Il était question de la société Pradelle et Cie, dont

Ferdinand était actionnaire. On tâcha de lui expliquer, si, rappelez-vous, l'entreprise que l'État a chargée de regrouper les soldats morts dans des cimetières militaires.

— Comment ça, des corps... de soldats morts ?...

Son attention s'agrippa à l'information à cause de Ferdinand ; son cerveau réussit péniblement à établir une cartographie mentale du problème dans lequel il distribua les mots « Ferdinand », « soldats morts », « cadavres », « tombes », « anomalies », « affaire » ; pour lui c'était beaucoup. En temps de paix, il peinait à comprendre. Son aide de camp, un sous-lieutenant fringant comme un pur-sang, le regarda et soupira, en garde-malade irrité et impatient. Puis, prenant sur lui, il détailla. Votre petit-fils, Ferdinand, est actionnaire de la société Pradelle et Cie. Certes il ne fait qu'y toucher des dividendes, mais si un scandale éclate auquel cette entreprise est mêlée, votre nom sera prononcé, votre petit-fils inquiété, votre réputation entachée. Il ouvrit un œil d'oiseau surpris, bah merde, la perspective du *Petit Larousse* risquait d'en prendre un coup dans l'aile, et ça, pas question ! Le sang du général ne fit qu'un tour, il voulut même se lever.

Il agrippa les accoudoirs de son fauteuil et se redressa, hargneux, exaspéré. Après la guerre qu'il avait gagnée, bordel de Dieu, on pourrait quand même lui foutre la paix, non ?

M. Péricourt se levait fatigué, se couchait fatigué, je me traîne, pensait-il. Et pourtant, il n'avait pas cessé de travailler, d'assurer ses rendez-vous, de donner des ordres, mais tout cela de façon mécanique. Avant d'aller rejoindre sa fille, il sortit de sa poche le carnet de croquis d'Édouard et le rangea dans son tiroir. Il l'emportait fréquemment avec lui, même s'il ne l'ouvrait jamais devant des tiers. Il en connaissait le contenu par cœur. À le déplacer sans cesse, comme ça, ce carnet allait finir par s'abîmer, il faudrait le protéger, le faire relier peut-être ; lui qui ne s'était jamais occupé des tâches matérielles se voyait terriblement dépourvu. Il y avait bien Madeleine, mais elle avait autre chose en tête... M. Péricourt se sentait très seul. Il referma le tiroir et quitta la pièce pour rejoindre sa fille. Comment avait-il conduit sa vie pour en arriver là ? C'était un homme qui n'avait suscité que de la crainte, moyennant quoi il n'avait aucun ami, que des relations. Et Madeleine. Mais ce n'est pas pareil, à une fille, on ne dit pas les mêmes choses. Et puis maintenant qu'elle était... dans cet état. À plusieurs reprises, il avait essayé de se remémorer le temps où lui aussi allait être père, sans y parvenir. Il s'étonnait même de posséder si peu de souvenirs. Dans son travail, on célébrait sa mémoire capable de vous citer l'intégralité du conseil d'administration d'une société avalée quinze ans plus tôt, mais sur la famille, rien ou presque. Pourtant, Dieu sait combien ça comptait pour lui, la famille. Et pas seulement à présent que son fils était mort. Ce n'était même que pour cela qu'il travaillait autant, se donnait autant de mal : pour les siens. Pour les mettre à l'abri. Leur permettre de... enfin, toutes ces choses. Pour autant, curieusement, les scènes de famille se gravaient avec peine dans son esprit, au point de se ressembler toutes. Les repas de Noël, les fêtes pascales, les anniversaires avaient l'air d'une seule et même circonstance maintes fois répétée, avec juste quelques césures, les Noëls avec sa femme et ceux d'après sa disparition, ou les dimanches d'avant la guerre et ceux d'aujourd'hui. La différence, somme toute, était mince. Ainsi, il n'avait aucun souvenir des grossesses de son épouse. Quatre, croyait-il se rappeler, là encore, toutes se fondaient en une seule, il ne savait pas laquelle, était-ce l'une de celles qui avaient réussi ou de celles qui avaient échoué, incapable de le dire. Ne remontaient par accident que quelques images, fruit de rapprochements circonstanciels. Ce fut le cas lorsqu'il surprit Madeleine assise, ses deux mains jointes sur son ventre déjà rond. Il se souvint de son épouse dans cette position. Il en fut content, presque fier, il ne lui vint pas à l'esprit que toutes les femmes enceintes se ressemblent un peu et il décida de considérer cette similitude comme une victoire, la preuve qu'il avait du cœur et la fibre familiale. Et parce qu'il avait du cœur, il répugnait à donner des soucis supplémentaires à sa fille. Dans son état. Il aurait préféré faire comme d'habitude, prendre tout sur lui, ce n'était plus possible, il avait peut-être déjà trop attendu.

— Je te dérange ? demanda-t-il.

Ils se regardèrent. La situation n'était confortable ni pour l'un ni pour l'autre. Pour elle parce que, depuis qu'il était en peine pour la mort d'Édouard, M. Péricourt avait beaucoup vieilli, d'un coup presque. Pour lui parce que la grossesse de sa fille s'avérait sans charme : Madeleine n'avait pas, comme M. Péricourt le voyait à certaines femmes, cette plénitude de fruit mûr, cet éclat, juste un air de triomphe tranquille et sûr de soi que certaines partagent avec les poules. Madeleine n'était que grosse. Tout avait enflé très vite, l'ensemble du corps jusqu'au visage, et cela fit de la peine à M. Péricourt de la voir ressembler davantage encore à sa mère qui, elle non plus, n'avait jamais été belle, même enceinte. Il doutait que sa fille fût heureuse, il ne la sentait que satisfaite.

Non (Madeleine lui sourit), il ne la dérangeait pas, je rêvassais, dit-elle, mais rien n'était vrai, il la dérangeait et elle ne rêvassait pas. S'il prenait autant de précautions, c'est qu'il avait quelque chose à lui dire, et comme elle savait quoi, qu'elle le redoutait, elle força son sourire et l'invita à s'approcher en désignant une place près d'elle, du plat de la main. Son père s'assit et cette fois encore, lot de leur relation, ils auraient pu s'en tenir là. S'il s'était agi d'eux seuls, c'est ce qu'ils auraient fait, ils auraient échangé quelques banalités derrière lesquelles chacun aurait compris ce qu'il y avait à comprendre, puis M. Péricourt se serait levé, aurait déposé un baiser sur le front de sa fille et se serait retiré avec la certitude, d'ailleurs fondée, d'avoir été entendu et compris. Sauf que ce jour-là, il fallait des mots parce qu'il ne s'agissait pas uniquement d'eux. Et ils étaient contrariés l'un et l'autre d'être dépendants dans leur intimité d'une circonstance qui ne leur appartenait pas exclusivement.

Madeleine posait parfois sa main sur celles de son père, au lieu de quoi, elle soupira discrètement ; il allait falloir s'affronter, se disputer peut-être, elle n'en avait aucune envie.

— Le général Morieux m'a appelé au téléphone, commença M. Péricourt.

— Allons bon…, répondit Madeleine en souriant.

M. Péricourt hésita sur la conduite à tenir et opta pour ce qui, pensait-il, lui allait le mieux, la fermeté paternelle, l'autorité.

— Ton mari…

— Ton gendre, tu veux dire…

— Si tu veux…

— Je préfère, en effet…

M. Péricourt avait rêvé, du temps qu'il voulait un fils, d'un garçon qui lui ressemblerait ; chez une fille, cette ressemblance le blessait parce qu'une femme s'y prend toujours autrement qu'un homme, toujours de biais. Par exemple, cette manière insidieuse de dire les choses, de sous-entendre qu'on ne parle pas des conneries de son mari à elle, mais de celles de son gendre à lui. Il pinça les lèvres. Il fallait aussi considérer « sa situation », faire attention.

— Quoi qu'il en soit, ça ne s'arrange pas…, reprit-il.

— Quoi donc ?

— La façon dont il conduit ses affaires.

Dès qu'il prononça ce mot, M. Péricourt cessa d'être père. Le problème aussitôt lui sembla soluble parce que, dans le domaine des affaires, connaissant toutes les situations, il existait peu d'ennuis dont il ne soit finalement venu à bout. Il avait toujours considéré un chef de famille comme une variante du chef d'entreprise. Devant cette femme, qui ressemblait si peu à sa fille, si adulte, presque étrangère, il fut pris d'un doute.

Il hocha la tête, contrarié, et, sous le coup de cette colère muette, remonta à son esprit tout ce qu'il avait voulu lui dire autrefois et qu'elle ne lui avait pas laissé exprimer, ce qu'il pensait de son mariage, de cet homme.

Madeleine, sentant qu'il allait devenir cruel, rassembla ostensiblement ses mains sur son ventre et croisa les doigts. M. Péricourt le vit et se tut.

— J'ai parlé avec Henri, papa, dit-elle enfin. Il rencontre des difficultés ponctuelles. Ce sont ses propres mots, « ponctuelles », rien de grave. Il m'a assuré...

— Ce qu'il t'a assuré, Madeleine, n'a aucune importance, aucune valeur. Il te dit ce qui l'arrange parce qu'il veut te protéger.

— C'est normal, il est mon mari...

— Justement ! Il est ton mari et, au lieu de te mettre en sûreté, il te met en danger !

— En danger ! s'écria Madeleine en éclatant de rire, grands dieux, me voici en danger, maintenant !

Elle riait fort. Il n'était pas assez père pour n'être pas vexé.

— Je ne le soutiendrai pas, Madeleine, lâcha-t-il.

— Mais, papa, qui t'a demandé de le soutenir ? Et pourquoi d'abord ? Et... et contre qui ?

Leur mauvaise foi se ressemblait.

Bien qu'elle fasse croire le contraire, Madeleine savait des choses. Ces affaires de cimetières militaires n'étaient pas si simples qu'elles l'avaient semblé, Henri se montrait de plus en plus contrarié, absent, colérique, nerveux ; ça tombait bien qu'elle n'ait plus besoin de ses services conjugaux ; d'autant que, pour le coup, en ce moment, même ses maîtresses avaient l'air de se plaindre de lui. Tiens, Yvonne, l'autre jour : « J'ai croisé ton mari, ma chérie, il est inabordable maintenant ! Il n'est peut-être pas fait pour être riche, au fond... »

Dans son travail pour le gouvernement, il se heurtait à des difficultés, des contretemps, cela restait feutré, mais elle surprenait des mots ici ou là, au téléphone, on l'appelait du ministère. Henri prenait sa voix majestueuse, non, mon cher, ha ! ha ! il y a longtemps que c'est arrangé, ne vous inquiétez pas, et il raccrochait avec son gros pli sur le front. Un orage, rien de plus, Madeleine était rompue à cela, toute sa vie, elle avait vu son père traverser toutes sortes de tempêtes, plus une guerre mondiale ; ce n'était pas deux coups de fil de la Préfecture ou du ministère qui allaient l'affoler. Son père n'aimait pas Henri, voilà tout. Rien de ce qu'il entreprenait ne trouvait grâce à ses yeux. Rivalité d'hommes. Rivalité de coqs. Elle resserra ses mains sur son ventre. Message reçu. M. Péricourt se leva à regret, s'éloigna, puis il se retourna, ce fut plus fort que lui.

— Ton mari, je ne l'aime pas.

C'était dit. Pas si difficile que cela, finalement.

— Je sais, papa, répondit-elle en souriant, ça n'a aucune importance. C'est mon mari.

Elle tapota gentiment son ventre.

— Et là, c'est ton petit-fils. J'en suis certaine.

M. Péricourt ouvrit la bouche, mais préféra quitter la pièce.

Un petit-fils…

Il fuyait cette pensée depuis le début parce qu'elle n'arrivait pas en son temps : il ne parvenait pas à associer la mort de son fils avec la naissance de ce petit-fils. Il espérait presque une fille, pour que la question ne se pose plus. Et d'ici qu'il y ait un autre enfant, le temps aurait passé, le monument serait construit. Il s'était accroché à l'idée que l'érection de cet édifice signerait la fin de son angoisse, de son remords. Il y avait des semaines qu'il ne dormait plus normalement. Au fil du temps, la disparition d'Édouard prenait une importance colossale, mordait même sur ses activités professionnelles. Tenez, récemment, lors d'un conseil d'administration de la Française des Colonies, une de ses sociétés, son œil avait été attiré par un rai de soleil oblique qui traversait la pièce et illuminait le plateau de la table de conférences. Ce n'est pourtant pas grand-chose, un rayon de soleil, mais celui-ci capta son esprit de manière quasiment hypnotique. Il arrive à tout le monde de perdre un moment le contact avec la réalité, mais était apparu, sur le visage de M. Péricourt, non pas un air d'absence : un air de fascination. Chacun le vit. On poursuivit les travaux, mais sans le puissant regard du président, sans son attention aiguë, radiographique, la discussion ralentit peu à peu comme une automobile soudainement privée d'essence, avec des cahots, des soubresauts, puis une lente agonie s'achevant sur un vide. En fait, le regard de M. Péricourt était rivé non sur ce rayon de soleil, mais sur la poussière en suspension dans l'air, cette nébuleuse de particules dansantes, et il était revenu, combien, dix ans, quinze ans en arrière, ah, comme c'était agaçant de n'avoir plus de mémoire ! Édouard avait peint un tableau, il devait avoir seize ans, moins, quinze, un tableau qui n'était qu'un fourmillement de minuscules points de couleur, pas un seul trait, juste des points, ça portait un nom, cette technique, M. Péricourt l'avait sur le bout de la langue, le mot ne remontait pas. Le tableau représentait des jeunes filles dans un champ, croyait-il se souvenir. Il avait trouvé cette manière de peindre si ridicule qu'il n'avait pas même regardé le motif. Comme il avait été bête, alors. Son petit Édouard était debout, dans une attitude incertaine, et lui, son père, tenait entre les mains ce tableau qu'il venait de surprendre, une chose saugrenue, parfaitement vaine...

Qu'avait-il dit, à ce moment-là ? M. Péricourt hochait la tête, écœuré de lui-même, dans la salle du conseil d'administration où tout le monde se taisait. Il se leva et sortit sans un mot, sans voir personne, et rentra chez lui.

Il hochait aussi la tête en quittant Madeleine. L'intention n'était pas semblable, presque contraire même, il se sentait en colère : aider sa fille revenait à aider son mari. Ce sont des choses qui finissent par vous rendre malade. Morieux avait beau être devenu un vieux con (s'il ne l'avait pas toujours été), les échos qu'il avait transmis sur les affaires de son gendre étaient inquiétants.

Le nom de Péricourt allait être prononcé. On parlait d'un rapport. Alarmant, murmurait-on. Où était-il d'ailleurs, ce document ? Qui l'avait lu ? Et son auteur, qui était-ce ?

Je prends cela trop à cœur, se dit-il. Car enfin, ce ne sont pas mes affaires, il ne porte même pas mon nom, ce gendre. Quant à ma fille, heureusement, elle est protégée par un contrat de mariage. De toutes les manières, il peut bien lui arriver n'importe quoi, à cet Aulnay-Pradelle (même quand il prononçait son nom mentalement, il articulait ces quatre syllabes avec une emphase qui soulignait l'intention péjorative), entre lui et nous, il y a un monde. Si Madeleine a des enfants (cette fois ou une autre, avec les femmes on ne sait jamais comment ça va tourner, ces choses-là), lui, Péricourt, se sentait encore de taille à leur assurer un avenir à tous, non ?

Cette dernière pensée objective, rationnelle, emporta sa décision. Son gendre pouvait sombrer, lui, Marcel Péricourt, resterait sur la berge, l'œil vif, avec autant de bouées que nécessaire pour sauver sa fille et ses petits-enfants.

Mais lui, il le regarderait se débattre, sans lever le petit doigt.

Et s'il fallait lui appuyer sur la tête, rien d'impossible.

M. Péricourt avait tué beaucoup de monde au cours de sa longue carrière, mais jamais la perspective ne lui sembla plus réconfortante que maintenant.

Il sourit et reconnut la vibration toute particulière qu'il ressentait lorsque, parmi plusieurs solutions, il optait pour la plus efficace.

29

Joseph Merlin n'avait jamais dormi correctement. Contrairement à certains insomniaques qui ignorent toute leur vie la raison de leur infortune, lui savait parfaitement à quoi s'en tenir : son existence avait été une pluie incessante de déconvenues auxquelles il ne s'était jamais accoutumé. Chaque nuit, il recomposait les conversations dans lesquelles il n'avait pas eu gain de cause, revivait, pour en modifier la fin à son avantage, les offenses professionnelles dont il avait été la victime, ruminait déboires et revers, de quoi rester éveillé longtemps. Il y avait, chez lui, quelque chose de profondément égocentrique : l'épicentre de la vie de Joseph Merlin, c'était Joseph Merlin. N'ayant rien ni personne, pas même un chat, tout se résumait à lui, son existence s'était enroulée sur elle-même comme une feuille sèche autour d'un noyau vide. Par exemple, au cours de ses interminables nuits sans sommeil, jamais il n'avait pensé à la guerre. Il ne l'avait considérée, pendant quatre ans, qu'à la manière d'un contretemps détestable, une addition de contrariétés liées aux restrictions alimentaires qui avaient encore aggravé son tempérament, déjà acariâtre. Ses collègues du ministère avaient été choqués, notamment ceux qui avaient des proches au front, de voir cet homme aigri ne s'inquiéter que du tarif des transports et de la pénurie de poulet.

— Mais enfin, mon cher, lui avait-on dit, indigné, avant tout c'est une guerre, quand même !

— Une guerre ? Quelle guerre ? avait répondu Merlin, excédé. Il y en a toujours eu des guerres, pourquoi voulez-vous qu'on s'intéresse à celle-ci plutôt qu'à la précédente ? Ou à la suivante ?

Il fut considéré comme un défaitiste, à deux pas de la traîtrise. Soldat, il serait passé devant le peloton, ça n'aurait pas traîné ; à l'arrière, c'était moins compromettant, mais son indifférence aux événements lui valut un surcroît d'avanies, on l'appela le Boche, le mot resta.

À la fin du conflit, lorsqu'il fut affecté à l'inspection des cimetières, le Boche devint le Vautour, le Charognard ou le Rapace, selon les circonstances. Il eut à nouveau des nuits difficiles.

Le site de Chazières-Malmont avait été sa première visite à un cimetière militaire confié à la société Pradelle et Cie.

À la lecture de son rapport, les autorités trouvèrent la situation très préoccupante. Personne ne voulant prendre de responsabilités, le document grimpa rapidement vers les hauteurs, jusqu'à atterrir sur le bureau du directeur de l'administration centrale, expert de l'étouffement de dossiers comme tous ses pairs des autres ministères.

Pendant ce temps, chaque nuit, dans son lit, Merlin peaufinait les phrases qu'il prononcerait devant sa hiérarchie le jour où il serait convoqué et qui, toutes, revenaient à un constat simple, brutal et lourd de conséquences : on inhumait des milliers de soldats français dans des cercueils trop petits. Quelle que soit leur taille, d'un mètre soixante à plus d'un mètre quatre-vingts (Merlin avait dressé, grâce aux livrets militaires disponibles, un échantillon très documenté de la taille des soldats concernés), tous se voyaient mis dans des bières d'un mètre trente. Pour les faire entrer, il fallait briser des nuques, scier des pieds, casser des chevilles ; en somme, on procédait avec les corps des soldats comme s'il s'agissait d'une marchandise tronçonnable. Le rapport entrait dans des considérations techniques particulièrement morbides, expliquant que, « ne disposant ni de connaissances anatomiques, ni de matériel adapté, le personnel en était réduit à fracasser les os du tranchant de la pelle ou d'un coup de talon sur une pierre plate, parfois à la pioche ; que, même ainsi, il n'était pas rare qu'on ne puisse faire tenir les restes des hommes trop grands dans ces cercueils trop petits, qu'on y entassait alors ce qu'on pouvait et qu'on déversait les surplus dans un cercueil servant de poubelle, qu'une fois plein on refermait avec la mention "soldat non identifié" ; que, dès lors, il était impossible d'assurer aux familles l'intégrité des dépouilles des défunts qu'elles viendraient saluer ; que, par ailleurs, les cadences imposées par l'entreprise adjudicataire à ses ouvriers obligeaient ces derniers à ne mettre en bière que la partie du corps le plus directement accessible, qu'on renonçait donc à fouiller la tombe à la recherche d'ossements, de papiers ou d'objets permettant de vérifier ou de découvrir l'identité du défunt comme le prévoyait le règlement et qu'on retrouvait fréquemment, ici et là, des os dont nul ne pouvait savoir à qui ils appartenaient ; qu'outre un manquement grave et systématique aux instructions données en matière d'exhumation et la livraison de cercueils ne correspondant nullement au marché qui lui avait été attribué, l'entreprise, etc. ». Comme on voit, les phrases de Merlin pouvaient être constituées de plus de deux cents mots ; sur ce plan, dans son ministère, il était considéré comme un artiste.

Le constat fit l'effet d'une bombe.

C'était alarmant pour Pradelle et Cie, mais aussi pour la famille Péricourt, très en vue, et pour le service public qui se contentait de vérifier le travail a posteriori, c'est-à-dire trop tard. Si la chose s'ébruitait, on allait vers un scandale. Dorénavant, les informations concernant cette affaire devraient donc remonter jusqu'au cabinet du directeur de l'administration centrale sans aucun arrêt dans les strates intermédiaires. Et, afin de calmer le fonctionnaire Merlin, on l'assura, par la voie hiérarchique, que son document avait été lu très attentivement, très apprécié, et qu'on y donnerait les suites appropriées dans les plus brefs délais. Merlin, qui avait près de quarante ans d'expérience, comprit immédiatement que son rapport venait d'être enterré et il n'en fut pas autrement surpris. Ce marché du gouvernement recélait sans doute bien des zones d'ombre, le sujet était sensible ; tout ce qui gênait l'administration serait écarté. Merlin savait qu'il n'avait aucun intérêt à devenir encombrant, faute de quoi il serait, encore une fois, déplacé comme une potiche, merci bien. Homme de devoir, il avait fait son devoir. Il se sentait irréprochable.

Et de toutes les manières, en fin de carrière, il n'avait rien à attendre qu'une retraite longtemps espérée. On lui demandait des inspections de pure forme, de signer des registres, de les tamponner, il signerait, tamponnerait et attendrait patiemment que la pénurie alimentaire cesse et qu'on retrouve enfin des poulets à vendre sur les marchés et au menu des restaurants.

Là-dessus, il rentra chez lui, s'endormit et connut une nuit complète pour la première fois de sa vie, comme si son esprit avait besoin d'un temps exceptionnel de décantation.

Il fit des rêves tristes, des soldats en état avancé de décomposition s'asseyaient dans leur tombe et pleuraient ; ils appelaient au secours, mais aucun son ne sortait de leur gorge ; leur seul réconfort venait d'immenses Sénégalais, nus comme des vers, transis de froid, qui balançaient sur eux des pelletées de terre comme on lance un manteau pour couvrir un noyé qu'on vient de repêcher.

Merlin se réveilla en proie à une profonde émotion qui, et c'était très nouveau pour lui, ne le concernait pas exclusivement. La guerre, pourtant terminée depuis longtemps, venait enfin de faire irruption dans sa vie.

La suite fut le résultat d'une curieuse alchimie dans laquelle entraient l'atmosphère sinistre de ces cimetières qui renvoyaient Merlin au désastre de son existence, le caractère vexatoire du blocage administratif qu'on lui opposait et son habituelle rigidité : un fonctionnaire de sa probité ne pouvait se contenter de fermer les yeux. Ces jeunes morts, avec lesquels il n'avait aucun point commun, étaient victimes d'une injustice et n'avaient personne d'autre que lui pour la réparer. En quelques jours, cela devint une idée fixe. Ces jeunes soldats tués vinrent le hanter, comme un sentiment amoureux, une jalousie ou un cancer. Il passa de la tristesse à l'indignation. Il se mit en colère.

Puisqu'il n'avait reçu aucun ordre de sa hiérarchie lui intimant de suspendre sa mission, il informa les autorités qu'il se rendrait en inspection à Dargonne-le-Grand, et là-dessus, il prit le train dans la direction inverse, pour Pontaville-sur-Meuse.

Depuis la gare, il parcourut à pied, sous une pluie battante, les six kilomètres qui le séparaient de l'emplacement du cimetière militaire. Il marchait au milieu de la route, ses grosses galoches écrasaient rageusement les flaques d'eau et il ne consentit aucun écart pour laisser passer les automobiles qui le klaxonnaient, comme s'il ne les entendait pas. Elles durent, pour le dépasser, mettre deux roues sur le bas-côté.

C'est une curieuse figure qui se planta, devant la grille, avec un air menaçant, une grande carcasse aux poings serrés dans les poches de son manteau qui, bien que la pluie se soit arrêtée entre-temps, était gorgé d'eau. Mais il n'y eut personne pour le voir, midi venait de sonner, le chantier était fermé. Sur le grillage, un panneau portant une annonce du

Service des sépultures listait, à l'intention des familles et des proches, la litanie des objets retrouvés sur des corps non identifiés, et qu'on pouvait aller voir en mairie : une photo de jeune femme, une pipe, un talon de mandat, des initiales relevées sur un sous-vêtement, une blague à tabac en cuir, un briquet, une paire de lunettes rondes, une lettre commençant par « ma chérie », mais non signée, un inventaire dérisoire et tragique... Merlin fut frappé par la modestie de toutes ces reliques. Que des soldats pauvres ! C'était à ne pas croire.

Il baissa les yeux sur la chaîne de clôture, leva la jambe et abattit, sur le petit cadenas, un coup de talon à assommer un taureau, puis entra dans le chantier et alla défoncer, d'un nouveau coup de pied, la porte en bois de la baraque de l'administration. Seuls à manger sur place sous une bâche gonflée par le vent, il y avait une douzaine d'Arabes. Ils virent, de loin, Merlin fracasser la grille d'entrée puis la porte du bureau, mais ils se gardèrent bien de se lever, d'intervenir, le physique de cet homme, son assurance ne leur disaient rien qui vaille ; ils continuèrent de mâcher leur pain.

Ce qu'on appelait ici le « carré de Pontaville » était un champ qui n'avait rien de carré, situé en bordure de bois, et où l'on estimait qu'environ six cents soldats avaient été enterrés.

Merlin fouilla les armoires à la recherche des registres dans lesquels chaque opération devait être consignée. En compulsant les comptes rendus journaliers, il jetait de rapides coups d'œil par la fenêtre. Les exhumations avaient commencé deux mois plus tôt ; ce qu'il voyait, c'était un champ truffé de fosses et de monticules de terre, de bâches, de planches, de brouettes, d'appentis provisoires où l'on stockait le matériel.

Administrativement, tout semblait conforme. Il ne trouverait pas ici, comme à Chazières-Malmont, cet écœurant laisser-aller, ces cercueils de déchets qui ressemblaient à des poubelles d'équarrisseur, qu'il était parvenu à dénicher, dissimulés dans un lot de cercueils neufs et prêts à servir.

Généralement, après avoir vérifié l'existence des registres, Merlin entamait son inspection par une déambulation ; il se fiait à son intuition, soulevait une bâche ici, contrôlait une plaque d'identification ailleurs. Après quoi, il se lançait véritablement. Sa tâche le contraignait ensuite à d'incessants allers-retours des registres aux allées du cimetière mais, grâce à son investissement personnel dans ce travail, il avait rapidement acquis un sixième sens lui permettant de débusquer l'indice le plus ténu masquant une fraude, une irrégularité, le détail conduisant à une anomalie.

C'était certainement la seule mission ministérielle obligeant un fonctionnaire à déterrer des cercueils, voire à exhumer des cadavres, mais, pour vérifier, pas moyen de faire autrement. Le physique massif de Merlin s'y prêtait d'ailleurs bien ; ses énormes galoches vous enfonçaient la pelle de trente centimètres d'un seul coup dans le sol, ses grandes paluches maniaient la pioche comme une fourchette.

Après sa première prise de contact avec le terrain, Merlin commença ses vérifications détaillées. Il était midi et demi.

À quatorze heures, il se trouvait à l'extrémité nord du cimetière, debout devant une pile de cercueils fermés entassés les uns sur les autres, lorsque le chef de chantier, un certain Sauveur Bénichou, la cinquantaine mauve d'alcoolisme et sèche comme un sarment de vigne, s'approcha de lui, accompagné de deux ouvriers, sans doute des contremaîtres. Tout ce petit monde était furibard, mouvements de menton, voix forte, impérative, le chantier est interdit au public, on ne peut pas laisser entrer les gens comme ça, il faut quitter immédiatement les lieux. Et comme Merlin ne les regardait même pas, on passa à la tonalité supérieure : en cas d'insistance, on va aller prévenir la gendarmerie parce que, imaginez-vous, c'est un site placé sous la protection du gouvernement...

— C'est moi, coupa Merlin en se retournant vers les trois hommes.

Et dans le silence qui suivit, il ajouta :

— Le gouvernement, ici, c'est moi.

Il plongea la main dans sa poche de pantalon et en sortit un papier froissé qui n'avait pas tellement l'air d'une accréditation, mais comme lui-même n'avait pas non plus l'air d'un envoyé du ministère, on ne savait pas quoi penser. Sa grande carcasse, ses vieux vêtements fripés, tachés, ses colossales godasses, tout impressionnait ; on trouva la situation suspecte, mais on n'osa pas s'opposer.

Merlin se contenta de détailler les trois hommes, le Sauveur qui exhalait une épouvantable odeur d'eau-de-vie de prune, et ses deux acolytes. Le premier, dont le visage en lame de couteau était mangé par une moustache trop grosse pour lui et jaune de tabac, tapotait ses poches de poitrine pour se donner une contenance ; le second, un Arabe qui portait encore ses chaussures, son pantalon et son calot de caporal d'infanterie, se tenait raide, comme pour une revue, dans la position d'un homme qui veut convaincre l'environnement de l'importance de sa fonction.

— Tsitt, tsitt, fit Merlin avec son dentier en renfournant son papier dans sa poche.

Puis il désigna l'empilement de cercueils.

— Et imaginez-vous, reprit-il, que le gouvernement se pose des questions.

Le contremaître arabe se raidit un peu plus encore, son compagnon à moustache sortit une cigarette (il ne sortit pas le paquet, juste la cigarette, comme un homme qui n'a pas envie de partager, qui en a marre des tapeurs). Tout, chez lui, dénotait la petitesse et l'avarice.

— Par exemple, dit Merlin en exhibant soudain trois fiches d'identité, le gouvernement se demande à quels cercueils correspondent ces gaillards-là.

Les fiches, dans les grosses pognes de Merlin, ne semblaient pas plus grandes que des timbres-poste. La question plongea toute l'équipe dans le plus grand embarras.

Après avoir déterré une allée entière de soldats, on obtenait d'un côté une rangée de cercueils, de l'autre une série de fiches d'identité.

Théoriquement, dans le même ordre.

Mais il suffisait que l'une de ces fiches soit mal classée ou absente, pour que toute la rangée soit décalée et que chaque cercueil hérite d'une fiche sans rapport avec son contenu.

Et si Merlin avait, entre les mains, trois fiches ne correspondant à aucun cercueil… c'est justement que tout avait été décalé.

Il hocha la tête et considéra la partie du cimetière déjà retournée. Deux cent trente-sept soldats avaient été exhumés et transportés quatre-vingts kilomètres plus loin.

Paul était dans le cercueil de Jules, Félicien dans celui d'Isidore et ainsi de suite.

Jusqu'à deux cent trente-sept.

Et il était maintenant impossible de savoir qui était qui.

— À qui elles correspondent, ces fiches ? balbutia Sauveur Bénichou en regardant autour de lui comme s'il était soudain désorienté. Voyons voir…

Une idée lui traversa la tête.

— Eh bien, assura-t-il, on allait justement s'en occuper !

Il se tourna vers son équipe qui semblait avoir soudainement rapetissé.

— Hein, les gars ?

Personne ne comprit ce qu'il voulait dire mais personne n'eut le loisir d'y réfléchir.

— Ha, ha ! hurla Merlin. Vous le prenez pour un con ?

— Qui ça ? demanda Bénichou.

— Le gouvernement !

Il avait l'air d'un dément et Bénichou hésita à lui redemander son accréditation.

— Alors, ils sont où, nos trois lascars, hein ? Et les trois bonshommes qui vont vous rester sur les bras à la fin du boulot, vous allez les appeler comment ?

Bénichou se lança alors dans une explication technique laborieuse, à savoir qu'on avait considéré « plus sûr » de regrouper la rédaction des fiches *après* la constitution d'une rangée entière de cercueils afin de les consigner sur le registre parce que, si on rédigeait la fiche…

— Conneries ! le coupa Merlin.

Bénichou, qui n'y croyait pas lui-même, se contenta de baisser la tête. Son adjoint tapota sa poche de poitrine.

Dans le silence qui suivit, Merlin eut cette curieuse vision d'une immense étendue de tombes militaires : des familles, ici et là, se recueillaient, bras pendants et mains jointes, et Merlin était le seul à voir, comme par transparence, les dépouilles palpiter sous la terre. Et à entendre les soldats hurler leurs noms d'une voix déchirante…

Sur les dégâts déjà commis, c'était irréparable, ces soldats étaient définitivement perdus : sous les croix identifiées dormaient des morts anonymes.

La seule chose à faire maintenant était de repartir d'un bon pied.

Merlin réorganisa le travail, écrivit des consignes en gros caractères, tout cela d'un ton autoritaire et cassant : venez ici, vous, écoutez-moi bien, il menaçait de poursuites si la besogne était mal faite, de contraventions, de limogeage, il terrorisait ; quand il s'éloignait, on l'entendait distinctement : « Les cons. »

Dès qu'il aurait le dos tourné, tout recommencerait, on n'en finirait jamais. Ce constat, loin de le décourager, décuplait sa hargne.

— Venez ici, vous ! Grouillez-vous !

C'est à la moustache jaune de tabac qu'il s'adressait, un homme d'une cinquantaine d'années au visage tellement étroit que les yeux semblaient posés au-dessus des joues, de chaque côté, comme chez les poissons. Figé à un mètre de Merlin, il réprima son geste de tapoter sa poche, préféra sortir une nouvelle cigarette.

Merlin, qui s'apprêtait à parler, s'interrompit un long moment. Il ressemblait à quelqu'un qui cherche un mot, qui l'a sur le bout de la langue, un truc très agaçant.

Le contremaître moustachu ouvrit la bouche, mais n'eut pas le temps d'articuler un son. Merlin venait de lui allonger une gifle retentissante. Sur cette joue plate, la baffe résonna comme un coup de cloche. L'homme recula d'un pas. Tous les regards s'étaient portés vers eux. Bénichou, qui sortait de la cabane où il cachait son remontant, une bouteille de marc de Bourgogne, s'égosilla, mais tous les ouvriers du chantier étaient déjà en mouvement. L'homme à la moustache, sidéré, se tenait la joue. Merlin fut vite encerclé d'une véritable meute, et si ce n'avait été son âge, son étonnant physique, l'ascendant qu'il avait pris depuis le début de l'inspection, ses battoirs énormes, ses godasses monstrueuses, il aurait pu s'inquiéter pour son sort ; au lieu de quoi, il écarta

tout le monde avec assurance, fit un pas, se rapprocha de sa victime, fouilla sa poche de poitrine en
criant « Ha, ha ! » et il en sortit le poing fermé. De
l'autre main, il attrapa l'homme par le cou, il voulait
l'étrangler, c'était visible.

— Oh là ! hurla Bénichou, qui venait d'arriver
en titubant.

Sans lâcher le cou de l'homme qui commençait à
changer de couleur, Merlin tendit le poing fermé
vers le chef de chantier, puis l'ouvrit.

Une gourmette en or apparut avec une petite
plaque, retournée du mauvais côté. Merlin relâcha
sa proie qui se mit à tousser à en vomir ses poumons
et il se tourna vers Bénichou.

— Il s'appelle comment, votre gars ? demanda
Merlin. Son prénom ?

— Euh…

Sauveur Bénichou, vaincu et désarmé, adressa à
son contremaître un regard navré.

— Alcide, murmura-t-il à regret.

Ce fut à peine audible, mais cela n'avait aucune
importance.

Merlin retourna la gourmette, comme s'il s'était
agi d'une pièce de monnaie qu'on avait jouée à pile
ou face.

Sur la plaque, un prénom gravé : Roger.

30

Dieu, quelle matinée ! On aimerait en avoir tous les jours ! Comme tout cela s'annonçait bien !

D'abord, les œuvres. Cinq retenues par la commission. Toutes plus magnifiques les unes que les autres. Des merveilles. Du concentré de patriotisme. À vous arracher les larmes. Et donc, Labourdin s'était préparé à son triomphe : la présentation des projets au président Péricourt. Pour cela, il avait commandé spécialement aux services techniques de la mairie un portique en fer forgé à la dimension de son grand bureau, afin de suspendre les dessins et de les mettre en valeur, comme il avait vu dans une exposition au Grand Palais où il était allé une fois. Péricourt pourrait circuler librement entre les cartons, marcher lentement, les mains dans le dos, s'extasiant devant celui-ci (*France éplorée, mais victorieuse*) – le préféré de Labourdin –, détaillant celui-là (*Les Morts triomphants*), s'arrêtant, hésitant. Labourdin voyait déjà le président se tourner vers lui, admiratif et embarrassé, ne sachant que choisir… C'est alors qu'il prononcerait SA phrase, pesée, dosée, mesurée, une phrase parfaitement cadencée, propre à souligner à la fois son goût en matière d'esthétique et son sens de la responsabilité :

— Président, si je puis me permettre...

Là, il s'approcherait de la *France éplorée* comme s'il voulait lui mettre la main autour de l'épaule.

— ... il me semble que cette œuvre magistrale traduit parfaitement tout ce que nos Compatriotes souhaitent exprimer de Douleur et de Fierté.

Les majuscules faisaient intimement partie de la phrase. Impeccable. D'abord, cette « œuvre magistrale », une trouvaille, puis Compatriotes, qui sonnait mieux qu'électeurs, et Douleur. Labourdin restait pantois devant son propre génie.

Vers dix heures, le portique déployé dans son bureau, on avait procédé à l'accrochage. Il fallait grimper pour fixer les travaux à la barre transversale, les équilibrer : Mlle Raymond fut appelée.

Dès son entrée dans la pièce, elle comprit ce qu'on attendait d'elle. Instinctivement, elle serra les genoux. Labourdin, au pied de l'escabeau, sourire aux lèvres, se frottait les mains comme un maquignon.

Mlle Raymond monta les quatre marches en soupirant et commença à se tortiller. Oui, quelle magnifique matinée ! Dès l'œuvre accrochée, la secrétaire descendait prestement en retenant sa jupe. Labourdin se reculait pour admirer le résultat, il lui semblait que le coin droit baissait un peu par rapport au gauche, vous ne trouvez pas ? Mlle Raymond fermait les yeux, remontait, Labourdin se précipitait vers l'escabeau ; il n'avait jamais passé plus de temps sous ses jupes. Lorsque tout fut en place, le maire d'arrondissement était dans un état priapique proche de l'apoplexie.

Mais patatras, alors que tout était fin prêt, le président Péricourt décommanda sa venue et envoya un coursier chargé de rapatrier les propositions chez lui. Tout ça pour rien ! se dit Labourdin. Il suivit en fiacre, mais, contrairement à ses attentes, ne fut pas admis à la délibération. Marcel Péricourt voulait être seul. Il était presque midi.

— Faites apporter une collation à monsieur le maire, ordonna M. Péricourt.

Labourdin courut à la jeune bonne, une petite brune ravissante, vite confuse, avec des yeux superbes et une jolie poitrine ferme, et lui demanda s'il pouvait avoir un peu de porto, il dit cela en lui caressant le sein gauche. La jeune fille se contenta de rougir parce que la place était bien payée et qu'elle était nouvelle. Labourdin attaqua le sein droit à l'arrivée du porto.

Dieu, quelle matinée !

Madeleine découvrit le maire ronflant comme une forge. Son gros corps abandonné et, près de lui, sur la table basse, les reliefs du poulet en gelée qu'il avait dévoré entier et la bouteille vide de château-margaux donnaient au tableau une allure de négligence obscène, affligeante.

Elle frappa discrètement au bureau de son père.

— Entre, répondit-il sans hésiter, car il reconnaissait toujours sa manière de faire.

M. Péricourt avait posé les dessins debout contre la bibliothèque, puis avait dégagé la pièce pour, de son fauteuil, les voir tous ensemble. Il n'avait pas bougé depuis plus d'une heure, le regard passant de l'un à l'autre, s'abandonnant à ses pensées. De temps à autre, il se levait, s'approchait, observait un détail, revenait à sa place.

D'abord, il avait été déçu. Ce n'était que cela ? Cela ressemblait à tout ce qu'il connaissait, mais en plus grand. Il ne put s'empêcher de consulter les prix, son cerveau calculateur compara les volumes et les tarifs. Allons, il fallait se concentrer. Choisir. Mais oui, décevant. Il s'était fait toute une idée de ce projet. Maintenant qu'il voyait les propositions... Qu'en attendait-il donc ? Ce serait finalement un monument comme les autres, rien qui puisse calmer les émotions nouvelles qui le submergeaient sans cesse.

Madeleine, sans surprise, éprouva la même impression. Toutes les guerres se ressemblent, tous les monuments aussi.

— Qu'en dis-tu ? demanda-t-il.

— C'est un peu... grandiloquent, non ?

— C'est lyrique.

Puis ils se turent.

M. Péricourt resta dans son fauteuil, comme un roi trônant devant des courtisans morts. Madeleine détailla les projets. Ils convinrent que le meilleur était celui d'Adrien Malendrey, *Victoire des martyrs*, dont la particularité était d'assimiler les veuves (celle-ci portait un voile de deuil), les orphelins (un garçonnet, les mains jointes, regardait le soldat en priant)

434

aux soldats eux-mêmes, les considérant tous comme des victimes. Sous le ciseau de l'artiste, la nation tout entière devenait une patrie martyre.

— Cent trente mille francs, dit M. Péricourt.

C'était plus fort que lui.

Mais sa fille ne l'entend pas, la voici penchée sur un détail d'une autre œuvre. Elle prend en main la planche, l'élève vers la lumière ; son père approche, il n'aime pas ce projet, *Gratitude* ; elle non plus, elle le trouve hyperbolique ; non, ce qu'il y a, c'est bête, une broutille, mais… quoi donc ? Là, dans la partie du triptyque intitulée « Vaillants poilus chargeant l'Ennemi », au second plan, ce jeune soldat qui va mourir a un visage très pur, les lèvres charnues, le nez un peu proéminent…

— Attends, dit M. Péricourt, fais voir. (Il se penche à son tour et observe de plus près.) C'est vrai, tu as raison.

Ce soldat ressemble vaguement aux jeunes hommes qu'on trouvait parfois dans les travaux d'Édouard. Ce n'est pas exactement le même, chez Édouard le sujet arborait un léger strabisme et non le regard droit et franc. Et une fossette lui barrait le menton, mais il existe une certaine similitude.

M. Péricourt se lève, replie ses lunettes.

— En art, on voit souvent les mêmes sujets…

Il parlait comme s'il s'y connaissait. Madeleine, qui avait plus de culture, ne voulut pas le contredire. Somme toute, ce n'était qu'un détail, rien d'essentiel. Ce dont son père avait besoin, c'était de faire ériger son monument et de s'intéresser enfin à autre chose. À la grossesse de sa fille, par exemple.

— Ton imbécile de Labourdin dort dans le vestibule, dit-elle en souriant.

Il l'avait oublié, celui-là.

— Qu'il dorme, répondit-il, c'est encore ce qu'il fait de mieux.

Il lui baisa le front. Elle se dirigea vers la porte. De loin, les projets alignés étaient impressionnants, on devinait le volume que cela prendrait, elle avait aperçu les cotes : douze mètres, seize mètres et des hauteurs !...

Ce visage, tout de même...

Une fois seul, M. Péricourt y retourna. Il chercha aussi à le retrouver dans le carnet de croquis d'Édouard, mais les hommes que son fils avait esquissés n'étaient pas des sujets, c'étaient de vrais hommes rencontrés dans les tranchées, tandis que le jeune militaire aux lèvres charnues était un sujet idéalisé. M. Péricourt s'était toujours interdit la moindre vision précise concernant ce qu'il appelait les « goûts affectifs » de son fils. Même en son for intérieur, il ne réfléchissait jamais en termes de « préférence sexuelle » ou quoi que ce soit de cette sorte, trop précise pour lui, choquante. Mais, comme pour ces pensées qui vous semblent surprenantes, dont vous comprenez pourtant qu'elles vous ont, en fait, travaillé souterrainement un long moment avant d'émerger, il se demanda si ce jeune homme avec strabisme et fossette avait été « un ami » d'Édouard. Mentalement, il spécifia : un amour d'Édouard. Et la chose ne lui apparut plus aussi scandaleuse qu'auparavant, seulement troublante ; il ne voulait pas imaginer... Il ne fallait pas que cela soit trop réaliste... Son fils n'était pas « comme les autres », voilà tout. Des hommes comme les autres, il en voyait beaucoup autour de lui, des employés, des collaborateurs, des clients, les fils, les frères des uns ou des autres, et il ne les enviait plus comme autrefois. Il ne parvenait même pas à se souvenir des avantages qu'il leur trouvait à l'époque, quelle supériorité, à ses yeux, ils avaient alors sur Édouard. Il se détestait rétrospectivement pour sa bêtise.

M. Péricourt s'installa de nouveau devant la galerie des dessins. La perspective, dans son esprit, se modifiait peu à peu. Non qu'il trouvât à ces projets des vertus nouvelles, ils lui semblaient toujours aussi excessivement démonstratifs. C'était son regard qui changeait, comme il arrive que notre perception d'un visage évolue à mesure que nous l'observons, cette femme qu'on jugeait bien jolie tout à l'heure et qui devient banale, cet homme assez laid à qui on découvre un charme dont on se demande comment il avait pu nous échapper. Maintenant qu'il s'y était habitué, ces monuments le calmaient. C'était à cause des matériaux : certains étaient en pierre, d'autres en bronze, des matériaux lourds qu'on imagine indestructibles. Or c'est cela qui avait manqué sur le tombeau familial où le nom d'Édouard ne figurait pas : l'illusion de l'éternité. Il fallait à M. Péricourt que ce qu'il entreprenait là, commander ce monument, le dépasse, dépasse son existence, en durée, en poids, en masse, en volume, que ce soit plus fort que lui, que cela ramène son chagrin à une dimension naturelle.

Les propositions étaient accompagnées du dossier de soumission comprenant le curriculum vitae des artistes, les tarifs, le calendrier de réalisation. M. Péricourt lut la lettre de présentation du projet de Jules d'Épremont et n'apprit rien, mais il feuilleta tous les autres dessins où l'on voyait l'œuvre de profil, de dos, en perspective, dans son environnement urbain… Le jeune soldat du second plan était toujours là, avec ce visage sérieux… Ce fut suffisant. Il ouvrit la porte, appela, en vain.

— Labourdin, bon Dieu ! cria-t-il, agacé, en secouant le maire à l'épaule.

— Hein, quoi, c'est qui ?

Les yeux chassieux, l'air de ne plus se souvenir de l'endroit où il se trouvait, de ce qu'il faisait là.

— Venez ! dit M. Péricourt.

— Moi ? Où ça ?

Labourdin tangua jusqu'au bureau en se frottant le visage pour reprendre ses esprits, balbutiant des excuses que Péricourt n'écouta pas.

— Celui-ci.

Labourdin commençait à se ressaisir. Il comprit alors que le projet retenu n'était pas celui qu'il aurait recommandé, mais se dit qu'au fond sa phrase pouvait parfaitement convenir à tous les monuments. Il se racla la gorge :

— Président, annonça-t-il, si je puis me permettre…

— Quoi ? demanda Péricourt sans le regarder.

Il avait rechaussé ses lunettes, il était en train d'écrire, debout, sur un coin de son bureau, satisfait de sa décision, sentant qu'il accomplissait là quelque chose dont il pourrait être fier, quelque chose de bon pour lui.

Labourdin prit une large respiration, bomba le torse.

— Cette œuvre, président, il me semble que cette œuvre magistrale...

— Tenez, le coupa Péricourt, voici un chèque pour arrêter le projet et les premiers travaux. Prenez toutes les garanties concernant l'artiste, évidemment ! Et aussi sur l'entreprise qui va fabriquer ! Et soumettez le dossier au préfet. S'il y a le moindre problème, appelez-moi, j'interviendrai. Autre chose ?

Labourdin saisit le chèque. Non, il n'y avait pas autre chose.

— Ah, dit alors M. Péricourt, je veux rencontrer l'artiste, ce... (il chercha le nom) Jules d'Épremont. Faites-le venir.

31

L'atmosphère à la maison n'était pas à l'euphorie. Sauf pour Édouard, mais lui ne se comportait jamais comme les autres ; depuis des mois, il se marrait tout le temps, impossible de lui faire entendre raison. Comme s'il ne comprenait pas la gravité de ce qui se passait. Albert ne voulait pas trop penser à sa consommation de morphine qui avait atteint des quantités comme jamais, on ne peut pas avoir l'œil partout, et il avait déjà son lot de problèmes insolubles. Il avait ouvert, dès son arrivée dans la banque où il travaillait, un compte au nom du Souvenir Patriotique pour encaisser les fonds qui arriveraient…

Soixante-huit mille deux cent vingt francs. Voilà. Le beau résultat…

Trente-quatre mille chacun.

Albert n'avait jamais possédé autant d'argent, mais il fallait comparer le bénéfice avec les risques. Il encourait trente ans de prison pour avoir détourné moins de cinq ans du salaire d'un ouvrier. C'était proprement ridicule. Nous étions le 15 juin. La grande braderie aux monuments aux morts s'achevait dans un mois, et rien. Ou presque.

« Comment ça, rien ? » écrivit Édouard.

Ce jour-là, malgré la chaleur, il portait un masque nègre, très haut, qui lui recouvrait toute la tête. Au-dessus du crâne trônaient deux cornes enroulées sur elles-mêmes comme celles d'un bélier, et, à partir du point lacrymal, deux lignes pointillées d'un bleu presque phosphorescent descendaient, comme des larmes joyeuses, jusqu'à une barbe bariolée qui s'épanouissait en éventail. Le tout peint dans des ocres, des jaunes, des rouges lumineux ; il y avait même, à la limite du front et du couvre-chef, la sinuosité ronde et veloutée, d'un vert profond, d'un petit serpent si criant de vérité qu'on l'aurait dit en train de glisser lentement, dans un mouvement continu, autour de la tête d'Édouard, comme s'il se mordait la queue. Le masque coloré, vif, gai, tranchait avec le moral d'Albert qui, lui, se déclinait en noir et blanc, et plus souvent en noir.

— Bah non, rien ! hurla-t-il en tendant les comptes à son camarade.

— Attends ! répondit comme toujours Édouard.

Louise se contenta de baisser légèrement la tête. Elle avait les mains dans la pâte à papier, qu'elle malaxait tendrement, matériau pour les prochains masques. Elle regardait la bassine émaillée d'un air rêveur, indifférente aux éclats de voix ; elle en avait déjà tant entendu avec ces deux-là…

Les comptes d'Albert étaient précis : dix-sept croix, vingt-quatre torches, quatorze bustes, des choses qui ne rapportaient rien ; quant aux monuments, neuf seulement ! Et encore ! Pour deux d'entre eux, les mairies n'avaient payé que le quart de l'acompte au lieu de la moitié et sollicitaient un délai pour le solde. On avait fait imprimer trois mille reçus pour accuser réception des commandes, on en avait rédigé soixante...

Édouard refusait de quitter le pays avant d'avoir palpé un million, ils ne disposaient pas du dixième.

Et, chaque jour, approchait le moment où la supercherie serait découverte. Peut-être même la police avait-elle déjà entamé son enquête. Aller chercher le courrier à la poste du Louvre provoquait chez Albert des frissons glacés le long de l'épine dorsale ; vingt fois, devant la boîte ouverte, il pensa pisser dans son pantalon en apercevant quelqu'un marcher dans sa direction.

— De toute manière, lança-t-il à Édouard, tant que ça ne t'arrange pas, tu ne crois à rien !

Il jeta le livre de comptes par terre et enfila son manteau. Louise continua à pétrir sa pâte, Édouard pencha la tête. Albert se mettait souvent en rage et, incapable d'exprimer des sentiments qui l'asphyxiaient, quittait l'appartement pour ne revenir que tard dans la nuit.

Ces derniers mois l'avaient beaucoup éprouvé. À la banque, tout le monde le pensait malade. On ne s'en étonnait pas, les anciens combattants avaient chacun leurs stigmates, mais cet Albert semblait plus choqué que les autres : cette nervosité perpétuelle, ces réflexes paranoïdes... Comme il était néanmoins un gentil collègue, chacun y allait de son conseil : faites-vous masser les pieds, mangez de la viande rouge, vous avez essayé la décoction de bractées de tilleul ? Lui se contentait de se regarder dans la glace le matin en se rasant et de constater qu'il avait une tête de déterré.

À cette heure-là, Édouard faisait déjà crépiter la machine à écrire en gloussant de plaisir.

Les deux hommes ne vivaient pas les mêmes choses. Le moment tant attendu de la réussite de leur ahurissant projet, qui aurait dû être celui d'une communion, d'une ivresse partagée, d'une victoire, les séparait.

Édouard, toujours sur son nuage, indifférent aux conséquences, ne doutant jamais du succès, exultait en répondant aux courriers qui arrivaient. Il se délectait à parodier le style administrativo-artistique qu'il avait imaginé être celui de Jules d'Épremont, tandis qu'Albert, rongé d'angoisse, de regrets, et aussi de rancune, maigrissait à vue d'œil, devenant l'ombre de lui-même.

Plus que jamais, il rasait les murs, dormait mal, une main sur sa tête de cheval qu'il transportait avec lui d'un bout à l'autre de la maison ; s'il avait pu, il serait allé travailler avec parce que l'idée même de se rendre le matin à la banque lui retournait l'estomac et que son cheval représentait sa seule et ultime protection, son ange gardien. Il avait dérobé quelque vingt-cinq mille francs, et, grâce aux premiers acomptes des mairies, comme il se l'était promis, et malgré les récriminations d'Édouard, il avait intégralement remboursé son employeur. Il devait tout de même courir sans cesse au-devant des inspecteurs et des vérificateurs parce que les fausses écritures, elles, continuaient d'exister et de prouver qu'il y avait eu malversation. Il était contraint d'en inventer toujours de nouvelles pour masquer les anciennes. Si on le confondait, on enquêterait, on découvrirait tout… Il fallait partir. Avec ce qui restait une fois la banque remboursée : vingt mille francs chacun ! Albert, désemparé, se rendait compte maintenant combien il avait cédé facilement à un effet de panique, après cette rencontre inopinée et douloureuse avec le Grec. « C'est tout à fait Albert ! aurait dit Mme Maillard si elle l'avait su. Comme il est assez peureux de nature, il choisit toujours la solution la moins courageuse. Vous me direz, c'est certainement pour ça qu'il est revenu entier de la guerre, mais en temps de paix, c'est vraiment pénible. S'il trouve une femme un jour, la pauvre devra avoir les nerfs solides… »

« S'il trouve une femme un jour… » En pensant à Pauline, il eut soudain envie de s'enfuir seul, de ne plus voir personne, jamais. Quand il imaginait son avenir s'ils étaient pris, il ressentait de curieuses nostalgies, assez malsaines. Certains moments au front, avec le recul, avec la paix et son cortège d'ennuis, lui apparaissaient comme une période presque heureuse, simple, et quand il regardait sa tête de cheval, son trou d'obus devenait presque un refuge désirable.

Quel gâchis, cette histoire…

Pourtant, tout avait bien commencé. Dès que le catalogue était arrivé dans les mairies, les demandes de renseignements avaient afflué. Douze, vingt, vingt-cinq lettres certains jours. Édouard y consacrait tout son temps, se montrait infatigable.

À l'arrivée du courrier, il poussait des cris de joie, glissait une feuille de papier à lettres à l'en-tête du Souvenir Patriotique dans la machine à écrire, plaçait les *Trompettes d'Aïda* sur le gramophone, montait le son, levait le doigt en l'air comme s'il cherchait d'où venait le vent et plongeait sur le clavier avec ravissement, comme un pianiste. Ce n'était pas pour l'argent qu'il avait imaginé cette affaire, mais pour vivre cette euphorie, la volupté d'une provocation inouïe. Cet homme sans visage adressait au monde un gigantesque pied de nez ; cela générait en lui un bonheur fou, l'aidait à renouer avec ce qu'il avait toujours été et qu'il avait failli perdre.

Presque toutes les demandes des clients concernaient des aspects pratiques : les modes de fixation, les garanties, le système d'emballage, les normes techniques auxquelles devaient obéir les socles… Sous la plume d'Édouard, Jules d'Épremont avait réponse à tout. Il rédigeait des courriers extrêmement informés, totalement rassurants et personnalisés. Des lettres qui donnaient confiance. Les édiles ou les instituteurs secrétaires de mairie expliquaient fréquemment leur projet, mettant involontairement en lumière la dimension immorale de cette escroquerie parce que l'État ne contribuait à ces achats de monuments que de manière symbolique et « en proportion de l'effort et des sacrifices consentis par les villes en vue de glorifier, etc. ». Les municipalités mobilisaient ce qu'elles pouvaient, qui souvent n'était pas grand-chose, l'essentiel reposait donc… sur des souscriptions populaires. Des individus, des écoles, des paroisses, des familles entières y allaient de leur obole pour que le nom d'un frère, d'un fils, d'un père, d'un cousin soit à jamais gravé sur un monument commémoratif qui trônerait au centre du village ou à côté de l'église, pour l'éternité, croyaient-ils. Devant la difficulté de réunir les sommes assez rapidement pour profiter de la promotion exceptionnelle proposée par le Souvenir Patriotique, bien des courriers sollicitaient des arrangements, des aménagements concernant le règlement. Était-il possible « de retenir un modèle en bronze avec une avance de six cent soixante francs seulement » ? Cela faisait tout de même quarante-quatre pour cent de l'acompte au lieu des cinquante exigés, plaidait-on. « Mais, voyez-vous, les fonds rentrent un peu lentement. Nul doute que nous serons à même de faire face à l'échéance, nous nous y engageons. » « Les enfants des écoles ont été mobilisés pour procéder à des quêtes auprès de la population », expliquait-on ailleurs. Ou encore : « Mme de Marsantes compte léguer à la ville une partie de sa fortune. Dieu nous préserve de sa disparition, mais n'est-ce pas une garantie acceptable pour l'achat d'un beau monument pour Chaville-sur-Saône qui a perdu près de cinquante jeunes hommes et doit subvenir à la subsistance de quatre-vingts orphelins ? »

Cette date butoir du 14 juillet, si proche, en effrayait plus d'un. À peine le temps de consulter le conseil municipal. Mais l'offre était tellement attractive !

Édouard-Jules d'Épremont, grand seigneur, accordait tout ce qu'on voulait, ristournes exceptionnelles, délais, jamais aucun problème.

Il commençait généralement par complimenter chaudement son interlocuteur de l'excellence de son choix. Qu'il souhaite acquérir *À l'attaque !*, une simple torche funéraire ou le *Coq foulant un casque boche*, il reconnaissait discrètement qu'il nourrissait lui-même une secrète prédilection pour ce modèle. Édouard adorait cet instant de l'aveu prétentieux dans lequel il mettait tout le ridicule vu chez ses professeurs compassés et satisfaits des Beaux-Arts.

Concernant les projets composites (lorsque, par exemple, on envisageait d'apparier la *Victoire* avec le *Poilu mourant en défendant le drapeau*), Jules d'Épremont se disait toujours enthousiaste, n'hésitant pas à féliciter son correspondant de la finesse de son approche artistique, s'avouant même surpris par l'inventivité et le bon goût de cette combinaison. Il se montrait tour à tour compatissant sur le plan financier, généreux dans sa compréhension, excellent technicien, parfaitement informé et maître de son ouvrage. Non, assurait-il, pas de problème avec l'enduit-ciment, et oui, la stèle pouvait être conçue avec de la brique à la française, oui absolument, en granit aussi, tout à fait, et naturellement tous les modèles du Souvenir Patriotique étaient agréés, d'ailleurs le certificat estampillé du ministère de l'Intérieur accompagnerait la livraison de l'œuvre. Il n'y avait aucun exemple qu'une difficulté n'eût trouvé, sous sa plume, une solution simple, pratique et apaisante. Il rappelait obligeamment à ses inter-locuteurs la liste des pièces nécessaires à l'obtention de la maigre subvention de l'État (délibération du conseil municipal, croquis du monument, avis de la commission chargée du point de vue artistique, devis estimatif de la dépense, indication des voies et moyens), délivrait quelques conseils en la matière et rédigeait un superbe récépissé de commande qui valait versement de l'acompte.

La touche finale aurait mérité, à elle seule, de figurer dans les annales de la parfaite arnaque. À la fin du chapitre : « J'admire l'excellence de votre goût et l'ingéniosité de la composition que vous avez choisie », avec des circonlocutions qui traduisaient son hésitation et son scrupule, Édouard écrivait souvent, en adaptant ce passage à toutes les combinaisons qui se présentaient : « Votre projet constituant un agencement dans lequel le goût le plus artistique se conjugue admirablement avec le sens le plus patriotique, je vous consens, au-delà de la remise déjà accordée cette année, une réduction supplémentaire de 15 %. Considérant cet effort tout à fait exceptionnel (que je vous conjure de ne point ébruiter !), je vous demanderai de régler l'acompte initial dans sa totalité. »

Édouard admirait parfois sa page à bout de bras en poussant des gloussements de contentement. Ce vaste courrier, qui l'occupait énormément, laissait, selon lui, présager de la réussite de l'opération. On continuait d'en recevoir, la boîte postale ne désemplissait pas.

Albert, lui, renâclait.

— Tu n'en fais pas un peu trop ? demandait-il.

Il imaginait sans peine à quel point ces lettres toutes pleines de miséricorde aggraveraient les charges qui pèseraient contre eux s'ils étaient arrêtés.

Édouard, lui, d'un geste royal, montrait qu'il était un grand seigneur.

« Soyons compatissants, mon cher ! griffonnait-il pour répondre à Albert. Cela ne coûte rien et ces gens ont besoin d'encouragements. Ils participent à une œuvre magnifique ! En fait, ce sont des héros, non ? »

Albert était un peu choqué : traiter de héros, par dérision, des gens qui se cotisaient pour un monument…

Édouard retirait alors brusquement son masque et exhibait son visage, ce trou béant et monstrueux au-dessus duquel le regard, seule trace vivante et humaine, vous fixait avec intensité.

Albert ne le voyait plus très souvent, ce reste de visage, cette horreur, parce que Édouard passait sans cesse d'un masque à l'autre. Il arrivait même qu'il s'endorme sous les traits d'un guerrier indien, d'un oiseau mythologique, d'une bête féroce et joyeuse. Albert, qui se réveillait toutes les heures, s'approchait de lui et avec des précautions de jeune père lui retirait son masque. Dans la pénombre de la pièce, il regardait alors son camarade dormir, frappé, si ce n'avait été ce rouge omniprésent, par l'effrayante ressemblance de ce qui restait de cette face avec certains mollusques céphalopodes.

En attendant, et malgré l'énergie qu'Édouard mettait à répondre à ces nombreuses demandes, les commandes fermes n'arrivaient pas.

— Pourquoi ? demandait Albert d'une voix blanche. Que se passe-t-il ? On dirait qu'ils ne sont pas convaincus par les réponses…

Édouard mimait une sorte de danse du scalp, Louise pouffait de rire. Albert, au bord de la nausée, reprenait ses comptes, vérifiait.

Il ne se souvenait plus de son état d'esprit d'alors, tant l'inquiétude avait ensuite tout submergé, mais les premiers paiements, à la fin mai, avaient créé une certaine euphorie. Albert avait exigé que les fonds soient d'abord consacrés à rembourser la banque, ce qu'Édouard avait évidemment contesté.

« À quoi ça sert de rembourser une banque ? avait-il écrit sur le grand cahier. On va s'enfuir avec des fonds volés de toute façon ! Voler ceux d'une banque, c'est tout de même le moins immoral ! »

Albert n'en démordit pas. Il s'était coupé, une fois, en parlant de la Banque d'escompte et de crédit industriel, mais visiblement Édouard ne savait rien des affaires de son père, le nom lui était étranger. Pour se justifier devant son camarade, il ne pouvait décemment pas ajouter que M. Péricourt avait été bien bon de lui proposer cet emploi et qu'il répugnait à l'arnaquer davantage. C'était une morale élastique, bien sûr, puisque, par ailleurs, il tentait d'escroquer des inconnus, dont pas mal de condition modeste, qui cotisaient afin d'ériger un monument en souvenir de leurs morts, mais M. Péricourt, il le connaissait personnellement, ce n'était pas pareil, et depuis Pauline, en plus... Bref, il ne pouvait s'empêcher de le considérer un peu comme son bienfaiteur.

Peu convaincu par les étranges raisons d'Albert, Édouard avait cédé et les premiers règlements remboursèrent la banque.

Après quoi, ils avaient, chacun à sa manière, effectué une dépense symbolique, s'étaient fait un petit plaisir, promesse de l'avenir florissant qui les attendait peut-être.

Édouard s'était procuré un gramophone d'excellente qualité et pas mal de disques, dont quelques marches militaires. Malgré sa jambe raide, il adorait défiler dans l'appartement au pas cadencé, en compagnie de Louise, et en portant un masque de soldat caricatural franchement ridicule. Il y avait aussi de l'opéra auquel, Albert ne comprenait rien, et le *Concerto pour clarinette* de Mozart qui, certains jours, passait et repassait sans arrêt comme si le disque était rayé. Édouard portait toujours les mêmes vêtements, un roulement de deux pantalons, de deux tricots et deux chandails qu'Albert amenait à laver une semaine sur deux.

Albert, lui, avait acheté des chaussures. Et un costume. Et deux chemises. Rien que de la qualité, de la vraie, cette fois. Il avait été rudement bien inspiré parce que c'est à ce moment-là qu'il avait rencontré Pauline. Depuis, les choses étaient infiniment plus compliquées. Avec cette femme, comme avec la banque, il avait suffi d'un mensonge de départ pour se trouver condamné à une effroyable course en avant. Comme avec les monuments. Mais qu'avait-il donc fait au bon Dieu pour être sans cesse dans l'obligation de cavaler devant une bête fauve menaçant de le dévorer ? C'est pour cela qu'il avait dit à Édouard que le masque de lion (en fait, un animal mythologique, mais Édouard ne le reprenait pas sur ces détails-là) était très beau, certes, magnifique même, mais lui donnait des cauchemars et qu'il apprécierait de le voir remisé une bonne fois pour toutes. Édouard s'était exécuté.

Et donc Pauline.

Une histoire de décision du conseil d'administration de la banque.

On savait que, depuis quelque temps, M. Péricourt n'était plus trop à ses affaires. On l'avait moins vu et ceux qui le croisaient constataient qu'il avait beaucoup vieilli. Peut-être la conséquence du mariage de sa fille ? Ou les soucis, les responsabilités ? Personne n'aurait songé à la mort de son fils : le lendemain du jour où il avait appris son décès, il avait participé à une importante assemblée générale d'actionnaires avec sa sûreté coutumière, tout le monde l'avait trouvé très courageux de poursuivre sa tâche malgré ses malheurs.

Mais le temps avait passé. M. Péricourt n'était plus ce qu'il avait été. La semaine précédente, justement, il s'était soudainement excusé, continuez sans moi ; il n'y avait plus de décision essentielle à prendre, mais tout de même, le président n'avait pas donné l'habitude de déserter, il aurait plutôt eu tendance à vouloir tout décider seul, à n'admettre les débats que sur des sujets mineurs sur lesquels, de toute manière, il avait déjà tranché. Et donc, vers quinze heures, il était parti. On avait su un peu plus tard qu'il n'était pas rentré chez lui, certains évoquant une visite chez son médecin, d'autres la présence d'une femme là-dessous. Seul le gardien du cimetière, qui n'était pas convié à ces conversations, aurait pu dire où il se trouvait réellement.

Vers seize heures, comme M. Péricourt devait absolument signer le procès-verbal de la réunion afin que ses ordres soient ratifiés et, le plus rapidement possible, mis en application (il n'aimait pas que ça traîne), on décida d'envoyer le document chez lui. Et on se souvint d'Albert Maillard. Personne, à la banque, ne savait le lien existant entre le patron et cet employé, on était seulement certain que le second devait sa place au premier. Là aussi, les rumeurs les plus folles avaient couru, mais Albert, avec ses rougeurs intempestives, ses craintes de tout, sa nervosité, sa manière de sursauter au premier bruit, avait découragé toutes les hypothèses. Le directeur général se serait volontiers rendu en personne au domicile du président Péricourt, mais, jugeant que se livrer à une tâche subalterne de coursier était peu conforme à sa position, il fit envoyer Albert.

Dès qu'il reçut l'ordre, Albert se mit à trembler. Ce garçon était incompréhensible. On dut le presser, lui tendre son manteau, le pousser vers la sortie ; il semblait si perturbé qu'on se demanda s'il n'allait pas perdre le document quelque part sur la route. On appela un taxi, on paya l'aller et le retour, on recommanda discrètement au chauffeur d'avoir l'œil sur lui.

— Arrêtez-moi ! hurla Albert lorsqu'ils atteignirent le parc Monceau.

— Mais, ce n'est pas encore là…, risqua le chauffeur.

On lui avait confié une mission délicate et voilà que les ennuis commençaient.

— Tant pis, cria Albert, arrêtez-vous !

Quand un client devient furieux, le mieux est de le faire descendre, Albert descendit ; attendre qu'il s'éloigne de quelques pas ; le chauffeur vit Albert marcher d'un pas chancelant dans le sens opposé à l'adresse où il était censé se rendre ; et quand on vous a réglé d'avance, vous démarrez le plus vite possible, légitime défense.

Albert ne s'en rendit pas compte, hanté qu'il était depuis son départ de la banque par l'idée de se trouver nez à nez avec Pradelle. Il imaginait déjà la scène, le capitaine le tenant d'une poigne ferme à l'épaule, se penchant et lui demandant :

— Tiens donc, soldat Maillard, vous rendez une petite visite à votre bon capitaine d'Aulnay-Pradelle ? Comme c'est aimable... Venez un peu par ici...

Et disant cela, il l'entraînait dans un couloir qui devenait une cave, il fallait s'expliquer ; Pradelle le giflait, puis l'attachait, le torturait, et quand Albert était contraint de lui avouer qu'il vivait avec Édouard Péricourt, qu'il avait volé de l'argent à la banque, que tous deux s'étaient lancés dans une escroquerie sans nom, Pradelle partait d'un grand rire, levait les yeux au ciel, appelait le courroux des dieux qui aussitôt envoyaient sur Albert une quantité de terre égale à celle déplacée par un obus de quatre-vingt-quinze quand vous êtes déjà au fond du trou et que vous tenez serré contre vous le masque d'une tête de cheval avec laquelle vous vous apprêtez à vous présenter au paradis des impuissants.

Albert, comme la première fois, tourna, hésita, revint sur ses pas, tétanisé par le risque de rencontrer le capitaine Pradelle, celui d'avoir à s'entretenir avec M. Péricourt à qui il volait de l'argent, celui de se trouver face à la sœur d'Édouard à qui il pouvait révéler que son frère était encore en vie. Il chercha comment faire porter à M. Péricourt le document qu'il serrait contre lui avec une force de damné sans avoir à entrer dans la maison.

Trouver quelqu'un pour le remplacer, voilà ce qu'il fallait.

Il regretta que le chauffeur fût parti, il aurait pu se garer deux rues plus loin, faire la commission et revenir, Albert aurait gardé son taxi…

C'est à ce moment-là que Pauline apparut.

Albert se tenait sur le trottoir d'en face, l'épaule rasant le mur ; il la vit, et avant d'avoir compris que la jeune femme était la solution de son problème, elle devint l'incarnation d'un autre souci. Il avait bien souvent pensé à elle, la jolie petite bonne qui avait tant ri de le voir avec ses chaussures idiotes.

Il se jeta aussitôt dans la gueule du loup.

Elle était pressée, peut-être en retard pour prendre son service. Tout en marchant, elle avait déjà entrouvert son manteau, laissant apercevoir une robe bleu clair à mi-mollet et une ceinture ample à taille basse. Elle portait un foulard assorti. Elle grimpa rapidement les quelques marches du perron et disparut.

Quelques minutes plus tard, Albert sonnait à la porte, elle ouvrit, le reconnut, il bomba le torse parce que depuis leur première rencontre, il avait acheté de nouvelles chaussures et, en jeune femme sagace, elle remarqua aussi qu'il possédait un nouveau manteau, une belle chemise, une cravate de qualité et toujours ce visage si drôle qu'on aurait dit qu'il venait de faire sous lui.

Allez savoir ce qui passa dans sa tête, elle se mit à rire. La scène se reproduisait, presque identique, à six mois de distance. Mais les choses ne pouvaient être les mêmes, ils restèrent l'un en face de l'autre, comme si c'était elle qu'il était venu voir, ce qui d'une certaine manière était un peu vrai.

Un silence s'installa. Dieu que cette petite Pauline était jolie, l'air de l'amour même. Vingt-deux, vingt-trois ans, un sourire à vous hérisser le poil, des lèvres satinées découvrant des dents magnifiques, admirablement alignées, et ces yeux, cette coiffure très courte comme on faisait maintenant, qui mettait en valeur la nuque, la gorge, tiens, à propos de gorge, elle portait un tablier et un chemisier blancs, pas difficile d'imaginer les seins qu'elle avait. Une brune. Depuis Cécile, il n'avait jamais pensé à une brune, il n'avait même jamais pensé à rien.

Pauline regarda le dossier qu'il pétrissait entre ses mains. Albert se souvint de la raison de sa visite mais aussi de la crainte qu'il avait des mauvaises rencontres. Il était entré, l'urgent était maintenant de ressortir, vite.

— Je viens de la banque, dit-il bêtement.

Elle ouvrit la bouche en rond. Sans le vouloir, il avait produit son petit effet : la banque, pensez donc.

— C'est pour le président Péricourt, ajouta-t-il.

Et comme il avait perçu qu'il prenait de l'importance, il ne put s'empêcher de préciser :

— Je dois le remettre en main propre…

456

Le président Péricourt ne se trouvait pas chez lui ; la jeune fille lui proposa de l'attendre, elle ouvrit la porte du salon, Albert retomba sur terre : rester là était une folie, déjà être entré...

— Non, non, merci.

Il tendit le document. Tous deux s'aperçurent qu'il était mouillé de transpiration, Albert voulut le sécher contre sa manche, le dossier tomba à terre, toutes les pages en désordre, les voici aussitôt à quatre pattes, vous imaginez la scène...

C'est ainsi qu'il était entré dans la vie de Pauline. Vingt-cinq ans ? On n'aurait pas dit. Pas vierge, mais vertueuse. Elle avait perdu un fiancé en 17, et personne depuis, assurait-elle. Pauline mentait joliment. Avec Albert, ils se touchèrent très vite, mais elle ne voulait pas aller plus loin, car pour elle, c'était du sérieux. Albert lui plaisait avec son visage naïf, émouvant. Il provoquait chez elle des envies maternantes et disposait d'une jolie situation, comptable dans une banque. Comme il connaissait les patrons, une belle carrière l'attendait sans doute.

Elle ne savait pas combien il gagnait, mais ce devait être confortable parce qu'il l'invita tout de suite dans de bons restaurants, pas luxueux, mais avec une cuisine de qualité et une clientèle bourgeoise. Il prenait des taxis, au moins pour la reconduire. Il l'emmena aussi au théâtre, sans lui dire qu'il y mettait les pieds pour la première fois, proposa l'Opéra en demandant conseil à Édouard, mais Pauline préférait le music-hall.

L'argent d'Albert commençait à filer, son salaire était loin de suffire et il avait déjà pas mal puisé dans sa part du maigre butin.

Aussi, maintenant qu'on voyait que les fonds n'arriveraient plus guère, s'interrogeait-il : comment sortir du piège dans lequel, pour le coup, il s'était jeté seul, sans l'aide de personne ?

Pour continuer de courtiser Pauline, il se demanda s'il ne devrait pas « emprunter » de nouveau de l'argent à la banque de M. Péricourt.

32

Henri était né dans une famille ruinée dont il avait vu, toute sa jeunesse, la déliquescence s'aggraver, il n'avait assisté qu'à des débâcles. Maintenant qu'il s'apprêtait à remporter sur le destin une victoire définitive, pas question de se laisser arrêter par un raté de fonctionnaire. Parce que c'est bien de cela qu'il s'agissait. Il allait le renvoyer à la niche, le petit inspecteur ! Pour qui se prenait-il, d'abord ?

Une large part d'autosuggestion se dissimulait derrière cette assurance affichée. Henri avait besoin de croire en son succès et n'imaginait pas une seconde que, dans ces temps de crise, par définition favorables aux grandes fortunes, il ne pût tirer avantageusement son épingle du jeu. Toute la guerre le lui avait prouvé : il ne craignait pas l'adversité.

Encore que, cette fois, l'atmosphère fût un peu différente…

Ce n'était pas la nature des obstacles qui l'inquiétait, mais leur succession.

Sur la réputation attachée aux noms de Péricourt et d'Aulnay-Pradelle, l'administration ne s'était pas, jusqu'alors, montrée trop regardante. Mais voici que ce minable du ministère pondait un nouveau rapport après sa visite inopinée à Pontaville-sur-Meuse où il était question de vols d'objets, de trafics...

Et d'ailleurs, avait-il le droit d'inspecter sans prévenir ?

Quoi qu'il en soit, l'administration, cette fois, s'était révélée moins conciliante. Henri avait aussitôt demandé à être reçu. Ça n'avait pas été possible.

— On ne peut pas couvrir... toutes ces choses, voyez-vous, lui avait-on expliqué au téléphone. Jusqu'ici, il s'agissait de petites difficultés techniques. Quoique, tout de même...

À l'autre bout du fil, la voix était devenue plus embarrassée, plus feutrée, comme si on s'entretenait d'un secret, qu'on craignait d'être entendu.

— ... ces cercueils qui ne correspondent pas aux normes prévues au marché...

— Mais je vous l'ai expliqué ! tonna Henri.

— Oui, je sais ! Une erreur à la fabrication, bien sûr... Mais cette fois, à Pontaville-sur-Meuse, ce n'est pas pareil, comprenez-vous. Des dizaines de soldats enterrés sous un nom qui n'est pas le leur, c'est déjà très embarrassant, mais que disparaissent leurs valeurs personnelles...

— Oh, là, là ! s'était esclaffé Henri en riant très fort. Vous m'accusez de dépouiller les cadavres maintenant ?

Le silence qui suivit l'impressionna.

L'affaire devenait grave parce qu'il n'était pas question d'un objet, ni même de deux...

— On dit qu'il s'agit de tout un système..., d'une organisation à l'échelle du cimetière. Le rapport est très sévère. Tout cela s'est fait dans votre dos, bien sûr, vous n'êtes pas en cause à titre personnel !

— Ha, ha, ha ! Encore heureux !

Mais le cœur n'y était pas. Personnelle ou non, la critique pesait lourd. Il aurait tenu Dupré, il lui aurait fait passer un sale quart d'heure ; du reste, il ne perdait rien pour attendre.

Henri se souvint alors que les changements de stratégie avaient permis le succès des guerres napoléoniennes.

— Vous pensez vraiment, demanda-t-il, que les sommes attribuées par le gouvernement permettent de sélectionner des personnels parfaitement compétents, irréprochables ? Qu'avec ces prix-là, on a les moyens de procéder à des recrutements sévères, de n'embaucher que des ouvriers triés sur le volet ?

En son for intérieur, Henri savait qu'il s'était montré un peu expéditif dans les embauches, allant toujours au moins cher, mais enfin, Dupré l'avait assuré que les contremaîtres étaient sérieux, merde ! Et que les manœuvres seraient convenablement encadrés !

Le type du ministère sembla pressé tout d'un coup et la conversation s'était achevée sur une information noire comme un ciel d'orage :

— L'administration centrale ne peut plus gérer seule ce dossier, monsieur d'Aulnay-Pradelle. Elle doit maintenant le transférer au cabinet de M. le ministre.

Un lâchage en bonne et due forme !

Henri raccrocha violemment le téléphone et entra dans une colère noire. Il saisit une porcelaine de Chine et la fracassa sur une petite table en marqueterie.

Quoi ? Il n'avait pas suffisamment arrosé tous ces gens-là pour qu'ils ouvrent le parapluie ? D'un revers du bras, il chassa un vase de cristal qui se brisa contre le mur. Et s'il expliquait au ministre de quelle manière ses hauts fonctionnaires avaient profité de ses largesses, hein ?

Henri reprit sa respiration. Sa fureur était proportionnelle à la gravité de la situation parce que, à ces arguments, il n'y croyait pas lui-même. Il y avait bien eu quelques cadeaux, oui, des chambres de grand hôtel, quelques filles offertes, des repas luxueux, des boîtes de cigares, des factures payées ici et là, mais lancer des accusations de prévarication revenait à s'avouer corrupteur, autant dire se tirer une balle dans le pied.

Madeleine, alertée par le bruit, entra sans frapper.

— Eh bien, que t'arrive-t-il ?

Henri se retourna et la découvrit dans l'encadrement de la porte. Très volumineuse. Enceinte de six mois, mais on l'aurait dite à terme. Il la trouva laide ; ça ne datait pas d'aujourd'hui, voilà longtemps qu'elle n'éveillait plus aucun désir chez lui. La réciproque était vraie d'ailleurs, les fougues de Madeleine remontaient à une époque oubliée, quand elle se conduisait davantage comme une maîtresse que comme une épouse, sans cesse en demande, cette fringale qu'elle avait ! Tout ça était loin et pourtant, Henri lui était plus attaché qu'hier. Pas à elle à proprement parler, mais à la future mère du fils qu'il espérait. Un Aulnay-Pradelle junior qui serait fier de son nom, de sa fortune, de la propriété familiale, et qui n'aurait pas, comme lui, à batailler pour exister, mais sauvait faire fructifier un héritage que son père rêvait conséquent.

Madeleine pencha la tête, fronça les sourcils.

C'était une qualité chez Henri, dans les situations difficiles, il pouvait prendre une décision à la seconde. En un éclair, il passa en revue les solutions qui s'offraient et comprit que sa femme représentait sa seule planche de salut. Il adopta la mine qu'il détestait le plus, qui lui correspondait le moins, celle de l'homme dépassé par les événements, il poussa un long soupir de découragement et s'effondra dans un fauteuil, les bras ballants.

D'emblée, Madeleine se sentit partagée. Elle connaissait son mari mieux que personne et la comédie du désarroi avait peu de prise sur elle. Mais il était le père de son enfant, ils étaient liés. À quelques semaines d'accoucher, elle n'avait pas envie d'affronter de nouvelles difficultés, elle désirait la paix. Elle n'avait pas besoin d'Henri, mais un mari, à ce moment-là, lui était utile.

Elle demanda ce qui se passait.

— Les affaires, répondit-il de manière évasive.

C'était aussi une expression de M. Péricourt. Lorsqu'il ne voulait pas expliquer, il disait : « Ce sont les affaires », cela voulait tout dire, c'était un mot d'homme. Rien de plus pratique.

Henri releva la tête, pinça les lèvres, Madeleine le trouvait toujours très beau. Comme il l'espérait, elle insista.

— Eh bien ? dit-elle en s'approchant. Mais encore ?

Il se résolut à un aveu coûteux, mais la fin, comme toujours, justifiait les moyens.

— J'aurais besoin de ton père…

— Pour quoi ? s'enquit-elle.

Henri balaya l'air, ce serait trop compliqué…

— Je vois, fit-elle en souriant. Trop compliqué pour m'expliquer, mais assez simple pour me demander d'intervenir…

Henri, en homme écrasé par les difficultés, répondit par un regard qu'il savait émouvant, qu'il utilisait fréquemment pour séduire. Il lui en avait rapporté, des bonnes fortunes, ce sourire-là…

Si Madeleine insistait, Henri lui mentirait de nouveau parce qu'il mentait en permanence, même lorsque c'était inutile, c'était dans sa nature. Elle posa une main sur sa joue. Même quand il trichait, il était beau, le simulacre du désarroi le rajeunissait, soulignait la finesse de ses traits.

Madeleine resta pensive un instant. Elle n'avait jamais beaucoup écouté son mari, même dans les débuts, elle ne l'avait pas choisi pour sa conversation. Mais depuis sa grossesse, ce qu'il disait flottait dans l'air comme une vapeur sans importance. Ainsi, tandis qu'il jouait ce simulacre de désarroi, de bouleversement – elle l'espérait plus adroit avec ses maîtresses –, elle l'observait avec une tendresse vague, de celles qu'on a pour les enfants des autres. Il était beau. Elle aimerait bien avoir un fils comme lui. Moins menteur, mais aussi beau.

Puis elle quitta la pièce sans rien dire, souriant légèrement comme chaque fois que le bébé lui donnait des coups de pied. Elle monta aussitôt à l'appartement de son père.

Il était dix heures du matin.

Dès qu'il reconnut sa fille à sa façon de frapper, M. Péricourt se leva, vint à sa rencontre, posa un baiser sur son front, sourit en désignant son ventre, ça va toujours bien ? Madeleine fit une petite mine, couci-couça...

— J'aimerais que tu reçoives Henri, papa, dit-elle. Il rencontre des difficultés.

Au seul prénom de son gendre, M. Péricourt se redressa insensiblement.

— Il ne peut pas résoudre ses problèmes tout seul ? Quelles difficultés, d'ailleurs ?

Madeleine en savait plus qu'Henri ne le pensait, mais pas suffisamment pour éclairer son père.

— Ce contrat avec le gouvernement...

— Encore ?

M. Péricourt avait répondu avec sa voix d'acier, celle qu'il prenait quand il campait sur des positions de principe ; il devenait difficile à manipuler dans ces cas-là. Rigide.

— Je sais que tu ne l'aimes pas, papa, tu me l'as dit.

Elle parla sans colère, se fendit même d'un sourire très doux et, comme elle ne demandait jamais rien, elle abattit tranquillement son meilleur atout :

— Je te demande de le recevoir, papa.

Elle n'eut pas à poser, comme en d'autres occasions, ses mains en croix sur son ventre. Déjà, son père avait fait un signe, d'accord, dis-lui de monter.

M. Péricourt ne fit pas même semblant de travailler lorsque son gendre frappa à la porte. Henri vit, à l'autre bout de la pièce, son beau-père trôner derrière son bureau, comme Dieu le père. La distance qui le séparait du fauteuil des visiteurs était interminable. Dans la difficulté, Henri bandait ses forces, prenait son élan. Plus l'obstacle semblait important, plus il se montrait sauvage, il aurait tué n'importe qui. Mais ce jour-là, celui qu'il aurait aimé exécuter, il en avait besoin et il détestait cette situation de subordination.

Les deux hommes se livraient, depuis qu'ils se connaissaient, une guerre du mépris. M. Péricourt se contentait de saluer son gendre d'un mouvement de tête, Henri répondait par le même geste. Chacun attendait, depuis la première minute de leur première rencontre, le jour où il prendrait l'avantage, la balle passant d'un camp à l'autre, une fois Henri séduisait sa fille, la fois suivante M. Péricourt imposait un contrat de mariage... Lorsque Madeleine avait annoncé à son père qu'elle était enceinte, c'était dans l'intimité, Henri avait été privé du spectacle, mais il avait marqué là un point décisif. La situation semblait s'inverser : les difficultés d'Henri passeraient, tandis que l'enfant de Madeleine, lui, durerait. Et cette naissance faisait obligation à M. Péricourt de lui rendre service.

Celui-ci sourit vaguement, comme s'il comprenait les pensées de son gendre.

— Oui... ? demanda-t-il sobrement.

— Pouvez-vous intervenir auprès du ministre des Pensions ? demanda Henri d'une voix claire.

— Tout à fait, c'est un ami très proche.

M. Péricourt resta pensif un court instant.

— Il me doit beaucoup. Une dette personnelle, en quelque sorte. Une histoire un peu ancienne, mais enfin, du genre qui fait et défait les réputations. Bref, ce ministre, si je puis dire, est un peu à moi.

Henri ne s'était pas attendu à une victoire si facile. Son diagnostic était vérifié au-delà de ses espérances. M. Péricourt le confirma involontairement en baissant les yeux vers son sous-main.

— De quoi s'agit-il ?

— Une babiole… C'est…

— Si c'est une babiole, le coupa M. Péricourt en relevant la tête, pourquoi déranger le ministre ? Ou moi ?

Henri adora cet instant. L'adversaire allait se débattre, tenter de le mettre en difficulté, mais serait finalement contraint de céder. Avec du temps, il aurait fait durer cette conversation délectable, mais il y avait urgence.

— C'est un rapport qu'il faut enterrer. Il concerne mes affaires, il est mensonger et…

— S'il est mensonger, que craignez-vous ?

Ce fut plus fort que lui, Henri céda à la tentation de sourire. Le vieux allait-il lutter encore longtemps ? Avait-il besoin d'un bon coup sur la tête pour se taire et passer à l'acte ?

— Une histoire compliquée, dit-il.

— Et donc ?

— Et donc, je vous demande de bien vouloir intervenir auprès du ministre pour enterrer cette affaire. De mon côté, je m'engage à ce que les faits dont il est question ne se reproduisent pas. Ils sont le résultat d'un peu de négligence, rien d'autre.

M. Péricourt attendit un long moment, regardant son gendre dans les yeux, l'air de dire, est-ce tout ?

— Ce n'est rien d'autre, assura Henri. Vous avez ma parole.

— Votre parole...

Henri sentit son sourire s'éteindre, il commençait à l'emmerder, le vieux, avec ses remarques ! Avait-il le choix, enfin ? Avec sa fille enceinte jusqu'aux yeux ? Risquer de ruiner son petit-fils ? Quelle blague ! Pradelle consentit une ultime concession :

— Je vous demande cela en mon nom et au nom de votre fille...

— Ne mêlez pas ma fille à cela, je vous prie !

Cette fois, Henri en eut assez.

— C'est pourtant exactement de cela qu'il s'agit ! De ma réputation, de mes affaires, et donc du nom de votre fille et de l'avenir de votre p...

M. Péricourt aurait pu, lui aussi, élever la voix. Il se contenta de tapoter discrètement son sous-main avec l'ongle de l'index. Cela fit un petit bruit sec, comme le rappel à l'ordre par un instituteur d'un élève dissipé. M. Péricourt se montra très calme, sa voix témoignait de sa sérénité, il ne souriait pas.

— Il ne s'agit que de vous, monsieur, et de rien d'autre, dit-il.

Henri sentit une onde d'inquiétude le gagner mais il avait beau réfléchir, il ne voyait pas comment son beau-père pourrait éviter d'intervenir. Était-il capable de lâcher sa propre fille ?

— J'ai déjà été informé de vos difficultés. Peut-être même avant vous.

Ce début, pour Henri, semblait bon signe. Si Péricourt espérait l'humilier, c'est qu'il était prêt à céder.

— Rien ne m'a surpris, j'ai toujours su que vous étiez une crapule. Avec une particule, mais ça ne change rien. Vous êtes un homme sans scrupules, d'une totale cupidité, et je vous prédis la pire des fins.

Henri fit un geste pour se lever et partir.

— Non, non, monsieur, écoutez-moi. Je m'attendais à votre démarche, j'ai bien réfléchi et je vais vous dire comment je vois les choses. Dans quelques jours, le ministre sera saisi de votre dossier, il prendra connaissance de tous les rapports concernant vos activités et procédera à l'annulation de tous les marchés que vous avez signés avec l'État.

Henri, moins triomphant qu'au début de l'entretien, regarda devant lui avec effarement, comme on regarde s'effondrer une maison sapée par une inondation. Cette maison, c'était la sienne, c'était sa vie.

— Vous avez triché sur des marchés intéressant la collectivité, une enquête sera diligentée, qui dira à quelle somme s'élève le préjudice matériel pour l'État, et vous devrez rembourser sur vos biens personnels. Si vous ne disposez pas des fonds nécessaires, comme je l'ai calculé, vous serez contraint de solliciter votre épouse pour qu'elle vous aide, mais je m'y opposerai comme j'en ai juridiquement le droit. Vous devrez alors vous séparer de votre propriété familiale. Vous n'en aurez d'ailleurs plus besoin parce que le gouvernement vous déférera devant la justice et, pour se couvrir, sera tenu de se porter partie civile dans le procès que les associations d'anciens combattants et de familles ne manqueront pas de vous intenter. Et vous finirez en prison.

Si Henri s'était résolu à cette démarche auprès du vieux, c'est qu'il se savait en position délicate, mais ce qu'il entendait se révélait pire que tout. Les ennuis s'étaient accumulés rapidement, il n'avait pas eu le temps de réagir. Et le doute lui vint :

— C'est vous qui... ?

Une arme sous la main, il n'aurait pas attendu la réponse.

— Non, pourquoi voulez-vous ? Vous n'avez besoin de personne pour vous mettre dans de sales draps. Madeleine m'a demandé de vous recevoir, je vous reçois et c'est pour vous dire ceci : ni elle ni moi ne serons jamais concernés par vos affaires. Elle a voulu vous épouser, soit, mais vous ne l'entraînerez pas avec vous, je continuerai d'y veiller. Quant à moi, vous pouvez sombrer corps et biens, je ne lèverai pas le petit doigt.

— C'est la guerre que vous voulez ? hurla Henri.

— Ne criez jamais en ma présence, monsieur.

Henri n'attendit pas la fin de la phrase pour quitter la pièce en claquant violemment la porte derrière lui. Ce bruit allait faire vibrer la maison de haut en bas. Hélas, l'effet tomba à l'eau. Cette porte, munie d'un mécanisme pneumatique, se rabattit lentement avec des petits ouf... ouf... ouf... saccadés.

470

Henri était déjà au rez-de-chaussée lorsqu'elle se ferma enfin, avec un bruit étouffé.

M. Péricourt, à son bureau, n'avait pas changé de position.

33

— C'est gentil ici..., dit Pauline en regardant autour d'elle.

Albert aurait voulu répondre, mais les mots restèrent coincés dans sa gorge. Il se contenta d'écarter les mains, dansant d'un pied sur l'autre.

Depuis qu'ils se connaissaient, ils s'étaient toujours rencontrés à l'extérieur. Elle habitait l'hôtel Péricourt, chez ses patrons, une chambre sous les toits, et l'agence de placement avait été claire : « Toute visite est strictement interdite, mademoiselle ! », l'expression consacrée pour préciser aux domestiques que s'ils avaient envie de baiser, ils devaient le faire ailleurs, pas de ça chez nous, c'est une maison correcte, etc.

De son côté, Albert ne pouvait pas amener Pauline chez lui, Édouard n'en sortait jamais, d'ailleurs où serait-il allé ? Et puis, à la rigueur, même s'il avait accepté de lui laisser un soir l'appartement, Albert avait menti à Pauline dès le début, comment faire maintenant ? J'habite une pension de famille, avait-il prétendu, tenue par une propriétaire revêche, suspicieuse, pas de visites, interdit, comme chez toi, mais je vais changer, je cherche autre chose.

Pauline n'était ni choquée ni impatiente. Plutôt rassurée, même. Elle disait que, de toutes les manières, elle n'était pas « une fille comme ça », comprendre : je ne couche pas. Elle voulait une « relation sérieuse », comprendre : le mariage. Albert ne savait pas démêler le vrai du faux dans tout cela. Donc, elle ne voulait pas, d'accord, sauf que maintenant, chaque fois qu'il la raccompagnait, à l'instant de se séparer, c'étaient des embrassades à bouche éperdue ; blottis contre les portes cochères, ils se frottaient l'un à l'autre comme des fous, debout, les jambes entremêlées, Pauline retenait la main d'Albert, de plus en plus tard et même, l'autre soir, elle s'était arc-boutée, avait poussé un long cri rauque et lui avait mordu l'épaule. Il était monté dans le taxi comme un homme chargé d'explosifs.

Ils en étaient là lorsque, vers le 22 juin, l'affaire du Souvenir Patriotique prit enfin son envol.

Soudainement, l'argent se mit à tomber.

À flots.

Leur pactole quadrupla en une semaine. Plus de trois cent mille francs. Cinq jours plus tard, ils avaient en caisse cinq cent soixante-dix mille francs ; le 30 juin, six cent vingt-sept mille francs… Ça n'arrêtait pas. Ils avaient enregistré les commandes de plus de cent croix, cent vingt torches, cent quatre-vingt-deux bustes de poilus, cent onze monuments composites ; Jules d'Épremont avait même remporté l'appel d'offres pour le monument destiné à son arrondissement de naissance, cent mille francs avaient été versés en acompte par la mairie...

Et il arrivait d'autres commandes tous les jours, accompagnées de nouveaux règlements. Édouard passait ses matinées entières à rédiger les récépissés.

Cette manne inattendue leur fit un curieux effet, comme s'ils se rendaient compte seulement maintenant de la portée de leurs actes. Ils étaient déjà très riches et l'hypothèse du million de francs qu'Édouard avait fixée ne relevait plus du tout du fantasme parce qu'on était encore loin de la date limite du 14 juillet et que le compte en banque du Souvenir Patriotique ne cessait de gonfler... Tous les jours, dix, cinquante, quatre-vingt mille francs, c'était à ne pas croire. Et même, un matin, cent dix-sept mille d'un seul coup.

Édouard d'abord hurla de bonheur. Lorsque Albert était rentré, le premier soir, avec une mallette remplie de billets, il les avait jetés en l'air à pleines mains comme une pluie bienfaisante. Il avait demandé aussitôt s'il pouvait prendre un peu sur sa part, là, tout de suite ; Albert, en riant de joie, lui avait dit que bien sûr, ça ne posait pas de problème. Le lendemain, Édouard s'était fabriqué un masque magnifique, entièrement fait de billets de deux cents francs collés en spirale. L'effet était superbe, comme des volutes de pognon, comme si les coupures se consumaient et enveloppaient son visage d'un halo de fumée. Albert avait été séduit mais aussi choqué, on ne fait pas ça avec de l'argent. Il arnaquait des centaines de personnes, mais n'avait pas abdiqué toute morale.

Édouard, lui, trépignait de joie. Il ne comptait jamais l'argent, mais conservait précieusement les lettres de commande, comme des trophées, et les relisait le soir en sirotant un alcool blanc avec sa pipette en caoutchouc ; ce dossier, c'était son livre d'heures.

Albert, passé l'émerveillement de s'enrichir à cette vitesse, prit conscience de la dimension du risque. Plus l'argent affluait, plus il sentait la corde se resserrer autour de son cou. Dès qu'il y eut trois cent mille francs en caisse, il n'eut plus qu'une chose en tête, s'enfuir. Édouard s'y opposa, sa règle du million n'était pas négociable.

Et puis, il y avait Pauline. Que faire ?

Albert, amoureux, la désirait avec une violence décuplée par l'abstinence à laquelle la jeune femme le contraignait. Il n'était pas prêt à renoncer. Sauf qu'il avait commencé avec cette jeune fille sur une mauvaise base : un mensonge en avait entraîné un autre. Pouvait-il lui dire maintenant, sans risque de la perdre : « Pauline, je suis comptable dans une banque dans le seul but de taper dans la caisse parce que, avec un camarade (une gueule cassée irregardable et passablement dingue), nous sommes en train d'arnaquer la moitié de la France de manière totalement immorale, et si tout va bien, dans quinze jours, le 14 juillet, on fout le camp à l'autre bout de la planète, veux-tu venir avec moi » ?

L'aimait-il ? Il en était fou. Mais impossible de savoir ce qui, en lui, prenait le dessus, du violent désir qu'il ressentait pour elle ou de la peur panique d'être arrêté, jugé, condamné. Il n'avait plus rêvé de peloton d'exécution depuis les jours de 1918 qui avaient suivi son entretien avec le général Morieux, sous l'œil intraitable du capitaine Pradelle. Ces rêves revenaient désormais presque toutes les nuits. Quand il n'était pas en train de jouir de Pauline, il était fusillé par une section composée de douze exemplaires identiques du capitaine Pradelle. Qu'il jouisse ou qu'il meure, l'effet était le même : réveillé en sursaut, en nage, épuisé et hurlant. Il cherchait à tâtons sa tête de cheval, seule à même de calmer ses angoisses.

Ce qui avait été une joie immense, due à la réussite de leur entreprise, se transforma bientôt chez les deux hommes, et pour des raisons différentes, en un calme étrange, celui qu'on ressent lorsqu'on achève une tâche importante, qui a réclamé beaucoup de temps et qui, avec le recul, ne semble au fond pas si essentielle qu'on l'avait espéré.

Pauline ou pas, Albert ne parlait que de départ. Maintenant que l'argent arrivait en vagues serrées, Édouard ne disposait guère d'arguments pour s'y opposer. À contrecœur, il céda.

On convint que la promotion commerciale du Souvenir Patriotique s'achevant le 14 juillet, on décamperait le 15.

— Pourquoi attendre le lendemain ? demanda Albert, affolé.

« D'accord, écrivit Édouard. Le 14. »

Albert se précipita sur les catalogues des compagnies maritimes. Il suivit du doigt la ligne qui partait de Paris, un train de nuit qui arrivait à Marseille aux premières heures du jour, puis le trajet du premier paquebot en partance pour Tripoli. Il se félicita

476

d'avoir conservé le livret militaire de ce pauvre Louis Évrard, volé à l'administration quelques jours après l'armistice. Dès le lendemain, il acheta les billets.

Trois billets.

Le premier pour M. Eugène Larivière, le second pour M. et Mme Louis Évrard.

Il n'avait pas la moindre idée de la manière de s'y prendre avec Pauline. Pouvait-on, en quinze jours, décider une fille à tout quitter et à s'enfuir avec vous à trois mille kilomètres ? Il en doutait de plus en plus.

Ce mois de juin était vraiment fait pour les amoureux, une douceur de paradis et, quand Pauline n'était pas de service, des soirées interminables, des heures entières à se caresser, à parler, assis sur des bancs de jardin public. Pauline se laissait aller à ses rêves de jeune fille, décrivait l'appartement qu'elle désirait, les enfants qu'elle désirait, le mari qu'elle désirait, dont le portrait, en ressemblant de plus en plus à Albert tel qu'elle le connaissait, s'éloignait de plus en plus de l'Albert réel qui n'était au fond qu'un petit escroc en passe de filer à l'étranger.

En attendant, il y avait de l'argent. Albert se mit en quête d'une pension de famille où il pourrait recevoir Pauline, si elle acceptait d'y venir. Il excluait l'hôtel, que, dans la circonstance, il estimait de mauvais goût.

Deux jours plus tard, il trouva une pension proprette, quartier Saint-Lazare, tenue par deux sœurs, des veuves très arrangeantes qui louaient deux appartements à des fonctionnaires très sérieux, mais réservaient toujours la petite chambre du premier aux couples illégitimes qu'elles recevaient avec des sourires complices, de jour comme de nuit, parce qu'elles avaient percé deux trous dans la cloison à la hauteur du lit, chacune avait le sien.

Pauline avait hésité. Toujours le couplet « Je ne suis pas une fille comme ça », après quoi elle avait dit d'accord. Ils étaient montés dans un taxi. Albert avait ouvert la porte sur le logement meublé, tout à fait le genre dont rêvait Pauline, des rideaux lourds qui faisaient riche, du papier peint aux murs. Un petit guéridon et un fauteuil crapaud permettaient même à la pièce de n'avoir pas trop l'air d'une chambre à coucher.

— C'est gentil…, dit-elle.

— Oui, c'est pas mal, hasarda Albert.

Était-il définitivement idiot ? En tout cas, il ne vit rien venir. Comptez trois minutes le temps d'entrer, de regarder, de retirer son manteau, ajoutez une minute pour les bottines à cause des lacets, et vous avez une Pauline toute nue, debout au milieu de la pièce, souriante et offerte, confiante, des seins d'une blancheur à pleurer, des hanches délicieusement courbes, un delta parfaitement domestiqué… Tout ça pour dire que la petite n'en était pas à son coup d'essai et qu'après avoir expliqué pendant des semaines tout ce qu'elle n'était pas, ayant sacrifié aux usages, elle avait vraiment hâte de voir les choses de plus près. Albert était complètement dépassé. Ajoutez quatre minutes et vous avez un Albert hurlant de plaisir. Pauline releva la tête, interrogative

478

et inquiète, mais bientôt referma les yeux, tranquil-
lisée, parce qu'Albert possédait de la réserve. Il
n'avait pas vécu une scène pareille depuis la veille
de sa mobilisation, avec Cécile, quelques siècles plus
tôt, il avait tant de retard qu'il fallut que Pauline
dise enfin, il est deux heures du matin, mon cœur,
on pourrait peut-être dormir un peu, non ? Ils se
lovèrent l'un contre l'autre, en petite cuillère. Pauline
dormait déjà quand Albert se mit à pleurer tout
doucement, pour ne pas la réveiller.

Il rentrait déjà tard le soir après avoir quitté sa
Pauline. À partir du jour où elle se coucha sur lui
dans le petit meublé, Édouard le vit encore moins.
Avant d'aller la retrouver, les soirs où elle n'était
pas de service, Albert passait à l'appartement avec
sa mallette de billets. Les dizaines, les centaines de
milliers de francs s'entassaient dans une valise glissée
sous le lit qu'il n'occupait plus. Il vérifiait qu'Édouard
avait à manger et, avant de ressortir, embrassait
Louise qui, toujours penchée sur le masque du lendemain, lui répondait distraitement, avec quelque
chose de rancunier dans l'œil, comme un reproche
de les abandonner.

Un soir, nous étions le 2 juillet, un vendredi,
lorsqu'Albert rentra, portant sa mallette qui contenait soixante-treize mille francs, il trouva l'appartement vide.

Avec la multitude de masques de toutes formes,
et de toutes couleurs accrochés aux murs, la grande
pièce inoccupée ressemblait à la réserve d'un musée.

Un caribou, tout en minuscules écailles de bois et pourvu de cornes démesurées, le regardait fixement. Partout où se tournait Albert, vers cet Indien chamarré aux babines de serpent, en perles et strass, ou vers cet être étrange torturé par la honte, au nez démesuré comme celui d'un menteur pris sur le vif, à vous donner envie de l'absoudre de tous ses péchés, ces personnages l'observaient avec charité, planté sur le pas de la porte avec sa sacoche.

On imagine sa panique ; depuis leur emménagement, Édouard n'était jamais sorti. Louise n'était pas là non plus. Pas un mot sur la table, rien non plus indiquant un départ précipité. Albert plongea sous le lit, la valise s'y trouvait toujours et s'il manquait de l'argent, ce n'était pas visible, il y avait tellement de billets, vous preniez cinquante mille francs, ça ne se voyait même pas. Il était dix-neuf heures. Albert replaça la mallette et se précipita chez Mme Belmont.

— Il a demandé à emmener la petite pour le week-end. J'ai dit oui…

C'était exprimé comme à l'accoutumée, sans intonation, de l'air informatif et distant d'une brève dans le journal. Cette femme était totalement désincarnée.

Albert s'inquiéta parce que Édouard était capable de tout. Quand vous l'imaginiez en liberté dans la ville, vous ne pouviez vous empêcher de vous affoler… Mille fois Albert lui avait expliqué combien leur situation était périlleuse, qu'ils devaient partir aussitôt que possible ! Et que s'il fallait attendre (Édouard y tenait à son million, pas question de partir avant !), ils devaient tout surveiller, et surtout, ne pas se faire remarquer.

— Quand ils vont comprendre ce qu'on a fait, avait-il expliqué, l'enquête ne sera pas bien longue, tu sais ! Il y a mes traces à la banque, on m'a vu tous les jours à la poste du Louvre, le facteur apporte ici des tombereaux de courrier, nous sommes passés par un imprimeur qui va nous dénoncer dès qu'il comprendra à quoi nous l'avons mêlé malgré lui. Nous trouver, pour la police, sera l'affaire de quelques jours. Quelques heures, peut-être même…

Édouard était d'accord. Quelques jours, d'accord. Faire attention. Et voilà qu'à deux semaines de leur fuite, il quittait la maison pour se promener avec une gamine dans Paris, ou ailleurs, comme si cette gueule cassée, en comparaison de toutes celles qu'on voyait ici et là, n'était pas plus hideuse et repérable…

Où avait-il bien pu aller ?

34

— On m'a écrit que l'artiste est aux Amériques...

Labourdin mettait toujours un pluriel pour désigner l'Amérique, convaincu qu'une expression englo-
bant l'ensemble d'un continent faisait de lui un
homme plus considérable. M. Péricourt fut contrarié.

— Il sera de retour à la mi-juillet ! l'assura le
maire d'arrondissement.

— C'est bien tard...

Labourdin, qui avait anticipé la réaction, sourit.

— Eh bien pas du tout, mon cher président !
Imaginez-vous qu'il est tellement enthousiasmé par
cette commande qu'il s'est mis aussitôt au travail !
Et il avance à pas de géant ! Pensez ! Notre monument aura été conçu à New York (Labourdin prononçait « neuillorque ») et réalisé à Paris, quel
magnifique symbole !...

Avec une mine gourmande qu'ordinairement il
réservait aux plats en sauce et aux fesses de sa secrétaire, il tira de sa poche intérieure une large enveloppe.

— Voici quelques esquisses supplémentaires que
l'artiste nous adresse.

Lorsque M. Péricourt tendit la main, Labourdin ne put s'empêcher de retenir l'enveloppe un court instant.

— C'est plus que magnifique, président : exemplaire !

Que signifiait cette surenchère verbale ? Impossible de le savoir. Labourdin concoctait des phrases avec des syllabes, rarement avec des idées. D'ailleurs, M. Péricourt ne s'y attarda pas, Labourdin était un imbécile sphérique : vous le tourniez dans n'importe quel sens, il se révélait toujours aussi stupide, rien à comprendre, rien à attendre.

M. Péricourt l'avait congédié avant d'ouvrir le pli, il voulait être seul.

Jules d'Épremont avait réalisé huit dessins. Deux plans d'ensemble sous un angle inaccoutumé, comme si vous vous étiez approché si près que vous regardiez le monument presque par en dessous, c'était très inattendu. Le premier montrait le pan droit du triptyque intitulé « *France menant les troupes au combat* », le second, le gauche, « *Vaillants poilus chargeant l'Ennemi* ».

M. Péricourt en resta saisi. Le monument, jusqu'à présent statique, devenait tout autre chose. Étaient-ce ces perspectives inhabituelles ? ou le fait qu'il vous dominait, vous rapetissait, semblait vous écraser ?...

Il chercha à qualifier son impression. Le mot tomba, simple, presque bête, mais voulant tout dire : « vivant ». Voilà, c'était un qualificatif ridicule, il aurait pu venir de Labourdin, mais les deux scènes témoignaient d'un réalisme total, plus vraies encore que certaines photographies de guerre vues dans les journaux qui montraient les soldats sur le champ de bataille.

Les six autres dessins étaient des gros plans de certains détails, le visage de la femme drapée, le profil de l'un des soldats ; le visage qui avait décidé M. Péricourt à choisir ce projet n'y était pas... Rageant.

Il feuilleta les dessins, les rapprocha des planches dont il disposait, passa beaucoup de temps à tenter de s'imaginer tournant autour du monument réel et même à se projeter à l'intérieur. On ne peut dire autrement, M. Péricourt commença à vivre *dans* son monument, comme s'il avait une double vie, qu'il avait installé une maîtresse dans ses meubles et y passait des heures entières en cachette de tout le monde. Au bout de quelques jours, il connaissait si parfaitement son projet qu'il parvenait à l'imaginer sous les angles qui n'avaient pas été esquissés.

Il ne se cacha pas de Madeleine, c'était inutile, il y aurait eu une femme dans sa vie, elle l'aurait deviné au premier coup d'œil. Lorsqu'elle entrait dans son bureau, son père se tenait debout au centre de la pièce avec, au sol, tous les dessins étalés en rond autour de lui, ou bien elle le trouvait assis dans son fauteuil, loupe en main, détaillant une esquisse. Il les manipulait d'ailleurs tellement qu'il craignit que les dessins ne s'abîment.

Un encadreur vint prendre les mesures (M. Péricourt ne voulait pas se séparer des dessins) et apporta le surlendemain des vitres, des cadres ; le soir, tout était terminé. Pendant ce temps, deux ouvriers étaient venus démonter plusieurs pans de la bibliothèque afin de ménager des espaces d'accrochage. D'atelier d'encadrement, le bureau devint une salle d'exposition consacrée à une œuvre unique, son monument.

M. Péricourt continuait de travailler, de se rendre aux réunions, de présider les conseils d'administration, de recevoir, dans ses bureaux en ville, les agents de change, les directeurs de ses succursales, mais il aimait, plus qu'auparavant, rentrer, s'enfermer. Il dînait généralement seul, on lui montait son repas.

Un lent mûrissement s'était opéré en lui. Il comprenait enfin certaines choses, retrouvait des émotions anciennes, des tristesses semblables à celles vécues à la mort de sa femme, cette impression de vide et de fatalité dont il avait souffert à cette époque. Il s'adressait aussi moins de reproches concernant Édouard. En faisant la paix avec son fils, il la faisait avec lui-même, avec ce qu'il avait été.

Cet apaisement se doublait d'une découverte. Entre le carnet de dessins d'Édouard lorsqu'il était au front et les esquisses de son monument, M. Péricourt parvenait à ressentir comme physiquement ce qu'il ne connaîtrait jamais : la guerre. Lui qui n'avait jamais eu d'imagination éprouvait des émotions qui prenaient leur source dans le visage d'un soldat, dans le mouvement de la fresque… Il y eut alors comme un transfert. Maintenant qu'il ne se reprochait plus autant d'avoir été un père aveugle, insensible, qu'il admettait son fils, sa vie, il souffrait davantage de sa mort. À quelques jours de l'armistice ! Comme s'il n'était déjà pas assez injuste qu'Édouard soit mort quand d'autres étaient revenus vivants ! Était-il mort sur le coup, comme l'avait juré M. Maillard ? Parfois, M. Péricourt devait se retenir pour ne pas convoquer de nouveau cet ancien poilu qui travaillait quelque part dans sa banque afin de lui extorquer la vérité. Mais, au fond, ce camarade lui-même, qu'en savait-il réellement, de ce qu'avait ressenti Édouard à l'instant de mourir ?

À force de détailler l'œuvre à venir, son monument, M. Péricourt s'attacha de plus en plus, non pas au visage étrangement familier que Madeleine lui avait signalé et dont il s'était si bien souvenu, mais au soldat mort allongé à droite sur la fresque et au regard inconsolable de la Victoire posé sur lui. L'artiste avait saisi quelque chose de simple et profond. Et M. Péricourt sentit monter les larmes lorsqu'il comprit que son émotion venait de ce que les rôles s'étaient inversés : aujourd'hui le mort, c'était lui. Et la Victoire, c'était son fils qui posait sur son père ce regard douloureux, désolé, à vous briser le cœur.

Dix-sept heures trente passées, pourtant la température de l'après-midi ne descendait pas. Il faisait chaud dans cette voiture de louage, même la vitre ouverte du côté de la rue n'apportait aucune fraîcheur, rien d'autre qu'un souffle tiède, pénible. Henri tapotait son genou nerveusement. L'allusion de M. Péricourt à la vente de la Sallevière occupait tout son esprit. Si cela devait arriver, il l'étranglerait de ses propres mains, le vieux salaud ! Quelle part avait-il réellement pris à ses difficultés ? se demandait-il.

Les avait-il encouragées ? Pourquoi ce petit fonctionnaire était-il survenu d'un coup, avec cet entêtement, cet acharnement ? Son beau-père n'y était-il vraiment pour rien ? Henri se perdait en conjectures.

Ses pensées sombres, sa fureur rentrée ne l'empêchaient pas de surveiller Dupré qui, là-bas, arpentait discrètement le trottoir, comme un homme masquant son indécision.

Henri avait remonté la vitre de la voiture pour ne pas être aperçu, reconnu, ce serait bien la peine de recourir à une voiture de louage pour être épinglé au premier coin de rue… Il était noué jusqu'à la gorge. À la guerre, au moins, on savait à qui s'en prendre ! Malgré lui, et alors qu'il essayait de se concentrer sur les épreuves à venir, ses pensées le ramenaient sans cesse à la Sallevière. Renoncer à cela, jamais. Il y était encore allé la semaine précédente ; cette restauration était parfaite, l'ensemble de bâtiments avait une allure folle. On imaginait tout de suite, devant la large façade, le départ d'une immense chasse à courre, ou le retour du cortège au mariage de son fils… Abandonner ces espoirs était impossible, personne, jamais, ne les lui ôterait.

Après l'entrevue avec Péricourt, ne lui restait qu'une cartouche, une seule.

Je suis un bon tireur, se répétait-il pour se rassurer.

Il n'avait eu que trois heures pour organiser sa contre-offensive avec une maigre troupe limitée à Dupré. Tant pis, il se battrait jusqu'au bout. S'il gagnait cette fois – ce serait difficile, mais il en était capable –, sa cible unique deviendrait ce vieux salaud de Péricourt. Ça prendra le temps nécessaire, se dit-il, mais j'aurai sa peau. Tout à fait le genre de serment qui lui faisait recouvrer ses esprits.

Dupré d'un coup leva la tête, traversa précipitamment la rue et marcha rapidement en sens inverse, dépassa le porche du ministère, attrapa le bras d'un homme qui se retourna, surpris. Henri, de loin, observa la scène, évalua l'individu. Si cet homme avait été quelqu'un qui prenait soin de sa personne, tout aurait été possible, mais il avait tout d'un clochard. Ce serait compliqué.

Planté au milieu du trottoir, l'air hébété, il dominait Dupré de la tête et des épaules. Hésitant, il tourna les yeux vers la voiture qu'on lui désignait discrètement, dans laquelle Henri attendait. Celui-ci remarqua ses énormes chaussures sales, fatiguées ; c'était la première fois qu'il voyait un type ressembler à ses godillots. Enfin, les deux hommes rebroussèrent chemin, marchant lentement. Pour Henri, la première manche était remportée, ce qui était loin de constituer un à-valoir sur la victoire.

Il en eut confirmation dès que Merlin monta dans la voiture. Il sentait très mauvais et affichait un air revêche. Il avait dû se baisser beaucoup pour entrer dans la voiture et avait ensuite gardé la tête enfoncée dans les épaules, comme s'il s'attendait à une pluie de projectiles. Il posa au sol, entre ses pieds, une grosse sacoche en cuir qui avait connu des jours meilleurs. Il était âgé, proche de la retraite. Tout était vieux et moche chez cet homme à l'œil farouche, batailleur, négligé, à se demander pourquoi on le gardait.

Henri avait tendu la main, mais Merlin n'avait pas répondu, se contentant de le dévisager. Mieux valait entrer dans le vif du sujet.

Henri s'adressa à lui de façon faussement familière, comme s'ils se connaissaient de longue date et s'apprêtaient à s'entretenir de choses sans importance :

— Vous avez rédigé deux rapports... sur les cimetières de Chazières-Malmont et de Pontaville, n'est-ce pas ?

Merlin se contenta d'un grognement. Il n'aimait pas cet homme qui sentait le riche, qui avait tout d'un truqueur. D'ailleurs, pour venir le trouver ainsi, le rencontrer dans une voiture, à la sauvette...

— Trois, dit-il.

— Quoi ?

— Pas deux rapports. Trois. Je vais en remettre bientôt un nouveau. Sur le cimetière de Dargonne-le-Grand.

À la manière dont il le disait, Pradelle comprit que son affaire venait de subir un nouveau tour de vis.

— Mais... vous y êtes allé quand ?

— Semaine dernière. Pas beau à voir là-bas.

— Comment ça ?

Pradelle, qui s'était préparé à plaider deux affaires, allait maintenant devoir courir après une troisième.

— Bah oui..., dit Merlin.

Il avait une haleine de chacal et une voix nasillarde, très déplaisante. Normalement, Henri aurait dû rester souriant, aimable, être le genre d'homme qui inspire confiance, mais Dargonne, maintenant, ça le dépassait... C'était un cimetière modeste, deux ou trois cents tombes, guère plus, avec des corps à ramener du côté de Verdun. Quelle connerie on avait encore pu faire là-bas, il n'avait entendu parler de rien ! Machinalement, il regarda dehors : Dupré était retourné à sa place précédente, sur l'autre trottoir, les mains dans les poches, il fumait en regardant les vitrines, nerveux lui aussi. Seul Merlin restait calme.

— Vous devriez surveiller vos hommes…, lâcha-t-il.

— Évidemment ! Et c'est tout le problème, cher monsieur ! Mais avec autant de chantiers, comment voulez-vous ?

Merlin n'avait aucune intention de compatir. Il se tut. Pour Henri, le faire parler était vital, on ne peut rien obtenir de quelqu'un qui se tait. Il adopta l'attitude d'un homme captivé par une affaire qui ne le concerne pas personnellement, anecdotique, mais passionnante :

— Parce que… à Dargonne… qu'est-ce qui se passe, au juste ?

Merlin resta un long moment sans répondre, Henri se demanda s'il avait entendu la question. Lorsque Merlin ouvrit la bouche, pas un trait de son visage ne se mit en mouvement, juste les lèvres ; il était difficile de deviner ses intentions :

— Vous êtes payé à l'unité, hein ?

Henri écarta grand les mains, paumes en l'air.

— Évidemment. C'est normal, on est payé en fonction du travail !

— Vos hommes aussi sont payés à la pièce…

Henri fit une moue, oui, bien sûr, et alors ?… Où voulait-il en venir ?

490

— C'est pour ça qu'il y a de la terre dans des cercueils, dit Merlin.

Henri écarquilla les yeux, qu'est-ce que c'est que ce bordel ?

— Il y a des cercueils sans personne dedans, reprit Merlin. Pour gagner plus d'argent, vos employés transportent et enterrent des cercueils dans lesquels il n'y a personne. Que de la terre, pour faire le poids.

Le réflexe de Pradelle fut surprenant. Il pensa : Quelle bande de cons, j'en ai vraiment marre ! Et d'englober pêle-mêle Dupré et tous ces imbéciles sur place, qui espéraient toujours pouvoir gagner un petit peu plus en faisant n'importe quoi. Pendant quelques secondes, l'affaire ne le concerna plus, qu'ils se débrouillent, lui en avait sa claque !

La voix de Merlin le rappela à la réalité et au fait que lui, en qualité de chef d'entreprise, se trouvait mouillé jusqu'au cou ; les lampistes, ce serait pour plus tard.

— Et puis… il y a les Boches, lâcha Merlin.

Il ne remuait toujours que les lèvres.

— Les Boches ?

Henri s'était redressé sur la banquette. Première lueur d'espoir. Parce que, s'il était question de ça, il était sur son terrain. Sur la question des Boches, personne ne pouvait rivaliser avec lui. Merlin bougeait la tête, non, mais d'un mouvement si imperceptible qu'Henri, d'abord, ne s'en aperçut pas. Puis le doute surgit, les Boches, c'est vrai, quels Boches ? Qu'est-ce qu'ils venaient foutre ici ? Son visage devait refléter son état d'esprit parce que Merlin répondit comme s'il avait compris son incertitude.

— Si vous y allez, à Dargonne…, commença-t-il.

Puis il s'arrêta. Henri fit un mouvement du menton, allez, accouche, c'est quoi cette histoire ?

— Il y a des tombes françaises, reprit Merlin, avec, dedans, des soldats boches.

Henri ouvrit la bouche comme un poisson, atterré par cette nouvelle. Une catastrophe. Un cadavre, c'est un cadavre, soit. Pour Pradelle, une fois mort, que le type soit français, allemand ou sénégalais, il s'en foutait complètement. Dans ces cimetières, il n'était pas rare de découvrir le corps d'un soldat étranger, un qui s'était égaré, et même parfois plusieurs, des soldats d'unités d'attaque, des éclaireurs, les mouvements de troupes faisaient sans cesse des allers-retours… Des consignes draconiennes étaient données à ce sujet : les corps des soldats allemands devaient être strictement séparés de ceux des héros vainqueurs, des carrés spécifiques leur étaient réservés dans les nécropoles créées par l'État. Si le gouvernement allemand, ainsi que le *Volksbund Deutsche Kriegsgräberfürsorge*, le service d'entretien des sépultures militaires allemandes, discutaient avec les autorités françaises sur le sort définitif de ces dizaines de milliers de « corps étrangers », en attendant, confondre un soldat français avec un Boche relevait du sacrilège.

Enterrer un Boche dans une tombe française, imaginer des familles entières se recueillir devant des emplacements sous lesquels seraient inhumés des soldats ennemis, les corps de ceux qui avaient tué leurs enfants, était proprement insupportable et confinait à la profanation de sépulture.

Scandale assuré.

— Je vais m'en occuper…, murmura Pradelle, qui n'avait pas la moindre idée, ni de l'ampleur de cette catastrophe, ni des moyens pour y remédier.

Combien y en avait-il ? Depuis quand mettait-on des Boches dans des cercueils français ? Comment les retrouver ?

Plus que jamais, il fallait que ce rapport disparaisse.

Impérativement.

Henri regarda mieux Merlin et prit conscience qu'il était bien plus vieux encore qu'il lui avait semblé d'abord, avec ses traits creusés et ce vitreux de l'œil qui annonce la cataracte. Et une tête vraiment petite, comme certains insectes.

— Il y a longtemps que vous êtes fonctionnaire ?

La question fut posée d'une voix cassante, autoritaire, d'un ton de militaire. Pour Merlin, elle eut l'air d'une accusation. Il n'aimait pas cet Aulnay-Pradelle qui correspondait si parfaitement à ce qu'il s'était imaginé, une grande gueule, un roublard, un riche, un cynique, le mot de « mercanti » lui vint à l'esprit, très à la mode. Merlin avait accepté de monter dans ce véhicule parce qu'il y avait intérêt, mais il s'y sentait mal, comme dans un cercueil.

— Fonctionnaire ? répondit-il. Toute ma vie.

C'était exprimé sans fierté, sans amertume, simple constat d'un homme qui certainement n'avait jamais imaginé un autre état que celui-ci.

— Quel est votre grade aujourd'hui, monsieur Merlin ?

C'était bien vu, mais blessant, et à peu de frais parce que, pour Merlin, stagner, à quelques mois de la retraite, dans les tréfonds de la pyramide administrative restait une plaie ouverte, une humiliation. Son avancement avait péniblement suivi les progrès exclusivement dus à l'ancienneté et il se trouvait dans la situation d'un soldat du rang qui achèverait sa carrière sous l'uniforme d'un seconde classe...

— Vous avez fait, reprit Pradelle, un travail extraordinaire, dans ces inspections !

Il était admiratif. Merlin aurait été une femme, il lui aurait pris la main.

— Grâce à vos efforts, à votre vigilance, nous allons pouvoir remettre de l'ordre dans tout ça. Les employés indélicats... nous allons les foutre dehors. Vos rapports vont nous être de la plus grande utilité, ils vont nous permettre une reprise en main très ferme.

Merlin se demanda qui était ce « nous » dans la bouche de Pradelle. La réponse arriva aussitôt, ce « nous », c'était la puissance de Pradelle, c'était lui, ses amis, sa famille, ses relations...

— Le ministre lui-même sera intéressé, poursuivait Henri, et je peux même dire : reconnaissant ! Oui, reconnaissant pour votre compétence et votre discrétion ! Parce que bien sûr, vos rapports nous seront indispensables, mais il ne serait bon pour personne que la chose s'ébruite, n'est-ce pas...

Ce « nous » rassemblait un monde de pouvoir, d'influence, des amitiés au plus haut niveau, des décideurs, le haut du panier, à peu près tout ce que haïssait Merlin.

— Je vais en parler personnellement au ministre, monsieur Merlin...

Et pourtant, pourtant... C'était certainement le plus triste dans tout cela : Merlin sentait quelque chose monter en lui, à son corps défendant, à la manière d'une érection incontrôlable. Après tant d'années d'humiliation, connaître enfin une belle promotion, faire taire toutes les mauvaises langues, et même commander ceux qui l'avaient humilié... Il vécut des secondes d'une intensité folle.

Pradelle vit clairement sur le visage de ce raté que n'importe quelle nomination serait suffisante, n'importe quelle verroterie, comme pour les nègres dans les colonies.

— ... et je vais veiller, reprit-il, à ce que votre mérite et votre efficacité ne soient pas oubliés mais, au contraire, dignement récompensés !

Merlin hocha la tête en signe d'assentiment.

— Tiens, pendant que vous y êtes..., dit-il d'une voix sourde.

Il se pencha vers sa grosse serviette en cuir et farfouilla un long moment. Henri commençait à respirer, il avait trouvé la clé. Il fallait maintenant obtenir qu'il retire ses rapports, annule tout, réécrive même de nouveaux comptes rendus élogieux, contre une nomination, un grade, une prime : avec les médiocres, n'importe quoi fait l'affaire.

Merlin fouilla encore un long moment puis il se releva avec à la main une feuille de papier froissée.

— Pendant que vous y êtes, répéta-t-il, mettez aussi de l'ordre là-dedans.

Henri prit la feuille et la lut, c'était une réclame. Il blêmit. La société Frépaz proposait de racheter, « à bon prix, tous les dentiers usagés, même brisés ou hors d'usage ».

Le rapport d'inspection devenait de la dynamite.

— Ça fonctionne pas mal, ce truc-là, reprit Merlin. C'est un bénéfice modeste pour le personnel local, quelques centimes par dentier, mais bon, les petits ruisseaux font les grandes rivières.

Il désigna le papier que tenait Pradelle.

— Vous pouvez le garder, j'en ai mis un autre exemplaire dans mon rapport.

Il avait repris sa sacoche et parlait à Pradelle du ton de quelqu'un que la conversation n'intéresse plus. Et c'était vrai parce que ce qu'il venait d'entrevoir arrivait trop tard. Cet éclair de désir, la perspective d'une promotion, d'un nouveau rang, avait fait long feu. Il allait bientôt quitter la fonction publique et avait abandonné tout espoir de réussite. Rien n'effacerait jamais quarante années comme celles qu'il avait vécues. D'ailleurs, que ferait-il, assis dans un fauteuil de chef de service, à commander des gens qu'il méprisait depuis toujours ? Il frappa sur sa sacoche, bon, c'est pas que je m'ennuie.

Pradelle lui attrapa soudain l'avant-bras.

Sous le manteau, il sentit la maigreur, on rencontrait tout de suite l'os, ce qui procurait une impression très déplaisante, cet homme était un volumineux squelette habillé chez les chiffonniers.

— Combien payez-vous de loyer ? Combien gagnez-vous ?

Les questions fusèrent comme des menaces, fini les approches de loin, on allait clarifier le débat. Merlin, qui n'était pas impressionnable, eut tout de même un mouvement de recul. Toute la personne de Pradelle exsudait la violence, il lui serrait l'avant-bras avec une force terrible.

— Combien vous gagnez ? répéta-t-il.

Merlin tenta de reprendre ses esprits. Bien sûr, il le connaissait par cœur, ce chiffre, huit cent quarante-quatre francs par mois, douze mille francs par an, avec lesquels il avait végété toute sa vie. Rien à lui, il mourrait anonyme et pauvre, ne laisserait rien à personne, et de toute manière, il n'avait personne. La question du traitement était plus humiliante encore que celle du grade, circonscrite aux murs du ministère. La gêne, c'est autre chose, vous l'emportez partout avec vous, elle tisse votre vie, la conditionne entièrement, chaque minute elle vous parle à l'oreille, transpire dans tout ce que vous entreprenez. Le dénuement est pire encore que la misère parce qu'il y a moyen de rester grand dans la ruine, mais le manque vous conduit à la petitesse, à la mesquinerie, vous devenez bas, pingre ; il vous avilit parce que, face à lui, vous ne pouvez pas demeurer intact, garder votre fierté, votre dignité.

Merlin en était là, sa vision s'était obscurcie ; quand il reprit ses esprits, il eut un éblouissement.

Pradelle tenait une énorme enveloppe bourrée à craquer de billets larges comme des feuilles de platane. On ne faisait plus dans la dentelle. L'ancien capitaine n'avait pas eu besoin de lire Kant pour se persuader que tout homme a son prix.

— On ne va pas tourner autour du pot, dit-il fermement à Merlin. Dans cette enveloppe, il y a cinquante mille francs…

Cette fois, Merlin perdit pied. Cinq ans de salaire pour un raté en fin de course. Devant de telles sommes, personne ne peut rester indifférent, c'est plus fort que soi, aussitôt vous avez des images, votre cerveau commence à calculer, cherche des équivalents, combien vaut un appartement, une voiture ?…

— Et dans celle-ci (Pradelle sortit une seconde enveloppe de sa poche intérieure), la même somme.

Cent mille francs ! Dix années de salaire ! La proposition eut un effet immédiat, comme si Merlin rajeunissait de vingt ans.

Il n'hésita pas une seconde, arracha littéralement les deux enveloppes des mains de Pradelle, ce fut foudroyant.

Il se pencha vers le sol, on aurait dit qu'il s'était mis à pleurer, il reniflait, penché sur sa sacoche qu'il bourrait avec les enveloppes, comme si elle était percée et qu'il eût fallu en tapisser le fond pour limiter les dégâts.

Pradelle lui-même fut pris de vitesse, mais cent mille francs, c'était énorme, il en voulait pour son argent. Il attrapa de nouveau l'avant-bras de Merlin, à lui casser l'os.

— Vous me foutez tous ces rapports aux chiottes, dit-il, les dents serrées. Vous écrivez à votre hiérarchie que vous vous êtes gouré, vous dites n'importe quoi, je m'en fous, mais vous prenez tout sur vous. C'est compris ?

C'était clair, bien compris. Merlin balbutia oui, oui, oui, renifla, en larmes ; il se propulsa hors de la voiture. Dupré vit surgir sur le trottoir sa grande carcasse, comme un bouchon de champagne.

Pradelle sourit avec satisfaction.

Il repensa aussitôt à son beau-père. Maintenant que l'horizon s'était dégagé, il allait étudier la question primordiale : comment faire la peau à cette vieille ordure ?

Dupré, penché, cherchait du regard son patron à travers la vitre de la voiture d'un air interrogateur.

Et lui, songea Pradelle, je vais le reprendre en main...

35

La femme de chambre avait la désagréable impression d'être une débutante dans les arts du cirque. Le gros citron, d'un jaune d'anthologie, ne cessait de rouler sur le plateau d'argent, menaçant de tomber au sol puis de rouler dans l'escalier ; à tous les coups, il allait tournoyer comme ça jusqu'au bureau du directeur. Pour se faire engueuler, il n'y a pas mieux, se dit-elle. Personne pour la voir, elle mit le citron dans sa poche, son plateau sous le bras, et continua de monter les escaliers (au Lutetia, le personnel n'avait pas le droit à l'ascenseur, et puis quoi encore !).

D'ordinaire, avec des clients qui demandaient un citron au sixième à pied, elle se montrait assez désagréable. Mais évidemment, pas avec Monsieur Eugène. Monsieur Eugène, c'était autre chose. Un type qui ne parlait jamais. Quand il avait besoin de quelque chose, il posait, sur le paillasson de sa suite, une feuille de papier écrite en grands caractères pour le garçon d'étage. Avec ça, toujours très poli, très correct.

Mais un vrai dingue.

Dans la maison (comprenez « au Lutetia »), il avait suffi de deux ou trois jours pour que Monsieur Eugène fût connu comme le loup blanc. Il payait sa suite en liquide, plusieurs jours à l'avance, on ne lui avait pas remis sa note qu'il avait déjà réglé. Un original, personne n'avait jamais vu son visage ; quant à sa voix, seulement des sortes de grognements ou des rires stridents qui vous faisaient éclater de rire ou qui vous glaçaient le sang. Personne ne savait à quoi il s'occupait réellement, il portait des masques démesurés, jamais les mêmes, et se livrait à toutes sortes de fantaisies : la danse du scalp dans les couloirs qui faisait pouffer les femmes de service, des livraisons de fleurs en quantités extravagantes... Il envoyait les garçons de courses acheter toutes sortes de choses incongrues au Bon Marché, situé juste en face, de la pacotille qu'on retrouvait sur ses masques, des plumeaux, des feuilles de papier doré, du feutre, des couleurs... Et pas seulement cela ! La semaine dernière, il avait commandé un orchestre de chambre de huit musiciens. Prévenu dès leur arrivée, il était descendu, était resté debout sur la première marche, face à l'accueil, pour marquer la mesure, l'orchestre avait interprété la *Marche pour la cérémonie des Turcs* de Lully et il était reparti. Monsieur Eugène avait distribué des billets de cinquante francs à tout le personnel, pour le dérangement. Le directeur en personne lui avait rendu visite pour lui expliquer que sa générosité était appréciée mais que ses fantaisies... Vous êtes dans un grand hôtel, monsieur Eugène, il faut penser aux autres clients et à notre réputation. Monsieur Eugène acquiesça, il n'était pas du genre contrariant.

L'histoire des masques, surtout, intriguait. À son arrivée, il en portait un quasiment normal, représentant un visage si bien fait qu'on aurait juré celui d'un homme atteint de paralysie. Les traits étaient immobiles, mais si vivants… Davantage même que les masques figés du musée Grévin. C'est celui qu'il utilisait lorsqu'il sortait, rarement d'ailleurs. On ne l'avait guère vu que deux ou trois fois mettre le nez dehors, toujours tard dans la nuit ; visiblement, il ne voulait rencontrer personne. Certains disaient qu'il fréquentait plutôt de sales lieux, à une heure pareille, qu'est-ce que vous croyez, il ne sort pas pour se rendre à la messe !

Les rumeurs allaient bon train. Dès qu'un employé revenait de sa suite, on courait l'interroger – qu'avait-il vu cette fois ? Quand on apprit qu'il demandait un citron, ce fut à qui le lui monterait. Lorsqu'elle redescendrait, la femme de service serait assaillie de questions parce que les autres s'étaient toutes trouvées devant des scènes étonnantes, tantôt face au masque d'un oiseau d'Afrique poussant des hurlements stridents en dansant devant la fenêtre ouverte, tantôt au cœur d'un spectacle de tragédie donné pour une vingtaine de chaises habillées afin de figurer les spectateurs, mais une pièce avec un acteur unique qui semblait monté sur des échasses et proférait des paroles que personne n'avait comprises… C'était donc la question : que Monsieur Eugène fût un être anormal, personne n'en doutait, mais qui était-il en réalité ?

Certains le prétendaient muet puisqu'il ne s'exprimait que par borborygmes et écrivait ses ordres sur des feuilles volantes ; d'autres affirmaient que c'était une gueule cassée, mais allez savoir pourquoi, toutes celles qu'on connaissait étaient des gens modestes, jamais des riches comme lui, oui, c'est drôle, disait-on, tu as raison, je n'avais jamais remarqué… Pas du tout, rétorquait la responsable des lingères du haut de son expérience de trente ans dans l'hôtellerie de luxe, moi, je dis que ça sent l'entourloupe à plein nez, elle plaidait pour un bandit en fuite, un bagnard enrichi. Les femmes de chambre riaient sous cape, convaincues que Monsieur Eugène était plutôt un grand acteur, très célèbre en Amérique, séjournant à Paris incognito.

Il avait montré son livret militaire à l'accueil, il était obligatoire de déclarer son identité, même si la police venait assez rarement vérifier les hôtels de ce standing. Eugène Larivière. Le nom ne disait rien à personne. Il sonnait même un peu faux, trouvait-on… Personne ne voulait y croire. Un livret militaire, ajoutait la responsable des lingères, rien de plus facile à falsifier.

Hormis ses rares sorties nocturnes qui intriguaient, Monsieur Eugène passait son temps dans la grande suite du sixième étage avec, pour toute visite, une étrange et silencieuse petite fille à l'air sérieux d'une gouvernante, avec qui il était arrivé. Il aurait pu se servir d'elle pour s'exprimer, mais non, elle aussi était muette. Douze ans peut-être. Elle apparaissait en fin d'après-midi, passait toujours bien vite devant la réception, sans saluer personne, mais on avait eu le temps de remarquer combien elle était jolie, un visage triangulaire avec des pommettes hautes, des yeux noirs très vifs. Habillée modestement, très proprement, on sentait qu'elle avait un peu d'éducation. Sa fille, disaient les uns. Adoptée plutôt, suggéraient les autres, sur ce sujet non plus on ne savait rien. Le soir, il commandait toutes sortes de mets exotiques, mais toujours avec du bouillon de viande et des jus de fruits, des compotes, des sorbets, des plats liquides. Puis vers vingt-deux heures, on la voyait redescendre, calme et grave ; elle prenait un taxi à l'angle du boulevard Raspail et demandait toujours le prix avant de monter. Quand le tarif lui semblait excessif, elle négociait, mais, arrivé à destination, le chauffeur se rendait compte qu'avec l'argent qu'elle avait dans sa poche, elle aurait pu payer la course trente fois son prix…

Devant la porte de la suite occupée par Monsieur Eugène, la femme de chambre sortit le citron de son tablier et le posa en équilibre sur le plateau d'argent, ensuite elle sonna, tapota sa tenue afin d'être certaine de faire bonne impression et attendit. Rien. Elle frappa une seconde fois, plus discrètement, elle voulait bien servir mais pas déranger. Toujours rien. Et puis si. Une feuille passée sous la porte : « Laissez le citron ici, merci ! » Elle fut déçue, mais pas bien longtemps parce qu'à l'instant où elle se penchait pour déposer son plateau avec son citron, elle vit glisser vers elle un billet de cinquante francs. Elle l'empocha et détala aussitôt, comme un chat effrayé qu'on lui reprenne une arête de poisson.

Édouard entrouvrit la porte, passa la main, tira le plateau, referma, alla jusqu'à la table, posa le citron, attrapa un couteau et coupa le fruit en deux.

Cette suite était la plus grande de l'hôtel ; les larges fenêtres, qui donnaient sur le Bon Marché, dominaient tout Paris, il fallait beaucoup d'argent pour avoir le droit d'être là. La lumière tomba en faisceaux serrés sur le jus du citron qu'Édouard pressa délicatement dans une cuillère à soupe, au fond de laquelle il avait déposé la quantité suffisante d'héroïne, c'était joli, cette couleur, ce jaune irisé, presque bleuté. Deux sorties de nuit pour trouver ça. À un prix... Pour qu'Édouard se rende compte du tarif, il fallait vraiment que ce soit cher. Ça n'avait d'ailleurs pas d'importance. Sous son lit, le havresac de démobilisé contenait des poignées de billets arrachés de la valise d'Albert, cette fourmi qui entassait en prévision de leur départ. Si le personnel de ménage en avait profité pour se servir, Édouard ne s'en serait pas aperçu, et puis, il fallait bien que tout le monde vive.

Départ dans quatre jours.

Édouard remua avec précaution la poudre brune et le jus de citron, vérifiant qu'il ne restait pas de particules cristallisées, non dissoutes.

Quatre jours.

Au fond, il pouvait se l'avouer, il n'avait jamais cru à ce départ, jamais vraiment. Toute cette merveilleuse histoire de monuments, chef-d'œuvre de drôlerie, cette mystification comme on ne pouvait en rêver plus tonique ni plus joyeuse, lui avait permis de passer le temps, de se préparer à mourir, mais pas plus. Il ne s'en voulait même pas d'avoir entraîné Albert dans cette histoire folle, convaincu que, tôt ou tard, chacun y trouverait son bénéfice.

Après avoir remué avec soin la poudre, il tenta, malgré les tremblements de ses mains, de poser la cuillère en équilibre sur la table sans en renverser le contenu. Il prit le briquet, tira l'étoupe et commença à rouler la molette sous son pouce, provoquant des étincelles qui finiraient par allumer la mèche. En attendant, puisqu'il fallait être patient, tout en roulant la molette sans s'arrêter, il regarda l'immense suite. Il s'y sentait vraiment chez lui. Il avait toujours vécu dans de grandes pièces ; ici, le monde était à sa dimension. Dommage que son père ne puisse le voir dans ce décor de luxe parce que, somme toute, Édouard avait fait fortune bien plus vite que lui et par des moyens pas forcément plus sales. Il ne savait pas exactement de quelle manière son père s'était enrichi, mais il était persuadé que derrière toute richesse se cachaient quelques crimes, inévitablement. Lui, au moins, n'avait tué personne, tout juste s'il avait aidé quelques illusions à disparaître, accéléré l'effet inévitable du temps, rien d'autre.

L'étoupe se mit enfin à se consumer, la chaleur se dégagea, Édouard posa la cuillère, et le mélange commença à frémir, grésillant légèrement ; il fallait être très attentif, tout se jouait là. Lorsque le mélange fut prêt, Édouard dut attendre qu'il refroidisse. Il se leva, s'avança jusqu'aux fenêtres. Une belle lumière régnait sur Paris. Il ne portait pas de masque lorsqu'il était seul et surprit son image dans les vitres, pareille à celle qu'il avait découverte en 1918, lorsqu'il était hospitalisé et qu'Albert avait cru qu'il voulait simplement un peu d'air. Quel choc.

Édouard se détailla. Il n'était plus bouleversé, on s'habitue à tout, mais sa tristesse, elle, restait intacte, la faille qui s'était ouverte en lui n'avait fait, au fil du temps, que s'agrandir, s'agrandir encore et toujours. Il avait trop aimé la vie, voilà le problème. À ceux qui n'y tenaient pas autant, les choses devaient paraître plus simples, tandis qu'à lui…

Le mélange était arrivé à bonne température. Pourquoi l'image de son père continuait-elle à le hanter ?

Parce que leur histoire ne s'était pas terminée.

Cette idée arrêta Édouard dans son geste. Comme une révélation.

Toute histoire doit trouver sa fin, c'est dans l'ordre de la vie. Même tragique, même insupportable, même dérisoire, il faut une fin à tout, et avec son père, il n'y en avait pas eu, tous deux s'étaient quittés ennemis déclarés, ne s'étaient jamais revus, l'un était mort, l'autre non, mais personne n'avait prononcé le mot de la fin.

Édouard serra le garrot autour de son bras. Tandis qu'il poussait le liquide dans sa veine, il ne put s'empêcher d'admirer cette ville, d'admirer encore cette lumière. Le flash qui le saisit lui coupa la respiration, la lumière explosa sur sa rétine, jamais il n'en avait espéré de plus sublime.

36

Lucien Dupré débarqua juste avant le dîner, Madeleine était déjà descendue et venait de s'installer. Henri absent, elle dînerait seule, son père avait commandé son repas dans sa chambre.

— Monsieur Dupré...

Madeleine étant terriblement civilisée, on l'aurait jurée sincèrement contente de le voir. Ils étaient face à face dans l'immense vestibule et Dupré, tout raide avec son manteau sur le dos et son chapeau à la main, ressemblait, à cause du sol en damier noir et blanc, à un pion sur un jeu d'échecs, ce qu'il était vraisemblablement.

Il n'avait jamais su que penser de cette femme calme et décidée, sauf qu'elle lui faisait peur.

— Pardon de vous déranger, dit-il, je cherche Monsieur.

Madeleine sourit, non de la demande, mais de sa formulation. Cet homme était le principal collaborateur de son mari, mais il s'exprimait comme un domestique. Elle se contenta d'un sourire impuissant, voulut répondre, mais le bébé fit à cet instant une ruade qui lui coupa le souffle, ses genoux cédèrent.

Dupré se précipita et la retint, embarrassé, il ne savait où poser les mains. Dans les bras de cet homme court sur jambes mais très puissant, elle se sentit en sécurité.

— Voulez-vous que j'appelle ? demanda-t-il en la dirigeant vers une des chaises qui bordaient le vestibule.

Elle rit franchement.

— Mon pauvre monsieur Dupré, on n'en finirait pas d'appeler à l'aide ! Ce bébé est un vrai diable, il adore la gymnastique, surtout la nuit.

Assise, elle reprit son souffle, les mains serrées sur son ventre. Dupré était encore penché vers elle.

— Merci, monsieur Dupré…

Elle le connaissait très peu, bonjour, bonsoir, comment allez-vous, mais elle n'écoutait jamais la réponse. Or elle en prit soudain conscience : lui, bien qu'il fût très discret parce que très soumis, en savait sans doute beaucoup sur la vie d'Henri et donc sur son ménage à elle. L'idée lui déplut. Humiliée, non par l'homme, mais par la circonstance, elle serra les lèvres.

— Vous cherchez mon mari…, commença-t-elle.

Dupré se redressa, son instinct lui dictait de ne pas insister, de partir le plus rapidement possible, mais c'était trop tard, comme s'il avait allumé la mèche et qu'il eût trouvé l'issue de secours fermée à double tour.

— En fait, poursuivit Madeleine, moi non plus, je ne sais pas où il est. Avez-vous fait le tour de ses maîtresses ?

C'était demandé du ton empathique de qui souhaite sincèrement rendre service. Dupré ferma le dernier bouton de son manteau.

— Je peux vous en dresser la liste si vous voulez, mais cela nécessitera un peu de temps. Si vous ne le trouvez pas chez l'une d'elles, je vous conseille d'entreprendre le tour des maisons de passe qu'il fréquente. Commencez par celle de la rue Notre-Dame-de-Lorette, Henri l'adore. S'il n'y est pas, vous avez celle de la rue Saint-Placide, puis celle du quartier des Ursulines, je ne me souviens jamais du nom de la rue.

Elle se tut un instant, puis reprit :

— Je ne sais pas pourquoi les bordels sont si souvent situés dans des rues aux noms aussi œcuméniques… L'hommage du vice à la vertu, sans doute.

Le mot « bordel » dans la bouche de cette femme racée, enceinte, seule dans cette grande maison, n'était pas choquant mais terriblement triste. Quelle peine cela supposait… En quoi Dupré se trompait. Madeleine n'avait aucune peine, ce n'était pas son amour qui était blessé (il s'était éteint depuis longtemps), juste son amour-propre.

Dupré, lui, soldat dans l'âme, jamais battu, resta de marbre. Madeleine, qui se déplaisait d'avoir adopté ce rôle, c'était ridicule, fit un geste qu'il interrompit, je vous en prie, ne vous excusez pas. C'était pire que tout, il la comprenait. Elle quitta le vestibule sur un au revoir marmonné, à peine audible.

510

Henri abattit un carré de cinq, l'air de dire, que voulez-vous, c'est ainsi, il y a des jours où tout vous réussit. Autour de la table on s'esclaffa, surtout Léon Jardin-Beaulieu, qui perdait le plus, son rire était censé exprimer son fair-play, son détachement, quoi, cinquante mille francs dans la soirée, la belle affaire... D'ailleurs, c'était vrai. Il souffrait moins de la somme perdue que de la réussite insolente d'Henri. Cet homme lui prenait tout. Ils pensaient la même chose, l'un et l'autre. Cinquante mille francs, calculait Henri en ramassant ses cartes, encore une heure comme ça, et je récupère tout ce que j'ai donné au raté du ministère ; le vieux avec ses grosses galoches, il va pouvoir s'en acheter de neuves...

— Henri !...

Il releva la tête. On lui faisait signe, c'était à lui de parler. Je passe. Il s'en voulait un peu dans cette affaire, pourquoi avait-il donné cent mille francs ! Il aurait pu obtenir le même résultat avec la moitié, moins peut-être. Mais il était tendu, il s'était précipité, quel manque de sang-froid ! Si ça se trouve, avec trente mille francs... Heureusement, Léon le cocu était arrivé. Henri lui sourit par-dessus ses cartes. Léon allait lui rembourser la somme, pas tout, du moins l'essentiel, mais si on ajoutait sa femme et ses remarquables cigares cubains, c'était largement l'équivalent. Riche idée de l'avoir choisi pour associé, ce n'était pas un gros volatile à plumer, mais on y prenait un rare plaisir.

Quelques mains plus tard, quarante mille francs, ses gains avaient un peu baissé. Son intuition lui souffla que mieux valait s'arrêter là, il s'étira ostensiblement, tout le monde comprit, quelqu'un prétexta la fatigue, on demanda les manteaux. Il était une heure du matin lorsque Henri et Léon sortirent et se dirigèrent vers leurs voitures.

— Vraiment, dit Henri, je suis claqué !

— Il est tard...

— C'est plutôt, mon cher, que j'ai en ce moment une maîtresse ravissante (une femme mariée, restons discrets), jeune et dévergondée à un point, tu n'imagines pas ! Infatigable !

Léon ralentit le pas, il suffoquait.

— Si j'osais, reprit Henri, je proposerais une médaille pour les cocus, ils le méritent bien, tu ne trouves pas ?

— Mais... ta femme..., balbutia-t-il d'une voix blanche.

— Oh, Madeleine, c'est autre chose, elle est déjà mère de famille. Tu t'en rendras compte quand ce sera ton tour, ça n'a plus grand-chose à voir avec une femme.

Il alluma une dernière cigarette.

— Et toi, mon cher, heureux en ménage ?

À cet instant, pensa Henri, pour que son bonheur soit vraiment complet, ce qu'il aurait fallu, c'est que Denise ait prétexté une visite à une amie et qu'elle se trouve dans un hôtel où il aurait pu la rejoindre, là, tout de suite. À défaut, il calcula qu'un détour par Notre-Dame-de-Lorette ne demanderait pas tant de temps que cela.

Cela lui prit une heure et demie tout de même... C'est toujours pareil, on se dit qu'on passe en coup

de vent, il y a deux filles libres, au choix, vous prenez les deux et de fil en aiguille…

Il en souriait encore en arrivant boulevard de
Courcelles, mais son sourire se figea lorsqu'il vit
Dupré. À cette heure de la nuit, son apparition n'était
pas bon signe ; depuis quand l'attendait-il ?

— Dargonne est fermé, annonça Dupré sans
même le saluer, comme si ces trois mots suffisaient
à expliquer toute la situation.

— Quoi, fermé ?

— Et Dampierre aussi. Et Pontaville-sur-Meuse.
J'ai appelé partout, je n'ai pas réussi à joindre tout
le monde, mais je crois que tous nos sites sont bou-
clés…

— Mais… par qui ?

— Par la Préfecture, mais on dit que ça vient de
plus haut. Il y a un gendarme devant chacun de nos
cimetières…

Henri était assommé.

— Un gendarme ? C'est quoi ce bordel !

— Oui, et il paraît qu'on va recevoir des inspecteurs. En attendant, tout est arrêté.

Que se passait-il ? Le raté du ministère n'avait-il
pas retiré son rapport ?

— Tous nos sites ?

En réalité, inutile de répéter, son patron avait
parfaitement compris. Mais ce qui lui échappait
encore, c'était la dimension du problème. Alors
Dupré s'éclaircit la voix :

— Je voulais vous dire aussi, mon capitaine… Je
vais devoir m'absenter quelques jours.

— En ce moment, certainement pas, mon vieux. J'ai besoin de vous.

Henri avait donné la réponse correspondant à des circonstances normales, mais le silence de Dupré ne ressemblait pas à son mutisme habituel, obéissant. D'une voix très assurée, celle qu'il prenait pour commander ses contremaîtres, bien plus claire, moins déférente qu'à l'ordinaire, il reprit :

— Je dois me rendre dans ma famille. Je ne sais pas combien de temps je serai retenu, vous savez ce que c'est...

Henri posa sur lui son regard sévère de capitaine d'industrie : la réaction de Dupré lui fit peur. Il comprit que la situation, cette fois, était plus grave qu'il ne l'avait pensé, parce que Dupré, sans attendre la réponse, se contenta d'un signe de tête, se retourna et partit. Il avait apporté l'information, sa mission était terminée. Définitivement. Un autre l'aurait insulté, Pradelle serra les mâchoires. Il se répéta ce qu'il s'était dit maintes fois auparavant : il avait commis l'erreur de le sous-payer. Sa fidélité aurait dû être encouragée. Trop tard.

Henri consulta sa montre, deux heures et demie.

En montant les marches, il remarqua qu'une lumière était restée allumée au rez-de-chaussée. Il allait pousser la porte d'entrée lorsqu'elle s'ouvrit d'elle-même sur la petite bonne, la brune, comment déjà ? Pauline, c'est ça, bien jolie, pourquoi ne l'avait-il pas encore sautée, celle-ci, mais pas le temps de réfléchir à la question.

— M. Jardin-Beaulieu a appelé plusieurs fois..., commença-t-elle.

Henri l'impressionnait, sa poitrine se soulevait rapidement.

— ... mais la sonnerie du téléphone réveillait Madame, alors elle a débranché l'appareil et m'a dit de vous attendre ici pour vous prévenir : il faut rappeler M. Jardin-Beaulieu, tout de suite, dès votre arrivée.

Après Dupré, Léon qu'il avait quitté moins de deux heures plus tôt. Henri fixait machinalement la poitrine de la petite bonne mais il commençait à perdre pied. Y avait-il un rapport entre l'appel de Léon et l'annonce de la fermeture de tous les sites ?

— Bien, dit-il, bien.

Sa propre voix le rassura. Il avait bêtement paniqué. D'ailleurs, il fallait vérifier, peut-être avait-on fermé provisoirement un ou deux cimetières, mais tous, c'était peu probable, ç'aurait été donner à une difficulté secondaire une véritable dimension de scandale.

Pauline avait dû s'endormir un peu sur une chaise, dans le vestibule, elle avait les traits bouffis. Henri continuait de la fixer en pensant à autre chose, mais ce regard ressemblait à celui qu'il portait sur toutes les filles, qui vous mettait mal à l'aise. Elle recula d'un pas.

— Monsieur, vous avez encore besoin de moi ?

Il fit non de la tête, elle se sauva aussitôt.

Il retira sa veste. Rappeler Léon ! À cette heure-ci ! Comme s'il n'y avait pas déjà suffisamment de travail comme ça, il fallait, en plus, prendre en charge ce nabot !

Il passa dans son bureau, rebrancha le téléphone, demanda le numéro à l'opératrice et, à peine la conversation commencée, il hurla :

— Quoi ? Encore cette histoire de rapport ?

— Non, dit Léon, un autre...

La voix de Léon ne respirait pas la panique ; il semblait plutôt maître de lui, ce qui était assez étonnant dans la circonstance.

— Concernant, euh... Gardonne.

— Non ! le reprit Henri, agacé. Pas Gardonne, Dargonne ! D'aill...

Henri, qui venait seulement de saisir, se tut, foudroyé par cette nouvelle.

C'était le rapport qu'il avait payé cent mille francs.

— Huit centimètres d'épaisseur, commenta Léon.

Henri fronça les sourcils. Qu'avait-il pu écrire, ce salaud de fonctionnaire qui s'était taillé avec ses cent mille francs, pour que cela prenne un tel volume ?

— Au ministère, poursuivit Léon, on n'avait jamais vu une chose pareille : il y a cent mille francs dans ce rapport, en grosses coupures. Les billets sont tous proprement collés sur des pages. Il y a même une annexe qui en récapitule les numéros.

Le type avait rendu l'argent. Ahurissant !

Henri, désarçonné par cette information, ne parvenait pas à réunir les pièces du puzzle : le rapport, le ministère, l'argent, les sites fermés...

Léon se chargea de souligner les liaisons :

— L'inspecteur décrit des faits très graves au cimetière de Dargonne et dénonce une tentative de corruption sur un fonctionnaire assermenté, ces cent mille francs en étant la preuve. Ils constituent un aveu. Cela signifie que les accusations du rapport sont fondées car on n'achète pas un fonctionnaire sans raison. Surtout avec une somme pareille.

La catastrophe.

Léon resta un instant silencieux, histoire de permettre à Pradelle d'enregistrer la portée de ces informations. Sa voix était si calme qu'Henri eut un instant l'impression de parler avec quelqu'un qu'il ne connaissait pas.

— Mon père, reprit Léon, a été prévenu dans la soirée. Le ministre n'a pas hésité une seconde, tu imagines, il doit se couvrir, il a ordonné aussitôt la fermeture des chantiers. Logiquement, il va prendre le temps de réunir tous les éléments lui permettant de fonder sa plainte, de procéder aux vérifications dans certains cimetières, après quoi, ce sera l'affaire d'une dizaine de jours, il devrait assigner ta société devant les tribunaux.

— Tu veux dire « notre » société !

Léon ne répondit pas immédiatement. Décidément, ce soir-là, l'essentiel se passait dans les silences. Après celui de Dupré, celui-ci… Léon reprit d'une voix très douce, très contenue, comme pour une confidence :

— Non, Henri, j'ai oublié de t'en parler, c'est ma faute… J'ai revendu toutes mes actions le mois dernier. À des petits porteurs qui comptent d'ailleurs beaucoup sur ta réussite, j'espère que tu ne vas pas les décevoir. Cette affaire ne me concerne plus personnellement. Si je t'appelle pour te prévenir, c'est parce que tu es un ami…

Nouveau silence, très expressif.

Henri allait le tuer, ce nain, l'étriper de ses propres mains.

— Ferdinand Morieux lui aussi a revendu ses parts, ajouta Léon.

Henri ne réagit pas, reposa le téléphone très lentement, littéralement vidé par la nouvelle. Il aurait fallu tuer Jardin-Beaulieu, il n'aurait pas eu la force de tenir le couteau.

Le ministre, la fermeture des chantiers, la plainte pour corruption, tout s'emballait.

La situation lui échappait totalement.

Il ne prit pas le temps de réfléchir, de regarder l'heure. Il était presque trois heures du matin lorsqu'il fit irruption dans la chambre de Madeleine. Elle était assise dans son lit, elle ne dormait pas, il y avait eu un tel remue-ménage cette nuit dans la maison, impossible de fermer l'œil ! Et Léon qui avait appelé toutes les cinq minutes, tu devrais lui dire… Elle avait fait débrancher le téléphone, tu l'as rappelé ? Puis Madeleine s'arrêta, frappée de voir Henri affolé. Elle l'avait connu soucieux, oui, colérique, honteux, préoccupé, et même tourmenté, par exemple le mois précédent quand il lui avait servi son couplet d'homme aux abois, mais, dès le lendemain, il n'y paraissait plus, il avait réglé son problème. Or cette nuit-là, il était extrêmement pâle, crispé, sa voix n'avait jamais tremblé ainsi, et le plus inquiétant : pas de mensonges, ou peu, rien sur son visage trahissant son habileté coutumière, ses trucages ; d'habitude, vous sentiez la simulation à vingt pas, tandis que là, il avait l'air tellement sincère…

C'est simple, Madeleine ne l'avait jamais vu dans cet état.

Son mari ne s'excusa pas de faire irruption dans sa chambre au beau milieu de la nuit, il s'assit au bord du lit et parla.

Il s'en tint à ce qu'il pouvait raconter sans risquer de ruiner totalement son image. Mais même en s'en tenant au strict nécessaire, ce qu'il disait était vraiment déplaisant pour lui-même. Les cercueils trop petits, le personnel incompétent, avide, tous ces étrangers qui ne parlaient même pas le français... Et la difficulté de la tâche aussi ! On ne s'imagine pas ! Mais il fallait le reconnaître : des Boches dans des sépultures françaises, des cercueils remplis de terre, des petits trafics sur place, il y avait eu des rapports, il avait cru bien faire en proposant un peu d'argent au fonctionnaire, une maladresse, bien sûr, mais enfin...

Madeleine hochait la tête, très concentrée. Selon elle, tout ne pouvait pas être sa faute.

— Mais enfin, Henri, pourquoi serais-tu le seul responsable dans cette affaire ? C'est trop facile...

Henri était très étonné, par lui-même d'abord, d'être capable de dire toutes ces choses, de reconnaître qu'il s'y était mal pris ; étonné par Madeleine ensuite, qui l'écoutait avec tant d'attention et qui, à défaut de le défendre, comprenait ; étonné par leur couple enfin, car c'était la première fois depuis qu'ils se connaissaient qu'ils se comportaient ensemble comme des adultes. Ils parlaient sans colère, sans passion, comme s'ils échangeaient sur des travaux à effectuer dans la maison, s'entretenaient d'un voyage ou d'un problème domestique, la première fois qu'ils se comprenaient en somme.

Henri la regarda différemment. Ce qui frappait, c'était bien sûr sa poitrine d'un volume stupéfiant. Elle portait une chemise de nuit légère, on voyait les aréoles de ses seins, sombres, larges, épanouies, ses épaules rondes... Henri s'arrêta un instant pour la contempler, elle sourit, ce fut une seconde intense, une seconde de communion, il eut terriblement envie d'elle, cette bouffée de désir lui fit un bien immense. La brutalité de ce besoin sexuel tenait aussi à l'attitude maternelle, protectrice, qu'adoptait Madeleine et qui donnait envie de se réfugier en elle, d'y être accueilli, de s'y fondre. Le sujet était grave, sérieux, mais sa manière d'écouter avait quelque chose de léger, de simple et de rassurant. Insensiblement, Henri se détendit, sa voix devint plus paisible, son débit moins pressé. En la regardant, il pensa : Cette femme est la mienne. Et il en ressentit une fierté nouvelle et inattendue. Il tendit la main, la posa sur son sein, elle sourit gentiment, la main glissa le long de son ventre, Madeleine se mit à respirer fort, on aurait dit une respiration douloureuse. Il y avait un peu de calcul dans le geste d'Henri parce qu'il avait toujours su y faire avec Madeleine, mais ce n'était pas seulement cela. C'était comme des retrouvailles avec quelqu'un qu'il n'aurait jamais vraiment rencontré. Madeleine écarta les jambes, mais elle le retint en saisissant son poignet.

— Ce n'est pas vraiment le moment, souffla-t-elle, tandis que sa voix hurlait le contraire.

Henri approuva lentement, il se sentait fort, retrouvait de sa confiance.

Madeleine tassa les oreillers dans son dos en reprenant son souffle, chercha une position et, quand elle l'eut trouvée, poussa un soupir de regret et caressa pensivement, en l'écoutant, les veines saillantes et bleues, il avait de si belles mains.

Henri se concentra, il fallait bien revenir au sujet :

— Léon m'a lâché. Je ne peux espérer aucune aide de son père.

Madeleine fut piquée, choquée que Léon ne l'aide pas, il était bien dans l'affaire, non ?

— Non, justement, dit Henri, il n'y est plus. Ferdinand non plus.

Les lèvres de Madeleine s'arrondirent sur un ah silencieux.

— Ce serait trop long à t'expliquer, trancha-t-il.

Elle sourit, son mari était de retour. Intact. Elle lui caressa la joue.

— Mon pauvre amour...

Elle lui parlait d'une voix douce, intime.

— Cette fois, c'est du sérieux, alors ?

Il ferma les yeux en signe d'assentiment, les rouvrit, puis se lança :

— Ton père refuse toujours de m'aider, mais...

— Oui, et si je le lui demandais à nouveau, il refuserait encore.

Henri gardait la main de Madeleine dans la sienne, mais leurs bras étaient maintenant retombés sur leurs genoux. Il devait la convaincre. Qu'elle refuse était rigoureusement impossible, impensable. Le vieux Péricourt avait voulu l'humilier, maintenant qu'il y était parvenu, il avait (Henri chercha le mot) le devoir, c'est ça !, le devoir de se montrer réaliste ! Car enfin, qu'avait-il à gagner à voir son nom jeté dans le ruisseau si un scandale éclatait ? Non, pas exactement un scandale, il n'y avait pas matière à cela, disons, un incident ? On pouvait comprendre qu'il ne veuille pas courir au secours de son gendre, mais ça ne lui coûterait pas grand-chose de faire plaisir à sa fille, non ? Il ne cessait de s'entremettre auprès des uns et des autres, et dans des affaires qui ne le touchaient pas de si près ! Madeleine en convint :

— C'est vrai.

Mais Henri percevait bien, en elle, un fond de résistance. Il se pencha.

— Tu ne veux pas intervenir auprès de lui… parce que tu crains qu'il refuse, c'est cela ?

— Oh non ! répondit précipitamment Madeleine, ce n'est pas du tout cela, mon chéri !

Elle dégagea sa main et la posa sur son ventre, les doigts légèrement écartés. Et elle lui sourit.

— Je n'interviendrai pas parce que je *ne veux pas* intervenir. En fait, Henri, je t'écoute mais tout cela ne m'intéresse absolument pas.

— Je comprends bien, consentit Henri. D'ailleurs, je ne te demande pas de t'y intéresser, je t…

— Non, Henri, tu ne comprends pas. Ce ne sont pas tes affaires qui ne m'intéressent pas, c'est toi.

Elle avait dit cela sans rien changer à son attitude, toujours simple, souriante, intime, terriblement proche. La douche fut si froide qu'Henri douta d'avoir bien entendu.

— Je ne comprends pas…

— Mais si, mon amour, je suis certaine que tu as parfaitement saisi. Ce n'est pas ce que tu fais qui m'indiffère, c'est ce que tu es.

Il aurait dû se lever à l'instant et partir, mais le regard de Madeleine le retenait. Il n'avait pas envie d'en entendre plus, mais il était captif de la situation, comme un prévenu contraint par le juge d'écouter sa condamnation.

— Je n'ai jamais eu beaucoup d'illusions sur ce que tu étais, expliqua Madeleine. Ni sur ce que nous serions. J'ai été amoureuse un moment, je le reconnais, mais j'ai très vite compris comment tout cela finirait. J'ai seulement fait durer parce que j'avais besoin de toi. Je t'ai épousé parce que j'avais l'âge, que tu me l'as proposé et qu'Aulnay-Pradelle, ça sonnait joliment. Si ça n'avait pas été aussi ridicule d'être ta femme, sans cesse humiliée par tes aventures, j'aurais bien aimé m'appeler ainsi. Tant pis.

Henri s'était levé. Cette fois, il ne se drapa pas dans un honneur de circonstance, ne chercha pas à argumenter, à surenchérir dans le mensonge : Madeleine parlait d'un ton trop sobre, ce qu'elle disait était définitif.

— Ce qui t'a sauvé jusqu'ici, c'est que tu es très beau, mon amour.

Du fond de son lit, les mains sur son ventre, elle admirait son mari qui allait sortir de la chambre et elle lui parlait comme s'ils se quittaient pour la nuit, sur un échange intime et tendre.

— Je suis certaine que tu m'as fait un très joli bébé. Je n'ai jamais espéré plus de ta part.

Maintenant qu'il est là (elle tapota gentiment son ventre qui répondit par un son mat), tu peux devenir ce que tu veux, et même rien du tout, cela m'est tout à fait égal. C'est une déception, mais je m'en suis remise parce que j'ai ma consolation. Pour toi, si j'en juge par le peu que j'en sais, je pense que sonne l'heure d'une catastrophe dont tu ne te relèveras pas. Mais elle ne me concerne plus.

Vingt fois Henri avait cassé quelque chose dans des circonstances semblables, un vase, un meuble, une vitre, un bibelot. Au lieu de quoi, ce soir-là, il se leva, sortit et ferma lentement la porte de la chambre de son épouse.

Prenant le couloir, il vit apparaître des images de la Sallevière telle qu'il l'avait vue quelques jours plus tôt, avec l'immense façade admirablement restaurée, les horticulteurs qui avaient commencé à redessiner le vaste jardin à la française, les peintres qui s'apprêtaient à attaquer les plafonds des salles et des chambres, on allait restaurer les angelots et les boiseries...

Assommé par la suite de lâchages survenus en quelques heures, Henri faisait des efforts désespérés pour donner corps à ce cataclysme, mais il n'y arrivait pas, c'étaient des mots, des images, rien de réel.

Tout perdre ainsi, aussi vite qu'il l'avait gagné, il ne parvenait pas à le concevoir.

Il y parvint enfin par la grâce d'un mot prononcé à voix haute, alors qu'il était seul dans le couloir :

— Je suis mort.

37

Avec les derniers dépôts, le compte bancaire du Souvenir Patriotique annonçait un solde positif de cent soixante-seize mille francs. Albert fit un rapide calcul, il fallait jouer fin, ne pas organiser de sorties trop massives, mais il y avait un tel volume d'affaires, dans cette banque, qu'il n'était pas rare qu'on échangeât sept ou huit millions dans la journée et que les caisses alimentées par un nombre impressionnant de commerces et de grands magasins parisiens voient quotidiennement passer des flux de quatre à cinq cent mille francs, parfois davantage.

Depuis la fin juin, Albert ne vivait plus dans sa propre peau.

Le matin, entre deux nausées, et déjà aussi épuisé qu'après l'attaque d'une position allemande, il se rendait au travail dans un état proche de l'implosion ; il n'aurait pas été surpris que, sur le parvis de l'établissement, la justice ait installé dans la nuit un échafaud pour le guillotiner sans procès devant le personnel réuni au grand complet, M. Péricourt en tête.

Toute la journée, il évoluait dans une torpeur brumeuse, les voix lui parvenaient avec un énorme retard ; quand on lui parlait, il fallait traverser son mur d'angoisse. Albert vous regardait comme si vous l'aviez percuté avec le jet d'une lance à incendie. « Hein, quoi ? » étaient toujours ses premiers mots, on n'y faisait plus attention, on le connaissait.

Dans le cours de la matinée, il déposait sur le compte du Souvenir Patriotique les règlements parvenus la veille et, de la vapeur bouillonnante qui lui noyait le cerveau, il tentait d'extraire le montant de ce qu'il allait prélever en espèces. Puis, lorsque commençait le roulement des employés à chaque caisse pour la pause de midi, il profitait de chaque passage à un guichet pour effectuer ses débits en signant d'une main fébrile Jules d'Épremont, comme si le client s'était présenté lui-même à la banque à l'heure du déjeuner. Au fur et à mesure des prélèvements, il fourrait les billets dans sa sacoche qui enflait jusqu'à être, en début d'après-midi, quatre fois plus ventrue que le matin.

À deux reprises, le soir, en se dirigeant vers la porte à tambour et en s'entendant héler par un collègue, ou parce qu'il avait cru percevoir de la suspicion dans le regard d'un client, il avait commencé à pisser dans son pantalon et avait dû héler un taxi pour rentrer à la maison.

Les autres fois, il passait la tête sur le trottoir avant de sortir, histoire de vérifier que l'échafaud absent le matin n'avait pas été dressé dans la journée devant sa station de métro, sait-on jamais.

Dans son cartable, qui servait à la plupart des employés à transporter leur déjeuner, Albert rapportait ce soir-là quatre-vingt-dix-neuf mille francs en grosses coupures. Pourquoi pas cent mille, une question de superstition penserez-vous, eh bien, pas du tout : une affaire d'élégance. C'était de l'esthétique – de comptable, évidemment, il faut relativiser –, mais de l'esthétique tout de même, parce que, avec cette somme, le Souvenir Patriotique pouvait s'enorgueillir d'avoir escroqué un million cent onze mille francs. Pour Albert, c'était joli tous ces 1 qui se suivaient. Le minimum fixé par Édouard était donc très largement dépassé et, à titre plus personnel, c'était, pour Albert, un jour de victoire. Nous étions le samedi 10 juillet, il avait sollicité de sa direction un congé exceptionnel de quatre jours à l'occasion de la fête nationale et, comme à l'heure de la réouverture de la banque, le 15 juillet, il serait normalement sur le bateau en route pour Tripoli, ce jour-là était son dernier à la banque. Comme lors de l'armistice de 1918, sortir vivant de cette aventure le laissait pantois. Un autre que lui se serait cru immortel. Mais Albert n'arrivait pas à s'imaginer une seconde fois survivant ; le moment de l'embarquement pour les colonies avait beau approcher, il n'y croyait pas vraiment tout à fait.

— À la semaine prochaine, monsieur Maillard !

— Hein ? Quoi ? Euh... Oui, bonsoir...

Puisqu'il était encore vivant et que le million emblématique était atteint et même dépassé, Albert se demandait s'il ne serait pas judicieux de changer les billets de train et de bateau, et d'anticiper le départ. Mais sur cette question, il était plus déchiré que sur le reste.

Partir, oui, très vite, tout de suite même si cela avait été possible... Mais Pauline ?

Cent fois, il avait essayé de lui parler, autant de fois il avait renoncé. Pauline était merveilleuse, du satin dehors et du velours dedans, et savante à un point ! Mais elle était de ces filles du peuple avec lesquelles on fait les bourgeoises. Le mariage en blanc, l'appartement, les enfants, trois, peut-être quatre, c'était là tout l'horizon. Si cela n'avait tenu qu'à lui, une petite vie tranquille avec Pauline et des enfants, quatre pourquoi pas, Albert aurait été d'accord, il aurait même bien aimé garder son emploi à la banque. Mais maintenant qu'il était un escroc patenté, et bientôt, si Dieu le voulait, de niveau international, cette perspective s'évanouissait et avec elle Pauline, le mariage, les enfants, l'appartement et la carrière bancaire. Il ne restait qu'une solution : tout lui avouer, la décider à partir avec lui, dans trois jours, avec un million de francs en grosses coupures dans une valise, un copain au visage ouvert en deux comme une pastèque et la moitié de la police française à leurs trousses.

Autant dire, impossible.

Ou partir seul.

Quant à demander conseil à Édouard, c'était parler à un mur. Finalement, même s'il l'aimait infiniment, et pour toutes sortes de raisons très contradictoires, Albert trouvait Édouard assez égoïste.

Il passait le voir tous les deux jours, entre la mise à l'abri des fonds et les retrouvailles avec Pauline. L'appartement de l'impasse Pers étant maintenant déserté, Albert n'avait pas jugé prudent d'y laisser la fortune sur laquelle leur avenir reposait. Il avait cherché une solution, il aurait pu louer un coffre dans une banque, mais il n'avait pas confiance, il avait préféré la consigne de la gare Saint-Lazare.

Chaque soir il retirait sa valise, s'installait dans les toilettes du buffet pour y mettre le revenu de la journée, puis il la rendait à l'employé. Il passait pour un représentant de commerce. En gaines et corsets, avait-il déclaré, il n'avait pas trouvé autre chose. Les employés lui adressaient des œillades complices auxquelles il répondait par un petit signe modeste qui, évidemment, accroissait encore sa réputation. Pour le cas où il aurait fallu détaler à toute vitesse, Albert avait également déposé un immense carton à chapeau qui contenait le cadre avec la tête de cheval dessinée par Édouard, dont il n'avait jamais réparé la vitre et, par-dessus, enveloppé dans du papier de soie, le masque du cheval. Obligé de partir précipitamment, il savait qu'il laisserait plutôt la valise de billets que ce carton.

Après la consigne de la gare, et avant d'aller retrouver Pauline, Albert se rendait au Lutetia, ce qui le mettait dans un état effroyable. Pour passer inaperçu, un palace parisien...

« Ne t'inquiète pas ! avait écrit Édouard. Plus c'est visible, moins on le voit. Regarde Jules d'Épremont ! Personne ne l'a jamais vu, et pourtant, tout le monde lui fait confiance. »

Il avait éclaté de l'un de ces rires chevalins qui vous faisaient dresser les cheveux sur la tête.

Albert avait d'abord compté les semaines, puis les jours. Mais maintenant, depuis qu'Édouard, sous son vrai-faux nom d'Eugène Larivière, était descendu commettre ses excentricités dans un grand hôtel, il comptait les heures et même les minutes qui les séparaient du départ, fixé le 14 juillet par le train quittant Paris pour Marseille à 13 heures et permettant d'attraper, le lendemain, le *SS D'Artagnan* de la Compagnie des messageries maritimes à destination de Tripoli.

Trois billets.

Ce soir-là, ses dernières minutes dans le ventre de la banque furent aussi difficiles à vivre qu'un accouchement, chaque pas lui coûta, puis, enfin, il fut dehors. Devait-il réellement y croire ? Le temps était beau, sa sacoche lourde. À droite, pas d'échafaud ; à gauche, pas de compagnie de gendarmerie…

Rien d'autre que, sur le trottoir opposé, la petite silhouette mince de Louise.

Cette vision lui fit un choc, un peu comme lorsque vous croisez dans la rue un commerçant que vous n'avez vu que derrière son étal, vous le reconnaissez mais vous sentez que ce n'est pas dans l'ordre des choses. Louise n'était jamais venue le chercher. Il se demanda, en traversant précipitamment la rue, de quelle manière elle avait trouvé l'adresse de la banque, mais cette petite passait son temps à écouter, elle devait même en savoir long sur leurs affaires.

— C'est Édouard…, dit-elle. Il faut venir tout de suite.

— Quoi, Édouard, qu'est-ce qu'il y a ?

Mais Louise ne répondit pas, elle avait levé la main et arrêté un taxi.

— Hôtel Lutetia.

Dans la voiture, Albert posa sa sacoche entre ses pieds. Louise regardait droit devant elle, comme si elle conduisait le taxi. Une chance pour Albert, Pauline, de service ce soir-là, finirait tard, et comme elle reprenait le lendemain de bonne heure, elle dormirait « chez elle ». Pour une domestique, ça signifiait chez les autres.

— Mais enfin !… demanda Albert au bout d'un moment. Qu'est-ce qu'il a Éd…

Il surprit le regard du chauffeur dans le rétroviseur et se reprit précipitamment :

— Qu'est-ce qu'il a, Eugène ?

Le visage de Louise était voilé, comme celui des mères ou des épouses angoissées.

Elle se tourna vers lui, écarta les mains. Elle avait les yeux mouillés.

— On dirait qu'il est mort.

Albert et Louise traversèrent le hall du Lutetia d'un pas qu'ils espéraient normal. Rien de plus voyant. Le liftier fit semblant de ne pas remarquer leur nervosité, il était jeune, mais déjà très professionnel.

Ils trouvèrent Édouard par terre, le dos appuyé contre son lit, les jambes allongées. Très mal en point, mais pas mort. Louise réagit avec son sang-froid habituel. La chambre empestait le vomi, elle ouvrit une à une toutes les fenêtres et fabriqua des serpillières avec tout ce qu'elle trouva de serviettes dans la salle de bains.

Albert se mit à genoux et se pencha vers son ami.

— Eh ben alors, mon vieux ? Ça va pas ?

Édouard dodelinait de la tête, ouvrait et fermait les yeux spasmodiquement. Il ne portait pas de masque, la béance de son visage exhalait une odeur putride si intense qu'elle contraignit Albert à reculer. Il prit une longue inspiration puis saisit son camarade sous les aisselles et parvint à le coucher sur le lit. Un type qui n'a pas de bouche, pas de mâchoires, rien qu'un trou et les dents du haut, vous ne savez pas comment faire pour lui tapoter les joues. Albert obligea Édouard à ouvrir les yeux,

— Tu m'entends ? répétait-il. Dis, tu m'entends ?

Et comme il n'obtenait aucune réaction, il passa directement à la manière forte. Il se leva, fila à la salle de bains et remplit un grand verre d'eau.

Lorsqu'il se retourna pour revenir à la chambre, il fut tellement surpris qu'il lâcha le verre et, pris d'un malaise, dut s'asseoir par terre.

Accroché au dos de la porte comme une robe de chambre à une patère, un masque.

Un visage d'homme. Celui d'Édouard Péricourt. Le vrai Édouard. Celui d'avant, parfaitement reproduit ! Il ne manquait que les yeux.

Albert perdit la conscience de l'endroit où il se trouvait, il était dans la tranchée, à quelques pas des marches en bois, harnaché pour l'attaque, tous les autres gars sont là, devant et derrière lui, tendus comme des arcs, prêts à bondir vers la cote 113. Là-bas, le lieutenant Pradelle surveille les lignes enne- mies à la jumelle. Devant lui, il y a Berry et, devant Berry, ce type qu'il n'a jamais beaucoup fréquenté, qui se retourne, Péricourt qui lui sourit, un sourire lumineux. Albert lui trouve l'air d'un môme qui va faire une connerie, il n'a même pas le temps de lui répondre, Péricourt s'est déjà retourné.

C'était exactement ce visage qu'il avait ce soir-là devant lui, moins le sourire. Albert en resta tétanisé, il ne l'avait jamais revu, forcément, sauf en rêve, et il était là, émergeant de la porte, comme si Édouard allait apparaître tout entier, tel un fantôme. La chaîne de toutes les images se déclencha, les deux soldats tués d'une balle dans le dos, l'attaque de la cote 113, le lieutenant Pradelle qui le tamponne brutalement à l'épaule, le trou d'obus, la marée de terre qui vient le recouvrir.

Albert hurla.

Louise apparut à la porte, affolée.

Il s'ébroua, fit couler de l'eau, s'en frotta le visage, remplit de nouveau le verre et, sans plus regarder le masque d'Édouard, repassa dans la chambre et alla le déverser entièrement, d'un seul coup, dans la gorge de son camarade, qui aussitôt se redressa sur ses coudes, se mit à tousser comme un damné, comme lui-même autrefois avait dû tousser en revenant à la vie.

Albert lui pencha le torse en avant pour le cas où il vomirait encore, mais non, la quinte de toux mit un long moment avant de s'éteindre. Édouard avait repris ses esprits, il était épuisé si l'on en jugeait par ses yeux cernés et l'abandon de tout son corps qui plongea de nouveau dans un état second. Albert écouta sa respiration qu'il trouva normale. Sans souci de la présence de Louise, il déshabilla son camarade et le coucha dans les draps. Le lit était si large qu'il put s'asseoir près de lui d'un côté sur un oreiller, Louise de l'autre côté.

Ils restèrent tous deux posés là, comme des serre-livres. Chacun tenait une main d'Édouard qui s'endormit avec un inquiétant bruit de gorge.

D'où ils étaient, Louise et Albert pouvaient voir, sur la grande table ronde au milieu de la pièce, la longue seringue fine, le citron coupé en deux et, sur une feuille, des résidus de poudre marron, comme de la terre, le briquet à amadou dont l'étoupe recourbée et nouée avait l'air d'une virgule sous un mot.

Au pied de la table, le garrot en caoutchouc.

Ils restèrent sans parler, perdus dans leurs pensées. Albert n'était pas très savant en la matière, mais le produit ressemblait fort à ce qu'on lui avait proposé naguère, lorsqu'il cherchait de la morphine. C'était l'étape d'après : l'héroïne. Pour se la procurer, Édouard n'avait même pas eu besoin d'intermédiaire…

Curieusement, Albert se demanda : À quoi je sers, alors ? comme s'il regrettait de n'avoir pas eu, en plus de tout, cette affaire-là à gérer.

Depuis quand Édouard prenait-il de l'héroïne ? Albert se trouvait dans la situation de ces parents dépassés qui n'ont rien vu venir et se trouvent soudain devant le fait accompli, mais trop tard.

À quatre jours du départ…

Qu'est-ce que cela changeait d'ailleurs, quatre jours avant ou après ?

— Vous allez partir ?

Le petit esprit de Louise avait suivi le même trajet, elle avait posé la question d'une voix pensive et lointaine.

Albert répondit par un silence. C'était « oui ».

— Quand ? demanda-t-elle, toujours sans le regarder.

Albert ne répondit pas. Ça voulait dire « bientôt ».

Louise se tourna alors vers Édouard et, de son index tendu, elle fit ce qu'elle avait fait le premier jour : elle suivit rêveusement la plaie béante, les chairs boursouflées et rougeoyantes comme une muqueuse à ciel ouvert... Puis elle se leva, alla enfiler son manteau, revint vers le lit, du côté d'Albert cette fois, se pencha et l'embrassa sur la joue, longuement.

— Tu viendras me dire au revoir ?

De la tête Albert répondit « Oui, bien sûr ».

Ça voulait dire « non ».

Louise fit signe qu'elle comprenait.

Elle l'embrassa de nouveau et quitta la chambre.

Son absence provoqua un grand trou d'air, comme on en connaît en aéroplane, paraît-il.

38

C'était tellement exceptionnel que Mlle Raymond en resta suffoquée. Pour tout dire, depuis qu'elle travaillait pour le maire d'arrondissement, ça ne s'était même jamais vu. Trois fois qu'elle traversait la pièce sans qu'il la reluque, bon, ça encore…, mais trois fois qu'elle faisait le tour de son bureau sans qu'il fourre la main sous sa jupe, index dressé…

Depuis quelques jours, Labourdin n'était plus lui-même, regard vitreux, bouche pendante, Mlle Raymond aurait exécuté la danse des sept voiles, il ne s'en serait pas aperçu. Il avait le teint blanc, se déplaçait lourdement, comme un homme qui s'attend à une attaque cardiaque d'un instant à l'autre. Tant mieux, pensait-elle. Crève, charogne. La soudaine déliquescence de son patron était le premier réconfort qu'elle connaissait depuis son embauche. Une bénédiction.

Labourdin se leva, enfila lentement sa veste, prit son chapeau et sortit de son bureau sans un mot. Un pan de sa chemise ressortait par-dessus le pantalon, le genre de détail qui transforme n'importe quel homme en pouilleux. Dans sa démarche pesante, il y avait quelque chose du bovin qui part à l'abattoir.

À l'hôtel Péricourt, on lui annonça que Monsieur n'était pas là.

— Je vais attendre…, dit-il.

Puis il poussa la porte du salon, s'effondra dans le premier canapé, l'œil vide, et c'est dans cette position que, trois heures plus tard, M. Péricourt le trouva.

— Qu'est-ce que vous faites là, vous ? demanda-t-il.

L'entrée de M. Péricourt le plongea dans la confusion.

— Ah ! Président… président…, dit Labourdin en essayant de se lever.

Voilà tout ce qu'il trouva, persuadé qu'avec ce mot de « président », il avait tout dit, tout expliqué.

Malgré son agacement, M. Péricourt avait vis-à-vis de Labourdin des bontés d'agriculteur. « Expliquez-moi ça », lui disait-il parfois avec cette patience qu'on ne prodigue qu'aux vaches et aux imbéciles.

Mais ce jour-là, il resta glacial, contraignant Labourdin à redoubler d'énergie pour s'extraire du canapé et expliquer, comprenez bien, président, rien ne laissait supposer, vous-même, j'en suis certain, et tout le monde, comment imaginer une chose pareille, etc.

Son interlocuteur laissa couler le flot de mots inutiles. Il n'écoutait d'ailleurs plus. Pas la peine d'aller plus loin. Labourdin, lui, poursuivait ses lamentations :

— Ce Jules d'Épremont, président, imaginez-vous qu'il n'existe pas !

Il en était presque admiratif.

— Enfin, quoi ! Un membre de l'Institut qui travaille aux Amériques, comment ça peut ne pas exister ! Ces esquisses, ces dessins admirables, ce projet sublime ont bien été réalisés par quelqu'un, tout de même !

Arrivé à ce stade, Labourdin avait impérativement besoin d'une relance, faute de quoi son esprit se mettrait à tourner en boucle, ça pouvait durer des heures.

— Et donc, il n'existe pas, résuma M. Péricourt.

— C'est ça ! clama Labourdin, sincèrement heureux d'être si bien compris. L'adresse, 52, rue du Louvre, imaginez-vous qu'elle n'existe pas non plus ! Et savez-vous ce que c'est ?

Silence. Quelles que soient les circonstances, Labourdin raffolait des devinettes, les crétins adorent les effets.

— La poste ! rugit-il. Le bureau de poste ! Il n'y a pas d'adresse, c'est une boîte postale !

Il était ébloui par la finesse du stratagème.

— Et c'est maintenant que vous vous en apercevez…

Labourdin interpréta le reproche comme un encouragement.

— Exactement, président ! Remarquez (il leva l'index pour souligner la subtilité de son approche), j'avais un petit doute. Certes, on avait reçu le récépissé, une lettre tapée à la machine qui expliquait que l'artiste était aux Amériques, et tous ces dessins que vous connaissez, mais enfin, moi…

Il fit alors une moue dubitative accompagnée d'un mouvement de tête destiné à exprimer ce que les mots étaient impuissants à traduire : sa profonde perspicacité.

— Et vous avez payé ? coupa M. Péricourt, glacial.

— Mais, mais, mais, mais… comment voulez-vous ? Bien sûr, président, que nous avons payé !

Il était formel.

— Sans règlement, pas de commande ! Et sans commande, pas de monument ! On ne pouvait pas faire autrement ! Nous avons réglé l'acompte au Souvenir Patriotique, bien obligés !

Joignant le geste à la parole, il extirpa de sa poche une sorte de journal. M. Péricourt le lui arracha. Il le feuilleta nerveusement. Labourdin ne le laissa pas même poser la question qu'il avait sur les lèvres.

— Cette société, elle n'existe pas ! hurla-t-il. C'est une société…

Il s'arrêta brutalement. Ce mot, qu'il avait pourtant tourné et retourné depuis deux jours, venait de lui échapper.

— C'est une société…, reprit-il, parce qu'il avait remarqué que son cerveau fonctionnait un peu comme un moteur d'automobile, plusieurs coups de manivelle, et parfois, ça redémarrait. Imaginaire ! C'est ça, imaginaire !

Il sourit de toutes ses dents, passablement fier d'avoir surmonté cette adversité linguistique.

M. Péricourt continuait de feuilleter le mince catalogue.

— Mais, dit-il, ce sont là des modèles industriels.

— Euh… oui, risqua Labourdin, qui ne voyait pas où le président voulait en venir.

— Labourdin, nous, nous avons commandé une œuvre originale, non ?

— Aaahhhhh ! hurla Labourdin, qui avait oublié cette question, mais se souvenait d'avoir préparé la réponse. Exact, cher président, très originale, même ! C'est que, voyez-vous, M. Jules d'Épremont, membre de l'Institut, est l'auteur *à la fois* de modèles industriels et d'œuvres comme qui dirait « sur mesure » ! Il sait tout faire, cet homme-là !

Il se rappela alors qu'il parlait d'un être purement fictif.

— Enfin… il savait tout faire, ajouta-t-il en baissant la voix, comme s'il s'agissait d'un artiste mort et, de ce fait, dans l'impossibilité d'honorer une commande.

En feuilletant les pages du catalogue et en regardant les modèles présentés, M. Péricourt prenait la dimension de l'escroquerie : nationale.

Le scandale allait être terrible.

Sans égard pour Labourdin qui remontait son pantalon à deux mains, il tourna les talons, regagna son bureau et se trouva face à l'étendue de son échec.

Tout autour de lui, les dessins encadrés, les esquisses, les projections de son monument hurlaient son humiliation.

Ce n'était pas tant l'argent dépensé, ni même, pour un homme comme lui, de s'être fait gruger, non, ce qui le retournait, c'est qu'on se fût moqué de son malheur. Son argent, sa réputation, passe encore, il en avait de reste et le monde des affaires lui avait appris combien la rancune est mauvaise conseillère. Mais ridiculiser son malheur revenait à mépriser la mort de son fils. Comme lui-même autrefois. Ce monument aux morts, au lieu de réparer tout le mal qu'il avait infligé à son fils, venait doubler la mise. L'expiation espérée tournait au grotesque.

Le catalogue du Souvenir Patriotique proposait une gamme d'articles industriels avec une promotion alléchante. Combien en avait-on vendu de ces monuments imaginaires ? Combien de familles avaient versé de l'argent pour ces chimères ? Combien de communes s'étaient fait voler comme au coin d'un bois, victimes de leur naïveté ? Qu'on pût avoir l'audace, qu'on pût même avoir l'idée de détrousser tant de gens malheureux, c'était proprement renversant.

M. Péricourt n'était pas un homme suffisamment généreux pour se sentir proche des victimes qu'il pressentait en nombre, ni avoir envie de leur venir en aide. Il ne pensait qu'à lui, à son malheur à lui, à son fils à lui, à son histoire à lui. Ce dont il souffrait, c'était d'abord que le père qu'il n'avait pas été, jamais il ne parviendrait à le devenir. Mais, de manière plus égotiste encore, il était vexé comme s'il avait été visé personnellement : ceux qui avaient payé pour ces modèles industriels avaient été les dindons d'une mystification générale, tandis que lui, avec sa commande d'un monument sur mesure, se sentait l'objet d'une extorsion individuelle.

Cette défaite blessait intensément son orgueil.

Fourbu, écœuré, il s'assit à son bureau et rouvrit le catalogue qu'il avait, sans y penser, froissé entre ses mains. Il lut attentivement la longue lettre que l'escroc adressait aux maires des villes et des villages. Propos astucieux, rassurants, d'allure tellement officielle ! M. Péricourt s'arrêta un instant sur l'argument qui, probablement, avait assuré la réussite de l'abus de confiance, cette remise exceptionnelle, forcément très attractive pour les budgets modestes, l'effet d'aubaine... Et même, cette date du 14 juillet si symbolique...

Il releva la tête, tendit le bras et consulta son calendrier.

Les escrocs laissaient peu de temps aux clients pour réagir ou vérifier à qui ils avaient affaire. Pour peu qu'ils aient reçu un récépissé en bonne et due forme en échange de leur commande, ils n'avaient pas de raisons de s'inquiéter avant le 14 juillet, date du terme de la prétendue promotion. Nous étions le 12. Ce n'était plus qu'une question de jours. Puisque personne ne parlait d'eux, les escrocs attendraient à coup sûr d'avoir raflé les dernières avances avant de s'enfuir. Quant aux clients, les plus avisés ou les plus suspicieux chercheraient bientôt à vérifier que leur confiance avait été bien placée.

Qu'allait-il alors se passer ?

Le scandale éclaterait. Dans un jour ou deux, ou trois. Ce n'était peut-être même qu'une question d'heures.

Et ensuite ?

Les journaux rivaliseraient d'émotion, la police serait sur les dents ; les députés, outragés au nom de la nation, se draperaient dans leur vertu patriotique...

— Foutaises, murmura M. Péricourt.

Et quand bien même on retrouverait ces voyous, qu'on les arrêterait, ce serait quoi, trois, quatre années d'instruction, un procès, d'ici là tout le monde se serait calmé.

Même moi, pensa-t-il.

Cette idée ne l'apaisa pas : demain ne comptait pas, c'est aujourd'hui qu'il souffrait.

Il referma le catalogue, le lissa du plat de la main.

Jules d'Épremont et ses complices, lorsqu'ils seraient arrêtés (s'ils l'étaient un jour), cesseraient d'être des individus. Ils deviendraient des phénomènes d'actualité, des curiosités, comme Raoul Villain l'avait été, comme Landru le devenait.

Livrés à la furie générale, les coupables n'appartiendraient plus à leurs victimes. Et lui, Péricourt, qui pourrait-il haïr lorsque ces bandits seraient la propriété de tout le monde ?

Pire, son nom se retrouverait au centre de ce procès ! Et si, par malheur, il avait été le seul à commander une œuvre sur mesure, serait-il le seul dont on dirait : voyez celui-là, il a mis cent mille francs dans le commerce, le voilà Gros-Jean comme devant ! Il suffoqua à cette idée car il passerait, aux yeux de tous, pour un pigeon, un jobard. Lui, l'industriel couronné de succès, le banquier redouté, s'était fait estamper dans les grandes largeurs par des escrocs de bas étage.

Les mots lui manquaient.

La blessure d'amour-propre l'aveugla.

Il se passa en lui quelque chose de mystérieux et de définitif : les hommes qui avaient commis ce crime, il les voulait, comme rarement il avait désiré quelque chose, avec une ardeur folle. Il ne savait pas ce qu'il en ferait, mais il les voulait, voilà tout.

Des crapules. Une bande organisée. Avaient-ils déjà quitté le pays ? Peut-être pas.

Pouvait-on les retrouver avant la police ?

Il était midi.

Il tira le cordon et ordonna que l'on appelle son gendre. Qu'il vienne.

Toutes affaires cessantes.

39

Henri d'Aulnay-Pradelle entra dans le vaste bureau de poste de la rue du Louvre en milieu d'après-midi et choisit un banc permettant d'observer les rangées de boîtes postales qui tapissaient le mur, non loin du monumental escalier conduisant à l'étage.

La boîte n° 52 était située à une quinzaine de mètres de lui. Il fit mine de s'absorber dans la lecture de son journal, mais comprit vite qu'il ne pourrait pas rester à cette place bien longtemps. Avant de relever la boîte, les margoulins devaient sans doute observer un long moment pour voir s'il n'y avait rien d'anormal et ils ne devaient certainement pas passer en milieu de journée, mais plutôt le matin. Enfin, maintenant qu'il se trouvait sur les lieux, il se voyait englué dans la pire de ses craintes : il y avait aujourd'hui, pour les escrocs, davantage de risques à venir chercher les derniers paiements qu'à prendre un train pour l'autre bout de l'Europe ou un bateau pour l'Afrique.

Ils ne viendraient pas.

Or le temps lui était compté.

Cette idée lui ruina le moral.

Quitté par son personnel, lâché par ses associés, renié par son beau-père, abandonné par sa femme, sans plus aucune perspective face à la catastrophe qui s'annonçait... Il avait vécu les trois pires jours de son existence jusqu'à cet appel in extremis, ce coursier venu le chercher en urgence, ce mot griffonné sur une carte de visite de Marcel Péricourt : « Venez me voir immédiatement. »

Le temps de prendre un taxi, d'arriver boulevard de Courcelles, de croiser Madeleine à l'étage... Toujours à sourire aux anges, celle-là, une oie en train de pondre. Même pas l'air de se souvenir qu'elle l'avait froidement condamné deux jours plus tôt.

— Ah, on t'a trouvé, mon chéri ?

Comme soulagée. Quelle salope. Elle avait envoyé le coursier le chercher jusque dans le lit de Mathilde de Beausergent, c'était à se demander comment elle était informée.

— On ne t'a pas interrompu avant l'orgasme, j'espère ! demanda Madeleine.

Et comme Henri passait devant elle sans répondre, elle ajouta :

— Ah oui, tu montes voir papa... Encore une affaire d'hommes, ce que vous pouvez être pénibles...

Puis elle croisa les mains sur son ventre et revint à son activité préférée qui consistait à deviner si c'était les pieds qui faisaient ces bosses, ou les talons, ou les coudes, il remuait comme un poisson, ce petit animal-là ; elle adorait parler avec lui.

À mesure que le temps passait, que les innombrables clients se pressaient aux guichets, que s'ouvraient toutes les boîtes postales sauf celle qu'il surveillait, Henri changea de position, de banc, d'étage, monta où l'on pouvait fumer en scrutant le rez-de-chaussée. Cette inaction le tuait à petit feu, mais que faire d'autre ? Il se remit à maudire le vieux Péricourt, par la faute duquel il poireautait là, impuissant. Il l'avait trouvé très affecté. Cet homme mourrait debout, mais l'épuisement se lisait sur toute sa personne, ses épaules tassées, ses cernes violets... Il y avait quelque temps qu'il donnait des signes de faiblesse, mais son état paraissait s'être encore dégradé. Au Jockey, on murmurait que, depuis son malaise de novembre dernier, il n'était plus vraiment le même. Le docteur Blanche, un vrai sphinx pourtant, baissait les yeux lorsqu'on parlait de Marcel Péricourt, c'était tout dire. Indice qui ne trompait pas, en Bourse, certaines actions de son groupe avaient été données à la baisse. Depuis, elles étaient remontées, mais tout de même...

Qu'Henri soit ruiné quand le vieux crabe viendrait à caner, c'est-à-dire trop tard, était insupportable. Si seulement il pouvait passer l'arme à gauche maintenant plutôt que dans six mois ou dans un an... Certes, le testament était verrouillé, tout comme le contrat de mariage, mais Henri conservait une confiance indéfectible dans sa capacité à obtenir ce qu'il voulait des femmes, qualité qui ne s'était démentie qu'avec la sienne (un comble). Mais si cela était nécessaire, il puiserait dans ses réserves, et Madeleine, il n'en ferait qu'une bouchée ; la fortune du vieux, il en aurait sa part, parole de soldat. Quel gâchis. Il en avait trop voulu ou trop vite… Inutile de revenir sur le passé, c'était ainsi, Henri était un homme d'action, pas du genre à se lamenter.

— Vous allez au-devant de gros ennuis, avait dit le vieux Péricourt lorsque Henri s'était assis devant lui, tenant encore à la main la carte de visite qui lui intimait l'ordre de venir.

Henri n'avait pas répondu parce que c'était vrai. Ce qui était encore rattrapable – les petits problèmes dans les cimetières – devenait, avec l'accusation de corruption de fonctionnaire, une difficulté quasiment insurmontable.

Quasiment. C'est-à-dire pas totalement insurmontable.

Or, justement, si Péricourt le réclamait, s'il s'abaissait à le demander, s'il allait jusqu'à le faire chercher dans le lit d'une de ses maîtresses, c'est qu'il avait terriblement besoin de lui.

De quoi s'agissait-il pour qu'il en soit réduit à l'appeler, lui, Henri d'Aulnay-Pradelle, dont il ne prononçait le nom qu'avec dédain ? Henri n'en avait pas la moindre idée, sauf qu'il était là, dans le bureau du vieux, assis et non plus debout, qu'il n'avait rien sollicité. Une lueur venait de se profiler, un espoir. Il ne posa aucune question.

— Sans moi, vos ennuis sont insolubles.

Henri commit une première erreur due à son amour-propre, il se permit une petite moue sceptique. M. Péricourt réagit avec une violence que son gendre ne lui connaissait pas.

— Vous êtes mort ! hurla-t-il. Vous entendez ? Mort ! Avec ce que vous avez sur le dos, l'État va tout vous prendre, vos biens, votre réputation, tout, vous ne vous en relèverez pas ! Et vous finirez en prison.

Henri appartenait à cette espèce d'hommes qui, après une erreur tactique majeure, sont capables de manifester une excellente intuition. Il se leva et sortit.

— Restez là ! cria M. Péricourt.

Sans l'ombre d'une hésitation, Henri fit demi-tour, traversa la pièce d'un pas décidé, planta ses mains à plat sur le bureau de son beau-père, se pencha et dit :

— Alors, arrêtez de m'emmerder. Vous avez besoin de moi. Je ne sais pas pour quoi, mais que les choses soient claires, quoi que vous me demandiez, mes conditions seront les mêmes. Le ministre est à vous ? Très bien, alors vous intervenez personnellement auprès de lui, vous faites balancer à la poubelle tout ce qui m'incrimine, je ne veux plus aucune charge contre moi.

Après quoi, il reprit sa place dans le fauteuil, croisa les jambes, on aurait juré qu'il était au Jockey et attendait que le majordome lui apporte son verre de fine. N'importe qui, dans cette situation, aurait tremblé, se demandant ce qu'en échange on allait exiger de lui, mais pas Henri. Depuis trois jours qu'il remuait la déconfiture à laquelle il était promis, il se sentait prêt à tout. Dites-moi qui il faut tuer.

M. Péricourt dut tout expliquer : sa commande d'un monument aux morts, l'escroquerie à l'échelle du pays, mais dont il était peut-être la victime la plus conséquente, la plus en vue. Henri eut le bon goût de ne pas sourire. Et il commençait à comprendre ce que son beau-père allait lui demander.

— Le scandale est imminent, expliqua Marcel Péricourt. Si la police les arrête avant qu'ils s'enfuient, tout le monde va s'emparer d'eux, le gouvernement, la justice, les journaux, les associations, les victimes, les anciens combattants... Je ne le veux pas. Trouvez-les.

— Que voulez-vous en faire ?

— Cela ne vous regarde pas.

Henri fut certain que Péricourt n'en savait rien lui-même mais ce n'était pas son affaire.

— Pourquoi moi ? demanda-t-il.

Il se mordit aussitôt la langue mais c'était trop tard.

— Pour trouver ces crapules, il faut une crapule du même acabit.

Henri encaissa la gifle. M. Péricourt regretta son insulte non parce qu'il était allé trop loin mais parce qu'elle risquait d'être contre-productive.

— De plus, le temps presse, ajouta-t-il d'une voix plus conciliante. C'est une affaire d'heures. Et je n'ai que vous sous la main.

Vers dix-huit heures, après une douzaine de changements de position, il dut se rendre à l'évidence : la stratégie de l'attente au bureau de poste du Louvre ne fonctionnerait pas. Du moins, pas ce jour-là. Et personne ne pouvait dire s'il y aurait un lendemain.

Quelle solution avait Henri, hormis attendre à la poste du Louvre l'hypothétique venue des clients de la boîte postale n° 52 ? L'imprimerie qui avait fabriqué le catalogue ?

— N'y allez pas, avait dit Péricourt. Vous allez devoir poser des questions, et si la nouvelle se répand qu'on s'inquiète de cette imprimerie, on remontera à ses clients, à cette société, à l'escroquerie, et ce sera le scandale.

Si ce n'était l'imprimerie, restait la banque.

Le Souvenir Patriotique avait reçu des règlements de ses clients, mais pour savoir à quelle banque avaient été versés les fonds collectés, il fallait du temps, des autorisations, toutes choses dont Henri ne disposait pas.

Il en revenait toujours là : le bureau de poste ou rien.

Il obéit à son tempérament et choisit la transgression. Malgré l'interdiction de M. Péricourt, il se fit conduire à l'imprimerie Rondot, rue des Abbesses.

Dans le taxi, il feuilleta une fois de plus le catalogue du Souvenir Patriotique que son beau-père lui avait remis… La réaction de M. Péricourt dépassait celle d'un homme d'affaires aguerri victime d'une escroquerie, il en faisait une question personnelle. Alors, de quoi s'agissait-il ?

Le taxi resta bloqué un long moment rue de Clignancourt. Henri referma le catalogue, vaguement admiratif. Il allait à la recherche d'escrocs chevronnés, une bande structurée, expérimentée, contre laquelle il avait peu de chances parce qu'il possédait peu d'éléments et disposait d'encore moins de temps.

Il ne pouvait s'empêcher de ressentir une certaine admiration pour la qualité de cette arnaque. Ce catalogue confinait au chef-d'œuvre. S'il n'avait été aussi tendu vers un résultat dont sa vie dépendait, il en aurait souri. Au lieu de quoi, il se jura que s'il s'agissait de sa peau contre la leur, il allait arroser cette petite bande à la grenade offensive, au gaz moutarde, à la mitrailleuse, s'il le fallait. Qu'on lui laisse seulement un trou de souris pour passer, il ferait un carnage. Il sentit ses abdominaux, ses pectoraux se durcir, ses lèvres se serrer...

C'est ça, pensa-t-il. Laissez-moi une chance sur dix mille, et vous êtes morts.

40

« Il est un peu souffrant », répondait Albert à tous ceux qui, au Lutetia, s'inquiétaient de n'avoir aucune nouvelle de Monsieur Eugène. Depuis deux jours, on ne le voyait plus, il n'appelait plus ; on s'était habitué aux pourboires exceptionnels, aussi, d'un coup, ne plus en recevoir provoquait des déceptions.

Albert refusa qu'on appelle le médecin de l'hôtel. Il vint tout de même, Albert entrouvrit la porte, il va mieux, merci, il se repose, et referma.

Édouard n'allait pas mieux, il ne se reposait pas, il vomissait tout ce qu'il avalait, sa gorge produisait un bruit de soufflet de forge et sa fièvre ne tombait pas. Il mettait beaucoup de temps à redescendre. Serait-il en mesure de voyager ? s'interrogeait Albert. Comment diable s'était-il procuré de l'héroïne ? Albert ne savait pas si c'était une grosse quantité, il n'y connaissait rien. Et si cela ne suffisait pas, si Édouard avait besoin de nouvelles doses pendant la traversée de plusieurs jours, qu'allaient-ils devenir ? Albert, n'ayant jamais pris le bateau, redoutait le mal de mer. S'il était dans l'impossibilité de s'occuper de son camarade, qui s'en chargerait ?

Lorsqu'il ne dormait pas ou ne vomissait pas à gorge déployée le peu qu'Albert parvenait à lui faire ingurgiter, Édouard demeurait les yeux au plafond, sans bouger ; il ne se levait que pour aller aux toilettes, Albert guettait. « Ne ferme pas la porte à clé, disait-il, s'il arrive quelque chose, que je puisse venir te porter secours. » Jusque dans les toilettes...

Il ne savait plus où donner de la tête.

Il consacra son dimanche entier à soigner son camarade. Édouard restait le plus souvent allongé, en nage, saisi de spasmes violents suivis de râles. Albert effectuait des allers-retours entre la chambre et la salle de bains avec des linges frais, commandait des laits-de-poule, des bouillons de viande, des jus de fruits. En fin de journée, Édouard réclama une dose d'héroïne.

« Pour m'aider », écrivit-il fébrilement.

Par faiblesse, parce que l'état de son camarade l'affolait, que l'échéance du départ le paniquait, Albert accepta, mais le regretta aussitôt : il n'avait pas la moindre idée de la manière de s'y prendre et, une fois de plus, il mettait le doigt dans un engrenage...

Malgré ses gestes, rendus approximatifs par l'excitation et une immense fatigue, on voyait qu'Édouard avait l'habitude ; Albert découvrait une nouvelle infidélité, il en fut blessé. Il joua néanmoins les assistants, tint la seringue, frotta la roulette sur la mèche d'amadou...

Cela ressemblait beaucoup à leurs débuts. La luxueuse suite du Lutetia n'avait rien à voir avec l'hôpital militaire où, deux ans plus tôt, Édouard avait failli mourir de septicémie en attendant d'être transféré dans un hôpital parisien, mais la proximité des deux hommes, les soins paternels que le premier administrait au second, la dépendance d'Édouard, son malheur profond, sa détresse qu'Albert, avec générosité, mauvaise conscience, maladresse, tentait d'endiguer, leur rappelaient, à l'un comme à l'autre, des souvenirs dont il était difficile de dire s'ils se révélaient réconfortants ou inquiétants. Cela ressemblait à une boucle qui se fermait, au retour au point de départ.

Immédiatement après l'injection, Édouard reçut une secousse, comme si quelqu'un lui avait brutalement tapé dans le dos en lui tirant la tête en arrière, par les cheveux... Elle ne dura que quelques instants ; il se coucha sur le côté, son bien-être retrouvé se lisait sur ses traits et il se coula dans une torpeur bienfaisante. Albert resta les bras ballants à le regarder dormir. Il sentait son pessimisme en passe de remporter la victoire. Outre qu'il n'avait jamais cru qu'ils réussiraient une double escroquerie à la banque et à la souscription, ni qu'en cas de succès ils arriveraient à quitter la France, il ne voyait plus comment il parviendrait, en charge d'un compagnon aussi mal en point, à prendre le train pour Marseille puis le bateau pour une traversée de plusieurs jours sans se faire remarquer. Et tout ça, sans compter avec Pauline qui lui posait toujours des problèmes redoutables : avouer ? s'enfuir ? la perdre ? La guerre avait été une terrible épreuve de solitude, mais ce n'était rien comparé à cette période de démobilisation qui prenait des allures de descente aux enfers ; à certains moments, il se sentait prêt à se constituer prisonnier pour en finir une fois pour toutes.

Néanmoins, et comme il fallait bien agir, profitant qu'Édouard dormait, en fin d'après-midi, Albert descendit à la réception et confirma que M. Larivière quitterait l'hôtel le 14 à midi.

— Comment ça, vous « confirmez » ?... demanda le concierge.

L'homme, grand, au visage sévère, avait fait la guerre et avait vu passer un éclat d'obus si près qu'il en avait perdu une oreille. À quelques centimètres près, il se serait offert la même tête qu'Édouard, mais lui avait eu plus de chance : il pouvait faire tenir sa branche droite de lunette sur le côté avec un ruban adhésif dont la couleur était joliment assortie à ses épaulettes qui masquaient la cicatrice du trou par lequel l'éclat lui était entré dans le crâne. Albert pensa à la rumeur selon laquelle des soldats continuaient de vivre avec un éclat d'obus dans le cerveau, éclat qu'on n'avait pu retirer, mais personne n'en avait jamais rencontré personnellement, de ces blessés-là. Peut-être le concierge était-il un de ces morts debout. Si c'était le cas, ça ne l'avait pas trop diminué ; il avait conservé intacte sa capacité à distinguer le grand monde du petit. Il fit une moue imperceptible. Albert, quoi qu'il dise, malgré son costume propre, ses chaussures cirées, avait des manières populaires, cela devait se reconnaître à ses gestes, à un certain accent peut-être, ou à cette déférence qu'il ne pouvait s'empêcher de manifester devant tous les hommes qui portaient un uniforme, fût-ce celui de concierge.

— Monsieur Eugène nous quitte donc ?

Albert confirma. Ainsi Édouard n'avait pas prévenu de son départ. Avait-il eu jamais l'intention de partir ?

« Mais si ! » écrivit Édouard, interrogé à son réveil. Il traçait des lettres tremblées, mais lisibles.

« Bien sûr, on part le 14 ! »

— Mais tu n'as rien de prêt…, insista Albert. Je veux dire, pas de valise, pas de vêtements…

Édouard se frappa le front, quel idiot je fais…

Avec Albert, il ne portait quasiment jamais de masque, cette odeur de gorge, d'estomac retourné, était parfois éprouvante.

Au fil des heures, Édouard allait de mieux en mieux. Il s'alimenta de nouveau, et s'il ne tenait pas longtemps sur ses jambes, le lundi, l'amélioration de son état parut réelle, globalement rassurante. Albert, en sortant, hésita à séquestrer le matériel, l'héroïne, le reste des ampoules de morphine, mais estima l'opération difficile ; d'abord, Édouard ne le laisserait pas faire, ensuite, il manquait de courage, le peu de forces dont il disposait, il les mettrait entièrement dans l'attente du départ, à compter les heures.

Puisque Édouard n'avait rien prévu, il alla lui acheter des vêtements au Bon Marché. Pour être certain de ne pas commettre de fautes de goût, il interrogea un vendeur, un homme d'une trentaine d'années qui le toisa des pieds à la tête. Albert voulait quelque chose de « très chic ».

— Quel genre de « chic » cherchons-nous ?

Le vendeur, apparemment très intéressé par la réponse, se penchait vers Albert et le fixait dans les yeux.

— Eh bien, balbutia Albert, chic, c'est-à-dire...

— Oui... ?

Albert cherchait... Il n'avait jamais pensé que « chic » pouvait s'entendre autrement que par « chic ». Il désigna sur sa droite un mannequin habillé de pied en cap, du chapeau aux chaussures, manteau compris.

— Ça, je trouve que c'est chic...

— Je comprends mieux, dit le vendeur.

Il décrocha l'ensemble avec précaution, l'étendit sur le comptoir et le contempla en prenant un petit mètre de recul, comme pour admirer une toile de maître.

— Monsieur a très bon goût.

Il recommanda d'autres cravates et chemises, Albert joua l'hésitant, accepta tout, puis il regarda avec soulagement le vendeur emballer la tenue complète.

— Il faudrait aussi... une seconde tenue, dit-il alors. Pour sur place...

— Sur place, très bien, répéta le vendeur en achevant de ficeler les paquets. Mais sur place, où cela ?

Albert ne voulait pas donner sa destination, pas question, au contraire, il fallait ruser.

— Les colonies, déclara-t-il.

— Bien...

Le vendeur sembla soudain très intéressé. Peut-être, lui aussi, avait-il eu naguère des envies, des projets.

— Et une tenue de quel genre, alors ?

L'idée qu'Albert avait des colonies était faite de bric et de broc, de cartes postales, de ouï-dire, d'images dans des magazines.

— Quelque chose qui aille bien là-bas...

Le vendeur plissa les lèvres d'un air entendu, je crois que nous avons ce qu'il vous faut, mais cette fois pas de mannequin avec la tenue complète pour se rendre compte de ce que ça donnait, ici la veste, tâtez-moi ce tissu, là le pantalon, rien de plus élégant mais aussi de plus fonctionnel, et bien sûr, le chapeau.

— Vous êtes certain ? hasarda Albert.

Le vendeur était formel : le chapeau fait l'homme. Albert, qui croyait que c'étaient les chaussures, acheta ce qu'on lui proposa. Le vendeur sourit largement, était-ce l'évocation des colonies, la vente de deux ensembles complets, mais il possédait quelque chose de curieusement carnassier – Albert avait vu cela chez certains responsables de la banque, il n'aima pas du tout, faillit le dire, mais pas de scandale ici, à deux pas de l'hôtel, on partait dans moins de deux jours, inutile de commettre la faute qui ruine tous les efforts.

Albert acheta aussi une malle en cuir fauve, deux valises neuves assorties, dont une servirait à transporter l'argent, un nouveau carton à chapeau pour sa tête de cheval, et il fit livrer le tout au Lutetia.

Il choisit enfin une jolie boîte, très féminine, dans laquelle il mit quarante mille francs. Avant de revenir veiller sur son camarade, il passa au bureau de poste de la rue de Sèvres, pour envoyer le tout à

Mme Belmont avec un petit mot précisant que cette somme était destinée à Louise, « pour quand elle serait grande », qu'Édouard et lui comptaient sur elle « afin de les placer au mieux en attendant que la petite soit en âge de les toucher ».

Lorsqu'ils furent livrés, Édouard regarda les vêtements, hocha la tête avec satisfaction, se fendit même d'un geste du pouce en l'air, bravo, parfait. C'est ça, pensa Albert, il s'en fout complètement. Et il alla retrouver Pauline.

Dans le taxi, il révisa son petit discours et arriva tout gonflé d'une bonne résolution, celle de lui expliquer la réalité des choses car cette fois, plus d'échappatoire, nous étions le 12 juillet, il partirait le 14 s'il était encore vivant, c'était maintenant ou jamais. Sa décision relevait de l'incantation parce que, au fond de lui-même, il se savait incapable d'un tel aveu.

Il avait réfléchi aux raisons qui l'avaient jusqu'à présent empêché de s'y résoudre. Toutes revenaient à une question de morale qu'il pressentait insurmontable.

Pauline était de condition modeste, pétrie de catéchisme, fille d'un manœuvre et d'une ouvrière, rien de plus sourcilleux sur la vertu et l'honnêteté que cette catégorie de pauvres.

Elle lui parut plus ravissante que jamais. Albert lui avait acheté un chapeau qui révélait toute la grâce de son visage si parfaitement triangulaire, son sourire lumineux et désarmant.

Sentant Albert gêné, plus silencieux ce soir-là encore qu'à l'accoutumée, toujours prêt à dire quelque chose que finalement il retenait, Pauline vivait un des moments les plus délicieux de sa relation avec lui. Elle n'en doutait pas, il voulait la demander en mariage et ne parvenait pas à se lancer. Albert n'est pas seulement timide, pensait-elle, il est aussi un peu peureux. Adorable, vraiment gentil, mais si vous ne lui tirez pas les vers du nez, vous pouvez attendre les choses jusqu'à la saint-glinglin.

Pour l'heure, elle se délectait de ses tergiversations, se sentait désirée, ne regrettait pas d'avoir cédé à ses avances, ni à ses propres envies. Elle jouait les distraites mais elle était persuadée que c'était du sérieux. Depuis plusieurs jours, voir Albert se contorsionner lui procurait un plaisir qu'elle faisait mine d'ignorer.

Encore ce soir-là (ils dînaient dans un petit restaurant de la rue du Commerce), cette manière qu'il avait eue de dire :

— En fait, vois-tu Pauline, je ne me plais pas trop à la banque, je me demande si je ne devrais pas essayer autre chose...

C'est vrai, pensa-t-elle, on n'envisage pas cela quand on a trois ou quatre enfants, c'est lorsqu'on est encore jeune homme qu'il faut entreprendre.

— Ah oui ? répondit-elle négligemment, l'œil sur le garçon qui apportait les entrées, quoi donc ?

— Eh bien... je ne sais pas, moi...

On aurait dit qu'il avait beaucoup pensé à la question mais jamais à la réponse.

— Une sorte de commerce, peut-être, risqua-t-il.

Pauline devint écarlate. Un commerce... Le sommet de la réussite. Pensez... « Pauline Maillard, frivolités et articles de Paris ».

— Peuh..., répondit-elle. Un commerce de quoi, d'abord ?

Ou même, sans aller si loin : « Maison Maillard. Épicerie, mercerie, vins et liqueurs ».

— Eh bien...

C'est souvent ainsi, songea Pauline, Albert suit son idée, mais son idée, elle, ne le suit pas...

— Peut-être pas un commerce vraiment... Une entreprise, plutôt.

Pour Pauline, qui ne comprenait que ce qu'elle voyait, le concept d'entreprise était beaucoup moins clair.

— Une entreprise de quoi ?

— J'avais pensé au bois exotique.

Pauline suspendit son geste, sa fourchette de poireaux vinaigrette se balança à quelques centimètres de ses lèvres.

— Ça sert à quoi ?

Albert passa aussitôt en rétropédalage :

— Ou peut-être la vanille, le café, le cacao, ce genre de choses...

Pauline approuva gravement, ce qu'elle faisait volontiers lorsqu'elle ne comprenait pas, mais « Pauline Maillard, vanille et cacao », non vraiment, elle ne voyait pas ce que ça pouvait donner. Ni qui ça pouvait intéresser.

Albert comprit qu'il n'avait pas pris la bonne voie.

— C'est juste une idée...

Ainsi, de fil en aiguille, se prenant les pieds dans ses propres raisonnements, il s'éloigna de son propos, renonça ; Pauline lui échappait, il s'en voulait terriblement, avait envie de se lever, de partir, de s'enterrer.

Bon Dieu, s'enterrer...

On en revenait toujours à ça.

41

Ce qui se produisit à partir du 13 juillet pourrait figurer au programme des écoles d'artificiers ou de démineurs comme un excellent exemple de situation explosive à allumage progressif.

Lorsque *Le Petit Journal* parut le matin, vers six heures et demie, ce n'était encore qu'un entrefilet prudent, quoique en première page. Le titre n'évoquait qu'une hypothèse, mais très prometteuse :

De faux monuments aux morts...
Allons-nous vers un scandale national ?

Trente lignes seulement, mais entre « La conférence de Spa se prolonge sans aboutir », le bilan de la guerre : « L'Europe a perdu 35 millions d'hommes » et le maigre « Programme des festivités du 14 Juillet », dont on rebattait les oreilles qu'il n'aurait rien à voir avec le 14 Juillet précédent qui resterait inégalé, forcément, l'information attira les regards.

Qu'annonçait l'article ? Rien. Ce fut sa force, l'imaginaire collectif eut tout le loisir de s'y engouffrer. On ignorait tout, mais on s'était laissé dire que

« peut-être » des communes « auraient » commandé des monuments aux morts à une société « dont on pourrait craindre » qu'elle ne fût une « société de paille ». Impossible de se montrer plus circonspect.

Henri d'Aulnay-Pradelle fut dans les premiers à le lire. Il descendait de taxi et, en attendant l'ouverture de l'imprimerie (il n'était pas sept heures du matin), il acheta *Le Petit Journal*, tomba sur l'entrefilet, de rage faillit jeter le quotidien dans le caniveau, mais se reprit. Il lut, relut, pesa chaque mot. Il lui restait encore un peu de temps, cela le rassura. Mais pas beaucoup, ce qui décupla sa rage.

L'ouvrier en blouse déverrouillait la porte de l'imprimerie, Henri était déjà sur ses talons, bonjour, il tendit le catalogue du Souvenir Patriotique, vous avez imprimé ça, qui sont vos clients, mais ce n'était pas le patron.

— Tenez, il arrive, le voilà.

Un homme dans la trentaine, portant sa gamelle, le type de l'ancien contremaître qui a épousé la patronne, tenait *Le Petit Journal* roulé à la main, mais, une chance, ne l'avait pas encore ouvert. Henri impressionnait ces hommes-là parce que tout chez lui respirait « le Monsieur », le genre de client qui ne regarde pas au prix, exigeant et riche. Aussi, lorsque Henri demanda s'il pouvait s'entretenir avec lui, mais comment donc, répondit l'ancien ouvrier, et tandis que les typographes, imprimeurs, compositeurs entamaient leur journée, il désigna la porte vitrée du bureau où il recevait les clients.

Les ouvriers reluquaient discrètement, Henri se tourna pour n'être pas vu, sortit d'emblée deux cents francs et les posa sur la table.

Les ouvriers ne voyaient que le dos du client, lequel avait des gestes calmes, il repartit d'ailleurs bientôt, l'entretien n'avait pas duré, c'était mauvais signe, il n'avait pas passé commande. Et pourtant le patron vint les rejoindre avec un air de satisfaction d'autant plus surprenant qu'il n'aimait pas rater une affaire. Il avait reçu quatre cents francs, il n'en revenait pas, juste pour expliquer au monsieur qu'il ne connaissait pas le nom de son client, un homme de taille moyenne, nerveux, inquiet aurait-on dit, agité, qui avait payé en monnaie sonnante et trébuchante la moitié à la commande, le reste la veille de la livraison, mais on ne savait pas où était allée la marchandise parce qu'un commissionnaire était venu chercher les paquets ; il tirait une charrette avec un seul bras, un sacré gaillard.

— Il est de par ici.

Voilà tout ce qu'Henri avait obtenu. On ne le connaissait pas personnellement, ce commissionnaire à la charrette, mais on l'avait déjà vu ; un bras unique aujourd'hui n'avait rien d'exceptionnel mais faisant métier de tirer une charrette, c'était plus rare.

— Peut-être pas d'ici vraiment, avait dit l'imprimeur, je veux dire, il n'est pas du quartier, mais il doit être des environs...

Il était sept heures et quart.

Dans le hall, essoufflé, exsangue, près de l'apoplexie, Labourdin se planta devant M. Péricourt.

— Président, président (sans même dire bonjour),
sachez que je n'y suis absolument pour rien !

Il tendit *Le Petit Journal* comme s'il était enflammé.

— Quelle catastrophe, président ! Mais je vous
donne ma parole...

Comme si sa parole avait jamais compté pour
quelque chose.

Il était proche des larmes.

M. Péricourt saisit le journal et alla s'enfermer
dans son bureau. Labourdin resta dans le hall, incertain de la conduite à tenir, devait-il partir, y avait-il
quelque chose à faire ? Mais il se souvint que le
président lui disait souvent : « Ne prenez jamais
d'initiative personnelle, Labourdin, attendez toujours
qu'on vous dise... »

Il décida d'attendre les ordres, s'installa dans le
salon, la bonne apparut, celle dont il avait, quelque
temps plus tôt, pincé les tétons, la petite brune, bien
excitante. Elle se tint à distance pour lui demander
s'il désirait quelque chose.

— Du café, dit-il de guerre lasse.

Labourdin n'avait le cœur à rien.

M. Péricourt relut l'article, le scandale éclaterait
ce soir, demain. Il abandonna le journal sur son
bureau, sans colère, trop tard. On aurait juré qu'il
perdait un centimètre à chaque mauvaise nouvelle,
ses épaules tombaient, son échine ployait, il rapetissait.

En s'asseyant à son bureau, il vit le journal à l'envers. L'étincelle provoquée par cet article serait suffisante pour allumer la mèche, songea-t-il.

Avec raison d'ailleurs : dès qu'ils eurent connaissance de l'entrefilet de leur confrère du *Petit Journal*, les reporters du *Gaulois*, de *L'Intransigeant*, du *Temps*, de *L'Écho de Paris* s'étaient précipités, on avait commandé des taxis, appelé des contacts. L'administration, interrogée, demeura muette, signe qu'il y avait anguille sous roche. Tout le monde resta sur le pied de guerre, certain que lorsque l'incendie se déclarerait, la prime reviendrait à ceux qui se trouveraient aux avant-postes.

La veille, lorsqu'il avait ouvert la luxueuse boîte du Bon Marché, écarté le papier de soie et découvert l'ensemble ahurissant qu'Albert avait acheté pour lui, Édouard avait poussé un cri de joie. Dès le premier coup d'œil, il avait adoré. Il y avait un pantalon court kaki descendant aux genoux, une chemise beige, une ceinture avec des franges comme on en voyait aux vestes de cow-boys sur les illustrations, de grandes chaussettes montantes couleur ivoire, une veste marron clair, des chaussures de brousse et un chapeau à bords démesurés, censé protéger d'un soleil dont il y avait beaucoup à craindre. Le tout avec des poches partout, c'en était affolant. Une tenue de safari pour bal masqué ! Il ne manquait que la cartouchière et le fusil d'un mètre quarante pour faire de lui un Tartarin plus vrai que

nature. Il l'avait enfilé aussitôt et avait rugi de bonheur en s'admirant dans la glace.

C'est dans cette tenue invraisemblable que le
personnel du Lutétia le vit lorsqu'on lui livra sa
commande : un citron, du champagne et du bouillon
de légumes.

Il le portait encore lorsqu'il se fit une injection
de morphine. Il ne connaissait pas l'effet de la succession morphine-héroïne-morphine, peut-être catas-
trophique, allez savoir, mais dans l'immédiat, il en
ressentit un mieux-être, une détente, un calme.

Il se tourna vers la malle de voyage, le modèle
globe-trotter, puis alla ouvrir la fenêtre en grand. Il
nourrissait une passion spéciale pour le ciel d'Île-
de-France qui, à son avis, ne devait pas avoir beaucoup d'équivalents. Il avait toujours aimé Paris, il
ne l'avait quittée que pour partir à la guerre et n'avait
jamais envisagé de vivre ailleurs. Même aujourd'hui,
c'était curieux. L'effet des drogues, sans doute : rien
n'est tout à fait réel ni tout à fait certain. Ce que
vous voyez n'est pas exactement la réalité, vos pensées sont volatiles, vos projets ressemblent à des
mirages, vous habitez dans un rêve, dans une histoire
qui n'est pas tout à fait la vôtre.

Et demain n'existe pas.

Albert, qui pourtant, ces jours-ci, n'avait pas trop
la tête à ça, en fut tout émerveillé. Imaginez : Pauline assise dans le lit, son ventre plat conduisant à
un nombril délicieusement ourlé, ses seins parfaitement ronds, blancs comme de la neige, avec des

aréoles d'un rose délicat à pleurer, et la petite croix dorée qui cherche sa place, toute dérangée… Spectacle d'autant plus émouvant qu'elle n'y prêtait pas attention, distraite, les cheveux encore en broussaille, parce que tout à l'heure elle avait sauté sur Albert dans le lit. « C'est la guerre ! » avait-elle lancé en riant, elle l'avait attaqué de front, courageuse comme personne, elle avait eu facilement le dessus et il ne lui avait pas fallu beaucoup de temps pour qu'il rende les armes, vaincu, heureux de sa défaite.

Ils n'avaient jamais eu beaucoup de jours comme celui-là pour traîner au lit. Ce n'était arrivé que deux ou trois fois. Pauline, chez les Péricourt, travaillait souvent à des horaires impossibles, mais pas cette fois. Albert, lui, était officiellement « en congé ». « Pour le 14 Juillet, avait-il expliqué, la banque offre un jour de relâche. » Si Pauline n'avait pas été employée toute sa vie comme bonne à tout faire, elle se serait étonnée de voir une banque offrir quoi que ce soit, elle trouva le geste chevaleresque de la part d'un employeur.

Albert était descendu chercher des pains au lait, le journal ; les propriétaires autorisaient un réchaud « uniquement pour les boissons chaudes », on avait le droit de faire du café.

Pauline, nue comme un ver, scintillante des efforts de guerre qu'elle avait déployés, buvait son café et détaillait les festivités du lendemain. Elle avait froissé le journal pour lire le programme.

— « Pavoisement et illumination des principaux monuments et édifices publics. » Ça va être joli, ça…

Albert achevait de se raser ; Pauline aimait les hommes à moustache – à cette époque, il n'y avait que cela – mais détestait les joues rugueuses. Ça râpe, disait-elle.

— Il faudra partir de bonne heure, dit-elle, penchée sur le journal. La revue commence à huit heures, et Vincennes, ce n'est pas la porte à côté...

Dans la glace, Albert observait Pauline, belle comme l'amour et d'une jeunesse éhontée. Nous irons au défilé, pensa-t-il, elle partira à son travail et ensuite je la quitterai pour toujours.

— Des salves d'artillerie seront tirées aux Invalides et au mont Valérien ! ajouta-t-elle en avalant une gorgée de café.

Elle chercherait Albert, viendrait ici, interrogerait, non, personne n'avait vu M. Maillard ; jamais elle ne comprendrait, elle aurait une peine terrible, inventerait toutes sortes de raisons à cette disparition soudaine, se refuserait à imaginer qu'Albert ait pu lui mentir, non, impossible, l'issue devait être plus romantique, il aurait été victime d'un enlèvement ou il aurait été tué quelque part, son corps, jamais retrouvé, jeté dans la Seine certainement ; Pauline serait inconsolable.

— Oh, dit-elle, c'est bien ma veine... « Représentations gratuites à treize heures dans les théâtres ci-après : Opéra, Comédie-Française, Opéra-Comique, Odéon, théâtre de la Porte-Saint-Martin... » Treize heures, c'est juste l'heure où je reprends mon service.

Albert aimait cette fiction où il s'évanouissait de manière mystérieuse, elle lui conférait un rôle muet et romantique au lieu de la réalité, si immorale.

— « Et bal, place de la Nation » ! Je finis mon service à vingt-deux heures trente, tu parles, le temps de nous y rendre, ce sera presque terminé...

C'était dit sans regret. La voyant assise dans le lit en train de dévorer ses petits pains, Albert s'interrogea : était-elle une femme à devenir inconsolable ? Non, il suffisait de voir ses seins magnifiques, sa bouche gourmande, cette promesse incarnée... Cela le rassura de penser qu'il lui ferait du mal, mais pas longtemps, et il s'absorba un moment dans cette idée : il était un homme dont on se console.

— Mon Dieu, dit soudain Pauline, comme c'est méchant !... Comme c'est mal !...

Albert tourna la tête et se coupa au menton.

— Quoi ? interrogea-t-il.

Déjà il cherchait la serviette, les coupures à cet endroit-là, c'est fou ce que ça peut saigner. Avait-il de la pierre d'alun, au moins ?

— Te rends-tu compte ? continua Pauline. Des gens ont vendu des monuments aux morts... (elle leva la tête, elle n'y croyait pas), des « faux » monuments !

— Quoi, quoi ? demanda Albert en se retournant vers le lit.

— Oui, des monuments qui n'existent pas ! reprit Pauline penchée sur le journal. Mais attention, mon ange, tu saignes, tu en mets partout !

— Fais voir, fais voir ! criait Albert.

— Mais, poussin...

Elle lui abandonna le journal, tout émue de la réaction de son Albert. Elle comprenait. Il avait fait la guerre, il avait perdu des camarades, alors,

découvrir que des gens se livraient à une escroquerie comme celle-là, ça le révoltait, mais enfin, à ce
point ! Elle essuya son menton qui saignait tandis
qu'il lisait et relisait le court article.

— Reprends-toi, poussin, allons ! On n'a pas idée
de se mettre dans des états pareils !

Henri passa la journée à sillonner l'arrondissement.
On lui avait signalé un commissionnaire demeurant
rue Lamarck, au 16 ou au 13, on ne savait pas, mais
personne, ni au 13 ni au 16. Henri prenait des taxis.
Quelqu'un d'autre pensait que peut-être, un type
avec une charrette assurait des transports, en haut
de la rue Caulaincourt, mais c'était un ancien établissement, aujourd'hui fermé.

Henri entra dans le café à l'angle de la rue. Il
était dix heures du matin. Un type qui tire une charrette avec un seul bras ? Un livreur, vous dites ?
Non, ça ne disait rien à personne. Il poursuivit en
descendant la rue côté pair, il remonterait côté impair
s'il le fallait, puis sillonnerait toutes les rues de l'arrondissement, mais il le trouverait.

— Avec un seul bras, tout de même, ça doit pas
être facile, vous êtes sûr ?

Vers onze heures, Henri s'engagea dans la rue
Damrémont où on lui avait assuré que le bougnat,
à l'angle de la rue Ordener, possédait une charrette.
Quant à savoir s'il n'avait qu'un bras, personne ne
pouvait l'affirmer. Il lui fallut plus d'une heure pour
arpenter toute la rue quand, au coin du cimetière
du Nord, un ouvrier lui déclara, sûr de lui :

— Mais bien sûr qu'on le connaît ! C'est même un drôle de particulier ! Il habite rue Duhesme, au 44. Je le sais, il est voisin d'un cousin à moi.

Mais il n'existait pas de 44 dans la rue Duhesme, c'était un chantier de construction et personne pour lui dire où demeurait maintenant cet homme qui d'ailleurs disposait encore de ses deux bras.

Albert s'engouffra dans la suite d'Édouard comme un courant d'air.

— Vois, vois, lis ! hurlait-il en brandissant le journal froissé sous les yeux d'un Édouard peinant à se réveiller.

À onze heures du matin ! pensa-t-il. Il comprit que l'heure n'avait pas grand-chose à voir avec la somnolence en découvrant, sur la table de nuit, la seringue et l'ampoule vide. Depuis près de deux ans qu'il pratiquait son camarade, Albert disposait d'une bonne expérience lui permettant, au premier coup d'œil, de différencier la prise légère de celle qui allait faire des dégâts. Il s'aperçut, à la manière dont Édouard s'ébrouait, qu'il s'agissait cette fois d'une dose de confort, celle qui permet de neutraliser les effets les plus dévastateurs du manque. Il n'empêche, combien y avait-il eu de doses, d'injections, après la prise massive qui leur avait tant fait peur, à Louise et à lui ?

— Ça va ? demanda-t-il, inquiet.

Pourquoi portait-il l'ensemble acheté au Bon Marché, une tenue destinée aux colonies ? À Paris, elle n'allait pas du tout, c'était même assez ridicule.

Albert ne posa pas de questions. L'actualité, l'urgence, c'était le journal.

— Lis !

Édouard se redressa, lut, s'éveilla tout à fait, puis jeta le journal en l'air en hurlant « Rrââââhhh ! », ce qui, chez lui, était un signe de jubilation.

— Mais, balbutia Albert, tu ne te rends pas compte ! Ils savent tout, ils vont nous trouver maintenant !

Édouard, bondissant du lit, saisit sur la grande table ronde la bouteille de champagne qui reposait dans son seau à glace et s'en versa une quantité phénoménale dans la gorge, le bruit que ça faisait ! Il se mit à tousser violemment en se tenant le ventre, mais continuait de danser et de hurler, rrââââhhh !

Comme dans certains couples, parfois les rôles s'inversaient. Édouard, découvrant le désarroi de son camarade, attrapa le grand bloc de conversation et écrivit :

« T'inquiète pas ! ON PART ! »

Il n'a vraiment aucun sens des responsabilités, pensa Albert. Il brandit le journal.

— Mais lis, bon Dieu !

À ces mots, Édouard se signa fiévreusement à plusieurs reprises, il adorait cette blague. Puis il reprit son crayon :

« Ils ne savent RIEN ! »

Albert hésita mais il fut obligé de le reconnaître : l'article était très vague.

— C'est possible, admit-il, mais le temps joue contre nous !

575

Avant la guerre, il avait vu cela à la Cipale : des cyclistes qui se poursuivaient, on ne savait plus lequel courait après l'autre, ça électrisait le public. Aujourd'hui, Édouard et lui devaient courir le plus vite possible avant que la mâchoire du loup leur attrape l'échine.

— Il faut partir, on attend quoi ?

Des semaines qu'il le disait. Pourquoi attendre ? Édouard avait atteint son million, alors quoi ?

« On attend le bateau », écrivit ce dernier.

C'était une évidence, et pourtant Albert n'y avait pas pensé : quand bien même ils seraient partis immédiatement pour Marseille, le bateau n'appareillerait pas pour autant deux jours plus tôt.

— Changeons les billets, déclara Albert, allons ailleurs !

« Pour se faire remarquer… », nota Édouard.

C'était elliptique, mais évident. À un moment où la police serait à leur recherche et où les journaux se gorgeraient de cette affaire, Albert pouvait-il, sans risque, dire à l'employé de la Compagnie maritime : « Je devais partir pour Tripoli, mais si vous avez un départ pour Conakry un peu plus tôt, ça me va, tenez, je paie la différence en liquide » ?

Sans compter Pauline…

Il blêmit soudain.

Et s'il lui avouait la vérité et que, scandalisée, elle allait le dénoncer ? « Comme c'est mal ! avait-elle dit. Comme c'est méchant ! »

La suite du Lutetia devint d'un coup silencieuse. De toutes parts, Albert se sentait piégé.

Édouard lui prit l'épaule affectueusement, le serra contre lui.

Pauvre Albert, semblait-il dire.

Le patron de l'imprimerie de la rue des Abbesses avait profité de la pause du midi pour ouvrir le journal. Tandis qu'il fumait sa première cigarette et que sa gamelle réchauffait, il lut l'entrefilet. Et il s'affola.

Ce monsieur arrivé dès l'aurore et maintenant, le journal, bon Dieu de bois, la réputation de son établissement avait tout à perdre dans cette histoire, puisque c'était lui qui avait imprimé ce catalogue... On allait l'assimiler à ces bandits, on le déclarerait complice. Il écrasa sa cigarette, éteignit son réchaud, enfila sa veste, appela son premier commis, il devait s'absenter et comme le lendemain était férié, à jeudi.

Henri, lui, sautait toujours d'un taxi à l'autre, infatigable, colérique, ombrageux, posant ses questions de plus en plus abruptement, obtenant de moins en moins de réponses. Alors il se fit plus doucereux, effort immense. Il sillonna la rue du Poteau vers quatorze heures, puis retour rue Lamarck, avant les rues d'Orsel, Letort, il distribuait des pourboires, dix francs, vingt francs, rue du Mont-Cenis, trente francs à une femme péremptoire qui lui dit que celui qu'il cherchait s'appelait M. Pajol et demeurait rue Coysevox. Henri fit chou blanc, il était quinze heures trente.

Pendant ce temps, l'article du *Petit Journal* avait entamé son lent travail de sape. On s'était téléphoné ici et là, as-tu le journal ? En début d'après-midi, quelques lecteurs de province commencèrent à appeler les rédactions, expliquèrent qu'ils avaient souscrit pour un monument, se demandant si ce n'était pas d'eux qu'on parlait, puisqu'il était question de victimes.

Au *Petit Journal*, on afficha une carte de France, on piqua des épingles de couleur sur les villes et les villages d'où provenaient les appels, c'était d'Alsace, de Bourgogne, de Bretagne, de Franche-Comté, de Saint-Vizier-de-Pierlat, de Villefranche, de Pontiers-sur-Garonne, et même d'un lycée d'Orléans…

À dix-sept heures, on obtint enfin d'une mairie (jusqu'alors aucune n'avait voulu répondre ; à l'image de Labourdin, les édiles claquaient des dents) le nom et l'adresse du Souvenir Patriotique, ainsi que celle de l'imprimerie.

On se planta avec stupéfaction devant le 52, rue du Louvre, pas d'entreprise ; on courut rue des Abbesses. À dix-huit heures trente, le premier reporter qui arriva trouva porte close.

À la parution des quotidiens de fin de journée, on ne disposait pas de beaucoup plus d'éléments, mais ce qu'on savait paraissait suffisant pour se montrer plus affirmatif que le matin.

On affichait des certitudes :

DES MERCANTIS ONT VENDU
DE FAUX MONUMENTS AUX MORTS
On ignore l'importance de l'escroquerie

Encore quelques heures à travailler, appeler, répondre, interroger, et les journaux de la soirée purent se montrer franchement catégoriques :

MONUMENTS : LA MÉMOIRE BAFOUÉE
DE NOS HÉROS !
Des milliers de souscripteurs anonymes grugés
par des profiteurs sans scrupules

SCANDALEUSE VENTE
DE FAUX MONUMENTS AUX MORTS
Combien de victimes ?

HONTE AUX VOLEURS DE MÉMOIRE !
Des escrocs très organisés ont vendu par centaines
des monuments aux morts totalement imaginaires

SCANDALE DES MONUMENTS AUX MORTS :
ON ATTEND LES EXPLICATIONS DU GOUVERNEMENT !

Le garçon d'étage qui monta les journaux que Monsieur Eugène avait commandés le trouva en grande tenue coloniale. Avec des plumes.

— Comment ça, avec des plumes ? lui demanda-t-on dès sa sortie de l'ascenseur.

— Eh bien, oui, expliqua le jeune homme lentement pour faire durer le suspense. Avec des plumes !

Il tenait dans sa main les cinquante francs que lui avait valus sa course, tout le monde n'avait d'yeux que pour ce billet, mais cette histoire de plumes, tout de même, on voulait savoir.

— Comme des ailes d'ange, dans le dos. Deux grandes plumes, vertes. Très grandes.

On avait beau essayer d'imaginer, c'était difficile.

— Pour moi, ajouta le garçon, elles viennent de plumeaux démontés, et on aura collé les plumes ensemble.

Si on enviait le jeune homme, ce n'était pas seulement à cause de cette histoire de plumes, mais aussi parce qu'il avait récolté cinquante francs alors que la rumeur du départ de Monsieur Eugène, le lendemain midi, commençait à se répandre comme une traînée de poudre ; chacun imaginait ce qu'il allait y perdre, un client comme ça, on en rencontre un seul dans sa carrière, et encore ! Chacun, chacune calculait mentalement ce qu'avait gagné tel ou telle collègue, on aurait dû faire caisse commune, râlait-on. On lisait des regrets dans les regards, des rancunes… Combien de commandes Monsieur Eugène passerait-il avant de disparaître pour on ne sait où ? Et qui le servirait ?

Édouard dévora les journaux avec passion. Nous sommes de nouveau des héros ! se répétait-il.

Albert devait être en train d'en faire autant mais en pensant autrement.

Les journaux connaissaient maintenant le Souvenir Patriotique. Ils avaient beau s'offusquer, ils saluaient l'astuce, l'audace (« des escrocs hors du commun »), même s'ils l'exprimaient en se scandalisant. Restait à dresser l'inventaire de l'escroquerie. Pour cela, il aurait fallu remonter à la banque, mais qui aurait-on trouvé un 14 Juillet, pour faire ouvrir les administrations et consulter les registres ? Personne. La police serait prête à bondir le 15, dès l'aurore. Albert et lui seraient loin.

Loin, se répéta Édouard. Et avant que les journaux et la police remontent à Eugène Larivière et Louis Évrard, deux soldats disparus en 1918…, on a le temps de visiter tout le Moyen-Orient.

Les feuilles des quotidiens tapissaient le plancher, comme autrefois les pages des catalogues frais imprimés du Souvenir Patriotique.

Édouard, d'un coup, se sentit las. Il avait chaud. De soudaines bouffées le saisissaient fréquemment après une injection, au moment de reprendre pied sur terre.

Il retira sa veste coloniale. Les deux ailes d'ange se détachèrent et tombèrent au sol.

Le commissionnaire se faisait appeler Coco. Pour pallier l'absence de son bras, perdu à Verdun, il s'était fabriqué un harnais spécial qui passait devant sa poitrine et encerclait ses épaules, relié à une barre en bois ajoutée à l'avant de sa charrette. Beaucoup d'estropiés, surtout ceux qui n'avaient que les moyens alloués par l'État, étaient devenus des prodiges d'inventivité ; on voyait des petites voitures de cul-de-jatte très astucieuses, des dispositifs maison en bois, en fer, en cuir pour remplacer des mains, des pieds, des jambes, le pays disposait de démobilisés très créatifs, c'était dommage que la plupart soient sans travail.

Donc ce Coco, que son harnais contraignait à tirer la charrette tête basse et le corps légèrement de biais, ce qui accentuait encore sa ressemblance avec un cheval de trait ou un bœuf au labour, Henri le trouva à l'angle des rues Carpeaux et Marcadet. Épuisé par sa journée à courir les rues, à sillonner l'arrondissement dans tous les sens, Pradelle avait dépensé une fortune pour des tuyaux percés. Dès qu'il découvrit Coco, il comprit qu'il touchait le gros lot ; il s'était rarement senti aussi invincible.

La meute (Henri avait lu les journaux du soir) allait s'organiser autour de cette affaire de monuments qui tenait à cœur au vieux Péricourt, mais lui possédait une avance suffisante pour damer le pion à tout le monde et rapporter au vieux crabe suffisamment de renseignements pour qu'il se fende de l'appel promis au ministre qui, en quelques minutes, effacerait l'intégralité de son ardoise.

Henri allait redevenir blanc comme neige, bénéficier d'une nouvelle virginité, profiter d'un nouveau départ, sans compter ce qu'il avait déjà gagné, la Sallevière en voie de reconstruction complète et un compte en banque continuant à jouer les pompes aspirantes avec les fonds de l'État. Il s'était investi sans ménagement dans cette histoire ; aussi, maintenant qu'il tenait le bon bout, allait-on voir qui était vraiment Henri d'Aulnay-Pradelle.

Henri mit la main à la poche où il serrait ses billets de cinquante francs, mais, en voyant Coco relever la tête, il passa à l'autre poche, celle des billets de vingt et de la monnaie, parce que, avec quelques pièces, il obtiendrait le même résultat. Il enfonça la main droite dans son pantalon et fit sonner sa mitraille. Il posa sa question, ce lot de catalogues d'imprimerie que vous avez chargé rue des Abbesses, ah oui, fit Coco, où l'avez-vous déchargé ? Quatre francs. Henri lâcha quatre francs dans la main du commissionnaire qui se confondit en remerciements.

Pas de quoi, songea Henri, déjà dans le taxi en direction de l'impasse Pers.

La grande maison, avec sur le côté la barrière en bois que Coco avait décrite, apparut. Il avait fallu approcher la charrette jusqu'au bas des marches, vous parlez si je m'en souviens, j'étais venu apporter une banquette, une fois, comment ils appelaient ça déjà… Enfin, une banquette, quoi, il y a longtemps, des mois et des mois, mais ce jour-là, il y avait quelqu'un pour me donner la main, tandis qu'avec leurs catalogues de… je ne sais quoi. Coco ne savait pas bien lire, c'est pour cela qu'il tirait une charrette.

Henri dit au taxi, attendez-moi là, donne un billet de dix francs, le chauffeur est content, le temps que vous voudrez, mon prince.

Il ouvre la barrière, traverse la cour ; le voici en bas des marches, il regarde vers le haut de l'escalier, personne alentour ; il se risque, monte, méfiant, prêt à tout, ah ! comme il aimerait avoir une grenade à cet instant, mais ce n'est pas la peine ; il pousse la porte, l'appartement est inoccupé. Déserté, plutôt. Cela se voit à la poussière, à la vaisselle, aucun désordre, mais le vide particulier des meublés sans occupant.

Soudain, du bruit derrière lui, il se retourne, court à la porte. Des claquements secs, plac, plac, plac, ceux d'une petite fille qui dévale l'escalier, se sauve, il ne voit que son dos, quel âge a-t-elle, Henri ne sait pas évaluer, lui, les enfants…

Il retourne l'appartement de fond en comble, fout tout par terre, rien, aucun papier, mais un exemplaire du catalogue du Souvenir Patriotique servant à caler l'armoire !

Henri sourit. Son amnistie approche à grands pas.

Il descend quatre à quatre, fait le tour par la barrière, puis remonte la rue, sonne à la maison, une fois, deux fois, froisse les pages entre ses mains, devient nerveux, très nerveux, mais enfin la porte s'ouvre sur une femme sans âge, triste comme le canal, sans voix. Henri montre le catalogue, désigne la bâtisse au fond de la cour, les occupants, dit-il, je les cherche. Il sort de l'argent. On n'est pas devant Coco, cette fois-ci, il prend un billet de cinquante, par intuition. La femme le fixe et ne tend même pas la main ; à se demander si elle comprend, mais Henri en est certain, elle saisit. Il répète la question.

Et à nouveau, discrets, des petits bruits, plac plac plac. Là-bas, sur sa droite, la fillette file au bout de la rue en courant.

Henri sourit à la femme sans âge, sans voix, sans regard, un ectoplasme, merci, ça va aller, rempoche son billet, on a suffisamment dépensé pour aujourd'hui, il remonte dans le taxi, et maintenant, mon prince, on va où ?

À cent mètres de là, dans la rue Ramey, il y a des fiacres, des taxis. On voit que la petite a l'habitude, elle dit un mot au chauffeur, montre son argent, une enfant comme ça qui commande une voiture, forcément, vous vous posez des questions, mais pas

584

longtemps, elle a des sous, une course est une course, allez monte, ma petite, elle grimpe, le taxi démarre.

Rue Caulaincourt, place de Clichy, Saint-Lazare, on contourne la Madeleine. Tout est décoré pour le 14 Juillet. En sa qualité de héros national, Henri apprécie. Sur le pont de la Concorde, il pense aux Invalides tout proches d'où, demain, on tirera le canon. Pour autant, ne pas perdre de l'œil le taxi de la petite qui aborde le boulevard Saint-Germain puis remonte la rue des Saints-Pères. Henri s'applaudit mentalement, la gosse s'engouffre, je vous le donne en mille, au Lutetia.

Merci mon prince. Henri a laissé au taxi deux fois ce qu'il a accordé à Coco, quand on est heureux, on ne compte pas.

La fillette, ici, a ses habitudes, pas la moindre hésitation, le temps de payer la course, elle jaillit sur le trottoir, le chasseur la salue de la tête, Henri reste une seconde à réfléchir.

Deux solutions.

Attendre la petite, la cueillir à la sortie, la plier en quatre dans sa poche, l'étriper sous la première porte cochère, apprendre ce qu'il veut savoir et balancer ses restes à la Seine. La chair fraîche, les poissons vont adorer.

Autre option : entrer dans la place, se renseigner.

Il entre.

— Monsieur… ? demande le concierge.

— D'Aulnay-Pradelle (il tend une carte de visite), je n'ai pas réservé…

Le concierge saisit la carte. Henri écarte les mains d'un air impuissant et désolé, mais aussi complice, celui de l'individu qu'on va tirer d'embarras, du genre d'homme qui sait se montrer reconnaissant et, par avance, le fait savoir. Pour le concierge, seuls les bons clients ont cette attitude si fine, si... Entendez, les clients riches. Vous êtes au Lutetia.

— Je ne pense pas qu'il y ait de difficulté, monsieur... (il regarde la carte) d'Aulnay-Pradelle. Voyons... Une chambre ou une suite ?

Entre aristocrate et larbin existe toujours un terrain d'entente.

— Une suite, dit Henri.

Tellement évident. Le concierge roucoule, mais silencieusement, il connaît son métier, il empoche les cinquante francs.

42

Le lendemain matin, dès sept heures, un monde fou s'entassait dans le métro, dans les tramways et les bus qui menaient du côté de Vincennes. Tout le long de l'avenue Daumesnil, des files entières de véhicules se pressaient, taxis, fiacres, chars à bancs, les cyclistes zigzaguaient, les piétons accéléraient le pas. Albert et Pauline, sans s'en rendre compte, offraient un curieux spectacle. Lui marchait le regard rivé au sol, on aurait dit un obstiné, quelqu'un de mécontent ou de soucieux, tandis qu'elle, les yeux au ciel, ne cessait de détailler, tout en avançant, le dirigeable captif qui se balançait lentement au-dessus du champ de manœuvres.

— Dépêche-toi, chou ! râlait-elle gentiment. Nous allons manquer le début !

Mais c'était dit sans intention, juste pour parler. Tout de même, les tribunes avaient été prises d'assaut.

— À quelle heure sont-ils donc arrivés, ces animaux-là ? s'exclama Pauline, admirative.

On voyait déjà, alignées en bon ordre, immobiles et frissonnantes, comme impatientes, les troupes spéciales et celles des Écoles, les troupes coloniales et, derrière, l'artillerie et la cavalerie. Comme il n'y avait plus de places qu'assez loin, des camelots astucieux cédaient des caisses en bois pour surélever les retardataires, les prix allaient de un à deux francs ; Pauline en négocia deux pour un franc cinquante.

Le soleil donnait déjà sur Vincennes. Les couleurs des toilettes des femmes et des uniformes tranchaient sur les redingotes noires et les hauts-de-forme des officiels. Sans doute l'effet habituel de l'imagination populaire, mais on trouva les élites bien préoccupées. Peut-être l'étaient-elles, certaines en tout cas, car toutes avaient lu *Le Gaulois* et *Le Petit Journal* aux premières heures ; cette affaire de monuments aux morts remuait tout le monde. Qu'elle éclate précisément le jour de la fête nationale ne semblait pas le fruit du hasard, c'était un signe, comme un défi. « La France injuriée ! » titraient les uns. « Nos Glorieux Morts insultés ! » enchérissaient les autres à grand renfort de majuscules. Car c'était désormais certain : une société, honteusement appelée le Souvenir Patriotique, avait vendu des centaines de monuments avant de s'évaporer avec la caisse ; on parlait d'un million de francs, voire deux, personne n'était capable d'évaluer les dégâts. La rumeur s'emparait du scandale, en attendant le défilé on échangeait des informations venues d'on ne savait où : c'était, à n'en pas douter, « encore un coup des Boches ! ». Non, prétendaient d'autres qui n'en savaient pas plus, mais les escrocs étaient partis avec plus de dix millions, c'était certain.

— Dix millions, te rends-tu compte ? demanda Pauline à Albert.

— À mon avis, c'est très exagéré, répondit-il d'une voix basse qu'elle n'entendit presque pas.

On réclamait déjà des têtes, l'habitude en France, mais aussi parce que le gouvernement « était mouillé ». *L'Humanité* l'expliquait fort bien : « L'érection de ces monuments aux morts réclamant presque toujours la participation de l'État sous la forme d'une subvention, d'ailleurs odieusement modeste, qui croira que personne en haut lieu n'était au courant ? »

— En tout cas, assurait un homme derrière Pauline, il faut des sacrés professionnels pour faire un coup pareil.

À tous, l'extorsion de fonds semblait indigne, mais personne ne pouvait s'empêcher d'éprouver une certaine admiration, quel culot !

— C'est vrai, disait Pauline, ils sont forts quand même, il faut reconnaître.

Albert n'était pas dans son assiette.

— Qu'est-ce qui se passe, chou ? s'enquit Pauline en lui mettant la main sur la joue. Tu t'ennuies ? C'est de voir les troupes et les militaires, ça remue des souvenirs, c'est ça ?

— Oui, répondit Albert, c'est ça.

Et il se disait, tandis que retentissaient les premiers accents de *Sambre-et-Meuse* joué par la garde républicaine et que le général Berdoulat, qui commandait le défilé, saluait de son épée le maréchal Pétain entouré d'un état-major d'officiers supérieurs : Dix millions de bénéfice, tu parles, on finira par me couper la tête pour le dixième de ce prix.

Il était huit heures, il avait rendez-vous avec Édouard à la gare de Lyon à midi et demi (« Pas plus tard, avait-il insisté, sinon, tu sais que je m'inquiéterai… »), le train pour Marseille partait à treize heures. Et Pauline serait seule. Et Albert, sans Pauline. Était-ce donc là tout le bénéfice ?

Défilèrent alors, sous les applaudissements, les polytechniciens, les saint-cyriens au casoar tricolore, la garde républicaine et les sapeurs-pompiers, après quoi vinrent les poilus en bleu horizon, ovationnés par la foule. On cria « Vive la France ! ».

Édouard se tenait face à un miroir lorsque retentirent les glorieux coups de canon tirés des Invalides. Il s'inquiétait, depuis quelque temps, de constater la rougeur carmin que prenaient les muqueuses au fond de sa gorge. Il se sentait fatigué. La lecture des journaux du matin ne lui avait pas procuré la même joie que la veille. Comme les émotions vieillissaient vite, et comme sa gorge, elle, vieillissait mal !

Lorsqu'il prendrait de l'âge, comment le verrait-on ? La béance occupait presque tout l'espace destiné aux rides, ne restait que le front. Édouard s'amusa à l'idée que les rides qui ne trouveraient pas leur place sur les joues absentes, autour des lèvres absentes, émigreraient toutes vers le front à la manière de ces rivières détournées qui cherchent une issue et prennent le premier chemin s'offrant à elles. Vieux, il serait un front labouré comme un terrain de manœuvres au-dessus d'une béance carmin.

Il consulta l'heure. Neuf heures. Et cette fatigue.
Sur le lit, la femme de chambre avait étendu sa tenue
coloniale au complet. Elle gisait là de tout son long,
comme un mort vidé de sa substance.

— C'est comme cela que vous vouliez ? avait-elle
demandé, incertaine.

On ne s'étonnait plus de rien avec lui, mais tout
de même, cette veste coloniale aux grandes plumes
vertes cousues dans le dos…

— Pour sortir… dehors ? s'était-elle étonnée.

Il avait répondu en lui fourrant dans la main un
billet chiffonné.

— Alors, avait-elle enchaîné, je peux demander
au garçon d'étage de venir prendre votre malle ?

Son bagage partirait avant lui, vers onze heures,
pour être chargé sur le train. Il conserverait juste
son havresac, cette antiquité dans laquelle il avait
fourré le peu qui lui appartenait. C'était toujours
Albert qui emportait les choses importantes, j'ai trop
peur que tu perdes, disait-il.

Penser à son camarade lui fit du bien, il ressentit
même une incompréhensible fierté, comme si, pour
la première fois depuis qu'ils se connaissaient, il
devenait, lui, le parent, et Albert, l'enfant. Car, au
fond, Albert avec ses terreurs, ses cauchemars, ses
paniques, n'était rien d'autre qu'un gosse. Comme
Louise, revenue soudainement hier, quel bonheur de
la voir !

Tout essoufflée.

Un homme était venu à l'impasse. Édouard s'était
penché, raconte-moi ça.

Il vous cherche, il a fouillé, posé des questions, on n'a rien dit, bien sûr. Un homme seul. Oui, en taxi. Édouard avait caressé la joue de Louise et suivi de l'index le contour de ses lèvres, allez, c'est gentil, tu as bien fait, sauve-toi maintenant, il est tard. Il aurait voulu l'embrasser sur le front. Elle aussi. Elle avait levé les épaules, hésité, puis s'était décidée à partir.

Un homme seul, en taxi, ce n'était pas la police. Un reporter plus débrouillard que les autres. Il avait trouvé l'impasse, et alors ? Sans les noms, que pouvait-il faire ? Et même avec les noms ? Comment allait-il s'y prendre pour dénicher Albert dans sa pension de famille, et lui, ici ? Qui plus est, avec le train dans quelques heures ?

Un peu seulement, se dit-il. Pas d'héroïne ce matin, juste un soupçon de morphine. Il devait rester lucide, remercier le personnel, saluer le concierge, monter dans le taxi, se rendre à la gare, trouver le train, rejoindre Albert. Et là… viendrait la surprise dont il se réjouissait. Albert ne lui avait montré que son billet, mais Édouard avait fouillé et découvert l'autre, établi au nom de M. et Mme Louis Évrard.

Alors donc, il y avait une dame. Édouard le soup-çonnait depuis longtemps, pourquoi diable Albert faisait-il des cachotteries sur ce point ? Un môme.

Édouard procéda à l'injection. Le bien-être fut immédiat, c'était calme, léger, il avait été attentif à la dose. Il alla s'allonger sur le lit et passa lentement son index autour de la béance de son visage. Mon costume colonial et moi, nous sommes comme deux morts côte à côte, se dit-il, un vide et un autre creux.

Hormis pour les cours de la Bourse qu'il détaillait minutieusement matin et soir, et pour quelques chroniques économiques ici ou là, M. Péricourt ne lisait pas les journaux. On les lisait pour lui, on lui rédigeait des comptes rendus, on lui signalait les informations importantes. Il n'avait pas voulu déroger à la règle.

Il avait surpris dans le hall, sur une desserte, le titre du *Gaulois*. Foutaises. Il avait prévu que le scandale était imminent, pas besoin de consulter les quotidiens pour deviner ce qu'ils écrivaient.

Son gendre s'était mis en chasse pour rien, et trop tard. Et pourtant non puisque, maintenant, ils étaient face à face.

M. Péricourt ne posa aucune question, croisa juste les mains devant lui. Il attendrait le temps nécessaire, mais ne demanderait rien. En revanche, il pouvait livrer une information motivante :

— J'ai eu le ministre des Pensions au téléphone, au sujet de votre affaire.

Henri n'avait pas imaginé l'entretien de cette manière, mais pourquoi pas. L'essentiel était d'effacer l'ardoise.

— Il m'a confirmé, poursuivit M. Péricourt, que c'est sérieux, j'ai eu quelques détails… Très sérieux, même.

Henri s'interrogea. Le vieux essayait-il de faire monter les enchères, de négocier ce que lui, Henri, avait à rapporter ?

— J'ai trouvé votre homme, lâcha-t-il.

— Qui est-ce ?

La réponse avait fusé. Bon signe.

— Et que dit votre ami le ministre de mon affaire « sérieuse » ?

Les deux hommes laissèrent couler un silence.

— Qu'elle est difficilement soluble. Que voulez-vous… des rapports ont circulé, ce n'est déjà plus un secret…

Pour Henri, hors de question d'abandonner, pas maintenant ; il vendrait sa peau le prix qu'il faudrait.

— Difficilement soluble, cela ne veut pas dire « insoluble ».

— Où est-il, cet homme ? demanda M. Péricourt.

— À Paris. Pour le moment.

Puis il se tut et regarda ses ongles.

— Et vous êtes certain que c'est lui ?

— Absolument.

Henri avait passé la soirée au bar du Lutetia, hésité à prévenir Madeleine mais inutile, elle ne cherchait jamais après lui.

Les premiers éléments étaient venus du barman, on ne parlait que de lui, ce Monsieur Eugène arrivé quinze jours plus tôt. Sa présence effaçait tout, les nouvelles courantes, les festivités du 14 Juillet, l'homme monopolisait toutes les attentions. Et suscitait la rancœur du barman : « Imaginez, ce client n'accorde des pourboires qu'aux gens qu'il voit, ainsi, quand il commande du champagne, c'est à celui qui livre qu'il donne, à celui qui prépare, rien de rien, un gougnafier, si vous voulez mon avis. Vous n'êtes pas un de ses amis au moins ? Ah ! la fillette aussi, on en parle dans l'établissement, mais elle ne passe pas ici, le bar n'est pas un endroit pour les enfants. »

Dès le matin, debout à sept heures, Henri avait interrogé le personnel, le garçon d'étage apportant le petit déjeuner, la femme de chambre, il avait aussi commandé les journaux, occasion de voir quelqu'un d'autre encore, et tout se recoupait. Vraiment, ce client n'était pas discret. Certain de son impunité.

La petite fille passée la veille au soir correspondait trait pour trait à celle qu'il avait suivie, or elle venait voir là un seul client, toujours le même.

— Il quitte Paris, dit Henri.

— Sa destination ? interrogea M. Péricourt.

— Selon moi, il quitte le pays. Il part à midi.

Il laissa l'information faire son chemin, puis :

— M'est avis que, passé ce délai, il deviendra difficile à retrouver.

« M'est avis ». Seuls des hommes de son acabit utilisaient de pareilles formules. Curieusement, et bien qu'il ne fût pas tellement à cheval sur les questions de vocabulaire, M. Péricourt fut choqué par cette expression triviale dans la bouche d'un homme à qui il avait donné sa fille.

Une musique militaire passa sous les fenêtres, contraignant les deux hommes à patienter. Il devait y avoir toute une petite foule à suivre le défilé, on percevait des piaillements d'enfants, des pétards.

Le calme revenu, M. Péricourt décida de couper court :

— Je vais intervenir auprès du ministre et...

— Quand ?

— Dès que vous m'aurez dit ce que je veux avoir.

— Il s'appelle ou se fait appeler Eugène Larivière. Il est descendu à l'hôtel Lutetia…

Il convenait de donner du corps à son information, d'en donner au vieux pour son argent. Henri détailla : les frasques de ce bon vivant, les orchestres de chambre, les masques de fantaisie pour n'être jamais vu sous son vrai visage, les pourboires colossaux, on disait qu'il se droguait. La femme de chambre avait vu l'habit colonial, la veille au soir, mais surtout la malle…

— Comment ça, l'interrompit M. Péricourt, des plumes ?

— Oui. Vertes. Comme des ailes.

M. Péricourt s'était forgé son idée de l'escroc, constituée de tout ce qu'il savait de ce genre de malfaiteur, et elle n'avait rien à voir avec le portrait dressé par son gendre. Henri comprit que M. Péricourt n'y croyait pas.

— Il mène grand train, dépense beaucoup, se montre d'une générosité rare.

Beau travail. Parler d'argent remettait le vieux sur son chemin, abandonnons les orchestres et les ailes d'ange, parlons monnaie. Un homme qui vole et dépense, voilà quelque chose de compréhensible pour quelqu'un comme son beau-père.

— Vous l'avez vu ?

Ah, voilà un regret. Que fallait-il répondre ? Henri s'était trouvé dans la place, connaissait le numéro de la suite, le n° 40, il avait d'abord eu envie de voir sa tête, à cet homme-là, peut-être même, puisqu'il était seul, de s'emparer de lui, rien de difficile : il frappait à la porte, le type ouvrait, se retrouvait par terre, après quoi, une ceinture pour les poignets… mais ensuite ?

Que désirait M. Péricourt exactement ? Qu'on le livre à la police ? Le vieux n'ayant rien révélé de ses intentions, Henri était revenu boulevard de Courcelles.

— Il quitte le Lutetia à midi, dit-il. Vous avez le temps de le faire arrêter.

M. Péricourt n'y avait jamais songé. Cet homme, c'est pour lui qu'il avait voulu le retrouver. Il aurait même préféré protéger sa fuite plutôt que devoir le partager avec les autres ; lui venaient les images d'une arrestation spectaculaire, d'une interminable instruction, d'un procès…

— Bien.

À ses yeux, l'entretien était terminé, mais Henri ne bougeait pas. Au contraire, il décroisa et recroisa les jambes, afin de montrer qu'il s'installait durablement, qu'il entendait obtenir maintenant ce qu'il avait mérité et qu'il ne partirait pas avant.

M. Péricourt décrocha son téléphone, demanda à l'opératrice le ministre des Pensions, chez lui, au ministère, n'importe où, c'était urgent, il voulait lui parler immédiatement.

Il fallut attendre dans un silence pesant.

Le téléphone sonna enfin.

— Bien, dit lentement M. Péricourt. Qu'il m'appelle aussitôt après. Oui. Extrêmement urgent.

Puis à Henri :

— Le ministre est au défilé de Vincennes, il sera chez lui dans une heure.

Henri ne pouvait pas supporter l'idée de rester là à attendre une heure ou plus. Il se leva. Les deux hommes, qui ne se serraient jamais la main, se regardèrent, se mesurèrent une dernière fois et se séparèrent.

M. Péricourt écouta les pas de son gendre s'éloigner puis se rassit, se tourna et regarda la fenêtre : le ciel était d'un bleu parfait.

Henri, lui, se demandait s'il devait passer chez Madeleine.

Allons, une fois n'est pas coutume.

Il y eut des trompettes, la cavalerie déplaça des tonnes de poussière, puis défila l'artillerie lourde, des pièces énormes tirées par des tracteurs, vinrent ensuite les petites forteresses mobiles des autocanons, des automitrailleuses, enfin les chars d'assaut, et il fut dix heures, c'était fini. Le défilé laissait une impression étrange de plénitude et de vide à la fois, celle qu'on ressent à la fin de certains feux d'artifice. La foule s'en retourna lentement, presque en silence, sauf les enfants, heureux de pouvoir courir enfin.

Pauline serra le bras d'Albert en marchant.

— Où va-t-on trouver un taxi ? interrogea-t-il d'une voix blanche.

Ils devaient passer à la pension, où Pauline se changerait avant d'aller prendre son service.

— Bah, dit-elle, nous avons suffisamment dépensé. Prenons le métro, on a bien le temps, non ?

M. Péricourt attendait l'appel du ministre. Il était presque onze heures lorsque le téléphone sonna.

— Ah, cher ami, désolé…

Mais la voix du ministre n'était pas celle d'un homme désolé. Il redoutait cet appel depuis plusieurs jours, étonné qu'il n'ait pas déjà eu lieu : tôt ou tard, M. Péricourt interviendrait en faveur de son gendre, forcément.

Et ce serait terriblement gênant : le ministre lui devait beaucoup mais, cette fois, il ne pourrait rien, l'affaire des cimetières lui avait échappé, le président du Conseil lui-même s'en était ému, que voulez-vous faire maintenant…

— C'est au sujet de mon gendre, commença M. Péricourt.

— Ah, mon ami, comme c'est regrettable…

— Grave ?

— Gravissime. C'est… l'inculpation.

— Ah oui ? À ce point ?

— Eh bien, oui. Trucage sur des marchés de l'État, couverture de malfaçons, vols, trafics, tentative de corruption, rien de plus grave !

— Bon.

— Comment cela : bon ?

Le ministre ne comprenait pas.

— Je voulais connaître l'ampleur de la catastrophe.

— Majeure, mon cher Péricourt, un scandale assuré. Sans compter qu'en ce moment, cela descend de partout ! Avec cette histoire de monuments aux morts, vous avouerez que nous traversons une sale période... Ainsi, vous comprenez, j'ai pensé à intervenir pour votre gendre, mais...

— N'en faites rien !

Le ministre n'en croyait pas ses oreilles... Rien ?

— Je voulais être informé, voilà tout, reprit M. Péricourt. J'ai des dispositions à prendre pour ma fille. Mais, concernant M. d'Aulnay-Pradelle, que la justice fasse son travail. C'est le mieux.

Et il ajouta ces mots lourds de sens :

— Mieux pour tout le monde.

Pour le ministre, s'en sortir à si peu de frais relevait du miracle.

M. Péricourt raccrocha. La condamnation de son gendre, qu'il venait de prononcer sans l'ombre d'une hésitation, ne lui arracha qu'une pensée : dois-je prévenir Madeleine maintenant ?

Il consulta sa montre. Il ferait cela plus tard.

Il commanda la voiture.

— Sans chauffeur, je conduirai moi-même.

À onze heures et demie, Pauline baignait encore dans l'euphorie de la revue, de la musique, des explosions, de tous ces bruits de moteur. Ils venaient de rentrer à la pension.

— Tout de même, dit-elle en retirant son chapeau, demander un franc pour une malheureuse caisse en bois !

Albert restait figé, en plein milieu de la pièce.

— Eh bien, mon chou, tu es malade, te voilà tout blanc ?

— C'est moi, dit-il.

Puis il s'assit sur le lit, tout raide, fixant Pauline, ça y était, il avait avoué, il ne savait pas ce qu'il fallait penser de cette décision soudaine, ni ce qu'il aurait à ajouter. Les mots étaient sortis de sa bouche sans qu'il intervienne. Comme ceux de quelqu'un d'autre.

Pauline le regarda, son chapeau encore à la main.

— Comment ça, c'est moi ?

Albert semblait mal en point, elle alla accrocher son manteau, revint vers lui. Blanc comme neige. Malade, à tous les coups. Elle posa sa main sur son front, eh bien oui, il avait la fièvre.

— Tu as pris froid ? demanda-t-elle.

— Je m'en vais, Pauline, je pars.

Il usait d'un ton effaré. Le malentendu sur sa santé ne dura pas une seconde de plus.

— Tu pars…, répéta-t-elle, au bord des larmes. Comment cela, tu pars ? Tu me laisses ?

Albert saisit le journal au pied du lit, plié encore à l'article concernant le scandale des monuments, et le lui tendit.

— C'est moi, répéta-t-il.

Elle eut encore besoin de quelques secondes avant de comprendre. Elle se mordit alors le poing.

— Mon Dieu…

Albert se leva, ouvrit le tiroir de la commode, saisit les billets de la Compagnie maritime et lui tendit le sien.

— Veux-tu venir avec moi ?

Pauline avait les yeux fixes, comme les billes de verre des mannequins de cire, la bouche entrouverte.

Elle regarda les billets puis le journal, mais sans sortir de sa stupéfaction.

— Mon Dieu…, répétait-elle.

Albert fit alors la seule chose possible. Il se leva, se pencha, tira sa valise de dessous le lit, la posa sur l'édredon et l'ouvrit sur une quantité folle de grosses coupures rangées en paquets serrés.

Pauline poussa un cri.

— Le train part pour Marseille dans une heure, dit Albert.

Elle disposait de trois secondes pour choisir de devenir riche ou de rester bonne à tout faire.

Elle n'en utilisa qu'une seule.

Il y avait, bien sûr, la valise pleine d'argent mais, curieusement, ce qui emporta sa décision, ce furent les billets sur lesquels était marqué, en bleu : « Cabine de première classe ». Tout ce que cela représentait…

D'un geste, elle claqua le couvercle de la valise et courut enfiler son manteau.

Pour M. Péricourt, l'aventure de son monument était terminée. Il ne savait pas pourquoi il se rendait au Lutetia, il n'avait pas l'intention d'y entrer, ni de rencontrer cet homme ou de parler avec lui. Pas davantage celle de le dénoncer, de s'opposer à sa fuite. Non. Pour la première fois de sa vie, il acceptait sa défaite.

Il était vaincu, indiscutablement.

Étrangement, il en ressentait presque un soulagement. Perdre, c'est être humain.

Et puis, c'était une fin, et il lui en fallait une.

Il se rendait au Lutetia comme il aurait signé au bas d'une reconnaissance de dette, parce que c'est un courage nécessaire, et parce qu'on ne peut pas faire autrement.

Ce n'était pas une haie d'honneur – on ne se comporte pas ainsi dans une grande maison –, mais cela y ressemblait beaucoup : tous ceux qui avaient servi Monsieur Eugène l'attendaient au rez-de-chaussée. Il sortit de l'ascenseur en hurlant comme un fou, affublé de sa veste coloniale, avec dans le dos ses ailes d'ange faites de plumeaux, maintenant on le voyait clairement.

Il portait non pas une de ces excentricités dont il avait jusqu'alors régalé le personnel, mais son masque d'« homme normal », figé quoique si réaliste. Celui avec lequel il était arrivé.

À coup sûr, c'est une chose qu'on ne reverrait jamais. On aurait dû commander un photographe, regretta le concierge. Monsieur Eugène, grand seigneur comme jamais, distribuait des billets, on lui disait « Merci, monsieur Eugène », « À bientôt », de gros billets, pour tout le monde, comme un saint, sans doute était-ce à cause de ça, les ailes. Mais pourquoi vertes ? se demandait-on.

Déjà, des ailes, quelle idée idiote, ressassait M. Péricourt en repensant à sa conversation avec son gendre. Il suivait un boulevard Saint-Germain peu encombré, juste quelques voitures, des fiacres, il faisait un temps superbe. Son gendre avait parlé de « fantaisies », il avait évoqué ces ailes, bien sûr, mais aussi des orchestres, non ? Le soulagement de M. Péricourt, il le comprenait enfin, tenait au fait d'avoir perdu une bataille qu'il ne pouvait pas gagner, parce que ce monde, cet adversaire n'étaient pas les siens. On ne peut pas gagner contre quelque chose qu'on ne comprend pas.

Ce qu'on ne comprend pas, il faut simplement l'accepter, auraient pu philosopher les employés du Lutetia en empochant les bénédictions de Monsieur Eugène qui, toujours hurlant, se dirigeait à grandes enjambées, les genoux bien haut, un havresac au dos, vers les portes larges ouvertes sur le boulevard.

Même ce déplacement, M. Péricourt aurait pu se l'éviter. Pourquoi s'était-il inventé cette corvée ridicule ? Allons, décida-t-il, mieux vaut s'en retourner. Comme il roulait déjà sur le boulevard Raspail, il dépasserait le Lutetia, prendrait tout de suite à droite et rentrerait. Qu'on en finisse. Cette décision lui fut un soulagement.

Le concierge du Lutetia, lui aussi, avait hâte que cette comédie s'achève : les autres clients trouvaient cela « très mauvais genre », ce carnaval dans le hall. Et cette pluie d'argent transformait les personnels en mendiants, c'était indécent, qu'il parte enfin !

Monsieur Eugène dut le sentir, car il s'arrêta net, comme un gibier soudain averti de la présence d'un prédateur. Sa posture, désarticulée, démentait l'impassibilité de son masque aux traits fixes, comme paralysés.

Soudain, il tendit le bras, droit devant lui, doubla le geste d'un hurlement net et franc : Rrrââââhhhhrrrrr ! Puis désigna l'angle du hall où une femme de service achevait d'épousseter les tables basses. Il se précipita vers elle ; elle fut saisie d'effroi en voyant cet homme au visage de marbre, en tenue coloniale et avec de grandes ailes vertes, se ruer sur elle. « Mon Dieu, ce que j'ai eu peur, mais comme on a ri ensuite, c'est… mon balai qu'il voulait. — Le balai ? — Comme je vous le dis. » Monsieur Eugène l'attrapa en effet, cala le manche contre son épaule à la manière d'une longue carabine et marcha au pas, martial et claudicant, criant toujours, au rythme d'une musique silencieuse que tout le monde avait l'impression d'entendre.

C'est ainsi, au pas militaire, ses grandes ailes battant l'air, qu'Édouard franchit les portes de l'hôtel Lutetia et surgit sur le trottoir baigné de soleil.

En tournant la tête à gauche, il vit une voiture roulant rapidement vers l'angle du boulevard. Alors, il lança en l'air son balai et se précipita.

M. Péricourt venait d'accélérer lorsqu'il remarqua le petit attroupement devant l'hôtel et il passait à la hauteur de l'entrée quand Édouard s'élança. La seule chose qu'il vit, ce ne fut pas, comme on pourrait l'imaginer, un ange s'envolant au-devant de lui, puisque, avec sa jambe traînante, Édouard ne parvint pas réellement à décoller du sol. Il se planta au milieu de la chaussée, ouvrit largement les bras à l'arrivée de la voiture, les yeux au ciel, tenta de s'élever dans les airs, mais ce fut tout.

Ou presque.

M. Péricourt n'aurait pas pu s'arrêter. Mais il aurait pu freiner. Paralysé par cette surprenante apparition surgie de nulle part – non pas un ange en tenue coloniale, mais le visage d'Édouard, de son fils, intact, immobile, statufié, comme un masque mortuaire dont les yeux plissés exprimaient une immense surprise –, il ne réagit pas.

La voiture percuta le jeune homme de plein fouet.

Cela fit un bruit sourd, lugubre.

Alors, l'ange s'envola réellement.

Édouard fut catapulté en l'air. Bien que ce fût un vol assez disgracieux, comme celui d'un avion qui part en torche, pendant une seconde très brève tout le monde vit clairement le corps du jeune homme cambré, le regard vers le ciel, les bras largement ouverts, comme pour une élévation. Puis il retomba, s'écrasa sur la chaussée, le crâne frappa violemment l'arête du trottoir, et ce fut tout.

Albert et Pauline montèrent dans le train juste avant midi. Ils étaient les premiers voyageurs à s'installer, elle le submergea de questions auxquelles il répondit simplement.

À écouter Albert, la réalité s'avérait désarmante.

Pauline jetait de temps à autre de rapides coups d'œil sur la valise qu'elle avait placée en face d'elle, sur le porte-bagages.

Albert, lui, serrait jalousement sur ses genoux le grand carton à chapeau contenant sa tête de cheval.

— Mais qui est-ce donc, ton camarade ? chuchotait-elle avec impatience.

— Un camarade…, répondait-il évasivement.

Il ne disposait pas de l'énergie nécessaire pour le décrire, elle verrait bien ; il ne voulait pas qu'elle

prenne peur, qu'elle s'enfuie, l'abandonne maintenant, parce que toutes ses forces avaient fondu. Il
était éreinté. Après son aveu, le taxi, la gare, les
billets, les porteurs, les contrôleurs, Pauline s'était
chargée de tout. S'il avait pu, Albert se serait endormi
là, tout de suite.

Et le temps passait.

D'autres voyageurs montèrent à leur tour, le train
se remplit, valse des valises et des malles qu'on hissait par les fenêtres, les cris des enfants, la fièvre du
départ, les amis, les époux, les parents sur le quai,
les recommandations, on cherchait sa place, tiens,
c'est ici, vous permettez ?

Albert s'était installé à la fenêtre entièrement baissée, la tête penchée sur le quai, tournée vers l'arrière
du train, il ressemblait à un chien qui guette la venue
de son maître.

On le bousculait pour passer dans le couloir, de
biais parce qu'il gênait ; le compartiment fit le plein,
ne restait plus qu'un siège inoccupé, celui du camarade qui n'arrivait pas.

Bien avant l'heure du départ, Albert comprit
qu'Édouard ne viendrait pas. Il fut accablé d'une
peine immense.

Pauline, qui comprenait, s'était blottie contre lui
et serrait ses mains dans les siennes.

Lorsque les contrôleurs commencèrent à longer
le quai en criant que le convoi allait démarrer, qu'il
fallait s'éloigner du train, Albert, la tête basse, se
mit à pleurer, impossible de s'arrêter.

Il avait le cœur brisé.

Mme Maillard raconterait plus tard : « Albert a voulu partir aux colonies, bon, moi je veux bien. Mais s'il fait comme ici et qu'il se met à pleurnicher devant les indigènes, il ne va pas arriver à grand-chose, c'est moi qui vous le dis ! Mais bon, c'est Albert. Qu'est-ce que vous voulez, il est comme ça ! »

Épilogue

Le surlendemain, 16 juillet 1920, à huit heures du matin, Henri d'Aulnay-Pradelle comprit que son beau-père avait joué le dernier coup de la partie : échec et mat. Il l'aurait tué, s'il avait pu.

L'interpellation eut lieu à son domicile. Le poids des charges qui pesaient sur lui conduisit la justice à le placer aussitôt en détention provisoire. Il ne sortit que pour son procès qui débuta en mars 1923. Il fut condamné à cinq ans de prison, dont trois fermes, et quitta le tribunal libre mais ruiné.

Madeleine avait, entre-temps, obtenu un divorce que les relations de son père avaient permis d'accélérer.

La propriété de la Sallevière avait été saisie, tous les biens propres d'Henri, placés sous séquestre. Après le jugement, une fois prélevés les remboursements d'indus, les amendes, les frais de justice, il ne restait plus grand-chose, mais tout de même un peu. Or l'État fit la sourde oreille à toute requête de restitution. De guerre lasse, Henri s'engagea, en 1926, dans un procès dans lequel il dilapida le peu dont il disposait encore, sans jamais obtenir gain de cause.

Il fut contraint à une vie des plus modestes et mourut seul, en 1961, à l'âge de soixante et onze ans.

La propriété de la Sallevière, confiée à une association sous tutelle de l'Assistance publique, fut transformée en orphelinat, ce qu'elle demeura jusqu'en 1973, date à laquelle elle fut secouée par un scandale assez sordide, franchement pénible à évoquer. L'établissement fut fermé. Ensuite, il aurait fallu réaliser trop de travaux pour en poursuivre l'exploitation. La propriété fut alors vendue à une société spécialisée dans les congrès et les conférences. C'est là que se tint, en octobre 1987, un séminaire historique passionnant intitulé « 14-18 – Les commerces de la guerre ».

Madeleine accoucha le 1er octobre 1920 d'un garçon. Contrairement à un usage répandu à l'époque où l'on donnait volontiers aux nouveau-nés les prénoms de parents morts à la guerre, elle refusa de prénommer son fils Édouard. « Il a déjà un père problématique, n'en rajoutons pas », commenta-t-elle.

M. Péricourt ne dit rien, il comprenait désormais pas mal de choses.

Le fils de Madeleine n'entretint jamais de relations étroites avec son père, ne finança pas ses procès et consentit seulement à lui allouer une modeste pension et à lui rendre visite une fois l'an. C'est à l'occasion de cette rencontre annuelle qu'en 1961, il découvrit son corps. Son père était mort depuis deux semaines.

La responsabilité de M. Péricourt dans la mort d'Édouard fut très vite dégagée. Tous les témoins confirmèrent que le jeune homme s'était jeté sous les roues du véhicule, ce qui obscurcissait encore le poids de ce hasard étonnant, auquel il était difficile de croire.

M. Péricourt remua interminablement les circonstances de cette fin tragique. Comprendre que son fils avait été vivant pendant tous ces mois où il aurait voulu le serrer contre lui pour la première fois de sa vie le plongea dans un désespoir complet.

Il était aussi dépassé par la somme de contingences qui s'étaient entrelacées pour qu'Édouard soit venu mourir sous les roues d'une voiture qu'il conduisait à peine quatre fois par an. Il dut se rendre à l'évidence : bien que cela fût inexplicable, il n'y avait aucun hasard, c'était une tragédie. La fin, celle-ci ou une autre, devait survenir parce qu'elle était écrite depuis longtemps.

M. Péricourt récupéra le corps de son fils, le fit enterrer dans le tombeau familial. On grava sur la pierre : « Édouard Péricourt 1895 – 1920 ».

Il remboursa tous les souscripteurs spoliés. Curieusement, alors qu'il y avait un million deux cent mille francs de fraude, il se présenta un million quatre cent trente mille francs de justificatifs, il y a des petits malins partout. M. Péricourt ferma les yeux et paya.

Il abandonna progressivement ses charges professionnelles, se dégagea des affaires, vendit beaucoup de choses, fit des placements au nom de sa fille et de son petit-fils.

Tout le reste de sa vie, il revit le regard d'Édouard, face à lui, à l'instant où la voiture l'envoyait au ciel. Il chercha longuement à le qualifier. S'y lisait de la joie, oui, du soulagement aussi, mais encore autre chose.

Et un jour, le mot lui vint enfin : gratitude.

C'était pure imagination, certainement, mais quand vous avez une pareille idée en tête, pour vous en défaire…

Il trouva ce mot un jour de février 1927. Pendant le repas. Lorsqu'il sortit de table, il embrassa Madeleine sur le front comme d'habitude, monta dans sa chambre, se coucha et mourut.

Albert et Pauline arrivèrent à Tripoli, puis s'installèrent à Beyrouth au cœur de ce Grand Liban si prometteur. Un mandat international fut lancé contre Albert Maillard.

Louis Évrard, lui, trouva assez facilement des papiers d'identité pour trente mille francs, ce que Pauline jugea bien cher.

Elle renégocia à vingt-quatre mille.

En mourant, Mme Belmont légua à sa fille la maison familiale de l'impasse Pers qui, faute de travaux, avait perdu beaucoup de sa valeur. Louise reçut en outre du notaire une importante somme d'argent et un carnet où sa mère avait scrupuleusement noté les opérations et placements effectués en son nom, au centime près. Louise découvrit alors que ce capital de départ était constitué de sommes qu'Albert et Édouard lui avaient chacun léguées (quarante mille francs pour l'un, soixante mille pour l'autre).

Louise n'eut pas un destin très remarquable, du moins jusqu'à ce qu'on la retrouve au début des années 40.

Reste Joseph Merlin, auquel plus personne ne pensait.

Y compris vous, certainement.

Ne vous inquiétez pas : dans la vie de Joseph Merlin, c'était une constante, les gens le détestaient et, dès qu'il avait disparu, ils l'oubliaient ; lorsque quelque chose revenait à son sujet, il s'agissait uniquement de mauvais souvenirs.

Il avait passé une nuit entière à coller les coupures offertes par Henri d'Aulnay-Pradelle sur de grandes feuilles de cahier à l'aide de papier gommé. Chaque billet était un morceau de son histoire, de son échec, mais vous savez tout cela.

Après avoir rendu ce rapport explosif qui fit beaucoup pour la condamnation d'Henri, Merlin entra en hibernation, sa carrière était achevée, sa vie aussi, croyait-il. Il avait tort.

Il prit sa retraite le 29 janvier 1921. Il avait été baladé jusque-là de service en service, mais le coup qu'il avait fait au gouvernement avec son rapport et ses inspections sur les cimetières, ç'avait beau être vrai, ce n'était pas de ces choses qu'on excuse. Quel scandale ! Dans l'Antiquité, lorsqu'on punissait le porteur de mauvaises nouvelles, on le lapidait. Au lieu de quoi, lui, chaque matin, ponctuellement, se rendit au ministère. Tous ses collègues s'interrogèrent sur ce qu'eux auraient fait avec l'équivalent de dix ans de salaire ; on détesta d'autant plus Merlin qu'il n'avait pas seulement conservé vingt francs pour cirer ses grosses galoches, nettoyer sa veste pleine d'encre ou s'acheter un nouveau dentier.

Donc, le 29 janvier 1921, il fut à la rue. Retraité. Avec, vu son grade, une pension à peu près égale aux gages de Pauline dans la famille Péricourt.

Longtemps, Merlin remua le souvenir de cette nuit où il avait renoncé au pactole au profit de quelque chose de moins valorisant, mais du côté de la morale, quoiqu'il n'aimât pas les grands mots. L'affaire des soldats exhumés, une fois retraité, continua de le remuer. Il avait fallu qu'il soit retiré pour s'intéresser au monde et se mettre à lire les journaux. C'est par eux qu'il assista à l'arrestation d'Henri d'Aulnay-Pradelle et au retentissant procès de ceux qu'on appelait « les mercantis de la mort ». Il lut avec une intense satisfaction le compte rendu de sa déposition devant le tribunal qui, pourtant, ne lui rendait guère hommage, les journalistes n'avaient pas aimé ce témoin lugubre, qui présentait si mal et les bousculait sur les marches du Palais de Justice lorsqu'ils essayaient de l'interroger.

Après quoi, l'actualité passant, on se désintéressa de cette affaire.

Restèrent les commémorations, les morts, la gloire. La patrie. Merlin continua, guidé par on ne sait quel devoir, à lire les quotidiens. Il n'avait pas les moyens d'en acheter plusieurs chaque matin, aussi se rendait-il dans différents endroits, bibliothèques, cafés, halls d'hôtel, où il pouvait les consulter sans dépenser. C'est là qu'il trouva, en septembre 1925, une petite annonce à laquelle il répondit. On recrutait un gardien pour le cimetière militaire de Saint-Sauveur. Il fut reçu, montra ses états de service et fut embauché.

Pendant bien des années, si vous passiez à Saint-Sauveur, qu'il fasse beau, qu'il fasse laid, vous étiez sûr de le voir enfoncer à grands coups de galoche sa pelle dans la terre alourdie par la pluie, afin d'entretenir les parterres et les allées.

Courbevoie, octobre 2012

Et pour finir...

Tous ceux que je souhaite remercier ici n'ont aucune responsabilité dans les infidélités de mon roman à « l'histoire vraie », dont je suis seul comptable.

L'arnaque aux monuments aux morts est, à ma connaissance, fictive. J'en ai eu l'idée en lisant le célèbre article d'Antoine Prost sur les monuments aux morts[1]. En revanche, les malversations attribuées à Henri d'Aulnay-Pradelle proviennent, en grande partie, du « Scandale des exhumations militaires » qui éclata en 1922, présenté et analysé dans deux excellents travaux de Béatrix Pau-Heyriès[2&3]. Ainsi, l'un des faits est réel, l'autre non, ç'aurait pu être l'inverse.

1. « Les monuments aux morts, culte républicain ? culte civique ? culte patriotique ? », *in* Pierre Nora, *Les Lieux de mémoire*, tome 1, Paris, Gallimard, 1984.

2. La dénonciation du scandale des exhumations militaires par la presse française dans les années 1920, *Les Médias et la guerre*, sous la direction de Hervé Coutau-Bégarie, Paris, Economica, 2005.

3. « Le marché des cercueils » (1918-1924), in *Mélanges*, Revue historique des armées, 2001.

617

J'ai lu bien des travaux d'Annette Becker, de Stéphane Audoin-Rouzeau, de Jean-Jacques Becker, de Frédéric Rousseau dont les éclairages et les analyses m'ont été précieux.

Ma dette est plus spécifique, bien sûr, vis-à-vis de Bruno Cabanes et de son passionnant ouvrage *La Victoire endeuillée*[1].

Au revoir là-haut doit beaucoup à la littérature romanesque de l'après-guerre, d'Henri Barbusse à Maurice Genevoix, de Jules Romains à Gabriel Chevallier. Deux romans m'ont été particulièrement utiles : *Le Réveil des morts*[2], de Roland Dorgelès, et *Le Retour d'Ulysse*[3], de J. Valmy-Baysse.

Je ne sais pas ce que je serais devenu sans les inappréciables services de *Gallica*[4], les bases *Arcade* et *Mérimée*[5] du ministère de la Culture et, surtout, sans les bibliothécaires de la BNF que je remercie bien vivement.

J'ai aussi une dette vis-à-vis d'Alain Choubard[6], dont le passionnant recensement des monuments aux morts m'a bien servi et que je remercie pour son aide et pour son accueil.

Doivent, bien sûr, figurer en bonne place ceux qui, tout au long de mon travail, m'ont apporté leur aide : Jean-Claude Hanol pour ses premières impressions et ses encouragements, Véronique Girard, qui

---

1. *La Victoire endeuillée*, Seuil, « L'Univers historique », 2004.
2. *Le Réveil des morts*, Paris, Albin Michel, 1923.
3. *Le Retour d'Ulysse*, Paris, Albin Michel, 1921.
4. http://www.gallica.bnf.fr/
5. http://www.culture.gouv.fr/culture/inventai/patrimoine/
6. http://www.monumentsauxmorts.fr

pointe toujours l'essentiel avec tant de gentillesse, Gérald Aubert pour ses lectures si pertinentes, ses conseils, son amitié, et Thierry Billard, relecteur attentif et généreux. Mes amis Nathalie et Bernard Gensane, qui n'ont pas compté leur temps et dont les analyses et les remarques sont toujours si fécondes, méritent, bien sûr, une mention toute spéciale. Tout comme Pascaline.

Au fil du texte, j'ai emprunté ici et là, à quelques auteurs : Émile Ajar, Louis Aragon, Gérald Aubert, Michel Audiard, Homère, Honoré de Balzac, Ingmar Bergman, Georges Bernanos, Georges Brassens, Stephen Crane, Jean-Louis Curtis, Denis Diderot, Jean-Louis Ézine, Gabriel García Márquez, Victor Hugo, Kazuo Ishiguro, Carson McCullers, Jules Michelet, Antonio Muñoz Molina, Antoine-François Prévost, Marcel Proust, Patrick Rambaud, La Rochefoucauld, et quelques autres.

Qu'ils considèrent ces emprunts comme un hommage.

Le personnage de Joseph Merlin, librement inspiré de Cripure, et celui d'Antonapoulos, inspiré du personnage homonyme, sont tous deux le signe de mon affection et de mon admiration pour Louis Guilloux et pour Carson McCullers.

Je dois aussi exprimer mes remerciements et ma vive reconnaissance à toute l'équipe d'Albin Michel ; il faudrait citer tout le monde, l'ami Pierre Scipion en tête, à qui je dois beaucoup.

On comprendra enfin que ma pensée la plus émue aille au malheureux Jean Blanchard, qui, bien involontairement, m'a fourni le titre de ce roman. Il a été fusillé pour abandon de poste le 4 décembre 1914 et réhabilité le 29 janvier 1921.

Cette pensée va, plus généralement, aux morts, de toutes nationalités, de la guerre 14-18.

Du même auteur :

Aux Éditions Albin Michel

ALEX, 2011, Le Livre de Poche, prix des Lecteurs du Livre de Poche 2012.
SACRIFICES, 2012, Le Livre de Poche, 2014.
TROIS JOURS ET UNE VIE, 2016.

Chez d'autres éditeurs

TRAVAIL SOIGNÉ, Le Masque, 2006, prix du Premier-Roman du festival de Cognac 2006 ; Le Livre de Poche, 2007.
ROBE DE MARIÉ, Calmann-Lévy, 2009, prix Sang-d'Encre des Lycéens 2009 ; Le Livre de Poche, 2010.
CADRES NOIRS, Calmann-Lévy, 2010, prix *Le Point* du polar européen 2010 ; Le Livre de Poche, 2011.
ROSY & JOHN, inédit, Le Livre de Poche, 2014.

Le Livre de Poche s'engage pour
l'environnement en réduisant
l'empreinte carbone de ses livres.
Celle de cet exemplaire est de :
500 g éq. CO_2
Rendez-vous sur
www.livredepoche-durable.fr

PAPIER À BASE DE
FIBRES CERTIFIÉES

Composition réalisée par PCA

Imprimé en France par CPI
en octobre 2017
N° d'impression : 3025120
Dépôt légal 1re publication : avril 2015
Édition 12 - octobre 2017
LIBRAIRIE GÉNÉRALE FRANÇAISE
21, rue du Montparnasse - 75298 Paris Cedex 06

35/4454/7